Las vidas robadas

ANDREA TOMÉ

Las vidas robadas

Grijalbo

Papel certificado por el Forest Stewardship Council®

Primera edición: junio de 2025

Printed in Spain – Impreso en España

ISBN: 978-84-253-7046-5
Depósito legal: B-6.352-2025

Compuesto en M. I. Maquetación, S. L.
Impreso en Rodesa
Villatuerta (Navarra)

GR 7 0 4 6 5

A mi abuela Elena y a mi tía Carmen, por las historias.
A mi abuelo Jesús, por su lucha

Es lástima que fuera mi tierra.

LUIS CERNUDA

Han vencido por medio de la sangre del Cordero […] Y no amaron tanto la vida como para tenerle miedo a la muerte.

Apocalipsis 12,11

Familias De la Torre Giao y Giao Pena

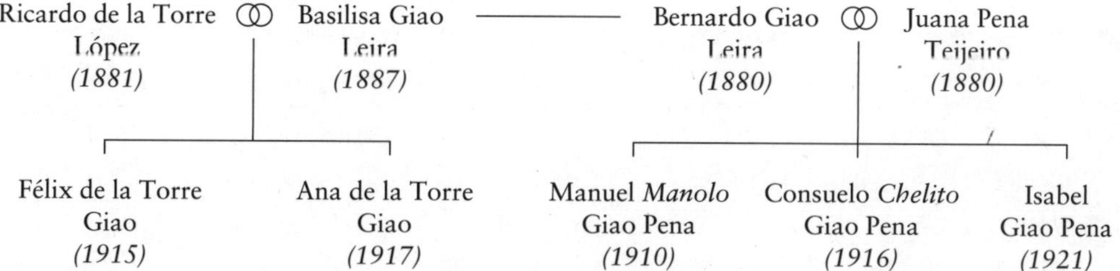

Familia Márquez Pérez

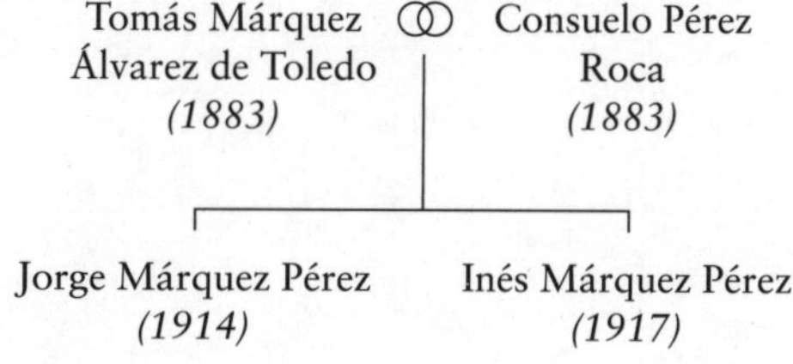

Familia De Hevesy

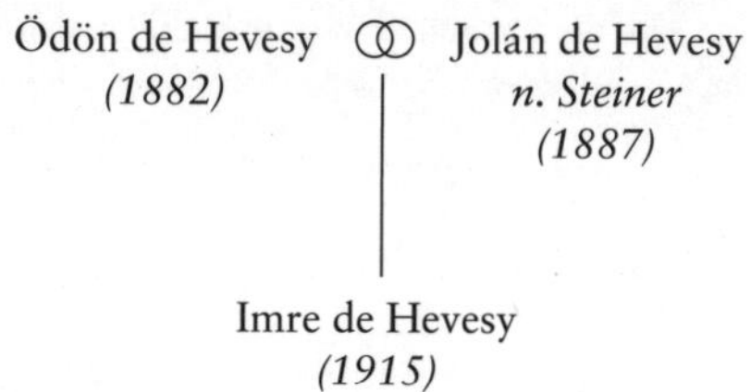

Éxodo

Agosto de 1936 - febrero de 1939

O teito é de pedra.
De pedra son os muros.
*I as tebras.**

Celso Emilio Ferreiro

* El techo es de piedra. / De piedra son los muros. / Y las tinieblas.

I

La esgrima es el ajedrez del deporte, decía Imre de Hevesy, por lo general justo antes de que Félix de la Torre le diese jaque a su rey. Solo en el deporte la paciencia abandonaba a Imre de Hevesy. Si bien ante el tablero se arrellanaba, bebía una cerveza tras otra, sin importarle el efecto que el alcohol pudiese tener en él, o se encendía el enésimo cigarrillo, con el sable en la mano se transformaba en un Aquiles cuyo talón sus oponentes aún no habían tenido la fortuna de conocer.

Los movimientos, rápidos, elegantes. A Imre de Hevesy le gustaba alargar sus victorias, un arranque imperdonable de arrogancia en cualquier otro, pero parte de aquel encanto elusivo en él. En la esgrima, un segundo de duda puede cambiarlo todo, y él no se concedía ninguno. Las tácticas que prefería se basaban, sobre todo, en el engaño: avanzaba a la derecha cuando quería atacar por la izquierda; extendía los brazos dejando el pecho vulnerable y a la vista, y aprovechaba la oportunidad concedida a su contrincante para dar la primera estocada.

«Representa al Reino de Hungría Imre de Hevesy, de veintiún años, invicto, que esta noche se enfrenta, en sus primeros Juegos Olímpicos, al esgrimista italiano Gustavo Marzi, de veintisiete años...».

El timbre, estridente, reverberó por el salón del apartamento de la familia De la Torre, en Chamberí, y durante unos segundos efímeros ahogó la voz metálica del locutor de la radio. Inglés, claro, ya que los oídos de España estaban muy lejos de los Juegos de Hitler.

Ana, la hija del matrimonio, se secó el sudor de la mano en el pantalón antes de subir el volumen; buscaba exterminar, aniquilar aquel ruido que había llegado sin pedir permiso, de la misma manera que con la retransmisión exterminó y aniquiló el barullo procedente de la calle.

Era agosto de 1936 y había un moretón llamado España en el mundo.

Un segundo timbrazo, esta vez acompañado por el sonido sordo, inconfundible, de unos nudillos que golpeaban la puerta.

La madre, que bordaba en el otro extremo de la sala, contuvo la respiración. Ana contó las capas de ruido como las estocadas del partido de esgrima: los tacones de los zapatos de Estefanía, la criada, contra el mármol, la cadena que se retiraba, el pomo que giraba, la pregunta como una soga al cuello y la respuesta que le siguió.

—Lo siento, señor, pero el señorito Félix no se encuentra en casa y tampoco sabemos cómo localizarlo...

El grito ahogado. La puerta se abrió a la brava y golpeó la pared.

—¡Señor!

La melodía serena de unos pasos que se acercaban devoró la tranquilidad de aquella tarde de verano.

«Marzi sortea hábilmente la ofensiva de De Hevesy. Ambos atletas, que han salido victoriosos de sus enfrentamientos anteriores, se ven ahora las caras en una velada de tensión palpable».

En cuanto el recién llegado atravesó el umbral de la puerta acristalada, Ana se levantó de la silla en la que estaba sentada, frente al secreter.

—Mi hermano no está en casa —dijo, y en su voz no hubo rastro del temblor que le sacudía las manos—. Lleva tiempo fuera.

Se trataba de un hombre joven. El porte regio, casi noble, quería traicionar las ropas de obrero que colgaban de unos hombros anchos de deportista o de soldado. Nada en la cara lampiña ni en el pelo clarísimo, cortado al cepillo, parecía indicar que pasase de una veintena que a Ana le quedaban unos meses para abrazar.

Trató de recordar aquellos rasgos afilados, felinos, en los rostros de los muchachos que acudían a las fiestas de Félix, cuando todavía las había, pero fue incapaz.

—Ya ha oído a mi hija —terció la madre, con la labor todavía entre unos dedos que, a diferencia de los de Ana, permanecían inmóviles—. Mi hijo se encuentra fuera de Madrid.

El hombre asintió. Alzó las manos (cuidadas, impolutas, sin marca alguna que diese testimonio de vida o de trabajo) y las dejó caer sobre los huesos de las caderas. Se paseó por la habitación como si quisiera contenerla o medirla con sus zancadas. Avanzó con la desfachatez de un actor entre bambalinas que por vez primera repara en la ausencia de uno de los personajes principales de la obra.

Se agachó ante doña Basilisa.

—Su marido tampoco se encuentra en casa, ¿no es así?

«Segunda estocada de De Hevesy. Si quiere igualar a Marzi deberá liderar el próximo ataque...».

Ana se humedeció los labios, pero el visitante no dio cabida a una respuesta.

—Un viaje de negocios no puede ser —dijo—, porque los obreros han colectivizado la fábrica.

En la radio, que emitía desde una Europa cada vez más lejana e impasible, el marcador del combate de esgrima favorecía al italiano Gustavo Marzi.

Al crujido que se oyó al otro lado del pasillo pronto se le unió el sonido de una llave girando y una puerta que cedía con un chirrido. Unos nuevos pasos, esta vez sordos, de pantuflas, se dirigieron al salón.

Félix de la Torre hizo acto de aparición despeinado, enfundado en el batín azul marino que solía reservar para las vacaciones de verano en Cantabria y con un pitillo apagado entre los dientes. El rostro, todo él palidez cetrina, se relajó al reconocer al recién llegado.

—Es un amigo —les dijo a las mujeres, y se acercó a él para darle dos palmadas en la espalda.

Su voz era hosca, flemática, como la de un náufrago que apenas acaba de poner los pies en tierra firme.

—¿Has logrado conseguir lo que...?

Un asentimiento corto que el hombre acompañó con el movimiento rápido de introducir la mano en el bolsillo interno del mono, para sacar de él unos documentos y entregárselos a Félix sin desplegarlos.

—El coche llegará en dos horas. Es muy importante que estéis todos abajo a la hora. El conductor no esperará a nadie, los salvoconductos caducan mañana.

Félix asintió con la cabeza.

—Gracias, camarada.

Al acercarse a su hermana se inclinó levemente hacia la radio, como si albergase la esperanza de alcanzar los últimos retazos de la retransmisión antes de que el alboroto de la calle, al que él no era inmune, ahogase las palabras del locutor. Sin embargo, resopló de inmediato, antes de dirigirse a su madre.

—¿Y padre?

—Con la portera, ahí no iban a buscarlo.

—Bien, voy a avisarlo.

Se volvió hacia Ana, que no fue capaz de leer nada en la expresión de aquel rostro moreno, anguloso, tan similar al suyo que aquel verano en que ella se cortó el pelo parecían dos atletas mellizos cuando jugaban al tenis.

—Prepara la maleta. Ya has oído a Luis: en dos horas tenemos que estar abajo.

Las cejas de Ana temblaron.

—¿Para qué?

Félix se pasó una mano por el pelo, que quedó húmedo y brillante a causa del sudor que le impregnaba la palma.

—Nos marchamos de Madrid, vamos a la zona nacional.

—Estás loco.

—Padre y yo ya lo hemos dispuesto todo. El tío Bernardo podrá albergarnos. Será solo por un par de semanas, quizá unos meses, hasta que se termine todo este jaleo.

—Estás loco —insistió Ana—. ¡Unas semanas! ¿Tú crees que esta situación va a acabarse en un par de semanas?

—Los nuestros restaurarán el orden pronto, no te quepa la menor duda.

Ana emitió un ruido explosivo por la nariz.

—¡Los nuestros! ¿Qué te hace pensar...?

Su voz fue disminuyendo de volumen hasta desaparecer. Los ojos de Luis, azules y redondos como dos canicas, estaban volcados en ella.

Ana ya no prestaba atención a la radio. Su sola presencia le resultaba grotesca, un recordatorio monstruoso de la vida que había conocido y amado, que en ese momento se desvanecía como si no hubiese existido jamás.

Se aclaró la garganta.

—¿Cómo pretendes que vayamos a la zona nacional, si hay controles en las carreteras?

La paciencia de Félix, relativa incluso en las mejores circunstancias, se consumió como la cerilla que su camarada sostenía entre los dedos, con la que prendió un cigarrillo.

—No tienes que preocuparte por eso —le dijo, y le colocó ambas manos sobre los hombros—. Hemos conseguido papeles falsos y salvoconductos. No pierdas más el tiempo y prepara la maleta. Solo lo indispensable, y las cosas de valor que puedas esconder. No podemos levantar sospechas.

—No voy a preparar nada porque no iré a ninguna parte.

Félix chascó la lengua y Ana lo ignoró. Madrid era el Retiro, el Ateneo Libertario, las tardes de verano yendo en bicicleta a la Dehesa de la Villa. Madrid era una lengua nueva, viva, ajena a sus padres y a todo lo que estos representaban, y sentía que se lo estaban arrancando de raíz del pecho.

Se giró hacia doña Basilisa.

—¿Estaba usted al tanto de esto, madre? —No le concedió la oportunidad de responder—. ¿Es que todo el mundo estaba enterado menos yo?

Félix, que todavía no la había soltado, se llevó dos dedos al tabique de la nariz.

—Por las razones que ahora salen a relucir, decidimos que sería más prudente no contártelo —resopló—. Mira, no tenemos mucho tiempo. Si no quieres que Estefanía te prepare el equipaje a su gusto…

—Yo no dejo Madrid.

—Tú te vas con tu familia, que es lo que tienes que hacer.

No fue la voz clara de Félix la que se alzó, sino la de doña Basilisa, cuyo tono rasgado contaba mil historias de un vicio por el tabaco poco común entre las mujeres de su clase.

Ana la miró por encima del hombro. Se permitió dar un paso atrás, como si aquellos centímetros ganados resultasen necesarios para asimilar la gran traición que le arañaba los huesos. Su madre no era como las demás señoras de Madrid; quizá la indolencia de los inviernos de su Galicia natal la había endurecido, o tal vez eran los últimos vestigios de la grandeza ligada a su apellido los que la impulsaban a no seguir ninguna ley excepto la suya propia. Fumaba y bebía como un hombre; junto a ellos, se retiraba a debatir de política y no sonreía mansamente ni asentía cuando creía que el caballero que tenía delante estaba errado, fuese o no su marido.

—Que no me voy de Madrid —repitió Ana, trémula—. Me quedo en la casa de Inés y me pongo a trabajar si hace falta. No quiero ser una boca más que alimentar, pero…

Félix suspiró.

—Inés se va también. Me he encargado de prepararlo todo. —Bajó los párpados—. Madrid ya no es una ciudad para chicas decentes como ella.

Los ojos de Ana se humedecieron. Antes de que pudiese agregar nada, la madre se puso en pie con un último gesto triunfal y le hizo señas a la criada.

—Estefanía, ayuda a la niña a preparar la maleta.

—Madre, no me voy.

—Prepárale la maleta, Estefanía —insistió doña Basilisa antes de volverse hacia su hija—. Eres menor de edad. Te vienes con tu familia y no se hable más del tema.

II

Félix de la Torre tuvo a bien cambiar el batín por la gabardina, a pesar del calor asfixiante de Madrid, y las pantuflas por los mocasines, además de pasarse la gomina y el peine por el pelo. Al salir, seguido de su hermana, que aún protestaba, no se dirigió de inmediato al último piso, donde vivía la portera, sino al apartamento de los vecinos de enfrente. No tuvo necesidad de tocar el timbre ni de golpear con los nudillos; al sonido característico de sus pisadas le respondió el crujido de la puerta que se abría. Al otro lado no emergió la figura de la criada de los Márquez, sino la pálida y descarnada de la señorita Inés.

Ella se santiguó al verlo.

—¿Estás bien? Me asusté al oír que llamaban, pero Jorge reconoció al hombre que estaba abajo y me dijo que era amigo tuyo.

El hermano, que fumaba con el vientre apoyado en el alféizar de la ventana, no reaccionó a lo que oyó ni física ni verbalmente. Se limitó a observar la escena que se desarrollaba en la calle: los milicianos marchando, la tricolor ondeando, los últimos coletazos de una civilización que se negaba a admitir la magnitud del golpe recibido.

Félix hizo amago de abrazar a Inés, pero ella ya se estaba acercando a Ana y le tomó las manos.

—Pero... ¿y esas lágrimas? ¿Es que han venido a por tu padre?

Ana negó con un movimiento débil.

—No, estamos todos bien. —Cerró la puerta tras ella y bajó la voz—. Nos marchamos de Madrid.

Una arruga creció entre las cejas pobladas de Inés. Como aún no había soltado las manos de su amiga, la atrajo hacia sí para pasarle los brazos por detrás de la espalda.

—¿De Madrid? Pero...

—Nos marchamos a la zona nacional, a casa de nuestros tíos.

—Hay que estar listos en dos horas —agregó Félix, y aprovechó la distracción para colocar una mano sobre el hombro de Inés—. Tú también. Te he conseguido papeles falsos y un salvoconducto. Sé... sé que no te he pedido relaciones, pero piensa que vas a estar más segura allí que aquí en Madrid. ¿No están tus padres en casa? Me gustaría...

Las palabras de Félix tuvieron un efecto notable en los Márquez. Inés dio un paso atrás que la separó de los hermanos; una sombra se cernía sobre su rostro, cada vez más pálido. Tras sacudir la colilla del cigarrillo sobre la repisa de la ventana, Jorge se volvió.

En muchos sentidos, Jorge Márquez parecía haber acaparado tanta energía vital con su nacimiento que había dejado a su hermana con las manos vacías. Las similitudes físicas entre ellos solo se percibían en la inactividad: la nariz romana; los ojos oscuros, casi negros, que por su forma y su color recordaban a los de un ave; los labios bien definidos, el superior ligeramente más grueso que el inferior. En el movimiento no había parecido alguno, el cuerpo alto y musculoso de Jorge contenía la energía de mil soles; en contraste, la constitución menuda de Inés, con aquellos huesos finos que hacían pensar más bien en un pájaro, unida a la claridad de la piel, inducían al observador a sacar una única conclusión: semejante criatura carecía de la consistencia necesaria para pertenecer del todo a la raza humana. Inés Márquez aún no había cumplido los veinte años y el cielo ya parecía clamar por ella.

Tras leer incorrectamente su expresión, Félix esbozó una sonrisa.

—No tienes por qué asustarte. Los nuestros han tomado el control del paso de Somosierra —dijo ladeando la cabeza—. No sé cuánto tiempo van a resistir, por eso es tan importante que nos marchemos de inmediato. ¿Me harás ese favor?

Inés, que todavía no se había acercado a él, le devolvió la sonrisa.

—Eres muy bueno conmigo, y yo te lo agradezco..., pero mi padre...

La sonrisa de Félix se transformó en una carcajada cuyo descaro pareció sacudir la modorra de la madre de Inés. Doña Consuelo salió de la sala de música por la puerta que daba al salón, en cuyo umbral se paró para observar, impasible, la escena que se desplegaba ante ella.

Ana intentó intercambiar una mirada con aquella mujer cuyos ojos serios y sensatez tanto le recordaban a su amiga, pero esta no se inmutó.

—Sé de qué pie cojea tu padre —dijo Félix, y se giró para dirigirse a la mujer—. Discúlpeme. Si ustedes han dispuesto...

—Mi marido no deja Madrid. Y mi lugar es estar junto a él —respondió, cada palabra una espada.

El porte de doña Consuelo no solo delataba su clase social y la educación recibida, sino también, y ante todo, la severidad inherente a su carácter. Se acercó a Inés con pasos de bailarina que no admitían el pecado mortal de apoyar los talones al suelo.

—Aprovecha esta oportunidad, hija —le dijo, y con la palma le acarició la mejilla—. Félix se ha arriesgado mucho, supongo, para conseguir el salvoconducto y los papeles.

—No ha supuesto inconveniente alguno, señora. Lo mismo me costaba organizarlo todo para mí y para los míos. —Desvió la mirada—. Claro que, si me lo permiten, me gustaría considerar a Inés dentro de esta categoría.

La muchacha tragó saliva. Un leve temblor le recorrió el pecho, cuyos huesos se adivinaban bajo la blusa de crepé.

—Yo te lo agradezco, Félix —insistió—, pero no puedo... no puedo dejar a mis padres ahora que está todo tan revuelto. Tampoco...

No fue la mano languideciente lo que captó por segunda vez la atención de Jorge Márquez. Había cambiado de postura mientras ella hablaba, y cuando terminó ya había alzado dos dedos para sostener la patilla de carey de sus anteojos.

—¿Te preocupas por mí? ¿Por qué? ¿Acaso eres mi guardiana? ¿No ves que no pueden llamarme a filas? —Pronunció esta retahíla de reproches mientras se quitaba las gafas—. Estoy prácticamente ciego sin ellas, no podría dispararle a un gato. Madre tiene razón: deberías irte con Félix y con Ana. Madrid está condenada.

Dada la ausencia de respuesta a este último comentario, Ana supo que don Tomás no se encontraba en casa; él jamás habría tolerado un derrotismo de semejante calibre en uno de sus hijos. También ella pensó en decir algo, pero no le dio tiempo. La expresión entre divertida e inquisitiva de Félix, como si quisiese expresar en voz alta que sabía muy bien de qué pie cojeaba Jorge, la distrajo.

—Si tú te quedas en Madrid, yo también —dijo en su lugar, casi sin pensar.

Las palabras simplemente brotaron, como si un ángel se las hubiese susurrado al oído.

Félix chascó la lengua.

—Otra vez la misma canción. Madre...

—Todavía estamos en una República —lo interrumpió—. No tengo el deber de obedecer al padre.

Félix separó los labios, mas nuevamente fue una voz de mujer la que se alzó por encima de la suya.

—Vas a irte con tu familia —dijo doña Consuelo—. No están las cosas para darle un disgusto a tu madre. Yo, desde luego, no te lo permito. —Suspiró—. Ale, cada cual con los suyos y que sea lo que Dios quiera.

Doña Consuelo leía los mismos libros que su marido y en su mesa nunca faltaba *El Sol*, un diario que los De la Torre desdeñaban en favor del *ABC*. Tras la sublevación en las islas Canarias, quitó la tricolor que su marido había colgado en la ventana, arguyendo que las banderas pertenecían a los cuarteles, y no quiso escuchar ni una sola palabra más, pese a que la radio aseguraba que el alzamiento no había llegado a la península. En momentos como ese, doña Consuelo parecía responder más al nombre doña Sensata que a aquel con el que la habían bautizado en la iglesia de Santa Teresa y Santa Isabel.

Aún dijo más:

—Inés, cariño, ¿por qué no llevas a Ana a tu habitación? Seguro que tienes prendas de abrigo que le harán falta en Galicia.

Una formalidad que apenas logró ocultar la orden velada. Si bien no tenían la misma talla, ni Ana ni Inés habían sufrido jamás las escaseces que tanto conocían otras jovencitas de Madrid. En los tiempos en los que estaba mal visto que las señoritas se vistiesen como lo que eran, los vestidos y los abrigos esperaban a que pasara el tiempo, con la seguridad de que se cumplirían los augurios de don Ricardo de la Torre, quien aseveraba: «Al final la vida vuelve a poner las cosas en orden».

Doña Consuelo, como su hijo, creía que estaban pisando lo que en unos meses serían los huesos y las cenizas de la capital de la República. En la zona nacional los objetos de valor de la familia correrían, quizá, menos peligro que en Madrid.

Con un gesto, Jorge le indicó a Félix que lo acompañase a la salita en la que durante los años de instituto habían estudiado juntos, y bebido y discutido después, una vez llegados a la veintena. En aquel sagrado lugar, de alfombras persas y cortinajes de terciopelo granate, ambos habían escuchado por radio el parte meteorológico preludio de la sublevación, que el general Franco había dirigido a la nación la mañana del 17 de julio: «En toda España el cielo está despejado...».

Un mes más tarde, Madrid resistía. Los De la Torre huían, y a los dos amigos, apoyados contra el radiador apagado, todavía les quedaban unos minutos. Conociendo a Félix como creía que lo hacía, Jorge se figuró que su equipaje ya estaría a punto, esperándolo en la habitación.

Sin mediar palabra se volvió hacia el minibar, de donde sacó una botella de coñac. Sin un ápice de vergüenza por el descaro, sirvió las dos copas que yacían sobre la mesa, que, a juzgar por su aspecto, ya habían sido utilizadas.

La radio estaba apagada. Jorge no escuchaba ni las noticias de la guerra, ni la retransmisión de los Juegos de Hitler, ni la música de Mahler, la predilecta de Félix, ni de Verdi, su favorita. Les llegaban sin interferencias los ruidos de la calle.

Félix rechazó la copa que Jorge le tendía.

—Prefiero estar sobrio.

—No te lo recomiendo.

Félix separó los labios. Por un instante pareció que se preparaba para decir algo. Tomó aire y sus propias palabras le dejaron un sabor metálico en el paladar.

—Ahora que no tenemos nada que ocultarnos el uno al otro, no sé si tienes mucho que celebrar —dijo.

Al característico alzamiento de ceja de Jorge se le unió la explosión de una carcajada que resultó grotesca en aquel momento, en aquel lugar. Aquella era la habitación de las chiquillerías y los juegos, y en ese instante era como si el suelo de madera se curvara bajo el peso de sus cuerpos y la pérdida intolerable de la sangre derramada.

—*Et tu, Brutus?* Madrid resiste.

—Sé serio.

Jorge respondió al comentario con un movimiento, sentándose sobre la repisa de la ventana, de espaldas a las calles de Chamberí.

—Mal que me pese, ya tendré tiempo de vestirme de luto. —Le dio un sorbo al coñac—. Espero no tener que hacerlo por ti.

Félix entornó su oscura mirada. Bajo la luz, que les llegaba a través de las cortinas, el iris le refulgía, casi rojo.

Ante su silencio, Jorge prosiguió.

—No te veré al otro lado de una trinchera, a Dios gracias. No le mentí a mi hermana: con esta vista, sería más un engorro que una ayuda, y ayudas, la República, necesita todas las que pueda conseguir.

—Eres más sensato que la mayoría, que no es decir mucho. —Se pasó la lengua por los labios—. Me alegro de tu buena o de tu mala suerte. No me habría gustado verte en el bando opuesto.

Jorge no respondió al comentario. Apuró la copa, y al posarla de nuevo sobre el mueble, el ruido estremeció a Félix.

—Tengo que hacer lo que me dicta la conciencia —prosiguió—. Me uniré al ejército en cuanto pase a la zona nacional.

El anfitrión se cruzó de piernas.

—Siento no poder alegrarme de la suerte que te has buscado.

Los músculos de Félix se tensaron.

—Sé que nuestras ideas son opuestas, en otra España eso no tendría importancia.

Jorge lo miró.

—Conozco bien tus pecados y no me lamento de ellos, sino del desperdicio sin sentido.

Félix estiró los labios. Se había sacado el mechero del bolsillo y lo acariciaba, aún sin encenderlo. En otras circunstancias, el humo del tabaco, espeso tras una noche de excesos y de jarana, habría ocultado el rostro de su amigo.

—Si caigo, caeré por España.

—Por una idea.

—Por la unidad de España.

—Si intentáis conseguir a tiros lo que no pudisteis en las urnas es porque lucháis por una idea, no por un país.

Félix tomó aire. Todo su cuerpo se posicionó frente a Jorge, dispuesto a dar la última estacada, la sentencia lapidaria que, como en aquellas veladas universitarias, daría por zanjada la discusión. En el último momento, sin embargo, se dejó caer sobre la otomana, apoyó el codo en la rodilla y la frente en la palma de la mano, y sacudió la cabeza, casi sonriendo.

—Ya veo que no puedo hacerte cambiar de opinión y no tengo tiempo para quedarme a discutir, ni siquiera por los viejos tiempos. —Alzó la barbilla hacia su amigo—. Si mientras tanto pudieses hacer entrar en razón a tu hermana...

Jorge, que ya se había girado hacia la ventana, no se volvió para responderle. Su mata de pelo oscuro brillaba como un halo, bajo la influencia del sol, que se achataba en la distancia.

—Si tuviese alguna influencia sobre ella, lo haría de buena gana. No sé si del fascismo, pero Madrid será una tumba.

Se sirvió una última copa. Solo Dios sabía cuándo volvería a darse una reunión como aquella.

III

La radio, que sonaba baja, era como el director de orquesta que guiaba los movimientos de Ana. El ajetreo de la calle ya no le molestaba. Aunque el informativo le llegaba sin interferencia alguna, el inglés, lengua que dominaba, se le antojaba foráneo; habría tenido más éxito tratando de desmenuzar las palabras del arameo o el griego antiguo, o de algún otro idioma antiquísimo cuyo significado hubiese quedado olvidado en la marea de los años.

Henchida de rabia y amodorrada por el nerviosismo que le producía la situación, cogió una de las figuras de porcelana de la coqueta de la habitación y la tiró al suelo. Al ruido que emitió al romperse pronto le siguieron un silbido y una voz grave, ya conocida, que terció:

—¿Es que ya han tomado Madrid?

Bajó el mentón para que Jorge no reparase en el nuevo rubor que le encendía las mejillas. Tomó uno de los jerséis que Estefanía había dispuesto sobre la cama y lo guardó en la maleta abierta.

—Si esperas que haga cambiar de opinión a tu hermana, has de saber ya lo he intentado y no he tenido más suerte que tú.

—No he venido por eso.

Se había sentado sobre la colcha de ganchillo sin un ápice de vergüenza, y le tendía una prenda del montón que quedaba a su derecha. Ana la aceptó sin mirarlo.

—Tu hermano nos ha dado un juego de llaves —continuó diciendo él—. Mi madre le ha prometido a la tuya que guardará la casa, pero no sé cómo estará Madrid dentro de unas semanas. Si quieres que mantenga a salvo algo que no puedas llevarte a la zona nacional..., algo que quizá más tarde te comprometa.

Al oír estas palabras, sí se volvió. La expresión de Jorge era hermética, la misma mueca entre inquisitiva y divertida que le había visto en tantas ocasiones, en las fiestas de Félix, en su mesa predilecta de la cervecería Vinces, en la barra del Marly, el local que ella solo había pisado una vez, a escondidas de sus padres.

El suyo era un rostro hosco, de líneas fuertes y rasgos oscuros. Más que atractiva, era una faz digna de dibujarse; el trazo del carboncillo suavizaría la dureza de la mirada. A Imre de Hevesy, sin embargo, solo podía pintarlo con acuarelas, y por mucho que jugase con las mezclas de color jamás lograba alcanzar los tintes rojizos del rubio y tampoco el gris a veces azulado que rodeaba su pupila.

—Sé que no eres devota de los mismos santos que tu hermano —prosiguió Jorge, ante su silencio—. Te he visto merendando más de una vez en la Casa de Campo.

Ante esa certera observación, Ana emitió un ruidito explosivo por la nariz.

—¡Anda, y yo a ti! Y con un merengue en la cabeza como un chibirí.

—Como los chibiríes con los que estabas tú, quieres decir. —Rio. La suya era una risa aspirada, casi ronca—. Pues mira, ya conocemos cada uno los crímenes y los pecados del otro. Quizá dentro de unos años tengamos que fingir que no los cometimos.

Las comisuras de los labios de Ana se tensaron. Bajó la voz.

—¿Cómo puedes ser tan derrotista?

—Veo las cosas y no me da miedo llamarlas por su nombre. La República resistirá, pero no sé si podrán salvarla. Esa es su tragedia. —La señaló con la cabeza—. Y la nuestra.

Ana apartó la mirada.

—Eres un tibio.

—Pues no soy yo el que está haciendo la maleta.

La muchacha se volvió de nuevo. El labio inferior le temblaba, pero Jorge no le dio la oportunidad de separarlo del superior para decir nada. Mientras le ofrecía la última camisa, agregó:

—Ojalá me equivoque, pero el Madrid que nosotros conocíamos ha muerto. Si de veras quieres quedarte a ver el final, no te lo reprocharé.

—Ya escuchaste a tu madre: no quiere ni oír hablar de que me quede en Madrid con vosotros.

—¿Y? Todavía estamos en una República. No le debes más obediencia a mi madre de lo que se la debes a la tuya.

Ana le sostuvo la mirada, mas fue incapaz de leer nada en aquellos ojos oscurísimos, del color de la tinta, que parecían consumir y reflejar la luz.

—No soy un hombre de los que se casan y, si lo fuera, no sé si valdrías los dolores de cabeza que me darías, pero no me importa hacerte este favor. Tus padres no pueden negarse a que te quedes con tu marido, y nosotros ya tendríamos tiempo de divorciarnos antes de que vuelvan a Madrid.

Tuvo la sensación de que esas palabras reverberaban por la habitación, se confundían con la voz tranquila del locutor radiofónico, que Dios sabía si seguía hablando aún del combate de esgrima, y abrazaban el caos reinante en el exterior.

—No puedo —susurró—. No estaría bien.

Jorge hizo amago de decir algo. Cuando ella se estiró para alcanzar la fotografía de Imre de Hevesy y la guardó en la maleta, entre las capas de ropa, él meneó la cabeza y sonrió.

—Ya veo. Olvida que te lo he propuesto. Los libros, imagino —dijo señalando la estantería con dos dedos.

Ella asintió, a pesar de que no habría resultado necesario. Tras comprobar los nombres de los autores en los lomos, Jorge se los colocó debajo del brazo.

—Espero devolvértelos cuando nos volvamos a ver —dijo—. Lo que acompaña a la quema de libros nunca es cosa buena.

Se alejó. Ya había alcanzado el umbral de la puerta cuando se detuvo y, tras apoyar la espalda en el marco, agregó:

—Es campeón olímpico, por si no lo sabías. Parece que todavía quedan cosas que celebrar, fuera de España.

El coche de Luis llegó a la hora, según lo acordado. Cuando los De la Torre bajaron con equipaje ligero y atuendos humildes, a fin de no levantar sospechas respecto a sus nuevas identidades, los vecinos que estaban sentados en la terraza de la tasca los observaron, conscientes de que había llegado el momento de que los señores se marchasen de Madrid.

El perfume a jazmín mareó a Ana al arrellanarse más junto a su madre. Sentía la ropa muy cerca de la piel, y le escocía; cuando se la quitara le dejaría marcas en el cuerpo como preludio de la tragedia que se cernía sobre ella, estaba segura. Dejaron la radio encendida antes de cerrar la puerta, y le daba la impresión de que la voz del locutor le arañaba las paredes del oído. En vano había deseado escuchar la entrevista a Imre de Hevesy, los dos bocinazos del automóvil no dieron lugar a retrasos.

Al alzar la mirada mientras giraban en la plaza, alcanzó a ver los ojos oscuros de Inés y de doña Consuelo en la ventana.

—¿Y Estefanía? —preguntó.

Se iban sin ella. A juzgar por su estremecimiento, la pregunta cogió por sorpresa a doña Basilisa. Tras acariciarse el bigote, tupido y entrecano, don Ricardo sentenció:

—Estefanía..., pues Estefanía tendrá que irse al pueblo con su familia, que tampoco la hemos dejado con una mano delante y otra detrás.

—Eso si no se le ocurre meternos en casa al rufián que se ha echado de novio —dijo la madre—. Que la muchacha es honrada, pero el chico... se las trae.

Ana negó con la cabeza.

—No va a meterlo en casa porque se lo han matado en la sierra.

Don Ricardo se santiguó.

—Dios lo tenga en su gloria.

—Poca gloria —terció Félix, con los ojos fijos en las calles que atravesaban y no en su padre—. Fue uno de los milicianos que entró en el Cuartel de la Montaña.

En uno de los balcones habían colgado un cartel donde rezaba que los fascistas no pasarían por Madrid, pero ellos no estarían allí para ver si la promesa se cumplía.

—Todos somos de Dios.

—Que los muertos entierren a sus muertos —dijo la madre.

A Ana le pareció apropiado. Ya estaban todos muertos.

IV

El balneario de Ontaneda olía a lilas y a sal. O, quizá, era el cuerpo de Imre de Hevesy el que desprendía aquel aroma a lilas, obstruido únicamente por la brisa del mar. Era el ocaso del verano de 1935 y del interior les llegaban retazos de la conversación, en estricto alemán, que don Ricardo y el señor De Hevesy mantenían sobre las futuras elecciones en España. La atención de Ana, no obstante, no estaba volcada en aquel proceso en el que, por edad, aún no podría participar, sino en la carrera de Diplomacia que empezaría al volver a Madrid y en las manos de Imre de Hevesy, que aprovechaban el acto de pasar la página de la novela que leía para acariciarle la piel del muslo. Estaban en el jardín, acostados en las tumbonas, y todos los soles del mundo parecían broncearlos.

—No seas fresco —rio Ana cuando los dedos del muchacho, desafiando todo riesgo, subieron más de lo debido.

Imre la miró con una ceja arqueada. A finales del verano, el rostro de Imre estaba cuarteado de pecas; en contraste, sus grises ojos casi brillaban plateados.

—Y yo que pensaba que tú eras de las que creía en el amor libre...

—Y lo soy, pero eso no significa que tengas carta blanca. Además, como Félix nos vea...

—¡Ja! A Félix lo he visto hacer cosas peores en la fiesta del viernes.

Hablaban en francés, y no en alemán como preferían sus padres, pues aquel era el idioma que a Ana le habían enseñado en el instituto. Imre había estudiado ambos en el internado de la capital, donde sus padres lo habían mandado esperando, en vano, que su expediente mejorase. Hacía dos años de aquello, y ya no importaba. Según las leyes húngaras, el número de universitarios judíos debía corresponder al porcentaje hebraico de la población: un seis por ciento, del que Imre, debido a sus mediocres notas, quedaba excluido.

—Menos mal que Dios, que lo sabe todo, le ha dado soltura en el deporte —solía decir el señor De Hevesy—. Sin él, este hijo, que ni estudia ni trabaja, sería un tarambana.

Don Ricardo tenía una espina similar clavada. Aunque Félix cursaba Económicas, estaba demasiado volcado en la política, y el padre no albergaba esperanzas de que fuese a heredar la empresa cervecera cuya sucursal húngara administraba el señor De Hevesy.

—Hemos criado a una generación ruinosa —decía entonces, vestido de imposible acritud.

Pero todavía era 1935, y verano, y todo cuanto Cantabria sangraba eran lilas y sal.

En Berlín, un esgrimista judío dejó la taza de *espresso* sobre la mesilla del hotel y tomó el periódico del día, que, en un alemán más pulcro de lo que le habría gustado, le había pedido al botones. Carecía de respeto por la lengua alemana, mucho menos aún tenía por la francesa; le gustaba habitar en los espacios en blanco de los idiomas, en las fronteras entre las raíces latinas y las germánicas, y dejar que sus expresiones, y ante todo sus gestos, se comunicasen por él.

A la mañana siguiente su nombre y su rostro aparecerían en la portada de las páginas deportivas. «Imre de Hevesy, de veintiún años, invicto…». En ese momento, sin embargo, las pasaba sin leer las noticias hasta dar con las relacionadas con la guerra de España. El agosto anterior soñaba con la clasificación olímpica. El verano cántabro, pensaba, tendría que esperar, pero volvería a sus costas en lo más delicioso de septiembre, cuando el otoño es solo un recuerdo vago que la brisa fresca trae consigo. Era joven, e inexperto, pero jamás tendría una ocasión como aquella. En Hungría, la joya de la corona de la esgrima, como en muchos otros países, los atletas se retiraban en protesta por el régimen de Hitler. Otros, los judíos como él, no habían tenido tiempo de cavilar sobre su moral. Si no competían, se decía, era para mantenerse a salvo.

Pero, al igual que en materia lingüística, Imre de Hevesy habitaba estrictamente en las zonas vacías entre su nacionalidad magiar y la sangre hebraica, física, que no impregnaba nada más. Desconocía el hebreo y el yidis, no pisaba jamás la sinagoga de la calle Dohány, menos aún otras más pequeñas como la de la plaza Bethlen, en la que había celebrado su *bar mitzvá*, del cual solo recordaba el precio (un faisán), por el que su padre había protestado durante semanas. Se había olvidado de los rezos a fuerza de no pronunciarlos, sus labios rara vez cataban las recetas *kosher* de sus compañeros y sus tripas no rugían por el ayuno en Yom Kippur. No pertenecía a ninguna parte y, por esa misma razón, se creía con el derecho a entrar sin ser invitado allá donde quisiera.

Aun así, no pudo evitar decepcionarse al ser un ministro, y no el Führer en persona, el encargado de entregarle la medalla, estrecharle la mano y darle la enhorabuena. Había imaginado la escena muchas veces, hasta casi sentir el vello erizado del líder alemán en las yemas de los dedos. En el espacio de tiempo delgadísimo que durase aquel apretón lo habría mirado, conocedor de que, sin la cadena de la estrella de David y con su apellido hungarizado, se acercaba al ideal de quienes lo repudiaban por pertenecer, pese a todo, a la estirpe de David. Rubio, alto y atlético. Si los periodistas del Reich no hacían indagaciones sobre su vida antes de mandar el diario a la imprenta, publicarían su fotografía como la del muchacho ejemplar de la Europa Central.

Se acercó el *espresso*, aguado y de mala calidad, a la boca. Su lengua y sus dientes añoraban el regusto amargo del café español, que se mezclaba con el olor a sal que se pegaba a la piel tras un día de playa. En los periódicos alemanes no se había publicado una letra del asesinato de Federico García Lorca, que Ana leía en voz alta con su voz grave y raspada por el tabaco (el tabaco de la discordia que don Ricardo le permitía fumar, contra todo decoro, a la niña de sus ojos).

Ana por las mañanas, cuando se encontraban en el restaurante del balneario y compartían el primer café. Annakém* por carta, y cuando tomaban el sol alejados de las miradas de todos y podía, al fin, besar el salitre de su hombro. Anne-Marie cuando quería enfadarla. Annácska** cuando la vestía de su lengua, que ella desconocía, aquella de la que se dice que ni el diablo ha sido capaz de aprenderla. Ana de todos sus veranos, los siete de la infancia y los dos que lo recibió como mujer. Quizá no volvería a haber un verano como aquellos.

* «Ana querida» en húngaro.

** Equivalente a «Anita» en húngaro.

V

Kedves Imre,* escribió Ana, y el rasgar de la pluma ahogó, por un instante, la voz del locutor de Radio Burgos que daba el parte de la guerra. La radio, siempre la radio. De haber podido, le habría gustado ahogarla, aniquilarla, del mismo modo que cerraban las ventanas para que no entrase a través de ellas ruido alguno de la calle.

Doña Basilisa lloraba desconsolada porque su único hijo estaba a una carta de distancia y aquel papel, que nunca llegaba a tiempo, significaba una sola cosa: su supervivencia. Su cuñada, cuyo único hijo varón se hallaba en paradero desconocido, se creía que en la zona republicana, encontraba en sus dos hijas el mismo bálsamo que doña Basilisa en Ana: ninguno. En la guerra, eran los hombres los que morían y las mujeres las que se encargaban de la mortaja. Solo las bombas y los obuses y, más tarde, el hambre, serían los grandes igualadores, pero no había bombas ni obuses en Cedeira, y el hambre, poseyendo tierras, todavía se esquivaba.

Ana se había cansado de leer noticias de Madrid. Las evitaba de la misma manera que su tío, tras el rezo del rosario, cerraba todas las puertas y ventanas para cantar en gallego. A los sindicalistas del pueblo, antiguos vecinos, no se los mentaba porque ya no existían; paseados o encarcelados, ya no caminaban las calles

* «Querido Imre» en húngaro.

empedradas del norte, y el mero pronunciar sus nombres no los devolvería a la vida que habían abandonado.

—La política es una casa de putas, Anita —le decía el tío Bernardo.

A lo que doña Basilisa replicaba:

—Maldita la hora en la que mi hijo se metió en política. Que Dios me lo perdone.

Únicamente a Dios le rezaban. No al Dios de Abraham, que alzó el cuchillo para dar a su hijo en sacrificio, ni al Dios de Saúl y de Jonatán, caídos en batalla. Quizá a quien se dirigían era a la Virgen, siempre con la misma plegaria: no seguir sus mismos pasos y recibir un cuerpo frío cuando lo entregado había sido un hijo.

No, las cartas nunca llegaban a su hora.

Primera carta de Ana a Imre

Cedeira, 1 de septiembre de 1936

Kedves Imre:

Lo escribo, y me parece oír tu voz, ese chisss sibilante de las eses, con el que siempre me equivoco, y con el que casi parece que me chistas al hablar. Nunca quisiste enseñarme el húngaro (decías que teníamos tiempo) y ahora sabe Dios cuándo volveremos a vernos. ¡Y con qué desfachatez decía tu padre que el único español que necesitaba era el preciso para pedir una cerveza en el bar, sacar a bailar a las mujeres en el salón y dar las indicaciones exactas a los botones del balneario! A saber cuándo volvéis, y de qué manera, a saber si quedará piedra sobre piedra en la Cantabria que conocimos.

En Cedeira el aire, que huele a sal y a mar, se me antoja como una trampa por su similitud con nuestros veranos. Aquel aroma que tanto amaba ahora me parece ponzoñoso, como el de una fruta que dejas en la repisa de la ventana y se pudre al sol.

Toma nota de mi nueva dirección y perdóname por no haberte escrito estas últimas semanas. Espero no haberme perdido ninguna carta suya. Los vecinos tienen nuestras llaves de Madrid; cuando vuelva, las leeré todas y no me importará que sean viejas.

A Félix no le escribas porque no va a contestarte. Te mantendré informado de las noticias que nos lleguen de él, aunque sea a cuentagotas.

Sobre Berlín, cuéntamelo todo, enseguida. ¿Te puedes creer que escuchaba la noticia de tu victoria en la radio mientras hacíamos las maletas? La ultimísima buena noticia que he tenido.

No escatimes detalles, que quiero vivir a través de ti. Aquí, a fin de ahorrarte disgustos, no hay nada que contar. Salir de casa me parece un sacrilegio, y doy gracias por que el invierno llegue pronto a Galicia y pueda convertirme en una flor de estufa (¡yo, que jamás habría perdonado una noche de jarana!) sin ser el foco de los reproches. Casi todo el tiempo lo paso con mi prima Chelito, que es un año mayor que yo. Ella me enseña a bordar y yo le he prestado todos mis libros. También compartimos ropa, ya que la tía dice que la que he traído aquí no se lleva y que con los pantalones y el pelo tan corto la gente podría malpensar. Pero Chelito quiere quedarse con un par de ellos, y con un par se quedará cuando yo pueda volver a Madrid.

¡Madrid! Madrid es una herida que tengo abierta en el pecho. España está resquebrajada y las únicas noticias que me llegan de los míos, a través de la radio y de los diarios, me cortan el aliento de raíz.

Háblame de Budapest y de sus calles, que yo no quiero pensar en las mías.

Saludos y besos,

Ana

Primera carta de Imre a Ana

Budapest V, 18 de septiembre de 1936

Drága Annakém:*

Durante semanas he estado maldiciendo y maldiciendo al pobre diablo del cartero. Si las circunstancias fuesen otras, te pediría que me pidieses perdón de rodillas.

Por supuesto, es todo una broma, y me alegro lo indecible de que estés bien. Desde que oí la primera exclusiva de los bombardeos de Madrid no he podido dormir. Ahora que sé que lograsteis salir en el momento preciso y que estáis lejos de la capital, respiro más tranquilo.

Te contaré todo acerca de Berlín, y con todo lujo de detalles. El café, terrible. La recepción, aburridísima. Los atletas, interesantísimos. La competición... ¿Cómo voy a describir la competición? Nunca he sido paciente con la palabra escrita, y los años no me han mejorado, sino que han terminado de arruinarme. Sobre Alemania, sin comentarios.

Hace años, cuando aún iba al instituto y con motivo del aniversario de mis padres fuimos a Portorož y a Trieste antes de reunirnos con vosotros en el balneario, al asomarme a la ventana

* «Mi querida Ana» en húngaro, literalmente, «dulce Ana querida».

del hotel vi por primera vez, en Italia, a los fascistas desfilando por las calles pacíficas y ya crepusculares. Los miré con ojos de turista o de niño, como si fuesen un afijo más del territorio, no muy distintos de las palmeras que se mecían bajo el sol o del sonido de las olas desde el balcón.

Pienso en Félix constantemente. Es uno de mis mejores amigos, y lo quiero. Nunca pensé que tuviesen importancia alguna sus ideas y las mías. Ahora me doy cuenta de mi error, es una soga al cuello.

Quiero decirte tantas cosas, hasta ahora siempre me había guardado las mejores para contártelas de carrerilla en verano. ¿Cuándo tendremos otro verano?

Ana, sabes que no soy una de esas personas que creen en los dioses, pero rezo y rezo para que nos devuelvan, y de golpe, todo lo perdido, y porque os mantengáis a salvo y de una pieza. Si no puedo creer en los dioses, creeré en la munición y en los frentes de guerra, y dirigiré todas mis plegarias a ellos.

¡Dios! Menuda carta. No te lo echaré en cara si la tiras al fuego enseguida. La preocupación me consume hasta el tuétano y los sentimientos fuertes me adormecen. No hago más que leer noticias de España. Me siento impotente permaneciendo aquí cuando una guerra me separa de vosotros. La felicidad me quema la piel.

Con todo el cariño del mundo, y pidiendo disculpas por mi imperdonable apatía,

I. de Hevesy

VI

Ana leyó la misiva de Imre una sola vez antes de quitarle las tijeras de costura a Chelito para recortar, con sumo cuidado, todo lo concerniente a Alemania, a los soldados de Trieste y a Félix. Los jirones de papel desechados cayeron, como muñecas de trapo, sobre la página del periódico en la que se anunciaba el cambio de postura de los soviéticos en relación con el Comité de No Intervención, y luego la usó como bandeja para arrojar los retazos a la lumbre.

Su prima alzó la vista, le clavó los ojos, de una mezcla melosa entre el ocre y el verde, y no dijo nada. Habían aprendido a guardar silencio, conscientes de que, si se atrevían a romperlo, la voz enérgica de la tía Juana las esperaría al otro lado.

—En esta casa nunca se ha hablado de política. No vamos a empezar ahora.

Por no hablar, dejó de preguntar por su hijo, pues ya no quería conocer la respuesta.

Cedeira, 10 de octubre de 1936

Querido Imre:

No me escribas más hablando de España ni de Félix porque no podré soportarlo. Cuéntame, en cambio, cosas de tu vida, solo cosas de tu vida. Háblame de Budapest y de la esgrima y de la música que escuchas y de los antros en los que te emborrachas, de todo lo banal, lo vanidoso y lo insípido.

Pero no me mientes más la guerra ni las noticias que lees o no te contestaré a una carta más.

Siempre tuya,

Ana

Ana dobló la cuartilla dos veces, en cruz, y cerró el sobre en el que la guardó. Si no lo hacía enseguida, mientras la herida aún estaba tierna, habría sentido la tentación de añadir una posdata que tendría que acabar en el fuego junto con el párrafo aniquilado.

Vigésima carta de Imre a Ana

Budapest V, 3 de mayo de 1937

Drága Annakém:

La primavera ha llegado a la capital, milagro esplendoroso. No hago otra cosa que pasarme el día en el gimnasio y vagabundear (palabras de mi padre, no mías) por las cafeterías de la ciudad. Gundel, Gerbeaud, Centrál, New York. La medalla olímpica ha sido lo peor que le ha podido pasar al viejo, que ya no tiene ninguna excusa para acusarme de holgazanería.

A veces, entre combate y combate, me imagino que Félix y tú estáis aquí. Te llevaría conmigo a trazar mis propios pasos, como una sombra (tu venerable hermano tendría más que suficiente con las mujeres de Budapest). Probarías las crepes de Gundel, la tarta de chocolate y albaricoque de Gerbeaud y el café de Centrál (lamentablemente, no tan amargo como ese alquitrán milagroso que bebéis en España). En el New York se reúnen los escritores y los poetas; no consumiríamos nada, nos moriríamos de hambre o, mejor dicho, nos llenaríamos hasta empacharnos de ideas robadas.

~~¿Te acuerdas de las fiestas del balneario? Tu padre y el mío debatiendo hasta las tantas de la madrugada, Félix enrojeciendo por el alcohol y las propias palabras que se le atragantaban, yo evitando hábilmente que caldeases más el ambiente poniéndole los puntos sobre las íes a la discusión.~~

Lo siento, ignora lo anterior. Pienso demasiado en el pasado, hasta que puedo olerlo y saborearlo. Debo de estar haciéndome mayor.

Veamos, ¿qué más haríamos? Largos paseos por Buda, por supuesto, sobre todo ahora que los cerezos están en flor. Iríamos al cine de la esquina, si echan algo bueno y, si no, directos a la isla Margarita a ver las horas pasar. Te haría caminar de una punta a otra de la ciudad. Al caer la noche, la única opción válida para ver el Parlamento es la plaza Batthyány. ¿Sabes que conozco, de vista, al condesito Batthyány en persona? Bueno, es su madre la que tiene el parentesco con los condes, y sus hermanos los que practican esgrima en mi gimnasio. Entonces, solo entonces, podríamos tomar el tranvía (el 4 o el 6, que recorren la ciudad de punta a punta), y aunque no estuviese abarrotado te sentaría sobre mis rodillas para poder sentir cerca de mí tu piel y soñar que floto en la nube de tu perfume. Después, las luces de Budapest; en la oscuridad, un zepelín sobrevuela el Oktogon (ahora plaza Mussolini) anunciando betún Schmoll.

¡Ja! Además de nostálgico, me he vuelto sentimental. Cuando regresen los veranos y volvamos a vernos, me devolverás de golpe todas las cartas y me dirás que no quieres tener nada que ver conmigo. ¿Y cómo reprochártelo? (Aunque, verás, me reservo el derecho de pedirte de rodillas que lo olvides todo).

Sin un ápice de vergüenza, y echándote mucho de menos,

I. de Hevesy

Fragmento arrancado y guardado entre las páginas de un libro de Radnóti

Ante la imposibilidad de meter estos galimatías en un sobre y ponerles un sello, lo vierto todo sobre el papel sin contemplación alguna. Me estremecen las noticias de España (Guernica, Guernica, ¿qué publicará la prensa gallega sobre Guernica?). Paso más tiempo del que debería en el New York, que abre hasta tarde, y salgo de allí embriagado por el alcohol, y no por las ideas de prestado.

Vuelvo una y otra vez al mismo punto. A principios de año,

a la misma mesa de las interminables borracheras, mi amigo János me gritó hasta quedarse sin voz. ¿El motivo? Pretendía seguirlo. Estaban reclutando hombres para las Brigadas Internacionales y él se había apuntado. Mi fervor cuando me lo contó le pareció ofensivo. Soy muy joven. Desperdiciar la vida a los veintiocho años es una cosa, pero a los veintidós resulta inadmisible. Traté de explicarle mi postura, los lazos que me unen con España, pero no quiso oír una sola palabra al respecto.

—Lo último que necesitas es meterte en política —me dijo.

—¡Política! Ya me conoces; no me importa lo más mínimo.

Pero me despachó con un movimiento nervioso de la mano.

—Te dará problemas.

—A mí y a todos.

—A ti más que a nadie. —Le dio un trago a su bebida—. ¡Dios! —El vaso, al caer de nuevo sobre la mesa, emitió un ruido monstruoso, y János bajó la voz—. ¿Es que no ves los títeres que tenemos en el Gobierno? No te perdonarán que te unas a las filas de los bolcheviques y los socialistas más de lo que te perdonarán la sangre que te corre por las venas.

En ese instante me recliné en la silla, como si el tamaño del golpe recibido precisase espacio físico.

—¡Mi sangre! ¿Qué tiene que ver mi sangre con todo esto?

—Verás, tiempo al tiempo. En una madrugada no te va a venir la sensatez que se te ha escapado en veintidós años.

Podría haberle cerrado la boca con los puños. Ya me estaba preparando para ese movimiento cuando, azotado por el tono sombrío de su voz, dejé caer las manos sobre la mesa. Al final me detuvo lo mismo que me impidió ir al frente con él: el carácter sagrado de la amistad ante el que me inclino sin hacer preguntas ni pedir explicaciones.

No me alejaron de la guerra ni la apatía política ni el aprecio a la propia vida ni el temor por el futuro, sino una única preocupación, que me consume hasta el insomnio: encontrarme con una cara conocida en el bando contrario.

Pienso constantemente en los aviones alemanes sobrevolando España…

Vigésima carta de Ana a Imre

Cedeira, 1 de junio de 1937

¡Café! Café, bonito, ahora ya ni se ve, vive solo en tus recuerdos y, mientras tanto, yo me deleito pensando en el café Centrál del que me hablas. ¡Y tarta! Debería, sin duda, cesar toda correspondencia para no tener que leer ni una palabra más de semejantes exquisiteces del pasado.

Me angustio por Inés y por los de la universidad, sobre todo ante la falta de noticias. Estos días Hungría se me antoja más cercana que Madrid. ¡Que mi Madrid!

Félix ha caído herido en combate, pero nos escribe desde el hospital con buen ánimo. Los doctores prevén una recuperación completa que, sin embargo, mamá espera se torne larga, puesto que eso lo mantendrá alejado del campo de batalla.

Aquí, dentro de lo que cabe, todos estamos bien. El hambre no tendrá la capacidad de asustarnos mientras haya tierras que cultivar y cerdos que matar. ¿Puedes creerte que al final ha sido la guerra, y no la República, la que ha conseguido que los señores tomen el arado? La tía Juana y madre, obnubiladas por la nueva situación, se quedan en casa mientras padre, el tío Bernardo, Chelito y yo salimos a trabajar. Yo lo hago hasta que cae la noche y al regresar la tía me mira las manos, que están enrojecidas y sanguinolentas, y la cara quemada por el sol, y rompe a llorar. «¿Qué nos ha pasado? ¿Qué nos ha pasado?», pregunta, y nadie tiene el ánimo de contestar.

De permitírseme, trabajaría también en la oscuridad, hasta hacerme daño, porque todo cuanto conozco está en Madrid y yo, que no sufro ni el hambre ni las bombas, no encuentro otra penitencia que esta.

Con cariño infinito,

Tu Ana

VII

El Escorial, 26 de julio de 1937

Querida Inés:

Lo primero: madre tiene razón. No hay ningún motivo para que sigas yendo al hospital ahora que no estoy en Madrid. En el Socorro Rojo tenemos muchas voluntarias y todavía no estamos en un momento de la guerra en el que tengan que ejercer la enfermería aquellas que por su salud deberían cuidar de sí mismas. Además, de manera egoísta tengo que pedirte, en primer lugar, que no me preocupes y, en segundo lugar, que te hagas cargo del viejo. Es más terco que una mula y a madre no le hace ni caso, a mí y a mis cartas mucho menos; solo tiene oídos para ti, que eres la niña de sus ojos. De no ser por tu influencia, lo siguiente que sabré de él es que se ha levantado en armas, y eso sería un desperdicio tanto para él como para la revolución que pretende llevar a cabo.

Por mí no tenéis que angustiaros, no salgo del hospital, cuya planta subterránea ha sido habilitada como refugio. La comida es suficiente, pero ¿y vosotros? La última vez te vi muy demacrada. ¿Os llega con las cartillas y con lo que le dan a padre en el partido? No os humille cambiar las joyas y la cubertería de plata por comida, si todavía hay alguien que valore más el oro que el pan que llena el estómago. Si la situación es desesperada, pídele a Pepita que te acompañe al hotel Florida y di que vais de mi parte, he trabado amistad con algunos reporteros que quizá tengan a bien devolver favores. ¿Ves? A mí no me molesta pedir, espero que a ti tampoco te turbe. Eres más sensata que mamá y por fortuna no has heredado el orgullo de papá, que en los peores días hace mella en mí.

Escucho música constantemente, el antiguo doctor se dejó aquí su gramófono y algunos discos. Leo con la voracidad de los condenados los libros de texto, porque esta guerra me está robando el último año de universidad, y las novelas de Ana, ya que las mías las he devorado hasta memorizarlas. No grites sacrilegio, hermanita, que se las devolveré de una pieza y ni siquiera notará que las he tocado. Incluso he forrado las tapas con números atrasados del *¡Ayuda!* para que no se manchen.

Estoy muy bien de salud y no me hace falta nada.

Resistid, que estos tiempos oscuros también pasarán.

Tu hermano que te quiere,

JORGE

La carta apenas había llegado a su fin cuando el joven doctor apuró la firma. Con la otra mano levantó la aguja del gramófono. La sinfonía tercera de Shostakóvich se interrumpió en mitad de un acorde. La habitación en la que Jorge descansaba y fumaba el penúltimo cigarrillo no se sumió en el silencio de la tarde, sino en la respiración ronca, cada vez más atragantada, de la paciente que yacía en la camilla.

A causa de la palidez cetrina de la muerte que le mordía los pies, ya fríos como los de las estatuas, parecía mayor que sus veintiséis años. El pelo, oscuro y aún ensangrentado, se le rizaba sobre unas cejas finísimas de artista de cine.

El doctor Kiszely cambió de postura en la silla junto a ella. El ruido que provocó su movimiento (grotesco, incontenible) ahogó por un instante la cacofonía de voces que llegaban desde el pasillo. Hablaban en el español de aquella tierra que sangraba, unido al inglés y a otro idioma, u otro conjunto de idiomas, que Jorge no fue capaz de identificar.

Kiszely se mantuvo en silencio un instante más. Al alzar la vista hacia Jorge masculló, casi desmembrando las palabras.

—Por humildad.

Dio la impresión de que el acento de su camarada, espeso como la miel, se aferraba con garras a las paredes blandas de la garganta.

—¿Cómo?

—La transfusión y la operación que le realizó el doctor Jolly fueron un ejercicio de humildad y corazón. La paciente ya está muerta, aunque respire. Todos lo sabíamos desde el momento en el que la trajeron. —Se humedeció los gruesos labios—. ¿Por qué no descansas? Llevas en pie desde la noche.

Jorge sacudió la cabeza. Arqueó las comisuras en una mueca que, a la luz recortada del candil, casi asemejaba una sonrisa.

—Por humildad y corazón. Descanso tanto aquí como en la sala.

—Quizá es mejor así. Si sales, el marido te pedirá verla.

—Será como visitar un cadáver. Es preferible esperar a que las enfermeras la preparen.

De la nariz, pequeña y recta, aún fluía una sangre testaruda que le tintaba el arco de Cupido. Las gasas y el barreño de agua yacían rosados en el carrito a su derecha como recuerdo de los intentos fútiles de los doctores por lavarla. No podían hacer nada por ella, salvo dar testimonio de su lucha. La sombra de la muerte se cernía sobre su castigado cuerpo.

Kiszely se encendió un cigarrillo y señaló a Jorge con la punta encendida.

—¿Escribes a tu novia?

Como respuesta, el muchacho se guardó la carta en la novela que había dejado a la mitad.

—A mi hermana.

—No te tenía por un hombre venerable.

Jorge cogió aire. Guardaba en la manga réplicas perfectas para cualquier broma, hijas ya huérfanas de sus incontables noches de jarana, y todas ellas eran pesadas. Pronunciarlas habría requerido un esfuerzo hercúleo, unas fuerzas que palidecían ante las ojeras violáceas, producto de las madrugadas en vela encadenadas y las mejillas que se hundían, famélicas.

—Me preocupa. Está delicada de salud.

El semblante de Kiszely se tornó serio.

—¿Neumonía?

—Debilidad. —Tomó el pitillo que su compañero le tendía y permitió que él se lo encendiera—. Es su naturaleza, nunca ha tenido salud.

—Lo lamento.

—¿Y tú? ¿Tienes mucha familia esperándote en casa?

Kiszely lo detuvo con un movimiento nervioso de la mano.

—Mi casa ya no existe. Me está quedando un país ruinoso. —Emitió un ruidito explosivo por la nariz—. A Cristo voy a hablarle de clavos. Vine al tuyo persiguiendo una idea...

—Y te encontraste con la muerte.

El amigo no respondió de inmediato. Los ojos, de un azul tan profundo que ahí, en la penumbra, se confundía con el negro, estaban fijos en el libro que Jorge tenía sobre las rodillas.

Indicó la fotografía que Ana utilizaba como marcapáginas y a la que Jorge, a fin de no perderla, le daba el mismo uso.

—¿De qué conoces a Imre de Hevesy?

La pregunta tuvo un efecto retardado en el doctor más joven, que observó, por primera vez con detenimiento, la instantánea antes de contestar.

—De nada.

—Guardas una fotografía suya en la novela.

—No es mi novela.

Para ilustrar su afirmación le mostró la primera página, en la que Ana, con su letra cursiva, apretada y casi indescifrable, había escrito su nombre.

Kiszely estrechó los ojos. Tras un par de segundos se reclinó hacia atrás y le echó un último vistazo a la paciente. Los jadeos, aunque más lentos y más bajos, persistían.

—Conozco un poco a Imre. Es un compañero de copas de Budapest. Si no he conseguido convencerlo de lo contrario, estará en el frente con los Rákosis. —Cruzó las piernas—. ¿Conoces a la mujer que guardó su fotografía en el libro?

La mueca, entre cansada y divertida, regresó a los labios resecos de Jorge.

—¿Qué? ¿Piensas que lo he robado? —No le permitió contestar—. Es la mejor amiga de mi hermana, y vecina de mi familia puerta con puerta.

Kiszely asintió con la cabeza. Los ojos, aún fijos en la mujer que agonizaba, contrastaban con la actividad frenética, casi maniática, de sus manos. Los dedos, de falanges delgadas y uñas bien cuidadas, acariciaron los tirantes del mandil (el húngaro renegaba de la bata, al contrario que Jorge) y después se introdujeron en el abultado bolsillo central. Para concluir, el chasquido.

—Ana —dijo.

En su voz, las as sonaban oscurecidas, casi cercanas a las oes.

Jorge no mutó la expresión.

—Pensaba que lo suyo era un enamoriscamiento de verano. Si has oído hablar de ella, supongo que me equivocaba.

—Imre la mentó cuando le conté que me había apuntado a las brigadas. Me habló de ella y de su hermano Félix.

Jorge desvió la mirada. En el hospital británico no había días ni noches, tan solo aquella penumbra gastada, infértil, que convertía cada jornada en idéntica a la anterior.

—De Félix no puedo decirte mucho. Y si tu amigo se ha unido al Batallón Rákosi, mucho me temo que pueda encontrárselo al otro lado de una trinchera.

—No sé si se ha unido al batallón, espero que no.

—Si es muy amigo de Félix, por su bien espero que no. A mí, por lo menos, no me gustaría verme…

Kiszely lo detuvo extendiendo la palma hacia él. El ruido constante, aquella respiración como de acordeón que parecía seguir la batuta de la conversación, había cesado. La fina sábana blanca que cubría el cuerpo de la paciente hasta la barbilla ya no se movía. La muerte había llegado a hurtadillas y sin pedir permiso.

El húngaro miró la hora en su reloj de pulsera. Caía la noche. Fräulein Taro no vería otro amanecer.

Certificó el fallecimiento casi a regañadientes, como si temiese que el sonido de su voz fuese a perturbar el eterno descanso de la mujer.

—Tendremos que avisar al marido —terció Jorge.

Sobre él, los ojos de Kiszely eran de un azul neblinoso.

—¿Podrías ocuparte de ello, por favor? —Estiró los labios—. Odiaría tener que utilizar mi lengua materna para dar esta terrible noticia.

Jorge se apartó, la intimidad quemaba.

—Creía que Capa era americano.

—De Budapest. Endre Friedmann, se llama. La otra mitad de Capa está en esa cama de allí.

No miró. En el lecho no había nada, un cuerpo, una carcasa. La guerra estaba siendo muy larga, y los días de ausencia, los escasos treinta kilómetros que lo separaban del centro de Madrid, le arqueaban los hombros cansados. Comprendía muy bien por qué Kiszely temía empapar su idioma con palabras de muerte. La lengua de su madre, de las canciones de cuna de su infancia, de las bromas con los amigos de instituto, debía ser un territorio sin conquistar, a salvo de las garras negras del conflicto.

—Descuida.

Kiszely asintió.

—Gracias, Márquez. Les pediré a las enfermeras que preparen a fräulein Taro. El marido debería poder despedirse de una mujer que recuerde, al menos.

—Al menos.

—¿Podrías hacerme un último favor?

—Lo que sea.

—De Hevesy me dio unas cartas por si se daba la casualidad de que pudiese entregarlas en la portería de Ana. ¿Podrías...?

—¿No tiene su nueva dirección?

—No lo sé.

Jorge lo observó un instante más. Después chascó la lengua y lo despachó con un movimiento de la mano.

—Déjalo todo con mis cosas, si quieres. Me ocuparé de entregárselas a Ana cuando vuelva.

Las palabras, desnudas, resultaron fútiles en aquellos momentos. Comunicaban mucho más la mirada, el movimiento exacto de las manos al cerrar la puerta tras de sí con un cuidado exquisito, como si temiese despertar a la mujer de su sueño de piedra.

El marido, pequeño y oscuro, pareció encogerse ante la enormidad de aquel ruido monstruoso al romper la cacofonía de sonidos del hospital británico. De no haber sido por su compañero, un reportero de rizos cenicientos y penetrantes ojos azules que lo sostuvo, habría caído al suelo.

—Me gustaría verla —dijo con voz atragantada.

—Las enfermeras la están preparando para...

Endre Friedmann no le permitió continuar.

—Me gustaría verla tal y como está, si me lo permiten.

¿Cómo negárselo? Giró el pomo y empujó la tabla con dos dedos para que la puerta se abriese. Fue la agitación, y no la curiosidad, lo que lo impulsó a mirar: la difunta, frágil y hermosa sobre la camilla. La sombra de la muerte, que afinaba los rasgos en la mayoría, había disipado la mueca producida por el último esfuerzo y al fin aparentaba la juventud desperdiciada. Junto a ella, Kiszely le limpiaba con un paño húmedo la sangre, que había dejado de brotar.

Friedmann cayó al suelo, de rodillas.

El compañero de rizos cenicientos alzó la cámara y sacó una instantánea.

—En mejores circunstancias habría sido una historia que contar a los nietos —dijo, y por el acento Jorge supo que el inglés era su lengua materna—. Ahora tendrá que dar testimonio, como las fotografías de los niños que cayeron en los bombardeos de Madrid.

Cogió aire. A Jorge le dio la impresión de que quería decir algo más, pero de aquellos labios finos, entrecortados por la sequedad, solo salió un grito ahogado, antesala del llanto. El reportero apretó los párpados, las pestañas humedecidas empezaban a brillarle.

—Una profesional entre profesionales. Sacrificó su juventud, su belleza y su talento por el periodismo en el frente de una guerra que le era ajena. Que la tierra, levísima, no la lastime más.

Cuando Jorge salió a fumar, el reportero fue tras él. Caminaba como sonámbulo, herido por la muerte temprana de fräulein Taro. Los ojos, aún acuosos, atravesaban más que miraban.

Jorge se avergonzó del cigarrillo prendido que tenía entre los dedos. Era el último que le quedaba, y la imposibilidad de consolar al inglés con el sentimiento comunitario del acto de fumar lo perturbaba. Le ofreció una calada, que el hombre rechazó mientras se tanteaba la chaqueta en busca de su pitillera.

—Quizá peco más de conservadurismo de lo que me gustaría —repuso, con el cigarrillo apagado entre los dientes separados—, pero es una cosa horrible, ver a una mujer en el campo de batalla.

El español le encendió el pitillo y el haz de luz anaranjada reveló la juventud que las arrugas prematuras sepultaban: el reportero, con toda probabilidad, no alcanzaba aún la treintena.

—Lamento la pérdida de su compañera.

El inglés forzó una sonrisa.

—Las mujeres están más acostumbradas a la muerte que los hombres. En las familias, son quienes preparan los cuerpos para darles sepultura. Ellas conocen íntimamente la muerte y la sangre, nosotros somos los que no tenemos experiencia. En tiempos de paz, si una mujer joven muere es dando vida.

Jorge desconocía a las mujeres. Hablaba con fluidez el idioma de la seducción: la música del Negro Aquilino en el Marly y las muchachas, algunas mayores que él, a las que sacaba a la pista; las líneas suaves de los cuerpos de las bailarinas que despertaban junto a él en la cama del hotel; los perfumes (a veces dulzones, otras florales) de aquellas chicas de las fiestas y de los rincones oscuros del cine. Jamás se había sentado en una cafetería, como hacía con sus amigos, a charlar con una joven de tú a tú. La única con la que se había comunicado sin esperar algo a cambio era su hermana, y él la consideraba más ángel que persona.

El inglés inspiró.

—Tengo a una niña en casa. Nació el año pasado, en agosto.

El silencio llenó el corredor de un significado añadido, que ambos hombres trataban de ignorar: la hija había llegado al mundo al mismo tiempo que las primeras bombas caían sobre Madrid.

—Una cosita pequeñita, tres kilos, los ojos grises de su madre... —Sacudió el cigarrillo—. Ya sé, doctor, que todos los bebés tienen los ojos claros, pero entre los de su madre y los míos... —Se los señaló con la mano que tenía libre—. Malo será. Cuando la besé, la frente le sabía a sal.

Jorge alzó la barbilla. De toda aquella retahíla de frases nerviosas, tan típicas de aquellos que de tanto callar se ahogan en el silencio, la última consiguió captar su atención.

—Debes volver a Inglaterra con tu hija —repuso, apenas alzando la voz.

El inglés tomó aliento.

—Lo sé.

—No, no lo comprendes...

—Nos dijeron que seis meses. En unas semanas cumplirá el año. En un adulto, doblar tu esperanza de vida resultaría un pequeño milagro, ¿eh, doctor?

Jorge tragó saliva. Notaba la ropa tan cerca de la piel que el contacto quemaba y ardía.

—Debes volver con tu familia.

—Lo sé. Me digo lo mismo todos los días. Es la segunda gran tragedia de esa niña. Su padre le debe más lealtad al periodismo que a ella. —Tiró el pitillo casi intacto al suelo y lo pisó—. Soy un hombre despreciable, un hombre enfermo, doctor...

—Márquez, Jorge Márquez.

El reportero se secó la mano, moteada de pólvora y de tinta, antes de tendérsela.

—Allie. Allie Dale. Escribo para el *Telegraph* —dijo, con una sonrisa ojerosa—. Si te ayuda, puedes pensar en Alí Babá para acordarte. Me reservo el derecho a guardarme para mí quiénes son los cuarenta ladrones.

Jorge le devolvió el gesto.

—A estas alturas, todos conocemos a unos cuantos.

—Palabras tuyas, no mías. —Alzó la cámara—. ¿Podría sacarte una fotografía?

—No.

A causa de su negativa y del paso atrás que dio con su espalda contra la pared, Allie Dale, del *Telegraph*, rio.

—Soy un mal padre, pero también un periodista de primera, doctor Márquez.

—Jorge.

—Camarada Jorge.

—No me toques los cojones.

—Me desprecias.

Jorge lo miró. Los ojos de Allie Dale, del *Telegraph*, permanecían opacos. Recordaban a los lagos helados del invierno, estampas que el español solo conocía de segunda mano, a través de las fotografías y las películas.

—Os compadezco a ti y a tu familia. —Tiró él también el cigarrillo y el propio Dale lo apagó de un pisotón—. Pero esa compasión no te da derecho a tomarme una foto.

Allie entornó la mirada.

—¿Temes que se sepa lo que has estado haciendo durante la guerra, si la paz no te es favorable?

—¿Cuánto tiempo llevas en España, Alí Babá?

—Desde febrero de este año.

—Bien, ahí tienes la respuesta. —Se mordió las mejillas—. No lo entiendes, y por muchas fotografías que tomes y mucha trinchera que chupes, no entenderás nunca cómo cambiaron las cosas de la noche a la mañana, cómo de repente los bares, los restaurantes, los teatros, los comercios... se dividieron entre los que eran de izquierdas y los que eran de derechas. Y también las personas. Y va a seguir siendo así, para siempre, gane quien gane la guerra, y tú entonces estarás en tu casa y contarás cómo España se partió en dos pensando que se trata solo de un frente de guerra.

El silencio sostenido, no, la música. Para Jorge, la música tenía mucho de silencio, de una continuidad monótona que le impedía pensar. Las enfermeras debían de haber terminado de atender a fräulein Taro, y Kiszely, para mantener la mente en blanco, había puesto de nuevo el disco de Shostakóvich.

Allie Dale, del *Telegraph*, estudió las marcas de polvillo y sangre seca de sus botas.

—¿Has terminado?, porque ha sido un buen repaso.

—Sí. Lo siento, tengo los nervios quemados.

—Tú y todos. Y no lo sientas, camarada. Aprecio más tu crueldad que tu compasión. —Le ofreció un cigarrillo—. ¿No crees en nada?

—En nada. En la supervivencia.

—Y, sin embargo, estás aquí. O crees en algo o *huyes* de algo como yo.

Jorge se encendió el pitillo con una cerilla. Al guardar la caja, sacó del interior del bolsillo el bloc de notas y garabateó en él su dirección, antes de arrancar la página y entregársela al inglés.

—Son las señas de mi familia en Chamberí —aclaró—. Si quieres agradecer mi crueldad... o mi compasión..., y si es cierto eso de que en el Florida todavía se come bien..., tengo una hermana que carece de la salud suficiente para soportar el hambre.

VIII

En el invierno más gélido de sus casi veintiún años, Ana vio en el cielo una hemorragia incontenible. Estelas escarlata bailaban en el firmamento, antes negro, aquella madrugada de enero de 1938. A los rezos de un avemaría atragantado, de un rosario en el que Isabel, la prima más pequeña, tenía prohibido participar, pues siempre equivocaba a los demás, se les unían las quejas de la tía Juana.

—¡Y mi niño ahí fuera! ¡Sabe Dios!

No atendía a los comentarios, entre sardónicos y sombríos, de don Ricardo, menos aún a las réplicas sibilantes, afiladas al tacto y al oído, de su cuñada.

—¡Y el mío en el frente de Teruel!

—Por lo menos sabes dónde está.

—Para lo que sé... como si me dicen que está en el infierno. —Se santiguó—. Ay, María, María, que tú también eres madre, ¿qué consuelo voy a tener yo hasta que acabe esta guerra?

Volcó la mirada en la figurilla de la Virgen del Carmen sobre el aparador, y los ojos ciegos de la talla reflejaron los haces carmesí que consumían el cielo de Cedeira.

Su hermano apretó los párpados húmedos. Sus manos que, inmóviles, parecían inertes, cerosas, se aferraban a las cuentas de azabache del rosario. Recitaba el segundo misterio de Fátima de memoria. El tono grave y pausado que reservaba para las canciones de cuna en gallego, una vez que los vecinos se habían ido a dormir, sonó avinagrado.

—«Cuando ustedes vean una noche iluminada por una luz desconocida, sepan que esto es el gran signo dado a ustedes por Dios de que Él está a punto de castigar al mundo por sus crímenes, por medio de la guerra, el hambre...».

Doña Basilisa dio un pisotón al suelo.

—¿Qué más guerra va a haber, si ya casi llevamos dos años de esta y parece que no va a acabarse hasta que estemos todos muertos?

La tía Juana le chistó. El semblante serio, fijo en la Virgen, parecía temer que una palabra demasiado alta fuese a despertar la furia del Señor.

Ana levantó la vista de las cuentas que se le entrelazaban en los dedos. Aunque Isabel dormía y no podía equivocarla, el espectáculo del cielo la había arrancado de cuajo de la oración.

—El ambiente está muy caldeado en Europa. He leído que Italia se ha salido de la Liga de las Naciones.

—¡Déjate de Europa, Anita! —bufó don Ricardo—. Primero tiene que acabarse esta guerra, si se acaba, y luego ya nos preocuparemos por Europa. Lo único que a mí me preocupa de Europa es la buena palabra de Ödön de Hevesy, porque sin la producción húngara..., mi cartera va a tener telarañas.

La tía Juana lo observó con una ceja arqueada.

—No será por lo que gastas aquí, que el plato caliente en la mesa...

—De lo que siembro y cosecho yo mismo. En la vida pensé que tendría manos de jornalero, pero ya ves que la guerra ha conseguido lo que la República no pudo.

—¿Y de quién son esas tierras, Ricardito?

Doña Basilisa entornó la mirada.

—De mi madre, cuñada, de modo que tengo tanto derecho sobre ellas como tu señor marido.

La tía boqueó. Sus ojos, pequeños y oscuros como los de un insecto, pasaron de la talla a la mesa a la cual estaban congregados. No se atrevieron a detenerse ni sobre doña Basilisa ni sobre la ventana, a la que se arrimaba su hija mayor.

—Ay, vas a tener que disculparme, *neniña*, pero es que cada vez hay menos que servir en el plato. ¿Adónde vamos a llegar?

Nadie le contestó.

Chelito era la única con arrojo suficiente para volverse a la ventana, a la playa que antaño llenaba las salas del olor del salitre y que desde hacía meses luchaban por ignorar. Cuando salían, era también Chelito la que miraba a la cara a los presos asturianos retenidos en ella, y sus ojos, con aquella mezcla espectacular de verde y miel, parecían decir: «Estoy al otro lado, pero soy tan humana como vosotros. Soy una persona observando a otras personas».

Y las monedas que usaban en el mercado estaban acuñadas en «1937. II año triunfal». Y por la noche, cuando todos dormían, Chelito se metía en la cama con Ana, que se estremecía con el roce de sus pies fríos.

—Me duele en el alma no saber nada de mi hermano, porque lo quiero —le decía entonces—, pero es un incauto. Si yo fuese varón habría sabido aprovechar mejor las oportunidades que nuestros padres le han dado.

Ana le acariciaba el vello dorado de sus brazos.

—Vente con nosotros a Madrid, cuando termine la guerra. Puedes estudiar, como yo.

Y Chelito siempre tomaba aliento, como si las palabras se le atragantasen, se le clavasen a las paredes de la garganta y no quisiesen salir.

—Mi padre tiene demasiado corazón y así le han ido los negocios. No nos van bien las cosas como a vosotros. —Bajó la voz—. Yo que tú, me iría de España con tu novio.

—No seas loca.

—Ya verás. Si yo tuviese un novio en Europa lo embaucaría como fuera para que me pusiese un anillo en el dedo y me iría con él. ¿Qué vida nos espera aquí, Anita?

Ana no dijo nada. Aquellas palabras eran el prólogo de una historia mucho más grande.

Madrid anochecía ensangrentado. Olvidado y relegado ya el frente de Brunete, Jorge contaba los días en urgencias y operaciones desde el hospital del Socorro Rojo, erigido en el antiguo hotel Palace. Ni las bombas ni los obuses le causaban temor alguno. Si bien, al percibir los latigazos fervorosos del cielo, sus compañeros habían corrido a los refugios pensando que se trataba de aviación enemiga, él se asomó a mirar. Un espectáculo milagroso de la naturaleza: las luces del norte alumbrando un país del sur de Europa que daba sus últimos coletazos de vida.

La civilización que habían conocido y amado ya no existía. El Madrid de antes (¡su Madrid!) se había extinguido hacía ya mucho, y solo se mantenía en pie por orgullo, terquedad y honor.

El chirrido de las vigas de la puerta anunció que salía al balcón otro curioso, otro diablo que le había perdido el miedo a la muerte y a sus fantasmas, y podía apreciar la belleza de un suceso que sería digno de contar a los nietos.

Después de tanto tiempo, Jorge reconoció al instante la cadencia específica de los pasos, la firmeza de la suela de unas botas militares robadas cuyo dueño no se levantaría a reclamarlas. Antes de volverse y ofrecer un cigarrillo, que siempre escaseaban pero al menos engañaban al hambre, la voz nasal del inglés emergió de entre el silencio.

—Quería decirte cuánto lamento la muerte de tu padre.

Le pasó el brazo por detrás de la espalda. Jorge escuchó primero el ruido, el frufrú de la tela áspera del uniforme, también robado, y después la calidez de un cuerpo ajeno, tan humano como el suyo.

—La última vez que lo vi bromeamos sobre los obuses que cayeron en el teatro Fuencarral —dijo, y su propia voz se le antojó añeja—. Representaban *La Dolorosa* y, con el susto, uno de los actores salió corriendo a la calle vestido de fraile. Un par de días después una explosión lo mató a él.

Se excusó en el espectáculo del cielo para evitar mirar al inglés a la cara. Hacía una semana (no, dos) que su padre ya no existía. El 10 de enero había saltado por los aires la calle Torrijos, cobrándose la vida de más de cien madrileños. Una casualidad fortuita, o la crueldad arbitraria de la vida, había arrastrado a don Tomás Márquez al metro de Lista en busca de un amigo, un buen amigo de los de antes, de los de la República, que podía comprarle las joyas de su señora a buen precio.

—Lo lamento de veras.

El tabaco dejaba un regusto amargo en el paladar que asfixiaba y revelaba. Era el sabor de la capital agonizante que ya nadie podía salvar.

—No habría podido aceptar la derrota —dijo Jorge, cada sílaba un cuchillo—. Si creyese en los dioses pensaría que fueron amables con él, aunque a nosotros nos quede roer el hueso.

El inglés no se había separado de él. El olor que desprendía, la mezcla característica de tabaco, whisky, cuero viejo y tinta, antes nauseabundo, en ese momento lo reconfortaba tanto como los aromas familiares de su infancia: el jabón con el que lavaban las sábanas que tendían en la azotea, las torrijas de Pepita, los libros que pasaban del padre a la madre, del hermano a la hermana, la madera del piano y el polvillo (incluso eso tenía su olor) que se alzaba dorado cuando levantaban la tapa.

Dio un paso atrás. Con la distancia, Jorge reparó en los párpados inferiores, enrojecidos, del corresponsal.

—Me vuelvo a casa, Marquesito.

Era «Marquesito» cuando las noticias eran buenas y, dada su escasez, casi todo lo consideraban una buena noticia. «Marquesito» cuando el humor acompañaba, cuando todavía había puros que fumar y mujeres a las que admirar, aunque estas hubiesen cambiado el pintalabios por el hollín. Bajo el cielo ensangrentado, el juego de palabras con el apellido lo atravesó como una daga.

—¿Tan pronto? Contaba con que os quedaseis un poco más. ¿Os habéis cansado de derrotas y no queréis escribir cómo visteis caer a España?

Un temblor. El inglés estiró los labios. Las comisuras, blanquecinas, estaban resecas.

—He recibido carta de mi esposa. La niña murió hace una semana de una infección contraída por la bajada de las temperaturas. —Tragó saliva—. Siempre supe cómo terminaría la historia, que yo no la podía cambiar y que me odiaría por mi cobardía. Esta es la definición de tragedia.

Jugueteaba con el encendedor de plata sin llegar a prenderlo. Volcaba con fervor los ojos al firmamento y sus colores se reflejaban en el pálido iris. Era un hombre que buscaba algo que jamás llegaba a alcanzar, y no tenía consuelo.

—Lo siento. No sé…

—Nos atraviesa la misma herida.

Jorge ladeó la cabeza.

—Hay una palabra para referirse a mi pérdida; la tuya, en cambio, no la recogen los diccionarios.

—Quizá es demasiado pesada para contenerla. Por ese mismo motivo, cuando vuelva me dirán que aún somos jóvenes y podemos tener más hijos. ¿Pero dónde está esa niña? Ya tenía sus gustos y cuando me veía sonreía. —Inspiró—. Mi mujer tiene en un solo dedo más valentía de la que yo conoceré en la vida. Después de esto, ¿de qué más me arrepentiré?

Alzó la mano, brillante por el sudor negruzco, y la posó en la nuca de Jorge. La frialdad del contacto lo estremeció.

—Tienes que irte de Madrid, Marquesito. Eres más sensato que la mayoría y sabes tan bien como yo que la derrota nos pisa los talones. Y cuando llegue la victoria los fascistas no te perdonarán que hayas pasado la guerra aquí.

—No soy más que un médico.

—Que desde el treinta y seis ejerce en el Socorro Rojo. Te acusarán de bolchevismo. ¿Crees que la cuna va a salvarte? Llevas al cuello la soga de los que traicionan a su clase.

Jorge apartó la mirada. En aquella madrugada febril, los ruidos quedos del hospital le recordaban a la respiración de un animal que duerme.

—No puedo.

—No seas incauto. Tu padre ya no está para anclarte aquí, hablas mi idioma con suficiente fluidez para ejercer la medicina en Londres, tu hermana puede estudiar. Me dijiste que le gusta leer a Dickens, ¿no? También puedo conseguirle un empleo de secretaria en el diario, un puesto decente, si es una mujer de las que trabajan.

El joven médico se volvió. Una pantalla de lágrimas cálidas le ensombrecía la mirada.

—Que no dejo Madrid, Alí Babá. De buena gana te encomendaría a mi hermana si creyese que ella iba a aceptar tu proposición, pero esta ciudad es tan mía como de los fascistas, y me quedaré en ella mientras resista.

El efecto que la negativa tuvo en Allie Dale, del *Telegraph*, fue notable. Se apartó como abofeteado por la fiereza de la réplica, por el descaro de aquel acento en el que ya navegaba y que por primera vez desde que había empezado la guerra se le antojó tan árido e incomprensible como las tierras de Castilla.

—Estás preparando tu propia ejecución, Marquesito. —Todavía no había apartado la mano y lo atrajo más hacia sí—. No se lo des todo a la lucha, que lo que pierdas va a ser más grande que lo que tus ideas puedan ganar.

—Dignidad. Esta es mi tierra aunque agonice.

Allie chascó la lengua.

—¡Los españoles y el orgullo! ¿No ves que ya habéis perdido la guerra? ¿Te parece más indigno ponerte a salvo mientras puedas que tener que esconderte cuando suceda lo inevitable?

Jorge no le respondió de inmediato. Un silencio sostenido, interrumpido únicamente por el frufrú de la tela y el goteo de un grifo lejano, los cubría como un manto. El incienso del luto que se aproximaba los asfixiaba.

—Te dije que no creía en nada, pero no es cierto. Creo en las causas perdidas cuando realmente lo están, y esta es una de ellas.

Allie abrió la boca. De sus labios escamados, cetrinos, no salió nada, solo el vaho rizándose entre ellos. Se los humedeció. Sin mediar palabra, introdujo la mano en el bolsillo para tomar la billetera, de ella sacó las últimas libras esterlinas que le quedaban.

—Que ese orgullo que te condena no te obligue rechazarlas —dijo al entregárselas al doctor en mano—. Vuestro dinero republicano pronto será inservible.

—También tenemos divisas en la zona nacional. Unos amigos que huyeron y nos hicieron el favor.

Allie Dale casi sonrió.

—Sabía que pecabas de orgullo, pero no de inocencia. Si esas amistades están en el otro lado, yo no guardaría grandes esperanzas de que cumplan su palabra. España está partida en dos y nadie podrá recomponerla.

IX

«La resolución del problema checoslovaco, que ahora hemos logrado, supone a mi juicio el preludio de una solución a partir de la cual toda Europa encontrará la paz».

Doña Basilisa inspiró. Tenía la mirada fija en el ejemplar de Félix de *La vuelta al mundo en ochenta días*, cuyas páginas pasaba sin leerlas. Hacía tres semanas que no recibía noticias de su hijo y las suyas eran las únicas palabras que ansiaba conocer. Con el mismo movimiento severo le indicó a Isabel, que no sabía inglés, que bajase el volumen de la radio.

—La paz será en su Europa, porque hace años que España sangra.

Neville Chamberlain, el primer ministro británico, emergía de los despachos de Múnich en los que llevaba días negociando la cuestión checoslovaca con herr Hitler. La «cuestión checoslovaca» eran tierras, un tira y afloja, un peón ínfimo en la partida de ajedrez de la muerte que sumía al continente. Un peón insignificante, como España, el prólogo de una narración mucho más larga cuya herida supurante solo importaba a aquellos que la sufrían.

A Ana le cosquillearon los dedos, inmóviles sobre el despiadado papel en blanco. Checoslovaquia era un punto en el mapa, una frontera con Hungría. De no vivir en Cedeira, donde la radio ocupaba el mismo lugar que la Virgen del Carmen, y recibía las mismas plegarias, se habría santiguado.

«... por segunda vez en nuestra historia un primer ministro británico ha vuelto de Alemania trayendo paz con honor. Creo que se trata de paz para nuestro tiempo».

Los tíos se miraban, sombríos, sus labios resecos solo se abrían para humedecerlos con los últimos sorbos, ya templados, de achicoria.

Don Ricardo, sentado en el sofá, de espaldas a la radio, dejó caer su mano, lánguida, sobre el reposabrazos. La carta que sostenía, y que había llegado aquella misma mañana, pendía de sus dedos como un apéndice, como un trozo de piel inerte que desechar enseguida.

—¿Qué cree que significa esto para nosotros, padre? —le preguntó su hija, tras leer su reacción de manera incorrecta.

El hombre se llevó dos dedos al mentón y lo alzó para retirar de sus ojos las gafas de montura fina.

Ana se levantó.

—¿Padre?

Don Ricardo no se dirigió a ella, sino a su mujer, que aún miraba la radio con postura desafiante.

—Ödön de Hevesy me acaba de comunicar la reestructuración de la sucursal europea. Ha despedido a la mitad de la plantilla y ha contratado a un nuevo administrador, un tal señor... —Leyó de nuevo el nombre en el papel—. Futó. Señor Futó.

Ana tomó aire para decir algo, pero la mano de su madre, que se alzaba, la hizo callar.

—No crees que tendrán problemas de dinero, ¿verdad?

Don Ricardo curvó las comisuras.

—No me dio esa impresión. A juzgar por las noticias que llegan de Europa —dijo señalando la radio con ademán vago—, los húngaros deberían sacar una buena tajada de la situación.

Las cejas de Ana temblaron. Por fin logró meter baza en la turbación de su madre y en las miradas atentas de los tíos.

—¿Qué quiere decir? —preguntó.

El padre dejó la carta a un lado.

—Combatieron del lado de Alemania en la anterior guerra y combatirán del lado de Alemania en la próxima guerra, si el señor

Chamberlain se equivoca y el conflicto estalla. Si saben jugar bien sus cartas recuperarán todos los territorios perdidos, y quizá más.

—No estallará la guerra en Europa, padre —dijo Ana.

Era más bien una súplica que una afirmación. Leía los diarios y escuchaba la radio. En las cartas de Imre aprendió a interpretar silencios que la tinta y el rasgar de la pluma dejaban fuera del papel. Podía leer la historia que aún no se había desplegado como si estuviese en braille y sus surcos le quemaban las yemas.

Aquella súplica le dejó un regusto amargo en la garganta porque España aún sangraba, porque Chelito era aún la única que se atrevía a mirar a la playa, porque no recibían noticias de Félix ni de los Márquez. ¿Quién, de entre ellos, podía volcar los ojos en Europa y justificar su miedo?

Trigésima primera carta de Imre a Ana

Budapest V, 4 de noviembre de 1938

Drága Annakém:

Ayer tuvo lugar un incidente extraño. Inexplicablemente, ya estamos en mitad del ciclo olímpico y a pesar de la turbulenta situación política nada parece indicar que los Juegos de 1940 no lleguen a celebrarse, sobre todo ahora que la sede ha pasado de Tokio a Helsinki. Por lo tanto, he estado entrenando mucho y además he tomado como pupilo a un chico del gimnasio, que aunque es aún demasiado joven seguramente pueda tomar mi relevo en 1944. En fin, ayer ambos fuimos al gimnasio, donde el secretario, un hombre de mediana edad con una notable papada en su cara de pera invertida, nos pidió los papeles. «Un nuevo reglamento», dijo, si no con esas palabras, con unas muy parecidas.

Como no teníamos ningún motivo para no hacerlo, obedecimos, y al devolvernos las cartillas de identidad nos comunicó que, lamentablemente, se veía en la obligación de denegarnos la entrada, puesto que según «las nuevas normativas» (su expresión literal) aquel había pasado a ser un gimnasio «para húngaros cristianos» (ídem de ídem).

Casi me atraganté de la risa. «¡Soy el campeón olímpico de esgrima!», aduje. Por cómo lo dije, pensé de inmediato en Félix. Sí, mi grito rabioso (y casi de falsete) recordaba maravillosamente a las protestas de tu santo hermano cuando los camareros del salón de baile del balneario lo cogían por los codos y amenazaban con llamar a la policía si seguía insistiendo en beberse hasta el agua de los floreros. Entonces él exclamaba: «¡Mi padre es don Ricardo de la Torre!» o algo similar.

Mi «¡Soy el campeón olímpico de esgrima!» al menos surtió cierto efecto en el secretario. Para empezar, palideció, luego venga a sacar papeles, unos papeles que él no comprendía, que quizá ni siquiera leía, hasta que de manera algo entrecortada me hizo saber que tendría que «consultar mi caso excepcional con su superior», así mismo me lo dijo.

Mi pupilo y yo esperamos unos diez o quince minutos, hasta que el sable empezó a pesarme y opté por volver a casa. De la burocracia húngara, de todos modos, hay muy poco que esperar incluso en circunstancias normales, y con el aburrimiento me estaba entrando bastante hambre.

¡Si hubieses visto la cara de mi viejo cuando se lo conté! Mamá y él estaban en el Centrál con los Rozenfeld (en otras palabras, los padres de mi pupilo), celebrando que el día anterior Checoslovaquia había devuelto las tierras a Hungría, e irrumpimos nosotros dos para aguarles la fiesta.

«¡A ti! —farfulló el viejo—. ¡El campeón olímpico!». «¡A mí! —le aseguré, y con el acaloramiento aún me atreví a agregar en voz más baja—: Es como si esa medalla la hubiera ganado para el Mandato Británico de Palestina y no para Hungría». Yo habría seguido, pero mamá me hizo callar, pobre ángel.

De todas maneras, el dueño del gimnasio nos ha llamado hoy por teléfono para disculparse y esclarecer la situación. Por supuesto que yo, un campeón olímpico, tengo derecho a usar el establecimiento, faltaría más, ya que mi «categoría especial» (su explicación textual) me protegía a pesar de las nuevas normativas. No así mi pupilo, que tendrá que continuar su entrenamiento en otro gimnasio «para israelitas».*

* En la Hungría de la época se diferenciaba entre *zsidó* (perteneciente a la fe judía) e *izraelita* (judío como categoría racial).

¡Ya basta de hablar de mí! La política es un tedio, e imagino que mi padre y el tuyo ya habrán intercambiado suficientes cartas al respecto. Háblame de ti, solo de ti. ¿Qué libros estás leyendo? ¿Siguen pasando películas en el cine? Mándame una foto tuya, que la última es de la primavera. Háblame de cosas banales o del terror, pero háblame. Ante todo, dime si habéis recibido noticias de Félix, hace mucho que no sé de él. Tengo un mapa de España en la sala y pienso en vosotros dos constantemente.

Saludos y besos,

I. de Hevesy
(campeón olímpico de esgrima)

X

Domingo, 13 de noviembre de 1938

TEXTO DEL ACUERDO SOBRE LA MULTA A LOS JUDÍOS

Berlín – El mariscal Goering, en su calidad de emisario del Plan Cuatrienal, ha dispuesto lo siguiente:

«La actitud hostil del judaísmo contra el pueblo alemán y el Reich culminada con el asesinato del secretario de la Embajada de Alemania en París, Vom Rath, reclama una medida enérgica y una represión severa.

Por este motivo, de acuerdo con la ley del 15 de octubre de 1936, se establece lo siguiente:

Primero – Se impone a los judíos de nacionalidad alemana la multa de mil millones de marcos en favor del Reich.

Segundo – Las prescripciones para el cumplimiento de este decreto serán dictadas por el ministro de Hacienda, de acuerdo con los ministros interesados».

UNA ADVERTENCIA DEL PUEBLO ALEMÁN

Berlín – Las medidas son un justo castigo por el crimen cometido por un judío y un aviso al judaísmo internacional, para ponerlo en guardia para que no atente contra ningún alemán.

Las consecuencias que se derivan son debidas a las culpas del judaísmo.

La respuesta del Reich demuestra que Alemania está decidida a proteger la vida de cada alemán en el extranjero.

Conviene que el judaísmo internacional se aperciba de cómo reacciona el pueblo alemán.

Ana dejó el ejemplar del día de *El Pueblo Gallego* sobre la mesa. La primera página quemaba. De haber reparado en sus manos, estaba segura, habría encontrado en ellas las cicatrices que la tinta y el papel le habían dejado.

En la radio de la sala sonaba Mozart, pero ella, que visitaba más los puestos de discos de jazz que las clases de piano de Inés, no fue capaz de reconocer la pieza.

Don Ricardo, que solía pasear por la casa cuando el tabaco escaseaba, algo cada vez más frecuente, observó el periódico abandonado. Primero de pasada, después con más detenimiento, tras fijar la vista por encima de la montura de plata de las gafas en la esquina inferior derecha.

Tomó *El Pueblo Gallego* del reposabrazos sin reparar en la palidez casi anémica de su hija e incluso dio un paso atrás para encajar, también físicamente, los párrafos que se desplegaban ante él.

—Esto sí son buenas noticias.

Golpeó la página con los nudillos al afirmarlo. Ana, acuclillada sobre el sofá, lo observó con fiereza canina.

—¿*Qué* buenas noticias, padre?

Pero él ya no le hizo caso. Se volvió hacia su esposa, que bordaba de espaldas a la ventana, y enarboló el diario cual depredador jugando con su presa.

—«Hemos ganado ya la guerra». Palabras textuales del Caudillo. —Blandió el periódico—. «Gritemos victoria, pues. Y preparémonos para las jornadas de la reconstrucción que serán, acaso, más duras que las que hemos sostenido durante la guerra». Es como escuchar a tu hijo.

—*Nuestro* hijo. —Dejó la labor reposando sobre los muslos—.

Y no me hables de Félix que me voy a poner a llorar. No hasta que recibamos otra carta.

El marido, obedeciéndola o tal vez absorto en el editorial, prosiguió la lectura.

—«Piedra a piedra, levantaremos las sólidas arquitecturas nacional-sindicalistas donde todo español encontrará hermandad y albergue. Y rodeando la espada victoriosa que nos da la victoria irrumpiremos briosamente en las calzadas del gran destino que Dios nos tiene reservado». —Dejó caer el diario sobre la labor de su mujer—. A la victoria la recibo con los brazos abiertos, pero como traiga tantos cambios como esto promete... ¡Estabilidad es lo que necesita España! ¡Y desde hace años!

Ana abandonó la sala con el eco de la voz de su padre pisándole los talones. Aunque el viento gélido de la mañana hubiese podido reconfortarla, no salió a la calle, pues el olor a salitre se le antojaba nauseabundo. En su lugar, y desafiando todas las normas del decoro que le habían enseñado desde niña, huyó al dormitorio que compartía con Chelito y se tumbó en la cama.

El autoproclamado Caudillo por la gracia de Dios era, a sus ojos, un golem que lo devoraba todo a su paso. *El Pueblo Gallego*, en el que Lorca había publicado por primera vez sus versos en gallego, se había convertido en el diario del Movimiento Nacional. Del poeta ya solo se conocía su muerte y los lectores del periódico habían tenido que aceptar el olvido, pues ya no vivían en la España de antes, sino en la del III Año Triunfal, y el Caudillo era el caudillo de todos. Los que quedaban al margen no eran españoles, no eran nada, y sus vidas no valían más que las de los asturianos de la playa.

Un desperdicio tras otro.

—¿Se puede saber qué te ha poseído, Anita?

La entrada de doña Basilisa fue verbal además de física. Aunque había adelgazado desde que buscaron asilo en Galicia, cuando se sentó, la cama cedió a consecuencia de su peso.

La hija se secó las lágrimas con el dorso de la mano.

—Nada, que toda la cháchara de padre me ha hecho pensar en Félix.

—No mientes a tu hermano para contarme una mentira.

En las semanas o meses silenciosos en los que las noticias palidecían, doña Basilisa hablaba de Félix con la reverencia que reservaba para sus plegarias en la capilla familiar de San Antonio. Con las cartas, que les permitían pensar que el muchacho seguía con vida, él regresaba, aunque fuese momentáneamente, al mundo de los humanos, hijo de la carne y no solo de los recuerdos.

—Te conozco bien. A ti no te atormenta tu hermano, sino el muchacho de los De Hevesy.

Ana evitó sostenerle la mirada. Si lo hacía, los ojos, del mismo castaño rojizo que los suyos y los de Félix, la amordazarían para siempre.

—¿Ha leído usted también el periódico, madre?

—Olvidas que me despierto antes que tú —resopló, y con una mano helada le separó el pelo de los ojos a su hija—. Tienes que entender que ese perturbado de París asesinó a un alemán a sangre fría. Es justo que los alemanes quieran tomar represalias.

Una arruga se formó en el cejo, brillante de sudor, de Ana.

—¿Que paguen inocentes por pecadores? ¿A eso lo llaman justicia?

—Es Alemania, mi niña. No te angusties por un país que nos es ajeno, como si aquí...

—Están haciendo un llamamiento a la comunidad judía internacional.

Otro suspiro, este más severo y más grave, que el anterior.

—Mira, Anita, a mí los De Hevesy me parecen bellísimas personas y de corazón espero que no sufran a consecuencia de las políticas de su país, pero no me pidas que pierda el sueño por ellos cuando no sabemos cómo está tu hermano ni si...

La palabra quedó ahogada, aniquilada por un sentimiento que quería salir y que la madre reprimió llevándose el puño a la boca. De sus ojos, brillantes y febriles, no salió ni una lágrima.

—Siempre pensé que tenías más sentido común, hija. De los nuestros no sabemos nada desde hace años, Madrid... ¡Sabe Dios cómo estará Madrid y si podremos volver! Tu tía se pasa el día rezando por tu primo Manolo y preguntándose si será mejor dejar de buscar su paradero, por si se ha pasado al otro bando. ¿Es que no ves lo que está ocurriendo a tu alrededor? Llegará la victoria, pero, de esto, España no se va a recuperar nunca. España va a estar enferma siempre, ¿lo entiendes? Y lo mejor que puede hacer cada quien es quedarse en su lugar, así que olvídate de Europa y olvídate de ese chico.

Ana apretó los párpados.

—No puedo.

—Pues haz por poder. —Se llevó dos dedos al tabique de la nariz, también idéntica, en forma y tamaño, a la de sus hijos—. El vuestro fue un amor de verano, Anita, y esos idilios siempre se acaban.

Las palabras, como las manos invisibles de un titiritero déspota, obligaron a la muchacha a reincorporarse.

—Sí, cuando se pasa el enamoramiento, no por...

—A vosotros os separa un frente de guerra. Sabe Dios cuándo lo volverás a ver, si es que lo vuelves a ver. Lo vuestro estaba condenado desde el principio. ¿Pero no te das cuenta? Os une la clase pero os separa lo más importante: el idioma, la patria y la sangre.

Ana se volvió hacia su madre con la rabia insaciable de las bestias. Toda ella temblaba.

—Su idioma, su patria y su sangre son lo suficientemente buenos para hacer negocios, ¿pero no para que su hija los comparta?

—Pertenecéis a mundos muy distintos, Anita, y vuestras almas son distintas también.

—Son iguales.

Leían los mismos libros y escuchaban la misma música. Ana habría sido capaz de identificar su risa en una marea de multitudes. Aunque estuviese ciega y sorda, podría reconocer su presencia únicamente por el olor que desprendía su ropa, a cigarrillos húngaros que nadie más fumaba en España. Si juntaban sus manos, estaba segura, las arrugas de las palmas formarían una cadena continua.

Sus espíritus eran idénticos, compuestos por los mismos átomos, por la misma materia química desde el inicio de los tiempos.

—Llevas en el alma las oraciones de todas las mujeres de la familia que vinieron antes que tú, y esa es vuestra diferencia. No te olvides, Ana: al final, todos miran por los suyos.

Negó con la cabeza. De nuevo se había tirado sobre la cama de espaldas, casi exhausta por la intensidad de la discusión. Sus ardientes pómulos chocaron contra la almohada.

—Ese no es el mundo en el que yo creo.

—El mundo en el que tú crees ya no existe, y por tu bien más te vale que nadie vea que estás de luto por él.

Ver, oír y callar. Como en misa, como en un entierro. Ver, oír y callar. Madrid era una tumba, y Galicia, una cárcel infinita de silencio.

Trigésima segunda carta de Imre a Ana (la cual fue al fuego enseguida)

Budapest V, 14 de noviembre de 1938

Kedves Annakém:

Tras lo sucedido en Alemania, el viejo creyó conveniente, y la vieja y yo estuvimos de acuerdo, retirar la menorah que reposaba en la chimenea y podía verse sin problemas desde la calle. De todos modos, era un accesorio engorroso, que nunca usábamos y que ahora solo puede traernos problemas.

Se trataba de una reliquia del pasado, nada más, y ocultarla es más fácil que borrar todas las señas de nuestra fe en la cartilla de identidad. ¿Te ha contado tu padre por qué el viejo despidió a la mitad de la plantilla de la fábrica? ¿Os ha dado alguna explicación siquiera?

Fue una precaución no más absurda que el asunto de la menorah. Con la nueva legislación, que reduce el número de judíos en las profesiones intelectuales, el viejo pensó que quizá sería prudente adelantarse y librarse de todos los trabajadores con problemas de origen racial, por si las normativas irrumpen en la industria más adelante. Con la designación del señor Futó como administrador, ahora el viejo es, sobre el papel, el único judío de la empresa.

Pero estamos bien. La mayoría opina, como yo en los mejores días, que está claro que Hungría no es Alemania. Hungría es Hungría. Son las leyes de 1920, los porcentajes matemáticos, los apellidos magiarizados, pero nadie habla ya sobre eso. El distrito VII, el de los judíos, es mejor no pisarlo, por lo menos de momento, y cuando por casualidad visito a algún amigo que vive cerca de él, o si me veo obligado a utilizar la estación del Este, sorteo hábilmente aquellas calles en las que sé que se congregan los fascistas.

El mayor riesgo se corre al caer la noche, después de que pasen en el cine el tipo de películas que nos llegan de Alemania, ocasión que los fanáticos aprovechan para perseguir a cualquiera que por su aspecto pueda decirse que pertenece a la estirpe de David.

La suerte más cruel. Con mi apariencia, podría ser el judío más devoto y más justo de todo Budapest, y no me tocarían un pelo de la cabeza, siempre y cuando no cometiese la temeridad de pasearme por ahí portando una kipá. Si, en cambio, pareciese lo que soy, mi desdén hacia la fe hebraica no me salvaría. ¿Somos, pues, una cuestión estética? ¿El error es tener el descaro de alejarnos de su ideal?

Annakém, te escribo aunque tenga la sensatez de no mandarte estas líneas. A Félix también, pese a que el continente entre sus ideas y las mías se me antoja más vasto que nunca.

Antes de que partiera a España con las brigadas, le encomendé a mi amigo János Kiszely mis anteriores «cartas prohibidas». Ahora, no sé quién será el destinatario de esta. Quizá pertenezca al fuego. Quizá puedas leerla en las cenizas.

XI

Entre los dedos del joven doctor, el vial de morfina, casi plateado bajo aquella luz, parecía frágil, un alma viva y también portadora de destrucción.

Era el Madrid de 1939 y Jorge soñaba con el efecto analgésico de aquello que físicamente no había catado jamás, pero cuyos efectos conocía de manera intelectual. El hotel Palace dormía, y su silencio era en realidad una colección de ruidos a los que el personal médico ya se había acostumbrado. Casi tres años de la misma sinfonía mortal, de la aritmética del diablo que los condenaría a todos.

En el Madrid de 1939, ni los incautos creían en la victoria republicana. En su vocabulario, la resistencia se situaba justo al lado del orgullo. Resistir por dignidad, resistir por lealtad a los huesos a los que guardaban luto. Una pena tras otra. Incluso la lengua iban a robarles. Volverían los «Buenos días» en lugar del «Salud», los «don» y «doña», los señores y los señoritos. Y vendrían el Caudillo por la gracia de Dios, el glorioso alzamiento nacional, la victoria. No se mentaría la paz, pues esta no existiría, ni siquiera para los vencedores. La suya sería una tregua infinita.

Los políticos que aún quedaban en pie habían empezado a huir. Y los brigadistas habían regresado a sus países de origen. Solo los chalados y los suicidas se hospedaban aún en el Florida con la esperanza de poder escribir cómo vieron desaparecer el sueño del Frente Popular en una noche.

Pero todavía era febrero y, aunque de manera efímera, la República sobrevivía.

Al oír el crujido de unos pasos, Jorge se guardó el vial de morfina en la bata. El mero hecho de saber que se encontraba ahí resultaba tan anestésico como el efecto de la droga, y se volvió para saludar a Blas Olivares. El hijo de la criada y el señorito. El primero llevaba tatuada en los huesos la carencia de los cuidados que su madre prodigó al segundo, pero bajo el techo del Palace eran iguales. No existían las clases ni los privilegios, solo los partidos. Pese a su nombre, el Palace era aún republicano. Y Blas Olivares, herido en el frente de Brunete, de repúblicas y de derrotas sabía bastante.

Se acercó a Jorge Márquez, que ya no era doctor ni señorito, sino un camarada más, para decirle que se marchaba. Los fascistas aún no habían tomado Madrid y él todavía conservaba algunos contactos. Sería jodido, dijo, pero quedaban vías de escape a Francia para los que tenían los cojones de tomarlas.

—¿No vas a quedarte hasta el final?

No hubo deje de reproche en la voz de Jorge, solo la misma resignación que, de tanto masticarla, ya no se le atragantaba.

—He dejado a Amparo preñada. Voy a ser padre, Jorge, si me dejan.

—Joder.

Acompañó el improperio del abrazo con el que atrajo a su amigo más hacia sí. No, amigo no, camarada. Incluso allí aún significaba algo, una categoría superior, más profunda, más leal, que la de los simples lazos platónicos.

—Mucha suerte, Olivares. Cuidaré de tu madre por ti.

—Pero no le digas nada, que la muy loca es capaz de intentar escribirme. Ya le mandaré yo unas líneas, si paso al otro lado, para que sepa que estoy bien…

Y hundió las manos (grandes, bronceadas, venosas, de uñas muy cortas) en los bolsillos de los pantalones. Haciendo honor a su apellido, los ojos de Olivares eran de un verde musgoso, sin mezcla alguna de marrón.

—¿Y tú, Jorge? ¿Todavía estás en contacto con el inglés?

—Sí. También ha dejado preñada a su mujer. —Frunció el cejo—. Ahora que lo pienso, ya ha debido de salir de cuentas.

Olivares no lo escuchaba.

—Dijo que te ayudaba a salir, ¿no? Yo que tú..., yo que tú aceptaba la proposición e intentaba...

—No puedo.

—Quedarte en Madrid es un suicidio.

—No me mosquees, Olivares. Aunque fuese fácil, no creo que mi hermana soportara el viaje.

Olivares ladeó la cabeza. El pelo, tan corto y tan similar en color a la piel morena que parecía que no tuviera, se iluminó bajo la luz de la bombilla como el halo de un santo.

—A tu hermana nadie va a ir a buscarla. Pero a ti...

—¿A mí? Si solo soy un médico, Olivares.

—Un médico del Socorro Rojo, que no es poca cosa. Te estás buscando una ruina...

—Pues esa ruina ya me la administraré yo.

Jorge resopló. Tamborileó los dedos sobre sus rodillas descarnadas. Se movía con gestos nerviosos, casi fugaces, que se encendían como la punta de los cigarrillos que fumaba con un ansia insaciable. Había visualizado muchas veces la jugada final de aquella partida de ajedrez y la victoria no le era favorable. El inglés tenía razón: la tragedia es conocer el final y saber que ninguna de tus decisiones va a cambiarlo. La tragedia es algo intrínsecamente humano.

Olivares leyó todo eso en los labios de Jorge, que enrojecían, quizá, o en sus ojos, que se humedecían. Solo el alcohol y el llanto sacaban a la luz las esquirlas verduscas en los ojos oscuros de Jorge Márquez. Y Olivares, que todavía no se había separado de él, le pasó un brazo por detrás de la espalda.

—Cuídateme mucho, cabrón. Que me robaste a mi madre, pero a cambio... pocos amigos como tú voy a tener en la vida.

Jorge forzó una sonrisa.

—Qué perra es la guerra, ¿eh?

—Más perra va a ser la victoria. Ojalá no tuvieses que conocerla.

Y ellos, que llevaban años maldiciendo su suerte, soñaron con quedarse un instante más en aquella contienda, alargarla, que no acabase mientras ambos se mantuviesen en pie. Madrid sería una tumba, sí. Quizá la suya.

Victoria

Abril de 1939 - enero de 1940

Cuando vea la sangre en el dintel y en los postes, el Señor pasará de largo aquella puerta, y no permitirá que el ángel destructor entre en vuestras casas para heriros.

Éxodo 12,23

I

En la línea del frente situada en la Casa de Campo, el sol era esplendoroso. Corría el 28 de marzo de 1939. El calor de aquella primavera que llegaba a la que un día fue la capital de la República, que en aquel momento parecía postrarse de rodillas, convertía el sudor en una pantalla entre la camisa de los soldados y su piel atravesada por incontables fatigas, a la espera de la señal acordada: las salvas de artillería cruzarían las líneas que hasta hacía unas horas separaban las trincheras enemigas de las propias.

Las unidades se pusieron en marcha. Cada paso que daban parecía clamar por ellos, por aquella juventud robada que algunos ya soñaban con recuperar, aunque fuese a dentelladas. Félix de la Torre se permitió sonreír. Entre los restos de metralla y las granadas que no habían estallado, una multitud enardecida se dirigía hacia ellos. Chicuelos de escuela, mujeres, ancianos, sacerdotes, que los rodeaban, los abrazaban, los besaban. No dejaban de tocarlos, como si temiesen que al interrumpir el contacto físico se interrumpiese también el paso de la paz que iban traer consigo, hasta que llegaron al puente del Rey, donde los soldados hicieron el primer alto.

Los uniformados se quedaron sin tabaco, pues se lo entregaban a los hombres, a las mujeres que lo solicitaban para sus esposos, a los muchachos con piernas de alambre y ojos febriles que querían catar el primer cigarrillo. Y se decían unos a otros que Madrid era un nido de rojos, pero ahí estaban los madrileños, habían ido a su encuentro.

El avance fue lento a través del esqueleto de una ciudad que Félix ya no reconocía, que era tan solo ruinas, un gran campo de escombros sobre escombros. En las calles no había más que barricadas de sacos terreros y muros de cemento, pero al cruzar el puente de Toledo vislumbró a lo lejos la primerísima bandera nacional que colgaba de una ventana. Su risa se convirtió en una carcajada. Habían *pasao*, vaya que si habían *pasao*, y las calles se engalanaban a su paso con cada vez más banderas rojigualdas, algunas de ellas cosidas con paños multicolores.

—¡Viva Franco! ¡Arriba España!

La paz les era ajena pero a la victoria podían llamarla por su nombre, como a un perro, y ella también correría a su encuentro.

«En el día de hoy, cautivo y desarmado el Ejército Rojo, han alcanzado las tropas nacionales sus últimos objetivos militares. La guerra ha terminado».

Jorge Márquez, apoyado en el radiador apagado del despacho de su padre, se estiró para bajar el volumen de la radio. Corría el primero de abril de 1939 y fuera, en la calle, la luna era una Medusa cegadora. En la Biblia, solo Moisés miraba a la divinidad a los ojos, pues los demás hebreos, indignos, en caso de hacerlo, habrían perdido el sentido de la vista al observar lo sagrado. Jorge evitó asomarse. Se agazapó frente a la chimenea, encendida a pesar del calor que traía consigo la nueva estación.

En la primavera madrileña, el papel ardía muy bien. Echó a la lumbre, uno a uno, todos los libros de Ana, sin otro ritual que el de pasar las páginas en busca de alguna fotografía o algún objeto que salvar del fuego. Después, seguirían los suyos y los del difunto dueño del despachito. Si los vecinos sospechaban y le preguntaban algo, diría que estaba quemando la ropa del hospital; en la capital asolada, las epidemias de tifus y de piojos eran constantes. ¿Querían, acaso, arriesgarse al contagio? Todos tenían cosas que esconder, a fin de cuentas. Durante la mañana entera, los mismos que habían ondeado la tricolor en el 36 bajaron al colmado en busca de tela azul para confeccionar camisas de falangista. Su propia madre se preguntaba en voz alta si habría todavía alguna en el armario de Félix de la Torre, a tan solo una puerta de distancia.

Desde el pasillo le llegaba también la voz de su hermana, que relataba, no sin un deje de sorpresa, que los últimos aviones no habían tirado bombas, sino barras de pan blanco. A fin de que no entrase y lo obligase a comer, Jorge le echó el pestillo a la puerta y siguió quemando las sogas al cuello que le quedaban: la correspondencia que mantuvo con los suyos desde El Escorial, el papeleo que pudiese dar testimonio de las breves semanas que Inés ejerció como enfermera en el hospital, las cartas del inglés.

Al llegar al final de la pila, se detuvo durante un instante brevísimo. Entre los dedos sostenía los sobres, aún cerrados, que Kiszely le había entregado dos años atrás. Por dignidad y respeto no los había abierto hasta entonces.

En la plaza todavía parecían reverberar las voces de los vecinos que habían peleado para poder llevarse a casa un trozo de tela salvavidas. En la sala, los estómagos de su madre y de su hermana dejaban de rugir, ahítos de la propaganda de quienes llevaban asediando la ciudad desde el 36. La dignidad y el respeto ya valían muy poco.

Leyó las cartas. Sus nociones de francés eran rudimentarias, mucho más hoscas que las de la lengua de Shakespeare, que en el paladar le sabía a las largas jornadas transcurridas en el hospital británico y a los cigarrillos del Florida. Comprendía lo suficiente, sin embargo, para ser consciente de la espina que tenía entre las manos.

Una a una, todas las cartas de Imre de Hevesy fueron devoradas por las llamas. No tuvo siquiera la consideración de rescatar las fotografías. Por lo que él sabía, el esgrimista podría haber sido uno de tantos húngaros miembros del Batallón Rákosi. Podría no seguir con vida.

Sí, en abril de 1939 el papel ardía maravillosamente bien.

En Cedeira, la radio pasó, en una noche, de ser un dios castigador a uno benévolo y dador de vida. Del parte de guerra de las diez y media, la familia solo había escuchado la última frase. No habría más noticieros ni rosarios que, más que a la madre de Cristo, parecían dirigidos a esa muerte que siempre llegaba de hurtadillas y sin pedir permiso.

El matrimonio De la Torre se abrazó. Por primera vez en los últimos casi tres años se permitieron pensar en Madrid, en su casa, en todos los relatos que habían dejado inacabados y a los que enseguida volverían. También Ana acariciaba la espalda crispada de Chelito y fue la culpa, y no la alegría, la que guio sus movimientos, porque en cuanto fuese posible ella volvería a Madrid, a su Madrid, y a su prima le quedaría roer el hueso durísimo de aquella tierra de piedra, de las oportunidades que debió haber tenido y se le escaparon, del hermano que no estaba, de los presos asturianos de la playa.

La tía Juana miró afuera por primera vez. Fue la única que se permitió que fuese la pena, y no el alivio, lo que le empañase los ojos.

—Y ese hijo ahí fuera. Casi tres años sin saber de él, una guerra entera…

Doña Basilisa le apretó la mano. En la noche más oscura, la comunión creada por las incógnitas que pesaban sobre ellas las unió, aunque de manera efímera. Al amanecer, los De la Torre volverían a ser «los madrileños», los afortunados, y la última carta de Félix, sellada dos semanas atrás, brillaría en la maleta llena de las mortajas. ¿Qué ángel de la muerte podría robarles un hijo cuando ya se aproximaba el final? Félix estaba tan cerca que doña Basilisa casi podía olerle en el pelo el jabón con el que la criada lo lavaba de pequeño. En su ausencia, su infancia era infinita, y sus pecados, invisibles a los ojos de la madre.

—Venga, Juaniña, que en cuanto se calmen del todo las cosas tu Manolo va a volver.

—No sé, cuñada. Que ese hijo… tiene el corazón en buen sitio, pero lo que es la cabeza… ¿Y si se me ha pasado al otro lado? Que me lo veo en la cárcel, cuando no…

La voz disminuyó en volumen y energía hasta desaparecer. Sus palabras, desnudas, fueron insuficientes para contener en fonemas el miedo paralizante y asesino del castigo. El silencio, los huecos vacíos entre su respiración agitada, otorgó significado ahí donde el ruido se les quedó pequeño.

—Va a volver, Juana, que es de familia decente.

Si el silencio liberó el pesar de su tía, para Ana fue unas manos invisibles que la amordazaban. Todo el mundo sabía de qué pie cojeaban los Márquez, vecinos suyos puerta con puerta, miembros de su misma clase, invitados sempiternos a las meriendas en casa de los De la Torre; en la nueva España, sin embargo, estos serían algo distinto, algo ajeno, ya no pertenecerían ni a la clase ni a la patria de aquellos. Los lugares que habían habitado estaban abocados al olvido.

En el Cotton Club del distrito VI de Budapest, la música jazz era la batuta de director de orquesta que guiaba a la multitud (jóvenes y no tan jóvenes) que se había congregado en su interior. Los más incautos bebían porque, la víspera, Hungría había salido victoriosa de su guerra con Eslovaquia, de la cual había obtenido nuevos territorios. Maldecían los acuerdos de Trianon entre copa y copa. Embriagados por el alcohol, clamaban al cielo y sus labios y sus lenguas no pronunciaban los nombres de los santos, sino los del regente Miklós Horthy y de su primer ministro Pál Teleki. Los sensatos callaban y bebían únicamente por el placer de hacerlo, porque aún podían y el Cotton estaba tan vivo como siempre, inmune a las leyes alemanas sobre el jazz y el swing.

—Música de negros, de judíos y de degenerados —decía el compañero de mesa de Imre de Hevesy, con quien compartía sangre pero no postura política, ya que no tenía ninguna—. Nosotros, por lo menos, cumplimos con una de las casillas.

Solo los condenados y los locos bebían con el ansia canina de Imre de Hevesy.

—A nosotros esta victoria pronto va a mordernos los talones —prosiguió el amigo.

Entre sus dedos, la cerilla encendida con la que le prendió el cigarrillo a Imre parecía contener todo el fuego del mundo. Revelaba, desafiaba, aniquilaba.

Las mismas mesas que encadenaban horas de jolgorio por las tierras recuperadas se alzaban también en celebración por el fin de la guerra en España. Para ellos, las tropas del general Franco simbolizaban lo mismo: aquello que se había perdido y que en ese momento recuperaban, la promesa indestructible de una Europa que habían creído moribunda y que se levantaba para caminar de nuevo. De tanto colgarse los laureles de esa victoria, ya creían saborear la sal del sudor y el metal de la sangre.

De Hevesy inspiró. El humo del tabaco, que se rizaba plateado en el aire, le humedecía los ojos hasta desdibujar su campo visual.

—¿A qué te refieres?

—Que a nosotros, aunque lo seamos, pronto no nos van a considerar húngaros.

—No digas tonterías.

—Verás. Con las nuevas leyes..., y no creas que la gente no habla de lo que ha hecho tu padre con la plantilla de la fábrica.

De Hevesy chascó la lengua, movimiento que acompañó a la sacudida imparable de su pierna. Estaba demasiado borracho para ir al compás de la música. Los suyos eran espasmos neuróticos que no podía camuflar.

—Mi padre es un pusilánime.

—Pero tiene más sesera que tú, por lo que se ve. O eso, o no se engaña tanto a sí mismo. —Se humedeció los labios, finos y tintados del rojo del vino—. Nos estamos empezando a organizar.

Imre arqueó una ceja. Miró a su camarada de soslayo por el rabillo del ojo, como si fuese incapaz de decidir si quería seguir participando en la conversación o no.

—¿Quiénes?

—Ya sabes quiénes.

Ante la aclaración, Imre fingió escupir sobre la servilleta de papel que tenía ante él y hacía las veces de cenicero.

—Sionistas. Me cago en la puta, Péter, que somos húngaros. No tenemos...

—A mí me caen igual de bien que a ti, pero tenemos que cubrirnos las espaldas entre nosotros. Si no lo hacemos, ¿quién velará por nuestros asuntos? ¿Los condes de Batthyány? ¿O tus amiguitos de España? Porque, por lo que me has contado, el hermano es un faccioso de mucho cuidado.

—Es un idiota.

—Es tu amigo.

—Sí, y tú. —Se sacudió la ceniza que le había caído sobre el pantalón—. Está claro que no soy lo que se dice sagaz a la hora de escoger mis amistades.

—Ya. Bueno, ¿y qué vas a hacer?

Para evitar sostenérsela, Imre desvió la mirada. Escudriñó a los miembros de la orquesta, como si alguno de ellos le debiese dinero y quisiera identificarlo en la penumbra, a las parejas que bailaban en la pista de baile y a las mujeres que permanecían sentadas en las mesas contiguas, con los cabellos revueltos y el carmín corrido.

Se levantó.

—Pedir la cuenta.

—De Hevesy, cabronazo...

No escuchó lo que siguió, se abrió camino entre las sillas, entre los cuerpos sudorosos, los trajes que apestaban al humo de los pitillos. En la barra, los periódicos del día, olvidados y abandonados después de haber pasado de mano en mano, no hablaban de otra cosa que de la victoria.

II

La mañana del 3 de abril, Jorge Márquez se afeitó, se puso brillantina en el pelo y se enfundó el traje que Pepita se pasó la noche arreglándole, para que le quedara como un guante pese a la pérdida de peso. Si era la hora de que los señoritos volviesen a Madrid, se decía, él sería el más señorito de todos. Se permitió incluso portar la sortija con el sello del condado de Niebla, que no habían vendido en su momento porque su madre tuvo la clarividencia de reconocer que el parentesco que los ligaba a los Álvarez de Toledo, que durante el asedio debieron esconder, podría resultarles útil algún día. Tras la muerte de don Tomás, Jorge era el único varón de la familia capaz de reclamar los lazos olvidados con aquellos parientes lejanos que, según sabía, habían huido a Estoril en el 36. Él era el encargado de llevar las cuentas, el señor de la casa y el señorito de Chamberí, que, por mucho que su madre y su hermana le rogasen que se escondiera, sabía que estaría más seguro en la calle, donde su porte lo protegía, que ahí donde podían ir a buscarlo por su nombre.

Mientras se abrochaba el chaleco, Pepita le tendió el reloj de bolsillo. Llevaba dos días encerrado en casa y el jabón de baño había aniquilado los últimos vestigios del olor a la lumbre. A señorito no iba a ganarle nadie aquel 3 de abril.

—Mire, señor Jorge, ¿por qué no deja que vaya una servidora al banco y usted se queda en casa? Hay muchas detenciones y si me escribe una nota...

Jorge observó su reflejo en el espejo mientras se anudaba la corbata.

—Porque la cuenta está a mi nombre, las libras esterlinas son mías y... ¡qué coño!, la ciudad también es mía —dijo bajando la voz—. Que habrán pasado, pero a mí no me pasan por encima. ¿Y qué le he dicho acerca de tutearme? Que yo puedo tratarla de usted, porque me crio mientras mis padres jugaban al tenis, pero usted ha visto demasiados pañales míos para ahora llamarme «señor Jorge».

La anciana rio.

—¡Visto, dice! La de pañales que le cambié, más bien. —Al ver la ceja arqueada del muchacho, agregó—: Bueno, que te cambié.

—Pues ya está.

Intentó salir al pasillo, de donde le llegaba la música de piano que silenció, por instantes, los gritos de «Un, dos, tres, Madrid de Franco es» que irrumpían en la calle. Más por miedo que por vergüenza, la criada, que le rodeaba la muñeca con los dedos nudosos, lo detuvo.

—Mire... mira, Jorge, ya sé que no quiere...s oír esto que te voy a decir, pero ¿por qué no te escondes una temporada hasta que se calmen un poco las cosas?

Jorge soltó un sonido explosivo por la nariz.

—Pero vamos a ver, Pepita, ¿dónde quiere usted que me esconda? ¿En la casa de los De la Torre, hasta que vuelvan los padres del Ferrol del Caudillo y Félix con el brazo en alto?

—No, en casa de los De la Torre no, pero... —Una parca sonrisa asomó en su boca—. A mí no se me escapa, por ejemplo, que tú sabes dónde está mi hijo.

Jorge cogió aire como preparándose para agregar algo, pero en el último momento apretó los labios. Se volvió hacia la ventana, que estaba cerrada, y al observar su reflejo desdibujado en ella suspiró.

—A ver, ¿cuántas veces tengo que decirle que no sé dónde está Blas?

Había bajado el tono dos octavas más, por lo que la anciana debió acercarse para oírlo. La sonrisa no abandonó sus labios resecos.

—Pero... sabes... que está bien, ¿no?

Jorge boqueó de nuevo. Todo su cuerpo parecía arquearse por el silencio, las palabras que se acumulaban dentro de él sin poder ni querer salir, lo sentenciaban. Se apretó el tabique de la nariz.

—Eso he oído, y esto es lo último...

—... que hablaremos del tema, sí, me hago cargo. No me lo tengas en cuenta, pero es que mi Blas es lo más grande que tengo, y después de él tu hermana y tú..., bueno, os quiero casi como si también os hubiese amamantado.

Jorge dio dos pasos hacia ella con el índice en alto.

—Que es lo único que le ha faltado, lo tengo presente.

—Bueno, bueno..., el caso es que, aunque no me corresponda..., pues una servidora se preocupa. Por su hermana no tanto, que dicen que con Franco se va a acabar el racionamiento y con que me coma un poco más yo sé que remontará, pero... hay muchas delaciones, señor Jorge.

A ese «señor» respondió con una carcajada velada.

—¿Y qué van a decir de mí, Pepita, si me he pasado toda la guerra de hospital en hospital? Quien la oiga... ni que fuese yo la Pasionaria.

—No, la Pasionaria no, pero... la gente es muy mala, más aún cuando hay hambre. Basta que falten unas perrillas o que le tengan manía a alguien..., que se están llevando a la gente presa por haber pertenecido a las Juventudes Socialistas. —Bajó el mentón—. No olvide que usted se pasó la guerra en el hospital, sí, pero el del Socorro Rojo, y eso no se lo van a perdonar.

Jorge se apartó. No hizo mención al desaparecido tuteo, ni tampoco a la sombra oscura que se cernía alrededor de los ojos castaños de la criada. Extendió el brazo hacia atrás tal como estaba, de espaldas, y antes de girar el pomo susurró:

—Entonces tendrán que llevarme preso por inocente. Aunque a las batas no se les vayan las salpicaduras, las manos no las tengo manchadas de sangre.

Pepita asintió, una nueva parca sonrisa en su rostro cuajado de arrugas.

—Este es el problema, señor Jorge, que a muchos no los arrestan por sanguinarios, sino por inocentes.

Pero él ya había girado el pomo de la puerta y salió sin ofrecerle contestación alguna, sin despedirse siquiera, y desoyendo las súplicas de su hermana.

Pasaba la hora de la comida y Jorge Márquez, el señorito de Chamberí, ataviado con sus mejores galas, no llegaba a casa. En el salón por el que Pepita se paseaba fingiendo un trajín para el que no le quedaban energías, doña Consuelo y la señorita Inés hacían como que leían. Sobre ellas caía, como una espada, la incertidumbre. El olor de las lentejas que reposaban en la cocina, esperando al último comensal, asfixiaba y envenenaba.

La madre cerró el libro y lo abandonó sobre sus muslos.

—Nada, que este hijo no viene. Si ya sabía yo..., para qué le dejé ir con la que está cayendo ahí fuera...

Inés intentó sonreír. Con el mismo esfuerzo dejó también su novela a un lado para arrodillarse frente a su madre y apoyar la cabeza en sus rodillas.

—No le pidió permiso, madre. —Le apretó las manos—. Y ya sabe usted cómo se pone el banco a estas horas. Estará al llegar, ya lo verá.

—La culpa es mía por no pararle los pies —dijo la madre deshaciendo el contacto humano con su hija para llevarse los dedos, trémulos, a la boca—. Que me lo han detenido, lo han parado en la calle y lo han llevado preso.

—¿Pero por qué iban a detenerlo, madre, si no ha hecho nada?

—Todos sabemos lo que ha hecho. —Se mordió los nudillos. Ya no tenía manos de señora, sino que eran un páramo rojo, en carne viva, marcado por las fatigas del alma, a causa de su desesperación—. Maldita la hora en la que se fue con el Socorro Rojo y aún más maldita la hora en la que la política entró en esta casa.

Desde la fotografía de la boda que colgaba de la pared, los ojos ya ciegos de don Tomás las observaban. Durante ese silencio prolongado y ponzoñoso, a Inés la atravesó un pensamiento hereje: la bomba que hizo de su padre un testimonio lacerante del horror de la guerra le impidió también el convertirse en mártir por sus ideas. Una segunda reflexión, más peligrosa que la anterior, la obligó a santiguarse: en ausencia del padre, podría ser su hermano el que acabase en la cárcel para expiar unos pecados heredados.

—No diga eso, madre…, que si se llevan a Jorge por haber trabajado con el Socorro Rojo tendrán que llevarme a mí también.

No fue doña Consuelo, sino Pepita, que había dejado el plumero sobre el aparador, quien le puso las manos sobre los hombros.

—¡No vuelva a decir eso nunca más, señorita Inés!

—Pero si es verdad. Si yo…

—Usted solo ayudó un poco durante un par de semanas, y de eso ya no se acuerda nadie.

La madre sacudió la cabeza.

—Y tu hermano toda la guerra, eso sí que no tiene olvido ni perdón.

Habría añadido algo más, pero los pasos que retumbaban desde las escaleras la detuvieron. En su turbación, al ponerse en pie no tuvo cuidado de analizar el sonido y reconocer la familiaridad en la cadencia que reverberaba a través de las paredes. Pepita, que era la que estaba más cercana a la puerta, fue la única que reparó en un detalle esencial: aquellos pasos secos y rápidos no iban acompañados del tintineo de unas llaves.

El puño que golpeó la madera fue la sentencia, y el «¡Arriba España!» que llegó después, un salto al vacío.

Inés se volvió a santiguar. Doña Consuelo, que del susto se había desplomado de nuevo sobre el sillón, apenas acertó a musitar, con expresión hierática:

—Mi niño, me lo han detenido.

Dos golpes más, con los nudillos. Pepita se dirigió a la puerta para abrir, pero Inés se lo impidió tomándola de su antebrazo, al cual solía agarrarse cuando era niña e insistía en acompañarla al colmado, porque sabía que volvería de él con un caramelo en el bolsillo.

—Déjeme ir a mí, Pepita.

—Señorita…

—Ya voy yo.

Había sido la criada, y no ella, la encargada de recibir a los guardias el día que les dieron la noticia de que su padre se encontraba en el metro de Lista cuando este saltó por los aires, e Inés tenía esa espina clavada. Quería mirar al miedo a la cara, a los ojos, y decirle que con ella no podría, aunque le temblaran las rodillas.

Abrió la puerta y el miedo se acercó a ella, la abrazó.

—¡Una, grande y libre!

No, no la abrazó, la sostuvo, como a una muñeca, de modo que sus pies ya no tocaban el suelo. Y ella sintió el calor de unos brazos que no le eran desconocidos, pero que habían cambiado, se habían vuelto más fuertes, más sólidos; en cambio, el olor del jabón que se impregnaba a aquella piel, aunque era nuevo para ella, se le antojaba tan familiar como los aromas de su infancia.

Inspiró.

—¡Félix!

La respuesta fue una carcajada (él no la soltaba), y nada en aquella sonrisa había cambiado: los dientes delanteros aún estaban algo torcidos, blanquísimos, y en el rostro juvenil, recién afeitado, crecían dos arrugas como paréntesis que rodeaban los finos labios. La cicatriz de metralla en la mejilla era nueva; el porte también. El pelo castaño (llevaba la boina roja al hombro) permanecía tan brillante de gomina como lo recordaba.

—Ya pensaba que no te acordarías de mí. También que yo... presentándome así, sin avisar..., te habrás pensado que era un canalla cualquiera.

No le dijo que llevaba días en Madrid, de celebración, de tablao en tablao, catando la victoria en las mujeres que se rendían ante el uniforme y por las que, en otras circunstancias, habría tenido que pagar de su bolsillo. Catando la victoria y reuniendo el valor necesario para ir a su plaza, a su calle, porque una vez se le hubieron acostumbrado los ojos a las banderas nacionales que ondeaban en las ventanas y a los niños que se le acercaban para compartir un cigarrillo, vio que su ciudad, tras el asedio, se había convertido en una tumba, muy distinta a la prometida, pero una tumba al fin y al cabo.

Devolvió a Inés al suelo con delicadeza. La sonrisa, tras observar mejor aquel rostro en el que llevaba casi tres años pensando, mermó.

—Estás... muy delgada.

Inés le sonrió.

—Ahora que ha llegado la paz recuperaré todo el peso perdido.

—Sí —concedió él, y al alzar la voz se dirigió también a las otras dos mujeres—. Ahora las cosas volverán a irnos bien.

Sin embargo, no les dijo que el pan blanco que habían tirado desde los aviones había sido el último que quedaba en toda España, que las tropas nacionales no lo habían ni olido ni que del hambre, en la trinchera, había aprendido suficiente.

Otro detalle más, en el que el jolgorio inicial le impidió reparar, le hizo dar un paso atrás.

—Estáis de luto. ¿Tu hermano...?

—Mi padre. En un bombardeo, el año pasado.

Félix le pasó los brazos por detrás de la espalda y la besó en la frente. Eso fue a todo lo que se atrevió, porque a ella la respetaba y cualquier centímetro robado habría resultado pecado mortal, una ofensa irredimible.

—Lo lamento. Era un buen hombre, aunque yo no estuviese de acuerdo con sus ideas. Siempre se portó muy bien con mi familia.

Aprovechó el espacio inerte en la conversación, mientras Inés dudaba y se apartaba para adentrarse en la sala. Caminó hacia doña Consuelo, y al llegar junto a ella se arrodilló para tomarle la mano y besarla.

—Lamento de veras el fallecimiento de su marido —dijo—. Le tenía mucho cariño, y sé que mi padre también.

En los huecos vacíos entre palabra y palabra se escondía un segundo significado, invisible a los ojos y a la inocencia, del que tanto Félix como doña Consuelo eran conscientes. La muerte había sido el último gran acto protector de don Tomás Márquez, porque él, en aquella paz que les había caído encima, con sus ideas exaltadas, con aquella insensatez que no conocía temor alguno, no habría podido librarse de la cárcel. Y aquella condena que llevaba su nombre habría salpicado y marcado al resto de su familia.

—Gracias, Félix. Me alegro de que estés de vuelta, y de una pieza.

—Cuantas penurias hayan pasado durante la guerra se acabarán ahora, doña Consuelo. Tiene usted mi palabra.

Le dijo a Inés que le había escrito y que no se había atrevido a mandarle las cartas, por si la comprometían, pero tenía el fajo en el macuto para demostrarlo.

—Yo también te he escrito. Espera, voy a mi habitación y te traigo las mías.

Félix no tuvo oportunidad de replicarle. El sonido de unos nuevos pasos (esta vez acompañados, sí, del ruidito metálico de unas llaves) lo empapó todo. Doña Consuelo e Inés, que ya se alejaba, se volvieron hacia la puerta. Pepita, la única que permanecía en el recibidor, la abrió antes de que el recién llegado empuñara siquiera el pomo.

—¡Señor Jorge, no vea qué alegría voy a darle! Pero hay que ver qué aspecto me trae, pálido como un espectro. ¿Se encuentra mal?

Él la rechazó. Con un movimiento vago le dio la mitad del dinero que había ido a cambiar y le indicó que se lo entregase a su madre.

—¡No imagina quién ha venido!

Félix no honró el comentario con una gran respuesta. Alzó la misma mano con la que le había entregado los billetes, ya vacía, para callarla, y con la otra hurgó en el bolsillo de la chaqueta (desabrochada, más arrugada que cuando había salido) hasta encontrar lo que buscaba: un cigarrillo que se llevó a los labios con gestos rápidos y precisos.

—Tengo que hacer una llamada.

El clic del encendedor marcó el punto final. Cruzó la sala como una exhalación: la piel cetrina, las ojeras violáceas enmarcando una mirada oscura y nerviosa, la ropa cayéndole como una piel marchita, de la que desprenderse enseguida. No se detuvo en ninguna de las tres personas que lo observaban; por cómo se alejó, cerrando la puerta del despacho tras de sí, podría afirmarse que ni los había visto.

Se sirvió una copa de coñac, como en los viejos tiempos, aunque no tenía nada que celebrar y mucho que temer. Con la telefonista fue el mismo señorito que había salido aquella mañana por la puerta, de modales exquisitos, sin el regusto añejo en el paladar del ambiente mustio que parecía haberse adueñado tanto de su despacho como de España entera. Que era el doctor Márquez, dijo, que si podía conectarle con la farmacia de la calle de Rafael Calvo, que esperaba.

Puesto que no alcanzaba el cenicero y no quería despegar la oreja del aparato, arrastró una de las copas vacías hacia él y sacudió la ceniza del cigarrillo en ella. Al escuchar, tras un instante de incertidumbre, la voz familiar al otro lado de la línea, suspiró.

—¿Doctor Márquez?

Se permitió sonreír incluso, un gesto que traicionaba el temblor que le azotaba la mano.

—Hombre, Isidro, ¿qué tal todo? Mira, que vengo de hacer una visita a la señora Angustias y está muy mal de la ciática. ¿Me dejas preparada su medicación y paso en un rato a recogerla? Dos cajas, que está que no se puede mover y yo tengo demasiado trajín como para estar yendo y viniendo.

Mientras hablaba oyó que la puerta se abría y unos pasos que se aproximaban, pero no se volvió para verificar su procedencia. Se limitó a sacudir la mano, como lo había hecho con Pepita, y repitió las instrucciones en un tono idéntico al utilizado con la telefonista.

Habían dividido Madrid siguiendo la anatomía del cuerpo humano: cada órgano correspondía a un barrio y la cantidad de medicamento indicaba el número de personas a las que se habían llevado presas. La paciente era la señora Dolores cuando había sido la Guardia Civil quien había realizado la detención, y la señora Angustias, cuando los encargados habían sido falangistas.

Un juego de niños en realidad, una chiquillería que no distaba mucho de las tardes de la infancia en las que fingía ser un combatiente de la guerra del Rif. Únicamente cambiaba el desenlace, ¿pero a quién le importaba? Ya estaban todos muertos y esperando sepultura.

—Sí, dos cajas, para la ciática. Me haces un favor tremendo, ¿eh? Nos vemos en un rato.

Tras cortar la llamada, esperó un ratito más con el receptor en el oído antes de volverse hacia la visita. Lo que vio cuando lo hizo fue la figura fuerte, más baja que él, de Félix sirviéndose también una copa de coñac. Porque ellos, aunque no eran camaradas ni fuesen a serlo nunca, eran amigos desde niños, casi hermanos, y en aquella familiaridad morían las buenas formas correspondientes a la clase y a la educación privilegiada que ambos habían recibido.

Al reparar en su mirada, Félix se detuvo, luego dio dos pasos hacia su amigo, hasta que pudo olerle el perfume de geranios y el humo del tabaco en la ropa. Sus brazos se arquearon, casi pidiéndole de rodillas el abrazo que los casi tres años de guerra y, ante todo, la incertidumbre habrían podido permitir. No lo hizo, no lo tocó. Lo observó como los niños escudriñan sin comprender los cuadros en los museos, y de entre todas las palabras disponibles solo alcanzó a pronunciar:

—Me alegro mucho de verte. Antes, cuando me he fijado en que tu madre y tu hermana estaban de luto...

Jorge le indicó que se sentase en el sofá, frente a él. Mientras lo hacía, abrió el tablero de ajedrez portátil y dispuso las piezas. Cualquier conversación que Félix quisiese tener con él tenía que transcurrir sin sostenerle la mirada.

—¿... pensabas que era por mí?

Félix hizo un gesto lánguido que carecía de la energía suficiente para arrugarle el uniforme o para atribuirle un significado más profundo.

—Lamento mucho la muerte de tu padre, te lo digo de todo corazón. Le tenía en alta estima aunque no comulgase con sus ideas.

«Aunque», «aunque», siempre habría un «aunque» antecediendo su nombre, como una letanía, como una disculpa, porque la bondad en España tenía que pedirle permiso primero a la ideología.

—Por lo menos tuvo el honor de que lo matase una bomba,

y no la cárcel —dijo Jorge, con los ojos fijos en el peón blanco de su contrincante, a quien no le concedió la oportunidad de responder.

La defensa siciliana. Las jugadas de Jorge eran temerarias, como las de Imre de Hevesy, pero premeditadas, fruto de muchas otras partidas que le habían sido favorables y del estudio de los manuales que Félix y él se intercambiaban cuando iban juntos al instituto.

—No tienes buen aspecto.

—Ya veo que tus modales siguen siendo ex-ce-len-tes. —Le dio una palmada en la mejilla cicatrizada—. ¿Y tú qué? Menos mal que tienes la cabeza tan dura que la metralla no ha podido ni atravesarla.

Félix rio, pero la suya fue una mueca que se extinguió enseguida.

—A tu hermana también la he visto muy delgada.

—No me preguntes por Madrid y yo no te preguntaré por el frente. ¿Para qué vamos a angustiarnos por el pasado?

Félix lo ignoró. En la vida, como en el ajedrez, era experto en encontrar salidas donde no había ninguna, en atrapar una oportunidad al vuelo, aunque fuese con los dientes, y no dejarla escapar.

—¿Qué has estado haciendo todos estos años?

Jorge lo estudió. El cigarrillo, que había depositado sobre la copa vacía, se había convertido en una colilla larga y gris que luchaba por mantenerse encendida.

—No tanto como tú. Ejercer, sobrevivir. —Carraspeó—. Lo que me recuerda..., voy a pedirle a Pepita que adecente un poco vuestra casa antes de que puedas instalarte en ella. Los tuyos aún no han llegado, aunque imagino que estarán al caer, y durante la guerra... —Acarició el alfil sin moverlo—. Mira, os hemos guardado todos los objetos de valor aquí, así que no os falta nada, pero, mientras yo estaba en el hospital, los de la CNT tomaron el piso como cuartelillo y se quedaron ahí hasta principios de año. Pepita ha ido dos veces por semana a limpiar un poco, pero me imagino que todavía estará hecha unos zorros y a mi madre se le caerá la cara de vergüenza según como veas el percal.

Félix se atragantó con una risotada.

—La puta CNT. Dios santo. En fin, qué se le va a hacer. Remolonearé hasta la hora de la cena para que tu santa madre no sospeche nada.

No le preguntó si todo eso ocurrió antes o después del fallecimiento de don Tomás, ni si él había estado detrás del soplo de que había un piso vacío, y bastante grande, en el edificio. Era el pasado y ya no podía dañarlos. Lo único que importaba era el presente y el futuro que iba a construir el Movimiento.

—Escucha, Jorge, quiero pedirte una cosa, en confianza.

Su interlocutor no lo miró. Tenía los iris oscuros volcados en el tablero, pasando de figura en figura y de casilla en casilla, y solo alzando dos dedos en su dirección le indicó que lo escuchaba.

—No se me ocurriría proponértelo si no fueses mi amigo, y sé que no siempre hemos compartido puntos de vista, pero te aprecio y quiero que te vayan bien las cosas. Por eso te pido, y me pongo de rodillas si hace falta, que te unas a la Falange.

Jorge sostuvo el caballo entre los dedos. Ya lo había levantado, de modo que, aunque fuese por orgullo, debía finalizar la jugada, sin embargo, vivía en ese instante de duda, en el que las oportunidades que se le abrían parecían quemarle las yemas de los dedos.

—Poco aprecio le tienes a la Falange si le pides de rodillas a alguien que no comulga con sus ideas que se una a ella.

Félix ya había dejado de prestarle atención al tablero. Cruzó las piernas. Un temblor, pequeño pero perfectamente perceptible, le sacudió las comisuras de los labios.

—No te engañes, Jorge. No le pediría esto a nadie, jamás, pero tú eres como de la familia y quiero que las cosas te vayan bien.

—Pues lamento decepcionarte. Nunca me ha interesado la política y no entra en mis planes empezar ahora.

Félix se inclinó hacia él, y la sombra que creaba su cuerpo oscureció el tablero y todas las fichas. En el espacio cada vez más angosto entre los dos cuerpos el olor de su loción para después del afeitado se mezclaba con el perfume de Jorge.

—No seas cabezota.

—Puedes registrarme, si quieres. Jamás he militado en ningún partido político.

—El Movimiento es más que un partido.

—Ya.

Félix inspiró. Se arrellanó en el sofá, como embriagado, desarmado por la negativa.

—Si no lo haces por ti mismo, hazlo al menos por tu hermana.

—A mi hermana le sonreirán estrellas más amables.

Félix entornó la mirada.

—Eso no lo dudes, pero si a ti te pasa algo no sé cómo saldrá ella del pozo.

—Es más fuerte de lo que todos pensáis.

Tras apurar la copa, dio un paso en falso que resultó descarado hasta para la ocasión, pues ningún jugador de ajedrez de su categoría habría soñado jamás con entregarle a su contrincante, y en bandeja de plata, una victoria tan rápida y tan limpia.

—Muy bien, haz lo que quieras, pero te voy a decir una cosa: dentro de unos años, si te han ido las cosas mal y te da por pensar que el país te ha dado la espalda, te pido que recuerdes que yo te tendí la mano y tú decidiste rechazarla.

Félix, a quien un «no» jamás le había escocido tanto, alargó esa victoria regalada a conciencia.

—Creo que los dos tenemos que ser consecuentes con nuestras ideas.

—Y te da igual el sufrimiento que puedas causar.

Jorge irrumpió con una risa seca, casi asmática.

—No sería yo quien lo causara. ¿Tengo que recordarte, a estas alturas, quién empezó la guerra?

—Para liberar España de aquel Gobierno de pandereta que la estaba arruinando y del bolchevismo que pretendía implantar. Y si quieres hablar del treinta y seis, yo puedo hablarte del treinta y cuatro y de los muertos que dejó detrás vuestra huelga general.

Jorge se encogió de hombros, movimiento que finalizó dándose una palmada en el muslo.

—Ya veo que hay versiones para todos los gustos. —Se pasó

una mano por el pelo—. Mira, Félix, ya habéis ganado la guerra. Yo ahora lo único que quiero es llevar una vida tranquila y sacarme el año que me queda de carrera para abrir una consulta, en vez de tener que patearme Madrid haciendo visitas a pacientes que no pueden pagar un médico.

III

Aquel año, la Semana Santa del Señor coincidió con la victoria del Generalísimo. La familia De la Torre Giao llegó a Madrid, tras casi tres años de ausencia, la mañana del Jueves Santo. Al conducir por las calles que los llevaron hasta su Chamberí, la capital, aunque engalanada, se les antojó un erial, una tumba blanqueada cuya fachada católica a duras penas podía ocultar los huesos sobre los que se erigía.

Al bajarse del coche y pisar por primera vez su calle, Ana creyó oler las bombas en el incienso de la Pasión. No había podido mantener correspondencia con Inés, ya que pertenecían a dos Españas distintas, enfrentadas, pero en aquella desolación, en las cicatrices que la batalla había dejado en los edificios ruinosos y en las personas escuálidas y harapientas, pudo leer todos los días que las habían separado.

No le preocupaban ni el equipaje, que sacaba del maletero el mozo al que habían pagado, ni el entumecimiento que acusaban sus piernas tras las horas de trayecto por aquel país que había sido suyo y había quedado herido de muerte. Adelantó a sus padres (aún tiesos, escudriñando la ciudad que los recibía y velando la que habían dejado) y corrió en dirección al portal, porque, al otro lado, estaba Inés, su Inés. De pequeñas eran la sombra la una de la otra, y los espacios vacíos en el cuerpo de la una tenían el tamaño exacto para contener los bordes afilados de la otra. A Chelito la quería y la admiraba porque eran iguales y no tenían que esconderse los defectos, aquel orgullo y aquella ambición que les corroía la sangre y en las noches más oscuras parecían convertirse en su perdición. Inés, en cambio, la complementaba; si bien ella le cedía su fortaleza, su amiga le aportaba una bondad generosa que no alcanzaba a cegarla.

La llamó por su nombre al saltar el escalón y atravesar el umbral. No le devolvió el saludo a la portera porque ni la vio ni la oyó, ídem de ídem al vecino que bajaba por las escaleras y con el que se chocó al ir a subir.

—¿Acaso se ha declarado otra guerra?

Dio un paso atrás. Aquella voz, aquel tono grave y socarrón que la acompañaba desde la infancia, le resultó familiar, y también el iris negruzco tras las gafas de montura fina. Lo que no pudo identificar fue la piel cerosa, reseca, que se pegaba al cráneo sin el colchón de la grasa facial; tampoco las ojeras, oscuras como posos de café, que por el hundimiento que las acompañaba supo que no se debían a incontables noches de jarana, ni mucho menos el porte, antaño atlético, que en ese momento se le presentaba tan descarnado que el traje nuevo casi parecía un disfraz.

—Jorge Márquez —susurró.

El vecino irrumpió en una carcajada sonora, que, sí, por un instante fugaz, le devolvió el aspecto que ella recordaba. Él era corpóreo en la misma medida que su hermana era espiritual, y ocupaba un espacio cada vez más grande al hablar. La risa, los gestos, las distancias que se iban acortando hasta que Ana pudo oler el perfume de geranios y la marca exacta de cigarrillos, que también había sobrevivido a la guerra. Los años lo habían golpeado pero no habían logrado derribarlo, y aquel ímpetu vital que Ana siempre había admirado de lejos cristalizó en el eco de la risa en el portal.

—Márquez Pérez —terminó por ella—. ¿Es porque ya no me conoces que me llamas por mi nombre completo?

—Me has sorprendido, nada más.

—Pues mira que yo a ti casi no te reconozco, ¿eh? Tienes el pelo más largo. —Le tiró de un mechón—. Y vistes como una auténtica señora.

—No te metas conmigo, que a ti el disfraz también te viene grande.

Habría añadido algo más, pero, al apartarse, la mirada bajó al brazal negro que rodeaba el brazo de Jorge, en el que la sorpresa le había impedido reparar antes. Dio otro paso atrás, como azotada por aquella visión y por el miedo que empezaba a burbujear dentro de ella.

Jorge respondió a la pregunta que no había formulado pero que era tan corpórea y visible como ellos dos, y ocupaba un espacio igual de grande.

—Mi padre. Un bombardeo en Lista, el año pasado. Mi madre y mi hermana están muy bien, a Dios gracias. —Se inclinó, y la punta de la nariz casi rozó la frente de Ana—. Ahora mismo, desayunando con tu hermano, que llegó hace un par de días.

Ana fue incapaz de contener una sonrisa, casi sacrílega, indigna ante la devastación de la ciudad de su juventud y del brazal negro de Jorge, cuyo significado era la peor de las condenas.

—¿Félix está aquí?

—Sí, y de una pieza. Mi hermana y él pretenden arrastrarme a ver la procesión del Cristo Mutilado esta tarde. Si tú vienes, no seré yo el único que ponga mala cara.

—Pues a ver si vas a serlo, ¿eh?, que a mí las tallas me parecen muy bonitas. ¿Y qué Cristo es ese?

—El del Perdón de las Maravillas, que no ha salido indemne del asedio.

Mientras hablaba alzó una mano para saludar a doña Basilisa y a don Ricardo, quienes, recuperados del susto, se disponían a entrar en el portal. A juzgar por la mirada de la madre, que traicionaba la alegría de la expresión, los pensamientos de ambas fueron los mismos: el vecino que habían tenido tantas veces a la mesa, que practicaba boxeo para disgusto de doña Consuelo, protagonista indiscutible de todas las noches de parranda de Félix, no podía ser aquel hombre consumido y gris que en ese mismo instante se inclinaba para darle dos besos.

—Hombre, Jorge. —Don Ricardo le propinó una palmada en la espalda—. Me alegro de verte.

Doña Basilisa le tomó las manos, las acarició y en la piel rugosa le pareció leer, como en braille, el hambre y la desesperación del asedio.

—Vas a darme un disgusto, ¿no es así?

Le miraba el brazal y no los ojos. Jorge asintió.

—Mi padre, hace ya casi año y medio.

—Maldita la guerra y todas las muertes que trae consigo.

Lo atrajo hacia ella, lo abrazó, y le tocó el pelo y sus hundidas mejillas mientras su marido los observaba quedo, porque el fallecimiento de don Tomás Márquez no fue debido a sus decisiones ni a sus ideas, sino a la arbitrariedad más cruel de la historia, que a unos tantos roba y a otros colma de gloria, porque la sepultura podría haber sido la suya, pero se marchó y desde ese momento siempre cargaría con esa cruz a la espalda.

—¿Y tu madre y tu hermana? —consiguió decir al fin.

Su voz sonaba ruda, desafinada, como la de un hombre al que hubiesen despertado de golpe del sueño. Jorge aprovechó la pregunta, y la respuesta que debía darle, para zafarse del abrazo de doña Basilisa.

—Muy bien las dos, gracias. Como le decía a su hija, las dejé desayunando con Félix.

La sonrisa de la mujer, como la de Ana, llegó sin pedir permiso ni disculpas.

—¡Con Félix! ¿Qué me dices? ¿Está…?

—Divinamente, ya lo verá. —Señaló la puerta—. A mí van a tener que disculparme, tengo una visita y no quiero hacer esperar al paciente, pero me alegro mucho de verlos… y de que estén tan bien.

Quizá alertado por el ruido, Félix no esperó a que los suyos subiesen al tercer piso, sino que bajó a recibirlos, ya de uniforme, con la boina roja como símbolo inequívoco del Madrid que habían dejado atrás y al Madrid al que habían vuelto.

—Pensábamos que era la capital de la República, pero, cuando pasamos, los madrileños nos recibieron con los brazos abiertos —le dijo a su padre—. Se ve que los pocos rojos que se atrincheraron eran peleones.

—Tenían mucho que perder —terció Ana.

Por una vez, su hermano no dignificó la insolencia con una gran respuesta, sino que la cogió en brazos, librándose además de la mano fría de su madre, que le acariciaba la mejilla herida.

—¡Anita! —Le dio un beso en la frente—. Qué guapa te veo. Parece que al fin voy a poder presumir de hermana.

—¡Pero bueno!

La soltó. Estaban en el rellano, entre los dos pisos, en aquel espacio vacío, todo él de mármol, que no pertenecía ni a los De la Torre ni a los Márquez, y ninguno se atrevía a dar un paso por si ese tremendo descaro fuese a romper el hechizo. Porque, después de casi tres años, habían recuperado al hijo que creían perdido y volvían a estar los cuatro bajo el mismo techo, intactos, como si la guerra no hubiese podido tocarlos.

—¿Y qué quieres? Antes, entre el pelo corto y los pantalones que llevabas, como mucho podía presumir de hermano.

Ante esa observación, Ana lo golpeó en la misma mejilla cicatrizada, aún olía a loción, que su madre había acariciado.

—Ya veo que la metralla también te ha subido al cerebro.

—Es que soy un caballero y quería quedar a tu altura intelectual. —La abrazó de nuevo, y esta vez los dedos pasaron por las vértebras como si quisiese contarlas y ser así consciente de la magnitud del golpe recibido—. Me alegro de volver a tener a alguien con quien discutir. A ti te he echado de menos más que a nadie.

—Y yo a ti —sonrió—, pero menos que a Inés.

—Y no te culpo. —Se alejó—. Oye, hablando de echar de menos, ¿e Imre? ¿Has mantenido el contacto con él?

—Sí, hemos seguido carteándonos.

—¿Cómo le va?

Se mordió el labio. A medida que las tropas sublevadas avanzaban, y que su victoria se afianzaba, las páginas nacionales del periódico perdieron todo el interés para ella. Las noticias de Europa, en cambio, las bebía con un ansia insaciable, y su sed jamás se calmaba. Los acuerdos entre herr Hitler y Neville Chamberlain, y los terrenos que Alemania y Hungría ganaban, tenían para ella la forma y el tamaño de una bomba de relojería cuyo minuto cero estaba al caer.

—Pues... las cosas están un poco revueltas en Hungría...

—Me imagino.

—Pero, dentro de lo que cabe, él está bastante bien y ya pensando en los Juegos de Helsinki.

Los labios finos de Félix se curvaban en una sonrisa que no dejaba de crecer.

—El muy cabrón es capaz de salir de ahí con otra medalla. Me alegro por él. Hungría está en el lugar adecuado de la historia, y me enorgullezco de que España, ahora, también lo esté.

En Madrid, el día de Jueves Santo de 1939, el jinete pálido del Apocalipsis parecía atragantarse con su propio festín: los escombros como telón de fondo, los pobres con sus mejores harapos, los señores con las ropas que esperaban en el armario desde la proclamación de la República, los estómagos rugientes, porque el hambre durante la guerra no entendía de clases. Los De la Torre y los Márquez esperaban al Cristo manco y con la cara tiroteada en la puerta de Alcalá, donde se había dispuesto un altar a los caídos presidido por la cruz y el yugo y las flechas, custodiado por las milicias falangistas.

Mientras aguardaban, Félix se sacó un cigarrillo de la pitillera y luego se la entregó a Jorge.

—Y pensar que durante la guerra aquellos desarrapados adornaron la puerta de Alcalá con un retrato de Stalin.

—Y de Litvínov y de Voroshílov. —Hizo amago de pasarle la pitillera a Ana, pero Félix se le adelantó y la recuperó—. Los tres gordos. Yo la vi en persona. A ti, me imagino, te habrán venido con el cuento.

—Eso mismo. El cuento.

Tras intercambiar una mirada con Ana, Inés sacudió la cabeza. En su rostro gris, como de papel de periódico, y ensombrecido por la mantilla, se esbozaba una sonrisa.

—Lo importante es que la guerra ha terminado.

Su hermano asintió. Aunque la primavera en Madrid era cálida, una caricia gloriosa que traía consigo los recuerdos del verano, él, asediado por un invierno infinito, hundió las manos en los bolsillos.

—Sí. Oye, Ana, por cierto, siento mucho no poder devolverte los libros que me diste para que te los guardara.

Félix los observó ceñudo. En la calle, el clamor de la procesión que se aproximaba reverberó con un eco atroz.

—¿Qué libros?

—Los *Episodios nacionales* de Benito Pérez Galdós —respondió Ana antes de que a Jorge pudiese ocurrírsele una respuesta mejor—. Como son tantos volúmenes, no podía llevármelos conmigo a Galicia.

Aunque apenas lo miraba de reojo, a Ana le pareció detectar en la comisura de los labios de Jorge el temblor que precedía a una carcajada que, sin embargo, no llegó.

—Sí —dijo, en cambio—. Yo, por otro lado, tuve la mala pata de llevarme un par de volúmenes al hospital, para leer cuando no pudiese conciliar el sueño... y, vaya, que no sobrevivieron a los bombardeos. Me he ofrecido a comprarle a Ana los libros perdidos...

—¿Y para qué? Es querer patearse Madrid..., ya llevaré los que quedan a la parroquia, que guardar la colección incompleta tampoco tiene mucho sentido.

Para (en ese momento sí) ocultar la risotada, Jorge se llevó la mano con el cigarrillo a los labios. Y Félix, con un ojo en las calles abarrotadas y otro en Inés, solo acertó a sacudir la cabeza.

—Eres una caprichosa incorregible, hermanita. Mira que regalar casi todos los *Episodios nacionales* porque te faltan algunos volúmenes...

—Por lo menos irán a la parroquia —terció Inés—. Seguro que harán falta en los colegios.

El cortejo del paso del Cristo resquebrajado, cuyos ojos ciegos se volvían al cielo más azul, hizo morir la conversación. La puerta de Alcalá se transformó en una marea de brazos alzados, de plegarias por un pasado marchito y un presente más amable, de llantos ahogados de aquellos a quienes todavía no se les habían secado las lágrimas.

Aprovechando la confusión, y fingiendo que encendía el cigarrillo que se le apagaba con el viento, Jorge le susurró a Ana:

—Vamos a ir al infierno los dos, contando tantas mentiras en Jueves Santo...

Ella, que no separaba la vista de aquel cuerpo de madera lastimado, escondió la sonrisa en una señal de la cruz.

—Pues ya iré a buscarte mañana temprano para ir a confesión.

—¡Temprano! ¿Tantos pecados tienes por confesar?

—Pecados más bien los tuyos, que te he visto la cartera y la llevas que pareces una beata, solo que en vez de estampitas de santos tienes fotos de mujeres.

Jorge no se entretuvo tratando de ocultar una nueva sonrisa, esta auténtica, que marcaba dos hoyuelos en sus consumidas mejillas.

—No me digas que estabas buscando una tuya.

Ana bajó los párpados.

—No seas fresco, que tengo novio.

—Y yo novias, por lo que me cuentas.

Quería contestarle, y rápido, pero la mano izquierda de Félix, que les subía el brazo a los dos, fue más veloz.

—Levanta más el brazo —masculló Félix en dirección a Jorge—, que no se sepa lo que has hecho durante la guerra.

Mientras rezaban por la sangre redentora del Hijo de Dios, idéntica, para ellos, a la de los caídos por España, doña Basilisa acariciaba el brazo exangüe de doña Consuelo. No la había soltado desde que bajaron a la calle; por la blancura lechosa de sus dedos, casi podría decirse que temía que fuese a desplomarse si le faltaba un cuerpo en el que apoyarse.

—Me gusta ver a mi Ana y a tu Jorge tan compenetrados —le dijo—. No sabes lo feliz que me haría que mi hija se fijase en un chico como el tuyo: igual que ella, de su clase, que ha recibido una misma educación..., en vez de beber los vientos por... —No terminó la frase; doña Consuelo, después de tantos años, ya lo sabía todo—. Que es un buen muchacho, no me malinterpretes, pero cuando uno no comparte la religión al final tampoco comparte los valores y eso, en un matrimonio, pesa. Además, tal y como están las cosas en España y en Europa... sabe Dios cuándo lo volverá a ver.

Doña Consuelo suspiró. A fuerza de disgustos, su respiración era siempre así: una lucha silenciosa por llenar los pulmones de aire.

—A mí también me gustaría, que tu Ana, además de todo lo que me dices, tiene carácter y sabría llevarlo. Pero yo, con tal de que sentase cabeza...

—Anda, mujer, que no tendrás motivos para quejarte. Como Félix, pues bueno, habrá sido un poco más salvaje, pero ahora ya es un hombre.

Doña Consuelo tragó saliva. Tenía los ojos y la nariz enrojecidos, y ya no miraba al Cristo mutilado, sino a la inmensidad del nuevo Madrid que se abría ante ellos.

—Ha heredado todos los vicios de su padre y ninguna de sus virtudes, y yo a eso le veo mal futuro.

Quincuagésima tercera carta de Ana a Imre

Madrid, 6 de abril de 1939

Querido Imre:

Te escribo desde Madrid, en mi habitación, que ya no me parece mía, aunque Pepita, la criada de los vecinos, la ha dejado idéntica a como la recordaba. Hemos llegado esta misma mañana. Si en Cedeira reciben alguna carta tuya, Chelito me la enviará.

No veas la ciudad a la que he vuelto. Aunque las bombas han cambiado bastante el aspecto de la capital, no son las ruinas lo que me angustia, sino todo lo demás. Madrid se ha convertido en una ciudad gris, como de luto, de gente nerviosa, harapienta, que parece moverse despacio, como acechada por una tristeza inconmensurable.

No sé qué decir. Estamos todos bien, y de momento el único ser querido del cual hemos tenido noticias nefastas es don Tomás Márquez, el vecino de enfrente, que falleció el año pasado durante un bombardeo en Lista. Félix está con nosotros y también muy bien. Me imagino que te escribirá pronto. Tiene muchas cosas que celebrar y todas las ganas del mundo de hacerlo.

Sigo después. Esta tarde acompañamos a los vecinos a la procesión del Jueves Santo y el olor a incienso me está levantando dolor de cabeza.

Disculpa esta melancolía infinita. Mi humor mejorará en cuanto me haya recuperado del susto y vuelva a la universidad.

Siempre tu...

Annakém

IV

SEGUNDA LEY JUDÍA, IV DE MAYO DE 1939 SOBRE LAS LIMITACIONES DE LOS JUDÍOS EN LA VIDA PÚBLICA Y EL ESPACIO ECONÓMICO

Desde el punto de vista de la aplicación de esta ley, una persona será considerada judía si ella misma o al menos uno de sus padres o dos de sus abuelos son miembros de la denominación religiosa israelita en el momento en el que esta ley fue promulgada.

El señor Ödön de Hevesy releyó la nueva ley ante la lámpara de gas de su escritorio. Una lámpara de gas, porque era un caballero de la más vieja Europa, afianzado en sus costumbres, y porque a su luz recordaba las largas noches transcurridas escribiendo cartas en el hospital militar. Entregó voluntariamente a la patria sus treinta y tres años de entonces y el amor que le profesaba al hijo que acababa de nacer, en el instante mismo en que se declaró la guerra, pero aquella misma patria que había amado, y con cuyos colores se había coronado pese a las derrotas, entonces lo escupía y lo abandonaba. Ya no era Ödön de Hevesy, cuyo fuego era idéntico al de los magiares que con sus flechas aterrorizaron a todo el continente en la Edad Media; en ese momento era Ödön de Hevesy, israelita. Israelita, aunque la lengua hebrea abandonó pronto su paladar. Israelita aunque desconocía los ritos y las tradiciones, aunque no pisaba la sinagoga y el cementerio judío solo muy de vez en cuando y a regañadientes, para honrar a los antepasados. Israelita a pesar de las cicatrices que aún le hundían la piel, ganadas en aquellos años de su juventud en los que su sangre era tan húngara que, de haber sido derramada sobre el campo de batalla, los compañeros lo habrían bautizado como mártir y habrían escrito a sus respectivas casas hablando de él.

Tras frotarse los ojos, de un gris ceniciento, tomó el diario de nuevo. Su mirada se detuvo en la parte inferior del papel, donde se enumeraban las razones por las cuales un judío quedaría exento de cumplir aquella nueva ley que amordazaba a los demás. Casi sonrió, porque él, Ödön de Hevesy, que ya no era nada, había engendrado a un campeón olímpico cuya victoria en Berlín podía, de momento, salvar su futuro.

Lo hizo llamar. Como, tras adelantarse a los problemas económicos que en ese instante veía más certeros que nunca, había despedido al servicio, lo hizo a la vieja usanza: bramando su nombre hasta oír los pasos amortiguados, de pantuflas, que se acercaban a él.

La puerta del despacho se abrió. Dado que caía la noche y no vivían lejos del balneario Dandár, el hijo llegó con la piel aún brillante y sonrosada de las aguas termales, el pelo húmedo y los rizos, de aquel color imposible entre el rubio y el rojo que había heredado de su mujer, peinados hacia atrás.

—¿Qué se le ofrece, padre? —le preguntó con más sorna que respeto.

Con un gesto vago, casi impaciente, el señor De Hevesy le indicó a su hijo que tomase asiento frente a él. Imre, poseído por su socarronería habitual, y con el solo propósito de encolerizarlo, aguardó un par de segundos más antes de obedecer.

Por una vez, el padre no tuvo nada que decir al respecto.

—¿Has leído el periódico de hoy?

Imre de Hevesy, campeón olímpico de esgrima, cruzó las piernas.

—Sí, he hojeado un ejemplar en el balneario.

Ödön hizo caso omiso de esa apreciación.

—Entonces lo sabrás todo acerca de nuestra situación, la nuestra, la de los judíos, y de cómo tu condición de campeón olímpico te proporciona ciertas concesiones.

Imre irrumpió en una risa seca.

—Sí. No sé qué tendrá que ver eso con la raza...

El padre chascó la lengua. Llevado por el hastío, empujó también el periódico a lo largo de la mesa, hasta que cayó sobre las rodillas de su hijo.

—Está claro que Dios no quiso darte cerebro. —Se acercó más a él—. *Nada* de todo esto tiene que ver con la raza. ¡Nada! Es todo orgullo y desinformación, no querer ser consecuentes con sus ideas ni responsables de sus derrotas, y buscar un cabeza de turco sobre el que reflejar todos sus vicios. —Golpeó el escritorio—. Esa es la ruina de Alemania y a partir de ahora está claro que también la ruina de este país.

El hijo resopló. Con dos dedos aún arrugados por el agua se apretó el tabique nasal.

—Lo siento, padre, no sabía que me había llamado con la esperanza de tener un debate político.

—Es que no te enteras de nada. No te estoy hablando de política, te estoy hablando del futuro. ¡De *tu* futuro! —Se detuvo, cogió aire. La batalla silenciosa consigo mismo estaba haciendo mella en él y la frente se le perló de sudor—. Hasta las autoridades legales nos roban. Quieren desplazarnos de la vida pública y de la economía del país y pretenden que nosotros mismos administremos el hambre que ellos nos van a causar. —Lo señaló con el dorso de la mano—. Pero tú, con tus logros, todavía puedes hacer que el país pueda vanagloriarse de ti, hasta el punto de que tengan que tragarse gustosos el hecho de que seas judío. Porque tú, a ojos de la ley, que es lo importante, ya no lo eres.

Imre tragó saliva. Los dientes, de incisivos prominentes, acostumbraban a separarle los labios para formar una sonrisa que siempre llegaba con facilidad, sin pedir permiso. En ese momento, en cambio, aquellos mismos labios se apretaban, blanquecinos, porque su dueño se imaginaba adónde quería llegar su padre, y la perspectiva no le gustaba.

—Pero las leyes cambian —prosiguió Ödön de Hevesy—. Y, si algo hemos aprendido en estos años, es que pueden hacerlo de un plumazo. —Suspiró—. Yo solo busco tu seguridad, hijo, y afianzar la protección que ahora mismo te ofrece la ley.

Imre descruzó las piernas.

—Pues, como no sea ganar otra medalla, no hay mucho más en mi mano para cambiar las cosas.

El padre lo señaló con la estilográfica.

—Lo hay. Mira, Imre, para un hombre no hay nada más grande que tener un hijo en el que ver reflejados todos sus sueños de juventud y sus planes de futuro, y tú eres eso y más para mí, y si yo soy duro contigo es porque sé que un día llegarás a ser una persona mucho más ejemplar de lo que lo soy yo. Si estuviese en mi mano mejorar tu situación, iría hasta de rodillas al Danubio, pero solo tú puedes cambiar las cartas de tu baraja.

Imre bajó las cejas.

—Dígalo ya, padre, que no es propio de usted darle tantas largas a un asunto.

—Muy bien. Ya conoces a Rezeda, la hija del señor Futó.

—Sí.

—Una chica encantadora y está claro que te adora, pero tanto su padre como yo sabemos que, con su timidez y sobre todo con sus problemas de salud..., sus perspectivas de matrimonio no son brillantes, para qué engañarnos.

Al oír ese último comentario Imre se levantó. Se permitió arrastrar la silla, incluso, para que el chirrido que emitieron las patas contra el parquet le sirviesen de punto final. Hizo el amago de alejarse, pero el tono frágil, desesperado, de su padre le impidió emprender la marcha.

—Hijo, si te casas con una chica de buena familia húngara, si te conviertes y tienes sus hijos... podrías tener una oportunidad.

Imre cogió aire, pero este era caprichoso y parecía no querer llenarle los pulmones. Sus ojos, febriles, estaban volcados en su padre.

—Me está pidiendo que sacrifique mi honor a cambio de mi seguridad.

Ödön le mostró sus manos, también sudorosas.

—Te estoy pidiendo que protejas tu vida porque el rumbo que está tomando este país, y lo que se está cociendo en Alemania..., eres joven, y cuando se es joven no se le tiene a la vida el debido respeto, pero yo ya soy un viejo y percibo lo milagrosa que es tu existencia y que debo preservarla. Si pudiese influir en algo, me desangraría por ti, pero solo tú tienes la potestad de cambiar tu futuro.

El hijo dio una zancada que lo devolvió al lugar inicial, frente al escritorio ante el cual se inclinó.

—¿Qué dice el señor Futó de todo esto?

—Él, como yo, solo busca la seguridad de su hija y sabe que contigo no le faltará nada, y que tú, que eres un alma sensible, aprenderás a quererla como la quiere él.

Imre entornó la mirada.

—Quererla, quizá, con el tiempo, pero no podría enamorarme de ella.

Con esa sentencia, los rasgos del padre se desvanecieron, como si estuviesen hechos de cera y esta se derritiese al calor de una llama. Derrotado, tomó al muchacho de las manos.

—¿Y eso importa? Mira, hijo, ya es hora de que dejes de tener tantos pájaros en la cabeza. Los poemas de amor están muy bien para el verano, pero ahora estamos hablando de tu vida.

De una sacudida, Imre, rompió el contacto físico y se alejó.

—¡De tu vida! —Las palabras se le atragantaron. Cuando el hijo tomó el pomo de la puerta, añadió—: Dime quizá. Por caridad, hijo, ¡dime quizá!

Imre sostuvo el pomo entre los dedos, con un pie ya en el pasillo y la mirada en llamas, porque ya sentía los posos de ese «quizá» en la lengua, y la vergüenza y la traición lo consumían.

—Buenas noches, padre.

Cerró la puerta tras de sí y antes de subir a su habitación apoyó la espalda en la pared y echó la cabeza atrás. Se comió las lágrimas, el orgullo y las palabras, porque tal vez su vida pesase más que su honor.

V

Aquella tarde de mayo, al llegar a casa del trabajo, lo primero que Félix de la Torre vio reflejado en el espejo fue a Inés Márquez sentada en el sillón de la sala, leyendo. No la esperaba. Había vuelto a casa de mala gana. Habría transcurrido un mes tras la entrada gloriosa en Madrid y su padre parecía haberse olvidado de un plumazo de la guerra y de todo lo que esta había traído consigo. Desdeñaba la labor del Movimiento y se lamentaba de las largas horas que su primogénito pasaba en el despacho de la Falange y el desinterés que sentía hacia el negocio familiar. Para Ricardo de la Torre únicamente parecían existir la fábrica y el señor Ödön de Hevesy, y Félix estaba resentido por ello.

Al ver a Inés, sin embargo, las angustias de las que tan buena cuenta llevaba desaparecieron. Si se lo hubiesen preguntado, habría sido incapaz de discernir el momento en el que la hija de los vecinos, la mejor amiga de su hermana desde la infancia, comenzó a interesarle. De niños la había ignorado y en los juegos fantásticos ella jamás interpretaba el papel de princesa ni de dama a la que salvar. Quizá fue al entrar en la adolescencia, porque Inés, al contrario que las demás, parecía ignorar la existencia del género masculino y las diferencias intrínsecas a los sexos. No flirteaba, como las demás, ni inclinaba la cabeza para adular a los muchachos. Hablaba de los libros que leía sin preocuparse de que tanta intelectualidad fuese a resultarle poco atractiva al varón, y sus ojos negros se encendían como candiles al hacerlo; sus sonrisas eran siempre dóciles, mansas, tan auténticas que parecía que un ángel hubiese tocado a aquel a quien iban dirigidas. De belleza serena, casi discreta, no era como su hermana, que se rebelaba ante toda diferencia entre los hombres y ella. Inés, sencillamente, parecía habitar un mundo de espíritus y, como cualquier enigma que fuese incapaz de descifrar, Félix no podía quitársela de la cabeza.

—Qué sorpresa. ¿Tú por aquí?

Había tenido tiempo de ajustarse la boina antes de ir hacia ella. Al sentarse en el sillón contiguo se apresuró a acortar las distancias entre ellos. Inés no se apartó, lo que decidió tomárselo como un pequeño triunfo.

—Hola, Félix. —Tras cerrar la novela sobre sus rodillas, le dirigió una de aquellas sonrisas que él había aprendido a buscar—. Es que quedé con tu hermana pero todavía no ha llegado.

—Un pecado imperdonable.

—No, es que fuimos a apuntarnos en la universidad para el curso que viene y en Diplomacia siempre hay mucha más cola que en Filosofía y Letras. Además de que con la guerra se han perdido muchos expedientes..., pero a mí no me importa esperar. Así aprovecho y adelanto las lecturas obligatorias.

Félix le devolvió la sonrisa. Y, con el acto de cambiar de postura, quedó más cerca de ella, de modo que pudo olerle el perfume en la piel.

—¿Te importa que te haga compañía mientras esperas a mi hermana?

El puño de Inés se cerró.

—No, claro que no.

—Bien, porque vas a tener que darme un par de recomendaciones. —Señaló el libro. El índice de Inés entre dos páginas marcaba el lugar en el que había interrumpido la lectura—. Hay tanto trajín en el despacho que apenas si tengo tiempo para leer. No termino un libro desde que finalizó la guerra y, bueno, durante..., como no fuesen las cartas de la familia..., pues no leía nada de nada. Fíjate que fue en el hospital donde pude culturizarme un poco..., pero no quiero aburrirte con todas mis batallitas.

—No me aburres.

—Tú, que me ves con buenos ojos.

Inés apartó la mirada. La mano izquierda, que no sostenía la novela, seguía cerrada sobre las rodillas.

—Tu trabajo tiene que ser muy absorbente, ¿no?

La sonrisa de Félix era gloriosa, atrapaba y consumía la luz que entraba a raudales por la ventana. Aquella misma claridad dorada, tan típica de las tardes de la primavera madrileña, le iluminaba también el tabique de la nariz y el contorno de la barbilla.

—Sí, pero es apasionante. Tenemos tanto que cambiar, y nuestra labor es tan grande...

—Ana me dijo que te habían destinado a Propaganda.

—Sí. Durante la guerra ya me habían recomendado, pero yo quería quedarme con los míos en la primera línea de batalla. Me parecía que habría sido un acto de cobardía permanecer en la retaguardia mientras los camaradas arriesgaban la vida por España. Pero ahora la guerra ha terminado y puedo emplear mis capacidades en lo que realmente me gusta.

Apoyó los codos en los muslos. Otros centímetros robados, los más descarados, e Inés no los rehusó apartándose.

—¿Sabes qué es lo que dice Goebbels, el ministro alemán? —insistió.

Inés negó, queda. La sonrisa, que aún no la había abandonado, era en ese momento más pálida, más débil, como si conservarla requiriese una fuerza hercúlea.

—Habla mucho de la importancia de la radio. —Señaló la suya, apagada, con dos dedos—. De cómo es la mejor manera de llegar a las masas, porque todas las familias, desde las más pudientes hasta las más humildes, tienen un aparato en sus casas. La radio es la gran igualadora. Espero no estar dándote mucho la tabarra...

—No, creo que... creo que me cuentas cosas muy interesantes.

—Bien. Alemania va a la cabeza de Europa, eso está claro. Y creo que a España, después de tantas penurias, le vendría bien aprender de ella. —Se dio una palmada en las piernas—. ¡Pero ya basta de tanta cháchara! Veamos, los libros. ¿Cuáles debería leer? Como siga así dentro de poco no podré seguirte el ritmo en nuestras charlas...

Cuando hablaba con las muchachas, ni siquiera Inés Márquez era una excepción, le gustaba imaginar que la conversación se desplegaba como un tablero de ajedrez. Cada movimiento, tentativo o no, cada palabra y cada frase, conformaban una jugada que quería ser maestra. Al hacer un comentario ya debatía internamente su siguiente aportación de la misma manera cuidadosa y casi ceremoniosa con que acariciaba las figuras antes de moverlas. En aquella ocasión, sin embargo, no tuvo la oportunidad de proseguir. La puerta se abrió y los interrumpió.

Inés se volvió hacia ella con los labios suavemente curvados. La respuesta a su gesto no fue el «Buenas tardes» de Ana, ni siquiera un «Salud» al que ya solo unos pocos incautos se atrevían, sino el estruendo que causaron las llaves, arrojadas de cualquier manera sobre el aparador, y los mocasines, de los que su dueña se desprendió enseguida, también con violencia.

Ana no los saludó cuando entró (o, para ser más precisos, irrumpió) en la sala. Se limitó a tirar el maletín sobre el sofá, que estaba libre, sin miramiento alguno por la integridad de cuanto contenía en su interior. Acto seguido se sentó sin guardar siquiera las apariencias y se encendió un cigarrillo.

Félix se levantó y leyó correctamente su expresión, pero no fue hacia ella. Desde donde estaba, señalándola con dos dedos, bramó:

—¿Es que te han educado en la jungla?

Ana emitió un ruidito seco que tanto podría haber sido una carcajada como todo lo contrario. Había abierto el maletín y en aquel momento arrojaba el contenido sobre sus muslos.

—Sí, a lo mejor habría tenido más suerte —dijo apretando los dientes—. Hasta la jungla es preferible a esta España que nos habéis dejado.

Entonces sí, con el índice y el corazón aún alzados, y desafiando todo riesgo, Félix dio un paso hacia ella.

—Oye, hermana, no sé qué mosca te habrá picado, pero eso sí que no te lo consiento.

Ana separó los labios, su gesto fue más rápido que el pensamiento y los cerró de nuevo. Tomó el expediente que yacía sobre sus piernas y lo rompió por la mitad.

Félix se apartó, como abofeteado por ese movimiento y el ruido que lo siguió.

—Te has vuelto loca.

—Ojalá.

Se dispuso a tomar un nuevo documento, pero los dedos finos y pálidos de Inés, que le rodearon la muñeca, se lo impidieron.

—No hagas algo de lo que vayas a arrepentirte después.

Ana hipó. Por orgullo había contenido las lágrimas durante la carrera desde la universidad a Chamberí y por orgullo se las comía entonces también. Porque su hermano, que antes lo entendía todo, aunque se viese en la obligación de coronar cada aportación con una broma, en ese momento representaba todo aquello que le habían arrancado de cuajo. La boina, frente a ella, era roja como una herida abierta, y le provocaba el mismo dolor lacerante.

—No voy a arrepentirme, porque, haga lo que haga, no voy a cambiar las cosas.

Inés estiró los labios. Se había dejado caer de rodillas frente a ella y le estaba acariciando la mano que sostenía las calificaciones de 1936 sin atreverse a romperlas.

—¿Es que se han cubierto ya todas las plazas? Con las notas tan buenas que sacaste el primer año...

—Las mejores de mi clase, pero a quién le importa eso.

Inés besó aquella mano que yacía lánguida y sudorosa por el esfuerzo.

—¡No me digas que no te convalidan las asignaturas porque las cursaste durante la República!

Ana sacudió la cabeza.

—No, eso no tiene nada que ver. Si así fuera tendrían que echar a patadas a todos los que tenían los estudios ya empezados.

—Pues entonces no me lo explico. Sé que se perdieron muchos expedientes durante la guerra, pero tú tenías una copia de todo y...

Ana dio una calada. A falta de un cenicero, y demasiado turbada para levantarse a buscar uno, sacudió la colilla sobre uno de aquellos papeles que no quería volver a ver jamás.

—No son mis calificaciones ni mi expediente lo que les preocupa, sino mi sexo. —Entornó la mirada, que tenía volcada en Félix.

Un temblor recorrió el rostro cetrino de Inés.

—¿Qué quieres decir?

—Que, por lo visto, Diplomacia ya no es una carrera que se oferte a candidatas del sexo femenino. Dicho en otras palabras: que en la España de la victoria las mujeres ya no podemos ser diplomáticas, sino solo maestras, secretarias, enfermeras o, mejor aún, madres y esposas.

Inés se llevó una mano al pecho.

—¡Qué canallada! ¿Eso te ha dicho el rector?

No le contestó. Todavía observaba a Félix con ojos húmedos y febriles.

El hermano también se encendió un pitillo.

—Lo siento —le dijo, mientras apagaba la cerilla.

—No finjas que no estás de acuerdo con la decisión.

—Puedo estar de acuerdo y que, en lo personal, me duela que te decepciones. Intenta mirar el lado positivo. —Ignoró el reproche que se abrazaba en el iris rojizo de Ana—. Ahora puedes dedicar tu tiempo a algo más productivo y para lo que estés mejor preparada.

Ana alzó una ceja poblada y oscura.

—Para lo que esté mejor preparada —repitió, cada palabra un puñal—. ¡Si saqué las mejores notas de clase!

—Y yo de la mía, y no me ves corriendo a trabajar en la fábrica con padre. —La señaló con el dorso de la mano—. A las pruebas me remito: no eres capaz de mantener la mente fría ni para encajar el primer «no» que te han dado en la vida.

Ana se levantó y, con la furia con la que arrojaba la raqueta cuando la cogía por sorpresa en un partido que creía ganado, iba hacia él, cuando Inés la detuvo con un abrazo.

—Es muy injusto, Ana. —Le besó las mejillas y los pómulos, atravesados por las lágrimas que, tras una batalla silenciosa, brotaban a sus anchas—. Yo sé cuánto habías trabajado y cuánto soñabas... —Se mordió el labio inferior—. ¿Puedo ser egoísta un momentito?

Ana inspiró, trémula.

—Tú nunca has sido egoísta en tu vida, boba.

—Ahora sí. Ya sabes lo que me cuesta hacer amigas y..., bueno, ¿por qué no estudias Filosofía y Letras conmigo? De las compañeras que conocía, la mitad se ha casado y la otra mitad... —Bajó los párpados—. Bueno, con las estrecheces de la guerra su situación ha cambiado y ya no se pueden permitir los estudios. Y a ti te gusta leer casi tanto como a mí. —Le secó una última lágrima caprichosa con el pulgar—. ¿Por qué no lo pruebas este año, a ver si te gusta? Ahora está todo muy revuelto. A lo mejor el curso que viene admiten a mujeres otra vez. ¿Verdad, Félix?

Él dio otra calada, más voraz que la anterior, de la que no disfrutó, y no dijo nada que apoyase o derrumbase la teoría de Inés. En su lugar, dio dos pasos hacia su hermana, hasta quedar frente a la espalda que se sacudía y cuyo calor sentía en la piel. Tras un instante de duda, le puso la mano en el hombro.

—Inés tiene razón: en Filosofía y Letras podría irte muy bien. —Suspiró—. Siento haber sido un poco brusco contigo; ya sabes lo que me gusta chincharte. Anda, alegra esa cara, que os invito a las dos a un chocolate en San Ginés.

Inés rio.

—¡En mayo!

—Bueno, pues a una horchata en el Retiro. Quiero presumir de poder llevar a dos chicas tan guapas del brazo.

Ana se aferró más al abrazo de su amiga y lo apartó.

—Pues yo me quiero quedar en casa.

—Anda, mujer —insistió Inés—. ¿Y si vamos al cine o al teatro? —propuso, y le susurró al oído, de modo que solo ella pudiese escucharla—: Así puedes llorar cuanto quieras, que, como estará oscuro, nadie se dará cuenta. Y si vemos una de amor, de esas que me gustan a mí, hasta tienes una excusa para estar disgustada, que últimamente son todas muy trágicas.

A pesar de que mantenía el puño cerrado, Ana le sonrió. No había nada que Inés Márquez pudiese pedirle a lo que ella fuese a negarse. Habría hecho cualquier cosa, hasta caminar descalza sobre el fuego, con tal de no contrariarla. Era su ángel.

VI

El miércoles 17 de mayo se aprobó en Budapest el decreto 5.070 sobre la regulación del trabajo y los servicios públicos. De acuerdo con la nueva normativa, los hombres de entre veintiún y veinticuatro años de edad, que por su sangre o sus ideas fuesen declarados no aptos para el servicio militar, debían desempeñar sus obligaciones para con la patria mediante trabajos forzados.

—Sin derecho a portar armas —siseó Péter Zoltán.

El timbre de su voz, al igual que el verde casi cristalino de sus rasgados ojos, era frío y provocó en Imre un estremecimiento. Había escuchado la noticia de sus labios antes de leerla en el periódico o en la expresión de su padre durante el desayuno. Se había despertado temprano, sabía Dios por qué, y en ese momento aquella condena incierta mancillaba la mesa favorita del café Centrál. El café, más que amargo, le dejaba un regusto añejo en el paladar.

—Estamos en buena compañía, al menos —prosiguió Péter. Más que con Imre, parecía que hablaba consigo mismo, o que ponía las cartas sobre la mesa, en la que descansaba el pedazo de tarta Eszterházy que habían acordado compartir pero que ninguno de los dos había catado aún—. Los judíos, los comunistas y las minorías nacionales, la flor y nata de la sociedad húngara, juntitos como las cuentas de un rosario. —Se pasó una palma sudorosa por pelo—. Bueno, tú no. A ti esa medalla olímpica te sigue protegiendo, ¿no?

Solo por hacer algo con las manos, Imre sacó un cigarrillo de la pitillera y se lo puso entre los dientes. Mientras aceptaba el fósforo prendido que Péter le tendía, asintió.

—Sí, de momento. —Dio una calada corta y ansiosa—. Sabe Dios. Al ritmo al que están promulgando las leyes…, no han pasado ni dos semanas de la anterior.

Péter tensó los labios en una mueca que no prometía nada ni negaba nada. El bigote, fino, a lo Clark Gable, brillaba casi dorado bajo el sol de aquella mañana de primavera.

—Anda que... qué vergüenza. Para nuestros viejos, que tragaron mierda por un tubo en la anterior guerra, sobre todo. Tanto que se esforzaron en ser hijos de la patria como todos los demás y míranos ahora. Nuestra sangre no es buena ni para derramarla por el país. —Jugueteaba con la caja de cerillas mientras hablaba con la mirada fija en sus uñas mordidas, y no en Imre—. Bueno, peor nos lo ponen. Se va a declarar la guerra y a la flor y nata de la sociedad húngara nos van a mandar al frente sin armas. Verás.

—Quizá no se declare la guerra.

Lo dijo entre calada y calada, y al estilo de los niños al rezar antes de acostarse. La suya no era una apreciación hija de la inocencia o de la ignorancia, sino una plegaria pronunciada en voz alta, un grito a un dios en el que no creía y que se había convertido en la fuente de todos sus problemas.

—¡Ja! No se trata de «si», sino de «cuándo». —Se guardó las cerillas en el bolsillo de la gabardina, que colgaba del respaldo de la silla—. Esa guerra ya la huelo, como los sabuesos, y solo espero que sea corta, para que a mi hermano pequeño no le toque la misma lotería que a mí.

Imre tragó aire y saliva. Todo se le atragantaba, y el café, frío, ya no era capaz ni de calentarle las manos a través de la taza.

—¿Qué vas a hacer?

Péter, que se balanceaba en la silla, se detuvo para mirarlo a los ojos.

—Ir a tomarme las medidas para el uniforme, supongo. ¿Y tú? —Forzó una sonrisa—. Tendrás que ir a entrenar, ¿no? Asegúrate de ganar otra medalla el año que viene, por si la que tienes no es suficiente.

Imre negó con la cabeza. Con el mismo movimiento ansioso apagó el cigarrillo, casi intacto, contra el platito.

—No, hoy no. Es diecisiete de mayo, ¿no?

—Eso dice el periódico.

—Acabo de acordarme de que es el santo de Rezeda Futó. Voy a ver si me paso a hacerle una visita.

Rezeda, como la planta de tallos alargados y flores blancas que crecía silvestre en aquella estación. El nombre, poco usual, le había llamado más la atención que la muchacha menuda y desgarbada, muy poca cosa, que lo había recibido en la pila bautismal.

Péter, cuya belleza no pervertían ni las ojeras ni las uñas sanguinolentas, irrumpió en una carcajada sonora.

—Rezeda Futó..., y yo que pensaba que tenías mejores perspectivas...

Con un gesto burlón imitó la cojera de la joven a quien él solo conocía un poco de vista y bastante más por oídas. Después, como asqueado por su propia crueldad, ladeó la cabeza y volcó toda su atención en la ventana.

—Anda que menudos judíos estamos hechos, haciendo visitas para celebrar santos. A ver si el Señor nos está abandonando por haberlo abandonado nosotros a él.

—Joder, Péter, que tú eras ateo y comunista.

—Y tú has pasado de meterle las manos debajo de la falda a una española todos los veranos a felicitarle el santo a Rezeda Futó. ¡Cómo han caído los valientes! —Silbó y, sin cambiar de postura, recitó de memoria—: «Ojo por ojo, diente por diente, mano por mano, pie por pie, quemadura por quemadura...». No sé qué pecados estamos cargando a las espaldas, pero nos ha tocado vivir unos años ruinosos.

Los Futó vivían en un piso elegante, aunque no tan grande como el de los De Hevesy, en la calle Baross, a apenas quince minutos andando del Centrál. Puesto que, al contrario que ellos, no sufrían los reveses ocasionados por la nueva legislación, lo recibió la criada en la puerta. No era mucho mayor que él; al hablar, le resultó tan imposible ocultar su acento de las Tierras Altas como disimular la sorpresa al comprobar que Imre se encontraba allí, no para ver al señor y hablar del negocio, sino para reunirse con la señorita con motivo del día de su santo.

Rezeda ya se encontraba en la salita cuando él entró. Leía recostada en el sillón, con el bastón apoyado a su derecha. Ni su juventud ni la luz dorada de la mañana, que entraba a raudales por el balcón, eran capaces de otorgar belleza alguna a aquel rostro simple de rasgos redondeados y suaves que a Imre le recordaba a la mantequilla derritiéndose sobre la encimera. La melena también de aquel tono indeterminado entre el rubio y el trigueño, caía lacia, casi mustia sobre el pecho plano. Un pasador de carey, que la hacía más joven de sus veinte años, evitaba que los mechones se le metiesen en los ojos, grandes y redondos como dos canicas ambarinas.

Imre se detuvo ante ella, y fue su sombra sobre el libro, no el ruido de sus pisadas, lo que alertó a la muchacha de su presencia.

—Ah, creía que iba a ser el primero —dijo él, sonriendo—, pero veo que se me han adelantado.

Con un movimiento de cabeza señaló la mesa circular, sobre la que, además de la bandeja del desayuno, que la criada todavía no había retirado, había un ramo de flores frescas.

Rezeda dejó la novela a un lado y le devolvió el gesto. Sus dientes eran rectos, un poco grandes; los labios, aunque gruesos, por sus formas suaves y su palidez se confundían con la piel que los rodeaba.

—Sí, mi padre ha bajado a comprarme unos lirios antes de salir a la fábrica.

—Es un buen hombre —comentó él mientras se sentaba junto a ella—. Si yo celebrase mi santo, apuesto a que el mío me regalaría lo mismo que en mi cumpleaños: un repaso monumental a todos mis crímenes y pecados que, según las cuentas que lleva, son muchos.

Cuando se acercó más a ella, Rezeda no se apartó, pero desvió la mirada. Las mejillas, que aún conservaban la grasa infantil, se encendieron.

—No puede ser tan malo.

—Oh, es peor. Contigo es muy bueno, porque eres un ángel, pero conmigo... —Silbó—. Con decirte que a veces hasta me pega...

Rezeda se volvió hacia él. Al observar sus labios, que temblaban al tratar de ocultar mal una carcajada, la alarma que contraía su expresión se disipó, y rio.

—No te creo.

—Pues es verdad. Claro que solo lo hace cuando soy travieso. —Se inclinó ante ella para susurrarle al oído—; Que es la mayoría de las veces.

La risa no mutaba el aspecto físico de Rezeda. Una muchacha poco agraciada siempre resultaba invisible cuando la simpleza de los rasgos se unía a la mansa dulzura que caracterizaba a la única hija del señor Futó. Una mujer elegante, estilosa, como Ana de la Torre, no requería las muletas de la belleza para captar la atención de un hombre. Todo en ella, desde la coreografía de los movimientos hasta el timbre de la voz, desprendía una suave atracción más misteriosa, y mortífera, que un rostro hermoso. Mujeres así no le daban tiempo a un hombre de reparar en si resultaban atractivas o no. Rezeda, cuya personalidad palidecía de tanta delicadeza, no tenía más que su corporeidad para defenderse.

Esa innegable apreciación se pegaba en el paladar de Imre como los posos de café. Era un hombre perverso, enfermo, y el tamaño de su propio egoísmo le repugnaba.

—Supongo que tus amigas pasarán a visitarte esta tarde —terció, solo para sacarse aquellos pensamientos de la cabeza.

Rezeda bajó los párpados.

—No...

Imre se llevó una mano a la cara.

—Ah, ya, es miércoles. La gente de bien suele tener responsabilidades durante la semana. Yo, claro, ya he dicho en el gimnasio que hoy me ausentaría..., si no tienes nada que hacer, podríamos ir al cine. Echan una de Anna Tökés de la que me han hablado maravillas...

Así sería, como él quería, y en la oscuridad de la sala, casi desierta debido al día y la hora, mientras sentía el calorcito agradable que desprendía el cuerpo de Rezeda Futó, repasó mentalmente la carta que le escribiría a Ana. Letra a letra y palabra a palabra, incluso las arcadas que le provocaba su propia debilidad, aquel miedo mucho más grande que la vergüenza que le arqueaba los huesos. Aquella era su penitencia, y la portaría de por vida.

VII

La noche del 18 al 19 de mayo, Jorge Márquez durmió poco y mal. Las dos copas de vino que había bebido después de la cena, mientras leía, le habían perturbado el sueño, sin embargo, una única preocupación consumía sus pensamientos: la lluvia. Él no era, por supuesto, el único madrileño que elevaba los ojos al cielo aquella madrugada, pues el 19 de mayo, tras más de un mes desde la toma de la ciudad por los nacionales, se celebraría en la capital el desfile de la victoria de Franco, y se auguraban lluvias.

Lo que diferenciaba a Jorge Márquez de todos aquellos que miraban las nubes gris marengo y meneaban la cabeza era el motivo de sus desvelos: la colada que Pepita había tendido la tarde anterior en la azotea. Sabía que, al menor indicio de precipitación, la mujer que lo había criado, que tenía oído de tísica, subiría a retirar la ropa del tendedero. Por eso, cada pequeño ruido, desde las pisadas de su hermana al devolver los libros a la estantería antes de acostarse hasta la entrada de Félix tras una noche de jarana, lo arrancaban de cuajo de aquel sueño tan ligero.

Aguantó en la cama hasta las seis menos cuarto, media hora antes del temprano despertar de la criada, y subió a la azotea con el pretexto de fumar el primer cigarrillo. Para guardar las apariencias ante cualquier obrero que pudiese estar ya en la plaza y lo viese al alzar la vista al cielo, se colocó un pitillo apagado entre los dientes. Tras comprobar que no había mirones, tomó una de las camisas de falangista (la más gastada, por humildad) y se la guardó bien doblada en el maletín de médico. Después regresó al piso, dejó una nota diciendo que había salido por una visita de urgencia y que no lo esperaran para desayunar (la enfermedad no perdonaba, ni siquiera, el glorioso desfile de la victoria) y se marchó.

Las calles de Madrid estaban ya cubiertas por el brillo plateado del rocío que traía consigo la lluvia fina, tipo calabobos, de la primavera. Al cabo de tres minutos de paseo, el cigarrillo encendido le proporcionaba a su rostro un tono anaranjado más saludable que la palidez que no lo soltaba, y Jorge Márquez, impecable con su maletín de doctor y su mejor gabardina, no llamaba la atención. Al llegar a la farmacia de la calle Rafael Calvo, pasó el puño a través de la reja, golpeó tres veces y, tras escuchar ruido al otro lado, dijo:

—Soy el doctor Márquez. Vengo por una receta urgente para la señora Estrella.

Le abrió la esposa del farmacéutico. Aún en camisón, con una recatada capa de lana sobre los hombros y los ojos hinchados de quien ha sido arrancado de las sábanas, meneó la cabeza y sonrió.

—Qué tempranero me vienes. Madrugas más que el sereno.

Como respuesta, Jorge sacudió el maletín.

—Ya sabe, señora, que las emergencias… no saben ni de días ni de horas.

—Pues vas a tener que bajar tú al almacén, que de recetas y medicamentos entiendes más que yo. Mi marido sigue en la cama, pobrecito.

—¿Se encuentra mal?

—Un dolor de cabeza de los que no perdonan.

—Pues espero que se recupere, porque como se le eche en falta esta tarde…

La señora estiró los labios. Todavía era bastante joven, al menos una década más que su esposo, y aunque el color era algo distinto, el verde de sus ojos le hizo pensar en los tonos musgosos de la mirada de su amigo Blas Olivares, a quien no veía desde principios de año.

—Tranquilo, que ya me hago cargo de quién va a salir hoy a ver el desfile y quién a pasar lista de asistencia.

Le tendió el candil, que Jorge tomó con la mano que tenía libre. Al descender por las angostas escaleras que conducían al almacén, con la luz como el halo de un ángel entre los dedos ateridos por el frío de la mañana, aclamó:

—¡Bajo buena estrella has nacido, gallego! Que en España empieza a amanecer y tú vas a volver a ver la luz del sol: te traigo un regalo de tu primo.

A pesar de los desfases con sus camaradas la noche anterior, Félix de la Torre se despertó temprano, más a causa de los nervios que alertado por la puerta de los vecinos que se cerraba. Puesto que aquella tarde desfilaba y quería tener buen aspecto, se quedó un ratito más en la cama, leyendo el periódico del día anterior. Cuando salió se encontró con su madre en el salón. Sabía que lo esperaba porque los platos del desayuno habían sido retirados y ya solo permanecían la cafetera por cuyo contenido el padre había pagado una pequeña fortuna en el estraperlo y las tostadas que aguardaban al último comensal.

—Anda, hijo, benditos los ojos. —Le entregó el *ABC* del día que Pepita les había subido cuando entró a preparar el desayuno—. Claro que a las horas que llegaste ayer...

Félix tomaba el café cargado, sin una gota de leche, y aquella mañana solo permitió que lo endulzase el sonido de su risa.

—No sea carca, madre. Llegué..., pues a la hora a la que tienen que hacerlo los chicos de mi edad, sobre todo cuando están de visita camaradas a los que no ve desde la guerra. —Untó la mantequilla en la rebanada de pan de salvado—. No vea usted cómo se va a llenar hoy la ciudad. Pero antes, claro, tenía que presumir de la belleza de las madrileñas.

La madre lo señaló con el mismo cuchillo, aún chorreante y oleoso, que acababa de utilizar.

—Pues con la de niñas monísimas que tenéis en la Falange, excusabais de ir a buscar más en los tablaos. Pepita te ha traído la camisa nueva, por cierto, que ayer le cosió el yugo y las flechas. Ha quedado..., bueno, vas a ir hecho un pincel.

Félix se limpió las comisuras. Con la mirada de soslayo que había perfeccionado en los años de universidad, al tratar de esconder la resaca detrás de una sonrisa burlona, repuso:

—Pues había pensado en llevar una de las que usé en la guerra. ¿Sabe si Pepita ha bajado ya la colada?

—Bajar..., la ha bajado, pero yo no he visto ninguna camisa tuya. ¿Estás seguro de que se la diste?

—Sí, a principios de semana, cuando fui a probarme la nueva. Me extraña que se le haya olvidado, con lo cumplidora que es.

La madre estiró los labios. Para acompañar a su hijo se había servido otra taza de café, y el brebaje le brillaba en su interior como un signo de interrogación.

—Más bien sería que Pepita, que está acostumbrada a servir en casas de buena familia, vio lo harapienta que estaba aquella camisa y pensó, como pienso yo, que no es apropiado que la lleves en un día como hoy. —Alzó un dedo y añadió—: Ni se te ocurra regañarla, ¿eh? Que bastante tiene con servir en dos casas, que ya sabes cómo está tu padre de ahorrativo y no quiere ni oír hablar de buscarle una sustituta como Dios manda a Estefanía.

—Tranquila, madre, que a Pepita le tengo cariño. En fin, tendré que salir a desfilar como un señorito, y no como un veterano.

—Pues como lo que eres. La guerra, al pasado, que bastantes disgustos nos trajo.

La respuesta de Félix a la apreciación de su madre fue física y no verbal: el movimiento seco mediante el cual hundió los trozos de pan en el café, conocedor de que aquella costumbre le molestaría más que cualquier desaire.

—O puede que Pepita, que es una santa, haya convencido a Jorge de que se ponga la camisa.

Félix resopló.

—Pues habría tenido más suerte que yo. Por mi parte, he hecho todo lo posible para soterrar sus actividades durante la guerra, pero si alguien lo denuncia a la Guardia Civil no podré hacer nada por él.

—¡Sus actividades! Quien te oiga..., si lo único que hizo fue trabajar como practicante.

—Sí, en el Socorro Rojo, que no creo que a estas alturas de la película tenga que recordarle, madre, los crímenes que cometieron. —Se negó a recibir una réplica. Luego, con los ojos fijos en el reflejo de doña Basilisa sobre la vajilla, inquirió—: ¿Ana no se ha despertado aún?

—Despertarse, sí, pero ha querido que Pepita le llevase el desayuno a la habitación.

—¿Y eso por qué?

—Le duele la cabeza.

—Otra vez.

La mujer, a la que el tono cortante de su hijo la sorprendió en mitad del acto de encenderse el cigarrillo, golpeó el borde de la mesa con la pulsera de oro que lucía en la muñeca.

—Sí, hijo, otra vez. Mira, yo o saco a tu padre de la fábrica o a tu hermana de la cama, pero con los dos no puedo, y supongo que preferirás que hoy vaya a verte desfilar tu padre a que lo haga tu hermana, a quien a fin de cuentas nadie echará en falta.

Félix se levantó.

—Pues supone usted mal, madre —espetó.

Se dirigió a la habitación de su hermana y llamó a la puerta con los nudillos de la mano derecha. En la izquierda, envueltos en un pañuelo con sus iniciales, tenía los cigarrillos que pretendía utilizar como ofrenda de paz.

—¿Puedo pasar?

La voz de Ana le llegó ahogada. El característico timbre grave y rasgado, casi rayano en lo masculino, conservaba el deje nasal típico del llanto.

—Ya le he dicho a madre que no me encuentro bien.

—Bueno, pero a mí no me lo has dicho.

—Te lo estoy diciendo ahora.

Félix de la Torre no era un hombre que aceptase una negativa cuando se le había metido algo entre ceja y ceja, en aquella frente altiva, ancha, que su hermana también había heredado y que ninguno de los dos trataba de ocultar con sombreros o el peinado.

Entró sin pedir más permiso. Cuando su hermana, tumbada boca abajo en la cama, le indicó con un gesto que se marchase, no solo no obedeció, sino que además se tomó la molestia de recoger la bata que yacía en el suelo para colgarla del respaldo de la silla del escritorio. Siempre ocurría igual. Sus entradas en la habitación de Ana le provocaban el mismo susto, la misma congoja de quien se enfrenta a los enfermos contagiosos, que le invadía en el despachito de Jorge Márquez. Félix, a quien ni la embriaguez ni la resaca le impedían doblar el traje y colocarlo con cuidado sobre la cómoda (vacía, impoluta), el desorden le causaba una reacción física inmediata.

—Antes aquí había una alfombra —comentó a la par que empujaba con el pie los mocasines hasta dejarlos en un lugar más apropiado.

Ana hundió la cara en la almohada.

—No estoy de humor.

—Nadie lo diría. Te veo fresca como una rosa. ¿Es que no quieres verme desfilar hoy?

—Puedo verte el año que viene en el mismo sitio y a la misma hora, y el siguiente más, y el siguiente más...

Mientras hablaba su hermana, Félix hizo acopio de los papeles que ella, libre de la influencia positiva de Inés, había roto y dispuesto de cualquier manera sobre la alfombra de la discordia, cuyos hilos granates, con el esfuerzo de Félix, volvían a quedar a la vista.

—No deberías haber destrozado los apuntes de la universidad —dijo, y se sentó en la cama junto a ella sin pedirle permiso.

—¿Y a ti qué más te da? Si nunca te ha gustado que estudiase...

Félix pasó un dedo por los bordes irregulares del papel. Lejos de tirar aquel destrozo a la papelera, a la que ya parecía pertenecer, se apropió de cada hoja y cada fragmento que en ese momento apilaba sobre sus muslos con la intención de devolverlos a la vida en cuanto dispusiese de suficiente tiempo libre.

—A ver, es verdad que no me seduce la idea de que mi hermana se convierta en una de esas empollonas que se quedan para vestir santos..., pero tampoco te pienses que soy un carca como los viejos. Yo creo que las mujeres valéis para más que para ser madres y esposas.

Ana abrió un ojo y sin cambiar de postura, con la voz todavía amodorrada, repuso:

—Sí, para falangistas.

Félix rio.

—Pues me llevaría un disgusto si te viese todo el santo día en el despacho. —Le acarició el brazo, gesto que aprovechó para inclinarse más hacia ella—. Porque las camaradas de la Sección Femenina son todas unas estiradas y unas aburridas. Ni a las guapas puedes sacar un día a bailar.

Ana arqueó una ceja.

—Y yo que pensaba que solo tenías ojos para Inés...

Félix se puso serio.

—Sí, por eso estoy aquí. Mira, es que..., no te rías, pero me hace ilusión que Inés me vea desfilar hoy y, como es tan tímida, y sobre todo tan buena amiga tuya..., si tú te quedas aquí ella también lo hará, aunque solo sea para acompañarte.

Aunque Ana no le respondió, él decidió tomarse como una pequeña victoria el hecho de que se hubiese recostado y secado las lágrimas con el dorso. A fin de no avergonzarla, dejó que los cigarrillos que había envuelto con el pañuelo sobresaliesen antes de entregarle su diminuta ofrenda de paz.

—Sé que he sido muy brusco contigo y que estás disgustada y no quieres que nadie te vea, pero si me pudieses hacer este favor... haré lo que me pidas. Seré tu esclavo.

Ana, que ya se estaba encendiendo el primer pitillo, le dirigió una sonrisa roja y húmeda.

—¡Mi esclavo!

—Alguien va a tener que recoger tu santa habitación mientras mamá convence a papá de que contrate a una sustituta para Estefanía.

—Estefanía, pobrecita.

Félix no tenía el tiempo, las ganas ni la paciencia para hablar de la que había sido su criada, a la que la guerra la había escupido con dos novios muertos, un niño y otro en camino que alumbraría antes de que el Año de la Victoria finalizase. En su lugar, le acercó el cenicero a su hermana y agregó:

—¿Qué me dices? Mira que además de ser tu esclavo te llevo con el automóvil a donde tú quieras, a donde me digas.

Ana lo observó por el rabillo del ojo.

—Inés te gusta mucho, ¿verdad?

La sonrisa de Félix, gloriosa, luminosa, creció hasta cuartearle el rostro de arrugas.

—Buf, no veas. Es distinta a todas las demás, y yo, cuando estoy con ella, me pongo hecho un flan…, es que no me salen ni las palabras, como si fuese idiota, y no hagas ninguna broma al respecto, por favor. —Se mordió el labio inferior—. Por eso me hace ilusión que venga hoy, que me vea… y presumir un poco de uniforme.

—El mismo uniforme del que presumes todos los días, ¿no?

—Bueno, pero hoy es un día especial. Han venido camaradas de toda España.

—Los vi anoche, cuando vinieron a buscarte. Borrachos antes de salir.

—Es que tenemos mucho que celebrar. Además, os he conseguido un buen palco para ver el desfile. Tenéis que compartirlo con la familia de unos camaradas italianos, pero son bellísimas personas. Eso sí, unos vejestorios, así que, como tú no vayas, e Inés tampoco…, menudo papelón el de Jorge, haciendo de carabina de todos los carcamales.

Una arruga tembló en la frente de Ana.

—¿Jorge va a ver el desfile desde el palco? ¿Jorge, el hermano de Inés?

—Sí, Jorge. Está rehaciendo su vida y no le conviene quedarse en casa y que alguien pueda echarlo de menos.

Ana suspiró y volvió a cerrar los ojos sobre la almohada.

—No sabía que su vida estuviese destrozada para que tenga que rehacerla.

—No finjas que no sabes a qué me refiero. —Le separó un mechón mojado de la cara—. ¿Entonces, qué? ¿No te animas? Mira que he organizado una fiesta para después y, como no vengáis Inés y tú, Jorge me va a quitar al resto de las chicas…

Ana estiró el brazo para apartarlo y zafarse de aquel contacto humano que le quemaba, y se valió de ese movimiento para reincorporarse. Le clavó la mirada febril, aún brillante a causa de las lágrimas.

—Mira, voy, pero no por ti, sino por Inés. —Forzó una sonrisa ojerosa—. Prefiero que la pesques tú a que lo haga cualquier golfo que no la sepa valorar.

Pero Félix ya no la escuchaba. Llevado por la alegría la besó en la mejilla y en los pómulos, y casi habría podido cogerla en brazos y levantarla, si no conociese bien el pronto que tenía tan temprano por la mañana y, a juzgar por la bandeja impoluta, en ayunas.

—¡Esa es mi hermanita! Y menos mal que es hermanita y no hermanito, que, si no, tal vez estaríamos peleando por una chica. —Señaló con la cabeza el escritorio, cuyo desorden no quería ni mirar—. Hablando de amoríos, ¿has terminado la carta a Imre?

—Sí, solo me falta meterla en el sobre y guardarla.

—Pues espera, que yo también le he escrito y así ahorramos en sellos.

VIII

España era una herida abierta, supurante, en carne viva, descarnada, que latía bajo la presión de su propio dolor. Para Ana, desde el palco, no había mayor descaro, ni humillación comparable a ser testigo del despliegue envalentonado de aquellas tropas que se jactaban de haber tomado Madrid, su Madrid de la República, que ya solo existía en un recuerdo cada vez más débil, tras tres años de conflicto.

En casa, después de lavarse la cara con el agua helada que enmascaró las marcas del llanto, había escogido uno de sus trajes favoritos, a pesar de que era más de otoño que de primavera, porque había pensado, de manera bastante infantil, que el violeta simbolizaría la última banda de la tricolor que los nacionales parecían haber arrancado a dentelladas. En ese momento, observando impertérrita aquel despliegue que parecía no tener fin (los falangistas, los carlistas, los moros de Franco, los alemanes y los italianos), le daba la impresión de haberse convertido en un hematoma humano, que portaba un manto púrpura, como el nazareno, y que su dolor y su humillación eran tan visibles para los demás como una corona de espinas.

Pensó en el Jesucristo doliente del Jueves Santo de la Semana Santa ferrolana a la que había asistido con sus tíos, porque en la España nacional las cofradías salían mientras el país se desangraba. Pensó en Imre, en el trazo de cada palabra de sus cartas, en que ahora, como él desde el balcón de Trieste, ella observaba a los fascistas que sí habían conseguido a tiros lo que tanto se les había resistido en las urnas, y ella tendría que tragarse aquella píldora amarga. Y pensó en Chelito, en la mirada serena que les dirigía a los presos de la playa, idéntica a la de Inés, que seguía a los nacionales, los italianos y los alemanes que desfilaban, sin permitir que las rodillas le flaqueasen al recordar a su padre.

Ana era toda ella vergüenza, vergüenza, vergüenza. Vergüenza porque se le empañaban los ojos de lágrimas y doña Consuelo y los italianos pensaban que aquello que la poseía era el orgullo de ver a su hermano galanteado, y no la culpa recalcitrante de haber huido cuando los demás se quedaron y resistieron.

—Ahí creo que va mi hijo.

La voz de su madre crepitaba, era como si unas hormigas pasearan por su brazo y le instaran a alzarlo al entonar el himno nacional. Para Ana, nada dolía más que ella, que había sido de las primeras en salir a votar, que la había animado el primer día que se inscribió en la facultad y que la había defendido ante su marido, vistiese con tanta facilidad esa nueva piel.

Inés, por su parte, tan serena y tan valiente, se inclinaba ante ella y le decía:

—Disculpe, doña Basilisa, pero yo creo que el que usted dice es muy alto. Mire, me parece que es ese de ahí delante, el del estandarte.

—¡Y el muy canalla no me lo ha dicho! Pues menos mal que al final no se ha puesto aquella camisa tan raída, porque me habría hecho pasar vergüenza.

Y doña Consuelo, que miraba en aquella dirección pero sin fijar la vista, consumida por las lágrimas y los recuerdos, con voz de ultratumba, débil, la voz de alguien a quien le han quitado todo y de golpe, de quien debe esconder las escaras aún tiernas si quiere sobrevivir, decía:

—De vergüenza nada, doña Basilisa, que su hijo tiene muy buena planta se ponga lo que se ponga.

Fue demasiado, y todo a la vez. Los ruidos del desfile, que Ana ya era incapaz de identificar, la conversación cada vez más banal de su madre y las bromas de su padre al decirle a Inés que debía de estar muy enamorada si reconocía a Félix antes que su madre, los recuerdos de Cedeira y de su carteo con Imre, lo que estaba pasando en España y lo que se imaginaba que pasaba en Europa. Primero se le empañaron los ojos, como a doña Consuelo, de modo que no pudo ver nada más con claridad. Con la entrada triunfal del Caudillo en el que había sido su Madrid y ahora ya no le pertenecía, a quien identificó gracias al clamor de la gente enardecida y a los «Viva Franco» y «Arriba España» se sintió desfallecer y habría caído al suelo si entre Jorge y los italianos no la hubiesen sujetado.

Doña Consuelo, disfrazada una vez más de doña Sensata, le apartó un mechón sudoroso de la frente y dijo:

—Pobrecita, lo que se ha emocionado al ver desfilar a su hermano, después de tantos años preocupada por él.

—Y que con los nervios no ha desayunado —terció la madre, porque una mentira solo resulta creíble cuando se la envuelve con una verdad—. Y con este calor que hace...

—Sí, que parecía que iba a chispear, pero al final se ha abierto el día —dijo doña Consuelo volviéndose hacia su hijo—. ¿Por qué no acompañas a Ana a un sitio más tranquilo hasta que se reponga? Y tú, Ana —le pasó la melena por detrás de los hombros—, tómate algo antes de que tu hermano te vea tan paliducha, que el desfile ya está acabando y enseguida volverán a abrir los bares.

Como Madrid estaba de bote en bote, y Ana no se sentía con fuerzas para ir muy lejos, el sitio más tranquilo con el que Jorge dio fue el portal del edificio delante del que se encontraban, donde el jolgorio de la calle les llegaba ahogado, como si ambos se hallasen en el fondo de una piscina muy honda.

Tras ayudarla a sentarse en el último escalón, el médico sacó la pitillera. Antes de coger el primer cigarrillo, la señaló con ella.

—¿Eres muy buena actriz o te encuentras mal de verdad?

Se había inclinado ante ella para que pudiese escucharlo al hablar él en voz baja. Porque estaban a solas y nadie prestaba atención a nada aparte del desfile, pero en las últimas semanas habían aprendido a no fiarse ni de las paredes que los rodeaban.

Ana bajó los párpados.

—No te metas conmigo. Ya sé que no tengo derecho a que me afecte de esta manera, pero no podía soportar un segundo más aquella pantomima. Pensar en la de personas a las que les tiraron bombas encima los mismos a los que hoy saludan y levantan el brazo...

Antes de contestar con una de sus sonrisas socarronas ya en la cara, Jorge le ofreció un cigarrillo, que ella aceptó.

—Cada uno salva su propio pellejo como puede, no como quiere. —Le encendió el pitillo, sus manos estaban tan cerca de ella que sentía el calorcito que emanaba de sus mejillas—. Algunos se comen el orgullo y ponen el brazo en alto, y otros hicieron las maletas y huyeron a la zona nacional cuando aún podían.

Ana desvió la mirada. La de Jorge siempre era demasiado penetrante, demasiado pesada; revelaba más que observaba, y su propio reflejo en aquel iris tan oscuro la asqueaba.

—Siento vergüenza —admitió—. Debería haber sido valiente y haberme quedado en Madrid. Tú me sugeriste cómo hacerlo y yo no me atreví.

Jorge chascó los dedos. Como los susurros eran cada vez más bajos no se había apartado; tan cerca estaban que Ana habría podido contarle los lunares del cuello y los tonos exactos de las ojeras, de haber querido.

—Ya sabía yo que aquella proposición volvería para morderme los talones más adelante. —Se guardó el tabaco en el bolsillo—. Pero no creas que vas a oírla dos veces. Ya te he dicho que no soy un hombre de los que se casan.

—Oye, no te eches flores que...

—Que tienes novio, ya lo sé. —Le pellizcó la mejilla—. Y, mira, debe de hacerte bien, porque te está volviendo el color.

—Deja de reírte de mí.

Jorge se llevó una mano, con la sortija del escudo de los Álvarez de Toledo en el dedo corazón, al pecho.

—No me atrevería. Es mi diagnóstico como médico y nada más. —Se sentó a su lado, en la escalera, para murmurarle al oído—: ¿Sabes que conocí a un amigo suyo durante la guerra?

Las cejas de Ana temblaron.

—¿Un amigo de Imre?

—Sí, el doctor Kiszely. Trabajamos juntos en el hospital británico, cuando la batalla de Brunete. Me dijo que tu novio quería venirse a España, con las brigadas, pero él le convenció de que no lo hiciera.

—Bien.

—Habría sido un desperdicio.

Ana ignoró el comentario de Jorge.

—No lo habría soportado, si hubiese visto a Félix al otro lado.

—Pues ahora va a seguir estando al otro lado. Si estalla la guerra en Europa... España tiene muchas deudas que saldar.

—¿Y tú crees que España entraría para apoyar a Alemania?

Jorge la estudió. Ya no sonreía, pero su expresión, el fervor brillante de sus ojos, permanecía hermético, imposible de leer.

—No solo lo creo, sino que espero que así sea.

Ana aprovechó que daba una calada para apartarse de él. Al pasarse la mano por el pelo, comprobó que estaba helada.

—No seas cínico...

—No soy cínico, soy realista. A las democracias europeas no les importó sacrificar España por tres años de paz, pero si estalla la guerra y ven que son ellas las que corren peligro... no se perdonará a nadie que se alíe con Alemania.

Ana irrumpió en una risita seca.

—A ver si me he equivocado y en vez de cínico lo que eres es un idealista.

—Peores cosas me han llamado. —Se levantó y le tendió a Ana la mano que había apoyado en las rodillas—. Anda, ven, que parece que el desfile se ha acabado y, como no te invite al menos a una gaseosa, sí que va a estallar, la guerra, pero en mi casa.

Aunque no se demoraron, porque las conversaciones que ellos preferían no se podían tener en público en el Madrid de la victoria, Ana aún no se había terminado la gaseosa ni las peladillas cuando su madre, que nunca había atendido a la norma queda de no entrar en un bar sin su marido, fue a buscarlos. No les dio tiempo ni a preguntarle si habían visto a Félix o cuáles eran sus planes para aquella tarde antes de que ella agarrase a Ana. Mientras la ayudaba a levantarse, le decía:

—¡No te vas a creer con quién acabamos de encontrarnos!

—No sé, con un ministro.

—¡Un ministro! Muchísimo mejor. No veas la alegría que me acabo de llevar...

Ya estaba conduciéndola afuera, y Ana oía los pasos de Jorge detrás de ellas, como un director de orquesta que les guiaba el ritmo. En la calle, entre el revuelo de personas que iban y venían, se saludaban y se despedían, entre la confusión de camisas azules y boinas rojas, vio unos ojos entre verduscos y melosos que conocía a la perfección, pero no en el rostro de su prima Chelito sino en el de un hombre joven, de porte elegante, casi aristocrático, al que no veía en años.

—¿Manolo?

IX

Manolo Giao la saludó besándole la mano, como hacía cuando ella era una niña y él el adolescente que se marchó a estudiar a Estados Unidos, y luego se acercó para abrazarla, sin necesidad de inclinarse, pues eran de la misma altura.

Doña Basilisa, que no lo soltaba y parecía querer cerciorarse de que era real y tan corpóreo como ella misma, se volvió hacia Jorge.

—No sé si te acuerdas de mi sobrino...

—Sí, de alguna vez que vino a visitarlos. —Le ofreció la mano para que Manolo se la estrechase—. Ha viajado desde... ¿Nueva York?

Manolo, con el pelo perfectamente engominado bajo la boina de falangista, el bigote tupido y la sonrisa más blanca que Ana había visto jamás, ladeó la cabeza.

—Ya me gustaría. La guerra me pilló de viaje de negocios en España, en la zona roja, y todo este tiempo estuve escondido en casa de una familia de Lavapiés con otros refugiados. —Suspiró—. A quien se le diga que pasé de reunirme en el Ritz y de cartearme con Evelyn Waugh a esconderme con un grupo de monjas y de curas que se habían quitado el hábito por miedo, no se lo creerá. —Ensanchó la sonrisa—. Y ya veis que en cuanto pude corrí a unirme a la Falange.

Su historia, rocambolesca, resultaba sin embargo bastante fácil de seguir. Se la contó entre el humo del tabaco de los caballeros, el chinchín de las copas que empezaban a servirse y el murmullo de las conversaciones que los rodeaban. España, decía, había captado enormemente la atención de los «intelectuales americanos» con los que él trabajaba en la agencia literaria que había fundado con un compañero de la Universidad de Boston. Así, él, que nunca se había interesado por la política, se había visto obligado a «defender la España católica ante aquellos extranjeros que solo veían en la patria un sueño romántico». Como los negocios seguían siendo los negocios, había vuelto a su país de origen para reunirse con un grupo de escritores y editores («que todavía los hay decentes, como Álvaro Cunqueiro») cuando estalló la guerra.

A las preguntas de don Ricardo acerca de sus amistades americanas, que sin duda habrían podido echarle una mano, Manolo sacudió la cabeza con mucha pena. Sus posturas políticas eran irreconciliables, y su «orgullo español» le había impedido regresar a su vida anterior «en el momento más urgente para el país». En consecuencia, había vendido su parte de la empresa y tenía una fortuna a buen recaudo en Estados Unidos, en una cuenta a la que no tendría acceso hasta que se calmasen las cosas en España.

—¿Vas a montar un negocio editorial aquí en España, entonces? —le preguntó Inés.

Manolo le respondió con una parca sonrisa que no prometía nada ni negaba nada.

—Quizá sí, en cuanto vuelva a tener acceso a mis fondos. En los tiempos de cambio es cuando surgen los grandes movimientos literarios.

—¿Entonces te quedas en Madrid? —insistió Ana.

—Sí, está claro que es la ciudad idónea para los negocios. De hecho, ahí sigo, en Lavapiés, con la misma familia...

Doña Basilisa no le permitió continuar. Aunque don Ricardo ya miraba hacia otro lado, como queriendo escurrir un bulto pesadísimo, ella tomó las manos de su sobrino, a quien no veía desde hacía tanto tiempo, y le aseguró que de eso nada, que se quedaría con ellos hasta que su situación económica se estabilizase.

—Con lo que les debemos a tus padres..., me imagino que ya les habrás escrito, ¿no?

—Sí, ahora que ya es prudente, sí.

No había más que hablar. Manolo Giao Pena, el hijo pródigo, que ya no estaba en paradero desconocido, tendría siempre un sitio en la mesa y una habitación en el piso de Chamberí de sus tíos.

La fiesta de Félix se celebró en casa de unos camaradas, en Serrano. La elección, estratégica, no había sido tomada gracias a los lujos del exclusivo barrio de Salamanca ni a la vergüenza residual que pudiese guardar por que su propia residencia hubiese sido utilizada por la CNT durante la guerra, sino por una razón mucho más sencilla. Allí no corría el riesgo de que Inés, que era tan casera, regresase temprano.

Ana, sentada en el sofá junto a la ventana, los dibujaba mientras bailaban. A Inés, siempre, con trazo ligero, etéreo, permitiendo que el blanco del bloc de notas brillase frente a los tonos oscuros del vestido. De luto, porque aún no habían pasado dos años desde el fallecimiento de don Tomás y ni siquiera un día como aquel era lo suficientemente grande como para que ella traicionase su memoria. A Ana, mientras trazaba su figura etérea, le pareció que aquel era un desafío mayor que el suyo propio, que aquel luto religioso, irreprochable, recordaba más que nada el velatorio en el que se había convertido España.

A Jorge y a Manolo también los había dibujado. El primero no daba muestras de que el uniforme del segundo le molestase. Ambos fumaban y charlaban desde el balcón, observando los automóviles y las parejas que pasaban por la calle, iluminados por las luces nocturnas de Madrid. En el boceto de Ana, el humillo de los puros que su primo había conseguido sabía Dios dónde desdibujaba sus rasgos suaves y dulcificaba las líneas bruscas del rostro de Jorge.

Ana no bailaba. Detestaba a los amigos de Félix y su música y aquellas risas que reverberaban, que eran ineludibles y grotescas. Sabía que no era una mujer atractiva y eso no le importaba; tener constancia de ello le confería una libertad que habría resultado inalcanzable de habitar en la duda. «Teniendo dinero e inteligencia —pensaba—, la belleza no la necesito para nada». Por eso, el interés que había despertado en Imre la había tomado por sorpresa, y durante semanas lo había atribuido a una gran broma de la que tanto él como Félix eran partícipes. Más que la atracción de Imre, la había asombrado el halago que sentía de ser la receptora de aquellos sentimientos y de lo sedienta que se sentía de él, verano tras verano.

Cuando vio que Jorge iba hacia ella, tras dejar a su primo probando suerte (y encontrándola) con la hermana del anfitrión, cerró el bloc de notas sobre sus rodillas.

—¿No sabías que es pecado mortal que una chica se malogre por no bailar en una fiesta?

Ana entornó la mirada.

—Lo que no sabía es que ahora tú eras monaguillo. ¿Quién te manda, mi hermano?

—Manolo primero e Inés después. Ya sabes que a la segunda no puedo decirle que no.

—Pues vas a tener que hacerlo. Me quedo para que ella no se vaya, pero ni estoy de humor ni me gusta esta música, así que puedes buscarte a otra chica a la que molestar.

—Me gusta apuntar alto. —Se arrodilló para quedar a su altura—. Y tampoco te creas que a mí la selección musical me vuelve loco. A mí me gusta Verdi. —Bajó la voz—. Y el amigo de tu novio me despertó el interés por Shostakóvich.

Ana puso los ojos en blanco.

—No te las des de intelectual que sé que a ti lo que te gusta son las verbenas.

Jorge le sonrió, despacio, casi sin darle importancia, como lo hacían los hombres que eran sobradamente conscientes de su aspecto y del efecto que este tenía en los demás.

—Creía que habíamos acordado que nos olvidaríamos de los crímenes y pecados del otro. —Extendió la mano hacia ella—. Mira, si no quieres bailar, al menos sal a fumar a la azotea, pero no te quedes ahí mustia, porque el alcohol está empezando a escasear y el siguiente que te invite puede que te entusiasme menos que yo.

—Tú, la modestia, ni la tienes ni la conoces, ¿no?

—Ni quiero.

Tras un instante de duda, Ana aceptó aquella mano (grande, de dedos esbeltos) que no había cambiado de postura. Sentía los ojos oscuros de Inés como un manto sobre ella, siguiéndola mientras bailaba con su hermano, ¿y cómo iba a justificar que les robase a ambos aquel momento?

—Entonces, ¿bailamos o fumamos?

Ana evitó mirarlo. Cuando lo hacía, siempre le daba la impresión de que él era capaz de adelantarse a sus pensamientos, que podía leerlos todos y dejarla desarmada.

—Tú ponte a bailar y no seas impertinente.

—Claro, no vaya a ser que te siga otro hasta el balcón.

Si bien su tono era socarrón, sus movimientos eran bruscos, casi rayando en lo abrupto. Seguía, sin embargo, el ritmo de la música como si fuese él, y no la partitura, el dueño de las notas que sonaban. Cuando bailaba con Imre no parecía existir diferencia entre el cuerpo del uno y del otro; debido al cansancio, los pies le cosquilleaban y hasta la música se diluía. De la presencia de Jorge, por otro lado, resultaba imposible desprenderse. Lo notaba cerca incluso cuando no lo estaba, como si algo en su espíritu desafiase las fronteras físicas de la corporeidad y ganase terreno a la fuerza. Con él la invadía el mismo sentimiento pegajoso, cercano al miedo pero mucho más atrayente, que de niña en el colegio, cuando regresaba del recreo con unos dulces por los que sabía que tendría que pagar si las monjas la descubrían.

X

El lunes siguiente, Félix parecía caminar todavía embriagado por el alcohol de la fiesta, los bailes con Inés y las conversaciones que tuvieron después, en susurros, cuando ella ya había bebido un sorbo o dos del espumoso que Félix no paraba de ponerle delante de los ojos. Ana lo dejó arreglándose en el espejo, con el uniforme muy planchado y muy limpio, preparándose para ir a trabajar. Era raro el día en que ella estaba al pie del cañón antes que él, pero tras un sábado de resaca (solo borracha, pensaba, podía aceptar las impertinencias de Jorge) y un domingo en el que se permitió llorar una última vez por todo lo perdido, decidió que iba a cambiar su vida.

Manolo, que había entrado en sus vidas como un huracán, había tenido mucho que ver con ello. A pesar de la camisa del día del desfile, que no había vuelto a ponerse, él no pensaba como Félix en lo concerniente a sus estudios. Como Inés, opinaba que era una «canallada de categoría» que le impidiesen continuar en Diplomacia por un designio de la naturaleza que, a fin de cuentas, no podía cambiar. Aquel sábado desganado y aquel domingo tristón le estuvo pintando un panorama que, a regañadientes tuvo que admitir, no le sonaba del todo mal.

—En Estados Unidos —decía Manolo— hay cada vez más mujeres que se dedican a la industria editorial y —bajando la voz— con el catálogo de grandes voces del exilio que tiene ahora España, el futuro está fuera. ¿Quién sabe dónde estarán todos en unos años, cuando tú hayas acabado la carrera? Yo, desde luego, aún tengo algunos contactos.

»Si de aquí a que termines perfeccionas tu inglés, puedo hablar con mi antiguo socio y que te coloque en la editorial —le aseguró, cuando ya estaba medio convencida, en la sobremesa de un desayuno que parecía no acabar nunca.

—¿Qué editorial? ¿No tenías una agencia?

Como ya solo quedaban ellos dos a la mesa, se recostó hacia atrás para comprobar que nadie más los oía. Una vez estuvo seguro, se inclinó ante ella y susurró:

—Bueno, no. Eso lo digo porque queda más elegante decir que representas a Evelyn Waugh en Estados Unidos que la verdad.

—¿Y cuál es la verdad?

—Publico basura, Anita.

Del ataque de risa (una risa que se le antojaba extraña, sacrílega, envuelta como estaba aún en aquel duelo por la vida que ya no volvería) casi se atragantó con el café.

—¿Cómo que basura?

—Pues eso, basura. Me pasaba los días leyendo el periódico, en busca de noticias escabrosas: asesinatos, líos de faldas que acaban mal, crimen organizado..., esas cosas. Después, buscaba a algún escritor desesperado que pudiese mecanografiar muy rápido (a eso no se le podía llamar escribir) un libro entero basado en aquella noticia. A los pobres escritores les pagábamos una perra chica y los libros, que eran malísimos, se ponían a la venta enseguida y con el papel más barato, para que saliesen de imprenta mientras la noticia inicial aún estuviese en la boca de la gente.

—¿Y con eso ganabas dinero?

—¡Puf! Un montón. La gente es muy morbosa, Anita, y si un libro es lo suficientemente sórdido les da igual que sea basura. —Se llevó un dedo a los labios—. Esto entre tú y yo, ¿eh? Elegante no es, pero si te gusta la industria es un buen lugar para empezar y ganar unas perrillas que puedan financiar a novelistas de verdad que escriban libros de verdad.

—Como Evelyn Waugh.

—Es un pedazo de pelma y, en realidad, nuestra correspondencia se limita a una sola carta, pero su firma me sale muy bien y te la puedo falsificar si te hace falta una carta de recomendación para entrar en Filosofía y Letras.

Ana irrumpió otra vez con aquella carcajada tan rara que no tenía lugar entre los ojos hinchados del llanto y las migajas de un desayuno para el que parecía no tener apetito. Pero al día siguiente se despertó con el fantasma de esa misma risa en los labios y con ganas de mirar con desafío aquella vida que ya no era suya, que en verdad ni la quería, pero que masticaría hasta machacarla con los dientes. Podían robarle la ilusión, pero no la lucha, aunque fuese silenciosa y nadie más que ella pudiese reconocerla.

Con el mismo arrojo fue a casa de Inés, pues su amiga había accedido a acompañarla a matricularse en la universidad, y aún no habían recogido las cosas cuando un timbrazo, estridente y solitario, lo rompió todo. No esperaban a nadie, aunque Pepita hubiese salido, poseía un juego de llaves, y Félix tenía el suficiente saber estar como para no hacer una visita tan temprano por la mañana. En susurros, doña Consuelo le pidió a Jorge que se escondiese, que trepase de la ventana a la azotea, lo que fuera, y Ana se sorprendió pidiéndole lo mismo, que Félix aún no se había ido e intercedería por él. Solo Inés se había quedado muy quieta, callada, tan blanca como la pared en la que se había apoyado.

Ante el silencio, el timbrazo se convirtió en dos golpes con los nudillos y un saludo enérgico, severo, que quería condenarlos a todos.

—¡Guardia Civil!

Con el grito, que pareció hundir más y más a Inés contra la pared, Jorge se quitó las gafas y las guardó en la rendija del secreter destinada a las cartas, y, con la otra mano, mientras comprobaba su reflejo en el vidrio que protegía el retrato de la boda de sus padres (a sus ojos miopes, desdibujado), se colocó bien la corbata. De nada sirvió que entre doña Consuelo y Ana intentasen detenerlo; él las apartó con cuidado, como un profesor harto de no ser capaz de doblegar a los chiquillos de la clase. A Pepita, cuyo rostro mostraba una palidez pareja a la de Inés, pero más cercana al gris, le impidió abrir la puerta.

—¿No ves que vienen a por mí?

Y Ana vio en sus ojos, más pequeños y estrechos sin las gafas, que no tenía miedo, sino que lo que sentía era alivio. Llevaba un mes en una libertad casi regalada, ansiosa, mirando tras de sí y contando los días hasta oír un timbrazo como ese.

Retiró la cadena y giró el pomo para recibir a aquellos que lo llamaban por su nombre. A los brazos en alto y los «Arriba España» de los dos guardias civiles, las mujeres respondieron con la velocidad de un padrenuestro. Jorge dudó al plantearse qué peso podía tener ya aquel pequeño acto de desafío si alguien había cantado o lo había denunciado y sus captores lo sabían todo sobre él. Por eso le golpearon en el vientre, en la línea cóncava bajo las costillas.

El grito de Pepita se rompió, como un plato arrojado con fuerza lo haría contra el suelo, y ninguno de aquellos dos hombres reaccionó. Parecían existir en un plano distinto de la realidad, en un año más alejado, quizá en aquella España de la que tanto hablaban y que a los demás se les atragantaba.

Llamaron a Jorge por su nombre.

—Jorge Márquez Pérez.

El condenado los miró a los ojos.

—Soy yo.

—Está usted detenido.

Inés se despegó de la pared al oírlo. Sí, esa era la palabra. La casa clamaba por ella, la instaba a quedarse quieta y callada, pero ella recordaba el día en que les dieron aviso de la muerte de su padre y cómo el miedo la había invadido y cómo se había prometido a sí misma que las fuerzas no le volverían a flaquear. Su voz se alzó, las frases atropellándose las unas a las otras, en el momento mismo en el que uno de los guardias civiles explicaba que a Jorge se le acusaba de formar parte del Socorro Rojo Internacional. Inés aclaró que solo había trabajado como médico, que nunca había estado metido en política, que jamás se había afiliado a ningún partido o a ningún sindicato, que era una buena persona.

Si fuese más valiente o más incauta, a Ana le habría gustado precisar que eso no importaba, que las cárceles estaban llenas de buenas personas y que aquello no era nada nuevo. La vergüenza le había impedido mirar a los presos asturianos de la playa, pero en ese momento sabía lo que habían supuesto: el preámbulo de algo mayor, de una noche oscurísima que se cernía sobre su país, quizá para siempre. Ya ni se acordaba de la guerra que parecía planear sobre Europa. Solo existía aquel instante preciso, que aborrecía.

—Cállese, señorita, si no quiere que la detengamos a usted también.

—Mi hermano no ha hecho nada.

El guardia civil le volvió a repetir lo mismo, que cerrase la boca de una vez, que tanto les daba detener a uno que a dos, que debían depurar España de traidores a la patria como Jorge.

—Pero si es solo un médico. No ha hecho nada.

Antes de que pudiese seguir y condenarse ella también, su hermano se volvió, le acarició la muñeca y dijo:

—Sé muy bien lo que he hecho.

Aquella corta interacción, o el cariño implícito en aquella caricia robada, agotó la paciencia de los guardias civiles. Tiraron de Jorge hacia atrás con fuerza, de modo que su espalda dio contra el marco de la puerta. Debido al ruido que emitió, o a la violencia de ese contacto físico que se rompía, Inés palideció y perdió el conocimiento.

En la agitación, mientras Ana y Pepita sostenían a Inés para que no se cayese, mientras Jorge se retorcía para ir hacia ellas y los guardias civiles tiraban de él hacia atrás, agarrándolo de la ropa y del pelo, Ana gritó. Un grito agudo, sostenido, que no le pertenecía, o que llevaba demasiado tiempo amordazando. Gritó y lloró y hasta habría pataleado, ataviada con todos los colores de la histeria, y no le habría importado lo que pudiesen hacerle.

Jorge también chillaba. Quería ir donde su hermana, comprobar que estaba bien, y no le dejaban. Tras haber resistido tanto, los guardias civiles no le habían permitido que conservase ni la dignidad.

En mitad del ruido, que ya era difuso, que no significaba nada, se alzó una nueva voz que reconoció al momento.

—¿Qué está pasando aquí? —Félix se abrió paso para introducir su cuerpo entre ellas y los hombres—. No se atreva a ponerle la mano encima a mi hermana.

Los hombres alzaron el brazo.

—Arriba España.

—Arriba España —concedió Félix, entre dientes apretados—. ¿Qué irregularidad es esta?

Uno de los dos hombres, el más bajo, que aún agarraba a Jorge, dio un paso hacia él.

—Nosotros solo estamos haciendo nuestro trabajo. Tenemos órdenes de detener a este hombre. ¿Lo conoce usted?

El labio superior de Félix se curvó formando una mueca.

—Estaría bueno, pues claro que lo conozco, al igual que a toda su familia, y no solo yo podría dar la cara por él sino también mucha gente importante de la Falange, así que mucho cuidado con cómo lo tratáis.

El hombre tragó saliva, pero no redujo la presión que ejercía sobre el brazo de Jorge. Sus nudillos seguían blancos, la piel finísima abrazándose al hueso.

—Hemos recibido una denuncia. A este hombre se le acusa de haber colaborado durante años con el Socorro Rojo Internacional.

—Ya sabe usted —prosiguió el compañero— lo importante que es depurar España...

—Lo sé —lo interrumpió Félix con los ojos refulgiendo como hornos—. Y usted sabrá también que es esencial separar el grano de la paja. En la nueva España no tienen cabida las querellas personales. —Se acercó más a los dos—. Porque si hay que señalar con el dedo déjenme que les recuerde la de rojos que vestían su uniforme y los crímenes y saqueos que cometieron durante la guerra.

Les dejó marchar con una amenaza velada y tras recibir a cambio el nombre de la cárcel en la que interrogarían a Jorge. El golpe de la puerta que se cerraba todavía no se había extinguido cuando cogió a Inés en brazos y la acostó en el salón.

Mientras doña Consuelo se miraba, extrañada, las manos vacías que unos minutos atrás habían tocado a su hijo, Pepita, sollozante y temblorosa, humedeció los labios de Inés con agua con azúcar. Con aquel dulzor que parecía una trampa, la muchacha abrió los ojos. Llamó a su hermano, una sola vez, y al ver que ya no estaba, que ya se lo habían llevado, rompió a llorar contra el pecho de Félix.

—Tienes que ayudar a mi hermano, por favor —le decía—. Sé que no pensáis igual, y no niego que el Socorro Rojo haya cometido crímenes, pero él solo quería ayudar a los que más lo necesitaban, y aquí en Madrid, con los bombardeos…

Félix, que le acariciaba el pelo sudoroso, no le permitió seguir.

—No te preocupes. Moveré Roma con Santiago si hace falta, pero tu hermano no pasará ni una noche en la cárcel. —La besó en la frente—. Me voy enseguida al despacho, pero Ana se queda contigo. Haré todas las llamadas que hagan falta y tiraré de todos mis contactos, pero no por él, aunque sea mi amigo, sino por ti.

XI

Con el golpe de la puerta que Félix cerraba, y el ruido de sus pasos bajando las escaleras, la casa se sumió en una nueva actividad. Doña Consuelo, que se había desplomado sobre el sofá, como anulada por el arresto de su hijo, era incapaz de llorar. Con los ojos fijos en la ventana que daba a la plaza repetía lo mismo una y otra vez: que se lo mataban, que se lo mataban. Exactamente como doña Basilisa había hecho durante la guerra, maldecía el momento en el que la política había entrado a aquella casa, y no había nadie que pudiese o quisiese dar respuesta a sus lamentos.

Pepita, con las lágrimas congeladas en aquel rostro cetrino y cada vez más viejo, ayudaba a Ana a asistir a Inés, pero esta no quería nada. Tras beberse el vaso de agua con azúcar se levantó, tambaleante, y le pidió a su amiga si le importaba acompañarla a la habitación de Jorge, que ella sola no se veía con fuerzas, para revisar que no hubiese nada que pudiese comprometerlo si volvían para registrar la casa.

—Por supuesto.

A Ana la atravesó un sentimiento de vergüenza al entrar en aquella alcoba que todavía olía a él, con las sábanas aún arrugadas; el arresto los había sorprendido tan temprano que a Pepita no le había dado tiempo a hacer las camas. Aquella era la primera vez que estaba en el dormitorio de un varón que no fuese de su familia. La habitación de Imre del balneario no contaba; aunque también conservaba aquel aroma único que se le pegaba a la piel, no tenía sus cosas de uso diario, no era la misma en la que se despertaba cada mañana. Carecía de la intimidad que respiraba la de Jorge mientras Inés y ella abrían cada cajón y revisaban cada objeto en busca de un pecado mortal.

Jorge Márquez, que llevaba un mes saboreando una libertad de prestado, había hecho un buen trabajo. No había libros ni panfletos ni banderas que pudiesen comprometerlo. Entre sus fotografías, no se encontraba ninguna en la que figurase alguno de sus amigos que habían cruzado la frontera o habían sido arrestados. Ana pensó en aquel ejercicio dolorosísimo, en aquella quema deliberada de recuerdos, y sintió que el desayuno le volvía a la boca. Les robaban todo: la dignidad, la humanidad, el corazón. Habían perdido la guerra y ya no importaba nada. Jamás volverían a ser como los demás. Mientras los nacionales estuviesen en el poder, los revestirían siempre de humillaciones.

Por primera vez, Ana se sorprendió al ver palidecer su miedo por Imre. Sí, en su fuero interno deseaba que Jorge tuviese razón, que la guerra de Europa empezase enseguida, que Alemania la perdiese y que sus amigos fuesen castigados.

Un «si» infinito. Seguía siendo el Año de la Victoria, Alemania estaba a la cabeza de Europa y a nadie le importaban los pecados de España.

Entre los libros de texto y los discos de Verdi encontraron la única incógnita, una carta a medio escribir a un inglés con el que había trabado amistad en el hospital. Inés se la entregó a Ana con un movimiento lánguido y le pidió por favor que la leyera.

Madrid, 21 de mayo de 1939, Año de la Victoria

Querido Allie:

¿Cómo se encuentran tu mujer y tu hija? Aquí las cosas nos van bien. Ha venido a visitarnos la tía Martirio, que viene del norte, y nos está prodigando en atenciones.

Mi hermana continuará las clases de Filosofía y Letras el próximo otoño. No veas la cantidad de libros que lee. Si tú me consiguieras algunos Dickens en inglés para ella, yo te lo agradecería muchísimo. ¿Qué tal vosotros en el periódico? ¿Has encontrado ya una nueva secretaria?

Mándales un abrazo fuerte de mi parte a todos los amigos, que hace una barbaridad que no los veo.

¡Arriba España!

El Marquesito

Las amigas se miraron. Los Márquez no tenían a ninguna tía que se llamase Martirio, y Jorge, precisamente Jorge, no fecharía las cartas haciendo alusión al Año de la Victoria ni firmaría con un «Arriba España». Lo que pretendía comunicarle al inglés solo podían imaginárselo, pero Inés dobló la carta, la metió en un sobre y dijo que la mandaría como si no hubiese pasado nada, a ver qué respuesta recibían. ¿Qué más podían quitarles?

Esa duda le curvó la espalda e hizo que cayese sobre la cama con los codos sobre las rodillas alzadas.

—Inés, ya verás como Félix lo saca de la cárcel —le repetía Ana, mientras le acariciaba las costillas e intentaba creérselo ella también—. En la Falange tiene un cargo importante, y por Jorge, y sobre todo por ti, haría cualquier cosa.

La expresión de Inés se tensó, hierática.

—Por mí.

—Sí, claro, si eres la niña de sus ojos, ¿no te das cuenta?

Una sonrisa forzada, débil.

—Sí, claro. Y yo he sido una tonta y nunca le he sabido corresponder como debía.

Las cejas de Ana temblaron. Las caricias, que no cesaron, se convirtieron en un movimiento mecánico.

—No pienses en eso.

Inés hipó.

—Esto es por mi culpa —dijo, y, antes de que Ana pudiese protestar, agregó, en voz más baja—: Yo sé que el inglés quería sacar a Jorge de España antes de que los nacionales entrasen en Madrid, pero Jorge se negó.

—¿Y cómo va a ser eso culpa tuya, mujer?

—Sí, porque yo... —Un susurro quedo, los labios casi acariciaban la oreja de Ana—. Yo también ayudé como enfermera, unas semanas, al principio de la guerra, y creo que Jorge piensa que si lo detienen a él nadie va a investigar más sobre nosotros y no se sabrá lo que hice yo.

Ana la apretó más contra sí hasta sentir la respiración de su amiga, frágil como la de un animal herido, contra sus huesos. La abrazó como si fuera tan feble que podría romperse, o como si fuera algo que pudiera perder.

—Por ti no van a venir. De eso no se acuerda nadie.

—Me acuerdo yo. Y no sé qué habrá hecho el Socorro Rojo fuera de Madrid, a lo mejor eran tan criminales como dicen, pero aquí en Madrid estaba muriendo mucha gente y los hospitales no daban abasto. —Hundió la cara, húmeda y febril, contra el hombro de su amiga—. Eran buenas personas, Ana, eran buenas personas...

Se quedó despierta hasta entrada la madrugada, después de que sus padres fueron a preguntarle varias veces cómo se encontraba, hasta que se le enfrió la leche e incluso Manolo, más pálido y consumido de lo que lo recordaba, se retiró también a la habitación de invitados. Permaneció despierta y alerta hasta que oyó la llave que se introducía en la cerradura, el crujido de las vigas y los pasos familiares de Félix que se acercaban a ella.

Lo abordó allí mismo, en el recibidor, y no le permitió ni que se quitase la boina antes de preguntarle:

—¿Y bien?

Un interrogante como una plegaria. El sudor que le perlaba las sienes y el temblor de las manos eran reveladores. Félix desvió la mirada.

—Será más complicado de lo que pensaba.

Trató de dirigirse al salón, pero Ana se interpuso entre él y el pasillo.

—¿Qué quieres decir?

La sorteó introduciendo la mano entre la pared y ella, y apartándola con cuidado. Mientras caminaba, de espaldas a ella, rezongó:

—Pues eso mismo, hermana, que está complicado.

Ana lo observó mientras se sentaba y se servía una copa de coñac. Iluminado únicamente por la lamparita, a fin de no molestar a los otros tres que dormían, incluso aquella luz anaranjada parecía reptar y pegarse a él en busca de respuestas.

—Pero tú…

—Yo estoy moviendo todos los contactos que tengo, si es lo que ibas a reprocharme —bebió un trago—, pero tengo que ir con pies de plomo. No voy a ayudar a Jorge si me significo demasiado y sospechan de mí. Es un momento muy tenso. Se producen miles de detenciones a diario y muchas quedan en agua de borrajas.

—¡Miles de detenciones! ¿Cómo que miles? Ya habéis ganado la guerra, ¿qué más quieres?

—Ya *hemos* ganado la guerra —precisó Félix, y la señaló con el cigarrillo que acababa de sacar de la pitillera—. Y tan complicado como ganar la guerra va a ser administrar la paz.

Ana contuvo la respiración. Había levantado el pie derecho, que mantuvo ahí mismo, sostenido en la duda entre alejarse de Félix y lo que su figura recortada significaba o arrodillarse ante él.

—Es tu mejor amigo.

El hermano alzó la barbilla para mirarla; daba la impresión de que sus ojos, brillantes y húmedos, absorbían aquella luz tan escasa.

—Sí, y por eso es más difícil para mí que para ti. Llevo todo el día de aquí para allá haciendo llamadas y pidiendo favores, ¿o qué te pensabas? —Se encendió el cigarrillo. Las caladas, cortas y rápidas, no calmaban aquellas sacudidas terminales que habían hecho mella en él—. Dos de sus compañeros han denunciado sus actividades durante la guerra.

Ana bajó el pie. Se quedó inmóvil, observándolo, y ni siquiera aceptó la rara ofrenda de tabaco que su hermano le brindaba.

—O sea que los han torturado hasta hacerles hablar.

Félix chascó la lengua.

—¿Qué importa esto ahora? Hay pruebas de que Jorge no solo ha pertenecido a una organización criminal, sino que además ha colaborado con ellos durante años. Se sospecha incluso que haya podido ayudar a sacar a rojos del país.

—Eso es ridículo. Sabes que lo único que ha hecho es ejercer la medicina.

—Sí, ya lo sé, pero son acusaciones graves. Me estoy dejando la piel para que Jorge reciba el mejor trato posible, pero del interrogatorio y del juicio que se celebrará tarde o temprano no puedo salvarlo. —Apoyó la mano en su sien, estaba mojada—. Cuando se conozca la fecha y le asignen un fiscal a su caso... le conseguiré el mejor abogado, a partir de ahí ya veremos qué tenemos que hacer para que reciba la pena más corta posible.

—O el perdón.

Félix le clavó la mirada enrojecida.

—No lo van a perdonar, Ana.

Dio un paso atrás.

—Esto va a destrozar a Inés.

—Lo sé. —Apretó los párpados—. Me doy perfecta cuenta de ello.

—¿Y dónde está? ¿Adónde lo han llevado?

—En la cárcel de Torrijos.

—¿Has ido a contárselo a su madre?

Una calada más, la última antes de apagar contra el cenicero el cigarrillo que aún no había consumido.

—No son horas.

—¿Hay una hora buena para escuchar que tu hijo está en la cárcel? No creo que hoy duerma nadie en casa de los Márquez.

XII

Estaban a finales de mayo pero tenían el frío de noviembre metido dentro. En Torrijos las visitas eran los lunes. Los siete días de espera se amontonaban como las cuentas de un rosario y las asfixiaban. Ni siquiera las palabras de Félix, cuyo uniforme le había permitido ver a Jorge extraoficialmente, suponían un bálsamo para los tormentos que se cernían sobre él. Sus ojos comunicaban una cosa distinta, peor, que aquella que afirmaba su voz. Ante todo, lo oían llegar a las tantas de la madrugada, día tras día, y no de un tablao o una coctelería, sino directamente del despacho. Y veían también las ojeras cada vez más pronunciadas y las bolsas que le empezaba a hacer la camisa nueva, que tan bien le quedaba tiempo atrás.

Y aquel lunes más que negro, pegajoso como el chapapote, Ana y Manolo emprendieron con doña Consuelo e Inés el tortuoso camino, de algo menos de media hora, desde Chamberí a la cárcel de Torrijos. Félix los acompañó el tramo exacto entre la casa y el despacho, aquel lugar que Ana no había pisado jamás, ni ganas, pero cuyos muros respiraban una angustia añeja, antiquísima e imborrable.

—¿Tú no vienes?

Félix inspiró. Al hacerlo, todo él parecía flotar dentro de aquel uniforme que cuando era nuevo casi parecía brillar y en ese momento le venía grande.

—Yo en la cárcel no pinto nada. —Se volvió hacia Inés—. Dale un abrazo muy grande a tu hermano de mi parte. Ya sabes que yo lo ayudo más desde aquí que...

Inés, con aquella sonrisa tan serena que ni el dolor ni la preocupación podían teñir de amargura, le tomó las manos.

—Ya lo sé. Muchas gracias por todo lo que estás haciendo por mi hermano.

—Él habría hecho lo mismo por mí si hubiesen perdido los míos la guerra, y yo de eso no me olvido.

Al llegar ya había cola. Una cadena aparentemente interminable de personas todas iguales, grises, con la misma expresión de cansancio eterno en los rostros ya cetrinos. Ana comprendió enseguida por qué Manolo no había querido ponerse la camisa de la Falange que había llevado al desfile de la victoria; habría supuesto un hematoma en aquella marea de personas heridas, una broma cruel que les habría recordado el motivo por el cual estaban allí con las manos vacías.

En la puerta, tras dar sus nombres y los datos de Jorge, el funcionario les indicó que no podía ser, que solo se admitían visitas de familiares directos.

—Solo una visita por preso —agregó, tras observar que tanto Inés como doña Consuelo daban un paso hacia él—. Que esto no es el hotel Palace, a ver si nos vamos enterando.

Inés separó los labios para explicarse, pero Manolo le quitó la tartera que llevaba consigo y se le adelantó.

—Tenga compasión de una madre que quiere traerle algo de comer a su hijo. —Levantó la tapa de metal—. Mire, que quizá... quizá hay algo que a usted también le gusta.

Sobre los chicharrones que Pepita había preparado, dobladito encima de la servilleta de papel, yacía un billete que el funcionario tomó y se guardó en el bolsillo. Con la misma mano separó a doña Consuelo y a Inés de los primos, que las vieron desaparecer entre aquella hilera de personas rotas a quienes ya nada más podían quitarles.

Una vez fuera, apartados de la cola que seguía creciendo, Manolo pasó la mano por encima de los hombros de Ana.

—Ya que tenemos que esperar, ¿por qué no vamos a tomar

algo? Conozco un salón de té excelente que no nos queda muy lejos.

—No quiero que nos alejemos mucho, y tengo que mandar un par de cartas.

El primo le sonrió, y aquellos ojos de color incierto brillaron a la luz de la primavera que, pese a todo, no se detenía.

—A tu novio en Hungría, ¿no?

—Sí.

—Y también una a Londres, ¿verdad?

Ana se detuvo.

—¿Cómo...?

—Pues porque te la he visto antes, rica. Hiciste bien en cambiarle el sobre, por cierto. —Bajó la voz—. Mandar una carta de un hombre que está preso... te podría traer problemas.

Ana apartó la mirada.

—¿Cómo has sabido que era de Jorge?

La expresión risueña de Manolo no mutó. Seguía caminando junto a ella, con aquel porte aristocrático que traicionaba la ropa que le había prestado Félix y que le quedaba grande, con una mano a la espalda y la otra guardada en el bolsillo.

—Porque soy observador. Si tú hubieses tenido que esconderte durante la guerra, como lo hice yo, también lo serías. Te habría podido salvar la vida. En la fiesta del día de la victoria, Jorge me escribió el nombre de una farmacia en la que me darían un medicamento para el insomnio y reconocí su letra.

—Oye, Manolo, quería darte las gracias por haber venido hasta aquí. A Jorge, al fin y al cabo, apenas lo conoces, y durante la guerra..., bueno, sé que estabais en bandos distintos.

Se encontraban en una de tantas cafeterías de la calle Torrijos. Desde la ventana se veía el edificio regio de ladrillo rojo que parecía alzarse como un dios castigador a quien le importaban muy poco las tragedias personales.

Manolo, que revolvía la achicoria con la cucharilla, sacudió la cabeza.

—A mí no me tienes que agradecer nada. Con Jorge he congeniado muy bien y..., bueno, cuando pienso en todos los años que pasé escondido, en cómo cualquier ruido me cortaba la respiración y en que todavía me cuesta dormir porque pienso que van a venir a por mí... —dijo con un susurro quedo—. No hay que caer en el revanchismo. Si yo estuviese en su lugar, y hasta Félix podría decirte que en el treinta y siete las cosas se nos pusieron muy crudas, me hubiese gustado que alguien me tratase con dignidad.

Ana estiró los labios.

—Madrid debió de ser horrible aquellos años. No me mientas. Siento tanta vergüenza por haberme ido cuando todos mis amigos...

—Pues no lo sientas. Madrid fue una masacre. Había disparos todos los días, a veces, hasta ochocientos. Y, joder, el bombardeo aéreo por lo menos avisaba y te daba tiempo a ir al refugio, pero el artillero..., a muchos les entró un obús por la ventana y fin de la historia. La supervivencia es lo más sagrado. —Se inclinó ante ella, de modo que pudiese oírlo—. Más que el pan, más que las ideas, más que la tierra, más que todo. Sin ese afán de supervivencia no somos nada.

Y Ana quería decirle, aunque no se atrevió, que no comprendía. No comprendía cómo podía hablarle de supervivencia allí, entre aquellas personas grises, anuladas, a quienes ya no les quedaba más que contar días y rezar a unos santos que debían de ser de piedra, como los de las iglesias, porque no los oían. Que aquel afán de supervivencia que él tanto veneraba lo estaban aplastando aquellos que vestían las mismas camisas que portó él el día de la victoria.

—¿Por qué te quedaste? —le preguntó, en cambio—. Además de... por lo que nos explicaste en casa. Podrías haberte ido a Inglaterra, por ejemplo.

—No podría explicártelo porque ni yo mismo lo comprendo. Madrid era una lotería de la muerte, pero sentía que debía quedarme aquí y resistir. —Alzó un dedo—. Y, mira, quizá no me equivocaba. La guerra en Europa es inevitable.

—¿Tú también crees que va a estallar?

—Sí, más pronto que tarde. Lo que no sé es si España entrará en ella, porque en nuestra guerra se pasaron muchas miserias. —Alzó la taza—. He visto a familias colando posos usados de achicoria con medias rotas y eso es lo menos terrible que puedo contarte. Y ahora que ha vuelto el racionamiento..., en fin. No hablemos más de cosas tan tristes, que el lugar ya lo es bastante. Un amigo me traerá unos discos de Joséphine Baker y algo me dice que seguro que a ti la Baker te gusta tanto como a mí.

Ana le sonrió, pese a todo.

—Sí, mucho, pero no te creas que en España está muy moda.

—Bueno, pues entonces tendremos que ponerla de moda nosotros.

Media hora más tarde, cuando la achicoria ya estaba fría y los estómagos rugientes, Ana vio, a través de la ventana, cómo Inés y doña Consuelo cruzaban la calle delante de la cárcel y se dirigían hacia donde estaban ellos. Fue incapaz de discernir si aquel aire etéreo que ambas tenían se debía a un efecto del vidrio o a algo más profundo. La hija arrastraba a la madre de manera penosa, como una niña a una muñeca de trapo o una criada desganada un conjunto de sábanas; algo, en todo caso, sin vida y sin fuerzas. Tuvieron que salir Ana y Manolo a ayudarlas, y al entrar de nuevo al bar doña Consuelo cayó como rendida, con los codos clavados en la mesa metálica y con las manos, temblorosas, se mesaba el pelo sin miedo a echar a perder el peinado.

Ana miró a su amiga en busca de respuestas, pero no pudo leer más que miedo en aquellos ojos enormes, oscurísimos, como de cervatillo.

—Ha sido horrible, horrible... —repetía doña Consuelo, incapaz de alzar la barbilla ni para dirigirse a los primos ni para aceptar la gaseosa que Manolo le tendía.

Aunque trémula, Ana extendió un brazo para acariciar aquella espalda que tan bien conocía, que de pequeña le parecía inmensa y que en aquel momento temblaba al ritmo de una respiración entrecortada, como de acordeón. Con el tacto de otro ser humano, doña Consuelo se estremeció.

—Le han pegado, Anita, le han pegado tanto que al principio ni lo reconocía. —Hundió el rostro, más viejo y consumido de lo que Ana recordaba, entre sus manos—. Imagínate cómo de destrozado tiene que estar un hombre para que ni su madre lo reconozca.

Soltó un grito estrangulado, más de bestia que de persona. Ana se llevó un puño a la boca.

—Pero Félix nos dijo...

—Han debido de saber que tiene un amigo en la Falange que intercede por él —la interrumpió Manolo— y han esperado a que lo vaya a visitar para interrogarlo.

Ana tenía la palabra «canallas» ahí mismo, en la garganta, y le impedía respirar. Canallas por no decir algo peor. Canallas por no mentar a las madres que habían tenido el infortunio de parirlos. Canallas por no perturbar más a la madre que lloraba frente a ella y se negaba a que la reconfortaran porque su dolor no tenía alivio.

—Y cómo nos trataban —insistió—. Como si fuésemos barro, o ni eso. Más insignificantes que el barro. Como si fuésemos allí a velar cadáveres, y a lo mejor tienen razón.

E Inés, que se había quedado muy quieta y muy callada, como aceptando honrada y noblemente la magnitud del golpe recibido, tembló.

—No... no diga eso, madre...

—A mi hijo me lo matan.

—No, madre...

—Aunque no le caiga la pena de muerte me lo matan, de una enfermedad o de una paliza, pero me lo matan...

Con un gesto rápido, como si quisiera amordazarla, Manolo extendió el brazo para colocárselo en el hombro. Las miradas del resto de los clientes del establecimiento caían sobre ellos, pesadas como el metal, porque en la España de la victoria había que tener mucho cuidado con qué se decía y dónde. Eso no lo hagas, eso no lo digas, eso no lo mires, eso no lo toques. Aunque estés en una cafetería con vistas a la cárcel y ese luto tuyo, anticipado, sea compartido con miles de mujeres.

—Que no, doña Consuelo, que eso no es así —le aseguraba, con la severidad de quien pretende callar a alguien para siempre—. Entre amigos y camaradas, Félix conoce a mucha gente en la Falange y va a conseguir que Jorge vuelva con ustedes. No se venga abajo, no vaya a darle un disgusto a su hijo la próxima vez que la vea.

Doña Consuelo negó con la cabeza y Ana no supo si rechazaba las palabras de Manolo o las almendras que quería que se comiera.

—¿Y cómo voy a venir aquí cada semana? Para ver cómo, lunes a lunes, mi hijo...

El tono de la voz descendió, se volvió más bajo, casi inaudible, de modo que Ana aprovechó aquel silencio que se les venía encima para apretarle los nudillos y agregar:

—Nosotros las acompañaremos a Inés y a usted, lunes a lunes, aunque no nos dejen pasar de la puerta.

—Y no las van a tratar como al barro, doña Consuelo —añadió Manolo, que había colocado ambas manos sobre la mesa para inclinarse ante ellas al susurrar—. Porque las dos van a venir de punta en blanco, con sus mejores trajes, muy bien pintadas y peinadas, como las señoras que son, y los van a mirar a los ojos y ellos se van a avergonzar de lo que les están haciendo.

Con aquella promesa, o amenaza, tan real como la camisa del día del desfile, el llanto de doña Consuelo cesó. Los observó, casi translúcida, y Ana fue incapaz de descifrar la expresión que mutaba aquel rostro con el que había crecido.

—Qué buena eres con nosotros, Ana —dijo, y luego se volvió hacia Manolo—. Y a ti qué te voy a decir, que como quien dice ni siquiera conoces a mi hijo y aquí estás.

—Es que no me olvido de las checas, doña Consuelo, ni del miedo que les teníamos. Porque era miedo. Y que ahora se castigue a los hombres como su hijo, que no son sanguinarios, solo por estar en el bando contrario... es para sentir mucha vergüenza. Pero mucha.

Inés, que había bajado la cabeza, repuso con un hilillo de voz, como si acabara de acordarse:

—Le han roto las gafas, se las llevó Félix el día que lo fue a ver. Dice que en la farmacia de Rafael Calvo saben la graduación.

—Yo se las recogeré y le pediré a mi primo que se las intente hacer llegar antes del lunes—dijo Manolo—. Tengo que ir de todos modos a por la valeriana para el insomnio. —Le acarició el hoyuelo de la barbilla—. Pero no llores, ojazos, que con esos ojos que tienes debería estar prohibido que llorases.

XIII

Al llegar a casa se encontró con una carta de Imre en el aparador. Ana había entrado sola, tras dejar a doña Consuelo y a Inés en la puerta de enfrente, ya que Manolo había insistido en acercarse a la farmacia. La cárcel le había traído demasiados recuerdos dolorosos del pasado; para él, los miedos de aquellos hombres encerrados y de las mujeres que habían ido a visitarlos eran idénticos a los suyos propios, que le impedían conciliar el sueño por las noches.

Reconoció la caligrafía enseguida: aquella letra pequeña, apretada y cuadrada, que de lejos parecía un conjunto de números y no de letras. Llevada por la ansiedad la abrió allí mismo, y se sentó a leerla no en su habitación sino en el salón, porque le quedaba más cerca y, aunque fuese egoísta, quería un poquito de verano que calentase el invierno que estaba empezando a anidar en ella.

Budapest V, 18 de mayo de 1939

Kedves Annakém:

Es de madrugada y he escrito y he roto esta carta un montón de veces, casi obsesivamente. No creo que nunca vaya a tener el talento, o el honor, para escribirla como quiero, porque ante todo no quiero hacerte daño, pero si no la guardo en un sobre y le pongo un sello enseguida sé que no me atreveré a hacerlo jamás, y eso sí que no podría perdonármelo mientras viva.

Yo a ti te quiero mucho, Ana, te he querido más que a ninguna otra chica, y me daba igual lo que pensaran tus padres o los míos, porque quería estar contigo siempre. Ni siquiera me importaba contar la vida en veranos o pasarme el resto del año esperando esos dos meses escasos que para mí eran los más bonitos, no por el sol suave de Cantabria, sino por ti. Por ti y por tu pelo y por tu risa y por tu voz grave y tus cigarrillos y por cómo se te encendía la mirada al hablar de los libros que leías y los sueños de futuro que tenías y por cómo se movía tu cuerpo en el salón de baile y con qué fiereza discutías de política y nos hacías callar a todos.

Yo a ti te he querido muchísimo y sé que tú a mí también, por eso es mejor que cortemos esto de raíz a que sigamos lastimándonos con la ausencia. Hemos querido ignorarlo, pero ya no nos quedan más veranos. Nos hemos pasado cuatro años separados por un frente de guerra y todo apunta a que otra guerra nos separará de nuevo. Aún somos jóvenes y tenemos mucha vida por delante, y yo quiero que tú la vivas al máximo y la disfrutes, que la bebas hasta el tuétano, y aun así no te quedes saciada.

Y quiero que te olvides de mí como yo voy a intentar olvidarme de ti, al menos mientras la herida esté aún tierna. Estoy empezando a conocer a una chica y me estoy ilusionando con ella, espero quererla algún día tanto como te he querido a ti y que tú también conozcas a otro chico, y te ilusiones y lo quieras más de lo que me has querido a mí.

Entiendo que me odies y no te lo reprocho porque yo en tu lugar también lo haría, porque mi conducta ha sido deshonrosa. Creo que lo nuestro llevaba enfriándose mucho tiempo y no quisimos admitirlo por terquedad y por lealtad, porque un amor como el nuestro, que ha sido paciente tanto tiempo, no debería terminarse por cuestiones ajenas a nosotros.

Yo me acordaré de ti cada verano, aunque me obligue a olvidarte. Y no te echo en cara que quieras romper mis cartas y quemar mis fotografías o que el año que viene le pongas velas a la

Virgen para que mi paso por los Juegos de Helsinki sea desastroso, porque con toda seguridad merezco todo eso y más, por cobardía.

Ana, desde lo más profundo de mis vísceras espero que seas muy feliz. No sé cómo contenerlo en palabras, pero espero de todo corazón que seas muy feliz.

Con cariño y arrepentimiento,

Imre de Hevesy

Releyó la carta tres veces, más, tantas como la primera que le había escrito, que aún tenía guardada en el baúl junto a todas las demás y que, de tanto doblarla y desdoblarla, la tinta se había emborronado en los pliegues. La releyó porque no tenía sentido, porque debía de estar escrita en otro idioma, distinto, antiquísimo, que ella no comprendía, que quizá era anterior al propio género humano. Y la releyó como penitencia, para echarle sal a aquella herida que, sí, era tiernísima, para comprobar hasta dónde podía hundirse y saber si su tristeza tenía fondo.

Rompió a llorar allí mismo, en el salón, sin importarle que pudiesen oírla o que Manolo estuviera al llegar, porque dentro de ella no se había enfriado nada, todo lo contrario: ella ardía hasta consumirse. Ante todo, el suyo era un llanto de vergüenza y reproche. El tamaño de ese luto por un amor de verano era descarado, no tenía comparación con otros lutos más grandes. Su dolor no merecía existir junto al de una madre que se torturaba por su hijo y por las marcas que las palizas le habían dejado en su piel, pero existía.

Quemadura por quemadura, herida por herida, cardenal por cardenal, habían ido robándole pedazos de su vida pasada hasta que ya no le quedaba nada. Aquello que la había ilusionado al pensar en el futuro, aquella vida que empezaba y que ella ya estaba construyendo, ni existía ni podía existir en la nueva España, era solo cenizas, o ni eso. No le quedaba nada, todo cuanto era había sido anulado y no podía ni mirar a su hermano a la cara sin que la embriagase el resentimiento que residía ahí donde antes solo nacía la camaradería. Y esa pena que la humillaba era, junto con todas las demás, tan pequeña que se culpaba por sentirla. Su estómago nunca estaría vacío. Jamás tendría que arrodillarse ante un funcionario de prisiones para pasar cinco minutos más con su hermano. No tendría que servir en casas ajenas hasta que la lejía le carcomiese la piel de las manos. No se jugaría una noche en la cárcel por comprar a precios exorbitados raciones extra en el estraperlo porque el hambre nunca sería un dios para ella.

Era una de las afortunadas y no tenía permiso para que tanto dolor la postrase, pero la postraba.

Alertado por el ruido, Félix, que había ido a buscar unos papeles que le hacían falta en el despacho, se encaminó hacia ella. Se sentó a su lado, y, al recibir las caricias en su crispada espalda, Ana se dio cuenta de que no sabía qué hora era. Habían salido temprano y las visitas no duraban más de cincuenta minutos, pero a ella aquello le parecía que pertenecía a otra vida.

—¿Le ha pasado algo a Jorge? —le preguntó Félix, la voz congestionada por un miedo real, palpable.

Ana cerró los ojos. La ternura quemaba.

—Le han pegado.

Un instante de duda. Los cálidos dedos de Félix se detuvieron allá donde estaban, sobre las vértebras.

—¿Cómo que le han pegado? ¿Otro preso?

Ana se irguió por el descaro. Le habría dado una bofetada, si le quedasen fuerzas, y si al levantar la palma no se hubiese olvidado de qué pretendía hacer.

—No, en un interrogatorio. Le han dado una paliza para que denuncie a algún compañero como lo denunciaron a él, y que luego ese compañero denuncie a otro, y el otro a otro, hasta que se llenen todas las cárceles de España.

Las aletas de la nariz de Félix temblaron. Su mano, que la seguía acariciando, era pesada, como de hierro.

—Ana, estás muy alterada y no sabes lo que estás diciendo.

—Lo sé perfectamente. ¿Qué te duele más, que sea la verdad o que tengas que escucharla de mis labios? Ya habéis ganado la guerra. ¿Qué más queréis?

Los labios de Félix se rizaron para abrirse y hacer la corrección que siempre le goteaba de la lengua: *hemos* ganado la guerra porque somos gente decente. *Hemos* ganado la guerra porque la nueva España nos pertenece y está hecha a nuestra medida. *Hemos* ganado la guerra y tenemos derecho a regodearnos en la victoria. Pero vio la carta, ya arrugada, en la mano de su hermana y no dijo nada. Suspiró, casi con alivio, eso le permitía dejar a un lado la duda que le carcomía los huesos: ¿qué dolor era más grande, el de la preocupación por su amigo o el hecho de que aquello mancillase los ideales por los que había combatido durante tres años y por los que se habría dejado morir?

—Ya veo que Imre antepone el amor a la amistad, porque a mí todavía no me ha respondido.

Ana, que se había sentado, le sostuvo la mirada unos segundos antes de entregarle aquella misiva que ardía al tacto.

—Puedes leerla, si quieres, porque no me va a escribir más.

«Y, si lo hace, las quemaré todas», le habría gustado añadir, pero la mentira la azotó con su atrevimiento. Si le escribía, leería cada palabra en busca de una respuesta. Necesitaba una explicación detallada que le diese un momento concreto en el que lo suyo se había vuelto imposible para poder maldecirlo como lo maldecía a él, aunque aún lo quisiera, porque nada dentro de ella se había enfriado con la ausencia, sino al contrario. Aquella acusación de creer que ambos se encontraban en la misma situación la había herido más que el rechazo. Existía una persona en el mundo que lo sabía todo sobre ella y quizá no volvería a verla nunca; del mismo modo, ella tendría que obligarse a olvidar todos los detalles que formaban la imagen de Imre en su cabeza: el olor característico de su piel y que el 9 de noviembre era su cumpleaños; los discos que escuchaba y el timbre de su voz; el tacto de sus manos, que a veces aún sentía, como un fantasma, después de cuatro años; la manera en la que tomaba el café y cómo, al comer, se guardaba de que la guarnición jamás tocase la carne.

No supo si había dicho todo eso, de manera irracional y atropellada, o si, en su turbación, Félix había leído la carta, pero lo cierto es que Ana sintió el peso de los brazos que la rodeaban.

—Valiente cobarde —dijo Félix contra la oreja de su hermana, y la besó en la frente—. Me avergüenzo de que sea amigo mío.

—Al menos tuvo el honor de esperarse a que terminase la guerra para romper conmigo.

Félix negó con un gesto.

—No confundas el honor con la cobardía. Y pensar... —Chascó la lengua—. Es una afrenta. No podré perdonárselo mientras viva.

En la fiereza de su mirada, y en el cariz rojizo que tomaban sus ojos a la luz del mediodía, Ana vio que eran iguales, dos almas irracionales y posesivas que se consumían con el fuego de su propia obsesión. Félix había pensado en Inés los tres años que había durado la guerra; aunque no podía mandarle las cartas, por si la comprometía recibir correspondencia de un sublevado, le escribía a todas horas y guardaba su fotografía en una lata metálica de tabaco, donde el agua, la nieve, el hollín y la sangre no pudiesen dañarla. Si la guerra hubiese durado diez años, diez años la habría esperado, quince, veinte. Habría visto mermar su juventud sin olvidarse de la primera mujer a la que había amado porque esa era su naturaleza, su cruz y la daga que se le clavaba en el pecho.

Eran iguales, y las heridas que los atravesaban también.

Madrid, 29 de mayo de 1939

~~Querido Imre:~~

~~Quiero que me expliques...~~

~~Querido Imre:~~

~~¿Cómo has podido...?~~

~~Querido Imre:~~

~~Me pides algo que los dos sabemos que es imposible...~~

Querido Imre:

Me pides que te olvide y lo haré. No me escribas más cartas, porque le he pedido a Félix que las destruya todas nada más verlas.

Te he querido más que a ningún otro y no deseaba otra cosa que casarme contigo, vivir juntos, pasar el resto de mi vida a tu lado, sin importar la espera. Ahora comprendo que nuestro amor ha muerto junto con todas mis ilusiones para el futuro. No ansío otra cosa que tu felicidad y no te disgustes por el fin de lo nuestro, ya que la Ana que amabas ha dejado de existir.

Así que no me escribas porque la Ana que se despertará mañana no te conoce. Si de verdad quieres que me olvide de ti y que sea feliz, antes debo borrar tu nombre de mi mente, tu caligrafía, el sonido de tu voz, todos aquellos detalles que atesoraba y que ahora solo son un ancla que me une a un pasado que no volverá.

El amor era el correcto, pero el tiempo nos traicionó y ahora no sirve de nada que nos lamamos las heridas.

Hasta siempre,

Tu Annakém

XIV

Empezaron a contar el tiempo en lunes.

Llegó junio. El día 12, su cumpleaños, caía en lunes y, como el anterior, Manolo y ella acompañaron a Inés y a doña Consuelo a Torrijos. La fecha parecía incomodar a los demás pero no a ella. Pese a todo, había roto la postal que Imre le había mandado, antes de que la invadiese la tentación de abrirla, y ese había sido el único festejo que se había permitido.

Al despedirse en la puerta, donde separaban a los familiares de los que no lo eran, Inés la apretó con más fuerza que de costumbre, hasta hacerle cosquillas en la cara con los rizos que Manolo había insistido en que se hiciese, fiel a su consigna de que en aquel lugar más que en ningún otro debían presentarse como las señoras que eran.

—Muchas gracias por lo buena que estás siendo con nosotros —dijo Inés, escondiendo el susurro entre los dos besos—. Sé que también tienes tus problemas y no me olvido de qué día es hoy.

Ana le sonrió.

—Claro, lunes, día de visita. Y no tienes que darme las gracias. Eres mi mejor amiga y te quiero mucho, y mis problemas, al lado de los tuyos..., mira, no hay ni que mentarlos.

—Es que eres más que buena.

—Anda, que me vas a poner colorada. No hagas esperar a Jorge.

Manolo sí que no iba a dejar que se olvidase del día que era. En cuanto se marcharon en dirección al bar de siempre con los rostros grises y angustiados de siempre, le pasó un brazo por detrás de la espalda y le dijo:

—No creas que yo no sé qué día es hoy. Mira, aquí tenemos para largo y un bar lleno de familias de convictos no es el lugar más estimulante para celebrar un cumpleaños.

Poco importó que Ana tratase de resistirse. Él ya había tomado una decisión y estaba dispuesto a secuestrarla, según sus propias palabras, si ella se negaba.

Tiró de ella hasta el antiguo paseo de la Castellana, ahora avenida del Generalísimo, arguyendo que eran jóvenes y que caminaban rápido, que tampoco quedaba tan lejos y que, de todos modos, la idea la había consultado con Inés.

—Le rompes el corazón si te ve en este tugurio el día de tu cumpleaños —dijo.

La alternativa, delante de la cual Manolo se paró para abrirle la puerta a su prima, era una tetería de aspecto regio, elegante, que parecía haber salido indemne de la guerra debido a una mezcla de orgullo y terquedad. El nombre del lugar, Embassy, clavó sus garras en las entrañas de Ana para hablarle de un futuro que ya no le pertenecía, pero no tuvo tiempo de regodearse en su propio dolor. Manolo ya la tomaba de la mano y, tras saludar a los camareros como si fueran amigos de toda la vida, la condujo a una de las mesas de mármol. Convenientemente situada junto a la ventana, pero también tras una de las columnas de inspiración grecorromana, permitía tanto el pasatiempo cada vez más sombrío de observar a los madrileños como mantener conversaciones personales sin ser vistos.

—Este es mi secreto —dijo Manolo y Ana esbozó una sonrisa.

—Tu secreto.

—Bueno, uno de ellos.

—¿Tienes muchos?

—¿No los tenemos todos, últimamente? Pero este es el más delicioso. Espero que no hayas desayunado mucho.

Debido al racionamiento, la carta no era fija y estaba sujeta a la cantidad de ingredientes estipulada en la cartilla semanal. Cuando Manolo indicó con un gesto que estaban listos para pedir, el camarero se detuvo un instante para observar a Ana antes de preguntar por el parentesco.

—Mi prima Ana, sí. Hoy es su cumpleaños.

Tenía veintidós años, empezaría a estudiar Filosofía y Letras tras el primer verano en Madrid que pasaba desde su infancia, estaba soltera y sin compromiso, y habría dedicado el día de su cumpleaños a visitar a un preso en la cárcel, si se lo hubiesen permitido.

El hombre, de hombros anchos y pelo muy corto, de corte al cepillo, dulcificó la mirada.

—Feliz cumpleaños, bonita. ¿Habla usted tantos idiomas como su primo?

Manolo se le adelantó y respondió por ella.

—A ver si me salen las cuentas..., español, claro, y francés en el instituto. —Ana asintió—. Si lees los mismos libros que Inés, apuesto a que con el inglés te defiendes. —Su prima se lo confirmó con idéntico gesto—. Y..., por favor, dame un sopapo si es demasiada intromisión, ¿húngaro, tal vez?

Ana estiró la espalda. A fin de que su herida no quedase al descubierto en uno de los pocos lugares ajetreados y alegres de Madrid en los que no abundaban las boinas rojas, desvió la mirada hacia la ventana.

—No, ni una palabra. Solo español, francés e inglés. Y latín y griego en el instituto, si cuenta.

—Claro que cuenta. ¿Tú no has oído nunca eso de que el saber no ocupa lugar?

En ese local, que, pese al menú cambiante, no parecía conocer las estrecheces del racionamiento, daba la impresión de que Manolo (o «don Manuel», como se referían a él) conocía a todo el mundo y todo el mundo lo conocía a él. No solo invitó a Ana, que no sabía ni por qué bocadito decantarse, pues todos se le antojaban una extravagancia, sino que además se tomó la libertad de invitar también al resto de los clientes para celebrar el cumpleaños de su prima. Pagó al contado, con unos billetes novísimos que le entregó al camarero con la mejor de sus sonrisas, y no le contó a Ana ni de dónde había sacado tanto dinero ni si había podido acceder ya a sus cuentas americanas.

—Hacer amigos es esencial en una gran ciudad —le dijo, simplemente—. Y los idiomas, también.

Él mismo, según le explicó, hablaba el «castellano de Castilla», el inglés y el gallego («que no es un dialecto como dicen, Anita»). El gallego le abría las puertas del portugués, que chapurreaba con la suficiente soltura, lo mismo que el francés y el italiano.

—Ahora mismo estoy aprendiendo alemán, que parece que nos va a resultar muy útil.

Mientras lo decía revolvió el azúcar en el té y señaló las mesas contiguas con el dorso de la mano. Efectivamente, si se detenía a escuchar, a Ana la abofeteaba la sinfonía de idiomas, unos cantarines y otros más secos, casi monótonos, que reverberaba en el salón entre el repiqueteo de las cucharitas y los golpes de los platitos contra las mesas. Alemán e inglés, sobre todo, mezclados con todos los acentos del español que podían encontrarse en el Madrid de la victoria.

Aquella congregación, aquellas personas que charlaban de política interior y de las amenazas de guerra que se cernían sobre Europa sin miedo ni vergüenza, eran el reflejo de la vida que Ana había acariciado en 1935 y que un año más tarde le habían arrancado de cuajo. Los observaba, como un niño en un museo, y ella debía ser invisible, o transparente, porque nadie la miraba.

Mientras sorbía aquel té dulcísimo pensó que Manolo no había vuelto a ponerse la camisa de falangista desde el día del desfile y que a las reuniones del partido solo iba cuando existía la promesa de una noche de jarana después. A los funcionarios de la cárcel los sobornaba cada lunes para que permitiesen entrar a dos familiares de Jorge en lugar de uno, o para que hiciesen la vista gorda cuando le llevaban más cigarrillos de los permitidos. A la mesa, no aportaba nada a las conversaciones de política de Félix, mientras que su interés por las idas y venidas de la empresa de su tío le ocupaba cada vez más tiempo. Su estancia como invitado en casa parecía alargarse hasta el infinito y ahí estaba, amigo de todos y conocido de ninguno.

Ante el silencio de Ana, Manolo le explicó que el salón de té había abierto sus puertas en 1931 («un año ajetreado») y que la dueña, la señora irlandesa de rizos níveos y porte aristocrático que se paseaba entre las mesas para saludar a los clientes, era una buena amiga suya. Ante la mirada inquisitiva, cuya duda Ana no se atrevió a formular en voz alta ni siquiera allí, Manolo rio y dijo:

—Mira, Anita, yo solo soy tres cosas: católico, apostólico y romántico.

Después, antes de que ella pudiese hacer ningún comentario, le hizo el mejor regalo de todos: abrió una ventanita, tan pequeña que ni entraba el aire fresco a través de ella, por la que se colaba un rayito de esperanza. Le habló de Boston, de los colores imposibles del otoño, del frío helado de las mañanas de noviembre y de las librerías de viejo en las que perderse para no volver a encontrarse jamás. Le contó que Nueva York era una ciudad excelente, un ajetreo absoluto en la que los judíos ortodoxos de Williamsburg jugaban al ajedrez en la calle con aristócratas rusos exiliados, pero Boston…, Boston, con sus universidades y su acento impenetrable, a ella le gustaría, lo tenía muy claro. Y, quizá…, en unos meses o unos años, cuando recuperase el control de sus cuentas americanas y las cosas se calmasen en la nueva España…

—Pero antes tienes que perfeccionar tu inglés, y este es el mejor lugar para hacerlo —le aseguró.

Luego, mientras apuraba las últimas migajas de su sándwich de mantequilla y pepino, agregó que él mismo, antes de irse a estudiar, había aprendido a hablar inglés ganándoles partidas de póker a los marineros que se congregaban en los bares de Ferrol. Su estratagema para dominar el alemán, insistió, sería la misma.

—Vas a aprender aquí más que en todas las universidades, Anita.

Cuando regresaron doña Consuelo e Inés salían de Torrijos. Sus caras eran las mismas de siempre, de desesperación, como cada lunes. Jorge tenía buen ánimo, les sonreía y les decía que no lo estaba pasando tan mal, que lo mimaban mucho con todos los paquetes que le llevaban en cada visita. En los espacios muertos entre frase y frase, sin embargo, mientras se pensaba qué decir o cómo mentir, las magulladuras en los pómulos y en la mandíbula se hacían más evidentes; las sombras que creaban los huesos descarnados, oscurísimas ante la palidez cetrina de una piel que solía estar bronceada incluso en los inviernos más grises, también.

Mientras caminaban de vuelta a Chamberí con la esperanza de que el ejercicio físico las despojara del miedo y de los olores de la cárcel, Inés se arrimó a Ana.

—Jorge te manda recuerdos, no se ha olvidado tampoco de que hoy es tu cumpleaños. Dice... —casi sonrió, como atragantada por una carcajada que quería salir y que resultaba sacrílega—, dice que en el cajón izquierdo del secreter tiene una caja de puros buenísimos y que puedes quedártelos, que sabe que las tarjetas de fumadores son solo para caballeros y que... —otra vez aquel amago de risa que se envalentonaba para salir a la fuerza—, que Félix es más carca de lo que se piensa y apuesta a que no comparte sus cigarrillos contigo.

En 1939, Ana de la Torre celebró su vigésimo segundo cumpleaños con una postal hecha añicos del novio que había roto con ella, las promesas de un primo que había estado escondido durante la guerra y los puros de reserva de un preso con un futuro incierto. Cada calada, en la soledad de su habitación, la azotaba con los recuerdos. La voz grave de Jorge, que hacía tiempo que no escuchaba, le arañaba los oídos con una última broma; se sentía observada incluso cuando nadie más le hacía compañía, y le parecía vislumbrar la sombra del vecino que años atrás había irrumpido en aquella misma alcoba para salvar sus libros. El fantasma de la camaradería, quizá, algo más que les habían robado y que renacía con el clic del encendedor.

XV

La boda fue en agosto, con recepción en el Gundel y tras un noviazgo muy corto, ¿pero cuándo habían necesitado tiempo los cortejos de la alta sociedad? Que el dinero de los Futó fuese nuevo no los hacía menos ricos, y en otros tiempos los De Hevesy habían ostentado títulos nobiliarios simbólicos como recompensa por sus éxitos empresariales.

Si la suerte hubiese sido otra y fuese Rezeda quien hubiese tenido que convertirse al judaísmo, habrían tenido por delante al menos dos años de estudios y de espera. Para convertirse al cristianismo, en cambio, a Imre no le hizo falta más que un cura discreto y dinero en el bolsillo para agilizar los trámites.

Al llegar la noche y abrazarse al cuerpo delgado de la que ya era su esposa sintió que las lágrimas que amenazaban con aflorar se le atragantaban. Cuando ella, que no sabía qué hacer con las manos, ni dónde ni cómo tocarlo, le preguntó por qué lloraba, él le dijo que era muy feliz.

—Es que siempre he sido un viva la vida y nunca imaginé que pudiese aceptarme una chica tan buena como tú, que quisiese formar una familia conmigo.

Y ella, que escondía tras la mirada más inteligencia de la que su rostro permitía intuir, sonrió y lo besó dócilmente en los labios, sin abrir los suyos ni introducir la lengua. Porque sabía que Imre de Hevesy se había casado por desesperación, pero la ausencia de amor no le importaba ya que era bueno con ella, paciente incluso cuando no sabía cómo darle placer, y a los veinte años ya había aprendido que eso era lo máximo a lo que podían aspirar las mujeres como ella.

Al cabo de unos días, cuando les llegaron de vuelta, y sin abrir, todas las cartas que su marido había mandado a España, no dijo nada. Cuando él dejó de escribir y el correo dejó de acumulárseles, no se lo tomó como una victoria. Había conseguido a Imre de Hevesy, que la respetaba y la apreciaba sin aspirar nunca a amarla. Su vida era fácil y tranquila, y eso era lo único que contaba.

A don Ricardo de la Torre le llegó la fotografía de la boda de Imre de Hevesy con Rezeda Futó, que tiró a la papelera enseguida, junto con el resumen de sus negocios en Europa, los cuales, pese a los cambios y a las sospechas de guerra, iban a todo tren.

«En Hungría, los húngaros tienen tanto que celebrar que dentro de poco hasta se olvidarán de la tradición de no brindar nunca con cerveza», le escribía Ödön de Hevesy, y el éxito de las cuentas impidió que don Ricardo reparase en la persona verbal que su socio utilizaba para referirse al pueblo al que pertenecía.

Aprovechando que Ana aún no había salido de la ducha, le dio las noticias a su mujer ante las tostadas y el café de estraperlo del desayuno. Coronó los dos azucarillos con un vago:

—El chico se le ha casado. Con, no te lo pierdas, la hija del nuevo gerente. —No se entretuvo en ocultar la risita—. Admiro el arte que tienen los judíos con los negocios, pero está claro que el dinero los atrae..., ya me dirás, si no, qué casualidad, que el muchacho las escoge entre las hijas de los colegas de su padre.

Doña Basilisa, que ya había recibido, casi a modo de disculpa, una misiva de la señora De Hevesy poniéndola al corriente de la situación, le dio un sorbo al café.

—Por lo menos Ana se quitará de la cabeza a ese chico.

—Pues va a ser peor el remedio que la enfermedad. Tanto que rezabas para que Ana se fijase en el hijo de los vecinos y ahora resulta que no solo está preso, sino que, además, tu hija va a verlo a la cárcel todos los lunes.

—Pero si no la dejan pasar de la puerta..., ella solo va a acompañar a Inés y a doña Consuelo, a las que, por cierto, les debemos mucho. A saber cómo habríamos encontrado la casa si no la hubiesen guardado durante la guerra. Ya te adelanto que los objetos de valor no los habríamos vuelto a ver.

Don Ricardo sacudió la cabeza.

—Tantas deudas contraídas nos están llevando por el camino de la amargura. Que a tu hermano también le debemos mucho y ahora al hijo, que es otro abonado de las visitas a la cárcel, no lo sacamos de casa. Y además le ha entrado la perra de ayudarme con los negocios...

La mirada de doña Basilisa, todo fiereza y orgullo, se clavó en el marido.

—Agradece que sienta más interés que tu hijo, que solo tiene la cabeza para la política. A eso sí que no le veo buen futuro. Tantas promesas de restituir la monarquía y ahora...

—Ya te dije yo que tanto cambio no era bueno. Por lo menos los negocios me irán mejor con tu paisano en El Pardo que con aquel absurdo de las colectivizaciones de la República.

Aquel lunes de calor asfixiante, en que el sudor empapaba unas blusas que con la victoria habían perdido los escotes a favor de un recatado triángulo de tela sobre el pecho, en el Embassy el té de siempre se convirtió en dos vasos de gaseosa. Podrían haber tomado esa bebida en cualquier sitio, en el bar frente a Torrijos sin ir más lejos, pero Ana ya se había acostumbrado tanto a los almuerzos con Manolo como a los paseos en dirección a la cárcel.

Al regresar, Inés fue a su encuentro cabizbaja, insegura, como si una duda hubiese anidado dentro de ella y se estuviese debatiendo entre soltarla enseguida o atesorarla un poquito más.

—¿Qué ha pasado? —Ana la tocó, casi con la esperanza de leer la respuesta en su piel—. ¿Está enfermo Jorge?

Inés, aún sin mirarla, negó con un gesto.

—No, pero es que me ha pedido una cosa que no sé... —Alzó la barbilla—. Bueno, que dice que ni mi madre ni yo vayamos a verlo el lunes que viene, que para él es muy difícil ser consciente semana a semana del dolor que nos está causando.

Manolo le dirigió una sonrisa dulce.

—Mujer, se ha desanimado, ¿quién se lo puede reprochar? —Le apretó el brazo—. Eso les pasa a todos. Seguro que el domingo estará contando las horas para la visita.

—Que no, que ha sido muy tajante. Y además... —Se humedeció los labios—. Ana, ha pedido que si puedes ser tú quien vaya a visitarlo la semana que viene.

Las cejas de Ana temblaron.

—¿A mí? ¿Y por qué me quiere ver a mí?

La inexactitud de sus propias palabras la desarmó. Lo que quería decir era que, hasta entonces, Jorge no le había dado ni la hora, ni ella a él. Sus interacciones estaban plagadas de socarronerías y del tipo de miradas que le hacían pensar que él no la consideraba más que una niña, la eterna mejor amiga de su hermana menor. Lo que los unía, y lo que quizá la hacía caminar hasta Torrijos cada semana, más allá de la fidelidad, era el hecho de pertenecer al mismo bando. Ambos eran perdedores, les habían robado los sueños y la dignidad; ella la había entregado mansamente al huir durante la guerra, mientras que a él, que se había quedado y resistido, se la habían tenido que quitar a dentelladas.

—Dice..., bueno, allí es muy difícil comunicarse, ¿sabes? Por los guardias, que lo escuchan todo, pero yo creo que, entre líneas, lo que le apetece es hablar con alguien de fuera al que no se le salten las lágrimas todo el tiempo como a mi madre y a mí. Y..., bueno, supongo que, como eres de buena familia —no hizo referencia a que ellos, hasta la victoria y la detención, también lo eran— y además Félix está tan bien situado en la Falange..., pues que no te va a causar problemas ir a visitar a un preso en la cárcel. —Tragó saliva—. Pero yo entiendo que es una faena y... yo no te lo voy a tener en cuenta si dices que no, Ana. Que es muy duro. —Bajó la voz—. Ver las condiciones en las que los tienen y que intenten alegrarte ellos a ti y que sepas que solo te puedes quedar una hora... es muy duro.

Ana, que no había dejado de tocarla, la estrechó más contra sí.

—No digas tonterías, pues claro que iré.

—Pero de verdad que es muy duro.

—No me molestará. Yo sé que tú habrías hecho lo mismo por Félix, si la balanza no lo hubiese favorecido. Lo que no sé…, a Manolo y a mí nunca nos dejan pasar, porque no somos familia.

La respiración de Inés se agitó y las mejillas, antes cerosas, se encendieron.

—Jorge me ha dicho…, bueno, más bien me lo ha dejado entrever, y el resto de las mujeres me confirmaron que es verdad, que si dices que eres su novia y él hace lo mismo…, si no te toca un funcionario muy hueso, te dejan pasar. Mira, yo sé que es mucho pedir y si no…

—Lo haré. El próximo lunes, no te preocupes, lo haré.

XVI

El lunes siguiente, menos caluroso pero igual de asfixiante, se puso el vestido verde que acababa de confeccionarle la modista y que había planeado estrenar unas semanas más tarde, cuando comenzase la universidad. En indumentaria había seguido el consejo de Manolo, que también le había conseguido una revista alemana para que se peinara a la última moda. Y se había pintado los labios, pero después, pensando que quizá era demasiado, había difuminado el color con el dedo.

Cuando su padre la vio salir del brazo de su primo, arreglada para lucirse por primera vez en meses, movió la cabeza con mucha pena.

—No sé si me gusta esto que estás haciendo, hija.

—Inés habría hecho lo mismo si Félix hubiese perdido la guerra.

—Sí, Inés, sí, pero... a ti ese chico no te es nada. —Ana separó los labios para añadir algo, pero don Ricardo se le adelantó—. Es buena persona, no te lo discuto, y me compadezco de su madre y su hermana que sufren por él, pero... tiene mal futuro, hija.

Ana bajó los párpados. Evitaba mirarlo de manera deliberada, pues sabía que tras las gafas, en aquellos ojos claros que ni su hermano ni ella habían heredado, leería la misma conclusión a la que ella había llegado: las semanas pasaban, lunes a lunes, se amontonaban unas con otras, y el juicio y la sentencia no llegaban.

—Félix está haciendo todo lo que puede por ayudarlo.

—Sí, ya lo sé, pero porque es su mejor amigo, y porque tu hermano no tolera que se diga una palabra más alta que la otra sobre el régimen no voy a repetirle lo que te voy a contar a ti: están fusilando a la gente por haber pertenecido a las Juventudes Socialistas Unificadas, aunque no se hubiesen sacado el carnet más que para ir a las instalaciones deportivas. Ese chico trabajó con el Socorro Rojo Internacional durante tres años. ¿Tú te crees que se lo van a perdonar?

Manolo no dijo nada, pero Ana notó que las palmas se le humedecían por el sudor. Por sus labios, entreabiertos, se escapaba una respiración trémula que confirmaba una única cosa: su opinión, a grandes rasgos, coincidía con la de don Ricardo.

—¿Cómo no voy a ir a verlo, entonces, si puede que lo siguiente que sepa de él es que lo han condenado a muerte?

El padre le puso una mano en el hombro, derrotado.

—Eres mayorcita para tomar tus propias decisiones, pero te voy a decir una cosa: a ese muchacho lo conozco desde niño y lo he visto en todas las verbenas. Si una chica le interesaba, no paraba hasta que la conseguía. A ti, que yo sepa, nunca te invitó ni a un baile, si no era por compromiso. —Se inclinó para quedar a la altura de su hija y de su sobrino—. Si ha preguntado por ti es que algo te quiere, y ese algo podría comprometerte más adelante.

Ana dio un paso atrás. Habría podido pedirle todo, hasta una temeridad, y ella al menos la habría contemplado, no por lealtad hacia Inés ni por ese hilo de ideales que los unían, sino por la culpa que hacía mella en ella día tras día, por la humillación de no haberse quedado en Madrid cuando la ciudad sangraba.

—Solo quiere un poquito de humanidad, padre, y ver a alguien de su vida de antes que no sea un mar de lágrimas. —Le apartó la mano y se la apretó antes de soltarla—. La semana pasada Inés lo encontró muy alicaído y desmejorado. Si sigue así, después de hoy no sé si querrá recibir más visitas de nadie. ¿No habló también Jesús de ir a visitar al prójimo a la cárcel?

El padre, que siguió con la mirada aquella mano que se volvía a colgar del brazo de Manolo, asintió.

—Eso dijo, y como católico creo que lo que vas a hacer te honra, pero, como padre, me parece que vas a cometer un error muy grande.

La historia fue la misma de todos los lunes, pero con distintos protagonistas. Si bien doña Consuelo, cada vez más demacrada, cada vez aguantando peor la incertidumbre y el miedo, se quedó en casa, Manolo e Inés acompañaron a Ana a la cárcel de Torrijos. Las mismas colas, los mismos rostros sufrientes que en medio segundo se tornaban alegres solo para no disgustar a los hombres con los que se reencontrarían, las mismas pesetas en la misma tartera con la misma ración oleosa con la que pretendían paliar seis días de hambre.

Cuando se lo preguntaron, Ana respondió alto y claro que iba a ver a Jorge Márquez Pérez, que estaba en espera de juicio, que era su novio y que iban a casarse pronto.

Las mismas miradas inquisitivas, unos ojos como dos diminutos escarabajos negros que le recorrían el cuerpo como si pudiesen verlo a través del vestido, unas manos de falanges peludas anticipándose al movimiento con el que ella levantó la tapa de la tartera para dejar a la vista su billete de ida al infierno.

Tras un instante de duda, aquella mano que era como todas las demás pero que a ella se le antojaba nauseabunda, la empujó para que continuase su camino junto con todas las demás. Una vez en aquella hilera infinita, entre aquellas sonrisas que nadie sentía pero que brillaban más que las de las estrellas de Hollywood, los funcionarios la agarraron y la apartaron. Sin explicarle nada, la condujeron a una habitación pequeña, custodiada por un guardia, desnuda de mobiliario más allá de una sola mesa con dos sillas, y de toda decoración, exceptuando el crucifijo y el retrato de Franco en la pared.

En los relatos de Inés siempre figuraban la reja que las separaba de Jorge y aquellas caricias robadas en las que el calor del contacto humano era interrumpido por el frío del metal.

A la cara de susto y al temblor que la recorrió al sentarse y la hizo tropezar con la pata de la silla, el funcionario de prisiones respondió con una risotada.

—¿Qué pensabas, tesoro, que porque tu novio haya solicitado un vis a vis te ibas a quedar a solas con él? Ni un roce de manos os vais a dar. —Se inclinó ante ella—. Con lo putas que sois las rojas, te llevarás una decepción.

Ana aguantó el tipo, no dijo nada. No mentó a su hermano ni a su padre ni a los lazos invisibles, que detestaba, que la unían con la Falange y todo lo que aquello significaba. No dijo que se había pasado toda la guerra en la zona nacional, tampoco, ni que desde la ventana de casa de sus tíos podía verse el campo de concentración para presos asturianos que los sublevados habían erigido. Le había visto las fauces negras al lobo y no tenía miedo pero sí nervios, y guardó silencio para que la voz no la traicionase y el funcionario pudiese anotarse ese tanto en la victoria eterna en la que se habían convertido sus días.

Él no añadió nada más, no por respeto ni lástima, sino porque otros dos de sus compañeros habían hecho entrar a Jorge en la sala y lo estaban sentando como habían hecho con Ana.

Ella lo miró de frente, sonrió casi y ante todo trató de que ni los gestos ni la expresión delatasen el susto que se había llevado al verlo. Jorge estaba flaco; la piel, que se le pegaba reseca al cráneo, le afinaba la nariz y le hundía más los ojos detrás de las gafas. Aquella ausencia de grasa que borraba los rasgos específicos de la cara en los demás, endurecía los de Jorge. Al observarla con más detenimiento y soltar una carcajada, el sonido de aquella risa era igual a como ella recordaba desde la infancia.

—Qué guapa te me has puesto, condenada. ¿Ese vestido es nuevo?

Ana asintió. Aunque sabía que no le permitirían el roce, acercó las manos a las de Jorge hasta sentir el calorcito que emanaban. Porque, ante todo, no quería que la visita le trajese problemas y para eso debía fingir que estaba muy enamorada de él.

—Sí, lo iba a estrenar para ir a la universidad…

Jorge ladeó la cabeza.

—Claro, que ya empiezas pronto. Ah, pues eso sí que no. Vas a tener que comprarte otro, vas a hacerme el favor, que, si no, hoy no duermo por la noche.

—Es que, si no me pongo guapa para ti... —Levantó el meñique para que este acariciase los nudillos temblorosos de Jorge—. ¿Para quién me voy a arreglar?

Él le sonrió, aquella expresión tan parca que ella nunca habría sabido descifrar en una cara tan consumida y magullada, junto con la presencia de los guardias y el retrato del Caudillo, no le permitían olvidar dónde se encontraban. Tras comprobar que sí se podía, Jorge le indicó con un gesto que se levantase.

—A ver, a ver, que te vea yo bien...

Ella obedeció. Dio un paso atrás incluso, para que viese el vuelo, obtenido gracias a los patrones que la modista había copiado de las revistas alemanas que tanto Félix como Manolo conseguían sin problemas. Ana giró sobre sí misma, consciente de que aquel color más que verde, como la absenta o el vidrio de las botellas de vino, resultaba descarado entre aquella escala de grises.

Jorge silbó.

—Una mujer de bandera.

Al decirlo, juntó el índice con el pulgar. Sonreía, y Ana comprobó que los hoyuelos seguían estando ahí, pese a las mejillas hundidas y a la sombra de una barba de varios días que con anterioridad, en casa, nunca había hecho acto de aparición. Cuando se sentó de nuevo, acercó sus manos a las de él, y la expresión de Jorge se tornó sombría.

—Ana, yo te he pedido que vinieras... —Se humedeció los labios. La presencia de los guardias, que lo oían y veían todo, lo asfixiaba, lo ahogaba—. Yo te he pedido que vinieras porque tengo dos cosas muy importantes que decirte.

Instintivamente, Ana clavó los brazos en la mesa y se inclinó más hacia él. El olor también era distinto: a jabón de la cárcel, a los cigarrillos que le mandaban cada lunes y a reclusión.

—La primera —prosiguió— ya se la he contado a mi hermana, pero te la repito a ti para que la convenzas. —Cogió aire—. No quiero que sigáis viniendo aquí cada lunes.

—¿Pero cómo no vamos a venir, si te queremos mucho?

—Pues por eso, guapa. —Nunca la había llamado guapa—. Porque yo también os quiero mucho y me parte el alma... —Desvió la mirada, casi con la esperanza de que ese acto reflejo borrase la voz que se le rompía—. Me parte el alma ver que sufrís por mi culpa.

—Pero si no es por tu culpa, Jorge. —Lo interrumpió, y con el mismo atrevimiento lo ignoró cuando le chistó—. A Pepita le va a dar mucha pena, que también se angustia mucho por ti. Hoy te he traído croquetas, te las ha hecho de cocido.

Una media sonrisa.

—Pues espero que te haya guardado alguna, que a nadie le sale la bechamel tan fina como a Pepita —dijo, y se volvió a poner serio—. Venga, guapa, hazme este favor, ¿eh? No quiero que Inés se pierda ninguna clase por mí. Que también me preocupo por vosotras, ¿sabes? No hace falta que vengáis todos los lunes. Una vez al mes... o semana sí semana no, y así madre e Inés se turnan.

—Yo también puedo venir, si te preocupa que tu hermana...

Jorge no la dejó seguir.

—Yo no quiero que tú vengas más, Ana. Prefiero pensar en ti como estás ahora, así de guapa, y no a través de una reja. Y también... —Tragó saliva. Todos sus movimientos eran nerviosos, pequeños—. Sé que tu primo os acompaña hasta aquí y yo se lo agradezco mucho, sobre todo porque no comulga con mis ideas, pero..., aunque parezca que no, aquí pronto llegará el frío y tu primo no está para resfriados. No quiero que se arriesgue a pillar alguna enfermedad por mí. ¿Se lo vas a decir?

Ana asintió.

—Sí, a Manolo yo creo que lo puedo convencer, pero a tu hermana...

—Inténtalo, por favor. Que de verdad que se me va la vida al ver el daño que os estoy causando.

Uno de los guardias irrumpió en una risotada atragantada a la que Jorge no reaccionó, como si no existiera. A Ana le habría gustado mirar en su dirección, reservarle toda su frialdad, pero no lo hizo por si esa resistencia tan diminuta, que no beneficiaba a nadie, acortaba la hora de visita.

—La siguiente cosa que te quiero pedir es aún más importante, guapa —añadió Jorge tras aclararse la garganta—. Tú ya sabes que yo te quiero mucho y que estoy muy enamorado de ti y que teníamos muchos planes, muchas ilusiones, pero...

Le pareció ver esos puntos suspensivos, tan tangibles como los dedos de Jorge, que, desafiando todo riesgo, se entrelazaban entre los suyos. Notó los callos de sus manos, que ya no eran de médico ni de señorito, las llagas aún abiertas en la palma, y una tercera cosa, no supo si un papelito o un pañuelo, porque uno de los guardias ya les golpeaba los nudillos con la porra.

—¡Separados!

Puesto que Jorge cerró el puño, Ana hizo lo mismo, manteniendo la distancia prudencial en la que el calor producido por el contacto con otro cuerpo humano podía adivinarse.

—Tenga un poco de compasión, hombre, que no sé si la voy a volver a ver.

—O te estás quietecito o te juro que no la ves más porque me la llevo de aquí ahora mismo y no te concedemos más vis a vis.

Jorge clavó los ojos en la mesa, en aquel espacio vacío entre las pieles que, a base de estremecimientos, se acortaba. Se mordió el labio inferior. Al alzar los ojos de nuevo, estaban empañados en lágrimas.

—Esto no es vida, Anita. —Forzó una sonrisa colorada—. Por eso... quiero que te olvides de mí.

—Yo te quiero mucho, Jorge —dijo, de manera automática, a pesar de que en libertad él solo había despertado en ella curiosidad, vergüenza y, como mucho, irritación.

Se lo dijo como le habría gustado poder confesárselo a Imre. Cómo podía pedirle que lo olvidase, cuando los dos sabían que era imposible, se lo dijo de un modo que le parecía arder de tanto amarlo.

Y Jorge movió la cabeza, como aceptando mansamente aquella improvisación en la gran farsa en la que bailaban, cuyo fin Ana todavía desconocía.

—Y yo a ti, guapa. Por eso... ya no podemos casarnos. Tienes que ir a hablar con don Rafael y decirle que ya no va a oficiar la boda, ni ahora ni más adelante, si me sueltan. —El funcionario emitió un ruidito seco, socarrón, que ambos se obligaron a ignorar—. Que te acompañe tu primo Manolo, si no te ves con fuerzas de ir sola, pero ve cuanto antes y así ya no estarás anclada más a mí. Que esto no es vida, Anita...

Cada mentira era mayor que la anterior, pero la desesperación que las envolvía resultaba tan real que arañaban. El llanto de Ana, que brotó sin pedir permiso, sin saber de dónde nacía o a qué respondía, también era sincero.

Los nudillos de Jorge le acariciaron la muñeca. Se lo quitaban todo y tenían que robar hasta el cariño.

—No me llores, guapa, que he pedido que vinieras porque eres la más fuerte.

Ana se secó aquellas lágrimas furtivas con el dorso de la mano. Aunque los labios temblaban y su respiración se resistía a regularse, se obligó a sonreír.

—Si no lloro.

—No, te emocionas.

—Es que no me imagino mi vida sin ti.

—Pues yo sí, y menuda vida va a ser. Dentro de unos años esto solo será un recuerdo desagradable. Después, ni eso. Por eso tienes que ir a hablar con don Rafael cuanto antes, ¿vale? Para quitarnos esta espina que tenemos clavada. ¿Me lo prometes?

—Sí, te lo prometo, cualquier cosa que me pidas te prometo.

—Solo necesito esto.

Le habría gustado decirle algo más. Hablarle de otras cosas, distraerlo en ese momento en que los dos mensajes que él quería darle y ella no comprendía se habían quitado del medio. No se lo permitieron. Les mandaron que se levantasen, se había terminado la hora de la visita y cada uno debía tirar por su lado.

En ese instante en el que estuvieron frente a frente, los dos en pie, recordó el tacto de las manos y aquel papel o aquel pañuelo que había intuido en ellas, que Jorge había vuelto a esconder enseguida. Sabiendo que el tiempo se les agotaba, que quizá no volverían a concederles otro vis a vis, se abalanzó sobre él como lo habría hecho con Imre. Le besó la rugosa mejilla lo suficientemente cerca de la comisura de los labios para que pareciese real. Dejó que él la tomase de las manos, que introdujese en ellas aquella bolita que ella apretó mientras los guardias los apartaban a la fuerza.

—¡Separados! ¡Separados! ¡Ven aquí, golfa, o a tu novio se le acaban las visitas en mucho tiempo!

Obedeció. Obedeció y se quedó quieta, como las estatuas de las iglesias, mientras Jorge recogía la muda, los cigarrillos y las croquetas de Pepita. De un tirón se lo llevaron y en aquel conjunto de segundos ella le gritó que se cuidase, por favor, que se cuidase.

El mismo funcionario que la había sacado de la fila la condujo escaleras abajo. Se rio de sus lágrimas, que brotaban sin tener dueño. En el espacio de unas semanas habían roto con ella dos veces, el novio de verdad y el de mentira, y ambos rechazos escocían.

—Acuérdate bien de la cara de tu novio, que lo siguiente que veas de él serán los agujeros de bala en la tapia del cementerio.

XVII

Comprendió que lo más difícil de las visitas de los lunes era el momento de después, la descompresión, el quedarse a solas con las palabras de los guardias y no poder diferenciar entre la mentira y la amenaza. Porque sabía que la mirada inquisitiva de Inés le dolería más que ninguna otra cosa, se volvió a secar las lágrimas con el dorso de la mano, y al caminar hacia Manolo y hacia ella les sonrió.

—¿Cómo está?

Ana sentía un ansia descomunal, demasiado grande para poder campar a sus anchas por un cuerpo tan pequeño.

—Creo que lo dejé un poco más animado. Solo quería a alguien de fuera de la familia, Inés, porque se preocupa mucho por tu madre y por ti. Pero está bien, de verdad.

Inés era muy buena y lo comprendía todo, pero sabía perfectamente cuándo alguien le estaba mintiendo, más aún si ese alguien era su mejor amiga. Le tomó la cara con la mano, para obligarla a mirarla.

—Está muy mal, ¿no?

Ana fue incapaz de sostenerle la mirada.

—No, mal no. Está muy alicaído, eso sí, y me ha dicho otra vez lo que a ti: que no vayáis a verlo cada lunes, que a él se le hace muy cuesta arriba.

Inés reemprendió el paso con esa apreciación.

—Ah, no, eso sí que no.

—O que tu madre y tú os alternéis, al menos.

No le hizo caso. Siguió caminando, cada vez más rápido, y no se detuvo hasta que le costó tomar el aliento.

—¿Tú te acuerdas de cuando Félix dijo que Jorge no iba a pasar ni una noche en la cárcel? —preguntó, en voz baja.

—Sí.

—Pues con esta llevará ya noventa y nueve, lo que significa que el juicio se celebrará de un día a otro. Da igual quién vaya, pero no podemos faltar ningún lunes, porque si le ponen el juicio y... y lo van a buscar de noche, se arrepentirá de no haber visto a alguien de fuera de la cárcel cuando aún podía.

Las palabras del funcionario de la prisión, aquella voz grotesca e impostada, retumbaron en los oídos de Ana. Si a ella, por un solo día, por un vis a vis concedido tras una conducta ejemplar, le habían querido meter el miedo en el cuerpo mentando las tapias de la cárcel, ¿qué no les habrían dicho a doña Consuelo y a Inés? Los trajes que les mandaba poner Manolo, aquellas apariencias que quizá callaban a los vecinos de Chamberí pero que en Torrijos valían muy poco no iban a salvarlas.

—La semana pasada me preguntaron si teníamos un nicho —dijo Inés—, porque si lo condenaban a muerte y no teníamos ninguno lo iban a enterrar en una fosa común.

Manolo, cuya salud era mucho más robusta que en la gran farsa de Jorge, las había seguido cabizbajo y como ensimismado, y la tomó del brazo.

—Esas cosas... ¿os las dicen cuando los presos pueden oírlas?

—Bueno, sí, cuando nos despedimos.

—Entonces no os las están diciendo a vosotras, se las están diciendo a ellos. Porque, mira, dentro de lo malo y de que, sí, lleva noventa y nueve días encerrado, Torrijos es una de las cárceles menos duras. Si fuese Porlier, por ejemplo..., ahí sí que hay fusilamientos constantes. Pero Torrijos...

Continuó así hasta llegar a casa, repitiendo las mismas promesas, las mismas explicaciones que no llevaban a ninguna parte, que Félix también blandía como un arma: que eran tiempos de mucho descontrol, con detenciones diarias, que por eso a veces se encerraba a personas que luego recibían condenas benévolas, que se daba prioridad a los juicios más urgentes. Frases que ya no servían de nada, que habían perdido todo su efecto analgésico, porque la verdad eran los casi cien días, la carne que se pegaba a los huesos sin el colchón de la grasa, las manos temblorosas y los ojos que se humedecían incluso cuando las bocas sonreían.

Mientras Manolo hablaba e Inés escuchaba y asentía, Ana sentía que el papelito que le había pasado Jorge, que había escondido entre la piel y la correa del reloj, ardía y latía.

Leyó la nota nada más llegar a casa, encerrada en el lavabo con el pestillo echado, para que nadie pudiese molestarla. Al desdoblar el papelito, reblandecido por el sudor de la caminata, la azotó la letra de Jorge, que ya conocía, más débil que en la carta al amigo inglés pero inequívocamente suya.

> Que te quiero y te quiero, guapa. Me acuerdo mucho de esas noches hablando hasta las tantas en las que tú siempre me dejabas con la miel en los labios, como Sherezade en Las mil y una noches. ¡Qué no daría yo por que durmieses a mi lado y me relatases al oído Alí Babá y los cuarenta ladrones! Anda, ve y díselo a tu primo Manolo, que ya verás cómo se ríe de los dos.
>
> Tu Marquesito

La releyó tres veces, solo para memorizarla, para ir desligando palabra por palabra significados dentro de esa gran farsa que se había trasladado también al papel, claro, por si se lo interceptaban.

Jorge quería algo de Manolo, Ana no sabía qué. Y pensó en la camisa azul del día del desfile, pero también en que no había vuelto a ponérsela, en que no se perdía un día de visita, en que puso dinero de su bolsillo en las tarteras de Pepita cuando las cuentas de los Márquez comenzaron a resentirse por la constante salida de un capital que ningún sueldo reponía, en las conversaciones que mantenían en el Embassy y que no podían sostener en ningún otro lugar.

Con miedo, con dudas, con la voz del funcionario de prisiones pegándosele a los huesos, fue a la habitación de invitados y cerró la puerta tras de sí. Su primo, que ya estaba tumbado, y se encendía un cigarrillo, estiró la espalda al oír aquel ruido.

—¿Tú sabes que Jorge me ha pedido que no vengas a acompañarnos más? —le dijo, en voz muy baja, con las palmas todavía acariciando el marco de la puerta—. Piensa que te estás arriesgando demasiado.

Manolo no cambió de expresión, pero mantuvo la llama del mechero encendida sin acercarla al pitillo. Miraba a su prima de reojo.

—Jorge y tú os conocéis más de lo que pensamos —insistió—, que a mí no me engañas.

Prendió el cigarrillo. Tras dar una corta calada se lo quitó de la boca con la otra mano.

—Coincidimos los mismos años en Madrid.

—Ya. —Tragó saliva—. Y en esos años no habrás conocido a un cura que se llama don Rafael, ¿no?

—Don Rafael.

—Sí. Jorge quiere... Jorge quiere que le diga que no nos puede casar, y que tú me acompañes.

Manolo no respondió a aquella revelación con más sorpresa que al conocer las anteriores, pero sí con más actividad. Se levantó, apagó el cigarrillo en la tacita que utilizaba como cenicero y se puso la chaqueta del traje.

Ana se apartó, como asustada por aquel ímpetu repentino.

—¿Adónde vas?

—A hablar con un cura sobre esa boda tuya que ya no se va a celebrar. —Sonrió—. Mira, me has pillado: a Jorge lo conozco más de lo que os pensáis y no solo eso, sino que además me ha salvado la vida. Y yo, de las deudas de sangre, no me olvido.

El último lunes del agosto madrileño, caluroso, asfixiante, Manolo Giao Pena regresó por segunda vez al lugar en el que se había pasado mes y medio escondido. Enganchó a su prima del brazo y la arrimó contra sí como si los uniesen lazos más íntimos que el parentesco. Al entrar y oír la campanita se colocó en la cola, escuchó con paciencia las quejas y los achaques de las clientas que habían llegado antes y, al alcanzar al fin al mostrador, clavó los codos sobre él.

—Vengo a por la medicación de mi cuñado. La receta la traías tú, ¿no, Anita?

Ana, que no había pisado la farmacia de la calle Rafael Calvo desde su niñez, aunque pasaba delante de ella todos los días, se sacó del bolsillo la notita que le había escrito Jorge. Como todavía estaba llena de miedo, y de dudas, se la dio en mano a Manolo, que la leyó antes de asentir y pasársela a don Isidro.

—¿Y cómo se encuentra?

—Pues qué te voy a contar, bastante bajo de ánimos.

—Claro, no ve la luz al final del túnel.

—Con decirte que ya no quiere ni casarse…

—Maldita enfermedad.

Mientras hablaban y a sus espaldas se formaba una cola mucho más corta y ordenada que la de Torrijos, don Isidro le preparó un paquetito a Manolo, que se lo colocó debajo del brazo. Le pagó con lo que tenía en la cartera y sacó de allí a su prima tal como la había metido, y notando el peso de su mirada inquisitiva.

—Vas a tener que volver a Torrijos la semana que viene a decirle a Jorge que ya hemos ido a hablar con el cura —dijo, y su propia mirada completaba las frases que quedaban colgadas en el aire.

«Verás, oirás y callarás».

XVIII

ALEMANIA Y POLONIA ROMPEN LAS HOSTILIDADES
La lucha entre los dos Ejércitos
abre una interrogante en Europa.
Polonia reclama la intervención de Inglaterra para dar
cumplimiento a los compromisos de ayuda contraídos.

Ya suenan los cañones en los campos de Europa. Las naciones centrales del viejo continente europeo acaban de dar un paso de sangrientas e insospechadas consecuencias. La guerra ha comenzado.

Cinco meses antes, los españoles se habían ido a la cama con el regusto, para algunos dulce, para otros amargo, de la voz del locutor Fernando Fernández de Córdoba: «La guerra ha terminado». Aquel 2 de septiembre, de un verano todavía implacable, amanecía con las noticias en los diarios, con unos titulares que parecían no tener fin, pues cada palabra era urgente: el día anterior, las tropas alemanas habían ocupado Polonia.

La guerra había comenzado y aquel pueblo que todavía olía la pólvora en el aire sentía que sus fronteras eran más frágiles y sus pesares más nimios, ante la magnitud de un conflicto del cual ellos, los españoles, apenas habían sido el prólogo.

—¿No ha habido suficiente con la guerra de España?

La pregunta de doña Basilisa cayó sobre el café, sobre la mesa, y en un instante ya no estaban en Chamberí, sino en Cedeira, y por humildad nadie miraba por la ventana y la vida de Félix estaba a una carta de distancia, en el frente de Teruel, y de los Márquez nadie sabía nada.

Félix, que había visto el frente, que había pasado tanto frío que había orinado sobre sus propias manos solo para despertarlas con ese efímero calorcito que manaba de él, que observaba todas las noches la fotografía de Inés como si fuese una estampita, que se enfurecía cuando, en la calle, algún vecino despistado se equivocaba al cantar el «Cara al sol» porque, coño, bastantes camaradas habían caído para que pudiesen ganar la guerra, tomó el periódico que su madre había abandonado. No lo leyó porque ya lo había hecho hasta memorizarlo. Quería sostenerlo entre las manos, otra prueba de aquella victoria infinita en la que él vivía desde el momento mismo en que la derrota republicana pasó de ser un «si» a un «cuando» y él comprendió que, si moría, nada cambiaría, pues la nueva España ya había ganado.

—Les va a llegar la hora a esas democracias afeminadas, si tienen cojones de declararle la guerra a Alemania.

El furor de otra victoria, que casi palpaba con las yemas de los dedos, le dejó pronunciar un improperio que jamás habría soñado decir delante de sus padres.

Ana se estremeció. Doña Basilisa, con los labios apretados en su rostro inerte, volvió a formular la pregunta:

—¿No *has* tenido bastante con la guerra de España?

—Madre, la guerra de España no habrá servido para nada si ahora permitimos que el bolchevismo tome Europa.

Con ese comentario y la discusión que quería abrir, Ana se levantó, tiró sobre la mesa la servilleta de tela que tenía encima de los muslos para que cubriese la noticia y se encerró en su habitación sin siquiera dar un portazo como símbolo del punto y aparte en el que se había convertido su vida.

Pensaba en el preso al que iría a visitar en dos días para confirmarle que no se casaban, en otra derrota más sobre las espaldas de un hombre a quien ya no le quedaba mucho que perder, pero ante todo, y en contra de su más férrea voluntad, pensaba en Imre.

Llevaba semanas borrando todos sus recuerdos de la mente, exorcizando aquello que había amado hasta la locura, y la portada del periódico había anulado sus esfuerzos.

Volvieron las retransmisiones en la radio de los Juegos de Berlín y volvieron las caricias en el balneario de Ontaneda y las palabras susurradas al oído y la colección de cartas que había roto con tijeras de costura. Y volvió la primera vez tras haberse resistido demasiado, el tacto exacto de otra piel humana que podía leer como en braille y cuyo olor aún conservaba sin quererlo, y todas las demás veces que consumieron el último verano.

Solo para hacerse más daño, para echar más sal aún en esa herida que no había ni empezado a cicatrizar, tomó la fotografía de la boda que había rescatado de la basura. Pensó en aquella mujer, en aquel nombre de tres sílabas como tres espinas (Re-ze-da), en aquella cara de tonta, en aquel vestido tan caro que le quedaba tan mal. Quería detestarla, culparla de todas sus desgracias, cuando en realidad sabía que aquello que la asqueaba era el tamaño de su propio deseo.

Desde el comedor le llegaba la voz de Manolo, que decía que las democracias europeas le verían las fauces del lobo si entraban en guerra con Alemania.

—Pero, como a Estados Unidos se le ocurra meterse en medio como hizo con la otra, la fortuna va a dejar de sonreír a Alemania.

Y la respiración pesada de Félix, tan pesada que hasta atravesaba la puerta.

—¿De verdad crees que ese país de paletos y estrellas de cine tiene algo que hacer contra el Reich? —Hizo una pausa y, cuando volvió a hablar, lo hizo arrastrando las palabras, como si quisiese detenerse en cada una—. Deberías darme la razón. Tú, que aunque no te afiliaste hasta el final eres tan falangista como yo, ¿no? ¿Vestimos o no vestimos el mismo uniforme?

Otra pausa, esta más larga que la anterior.

—Sí, el mismo, pero además de falangista soy observador. No se me escapa que el Reich nació de las cenizas de la guerra que perdió mientras que el Estados Unidos que conocemos emergió después de ganar una guerra contra su propio pasado.

—Como España, entonces. Y si España sabe lo que le conviene, si las hostilidades siguen escalando, pagará la deuda contraída y auxiliará al Reich en su hora más urgente.

Las noticias de la guerra en Europa también llegaron a la cárcel de Torrijos de la misma manera que siempre, sin necesidad de esperar a las cartas de la familia o a la visita de los lunes. El preso privilegiado que se las ingeniaba para conseguir un periódico (diarios fascistas como el *ABC* o el *Arriba*, pero incluso en ellos se podía leer alguna verdad entre líneas) y lo leía en el servicio, mientras los demás trataban de ocultar aquella llamada de la naturaleza que se extendía en el tiempo.

La mañana del 2 de septiembre no se resistieron, como siempre hacía alguno, cuando los pusieron en fila para cantar el «Cara al sol», porque para ellos aquel «en España empieza a amanecer» cobraba un nuevo significado. Aquella democracia que habían perdido, y a la que Europa le había dado la espalda en 1936, sería vengada. Había llegado la hora de que le parasen los pies a la Alemania que había bombardeado Guernica, pensaban, y cuando gritaron «España, ¡una! España, ¡grande! España, ¡libre!», pronunciaron chillando esa última palabra y la garganta se les quedó en carne viva.

Al caer la noche, tras un día más de una condena interminable, ya no eran libres y el sol ya no amanecía para ellos. Era la hora de los lamentos, de los paseos, de los pasos de hierro de los funcionarios, que traían consigo la muerte al detenerse ante la celda de un hombre para llamarlo por su nombre. Tenían en ese momento la respiración agitada, los ojos fijos en las paredes manchadas de humedad, y no en los pasillos que se desplegaban tras los barrotes. Una espera agonizante hasta que el ángel del Señor decidía pasar de largo.

Cuando aquel recuento diabólico terminó, y su celda quedó tan llena de camaradas como al levantarse, Jorge Márquez hundió la cara contra la almohada e inspiró. Aborrecía cada jornada que pasaba sin fecha para el juicio, aquella incertidumbre en la que lo tenían y que, estaba convencido, era un acto más de crueldad, una manera lenta de matarlo haciéndole perder la dignidad y la cordura. Él, que muchas veces deseaba eso mismo, que pronunciasen su nombre y acabasen con su martirio aunque fuese en el paredón, suspiraba aliviado en ese segundo que le prometía más vida. Porque no quería que su hermana perdiese la juventud yéndolo a ver a la cárcel cada semana, pero más difícil de encajar aún era la perspectiva de que esas visitas fuesen ante una lápida.

—¡Jorge Márquez Pérez!

El nombre, con sus dos apellidos y todas sus sílabas, llegó como una emboscada y le cortó la respiración antes de volverla trémula. Una caída infinita, porque el fondo no llegaba.

—Soy yo, ¿qué quieren de mí?

El funcionario le respondió con un gesto vago. Era muy tarde y querían terminar aquello cuanto antes.

—Que nos acompañe. No hace falta que coja sus cosas.

Los compañeros, que habían aguardado entre temblores por si escuchaban también su nombre, se levantaron y protestaron. Aquello no podía ser, porque Jorge Márquez Pérez no había tenido juicio, no podían aplicarle una pena que aún no había recibido.

—¡Silencio! ¡Silencio!

Jorge se puso las gafas que se había quitado para dormir, porque si debía enfrentarse a la muerte quería ser capaz de mirarla a la cara. A su paso, los camaradas extendían los brazos y lo tocaban, como las devotas el manto de los santos, porque él iba a conocer el final que acechaba a todos los demás. Le angustió pensar en lo que les escribiría a su madre y a Inés en la última carta, la certeza de que nada las aliviaría. El pasillo se le iba a hacer corto, aun entre estremecimientos. Y notó el movimiento y el ruido de sus tripas, despertadas por el miedo, y le resultó intolerable que lo escatológico no lo abandonara ni siquiera entonces.

Lo condujeron a una sala, similar a la del vis a vis pero más pequeña, y lo sentaron a una mesa idéntica de madera. Esperó a que le entregasen la única hoja de papel y el lápiz raído, pero lo que recibió fue el sonido de unos pasos. No comprobó quién era su dueño, porque sabía lo que estaba pasando, que todos los presos tenían derecho a confesión, y no alzó la barbilla.

—Que se vaya —dijo, porque las insolencias ya no podían dañarlo—. No tengo nada que confesar.

Una risa flojita que podría haber reconocido si las circunstancias fuesen otras. Unas conversaciones apuradas, en las que los nervios le impidieron mantener la concentración. Mes y medio de libertad regalada y casi cuatro de una vida de prestado. Llevaba muerto desde el primero de abril y al fin la materia dejaría de existir.

La puerta se cerró. El hombre a quien pertenecían las pisadas se sentó frente a Jorge, que, aunque no lo miraba, percibió algo familiar en aquellos contornos que se le desdibujaban. Al levantar la barbilla se encontró con el rostro bronceado de Félix de la Torre con el uniforme de falangista impoluto, las mejillas tan llenas como en mayo, porque en su casa no se pasaba hambre, y un bigote nuevo que no le quedaba mal y que le hacía parecer más joven.

Le sonrió. Eso tampoco había cambiado.

—¿Pensabas que era un cura?

Los funcionarios aguardaban al otro lado de la puerta, pero los habían dejado solos, un acto de humildad que, como la visita inesperada, solo podían conseguir una camisa azul y una boina roja como las de su amigo.

—¿Qué estás haciendo aquí?

Mientras Félix sacaba dos cigarrillos y le tendía uno, que el temblor de las manos le impedía encenderlo y hasta sostenerlo sin morder la punta con los dientes, comprobó que sus sospechas eran ciertas. Las torturas a las que lo sometían eran largas e indirectas. Le habían hecho creer que le darían el paseo para que fuese consciente de lo poco que valía su vida, de que les pertenecía y les pertenecería siempre, de que jugaban a las cartas con su dignidad.

—Vengo a traerte una buena noticia —dijo mientras le encendía el pitillo.

Jorge chascó la lengua. Solo Félix de la Torre podía pasear en uniforme en su propio beneficio, para charlar de política con el amigo que no se había dado cuenta de que había perdido. Incluso si lo dejaban en libertad, las cosas jamás volverían a ser como antes entre ellos.

—Ya la he oído.

—Imposible, porque acabo de recibirla yo mismo. —Se humedeció los labios—. Ya tienes fecha para el juicio, el once de enero.

Jorge dejó el cigarrillo a un lado.

—¿Tan tarde?

Félix estrechó los ojos.

—¿Prefieres que sea mañana y que pasado te den el paseo? Todavía no te han asignado un juez, pero te he conseguido el mejor abogado posible, y tiene tiempo de sobra para perfilar la defensa y que te caiga la condena más liviana posible.

La suya había sido una partida de ajedrez maquiavélica. Había tirado de contactos y de ingenio para que el juicio se retrasase al máximo, para que las tensiones y las penas aceleradas y ejemplares se disipasen. Había pedido favores; había trabajado hasta tan tarde que solo el sereno, los borrachos, las putas y él caminaban las calles a aquellas horas; había asistido a fiestas que no le importaban lo más mínimo solo para que no dudasen de él y de su lealtad al régimen, ¿y así se lo agradecía?

Se habría levantado y habría dejado que los guardias hiciesen con él lo que quisiesen de no haber sido por Inés. Ella parecía ser la única que no miraba su uniforme con sospecha ni le reprochaba el haber ganado una guerra.

Jorge suspiró. Su mirada y sus movimientos eran nerviosos.

—No, claro que no quiero que sea mañana, pero... joder, que me digan ya qué van a hacer conmigo.

—Ten paciencia. Son buenas noticias.

—Ya. Bueno, Félix..., gracias por venir a dármelas y cuida mucho de mi hermana, por favor.

—Siempre. —Se levantó, tenía el honor de saber reconocer cuándo su presencia no era apreciada—. Todo esto lo hago por ella, no por ti. Intenté ayudarte en su momento y tú me rechazaste, pero no es justo que Inés pague tus pecados con su sufrimiento.

—No, no lo es.

Aquella noche, Jorge Márquez sintió que le habían dado una prórroga de cuatro meses. Dos días más tarde, cuando llegaron a Torrijos las noticias de que Gran Bretaña había declarado la guerra a Alemania, se dio cuenta de que estaba tan muerto como al principio.

XIX

Tras la entrada de Gran Bretaña en el conflicto europeo, Manolo Giao Pena volvió al tablao a ver a la única mujer de la que se había enamorado hasta las trancas. Había quedado rendido ante otras; formaba parte de su naturaleza, de su sangre, era parte de la tragedia familiar. Un linaje de románticos, consumidos hasta el hueso por el fuego de su propia obsesión. Por eso Manolo sabía que Ana jamás amaría a otro hombre como había amado al esgrimista húngaro o que Félix aguardaría eternamente a Inés por muchas largas que esta pudiese darle.

Manolo Giao se había enamoriscado muchas veces, pero hasta las trancas solo de Susana Rubín, la reina Ester de todos los tablaos de Madrid, la Judit que no le perdonaría la cabeza a ningún Holofernes que se cruzase en su camino. Para él, era la Dalila que con solo una mirada de aquellos ojos negrísimos y brillantes podía desarmarlo.

Al cantar, la fiereza de sus iris oscuros parecía volcarse sobre él, que bebía sentado a una de las mesas del fondo. Susana Rubín, que había cambiado los disfraces de miliciana de la guerra por los trajes de flamenca, que hablaba con acento jerezano aunque Manolo sabía que era de Vallecas, desprendía sensualidad hasta interpretando el «Inmaculada» de José María Gabriel y Galán.

Porque eres tan ruda
que vives con la desnuda
naturaleza en amores
amante, extática y muda
de encinas, piedras y flores.

Al terminar fue directa a la mesa de Manolo con ojos aún ardientes. Se sentó. Los rizos húmedos de sudor enmarcaban la belleza elegante de aquella nariz romana, del arco de Cupido bien definido, de la barbilla demasiado corta que en ella resultaba atractiva. Le propinó una única bofetada, que él aceptó mansa y humildemente.

—Ya veo que has perdido el traje de miliciana. —Se permitió sonreír.

Susana Rubín, que encendía un cigarrillo sin pedir permiso ni perdón, arqueó una ceja.

—Solo me lo pongo en la intimidad, que no veas lo depravados que son estos fachas. Nunca habíamos hecho tanta caja, claro, con lo reprimidas que son sus mujeres. Hasta he visto a tu primo un par de noches por aquí.

Manolo chascó la lengua.

—Vaya. Nunca me había planteado compartir mujer con un familiar.

—No te pienses cosas raras que nunca se ha venido conmigo. Bueno, ni conmigo ni con otras.

—Es que está muy enamorado.

—¿Ah, sí?

—De la hermana del Marquesito, ni más ni menos.

Al oírlo, Susana se sirvió un culín de vino en la copa que Manolo había dejado a un lado. Lo bebió de un sorbo y, sin mirarlo, terció:

—¿Cómo está el Marquesito?

—Bastante bajo de ánimos, lo cual es perfectamente comprensible, teniendo en cuenta su situación. Le han señalado el juicio para principios de año. ¿Con quién has dejado al niño, por cierto?

La reacción de Susana a la pregunta fue inmediata, corporal:

sus labios, con el carmín despintado, se apretaron, sus párpados bajaron.

—Con su padre no, eso está claro.

—Tenía que esconderme, morena. —Intentó tocarla, pero ella se lo impidió—. ¿Qué quieres, que me metiesen en la cárcel a mí también?

—Mira, al menos así sabría cómo encontrarte, desgraciado. —Apoyó un codo en la mesa para inclinarse más hacia él—. Al niño lo he metido en un internado. De monjas.

Manolo se golpeó la rodilla con la palma.

—¡De monjas! ¿Cómo que de monjas, si tú eres judía y yo soy cenetista? ¿Me oyes? ¡Cenetista!

La risa de Susana, cortante como el cristal, e igual de clara, se elevó sobre la copla que cantaba su compañera.

—Cenetista y de san Antonio, que anda que no le rezabas cuando nos bombardeaban...

—¿Qué tiene que ver una cosa con la otra? Jesús fue el primer anarquista de la historia, así mismo te lo digo, pero yo soy anticlerical y... Ay, morena, qué disgusto más grande, nuestro Liberto un monaguillo.

Las aletas de la nariz de Susana temblaron.

—Monaguillo y falangista, si hace falta. Va a ser el más facha de todos, y no va a tener nada que ver con nosotros. Cuando crezca, se avergonzará de su origen, y yo tan contenta porque va a ser ministro o abogado o algo igual de importante. Y me sentiré orgullosa, aunque cuando pase por mi lado en la calle baje la vista.

Manolo, que con cada palabra se había ido revolviendo más en el asiento, se cubrió el rostro con las manos.

—No me digas eso, morena. ¿Para qué hemos luchado tanto?

—Para perder una guerra. Y el niño ya no se llama Liberto.

—¿Cómo que ya no se llama Liberto?

—Dicen que es nombre de rojos. Lo han bautizado según el santoral. ¿Sabes qué día nació?

Manolo sacudió la cabeza.

—¿Cómo no lo voy a saber? El catorce de julio, el día de la

toma de la Bastilla. Ese niño el único bautizo que tuvo fue la libertad, la igualdad y la fraternidad.

—El niño lo que va a tener es un futuro, aunque lo convierta en nuestro enemigo. No va a pasar hambre ni lo va a consumir el tifus en la cárcel. —Tomó aire—. Se llama Camilo, y no intentes ir a buscarlo porque no le eres nada y les he pedido a las monjas que te echen a patadas si vas.

Manolo la observó, ceñudo, todavía enamorado hasta las trancas.

—Soy su padre y tu marido, para empezar.

—De marido nada. Algo bueno tenía que traerme Franco: las bodas civiles son nulas. Que ya me dirás qué perra me entró a mí con casarme contigo, si es que soy tonta de remate. Y si eres su padre o no solo puedo decirlo yo.

—Me rompes el corazón, morena.

Susana elevó las comisuras.

—No me importa. ¿Qué pensabas, que podías entrar y salir de nuestras vidas como un gato callejero? ¿Te crees que no sé que llevas meses viviendo con tus tíos en el principal?

—Mujer, tenía que guardar las apariencias…

—Tenías que llenarte los bolsillos y el gaznate, más bien —dijo entre dientes apretándolos—. Pero no te preocupes que mi hambre me la administro yo muy bien.

—No me digas eso, Susana…

Más le habría dicho, pero su voz quedó muda y sus ojos fijos en los dedos largos y de falanges delgadas de Manolo, que se sacaba la cartera del bolsillo. De no haberse fijado en la divisa, le habría tirado a la cara el billete que extrajo de ella, ya que disfrazándose de miliciana ante los falangistas ganaba suficiente para consentir a su hijo.

Contuvo la respiración.

—¿Tú no me habías dicho que al Marquesito le habían puesto el juicio en enero?

—Sí, el día once.

—Entonces este dinero es suyo.

Manolo ladeó la cabeza.

—Ya no importa de dónde ha venido, no vamos a recibir más.

El labio inferior de Susana tembló.

—¿Por qué?

—Ha estallado la guerra en Europa. Alí Babá ya se habrá olvidado de España. ¿No te das cuenta? Somos el pasado. Nadie se va a acordar de nosotros. Somos una aventura que acabó en tragedia y nada más. Ellos se dieron un festín con la carne y a nosotros nos queda roer el hueso.

Le tendió el billete, que ella rechazó por segunda vez.

—Ni para tu hijo tienes derecho a usar este dinero. Espérate a escuchar la sentencia, no vaya a ser que después haga falta.

—No seas pájaro de mal agüero, mujer.

—Ya veremos.

XX

Durante días, las noticias se amontonaron unas sobre otras contradiciéndose entre sí, en una comparsa de la muerte que no tenía fin. De haber querido publicar enseguida todos los avances según ocurrían, los diarios tendrían que haberse impreso constantemente, en una maquinaria que no conociese el descanso. El Caudillo había prometido que España mantendría una estricta neutralidad y Félix, en cuyo fuero interno todavía ardía la muerte de José Antonio y que aún se despertaba de madrugada recordando el frío del frente de Teruel, no desaprovechaba ocasión para dar a conocer su opinión.

En el último cajón de su escritorio, Ana guardaba un mapa a pequeña escala de Europa, en el cual, a lápiz, anotaba los progresos de los ejércitos. No le habría costado encontrar uno más grande que colgar en la pared y marcarlo con alfileres, como Félix hacía también, pero entonces no habría podido esconder la verdad. Ella miraba aquellos surcos en el mapa de nombres ininteligibles no con el miedo o la esperanza de que España entrase en el conflicto, ni siquiera con el dolor en el pecho de que su propia tragedia, su guerra ya marchita, quedase relegada en las páginas de la historia. Si ella acariciaba con el dedo el papel era porque sentía las fronteras entre Hungría y los países que la rodeaban cada vez más delgadas. Porque, después de tanto tiempo, aquel hombre al que se había jurado odiar y olvidar seguía consumiéndola entera, en cuerpo, alma y corazón.

El siguiente lunes, de un septiembre que no dejaba adivinar la llegada inminente de la próxima estación, regresó a Torrijos. Lo hizo sola, ya que Manolo, que había desoído los consejos de Jorge, había convencido a Inés para que fuese a dar un paseo con él.

—La semana que viene volverás —le decía—, y él te habrá echado tanto de menos que se habrá olvidado ya de esa tontería de no recibir más visitas.

El soborno en la tartera, esta vez mayor, no pasó desapercibido. Ana, que sentía en los brazos cada vez más débiles el tacto del abrazo que Inés tenía para su hermano, y que ambas sabían que no podría darle, se unió a aquella fila de mujeres gris y desesperada de la que esta vez no la apartaron. De inmediato se dio cuenta del milagro que había supuesto aquel vis a vis que a ella, en su ignorancia, se le había antojado tan desagradable.

Las visitas en el locutorio, como Inés y doña Consuelo le habían anticipado, dificultaban horrores la comunicación. Los presos a un lado, las visitas (casi todas mujeres, casi todas intercambiando favores por un hambre que les endurecía los rasgos) al otro, todos hacinados, todos gritando para que sus voces llegasen al otro lado de la reja.

En aquel ambiente enrarecido, bajo aquella luz que escaseaba, que no quería tener nada que ver con ellos y su alboroto, a Ana le pareció que Jorge (que frunció el ceño al verla) estaba más pálido, que flotaba más en la muda que le habían llevado la semana anterior.

—Anda, guapa, ¿ tú aquí?

Bajó los párpados. El traje que se había puesto no era nuevo, aun así, le quedaba muy bien. Iba mejor vestida que la mayoría de las mujeres de Torrijos, lo sabía. La indumentaria no le valía un trato mejor por parte de los guardias, pero significaba un acto de desafío «indispensable para la autoestima», en palabras de Manolo, que con frecuencia solo le dedicaba comentarios crueles que debía ignorar.

—Pues..., para decirte que he ido a hablar con el cura, como me pediste.

—¿Ah, sí? ¿Y qué tal?

—Pues..., bueno, Manolo fue el que habló, que a mí con el disgusto..., pero creo que ya se ha solucionado todo.

Jorge asintió repetidas veces con la cabeza.

—Me alegro. Era lo mejor, guapa. Esto... esto no tiene futuro.

Además de las dos rejas, los separaba un pasillo por el que se paseaban los funcionarios, que lo oían todo y lo veían todo. A pesar de eso, en los escasos segundos en los que aquellos hombres les daban la espalda, las mujeres estiraban el brazo con la esperanza de poder tocar, aunque fuese de manera efímera, la piel amada. Sus lenguas, sus voces, solo hablaban de una cosa: la guerra en Europa.

—¿Cómo está mi hermana?

El tono de Jorge, pausado y grave, la arrancó de cuajo de su ensimismamiento.

—Muy bien, la dejé dando un paseo con Manolo.

—Lejos, espero.

—Sí, muy lejos, por el Retiro.

Le mintió. ¿Qué otra cosa podía hacer? Su mentira era tan valiosa que podía apaciguar a un hombre para quien ya pocas noticias podían ser buenas.

—Bien, eso es lo que tiene que hacer. A ver si Félix deja de trabajar tanto y la lleva al teatro o a la zarzuela.

—Voy a ver si los convenzo, no creo que me cueste mucho. Con lo que a Félix le gusta tu hermana...

Ana tenía veintidós años y se sentía al menos una década mayor. Recordaba aquellas tardes en el balneario de Ontaneda, Félix y ella tumbados en el suelo cálido de la habitación bañada por el sol. Entonces, en Cantabria, Félix siempre tenía que hacerles de carabina a Imre y a ella, mientras que en Madrid era ella la que les hacía de carabina a Inés y a Félix. Y ellos, que no conocían la guerra, aguardaban seguros a que llegase algún verano extraño en el que se quedasen en la capital, en el que Imre fuese a visitarlos y ya nadie tuviese que ser el tercero en discordia de nadie.

En ese momento sentía que la soledad se le pegaba a los huesos, a la piel. Nada la ilusionaba, y si reunía las ganas necesarias para salir de la cama los lunes no era solo por su lealtad hacia Inés, sino también por el hecho desagradable de visitar Torrijos.

En aquel lugar donde las alegrías iban a morir, podía, al fin, y sin ser juzgada, hundir el dedo en la herida para comprobar cuán honda era, y si tenía fondo.

—¿Ves, guapa? Si ya te dije que esto era muy duro... ¿Qué necesidad hay de venir?, si ya ves que yo estoy muy bien.

Sacudió la cabeza. Se sacó un pañuelo del bolsillo para secarse las lágrimas y no hubo en su gesto nada que la diferenciase de todas las demás mujeres. Saber el origen de su pena, y que esa sí era distinta, se le clavó en las entrañas como un cuchillo.

—No, si no es eso. Es que... es que mi novio ha cortado conmigo. Ya ves qué tontería.

El cambio en la expresión de Jorge fue nimio, imperceptible en aquel locutorio en el que los gritos y los «Te quiero» repetidos a viva voz lo ahogaban todo, excepto los pasos de hierro de los funcionarios, que se paseaban sin cesar como cuervos frioleros.

—Siento mucho todo el daño que te he hecho, Ana. —Siseó, como aceptando digna y humildemente el papel que le había tocado interpretar, y ella nada habría deseado más que oír esas mismas palabras de la boca de Imre, y no de su puño y letra.

—No es tu culpa. Los dos somos víctimas de nuestras circunstancias.

Todo lo que le había escrito y había acabado en la basura, lo que le habría espetado de no haber temido tanto la respuesta, brotaba en ese momento tan libre que notaba el peso físico que dejaba a su paso.

—Las circunstancias son una cosa, pero las formas..., quizá las formas en las que corté contigo no fueron las mejores, y de eso sí que soy responsable. Ahora ya solo te queda olvidarme.

—No puedo.

Ni siquiera en la ficción se veía capaz de ello. Ella, que tanta suerte había tenido, se lamía unas heridas que resultarían irrisorias a las demás mujeres. Porque le habían quitado a Imre, ¿y qué importaba? Cuando ella sabía que aquella noche dormiría calentita en su cama, que al día siguiente comería hasta saciarse, que su vida se desplegaría durante muchos años más, y en libertad. ¿Y si la guerra llamaba a su puerta? Ellas tenían la guerra metida en casa, y ni siquiera cuando llegase el décimo aniversario de la victoria se atreverían a llamar a aquella existencia paz, porque ellas la paz la habían amado y conocido, y había muerto junto con todo lo demás.

—Mira, Jorge, sí que es duro estar aquí, porque eres buena persona y yo no me olvido de lo bien que te has portado conmigo y con los míos... —Alzó una comisura temblorosa—. Incluso cuando te reías de mí.

—Contigo, Anita, me reía contigo, no de ti. ¿O no te acuerdas de la procesión del Jueves Santo?

—Me acuerdo de todo. Y sé que Félix te ayudará en cuanto pueda. Tú solo tienes que mantener alta la moral.

—La moral y el brazo.

Solo chistó. Habría podido extender los brazos a través de la reja para taparle la boca también, si se hubiese atrevido.

—Mira que eres bruto.

—Anda, anda, que ahora me vas a decir que me estoy riendo de ti otra vez, tonta. Si no he tenido yo suerte con los vecinos. Entre Félix que se desvela por mí y tú que te pones tan guapa para venir a verme... —Inspiró—. Yo también te agradezco mucho que vengas a visitarme, guapa, pese a todo. Yo sé que tú eres valiente y no me vas a mentir nunca, ¿a que no?

Ana desvió la mirada.

—Claro que no. ¿Por qué?

—Por nada, para saberlo. A ver, ¿qué me ha traído Pepita hoy?

—Pues te vas a chupar los dedos, aunque la culpable esta vez no haya sido Pepita, eh...

Jorge rio. Una risa seca, acartonada, casi asmática, que parecía pedir permiso para resonar entre aquellas paredes.

—Pues a ver, que yo a ti entre fogones no te veo.

—No soy tan cruel como para experimentar contigo. Nada, Manolo, que tiene unos amigos en un salón de té y le dejaron baratísimo un kilo entero de pastas solo porque se les chamuscaron un poco.

—Anda, cómo me mimáis. Cuando las coma con los compañeros creeremos que estamos en Madrid —no, Torrijos no era

Madrid, era un territorio desconocido, sin conquistar—, mirando a las muchachas, a ver a quién sacamos a bailar. ¿Y qué salón de té es ese?

—El Embassy, en el antiguo paseo de la Castellana. No sé si habrás ido alguna vez...

La risa de antes, que aún quería persistir, se convirtió en una mueca suave, sombría, que le acariciaba los hoyuelos de las mejillas.

—Sí, un par de veces. A ver si no me atraganto con la nostalgia. —Cogió aire—. Hay que ver cómo me cuidáis y el trabajo que os estoy dando...

Cuando llegó, la despedida supuso una ruptura. Aquellas mujeres que no sabían si volverían a ver a sus hermanos y a sus maridos, o cómo los volverían a ver, introducían los brazos a través de las rejas por una fracción de segundo de placer, de cotidianidad, de acariciar lo que les habían quitado y quizá jamás les devolverían. Incluso Ana, que nunca había tocado a Jorge sin necesidad, extendió la mano hacia él hasta notar los dedos cálidos, rugosos, que rodeaban la verja.

Era un ser humano mirando a otro ser humano, tocando a otro ser humano.

—Cuídate mucho que nosotros te esperaremos —le dijo a él, no a Imre.

Otra vez la marea, las manos (ya no sabía si de los guardias o de las compañeras de fatigas) que tiraban de ella y rompían aquella caricia robada. El frenesí que la alejaba, la cárcel que la escupía. Cuando salió, con las piernas temblorosas, no le dio ni tiempo de buscar a Manolo y a Inés con la mirada antes de que una de aquellas mujeres se acercase a ella y le rodease la muñeca con la mano.

—Oye, tú eres la novia del Marquesito, ¿no? De Jorge Márquez.

Llevaba el traje que parecía constituir una suerte de uniforme para visitar la cárcel: la falda hasta las rodillas, de un color inexacto entre el marrón y el gris, confeccionada en una tela que parecía de yute; chaqueta del mismo material, recatada, y unos zapatos negros, de tacón bajo. La indumentaria espartana no lograba, sin embargo, arrebatar la belleza despampanante y casi arrolladora de aquella mujer de rizos prietos, ojos felinos y pómulos prominentes, sobre una piel que conservaba el bronceado de todos los veranos.

—¿Por qué?

Le contestó con un gesto: introdujo la mano, de uñas largas y cuidadas, en el bolso para sacar de él un sobre, que le tendió.

—Es que os he traído vuestro regalo de bodas.

—Es que ya no..., es que ya no nos vamos a casar.

Ana trató de devolvérselo en vano, pero la mujer lo apretó con más fuerza en su palma, hasta que notó que los dedos se cerraban para sujetarlo.

—Anda, mujer, acéptalo, que no es poca cosa y hoy en día ya no nos queda mucho que celebrar. Tú... tú no tienes que decirle de dónde viene, solo que los amigos de siempre no se olvidan de él. Y, os caséis o no, alguien seguirá viniendo a visitarlo, ¿no? Seas tú o sea otra.

—Pero...

Se le amontonaban las preguntas, confusas, peligrosas, pero fue incapaz de pronunciar una sola. La mujer, que llamaba la atención por su belleza aun cuando el resto de los detalles de su aspecto la confundían con las demás, aprovechó su turbación para escabullirse entre la multitud.

Entre las conversaciones sobre el conflicto que zumbaban a su alrededor como un enjambre de abejas, a Ana apenas le dio tiempo a comprobar lo que el sobre contenía: dinero suficiente, y en libras esterlinas, para seguir sobornando a los guardias hasta el día del juicio.

XXI

Madrid, 9 de noviembre de 1939

Querido señor Dale:

Le escribo pegada a la estufa porque aquí nos ha venido un otoño muy malo, muy frío. Me imagino que en Londres el tiempo no será mucho más amable con ustedes. ¿Se acuerda de la sorpresa que se llevó al ver cómo bajaban las temperaturas en la capital? Ustedes de España solo conocían el sol del verano, y ese frente de viento frío se les metió más dentro aún que el de su propio país.

Pienso mucho en usted estos días, sobre todo desde que estalló la guerra en Europa, y todas las mañanas leo en el periódico los avances del conflicto. Cuando voy al cine y en el noticiario nos muestran las imágenes cruentas del frente, me acuerdo mucho de nuestra guerra, claro, como todos los demás, pero tampoco puedo sacármelo a usted de la cabeza. Rezo y rezo para que estos meses amargos terminen enseguida y no les causen daño alguno ni a usted ni a su familia.

Sé que mi hermano, el pobre, también se acuerda mucho de usted. Cuando recibo cartas suyas le mantengo al corriente y sé que se alegra mucho de que las cosas le vayan bien, pese a todo. ¡Bueno, y por muchos años más! A él, que está más y más nervioso a medida que se acerca la fecha del juicio, le pueden hacer feliz tan pocas cosas...

Le mando unos guantes que le he hecho a su hija, espero haber acertado con la talla. Me había sobrado lana del jersey que le calceté a Jorge y pensé que ahí, en Londres, seguro que la ropa de abrigo les hace mucha falta. Además, me vendrá bien practicar para cuando me case. Yo de lo que tengo muchas ganas es de ser madre, y me gustaría tener una niña como su Vivien, aunque un muchachito me traería las mismas alegrías.

Cuando voy a la iglesia, siempre pongo dos velas, una grande por mi padre y una más pequeña, blanca, muy bonita, por su hija Rose. Mi hermano nunca ha comprendido mi «vena beata», como él la llama, pero yo, que adoro el silencio y lo busco en todos los lugares, solo encuentro consuelo en esas paredes tan antiguas, que han visto más historia que toda de la que yo seré testigo jamás, y en el calor de las llamas.

Estoy leyendo *Cuento de Navidad* otra vez, ya ve usted. Vuelvo a él siempre que se acercan las fiestas, y dicen que este año al fin podremos volver a festejarlas como antaño, antes de la guerra. En mi casa, claro, sin mi padre y con Jorge en la cárcel y con el juicio tan cercano, no será lo mismo, pero doña Basilisa, nuestra vecina, nos ha invitado a cenar con ellos.

Si no recibo noticias suyas antes, espero que sus celebraciones sean pacíficas y que el año 1940, que se acerca, los colme de alegrías. Si usted pudiese enviarnos una tarjetita de Londres, de esas tan bonitas, para felicitar las fiestas, yo se la haré llegar a Jorge, sé que le hará ilusión recibirla.

Un abrazo de su amiga,

INÉS

Aquel noviembre gris en que Inés Márquez decidió que su vida iba a cambiar llegó con la ocupación soviética de territorios en la Polonia ocupada. Ella escuchaba en silencio las explicaciones de Félix, a menudo tan animadas que él acababa sonrojándose ante su propio atrevimiento, y asentía y jamás hacía referencia al hombre al que escribía a Londres y cuyas cartas eran cada vez más escasas, cuando llegaban, así que había decidido que su vida iba a cambiar.

Porque, aunque nunca le decía nada a nadie, sabía las horas a las que Félix llegaba a casa a la vuelta del trabajo, y leía significados terribles en las ojeras que le acartonaban la mirada, sobre todo, tras una reunión con el abogado de Jorge. Y porque el invierno había llegado a Torrijos antes que a cualquier otro sitio, helando los pasillos del locutorio y dejando a su paso unas toses muy feas en los hombres que ya se habían convertido en familia (José Bueno, Anastasio, Marcelino, José Puertas, Mateo al que llamaban Pinocho por su nariz...). Le asustaba más que ninguna otra cosa que Jorge enfermase, que no pudiesen ni dictarle sentencia y se lavasen las manos de su muerte porque solo Dios, y no los hombres, tiene poder sobre la suerte de uno. Así que decidió que su vida iba a cambiar, y, para empezar, se deshizo la trenza con la que se recogía la melena, que ya le pasaba de la cintura.

De todas sus amigas, había sido la única en cambiar las dos trenzas de la infancia no por un corte a la moda, sino por una única trenza ancha, brillante, del color de la madera, que a veces enroscaba sobre sí misma para formar un moño. En ese momento, sin embargo, tomó en una mano una de las revistas femeninas que se habían popularizado y en la otra unas tijeras. No les iban las cosas tan mal como para no poder permitirse el lujo de ir a una peluquería, pero quería ser ella la que diese el primer corte y rompiese de raíz con la Inés Márquez del pasado.

A ella, que en su infancia jamás había pasado necesidad, le quedaban muy pocas cartas en la baraja. Un hombre que pudo haberlos salvado y cuya ayuda ellos, por terquedad, habían rechazado; que vivía a una carta de distancia y para quien la guerra de España se trataba de un sueño febril del pasado. Otro hombre que vivía puerta con puerta y cuyo uniforme quizá era la clave para arrancar a Jorge de la única condena que no tenía vuelta de hoja; si la mera amistad no podía atravesar los muros de la ideología, quizá unas atenciones que Inés nunca le había dado lograsen derrumbar esa frontera infranqueable.

Con ese corte seco, la melena que la caracterizaba, mucho más larga que la de todas las mujeres que conocía, y también bastante pasada de moda, mermó hasta acariciarle las clavículas. Tras trenzar sin un ápice de pena el cabello que había perdido, para llevarlo a la iglesia a donárselo a la figura del Nazareno, tomó un bote nuevo de Solriza, y se aplicó el producto sobre el flequillo hasta lograr el peinado aparatoso y señorial al que ya llamaban «Arriba España».

Se quitó también el luto, aunque aún no habían pasado los dos años. Al hacerlo le dio un beso a la foto de su padre que tenía en la cartera, consciente de que él más que nadie la habría animado a colgar aquellos «hábitos negros», expresión que sin duda habría utilizado, y disfrutar de su juventud. Dado que no se atrevía a más, se puso un vestido color ciruela de antes de la guerra que se había puesto muy pocas veces, y así, vestida, peinada y maquillada como la reina de Saba, se sentó a esperar a que Félix la fuese a buscar para ir al cine.

La mañana tras el desfile de la victoria se había despertado con los ojos hinchados de tanto llorar, ¿y qué importaba? Todavía notaba en la piel las manos de Félix, que la había apretado contra sí al bailar; más que él, lo que despertaba en ella la repulsa era su propia conducta. Incluso entonces había tenido la clarividencia de anticipar la desgracia que se cernía ante ellos y sabía que ella, y solo ella, podría interceder ante Félix por su hermano.

—Te has acordado de padre, ¿no? —le había dicho Jorge en el desayuno.

Ella, por caridad y por vergüenza, asintió.

—Pues no te disgustes. Piensa que él, más que nadie, habría detestado ser partícipe de la farsa de ayer.

Le había dado un beso en la mejilla antes de salir por la puerta. Aún le quemaba en la piel.

Como no tenía ninguna cita, ni la quería, ni ganas de hacer de carabina, Manolo acompañó a Ana al cine. Félix, que desaprobaba el cine extranjero arguyendo que en España había talento de sobra para tener que ir a buscarlo fuera, les había comprado entradas para *La malquerida*, con Tarsila Criado y Julio Peña. Si se dio cuenta de lo desafortunado del título pensando en su hermana fue solo más tarde, mientras entregaba los boletos en la taquilla, pero ella no dio signos ni verbales ni corporales de tenérselo en cuenta.

En la sala de al lado del cine Fuencarral pasaban *¡Hola, Pedro!*, un filme húngaro. Ese día era el cumpleaños de Imre, y Ana sabía que jamás conocería sus veinticinco años, ni él sus veintidós.

Con aquella espina aún clavada, les pidió a Inés y a Félix que se fuesen adelantando mientras Manolo y ella se compraban algo que picar. Aunque la escabullida, estratégica, le había permitido perderse el acto humillante de levantarse y alzar el brazo al sonar el himno nacional, nada había podido hacer para saltarse también el noticiero previo a la película. Al entrar en la sala, aún en el pasillo, se quedó petrificada, con los ojos fijos en las imágenes del conflicto que se desplegaban en la pantalla. Inés, que tenía la cabeza apoyada en el hombro de Félix, se irguió para mirarla.

—Qué poco tacto tenemos —le dijo—, comportándonos como dos chiquillos cuando tú estás tan triste…

—No seas tonta. Es que… bueno, me he acordado…

—De nuestra guerra, claro.

Ana se obligó a sonreír. Con el mismo esfuerzo, se sentó junto a ellos y le apretó la mano a su amiga.

—La nuestra ya ha quedado en el pasado.

Inés le devolvió la sonrisa.

—Claro. Ahora solo podemos mirar al futuro —dijo.

Félix de la Torre no recordaba el momento exacto en el que se había fijado en Inés, pero desde aquel día había ansiado y deseado una sola cosa que al fin se cumplía: que ella apoyase la cabeza en su hombro, que le aceptase la mano en lugar de tener que guardarla en el bolsillo, que accediese a ir a tomar una copa después del cine, que lo besase y él sintiese el tacto pálido de su piel contra la suya. Su paso de la adolescencia a la edad adulta tenía un único nombre de mujer, el de la más humilde y sensata de todas, pudiendo haber escogido a cualquier otra. Lo deseaba tanto que, al ver hecho realidad ese sueño que le había calentado las noches gélidas de Teruel, hasta las dos guerras que le ocupaban los pensamientos, la de España y la de Europa, palidecían.

Él, cuya paciencia para la ficción era relativa, que no toleraba leer los libros de Inés aunque se los pedía prestados, se figuró que había sido su propia bondad la que había hecho cambiar la actitud de su enamorada. Ella era consciente de sus desvelos, de las citas interminables con el abogado, de los favores que le parecían una deuda infinita. Y la de Félix era la bondad de Abel, porque le había tendido la mano a Jorge y él lo había rechazado; porque su generosidad podía arruinarlo, y no le importaba ya que incluso entonces, cuando lo repudiaba, quería a Jorge como a un hermano.

Aun así, cuando llegaron a la plaza y Félix vio al abogado esperándole en el portal, el primer pensamiento que lo atravesó como una flecha no fue el amigo que esperaba sentencia sino el avance crucial que había conseguido en una sola tarde, que en una sola tarde podía desvanecerse.

El abogado era joven, rayano en la treintena, y tenía una constitución de galgo: delgado y alto, casi insultantemente al lado del notable metro setenta y siete de Félix. Al verlo, Inés se estremeció.

—¿Ha pasado…?

Félix no le permitió continuar.

—Ah, qué cabeza. —Le apretó el brazo—. Lo siento, Inés, entre la película y las copas se me olvidó por completo que me había citado con Tomás. Vienes a por esos informes que le pedí a mi jefe, ¿no es así?

El abogado, que en su fuero interno compartía su opinión de que aquel que cometía un crimen debía pagarlo, solo se atrevió a asentir.

—Sí. No he querido subir por si doña Consuelo me veía y se asustaba, así que me he quedado aquí como un pasmarote. —Se acercó a las muchachas para darles los dos besos—. ¿Han disfrutado del cine las señoritas?

Inés le sonrió.

—Sí, muchas gracias. Es usted muy amable. Sé que se preocupa mucho por mi hermano, aunque —su expresión se le tornó sombría— usted combatió en el otro bando.

Félix no alcanzó a oír la respuesta de Tomás. Había volcado su atención en Ana, que lo observaba fijamente, y en esa mirada velada supo que a ella jamás podría mentirle. Eran iguales, los consumían las mismas pasiones, se desvelaban por idénticas obsesiones. La fiereza rojiza en los ojos y la joroba en el puente de la nariz, gemelos, eran la representación física de unas almas formadas por los mismos materiales. Solo la política los separaba. Esa era su cruz y su tragedia.

XXII

—Lo han asignado al juez Carballeira.

La voz del letrado, clara y grave, pareció desgranarse y flotar entre el humo de los cigarrillos. El tabaco nunca faltaba en el despacho de Félix, pero se le hacía tan corto que no compartía su cartilla de fumador con Ana, y no por principios, sino por hambre. Podría haber conseguido más en el mismo estraperlo que le aseguraba el café y la carne a su padre, sin embargo, por orgullo se resignaba a una escasez espartana que le quemaba los nervios.

—Un hueso duro de roer —dijo antes de que Tomás Mosquera pudiese adelantársele—. No hace falta que me lo digas. ¿Tienes algún plan en mente?

Para evitar contestar de inmediato, el abogado le dio una calada al pitillo. Estaba amargo y oprimía, como la presencia de Félix.

—Es esencial convencer al juez de que Jorge ha cambiado de vida, que su servicio en el Socorro Rojo Internacional fue solo por un corto lapso y que cuando salga en libertad está dispuesto a reintegrarse en la sociedad de la nueva España como un miembro orgulloso de la clase a la que pertenece.

—Tienes mi testimonio. —Estrechó los ojos—. Y puedo conseguir a más personas decentes que juren sobre la integridad de su carácter.

Una pausa. El abogado, que se había apoyado en la repisa de la ventana, sacudió la cabeza.

—Será difícil.

—Pero no imposible. Si tengo que sacar a relucir el uniforme, lo haré, pero no te rindas antes de empezar.

—Su padre se significó mucho, en su momento.

Félix apretó los labios.

—Su padre está muerto. De su madre, en cambio, dudo que se pueda encontrar crimen alguno. Son una buena familia, emparentada con la aristocracia.

—Apenas —señaló—. Y una aristocracia que, te recuerdo, no quiere tener nada que ver con este asunto.

Félix se acercó a él. Debido a la postura de Tomás Mosquera, algo encorvada, típica de aquellos a quienes rara vez superan en altura, quedaron frente a frente.

—¿Entonces qué?

La piel le ardía como un horno. Era enfado sin diluir, y no dirigido al abogado, a su sinceridad, al sueño que estaba perdiendo o a la situación, sino a Jorge. En un despacho como aquel, en el apartamento de enfrente, le había ofrecido en bandeja de plata la libertad y él la había despreciado. Había sembrado la tragedia que caería sobre los dos e, hiciese lo que hiciese, nada salvaría a Félix del dolor.

—Será difícil —le confirmó el abogado—. Y Carballeira es una ruleta rusa. Tanto le puede pedir diez años como la perpetua. —Alzó las cejas—. O más.

No se detuvo más de lo necesario en pensar en el significado de esas palabras que serpenteaba entre ellos y los asfixiaba. Félix tragó saliva, las paredes de su garganta eran lija.

—Es de buena familia. Si hace falta, estará emparentado con la Falange, pero tú tienes que hacer todo lo posible para que su condena sea lo más leve. ¿Entiendes lo que quiero decirte?

Desde el otro lado de la puerta, Ana contuvo la respiración. Tenía la espalda recta, como en las clases de ballet a las que había asistido de pequeña, las odiaba y las había abandonado enseguida. A su lado, Manolo le indicó con un gesto que quizá sería mejor que se retirasen a dormir, pero ella se quedó. Le daba la sensación de estar a punto de asistir a la ejecución de una persona. Quizá la suya.

El abogado se marchó rayando la madrugada. Ana, ya en bata y en la cama, lo supo por el crujido de las tablillas del suelo, antesala de la puerta que se cerraba con delicadeza, casi con cariño, para no molestar a la familia durmiente.

Ana salió de inmediato, antes aun de oír los pasos escaleras abajo, e irrumpió en el despacho de su hermano sin darle tiempo a acostarse o salir. Agazapado en el sofá, con una copa de coñac vacía en una mano y un pitillo casi consumido en la otra, la reacción de Félix a la presencia de su hermana no fue corporal, sino verbal.

—¿Qué?

Una acusación de una sola sílaba. Sobre la mesa, el periódico ya atrasado relataba la milagrosa escapada de herr Hitler de una explosión en una cervecería de Múnich.

—No puedes obligar a Inés a casarse contigo para que la sentencia de Jorge sea más leve.

Las palabras salieron solas, sin pedir permiso, y con una fiereza animal.

Félix entornó la mirada.

—No sabía que ya no podía tener una reunión de trabajo en mi propia casa al abrigo de oídos indiscretos. —Dio una calada, la última. No la disfrutó—. ¿Crees que quiero forzar a la mujer que amo a que se case conmigo sin estar seguro de los sentimientos que me profesa? ¿Esa es la imagen que tienes de mí?

Ana tragó saliva. La garganta le ardía, como todo su cuerpo. Cuando alzó la voz, le salió temblorosa, esclava de un sentimiento profundo que no podía, o no quería, definir.

—Seríais infelices los dos.

A Félix le temblaron las aletas de la nariz.

—Lo sé, pero la alternativa me angustia más. —Apoyó un pie en la mesa, evitaba mirarla—. Si le caen muchos años, Jorge no podrá superarlo. No está hecho para la cárcel, y la terquedad solo puede salvarle hasta cierto punto. Jorge me ha hecho daño con sus desplantes, sí, pero ante todo es mi amigo y lo quiero.

Ana lo observó con los ojos bañados en lágrimas. En el cuello notaba, como unas manos frías que la ahogaban, la frase que diría a continuación, y los sentenciaría a los dos más que cualquier veredicto de cualquier juez.

—No obligarás a Inés a que se case contigo —siseó—, porque yo me casaré con Jorge.

Él se lo había pedido hacía años, para rescatarla de la culpa que aún la carcomía, ¿y qué importaba? Si no podía tener a Imre, no querría a ningún otro, nunca, y repudiaba la idea de las citas que le propondría su madre, de los comentarios acerca de los años que se amontonarían, de las expectativas de una vida que ella no había elegido pero que pese a todo le había tocado.

Félix se mantuvo inmóvil. Sus iris, rodeados de aquel castaño ígneo, estaban fijos en ella.

—El despecho te ha hecho perder la razón —repuso despacio—. Si lo haces, vas a estar marcada para siempre. Casarte con un rojo, aunque sea de buena familia, te arruinará la vida.

Eso era lo que ansiaba, hasta el tuétano. Quería destruirse. Quería quemar los restos de la vida que le habían dado hasta que ni las cenizas respondiesen a su nombre; ella misma proporcionaría la cerilla y el combustible, de ser necesario. Quería que la señalaran, compartir aquel dolor del que su clase la había salvado pero ella sentía como suyo, arrastrarse por el fango si hacía falta, ponerse las cosas difíciles a propósito. Todo eso quería, y con una sola obsesión en mente: si un día, cuando hubiesen pasado años, los aliados ganaban la guerra y entraban en España para expulsar a Franco del Pardo, ella podría mirarlos a la cara y admitir que esa vez, sí, había resistido.

Félix, que se había puesto a juguetear con los restos del cigarrillo ya apagado, meneó la cabeza.

—¿Tú te crees que las bodas de ahora son como ese absurdo que había durante la República? Si quieres ayudar a Jorge, tendrías que casarte con él de verdad, con un cura, unirte a él ante Dios y ante la ley. Y esos enlaces, hermanita, solo puede deshacerlos el papa de Roma.

Ana se sentó frente a él. No se había dado cuenta del tiempo que había permanecido en la misma postura rígida y el movimiento repentino le cosquilleó las rodillas.

—No eres un beatón —dijo, en voz baja—. Sé que no crees en la santidad del matrimonio eclesiástico más que yo.

—En el matrimonio eclesiástico, no, pero en la ley sí. Y, ante la ley, tú serás su esposa todos los días de tu vida. No me preocupa lo que te pase en la otra vida, sino lo que te ocurra en esta, y si eres la mujer de un rojo no te van a dejar en paz jamás.

Ana se contuvo y no le preguntó quiénes exactamente no la dejarían en paz. Félix era todo ideas y sueños; se creía heredero de José Antonio, esa figura irrelevante y desaparecida durante la guerra que se había tornado central en la nueva España. Desdeñaba el culto a la figura del Generalísimo y se lavaba las manos ante los crímenes de sus camaradas porque no vivía en el mundo real, sino en aquella patria futura que en el Movimiento estaban creando.

—No me importa.

—A Jorge pueden caerle diez años, tal vez más. ¿Qué crees que vas a hacer exactamente en ese tiempo? ¿Ir a visitarlo todos los lunes a la cárcel, o hacer el viaje al penal al que puede que lo destinen?

Bajo la luz de la lamparita, los ojos de Ana refulgieron, casi granates.

—¿No es lo que hago ya?

—Padre se pondrá hecho una furia.

—Entonces viviré con Inés y los suyos. Lo hago por ella más que por él. —Arqueó las comisuras—. Y por eso sé que vas a ceder.

Félix apretó los labios, ya blanquecinos.

—¿Crees que antepondría mi propia felicidad a la tuya?

—Creo que los dos antepondríamos la felicidad de Inés a la nuestra. Es mejor persona que nosotros.

Félix no se lo discutió. Se encendió otro cigarrillo y, por avaricia y por hambre, no le ofreció uno a su hermana. Ansiaba sentir el calor de la colilla, la calma efímera que por instantes acallaba las voces de su cabeza.

—Jorge no tiene futuro —dijo, tenía los ojos enrojecidos por el humo y un sentimiento lacerante que le molestaba—. Mejor dicho, solo puede aspirar a una sentencia lo más benévola posible. Cuando salga, todo el mundo le dará la espalda. Nadie querrá contratarlo, por muy médico que sea, y su situación económica no estará como para echar cohetes y montar su propia consulta. En el caso, claro, de que haya gente en España que quiera que la trate un doctor que ha estado en la cárcel.

A la retahíla de predicciones, cada una más cruel y afilada que la anterior, Ana solo respondió con una expresión idéntica a la de su hermano. Hasta en su enfado eran iguales, aunque la raíz de la cólera que los perturbaba fuese muy distinta.

—Tú lo ayudarás —tanteó—. Acabas de decir que es tu amigo y que lo quieres.

—Intenté ayudarlo en su momento y me rechazó. —Dejó el cigarrillo a un lado, sobre el cenicero, que ya rebosaba—. Algo tengo que concederle: Jorge es consecuente con sus acciones y con sus ideas. La vida que tiene es la que ha decidido él, como sería la que hubiera decidido yo si los nuestros hubiesen perdido la guerra.

—Todavía podéis perder una guerra —le recordó Ana, en contra de su buen juicio.

Félix, que no la miraba directamente sino su reflejo sobre la mesa de mármol, le dirigió una mueca lo más parecida posible a una sonrisa.

—Ni una de las democracias afeminadas de Europa tiene nada que hacer contra la hegemonía del Reich. Pero tienes razón, le prestaría mi ayuda a Jorge de nuevo porque yo también soy consecuente con mis ideas: creo que los criminales deben pagar por sus pecados y él ya está sufriendo una cárcel. Si se comporta cuando esté en libertad, y acepta quién ha ganado, tiene tanto derecho como cualquiera a vivir en paz.

Ana no hizo ninguna apreciación ante el discurso de su hermano. Las emociones de la discusión y ese 9 de noviembre que se había convertido en 10 sin arrancarle a Imre de los pensamientos la habían adormecido.

Félix, como escuchando y asimilando esta respuesta silenciosa, terció:

—Ya veo que no puedo hacerte cambiar de opinión. Si, en cambio, aceptas un consejo...

Ana se inclinó más ante él para escucharlo. Olía a alcohol, a tabaco y a la brillantina que aún le mantenía el cabello apartado de la cara.

—No consumes ese matrimonio absurdo para el que te estás ofreciendo. Creo que todavía tienes una oportunidad de ser feliz, a pesar de Imre, y no será atada al destino que Jorge ha elegido.

XXIII

El día que a Jorge Márquez le comunicaron que iba a casarse, y pronto, se había despertado pensando en la guerra. No en la suya, claro. La suya la tenía allá donde mirase, por mucho que intentase olvidarla. Los camaradas la bebían como la achicoria de la mañana; encontraban en ella su razón de ser, el motivo para mantenerse al pie del cañón incluso cuando el otoño les había venido tan frío y cada semana caía un amigo de pie frente al paredón o ni eso, consumido hasta el hueso por la tuberculosis en el hospital.

Además de rumiar la derrota que se había convertido en resistencia, sus compañeros veían en el conflicto de Europa un rayo de esperanza y se pasaban las noticias unos a otros, siempre en busca del titular que confirmase la entrada de España en la guerra, o algún indicio de derrota en aquel ejército alemán que solo tomaba y jamás se arrodillaba. Si Jorge no compartía sus opiniones no era por su escepticismo de siempre, sino por el tiempo. Los avances en Europa eran el futuro lejano, que no tenía asegurado; el futuro próximo, el presente que vivía y se le atragantaba, le prometía una sola cosa: más allá de sus fronteras ya nadie se preocupaba por España.

Allie Dale, Alí Babá, mejor reportero que padre, sería también mejor reportero que amigo. En ese momento en que trabajo no le iba a faltar, Jorge no podía reprocharle nada. El periodismo era su naturaleza, Jorge lo había calado desde el principio. Inglés de pies a cabeza, España había sido para Alí Babá el sueño que se esfumaba, y en ese instante a los rojos, rechazados, solo les quedaba tragar la píldora amarga del castigo. No tendrían más satisfacciones que saber que habían luchado hasta el final.

Jorge Márquez, tras seis meses en Torrijos, pensaba lo mismo que en 1937: solo los españoles podían salvar a los españoles. Por primera vez en mucho tiempo, se permitió pensar en Blas Olivares, que había cruzado los Pirineos cuando aún tuvo la ocasión. Todavía tenía sus ojos frescos en la memoria, aquel tono musgoso sin mezcla con el marrón, cuando oyó de la boca de la novia que se casaban, y pronto, en cuanto el cura y los funcionarios les hiciesen un hueco.

Se inclinó como acto reflejo, ya que la reja era la reja y la sorpresa no iba a moverla. Con tantas conversaciones paralelas, tantos gritos de ser querido a ser querido que se entremezclaban en uno solo, sin duda había oído el retazo de un diálogo que le era ajeno.

—Ya sé que dices que esto no es vida —insistió Ana, esta vez más alto—, pero no me importa. ¿No te acuerdas de que me lo pediste hace tres años?

A decir verdad, se había olvidado. Más bien, no había pensado más en ello. La España de aquellos años, muerta y enterrada, había permitido la existencia de bodas a lo película de Hollywood, un entrar y salir sin más parafernalia que el sí de los novios, si la ocasión lo requería. Matrimonios como aquellos ya no podían ocurrir, pues se habían convertido en un pacto sagrado, pero Jorge Márquez no estaba pensando en ello. Las imágenes que se perfilaban en su mente eran las del abogado que le habían asignado, alto y enjuto como un atleta, con unos labios finos que parecían rizarse cuando hablaba y le repetía que era esencial para la defensa poder demostrar que el Jorge Márquez al que llevaban a juicio había enmendado ya su vida.

Estudió el rostro de Ana, que era igual que los otros lunes, en busca de una respuesta. Al no encontrarla, susurró:

—Mira, Anita, tu primo es un sentimental. Seguro que te ha estado metiendo cosas en la cabeza...

—¿Quién, Manolo? Manolo no tiene nada que ver con esto.

El rostro de Ana se oscurecía gradualmente con las sombras de los cuerpos de los funcionarios que se aproximaban, pero esa fue la única diferencia que Jorge advertía en ella. Siempre había intuido una especie de locura, una pasión obsesiva, como un baile mortal, que ahora veía muy clara. En todo caso, ella era la única mujer de su clase que estaba dispuesta a arriesgarlo todo por él. Susana Rubín podría haberle ofrecido lo mismo y nada habría mutado. Ana de la Torre era capaz, en cambio, de cambiar o salvar su vida.

Pese a todo, pese al resquicio de dignidad que todavía no habían logrado arrancarle, se humedeció los labios e insistió:

—¿Qué dicen tus padres a esto, guapa?

—De momento solo lo sabe mi hermano. Quería hablar contigo antes.

Un temblor.

—¿Y qué le parece a él que nos casemos?

—Félix lo que quiere es que seamos felices. —Miró de reojo a los guardias que paseaban en el espacio que los separaba—. Sé que tú dices que esto no es vida, pero no me importa. Yo te quiero mucho, Jorge, y me da igual qué vida tengas mientras pueda compartirla contigo. —Elevó las comisuras en una sonrisa—. Total, los lunes me tienes aquí igual... y Félix me ayudará con lo del cura, y tu hermana y tu madre se van a poner muy contentas cuando lo sepan.

En noviembre de 1939, mientras la Unión Soviética atacaba Finlandia y los judíos polacos portaban por primera vez la estrella de David que los identificaría como indeseables, Jorge Márquez se dio cuenta de que aún ansiaba su propia supervivencia y no le importaba lo que tendría que hacer para asegurársela.

Por segunda vez en las últimas semanas, haciendo caso omiso de su propia regla de no significarse, Félix de la Torre recurrió a su uniforme para conseguir un vis a vis con un preso de Torrijos. Él, que estaba detrás de cada noticia en la prensa española que se vanagloriaba de los primeros avances del Reich, que defendía a capa y espada la limpieza de rojos del país, no tuvo más que pedirlo para tener ante él, en la más estricta confidencialidad, a uno de ellos.

Al sentarse frente a él, Jorge no tenía la expresión de susto de la vez anterior. Félix leyó cansancio en ella, nada más. Los pómulos, que sobresalían, hacían temer una enfermedad que la ausencia de tos descartó.

—Supongo que ya habrás sido informado de ese absurdo de boda que planea mi hermana.

Jorge no le contestó. Se lo quedó mirando, como aguardando más explicaciones o una acusación que Félix no tenía para él.

—El padre Bernabé guarda un buen recuerdo de ti y está dispuesto a oficiarla antes del juicio. En otras palabras, y a la espera de realizar todos los trámites, te casas el mes que viene.

Si bien la noticia no causó en él una gran reacción, la fecha le produjo sudores en las manos.

—Y crees que yo he estado detrás de...

Félix no le permitió continuar.

—Poco conoces a la mujer con la que te vas a casar. Nadie en el mundo sería capaz de obligar a mi hermana a hacer algo que no quiera o de disuadirla de algo cuando se le ha metido entre ceja y ceja.

—Vienes a pedirme que la rechace, entonces.

Félix le sostuvo la mirada un par de segundos más. Aquellos ojos que conocía tan bien, oscuros y hundidos, con destellos verduscos para quienes sabían buscarlos, estaban opacos, vacíos. Por primera vez, y de manera irreversible, fue consciente del destrozo causado por el paso de los años.

—Nada más alejado de la verdad. —Apretó los labios—. Y no me malinterpretes: a mí esto no me gusta ni un pelo, pero si lo que Ana quiere es destrozarse la vida, prefiero que lo haga casándose contigo a cualquier otra manera que se le ocurra.

Jorge tomó aire. Con cada respiración, entrecortada, asemejaba más viejo, más hastiado.

—¿A qué has venido, Félix? ¿A asegurarte de que cargue sobre mi conciencia el futuro de tu hermana?

Los ojos de Félix eran de fuego; los suyos, gélidos como el acero. En un mundo en el que no existieran bandos le habría confesado que le costaba conciliar el sueño desde aquel lunes en el que Ana había ido a visitarlo para decirle que se casaban. Que cada noche que iban a buscar a un compañero a la celda veía en ese matrimonio la única salida, horrenda y angosta, que le quedaba. Que él, que solo creía en las causas perdidas cuando realmente lo estaban, accedía a la boda a regañadientes.

Lo que jamás habría compartido con él eran sus sospechas. Por mucho que Ana se lo hubiese negado, él sabía que Manolo, que había vuelto al Embassy y podía llamar por su nombre a cualquiera en la clandestinidad, le veía una utilidad a esa boda. Y, si él lo hacía, el resto de los camaradas, los que aún quedaban en pie, también.

Félix no intuyó ninguno de sus pensamientos en la expresión sombría en la que estaba sumido. Con los labios todavía apretados, blanquecinos, sentenció:

—Nada de todo esto estaría ocurriendo si hubieses aceptado la ayuda que te ofrecí en su momento. Y míranos ahora: dos familias destrozadas. —Se inclinó más hacia él—. ¿Te han valido la pena las decisiones que tomaste durante la guerra?

Jorge no parpadeó.

—¿Y a ti?

—Yo te he querido mucho, Jorge, como a un hermano. Ahora que parece que vamos a serlo ante Dios y ante la ley, me doy cuenta de lo poco que te conocía. Y me duele. —Se levantó—. Le prometí a tu hermana que te ayudaría y no pienso faltar a mi palabra. Una vez recibas sentencia ya no habrá nada que nos ligue, salvo las oficialidades.

XXIV

Ana de la Torre no se casó de blanco. El día de su boda en la capilla de la cárcel de Torrijos llevaba un traje chaqueta sencillo, negro, que su madre había insistido en mandar hacer nuevo, y la mantilla que había heredado de su abuela. Debido a los trámites burocráticos, a las fiestas y a la agenda del director de la cárcel, el casamiento hubo de posponerse hasta el 8 de enero, tres días antes del juicio y tras unas navidades amargas que ni el paquete de comida que les mandaban de Galicia pudo alegrar.

Aquella mañana, gris, más bien tristona, Manolo ya esperaba en el automóvil cuando don Ricardo llamó a su hija al despacho. Su porte era severo, categórico, evocador de aquellas tardes de primavera en las que le bastaba con extender el brazo para que sus hijos le entregasen las calificaciones.

—¿Mandó llamar, padre?

Se cuadró ante él, por decirlo de alguna manera. La espalda bien recta, sosteniendo unos hombros que por terquedad no temblaban; los ojos, apenas delineados, fijos sobre él.

Don Ricardo, al contrario que su mujer, jamás había fantaseado con la boda de su hija. Su predilecta, sabía, no era una mujer hermosa. Había cometido el error de educarla exactamente igual que a Félix y, en consecuencia, hasta el físico del mayor había replicado ella. Era alta, de hombros anchos y cuerpo atlético, casi seco; las cejas, espesas, solo aportaban más fiereza a su mirada. No había dulzura ni en sus rasgos ni en su personalidad, que él admiraba.

No, don Ricardo de la Torre nunca había fantaseado con la boda de su hija, pero nunca había dudado de que ella, a quien favorecía sin reparos, le colmaría de felicidad. En ese momento, todo aquello que él elogiaba frente a Félix era también lo que estaba trayendo la desgracia a su familia.

—Ya veo que planeas seguir adelante con esta locura.

—He dado mi palabra.

Ante tal aseveración, don Ricardo entrelazó las manos y las colocó frente a sus labios.

—Ya sé que Inés es tu mejor amiga, que su madre se ha portado muy bien con nosotros y que la situación de Jorge es lamentable, pero no le debes nada a esa familia. ¿Me entiendes? ¡Nada!

Ana tragó saliva y continuó sosteniéndole la mirada.

—Padre, ya hemos tenido esta discusión y mi opinión no va a cambiar. Quiero casarme con Jorge y eso es lo que voy a hacer hoy, tanto si usted está conforme como si no lo está.

Don Ricardo abrió la boca. En mitad de una exhalación, como si un pensamiento furtivo lo hubiese traicionado, la cerró. Bajó los párpados.

—Mira, Ana, tu hermano es un idealista y no puedo hablarle a las claras, como a ti, porque pese a todo confío en que mantengas un mínimo de sentido común. —Golpeó la mesa con el dorso de la mano—. Las leyes, como se hacen, se deshacen. Nadie nos dice que en unos años no puedan regresar los divorcios, pero lo que no tiene solución, hija, es la muerte. —Ana hizo ademán de marcharse, pero él se lo impidió tomándola de la muñeca—. En tres días, a Jorge podría caerle la pena capital. Ser la esposa de un rojo supone ya bastante condena, ¿pero su viuda? Esa sí que es una mancha que no te vas a quitar nunca de encima.

El brazo de Ana tembló al zafarse de la presión que ejercía la mano de su padre en él. Sus ojos, que no habían cortado el contacto visual, brillaban húmedos.

—Padre, ¿no se da cuenta de que yo a Jorge lo quiero y de que esta boda podría ser su única esperanza de una pena justa?

Como respuesta, el padre le tomó la barbilla con dos dedos y la acercó más a él. Quería mirar en el fondo de aquellos iris oscuros, idénticos a los de su mujer y su hijo, y bucear en sus verdades.

—Mírame a los ojos y dime que te has olvidado del hijo de Ödön de Hevesy y que estás enamorada de Jorge.

Ana no mutó la expresión.

—Sí lo estoy, porque es igual que yo. Quiero ser su mujer y que no me echen de la cárcel cuando vaya a verlo, porque ha sido muy bueno conmigo, incluso estando donde está.

Don Ricardo se detuvo un momento en esa afirmación, en la nobleza de quien acepta honradamente no la vida que le ha tocado, sino la que ha elegido con la brutalidad animal de quien escarba en la tierra hasta romperse las uñas.

—Estás para que te encierren, hija, pero es tu decisión y tienes la valentía para afrontarla. —La soltó y alzó el índice—. Solo una cosa voy a decirte: sales por esa puerta soltera y entrarás de nuevo como una mujer casada. Y, como mujer casada, tu sitio ya no estará aquí, con nosotros, sino con la familia de tu marido, puesto que lo normal y natural, estando él en la cárcel, es imposible.

Los pelillos de la nuca de Ana, que acariciaban un rizo suelto del moño, se erizaron. Dio un paso atrás.

—Como usted mande, padre. Le pediré a Pepita que lleve mis cosas a la habitación de mi marido.

El trayecto en coche se le hizo más largo que el paseo habitual, quizá porque todos guardaban silencio. La única que lo rompía de vez en cuando, en voz muy baja, era Inés. En esos momentos se arrellanaba aún más junto a Ana, piel con piel, y le susurraba que sabía muy bien lo que estaba haciendo, que ni una hermana se habría portado mejor con ella, que era un sacrificio muy grande y que, si cambiaba de opinión, aún estaban a tiempo de volver a Chamberí, que ella lo entendería.

—No seas tonta, ¿tú no ves que tu hermano es muy buen partido? Médico, y de los más guapos del barrio. La envidia que me van a tener todas.

Ni Manolo, que conducía, ni doña Consuelo ni doña Basilisa dijeron nada. Don Ricardo se había negado a «ser testigo» de cómo su hija «se destrozaba la vida» y Félix les había repetido lo mismo que les había asegurado el primer lunes: que él no pintaba nada en la cárcel, que ya se había pronunciado bastante en favor de Jorge y que ya le había dicho todo lo que tenía que decir; sus caminos habían convergido, pero en ese momento se separaban.

La entrada a la cárcel fue igual que la de cualquier otra visita, pero menos bulliciosa, ya que estaban fuera de hora. La aproximación fue idéntica, solo que en esta ocasión no llevaban consigo el soborno en la tartera, sino las alianzas. También los funcionarios abrieron aquella caja pequeña, para ver qué había dentro (la muda, los cigarrillos, las pastas que Manolo había comprado en el Embassy), no fuese a darse el caso de que hubiesen organizado una boda para entregarle a Jorge un plan de escape, un mensaje del Partido Comunista o una cápsula de cianuro. Al terminar, les indicaron que solo la novia podía pasar, ya que el capellán y el director de la prisión serían los únicos testigos, necesarios, de la ceremonia.

En una sala aparte, antes de bajar a la capilla, entre dos funcionarios registraron a Ana. Le tocaron cada centímetro de su cuerpo antes de que pudiese hacerlo su futuro marido; le pasaron las manos por entre las piernas buscando algo que no existía, que no estaba ahí. Habían tenido a muchas mujeres en esa posición, algunas más desesperadas que otras, pero nunca a una señorita que podía sobornar a los guardias para que le permitiesen una visita sin ser familiar directo, y se recreaban en su humillación.

—Muy guapa vienes hoy, ¿eh? Ni traje nuevo vas a tener que hacerte para el entierro —dijo uno de los funcionarios acercándose más a ella—. Ya sabes lo que toca, ¿no? Hoy boda y en tres días le damos el paseo a tu novio. Porque le han asignado al juez Carballeira. ¿Tú sabes quién es Carballeira...?

La capilla de la cárcel era pequeña, casi de juguete. Sobre el suelo de mármol, que reflejaba y revelaba, reverberaban sus pasos, los tacones ni muy altos ni muy bajos que Ana había elegido para la ocasión. Cuando el director de Torrijos y el padre Bernabé la hicieron pasar, Jorge ya estaba allí, flanqueado por dos funcionarios, recién afeitado, bien peinado, con la muda limpia que le habían llevado el lunes anterior y que Pepita había arreglado a ojo para que volviese a quedarle como debía.

Forzó una sonrisa, al reparar en su llegada, y ella, después del mal rato, corrió a su encuentro con una alegría que no tuvo que fingir, aliviada por la presencia de una persona familiar. Ana lo abrazó pasándole las manos por detrás, cuando el padre Bernabé reparó en la imposibilidad del novio de devolverle el gesto y les pidió por favor a los funcionarios que le quitasen las esposas.

—Al menos, para que pueda recibir el sacramento —dijo.

Los funcionarios obedecieron. No le contestaron pero obedecieron. Al término, las manos de Jorge temblaron, como si no supiesen ya qué debían hacer sin aquel apéndice molesto que las inmovilizaba. Cuando Ana tomó una y entrelazó los dedos con los suyos, el cuerpo de él tembló por la sorpresa de sentir el contacto físico con otro ser humano.

Como el tiempo de que disponían era escaso, la ceremonia no se demoró. El padre Bernabé dirigió la señal de la cruz. Incluso al santiguarse los movimientos de Jorge eran inexactos, un territorio aún por descubrir. La piel de su nueva vida le venía grande.

—Estamos aquí reunidos para celebrar el santo sacramento del matrimonio entre este hombre y esta mujer. ¿Habéis traído los anillos?

Ana le enseñó la caja. Aquel párroco, que había oficiado su bautizo y su primera comunión, al igual que el bautizo y la primera comunión de Jorge, asintió y dijo:

—Ana de la Torre Giao, ¿quieres a Jorge Márquez Pérez por esposo, para amarlo y respetarlo, en la salud y en la enfermedad, hasta que la muerte os separe?

Apenas miró el rostro delgado de Jorge, aún atractivo, antes de sentenciar, con toda claridad:

—Sí, quiero.

Al ponerle el anillo a su esposo, su dedo, helado, temblaba. Él no la miraba directamente, sino que parecía ver a través de ella, como si estuviese hecha de humo.

—Jorge Márquez Pérez, ¿quieres a Ana de la Torre Giao por esposa, para amarla y respetarla, en la salud y en la enfermedad, hasta que la muerte os separe?

Atravesado por terribles escalofríos, Jorge no respondió de inmediato. Sostenía la alianza que debía colocar en el dedo de su futura mujer como si no supiese muy bien qué hacer con ella, ni cómo había llegado allí. En sus ojos, húmedos y enrojecidos, Ana percibió unos destellos verduscos en los que no había reparado antes.

El padre Bernabé, que lo conocía desde niño, se inclinó más hacia él.

—Jorge, ¿quieres a Ana de la Torre Giao por esposa?

Apretó los párpados, contuvo la respiración.

—Estamos esperando. Di, ¿quieres a Ana de la Torre Giao...?

Cuando abrió los ojos, por su expresión y su fiereza, el rostro de Jorge le recordó a Ana a *L'Ange déchu* de Cabanel.

—Sí. —Tragó saliva—. ¡Sí! Sí quiero.

Puesto que las manos aún se sacudían, precisó un par de segundos más para introducir el anillo en el dedo de la novia. El labio inferior, en constante temblor, dejaba a la vista los dientes; sus mejillas, cerosas, brillaban con unas lágrimas silenciosas.

—El Señor confirme con su bondad este consentimiento vuestro que habéis manifestado ante la Santa Madre Iglesia. Lo que Dios ha unido, que no lo separe el hombre.

Jorge no aguardó a las bendiciones para besarla. Aunque las manos que la rodeaban por la cintura estaban frías, Ana percibió sus lágrimas ardientes, febriles.

XXV

Disponían de una hora para estar juntos en una habitación oscura y húmeda, bajo la intimidad que proporcionaba estar entre otras parejas que también se habían casado ese día. Una sábana para ahuyentar el frío del suelo, otra para cubrirse las vergüenzas que les quedaban; la cumbre del lujo en Torrijos. El olor a cañerías y las cucarachas no podían camuflarse. Los retazos de las conversaciones de los demás a Ana le sonaban de las colas eternas de los lunes.

Porque temía que alguien estuviese vigilando, o pudiese delatarlos, buscando en aquellas parejas una falsa que sacrificase su futuro a cambio de un vis a vis, Ana besó a Jorge de nuevo, en el cuello. Él le acarició la mandíbula con la mano.

—A ver, qué he hecho para que me toque una novia tan buena. —Jorge sonrió, con exquisita levedad—. Y tan loca.

Mientras hablaba, Ana le quitó la camisa. Tenía miedo de que, de no hacerlo, ese último detalle los condenara a los dos. Haber llegado tan lejos, y sacrificado tanto, para que los puntos sobre las íes revelasen que aquel matrimonio había sido una mentira.

Él la ayudó a desvestirse y la cubrió con la sábana para que nadie más fuese testigo de su desnudez. Al ver que ella se estremecía, le pasó un brazo por la espalda. La piel, tan fría en la capilla, se iba templando con aquella distancia entre los cuerpos que se estrechaba.

—Lo siento, Ana. Sé que esto es humillante.

Ella negó con un gesto rápido, voraz.

—No me molesta.

Jorge la besó en el hombro, bajo la clavícula. Aprovechando esa cercanía, le susurró al oído:

—Gracias. —Cuando ella trató de atraerlo más hacia sí, la detuvo rodeándole el brazo con los dedos—. Ya no te puedo pedir nada más, guapa.

Pero ella no podía quitarse de la cabeza las voces de los funcionarios, nauseabundas incluso cuando por el timbre no lo eran, las amenazas, las predicciones con olor a incienso funerario. La fecha, la cuenta atrás. Si daba un paso en falso, el riesgo que había corrido no tendría sentido.

Lo besó de nuevo, en el pecho, en los labios. Pensando que quizá a él le atormentaba estar a punto de robarle algo más que el futuro, musitó:

—¿No te acuerdas de la primera vez, en el balneario?

Las comisuras de él se elevaron. Su expresión se dulcificó, se tornó más tierna, y entonces una parte de Ana comprendió la suave atracción que desprendía, por qué era el favorito de todas las fiestas en una vida que ya no existía, que ya daba igual.

—Sí, claro que me acuerdo, pero es que este sitio es muy feo. —Le pellizcó la mejilla—. Anda, que me vas a hacer llorar otra vez, guapa.

—No.

—Es que, mira, yo qué egoísta soy y tú qué buena. Esto no es vida, ya te lo dije el primer día...

—No me importa, no me importa.

Lo siguió besando, acariciando; cada centímetro un nuevo territorio conquistado. Quería destruirse. Quería salvarlo, apartarlo con las manos de aquel destino que clamaba por él, que era injusto. Y quería exorcizar todas las culpas que arrastraba como cadenas, quitarse de dentro a Imre y dejar de ver en las noticias de la guerra las fronteras de un país que no había pisado jamás y que le ardía más que el suyo propio.

Cuando Jorge despertó, un hombre, al fin y al cabo, que llevaba ocho meses sin rozar la piel de una mujer, la espalda de Ana se crispó. Pese al pavor y a la incertidumbre, pese al lugar en el que estaban y la cuenta atrás hasta el día 11, temía que le gustase. En libertad, Jorge solo le había despertado vergüenza y un sentimiento más oscuro que se le pegaba a los huesos como el alquitrán. Al mirarla parecía poder leerla, dar cuenta de todos sus crímenes y pecados; él, que la tomaba demasiado en serio un minuto para reírse y menear la cabeza al siguiente.

Allí, en uno de tantos infiernos de Madrid, a Ana le angustiaba la posibilidad, antes inexplorada, de que aquel matrimonio de mentira, sin enamoramiento y sin felicidad, pudiese causarle placer.

Durante una hora, en la cacofonía de voces, de susurros y promesas, los presos y sus nuevas esposas hablaban, sobre todo, del pasado. Aunque los trámites habían sido tortuosos, las suyas fueron bodas aún más rápidas que las de la República. Sin sermones ni amonestaciones, con los ritos desnudos, simplificados hasta ya solo importar el «sí, quiero» y la confirmación del párroco. La noche de bodas, desvestida hasta transformarse en un espacio de una hora en una sala abandonada y retirada de Torrijos que debían compartir con las otras parejas y sus conversaciones, sus gemidos, sus «Te quiero». Algunas mujeres sabían que su felicidad dejaba un regusto amargo en la boca, pues no se habían casado para compartir la vida, sino la muerte, para poder ver y hasta tocar a aquellos maridos que ya habían sido señalados por el ángel del Señor y que cualquier noche podrían abandonar la cárcel de la única manera que en aquel momento parecía posible: con los pies por delante.

Puesto que carecían de un pasado común al que regresar, Ana y Jorge agotaban sus minutos charlando del incierto futuro. Si se lo permitían, Jorge quería especializarse en hematología. La sangre, decía, era el origen y el fin de todo, tenía la capacidad de enfermar y curar al organismo en su conjunto. Una infección en la sangre resultaba, con frecuencia, mortal, ya que los sistemas iban cayendo uno a uno, como un castillo de naipes, hasta llegar a la conclusión más lógica: la destrucción total de la persona.

Ana le hablaba de Boston, ciudad que no conocía pero que Manolo había implantado en su cerebro como un tumor terminal. Antes, cuando, tras ganar la batalla contra su padre en lo referente a los estudios universitarios, debía elegir qué quería hacer con su vida, las opciones que se abrían ante ella la habían paralizado. Quería viajar y quería pintar y quería escribir; quería tomar todas estas posibilidades, estas vidas tan pequeñas, con las manos, y a causa de la avaricia se le escurrían entre los dedos. En ese momento en que las oportunidades se estrechaban, era la apatía la que la postraba en la cama y los sueños imposibles los que la obligaban a levantarse cada mañana.

—Tú vas mucho al Embassy con Manolo, ¿no?

—Sí. ¿No has visto las pastas que te he traído para el convite de bodas?

Notó los dedos de Jorge en las caderas, en los omóplatos, cubriéndola, resguardándola del testarudo frío de enero.

—Me imagino que sabes por qué se llama así. —No aguardó a la respuesta—. Porque por su ubicación, en pleno barrio de Salamanca, está rodeado de embajadas: la británica, la norteamericana, la alemana... —Casi sonrió—. Tú querías ser diplomática, ¿no?

—Sí.

Como ciudadana de la nueva España, lo más cerca que estaría jamás de alcanzar su sueño sería convirtiéndose en la mujer de un diplomático. Esta aproximación, estar tan cerca de lo deseado sin lograr rozarlo siquiera, la humillación de tener que celebrar los méritos de otros mientras ella languidecía en casa, o en salones de fiestas, se le antojaba una condena mayor que haberse casado con un preso.

—Las conversaciones que oyes en el Embassy serán interesantes, sobre todo ahora.

Dejó la frase en el aire. La guerra en Europa había atravesado incluso los muros de Torrijos. Flotaba entre aquellos cuerpos castigados como una bruma capaz de cambiar sus vidas para siempre.

—Manolo me está ayudando con el inglés.

—Es un idioma útil. —Se humedeció los labios y, al inclinarse de nuevo hacia ella para besarla cerca de la oreja, susurró—: ¿Has oído alguna vez en el Embassy el nombre de Alistair Dale?

Le repitió el nombre dos veces, una a la española y la otra pronunciado correctamente. Ana buceó en sus recuerdos, deteniéndose en cada sílaba, hasta que en su mente se formó una caligrafía precisa.

—En el Embassy no, pero, si no recuerdo mal, tu hermana le escribe.

Una arruga creció en el entrecejo de Jorge.

—¿Mi hermana? ¿Estás segura?

—Sí. Encontramos una carta sin sellar en t...

Jorge la silenció colocándole dos dedos sobre los labios, gesto que camufló con una caricia.

—Dile a Inés que no le escriba más. ¿Me harías ese favor?

—Sí, claro.

—Buena chica. —Le sonrió—. Mira que al final el buen partido vas a ser tú, guapa. Más que buena, con posibles... una mujer de bandera.

—Oye, no me dores la píldora que ya estamos casados.

—Si es que eres muy valiente, guapa, y yo he tenido mucha suerte contigo.

Algo en el tono de la voz, o en la expresión del rostro le hizo recordar a aquella mujer que se le había acercado semanas atrás para darle su «regalo de bodas». Estaba empezando a susurrárselo a Jorge al oído cuando, desde el otro lado de la puerta, dos golpes les alertaron de que apenas les quedaban cinco minutos, tiempo suficiente para adecentarse y despedirse. Algunas de aquellas novias no volverían a ver jamás a los maridos a quienes acababan de ponerles un anillo en el dedo.

Aquel adiós entrecortado, aquellos te quiero aún más rápidos y desesperados, fueron traumáticos. Quizá contagiada de aquel terror, similar a un salto al vacío, Ana, con el traje aún arrugado y la mantilla apretada en las manos, se colgó del cuello de Jorge y lo abrazó.

—Cómete las pastas, pero no todas a la vez, que te van a sentar mal. Y no te preocupes por lo que pueda pasar el jueves, que todo va a ir bien.

—Claro, guapa, es que tú me vas a dar mucha suerte. —La ayudó a colocarse la mantilla—. Pídele eso a mi hermana, ¿vale? No te olvides. Y sigue estudiando con Manolo, que te va a venir muy bien. Y si...

Lo calló poniéndole un dedo en la boca, como él había hecho con ella. Ana, que nunca había sido supersticiosa y miraba con escepticismo los rosarios de su padre, temía que Jorge pronunciase en voz alta una sentencia de muerte y que el eco de aquel sonido tuviese el poder de volverlo realidad.

Un funcionario la escoltó al salir. Mientras caminaba, muy erguida, todo lo orgullosa que podía sentirse, a lo largo de aquel pasillo que se le antojaba cada vez más angosto y más largo, el hombre le entregó un paquete pequeño, del tamaño de una palma, envuelto en un papel de periódico que relataba las derrotas soviéticas en Finlandia.

—Para que luego digáis que a las golfas de los rojos no os tratamos bien. Café, porque eso es lo que le vamos a dar a tu marido, mucho café.

XXVI

Salió de la cárcel entre sudores y escalofríos. Su tez, a juzgar por la reacción de las dos familias al verla, estaba blanquecina, espolvoreada por una sombra de la muerte de la que ella quería desprenderse. Inés, que corrió hacia ella, le apretó la mano en la que no sostenía el paquetito.

—¿Ha pasado algo?

Ana se esforzó en sonreírle.

—No, que me ha dado mucha pena despedirme de él tan rápido. Y que..., bueno, que ahora me habría gustado tener una boda diferente y que vosotros nos hubieseis acompañado.

De lo que no podía escapar era de las miradas de doña Consuelo, quizá capaces de leer dentro de ella. Por eso agradeció que su madre se volviera hacia Manolo y le pidiera que acercase a doña Consuelo y a Inés en automóvil.

—A Ana le vendrá bien airearse un poco.

Manolo asintió.

—Claro, que han sido muchas emociones para un solo día. Pero no tardes mucho, Anita, que los amigos de Jorge nos esperan en la Vinces.

Doña Basilisa tuvo el tacto de esperar a que el coche arrancase y desapareciese calle abajo, antes de engancharse al brazo de su hija y preguntarle a bocajarro:

—¿Qué? ¿Te arrepientes?

Ana inclinó la cabeza.

—No, no es eso. Es que... —Le entregó el paquetito en mano—. Un funcionario me ha dado esto.

Doña Basilisa arrugó la nariz.

—¿Qué es?

—Café. Bueno, será achicoria, pero han dicho que es café. Que eso es lo que le van a dar a Jorge: café.

—Que le van a dar café —repitió la madre, casi diseccionando las palabras, como si su hija le hablase en otro idioma, ininteligible y desconocido.

Esa torpeza en el entendimiento, el tener que repetirlo en voz alta, desgranando todo el significado, a Ana le resultó intolerable.

—Sí, madre, café, ¡café! Significa... ¡Que te diga Félix lo que significa! —Apartó la cara. Los ojos inquisitivos de su madre, tan oscuros como los de su hermano, le ardían sobre la piel—. Que lo van a fusilar, eso es lo que significa. Y no sé si es verdad o no, pero... —Se llevó una mano a la boca—. Ha sido horrible. Horrible y denigrante y humillante y..., a Jorge podrían quedarle unas semanas de vida y lo tratan como a un perro, para que no se olvide de que él ha perdido la guerra y ellos la han ganado. Y no solo la han ganado, ¡nos han pasado por encima!

Cogió aire para añadir algo más, para continuar con aquella retahíla que no tenía fin, pero la madre la arrinconó contra una pared y la amordazó a la fuerza tapándole la boca con la mano.

—¡Cállate! ¿Estás loca? Cállate o volverás a la cárcel, pero presa. —Sacudió la cabeza—. Ay, hija, ¿qué pensabas? ¿Que te iban a felicitar? Porque así será tu vida a partir de ahora: difícil. Y porque tú lo has querido. ¿Ahora qué? Más te vale que no lo maten, porque mientras esté preso seréis infelices los dos, pero estaréis juntos. Ahora que, si le cae la pena de muerte..., te vas a pasar la vida sola. ¿Quién te iba a querer, siendo la viuda de un rojo ajusticiado?

Ana no le contestó. Había consumido sus energías en aquellas exclamaciones entrecortadas, en aquel llanto ahogado quizá por el susto. Tras leer su expresión, doña Basilisa la tomó de nuevo del brazo y la obligó a continuar el trayecto.

—Qué tonta has sido, hija. Maldita la hora en la que tu padre hizo negocios con aquel húngaro y maldita la hora en la que tú te fijaste en su hijo. Porque si ese chico no te hubiese roto el corazón tú no te habrías tirado a los brazos del primero que te da un cariño. Y ya ves, un preso. A tu padre nadie le va a quitar la pena.

Ana trató de regular la respiración, en vano.

—Madre, no hace ni un año que era usted la que me tiraba a los brazos de ese preso.

—Sí, y también fui una tonta. Tenía que haberme dado cuenta de que ese chico, por muy cabal que pareciera, era igualito que su padre, que Dios lo tenga en su gloria. Y ahora vete a saber si no le sigue los pasos hasta el cementerio. Si nos persiguen las desgracias. Ahora que Franco cumpla su palabra y no nos meta en esa guerra, porque tu hermano iría de cabeza... —Apretó los labios—. No hemos tenido suerte. Hemos sido tan felices que ahora Dios se ríe de nosotros.

Ana se había calmado ya cuando se instaló en su nueva casa, no fuesen a darse cuenta doña Consuelo e Inés de que había llorado. Y hasta que regresó del convite en la cervecería Vinces, donde los amigos de Jorge no se sorprendieron de que este hubiese engatusado a una mujer, pero sí de que la elegida fuese Ana y que ella se hubiese dejado convencer, no sintió vergüenza. Sus cosas, que Pepita había empaquetado con tanto cariño, eran los objetos del dormitorio de una niña en la habitación de un hombre adulto. Había perdido los libros durante la guerra y había destrozado los apuntes de Diplomacia junto con las cartas de Imre. Lo que quedaba eran las muñecas de porcelana; el juego de plata del tocador, que Inés le había guardado durante la contienda, y las fotografías de una adolescente que no se parecía a la mujer que la miraba desde el espejo.

Al tumbarse en la cama, notó que olía a Jorge, pero no al Jorge de la cárcel, sino al de antes, el que utilizaba jabón de Marsella y perfume con notas de cuero, el que fumaba los cigarrillos caros que ya solo podían encontrarse en el estraperlo. Aquel olor, que ya había olvidado, la atravesó. Para forzarse a ignorarlo tomó una de las invitaciones al convite y la guardó en un sobre en el que escribió de memoria la dirección de Imre.

Se había casado con Jorge para salvarle la vida, para que Inés no tuviese que sacrificarse, sí, pero también para devolverle el golpe a Imre. Para que supiese que, como le había pedido, iba a «ser muy feliz».

Al taparse de nuevo con las mantas, no se avergonzó de lo que había hecho, que no tenía vuelta de hoja, sino de aquella intimidad que estaba mancillando con su presencia.

XXVII

A Manolo Giao Pena, que siempre tenía un as o dos en la manga, no le había venido del todo mal que su prima se hubiese casado con un preso de Torrijos. Su habitación estaba vacía, así como su lugar en la mesa, y él tenía planes para ella. Le sería útil, pensaba, mientras fuese esposa, quizá no tanto si se convertía en viuda. Para eso tendrían que esperar.

Aquel jueves 11 amaneció con cielos de ceniza. Inés no quería desayunar, quería acompañar a Félix y al abogado, aunque no le permitiesen entrar en el Juzgado Militar. De todos modos, decía, también había esperado muchas veces en la puerta de la cárcel, y que no le importaba. Le merecía la pena si podía verlo un par de segundos, aunque fuese de lejos y desde la terraza de la cafetería en la calle de enfrente. Quería ser la primera en conocer la sentencia.

Incluso Félix sabía que no había nada que pudiese interponerse entre Inés Márquez y su voluntad. Consintió, pero solo si Ana y Manolo se quedaban todo el tiempo con ella.

—Va a ser un día duro —les dijo.

Más tarde, mientras su primo ayudaba a Inés a entrar en el coche, añadió en voz más baja al oído de su hermana:

—La defensa va a intentar que se le sentencie por un crimen de auxilio a la rebelión, ya que no ha estado afiliado nunca a ningún partido político ni a ningún sindicato y, por lo tanto, no hay agravantes. —Tensó los músculos de la cara—. Pero su nombre figura en las listas del Socorro Rojo y hay pruebas que atestiguan los años que ha trabajado en sus hospitales. Es posible que lo sentencien por adhesión a la rebelión y entonces tendremos que estar preparados.

Las pupilas de Ana se agitaron.

—¿Cuál es la diferencia?

—Los crímenes de auxilio a la rebelión están penados con entre veinte años y un año de cárcel, pero no esperes que sean benévolos con Jorge. La adhesión a la rebelión se castiga con veinte años de cárcel por lo bajo… —Desvió la mirada—. Y con la pena de muerte.

—¿Qué puedo hacer yo?

—Ven conmigo, que se vea que eres mi hermana. Intentarás pasar, aunque no te lo permitan, para tocarlo o abrazarlo. Pero no grites como esas plañideras que van a ver a sus maridos a la cárcel. Que se te note siempre que eres una señora.

Ana asintió, queda.

—¿Qué crees que va a pasar?

—No habría consentido que te casases con él si no pensase que eso iba a ayudarlo. Pero el juez que le han asignado es un hueso duro de roer y tenemos que estar preparados para todo.

A Ana no le costó meterse en esa nueva piel. Siguió los pasos de Félix tal como él le había indicado. Cuando los guardias la detuvieron, después de que su hermano mostrase la documentación y le dejasen pasar, estiró el cuello hasta que vio, entre la multitud, el perfil recortado de su marido. Llevaba el mismo traje de la boda, el pelo engominado y con la raya a un lado, el rostro afeitado y brillante; solo los párpados inferiores, ligeramente enrojecidos, daban testimonio de su lucha interna.

Lo llamó por su nombre, con la voz clara, sin permitirse ni un balbuceo. Cuando él se volvió, lo saludó con la misma mano con la que sujetaba el pañuelo.

—Te voy a dar mucha suerte, ya lo verás.

Al caminar hacia la cafetería, donde Inés y Manolo la esperaban, le sorprendió ver lo vacías que estaban las manos con las que había gesticulado en su dirección. Aquella noche, como las últimas, había dormido en su cama, aunque era Imre el que se presentaba en todos sus sueños. En el café, entre la infusión y el desayuno que su primo obligó a Inés a tomar, abrió el *ABC* y se saltó las noticias sobre las humillaciones soviéticas a Finlandia porque sus ojos buscaban el nombre de un solo país: Hungría.

Sobre ellos flotaban las oraciones de Inés, cada vez más bajas y hambrientas, y las conversaciones de barra de bar. Ajenos a la sentencia que ellos aguardaban, los parroquianos de aquella cafetería comentaban lo que en España ya todos sabían: los aliados no tenían nada que hacer; Alemania, invicta, estaba ganando el conflicto que ella misma había iniciado.

—Un pueblo orgulloso, el finlandés, fíjate tú. Están echando a la escoria bolchevique de su patria igual que hicimos nosotros en el treinta y nueve.

Por no escucharlos, Ana se unió al rosario de su amiga. Por primera vez temió una posibilidad en la que no se había detenido a pensar: que Alemania ganase la guerra y la historia de España, olvidada, tuviese un eco en todos los rincones del continente.

El desayuno se convirtió en comida y merienda. Ya anochecía cuando vieron a Félix acercarse desde el otro lado de la calle. Pálido, parecía no saber muy bien qué hacer con las manos, o adónde se dirigía. Al entrar en la cafetería y aproximarse a ellos, Ana percibió que las lágrimas bailaban en sus ojos.

Inés no cesó los rezos.

—¿Y bien? —inquirió Ana.

Félix tomó una silla vacía y la arrastró sin decoro alguno hasta su mesa. Al dejarse caer en ella, su cuerpo pareció perder consistencia, amoldarse a ese objeto inanimado, cada vez más inerte.

—Le han condenado por un delito de adhesión a la rebelión —dijo, y el rosario se escurrió entre los dedos de su hermana—. Veinte años y un día.

Inés besó su crucifijo y se levantó para sentarse sobre los muslos de Félix. A él también lo besó de la misma manera, mientras lloraba contra su cuello.

—Esto es gracias a ti. Sé que nunca habéis estado de acuerdo en política, pero tú le has ayudado desde el primer día.

Félix le acarició el antebrazo.

—No tienes nada que agradecerme. Él habría hecho lo mismo por mí, si la historia hubiese sido distinta.

—Sí. Siempre me pregunta por ti, cuando voy a visitarlo a la cárcel. A pesar de todo, te quiere tanto… —Le sonrió; las palabras parecían tardar tanto en salir como aquella condena—. Y yo también.

Félix alzó la barbilla para mirarla. Antes de que pudiese responderle, ella tomó la mano de Ana y se la apretó.

—A ti sí que no sé cómo voy a agradecértelo. Ni una hermana se habría portado mejor conmigo. Aunque supongo que ahora sí que somos hermanas.

Ana, que no se volvió, asintió con un gesto.

—Sí, ahora sí.

Veinte años y un día. Hasta oír la sentencia no se había parado a pensar en la magnitud de los años que podrían separar a Jorge de la libertad. Se había obcecado tanto en su salvación, en el golpe que le daría a Imre, en la vida que se abrasaba y la que renacía de las cenizas, que no se había detenido a pensar en su futuro. Veinte años y un día. Si las enfermedades y las penurias no hacían mella en él, el hombre con el que se había casado rayaría los cuarenta y seis años cuando pudiese volver a caminar por las calles que había dejado atrás. Y ella, cuarenta y tres. Sus guerras, que en ese momento parecían infinitas, con toda probabilidad habrían quedado olvidadas ya en la enormidad de la historia para entonces.

Guerra

Mayo de 1940 - agosto de 1941

Una tras otra, mis vidas pasadas partían,
como barcos, llevándose con ellas su desdicha.

Czesław Miłos

I

Manolo Giao Pena tenía planes para su prima, ahora que era mujer casada y no dependía del padre y su marido, con una condena de veinte años y un día a las espaldas, no podía oponerse a que trabajase. Manolo se interesó por la rapidez con la que podía escribir a máquina. Cuando ella le respondió la verdad, que no lo sabía, le pidió que practicase aquella noche, al volver de las clases, y se lo dijese. Su respuesta, ochenta y dos palabras por minuto, lo satisfizo más.

—Antes estudiabas Diplomacia, ¿no?

Ana asintió. Era una de tantas tardes que pasaban en el Embassy, donde, a pesar del bullicio que las noticias de la guerra en Europa causaba, parecía que siempre tuvieran una mesa reservada.

—¿Podrías tolerar un trabajo como secretaria?

La pregunta captó la atención de la muchacha, que dio una calada al cigarrillo que estaba fumando, a fin de no transparentar su emoción, y preguntó:

—¿Dónde?

—Tengo un amigo en la embajada británica que necesita una secretaria y resulta que me debe un favor. Le hablé de tus conocimientos, de la situación económica de tu marido, le dije que eres discreta, que hablas inglés..., si es verdad que puedes teclear ochenta y dos palabras por minuto, les interesas. Es un puesto muy bajo, no te voy a engañar, técnicamente podría hacerlo cualquiera que sepa el idioma y escribir a máquina. —La señaló con la pitillera antes de ofrecerle un segundo cigarrillo—. Pero esa cualquiera podrías ser tú.

De pronto, los días dejaron de contarse solo en lunes, colas eternas en Torrijos y el vis a vis concedido cada dos o tres meses, dependiendo del comportamiento de Jorge.

El amigo de Manolo, el conde de Albiz, trabajaba como abogado en la embajada británica, en el número 16 de la calle de Fernando el Santo. Su padre había ocupado idéntico puesto; su abuelo, paterno, había sido una vez el embajador británico en la capital española. Serio, calvo y con un porte regio, que creaba en los demás la ilusión de que su altura era titánica, las primeras palabras que le dirigió a Ana fueron en relación con su marido.

—¿Cuál es el crimen del que ha sido acusado?

Una mentira no la habría ayudado. Esa información cualquiera podía obtenerla con facilidad.

—Adhesión a la rebelión.

—Ya veo.

—Ejerció la medicina en los hospitales del Socorro Rojo durante los años de la guerra —agregó, e inmediatamente se arrepintió de esa aclaración, como si quisiese demostrar que Jorge era uno de los buenos, de los menos sanguinarios, en una cárcel en la que la mayoría de los crímenes eran tan ínfimos como el suyo.

El hombre asintió. Frente a ella, en el despacho de aquel edificio que Ana tantas veces había contemplado sin plantearse que algún día tendría un asiento en él, la luz de la mañana no le era favorable. Caía sin amabilidad alguna sobre las arrugas que le cuajaban el rostro, de rasgos suaves, y aparentaba más de sus cincuenta años. Sobre los ojos, de un castaño cálido, en cambio, la luz era gloriosa, dulcificaba una mirada que, por la posición de las cejas, podría caracterizarse por su dureza.

—Si no es indiscreción, y no tiene que contestarme si no quiere, ¿cuál es la longitud prevista de su condena?

La respuesta llego rápida, sin pensar, como un padrenuestro en el colegio.

—Veinte años y un día.

El conde de Albiz se acarició el mentón. Por la manera en que sus gestos se ralentizaron, Ana supo que estaba pensando en que su rabiosa juventud se marchitaría y desaparecería en el transcurso de esos veinte años.

—Lo lamento. Espero que la justicia sea amable con él y que reciba un indulto acorde al crimen cometido.

—Gracias, señor.

Como respuesta, el conde de Albiz se quitó las gafas, de montura fina, y las colocó sobre la mesa, marcando las distancias entre ambos.

—Su hermano pertenece a la Falange, ¿no es así?

—Sí. —Se mordió el labio inferior—. Su condena es más larga, de por vida, porque nada ni nadie podrá sacarlo jamás del despacho.

El jefe irrumpió en una carcajada sonora, clarísima, que remató tomando las gafas de nuevo.

—Sabe usted, señora De la Torre, que para este puesto la discreción es fundamental, ¿verdad? —dijo, y lo repitió, arrastrando las palabras—: Absoluta discreción.

—No se preocupe, señor. Nada de lo que oiga o transcriba aquí abandonará estas cuatro paredes. Puede confiar en mí.

Un asentimiento corto. La luz, que entraba a raudales por la ventana, iluminó la incipiente papada del conde de Albiz.

—¿Y escribe usted a máquina a una velocidad de ochenta palabras por minuto?

—Ochenta y dos —precisó Ana, con el índice en alto—. Puedo demostrárselo, si quiere.

—Quiero.

Comprendió de inmediato el interés del noble en los crímenes de Jorge y la afiliación política de Félix, así como su consigna de absoluta discreción. La mayoría de los documentos que Ana transcribía, de momento, eran informes de solicitud de visados de refugiados o prisioneros de guerra. Era esencial para probar, ante Gobernación, que aquellas personas que solicitaban asilo no eran rojos.

Y llegó mayo, y los calores madrileños, y los paseos por el Retiro en los que ya ni le importaba ser la carabina de Inés y de su hermano, ni buscar incesantemente noticias de Hungría en los periódicos de la guerra.

Al vis a vis del día 20 llevó consigo un tarro de miel, ya que Jorge llevaba semanas con una tos muy fea, «bronquitis», según los entendidos, y «el frío de la cárcel» en palabras de los compañeros. Por momentos, temió que aquella visita se cancelara, debido al nerviosismo causado por la ocupación de Francia, Bélgica, Luxemburgo y los Países Bajos, pero finalmente tuvo lugar, siguiendo todos los pasos acostumbrados. La hilera de mujeres a las que ya conocía y podía llamar por su nombre, con las que sufría cuando una dejaba de aparecer, ya que el motivo era con frecuencia el mismo: el fusilamiento del marido. El registro humillante por parte de los funcionarios. La espera sentada a la mesa hasta que traían a Jorge, casi siempre algo más delgado y más amarillo que la última vez. Todos los recados que tenía que darle de Inés, de doña Consuelo, de Manolo, de Pepita, de los amigos que la paraban en la calle y le preguntaban por él.

Ante todo, apreciaba el contacto físico con aquellas manos que, pese a las penurias de la cárcel, no cambiaban. Roces robados, escondidos entre temblores y cambios de postura, que a menudo iban acompañados de las amonestaciones de los guardias. Aun sin estar enamorada, disfrutaba del calor humano de aquellas manos grandes, de dedos largos y finos, que Jorge se esmeraba en cuidar. Tendría cuarenta y seis años cuando abandonase la cárcel, pero no le importaba. Lo hacía para mantener su autoestima. Si no protegía sus manos y practicaba, aun a ciegas, los movimientos del bisturí y de la aguja de sutura, si no pedía sus libros de medicina ni preguntaba por los viejos compañeros, los resquicios que aún lo ligaban al hombre que había sido arderían y ya no quedaría nada de Jorge Márquez Pérez, de Chamberí, a quien le faltaba un año para terminar la carrera de Medicina y quien soñaba con especializarse en hematología.

Hablaban de los avances de la guerra a media voz, en claves que Ana no siempre comprendía. De algún modo, Jorge estaba siempre al tanto de todo, y acudía a ella para saber si sus suposiciones habían sido las correctas.

Con Francia herida de muerte y mientras los alemanes tomaban París, España había iniciado la ocupación de la zona internacional de Tánger, que había anexionado al protectorado de Marruecos. Junto con aquel cambio, había llegado uno mayor, terminológico, que pendía sobre ellos como la espada de Damocles: el paso de España de la más estricta neutralidad a la no beligerancia.

Aquel día, Jorge comenzó, como tantas otras veces, con una pregunta inocente:

—A ver, ¿qué me traes hoy en la tartera de Pepita?

—Lentejas. Tenía una pena, la pobre... Dice que en la guerra os hartasteis de comerlas, pero es que esta semana...

Jorge no le permitió continuar.

—Ah, ya echaba yo de menos sus lentejas. ¿Con sospechas de chorizo?

—Un trozo entero.

—¡Atiza! ¿Y cómo está mi Pepita?

—Muy preocupada por ti, como todos. Te he traído miel del pueblo de su hermano, para la tos.

Jorge le sonrió.

—Es por la humedad. Ahora que viene el calor se me pasará.

Tamborileó con los dedos en la mesa y se pasó la lengua por los labios. Sus movimientos eran nerviosos, incompletos, como si su propia corporeidad fuese incapaz de contenerlos.

—Me imagino que Pepita también estará bastante preocupada por su hijo.

Ana trató de que su rostro no reflejase la sorpresa que la invadía. Jorge se acercó más a ella, hasta donde los funcionarios que los vigilaban se lo permitían.

—¿No te acuerdas de Blas, el hijo de Pepita? Te lo has tenido que cruzar cientos de veces por el barrio.

—Sí, es que..., bueno, hace mucho que no lo veo.

Lo último que sabía de aquel muchacho, ahora ya un hombre, cuyos rasgos apenas recordaba, que era dos años mayor que Jorge y cinco más que ella, es que había estado en el XVIII cuerpo de ejército, en Ingenieros. Ignoraba si había sobrevivido a la guerra o no, ya que Pepita llevaba años de luto por su marido y ella nunca se había atrevido a preguntárselo.

—Ha tenido algunos problemas de salud. Va para dos años. Y con estas gripes primaverales..., bueno, que he pensado en la pobre Pepita, que lo estará pasando mal con el hijo tan lejos. Y me gustaría que le dijeras que no se preocupe, que Blas es fuerte y joven, y lo superará. ¿Se lo dirás de mi parte?

Ana intentó leer algo más en sus ojos, pero fue incapaz de ver más allá de aquellos destellos, a veces verduscos, que aparecían en el iris oscuro como espectros.

—Sí, claro. ¿Algo más?

—No, solo eso, que seguro que Blas lo superará. Tiene motivos. ¿Sabías que tiene un niño pequeño?

—No, no tenía ni idea.

—Pues sí, va para dos años también. Al pobre se le ha juntado todo.

A medida que los minutos se amontonaban y la cuenta atrás avanzaba hasta el fin de la visita, las dudas acechaban a Jorge. Quería saberlo todo. Cómo estaba su hermana, aunque la hubiese visto la semana anterior. Cómo le iban las cosas a Félix en la Falange. Y ella, cómo se desenvolvía en el trabajo, qué tareas hacía, cómo lo compaginaba con los estudios.

—No es nada del otro mundo. Transcribir notas, sobre todo.

A Jorge le habría gustado que le confiara los entresijos de aquel puesto que parecía imposible que hubiera conseguido, ya que carecía de los estudios necesarios, pero en aquellas circunstancias, bajo las miradas férreas y los oídos aguzados de los guardias, era imposible.

—¿Pero te gusta?

Ana sonrió.

—Sí, me gusta mucho. Además, así puedo practicar el inglés. Ahora Manolo está con el alemán. Félix, que le lleva números de la revista *Signal*, le está ayudando.

Cuando les indicaron que ya solo les quedaban cinco minutos, la conversación viró, como todos los lunes, al mismo lugar.

—Mira, guapa, si alguna semana tienes mucho trabajo, o te

surge algo importante..., bueno, que no te preocupes, que no te lo tendré en cuenta.

Ana le rozó los nudillos al extender las palmas sobre la mesa.

—¿Qué dices? Si los lunes son mi día favorito de la semana.

Jorge sacudió la cabeza.

—Pero qué mal mientes, y lo peor es que te lo crees. Mira que aquí tenemos para rato...

—No me importa.

Le gustaba hablar con él, pese a las circunstancias. Había tenido que desnudarse de todo para comprender que, cuando era adolescente y oía retazos de las conversaciones entre Félix y Jorge en el despacho, lo que la invadía era la intriga, el sentimiento de pertenecer a algo, la atracción de sentarse ante ellos y debatir de igual a igual, aunque nunca la invitasen. Aquella niña que esperaba todavía vivía en su interior y despertaba cada lunes que le tocaba visita en Torrijos.

Jorge separó la mano.

—Mira que he tenido suerte contigo, guapa. Y menudo muerto te he cargado encima.

Ana desvió la mirada.

—¿Ya te arrepientes? Pensaba que los hombres no os arrepentíais del matrimonio hasta pasado un par de años.

—¿Cómo me voy a arrepentir, si los lunes también son mi día favorito de la semana?

—Porque te traigo cigarrillos.

—Sí, malísimos.

Antes de separarse, se aferró a él, sin importarle los gritos o los insultos que pudiese recibir de los guardias. Era preferible aquel instante de calor, aquella humanidad, a tener las manos vacías de nuevo.

Abordó a Pepita en la cocina, antes de que la señora volviese de tomar el té con su madre, mientras Inés le daba clases particulares a la hija de los vecinos del primero. Estaba preparando la cena y, al verla, sonrió con dulzura.

—¿Qué? ¿Quieres que te enseñe a preparar croquetas? Claro,

porque a los hombres la comida les sabe mejor cuando la cocina su mujer... ¡Ay, pobrecita mía, qué mala suerte has tenido! Con el marido guapo y listo que tienes, y..., en fin.

Alzó la vista para tomar la bayeta, que había dejado sobre la mesita. Al hacerlo, y sostenerle la mirada a Ana, leyó algo en aquellos ojos rojizos que le ensombreció el rostro.

—Qué cara me traes. ¿No se habrá puesto malo Jorge?

—No, no, está muy bien, y bastante más animado. —Se mordió el labio inferior—. Es que me ha dado un recado para ti. Es sobre tu hijo.

Con la repentina seriedad, las arrugas que cuajaban el rostro de Pepita parecían más profundas; la piel, más añeja y cetrina. Aunque estaban solas, cerró la puerta de la cocina y también las ventanas, que dejaban que corriese la brisa de la calle.

—¿Y qué recado te tiene que dar Jorge de mi hijo?

—Pues..., bueno, tienes que entender que allá en la cárcel no se puede hablar con libertad, porque los funcionarios no nos dejan un minuto a solas, pero leyendo entre líneas... Tu hijo está en Francia, ¿no?

El rostro de la mujer se tensó.

—No lo sé.

—Pepita, a mí puedes decírmelo. Ya sé que mi hermano tiene las ideas que tiene, pero yo...

—No puedo decírtelo porque no lo sé. Lo único que Jorge me contó en su momento es que estaba bien y que no podía darme más datos, y a esa esperanza me he estado aferrando yo todos estos años. —Se sentó—. ¿Qué te ha dicho Jorge, para que me preguntes si mi Blas está en Francia?

—Pues eso, que lleva dos años lejos y que seguramente tú estés preocupada, con todo lo que está pasando, pero que está seguro de que Blas lo superará. Blas y su hijo.

Pepita, que se había detenido, como alcanzada por un rayo, se volvió para observarla.

—Su hijo. ¿Que mi Blas tiene un niño?

—A lo mejor le entendí mal y quería decirme otra cosa. La próxima vez, si quieres...

La mujer no le dejó continuar. Se levantó como poseída por una fuerza súbita, hercúlea, y prosiguió con sus labores como si nada la hubiese interrumpido.

—No, ya me hago cargo. Ya..., mira, Ana, yo a ti te conozco desde que eras cría y te quiero mucho, y a Jorge, que casi lo crie, aún más, pero mi hijo es mi hijo y... no volváis a hablar de él, hazme el favor. Que yo entiendo que Jorge, estando en la cárcel, pues estará falto de compañía y de conversación pero no le dejes que remueva el pasado. —Se giró hacia ella de nuevo—. Bastantes problemas tiene ya por culpa de esos años.

II

Imre de Hevesy no había destruido ninguno de los recuerdos de su vida anterior. Por respeto a su esposa los había guardado en los rincones más insospechados de un despacho que tenía más bien por adorno y que usaba principalmente para beber y para recibir a los amigos, excepto en esa ocasión en la que su padre había insistido en hablar allí con él. Mientras esperaba, e incapaz de concentrar la atención en los diarios que se vanagloriaban de las victorias alemanas en Dunkerque, garabateaba en la agenda de cuero en cuya solapa había escondido la invitación al convite de la boda de Ana y una instantánea de fotomatón con los hermanos De la Torre que databa de 1935.

Habían pasado cinco años desde su último verano. El de 1940 había comenzado con la sangre, unas gotas casi ínfimas en la combinación de seda que habían logrado que su mujer llorase durante semanas y que a él le habían colmado de alivio. Por recurrir a la nueva religión a la que pertenecía, y que no quedase relegada como el despacho y la agenda, se fue a confesar a la iglesia de Santa Ana. El párroco, que lo escuchó, no reaccionó físicamente a sus palabras. Imre había rezado y ayunado por que ese embarazo no llegase a término y ahora que sus deseos se habían cumplido le tocaba una penitencia al nivel de su maldad. Pagó con gusto lo debido en la colecta; todos los domingos sorprendía a Rezeda con flores frescas y pasteles de Gerbeaud y todos los lunes salía de casa temprano para ir al balneario Lukács y no regresaba hasta que la piel se le arrugaba, enrojecida, y el calor y el sudor le causaban náuseas.

Aquella mañana, en la que ya se intuía el calor asfixiante de la capital, el señor De Hevesy decidió visitar a su hijo enfundado en su mejor traje. Para no arrugarlo, había rechazado sentarse durante el trayecto en tranvía desde Belváros hasta Buda, al otro lado del Danubio. Aunque estaba cansado, al entrar en el despacho se permitió un par de segundos para admirar a su hijo antes de tomar asiento frente a él.

—Usted dirá, padre.

Lo invitó a cigarrillos, que el señor De Hevesy rechazó al introducir la mano en el chaleco para sacar la pipa. Tras prenderla y permitir que el olor amargo impregnase la habitación (cerrada, ya que el viento cálido de la calle solo aumentaba la sensación de recalmón), dijo:

—Vengo a hablar contigo de tu situación laboral.

Imre, que había sabido leer correctamente su expresión, evitó mirarlo clavando los ojos en la cerilla aún encendida que sostenía entre el índice y el pulgar.

—¿Se ha levantado con ganas de discutir? Gano dinero y no tengo interés alguno en trabajar en el negocio de cervezas. Si solo ha venido por eso, ha desaprovechado un billete de tranvía.

—Me veo en la obligación de pedirte que reconsideres tu postura. Los Juegos Olímpicos se han cancelado y, por mucho que los alemanes prometan una victoria rápida, sabe Dios si en cuatro años podrán celebrarse los siguientes. Tienes que pensar en tu futuro.

El iris gris de Imre refulgió.

—La condesa de Batthyány paga muy bien para que un campeón olímpico sea el tutor de esgrima de sus hijos.

El señor De Hevesy no dignó el comentario con una gran respuesta. Apoyó el codo en la mesa, movimiento que lo acercó más a su hijo, y porfió:

—Insisto en que lo reconsideres. Sobre todo teniendo en cuenta que, cuando nos despidamos, comunicaré primero a tu suegro en persona, y al señor De la Torre por carta más tarde, mi plena dimisión de las actividades de la empresa.

La frase, pronunciada de manera clara, sin que la voz grave de Ödön de Hevesy flaquease, captó la atención de Imre. Apagó la cerilla de una sacudida; los ojos, enrojecidos por la falta de sueño, ya estaban fijos en su padre.

—¿Qué quiere decir?

—A partir de hoy ya no formaré parte de la empresa que fundé hace más de veinte años con el señor De la Torre. —Bajó los párpados—. Por eso, y aunque sé que nuestras familias se han unido, me gustaría que nuestro apellido continuase en el negocio a través de ti.

Imre sacudió la cabeza.

—El señor De la Torre no lo permitiría, me detesta.

—Te culpa injustamente de que su hija accediese a un matrimonio desventajoso.

—No tan injustamente, en mi opinión. —Se humedeció los labios—. ¿Qué sabe de ese hombre con el que se ha casado Ana?

Ödön de Hevesy abrió la boca para responderle. En otras circunstancias, la ira ante aquella muestra de debilidad, ante aquel comportamiento tan poco serio en una situación de urgencia familiar, lo habría consumido. En ese momento, sin embargo, afectado de un cansancio pegajoso, casi terminal, se abandonó a la sinceridad.

—Un agitador, por lo que tengo entendido. Un alma desgraciada: médico, emparentado con la aristocracia, que se ha destrozado la vida metiéndose en política. Lo que importa es que De la Torre y yo somos socios igualitarios; él no tiene ni voz ni voto en las decisiones de la sucursal húngara.

Imre lo despachó con un movimiento nervioso de la mano. Cada palabra le resultaba más intolerable que la anterior, más difícil de tragar, de digerir.

—No me importa. Ya me ha pedido demasiado, padre.

—Lo sé, y más que te pediré si con ello me aseguro tu salvación. —Se estremeció. Sus ojos, oscuros y pequeños, muy distintos a los de su hijo, brillaban por las lágrimas—. En esta ocasión, y sin que sirva de precedente, me gustaría ser egoísta. Piensa que esta podría ser la última vez que hablemos, al menos libremente.

Imre se volvió. El labio inferior, que temblaba, permitía ver los dientes inferiores. El padre no consintió que ni una sílaba se escapase de ellos.

—Yo, como el resto de los varones judíos que por motivos de edad o salud quedamos fuera de los requisitos militares, he sido llamado a formar parte de un batallón especial de trabajadores.

La respiración de Imre se ralentizó. Le dio la impresión de que la escuchaba muy de cerca, ahogada, como si alguien la hubiese grabado y se la reprodujese en un gramófono.

—Un batallón especial de trabajadores —repitió—. ¿Y qué tareas tiene que desempeñar?

—No lo sé, hijo. Los entendidos dicen que nos mandarán a la frontera, a Transilvania. —Tragó saliva—. Por eso, por lo que pudiera pasar…, me gustaría que el honor de esta familia quedase preservado en el negocio. Podría ser un buen futuro para ti. Piensa, además, que pronto serás padre.

Imre desvió la mirada. El sol que se alzaba rayando ya el mediodía lo cegó por instantes.

—Ya no. Rezeda perdió al niño hace dos semanas.

La noticia tuvo en el señor De Hevesy el efecto de una bofetada, y se hundió más en la silla a medida que perdía aquellos vestigios de fuerza vital.

—Aún sois jóvenes —alcanzó a murmurar—. Tenéis tiempo de intentarlo otra vez.

—¿Usted cree, padre, que yo quiero traer un niño a este mundo que nos ha tocado? —Suspiró y al hacerlo apoyó la frente sobre la palma extendida de la mano—. No sé ni el abecé de cómo llevar un negocio.

—Tu suegro se ocupará todo. A mí, con tal de que de manera oficial formes parte de la empresa, ya me harías muy feliz.

La respuesta de Imre no fue verbal. Se levantó y, después de que su padre hiciese lo mismo, lo abrazó. Hacía años, quizá desde el día en que regresó de Berlín con una medalla de oro en la mano, que la efusividad no rompía las estrictas reglas de la etiqueta masculina. Sintió aquel cuerpo, que en la adolescencia tanto había temido, más pequeño y delgado de lo que lo recordaba, con los bordes más afilados.

El 19 de julio, mientras escuchaba en la radio las noticias de los bombardeos aliados sobre Gibraltar, Ricardo de la Torre encontró sobre la mesa, por primera vez en meses, correspondencia de su socio en Hungría. Como reacción al golpe recibido, y a los sucesos desagradables que había desencadenado (la boda de Ana en la cárcel y su posterior mudanza a la casa de los vecinos), las cartas de don Ricardo con Ödön de Hevesy se habían convertido en puramente profesionales, y a menudo pasaban por el filtro previo del señor Futó. En esa ocasión, sin embargo, la caligrafía delataba la autoría de la misiva. Don Ricardo la leyó con lentitud mientras la criada le servía el café del desayuno, y al llegar al momento culminante tuvo que obligarse a retroceder y comprobar si su alemán no se había oxidado en los últimos tiempos.

Doña Basilisa, que tras años de convivencia no solo descifraba los cambios de expresión de su marido sino que además los adelantaba, dejó a un lado el periódico para mirarlo.

—Los negocios marchan mal, ¿no? Claro, con la guerra... y Hungría justo en la frontera. Si ya decía yo... no levantamos cabeza. Primero la nuestra...

Don Ricardo, inmenso en la tercera relectura, alzó una mano para hacerla callar. Luego le indicó a la muchacha con otro gesto que podía retirarse.

—No, no es eso. El muy... —Tiró la carta sobre la mesa, encima del periódico que su mujer había dejado de lado—. Mira, no me verás a mí elogiando a los alemanes muy a menudo pero ahora tengo que admitir que quizá, puede que quizá, hayan retratado a la perfección el carácter del judío. ¡Hijos de Judas!

Miró por encima del hombro para asegurarse de que el servicio no andaba cerca. Por si acaso, se echó atrás en la silla y empujó la puerta con dos dedos para que se cerrase.

—Pues resulta que, después de los desplantes que nos ha hecho su chico, no solo acaba de meter en la fábrica a ese zángano que siempre ha tenido menos luces que un barco pirata, sino que además me pide que lo avale en la embajada porque cree que le vendría muy bien velar por los intereses de la sucursal húngara desde aquí, desde España.

Las cejas de doña Basilisa descendieron y le ensombrecieron la mirada.

—Que Ödön de Hevesy quiere que su hijo emigre a España.

—Sí. Imagino que el muy canalla estará tratando de evadir el servicio militar, sobre todo teniendo en cuenta que el motivo por el cual ha aceptado el puesto es que su padre dimite para cumplir sus deberes para con la patria. —Sin pudor alguno se secó la frente con la servilleta—. Mira, querida, puedo tolerar la presencia de un quintacolumnista pero no de dos.

La expresión de doña Basilisa se tensó.

—¿Qué quieres decir?

—Que no se me escapa que estamos en julio de 1940, tu sobrino sigue por aquí y de esas famosas cuentas americanas con las que iba a recompensarnos no ha vuelto a decir palabra.

—Ni la dirá, porque yo se lo he pedido. —Frunció los labios—. Manolo lleva aquí un año, es verdad, pero nosotros nos pasamos tres en su casa, a salvo de las bombas. Cuando él lleve aquí tanto tiempo ya puedes rendirle todas las cuentas que quieras, pero antes no. Ahora que voy a decirte una cosa: con la ayuda que te está prestando en la fábrica, que es más de lo que tu propio hijo ha hecho en su vida, te está pagando con creces.

—Algo bueno tenía que tener: un olfato excelente para los negocios. —Resopló y con el mismo esfuerzo se llevó la mano a los ojos para frotárselos—. En fin, no me lo tengas en cuenta. La carta de De Hevesy me ha trastocado. Nunca me habría podido imaginar que tuviese la cara tan dura.

Doña Basilisa extendió el brazo y le apretó la mano.

—No vas a ayudar a que su chico pueda emigrar a España, ¿no?

—No, claro que no. Sería lo peor que nos pudiera pasar, tenerlo por aquí. Anita, que siempre ha estado muy enamorada de él, se olvidaría del marido enseguida, y él, que también está casado..., miedo me da lo que podrían hacer, que ahora, por cierto, el adulterio está penado para la mujer. Entonces sí que nuestra hija sería una perdida. —Tragó aire, a trompicones. Apenas acababa de amanecer y las horas ya le curvaban los huesos de los hombros—. De esto ni una palabra a Félix, porque está siempre con José Antonio en la boca y no lo sacan del despacho de la Falange ni a tiros, que, si no, entre su amistad con el judío y los desvelos que le está causando el preso..., vamos, que ni Líster se habría atrevido a tanto.

—Tranquilo, que Félix no se cartea desde lo de su boda con Imre, y a Jorge creo que no ha ido a visitarlo desde que se firmó la sentencia.

Don Ricardo le dio un sorbo al café, ya frío, y asintió.

—Otro que me ha decepcionado. Mira que yo siempre lo he tenido en alta estima, y he roto una lanza a su favor. Todos los que hemos pasado la guerra en la zona nacional conocemos de sobra los crímenes del Socorro Rojo, pero, qué coño, esto era zona roja y el chico se pasó la guerra en el hospital. Y ahora veinte años encima, y porque Félix ha intercedido por él, que, si no, haría ya tiempo que doña Consuelo estaría dejando dos ramos de flores en el cementerio. Y además los niñatos como tu hijo se pasan las horas clamando por otra guerra... —Meneó la cabeza—. De esta no salimos enteros, Basilisa, de esta no salimos...

III

Parecía que, tras los tormentos de la guerra, a Félix de la Torre al fin le sonreía la vida. Su relación con Inés, roto ya el muro casi impenetrable de su timidez, avanzaba de manera favorable, y en el trabajo, una vez superado el bache llamado Jorge Márquez Pérez, también le iban las cosas muy bien. Podría sentarse cátedra de sus noches en vela trabajando por la nueva España, y la recompensa por sus esfuerzos también tenía nombre y apellido: Heinrich Himmler. El *Reichsführer* de las SS visitaría Madrid el 20 de octubre por invitación expresa del director general de Seguridad, José Finat y Escrivá de Romaní. Los ojos de España estaban fijos en la no beligerancia que, para Félix, se asemejaba a un fruto maduro que él tomaría entre las manos en cuanto cayese del árbol. De los méritos ganados a base del sudor de su frente, y de una amistad incipiente con el propagandista alemán Josef Hans Lazar, al que había conocido a través de su jefe de la Falange, había recogido su gran recompensa: formar parte del séquito que daría la bienvenida a Himmler en la estación del Norte.

Para celebrarlo, le pidió a la criada que consiguiese dulces, sin importar cómo ni a qué precio, e invitó a las dos familias a una merienda. Era un fin de semana, el verano, ya muerto, había sido suplantado por unos coletazos de frío, y Félix dio su gran noticia entre las pastas y el café.

—Como ya os habréis enterado por la prensa, Heinrich

Himmler, el jefe de la policía alemana, va a venir de visita a España y pasará, por supuesto, un par de días en Madrid.

No obtuvo una respuesta verbal. Su madre asintió sonriendo, como quien escucha los logros escolares del hijo que vuelve a casa de vacaciones. Ana, que apartó el platito de postre con dos dedos, desvió la mirada.

—Esta visita será crucial para España y es esencial que la prensa esté a la altura de las circunstancias. Por ese motivo, por mi amistad con Federico de Urrutia y mis nociones de alemán, me han invitado a formar parte del séquito que recibirá a herr Himmler en la estación del Norte, y yo, por supuesto, he aceptado.

Se hizo un silencio apenas cortado por el tintineo de las pulseras de doña Basilisa cuando extendió el brazo para tomarle de la mano. Inés, sentada a su lado, hizo el mismo gesto, las comisuras de sus labios apenas se elevaron, pero a Félix eso ya le bastaba.

—Tienes que estar muy orgulloso. Es una oportunidad muy importante.

Félix le apretó la mano.

—Muchísimo. Para mí en lo personal y en lo profesional, pero también para España. El comité de bienvenida ya está organizado y lo formamos miembros del Movimiento y también ciudadanos de la colonia alemana, pero creo que es esencial que herr Himmler note el calor de la sociedad española, y sea testigo de la amistad y la camaradería entre nuestros países, que en apariencia son tan distintos pero en su núcleo luchan por un bien común o, diría más, contra un enemigo común. —Sacudió la cabeza entre carcajadas—. Lo siento, enseguida me vengo arriba y me enciendo. Lo que quería deciros es que habrá cabida para que los madrileños vitoreen y reciban a herr Himmler a la entrada de la estación del Norte y me gustaría que vosotros formaseis parte de la multitud que lo aclamará en representación mía, pero también como ejemplo del pueblo español.

La sonrisa de doña Basilisa creció.

—Bueno, pues claro. Qué gran honor. Hablaré con la modista, no te vaya a pasar como el día del desfile e insistas en ir con la camisa más vieja y deshilachada que encuentres.

—No se preocupe, madre, que ya no me queda ninguna de las camisas de cuando la guerra. —Alzó la tacita en dirección a Manolo—. Me temo que los grupos de la Falange que participarán en el comité ya están cerrados, pero me gustaría mucho verte en el exterior de la estación junto al resto de la familia.

Manolo se llevó una mano al pecho.

—Allí estaré. Y con mi mejor traje, que tampoco es el de la guerra.

La reacción de don Ricardo fue menos efusiva. Tras secarse los restos del café del bigote, posó la servilleta junto a la tacita y sentenció, con los ojos fijos en su hijo:

—Te felicito por tus logros profesionales, de los que me siento muy orgulloso, pero, y sin ánimo de herir sensibilidades... —inspiró—, ¿tú crees que doña Consuelo, tu hermana e Inés van a tener ánimos de vitorear a ese alemán, estando como está Jorge en la cárcel?

La expresión de Félix mutó. Fue un cambio sutil, difícil de percibir para aquellos que no conociesen sus rasgos íntimamente. La mandíbula se tensó creando sombras en las mejillas recién afeitadas, brillantes a causa de la loción y el sudor. El iris, que no se despegaba de su padre, parecía líquido, un río en llamas.

—Me alegro de que lo mencione, padre, porque de eso mismo quería hablarles también. —Sin soltar a Inés, se volvió hacia doña Consuelo, que guardaba silencio—. En estricta confidencia, en el itinerario de herr Himmler se encuentran varias cárceles madrileñas. Creo que su visita podría ser muy beneficiosa para presos en las mismas circunstancias que Jorge. —Acarició la mano de Inés, que ya no lo agarraba, sino que se sostenía flácida sobre la suya—. Es un escándalo que hombres como Jorge, que no han cometido crímenes de sangre y que están sanos y en edad de trabajar, languidezcan en una celda en lugar de contribuir como mano de obra a su país. Creo que nos convendría seguir el modelo alemán y...

—¿Qué modelo? —siseó Ana—. ¿Obligar a los presos a hacer trabajos forzados?

—No. Permitirles que desempeñen trabajos esenciales, así llevarán una vida digna y contribuirán a mejorar su país. Un país, en el caso de España, que tiene que levantarse después de una guerra.

—De la guerra que ellos perdieron, quieres decir.

Félix abrió la boca para contestarle. Ya tenía el índice alzado, pero lo bajó cuando Inés apoyó la cabeza en su hombro.

—No empecemos a discutir, con lo contentos que estábamos con las noticias de Félix. —Bajó los párpados—. Además, yo también creo..., yo también preferiría que Jorge trabajase a que se pase todo el día en la celda. No sé de qué crímenes se acusa a sus compañeros, pero sí sé que tienen buen corazón y que las condiciones en las que viven... no me parecen humanas ni cristianas.

—Cambiarán —aseguró Félix—. El año pasado, en medio del descontrol y las amenazas a la nueva España, se efectuaron muchas detenciones. Ahora estamos en una situación muy distinta y España se fortalece. No me sorprendería que, con el tiempo, se regularizase la situación y se indultase a los presos menos peligrosos que puedan reinsertarse en la sociedad. Sobre todo, si finalmente entramos en la guerra de Europa...

Doña Basilisa se santiguó.

—No empieces otra vez. ¿No has tenido suficiente con la nuestra?

—Soy realista, madre. Italia también optó por la no beligerancia antes de unirse a Alemania en su cruzada contra el bolchevismo. No podemos quedarnos estancados en el pasado. El Reich está logrando grandes cosas y devolverles la ayuda que nos prestaron no solo salvaguardará nuestro honor, sino que además nos beneficiará. A las pruebas me remito: ahí tenéis la toma de Tánger. Si entramos en el conflicto podríamos obtener el control sobre Marruecos, recuperar Gibraltar...

Manolo irrumpió con una risotada aguda, inesperada, que lo convirtió en el foco de la atención de los comensales.

—Con todo respeto, primo, nadie va a quitar Gibraltar a los ingleses. ¿Por qué? Sería una temeridad. Apuesto a que Gibraltar es una de las mayores preocupaciones de mister Churchill. Si lo pierde, el Eje controlará por completo el Mediterráneo, y a España, permíteme que te diga, no le interesa buscarle las cosquillas a Gran Bretaña.

—Me río yo de Gran Bretaña. De Dunkerque se retiraron de la manera más humillante.

—Son los únicos que están resistiendo contra Alemania. Y, sobre todo, pueden cortarnos las importaciones de combustible y alimentos en cualquier momento. No creo que un peñón con un puñado de monos sea tan valioso como para justificar que un pueblo que ya vive en la miseria pase más hambre. —Tamborileó con los dedos sobre la mesa—. Nosotros no conocemos el hambre, claro, porque todo este festín es obra y gracia del estraperlo, que nos cuesta unas divisas que no todo el mundo maneja, y no tengo ni que explicarte de dónde sacan la mercancía los estraperlistas.

Félix se golpeó el muslo.

—Ese peñón con un puñado de monos podría significar una victoria rápida para el Eje. —Estrechó los ojos—. No te confundas, Manolo: ni Franco ni la Falange son unos pusilánimes. Tenemos una buena carta en la baraja: Alemania nos necesita para controlar el Mediterráneo y cortarle la cabeza a Gran Bretaña. Se pedirán concesiones para que entremos en guerra, y esas concesiones tendrán como foco el bienestar de los españoles y la recuperación total del país.

Ante esa explicación, Manolo se arrellanó más en la silla, movimiento que aprovechó para sacarse un cigarrillo de la pitillera. Con él entre los dientes, sentenció:

—En ese caso, será mejor que me retire antes de convertirme en *persona non grata* en esta casa. Además, no creo que las señoras y las señoritas, que tienen un corazón mucho más puro que el nuestro, aprecien esta cháchara de guerra. —Se levantó, y besó a doña Basilisa y a doña Consuelo en la frente a su paso—. Lo lamento mucho si les he amargado los postres. Ante todo, piensen que, pase lo que pase, nosotros estaremos bien.

Al término de la reunión, y aunque solo le supusiese cruzar el portal, Félix acompañó a su hermana, a doña Consuelo y a Inés a su casa. Aprovechando que las dos primeras se retiraban, cansadas por el rumbo que había tomado la discusión, se despidió de su novia en el umbral. Tras comprobar que Pepita no andaba cerca, la besó y enlazó ese gesto con un susurro.

—Lo siento si me he puesto un poco tonto. Ya sabes que la política es mi perdición.

Inés le sonrió.

—No te preocupes. Yo…, bueno, a mí la verdad es que me da miedo que España entre en guerra, pero supongo que vosotros, los que combatisteis, tenéis otra perspectiva.

—Así es. No lo querría si no creyese que va a beneficiarnos. Y pienso mucho en tu hermano cuando lo digo.

—Lo sé. No me olvido de lo bueno que has sido con nosotros.

—Yo haría cualquier cosa por ti, Inés. Sé que eres mi mejor aliada. —Se mordió el labio inferior. Llevaba meses inmerso en una campaña sin cuartel por su amor y aún se sonrojaba con los roces fortuitos—. No puedo prometerte nada, pero sé que se planea llevar a herr Himmler a una corrida de toros, a que cate nuestra cultura, y si consigo una invitación me gustaría…, me haría mucha ilusión que vinieses conmigo.

Inés bajó los párpados. Tenía la espalda apoyada en el marco de la puerta y el índice enroscado en la mano de Félix.

—No sé…, yo te lo agradezco mucho, pero a los toros solo he ido una vez, y con el alemán…, bueno, que solo me entero de esas revistas tan bonitas que me traes porque tienen muchas fotografías.

Félix dio un paso para acercarse a ella. Sonrió sobre la mejilla, también encendida, que besaba.

—Por eso no te angusties, dudo que muchos tengan un gran dominio del alemán, sobre todo el resto de las novias y las mujeres. El único problema será que, estando tú ahí, nadie querrá fijarse en Marcial Lalanda o en el Gallito, porque vas a estar tan guapa que solo te mirarán a ti.

IV

Las noticias de la visita de Heinrich Himmler a Madrid llegaron a la cárcel de Torrijos de la forma habitual, a través del excusado. A Jorge le bastó con esos minutos apurados, casi robados, para distinguir entre la multitud enardecida que se agolpaba en la estación del Norte a una figura conocida. Repasando el resto de las fotografías, que mostraban las reacciones de los madrileños a aquella visita crucial, reconoció también los rostros de su madre, su hermana, su mujer. Al esconder el diario en el lugar habitual, se sintió invadido por un sentimiento pegajoso, agridulce, difícil de definir: la alegría de ser testigo de cómo la vida seguía sin él, de cómo aquella mancha que no podía borrar no estaba perjudicando a su familia, unida al cansancio que hacía mella en sus huesos.

—Menudo papel del culo bueno que me has dejado, desgraciado —mascullό entre dientes a Rafael el Vasco, comandante en jefe de la sección de prensa de los presos de Torrijos.

El compañero rio. Profesor de profesión, en aquella otra vida que ya ni volvería ni le pertenecía, y bastante más viejo que Jorge, sentía hacia él el paternalismo tierno de los veteranos que ven que la sangre se renueva.

—Pues agárrate, que se rumorea que vamos a tener visita presidencial —le susurró al oído.

Jorge alzó una ceja.

—¿Nosotros?

—Es lo que se rumorea.

—Pues nos van a buscar una ruina esos rumores.

A la mañana siguiente, durante el reglamentario canto del «Cara al Sol», uno de los funcionarios de prisiones se vio obligado a levantarle el brazo, que había dejado caer no como señal de desafío, sino por la sorpresa de ver a aquel hombre no muy alto, de pelo ralo y penetrantes ojos azules, pasearse con su séquito por los pasillos de la cárcel. En vano trató de reconocer alguna cara más entre aquella masa de cuerpos uniformados; solo le resultó familiar el jefe de la policía alemana, cuya figura parecía recortada directamente del diario clandestino e implantada quirúrgicamente en Torrijos.

Manolo Giao Pena, que tanto había perdido, tenía muchos amigos en Madrid. En la mesita más apartada del Embassy, boca de todos los lobos de Madrid, entre el té y la partida de cartas que iba ganando, hacía avances históricos en su pequeña guerra personal.

—A ver si tienes tanta suerte en Barcelona como en la partida, Lolo.

«Lolo», dos sílabas gemelas, era una deformación de su nombre más amable con la lengua inglesa, que había adoptado primero en Boston y después en Nueva York para luego resonar en el hotel Florida y volver a la vida en el Embassy.

Sonrió al señor Legat Schofield, secretario en la embajada británica y uno de los dos desafortunados que le estaban haciendo ganar una pequeña fortuna.

—¿Barcelona?

—Se dice que los alemanes brindan con cerveza. Vista la simpatía de tu familia con el régimen, imaginamos que el negocio de tu tío se vería favorecido. Te he guardado una portada del *ABC* en la que sales, por cierto.

—Angelito.

El compañero británico, de menor rango y también menor estatura, cuyas mejillas se mostraban permanentemente encendidas debido a la rosácea, apuntó:

—A Himmler le habéis dado un recibimiento de príncipe soberano, en palabras de Hoare.

—En palabras de Manolo, el embajador no se equivoca. —Se llevó una mano al pecho—. Lamentablemente, mañana tendré que quedarme en Madrid. Mi hijo tiene una función en la escuela.

Legat Schofield acarició la mano de la baraja que le había tocado.

—Ignoraba que tuvieses un hijo.

—¿Qué puedo decir? Soy por naturaleza un hombre discreto y de pocas palabras. Pero sí. Y da la casualidad de que su función escolar es exactamente a la misma hora —tiró dos cartas cuidadosamente escogidas sobre la mesa— de la llegada de la comitiva alemana.

Los británicos observaron aquellos dos números que se disponían ante ellos como un salvavidas o una trampa, y sonrieron.

—Parece que has ganado.

Manolo se balanceó en la silla.

—En ese caso, permitidme que comparta mi victoria con vosotros. —Dio dos palmadas sobre la mesa—. Os invito a una ronda esta noche en Chicote.

Félix, que se conocía los horarios de su hermana al dedillo, como si él mismo los hubiese dispuesto, no fue capaz de abordarla hasta el martes, víspera de la despedida de Himmler. Ella llegaba del trabajo exactamente al mismo tiempo que él lo hacía de la sede del Partido Nazi, a la que había acudido en representación de la sección de prensa de la Falange y donde el *Reichsführer* había dado un discurso. Mientras subían, le pidió a Ana que lo acompañase para que pudiesen hablar.

—¿De qué?

Félix sonrió.

—¿Ahora necesitamos motivos? Ya casi no nos vemos, y... creo que tenemos un par de conversaciones pendientes, ¿no?

—Bueno, pero rápido. Voy atrasada con los estudios e Inés ha quedado en ayudarme.

La condujo directamente al despachito, tras tan solo indicarle a la criada que les preparase un café. Como ofrenda de paz y mientras se sentaba no le ofreció un cigarrillo, sino una cajetilla entera.

—¿Y esto? —Al dejarse caer sobre el diván, Ana lo señaló con el regalo—. Mira que iba a meterme contigo por lo de los toros...

Félix se llevó una mano a la cara.

—No seas mala. ¿Qué te ha contado Inés?

—Nada, que al alemán no le hicieron ni gracia.

—Un acto de crueldad, los llamó. —Arrastró el sillón para quedar más cerca de ella—. Y a Inés tampoco le fascinaron, pero tuvo la elegancia de no decirme nada.

—Es que menuda idea de bombero, llevar a un alemán a una corrida de toros...

—Pues mira que le gustaban al rojeras de Hemingway. —Le colocó una mano sobre la rodilla—. Me gusta mucho que estemos así. Echaba de menos nuestras discusiones, por eso estoy tratando de convencer a padre para que te deje volver a casa.

Ana bajó la cabeza.

—¿No dice que, como mujer casada, tengo que vivir con la familia de mi marido?

—Tus circunstancias son especiales.

—Eso lo sabemos tú y yo, pero padre no. Madre y él creen que Jorge me ha embaucado como si yo fuese una de aquellas chicas a las que sacaba a bailar en la verbena y luego se la pasaban llorando por las esquinas.

—No me importa. Esta es tu casa y tu sitio está aquí con nosotros. —Alzó la mano y le acarició la mejilla fría—. Soy muy consciente del sacrificio tan grande que has hecho y no pasa un día en el que no me queme el arrepentimiento por dentro.

A Ana, los ojos de Félix, enrojecidos, brillantes, le resultaron intolerables. Le habría gustado poder zafarse de aquella mirada, de aquella culpa de segunda mano que también la salpicaba a ella, pero no pudo. Posó los dedos sobre los de su hermano.

—No pienses en el pasado.

—Jorge es mi mejor amigo y me cegó el miedo a que lo fusilasen. Debí haber actuado como un hombre y buscar otra solución, en lugar de permitir que tú pagases el pato. Ahora mírate, yendo uno de cada tres lunes a la cárcel, cargando con una penitencia que no te corresponde.

Ana tragó saliva. Todo en aquella sala, a la que nunca había pertenecido, se le volvía hostil. Los cigarrillos, de una marca distinta a la habitual, le abrasaban las paredes de la garganta, resecas; el diván, que hacía tiempo que no tapizaban, le hacía cosquillas en las piernas; la música de Estrellita Castro que Félix había puesto al entrar reverberaba como una oración olvidada.

—Ya que lo mencionas, apuesto a que Jorge preferiría verte a ti, que eres su mejor amigo, antes que a mí.

Félix ladeó la cabeza.

—No empieces, Ana. Jorge y yo ya hemos hablado todo lo que teníamos que hablar. —Afiló los labios—. La vida nos ha llevado por caminos distintos y no sé cuándo llegamos al punto de no retorno, pero lo nuestro ya no tiene solución. Ahora me queda recordar con cariño la amistad tan bonita que tuvimos y desearle lo mejor.

Anticipándose a un nuevo ataque verbal, abandonó el sillón en el que estaba sentado, se situó al lado de su hermana y le pasó la mano por detrás de la espalda.

—Ahora que se ha dictado sentencia, ya no pende una espada sobre Jorge. Lo que les dije a doña Consuelo y a Inés el otro día es cierto: creo de verdad que la situación de las prisiones es insostenible. Ahora que el país se está fortaleciendo cabe esperar la reducción de penas y los indultos de los presos con cargos menos graves. —Se humedeció el labio superior—. Es cierto que un crimen de adhesión a la rebelión son palabras mayores, pero teniendo en cuenta las circunstancias de Jorge y su buen comportamiento..., creo que podemos tener esperanza.

La expresión de Ana, casi retadora, se dulcificó.

—¿Volverás a ayudarlo?

Félix tragó saliva.

—Ahora creo que lo mejor es que siga estando apartado del caso, pero si las cosas cambian y necesita de nuevo mi intercesión..., haré todo cuanto esté en mi mano. —Le alzó el mentón con el pulgar—. La que me preocupas eres tú. Teniendo en cuenta todo lo que te he dicho, creo que es el momento de empezar a pensar en la nulidad del matrimonio. Un amigo mío que es experto en derecho eclesiástico podrá hacerse cargo de todo el papeleo, que no será mucho. Simplemente tienes que decir que te casaste en un momento de mucha angustia en el que pensabas que Jorge estaba condenado, que nunca consumasteis el matrimonio y que la separación de la cárcel ha hecho que te replantees tus sentimientos.

Ana asintió. Tenía ambas manos sobre las rodillas y evitaba dirigirse a Félix de manera directa.

—Sí, me parece bien. ¿Con eso bastará?

—Puedes decir que te sentiste coaccionada por las circunstancias, pensaste que con tu matrimonio estabas salvándole la vida a un hombre al que le tienes mucho cariño pero del que, ahora lo has comprendido, no estás enamorada.

Repitió el mismo gesto. El pitillo, del que no estaba disfrutando, pendía entre sus dedos como un apéndice molesto. Para evitar que la ceniza, ya bastante crecida, cayese y estropease la alfombra, se levantó para abrir la ventana y lo apagó directamente sobre el alféizar.

Félix, que no cambió de postura, insistió.

—Si quieres, puedo hablar con mi amigo. Dime un día que te venga bien y nos reuniremos con él. Con la mayor discreción, claro.

Ana apoyó la frente al marco de la ventana. Desde el año anterior los aromas de Madrid le evocaban una crueldad extraña que parecía irradiar desde las calles empedradas. Una amenaza tentadora que llevaba consigo resquicios de aquel otro Madrid que aún recordaba, en el que tan feliz había sido, y al que solo volvía momentáneamente en ciertos interludios de sus conversaciones de Jorge. Cuando lo miraba con fijeza y centraba la atención en aquellos destellos verdes tan elusivos, los trozos de frases desesperadas de los presos y el resto de las mujeres dejaban de tener sentido.

Ana no estaba enamorada de Jorge. Todavía sentía vergüenza

en su presencia, como cuando era una niña y se lo encontraba en el portal, pero había aprendido a echar de menos aquellos lunes, y no le importaban las humillaciones previas ya que la recompensa le resultaba dulcísima. Con aquel hombre, con el que se había casado por despecho, sentía que podía hablar de tú a tú, aunque fuese en clave. En aquel Madrid de luto y silencio, de exilios verdaderos y de boquilla para salvar el pellejo, no tenía a nadie con quien conversar que no le recordara que aquellos años soñados no habían sido una fantasía.

Puesto que no podía confesarle nada de eso a Félix, se limitó a sisear:

—Solo han pasado diez meses, esperemos un poquito más. Doña Consuelo cree de verdad que estamos muy enamorados y si se entera de que Jorge no tiene ni esa ilusión... le romperemos el corazón.

Félix se puso en pie, casi impulsado y levantado por esas palabras. No las rebatió. Con los ojos húmedos, ensombrecidos, sentenció:

—Te admiro. Tienes un temple y una valentía que no he visto en ningún general de ningún ejército.

Ana forzó una sonrisa.

—Es que, si las mujeres pudiésemos llegar a generales, lo mismo no habría más guerras.

Félix caminó hacia ella.

—No voy a morder el anzuelo y ponerme a discutir otra vez. —La abrazó por detrás—. Tú decides, pero avísame cuando creas que es el momento y yo lo prepararé todo.

Tomó aire para añadir algo más, pero dos golpes en la puerta, señal establecida en el núcleo familiar, lo interrumpieron.

—¡Ya tiene el café, señorito!

Puso los ojos en blanco.

—Ahora abro, Asunción —dijo, y agregó en voz más baja, al oído de su hermana—: Ha debido de ir a buscarlo a Nicaragua.

Se abrió paso con el sonido de la carcajada de Ana pisándole los talones. Al quitarle el pestillo a la puerta, le dio las gracias a la criada y le indicó que depositase la bandeja sobre la mesa.

La muchacha, escuálida, toda ojazos negros y unos rizos oscuros que se resistían al fijador y a la laca, apenas llevaba unas semanas en Madrid. Al sonreírle y explicarle que había preparado una jarrita de leche aparte para la señora, porque no sabía cómo tomaba el café, añadió:

—Le he traído también una carta que acaban de traer, señorito.

—Muchas gracias, Asunción. Y ya te he dicho una y mil veces que nada de «señorito». Me llamas Félix y me tuteas, ¿vale?

—Vale, se... Félix. No veas lo que me ha costado descifrar la letra, que casi se la doy a tu padre. Luego vi que no, que era para ti, y seguro que llevas tiempo esperándola, porque como viene de Hungría...

Félix meneaba la cabeza divertido mientras se servía el único terrón de azúcar que se permitía, y contuvo la respiración.

—¿Disculpa?

La criada dio un paso atrás. Con el susto, se olvidó de golpe de la orden anterior.

—Sí, que es una carta para usted del señor Imre... lo siento, es que no sé leer el apellido.

—No importa. —Félix se la devolvió—. Échala a la lumbre y no me traigas más cartas con este remitente, ¿de acuerdo? Si viene correspondencia de Hungría para mi padre, son asuntos de trabajo y le atañen a él. Si yo soy el receptor tienes mi autorización para destruirlas todas. Ya puedes retirarte.

Sentado como estaba en el reposabrazos del sillón, aguardó a que Asunción cerrase la puerta al salir y a escuchar el sonido rítmico de sus pasos al alejarse. Cuando volvió el silencio, apoyó la frente sobre las palmas extendidas y suspiró.

—Lo siento, Ana. No sé qué quiere de mí. Hace meses que le dejé claro que no deseaba recibir noticias suyas y desde entonces no nos hemos carteado.

Ana asintió con la cabeza. Para doblegar el temblor de las piernas y la pantalla de sudor frío que se le había pegado a la piel al oír aquellas dos sílabas, se dejó caer sobre el sillón de Félix. Antes incluso de que Asunción hubiese hecho referencia a la carta, ella ya había reparado en el sobre, tan blanco sobre la bandeja, y reconocido el trazo firme y la letra apretada y cursiva de Imre. Palabras como dagas, como flechas de fuego.

Félix la atrajo más hacia sí y le besó la frente y las sienes. La besó como si albergase la esperanza de que el contacto físico tuviese la potestad de borrar el dolor y los recuerdos.

—No le perdono el daño que te ha hecho —le dijo—. Te quiero más que a nadie y me duele mucho verte siempre tan desanimada.

Ana evitó mirarlo. Tenía los ojos empañados, fijos en algún punto de la puerta, como si esperase que Imre fuese a materializarse allí para darle las explicaciones que llevaba tanto tiempo esperando, o una prueba de que ya no la quería.

—Se me pasará —dijo con la voz lejana y liviana.

—Haré cualquier cosa que me pidas. —Le tomó la mano y también se la besó—. Si eres la niña de mi ojos.

Ana forzó una sonrisa.

—Cuidado con lo que dices, a ver si soy como Salomé y te pido en bandeja de plata la cabeza de san Juan.

Ante la broma, Félix se levantó, tomó la bandeja del café con una mano y exclamó:

—¡Pues en bandeja de plata te la traeré! Si me tienes el coco comido, hermanita.

Mientras reía, las palabras de Himmler hacían eco en su cabeza: «todos los judíos del Gran Reich Alemán serán reasentados en un "gueto cerrado" del Gobierno General».

V

Con el corazón en un puño y conteniendo la respiración, no fuese a ser que con el ruido despertasen a un dios caprichoso, los españoles aguardaron las primeras noticias del encuentro de Franco con Hitler en la ciudad francesa de Hendaya. Los ojos, enrojecidos por unas lágrimas ya muy antiguas, no veían el momento presente, sino aquella guerra ya pasada que todavía los destapaba por las noches. Más que nunca, era el invierno más que frío que habían vivido.

La Gran Vía que se había convertido en la avenida de los Obuses. El silbido previo a una detonación que, según los entendidos y los desesperados, prometía que la bomba a la que pertenecía no iba dirigida a quien lo había oído. Las ametralladoras en la noche, como una emboscada. Los nombres que no se volverían a pronunciar. Y el hambre, solo que el hambre no tenían necesidad de recordarlo, los consumía día a día, crepitaba demandando un espacio cada vez mayor, agotaba cada pensamiento y tornaba los movimientos más pequeños en una batalla silenciosa entre el cuerpo y la voluntad. Las vecinas, entre susurros, por si alguien oía, repetían lo que ya todos sabían: que con Franco, de momento, estaban pasando aún más hambre que durante la guerra.

Incluso en las casas en las que la miseria no se atrevía a pasar, como si una sangre invisible marcase sus dinteles, la posibilidad de otro cambio terminológico, de la no beligerancia a la entrada en el conflicto, paralizaba. Solo los falangistas clamaban por san Miguel, a gritos de «¡Gibraltar español!». Compartiendo su entusiasmo, aunque guardándoselo para adentro, aquellos antifranquistas que aún conservaban alguna esperanza volcaban los ojos en los aliados y ese eterno «si» que no los había salvado en el 39. Si entraban en guerra..., si la perdían..., si se penalizaba a cuantos se hubiesen posicionado con el Eje...

Ana también se aferraba a esta idea con un fervor cada vez más ansioso. Recordaba las palabras de Jorge cuando aún estaba en libertad, aunque ya le sonaban tan lejanas e improbables como si las hubiese leído durante su infancia en un libro de mitología clásica.

Doña Consuelo, a quien la muerte del marido, la derrota y la condena del hijo le habían secuestrado la opinión, abandonó su mutismo.

—Pase lo que pase, nosotros nunca hemos tenido suerte —se limitó a afirmar.

Aquellas fueron unas jornadas ajetreadas, tanto en el Embassy como en el despacho de Propaganda y Prensa de la Falange. La visita de Himmler había supuesto un rotundo éxito, decían una y otra vez. El calor de los españoles, la lealtad de los miembros de la colonia alemana, la magnanimidad del Movimiento.

Más allá de las páginas doradas de los diarios, cuyos borradores pasaban por las manos de Félix y sus camaradas antes de su publicación, se leían las amenazas entre líneas, el desastre de la corrida de toros, el maletín con documentos confidenciales (que se había extraviado en Barcelona, desliz del cual, por supuesto, no se hicieron eco ni la prensa alemana ni la española), el choque de personalidades entre Himmler y Franco.

A los amigos más allegados, los camisas viejas como él, Félix les confiaba sus impresiones. Él comprendía el escepticismo de Himmler hacia el Caudillo. La Falange se estaba malogrando al permitir las alianzas con aquellos que los habían ayudado a ganar la guerra pero cuya ideología se separaba de la pautada por José Antonio. Para él, la salvación de España residía en Serrano Suñer, el Cuñadísimo que parecía no haber olvidado los orígenes. De él, pensaba, dependían la entrada en la guerra y el honor de la patria.

Mientras tanto, esperaba las noticias, como todos los demás.

En Torrijos, aquella jornada larguísima, cuyos frutos no podrían conocer hasta días más tarde, fue idéntica a todas las demás: fría, húmeda, con un dolor cortante que se pegaba a los huesos y no quería buscar la salida. Ni las mantas del catre ni los jerséis y los mitones que les habían tejido las esposas eran capaces de erradicar el invierno que llevaban dentro.

A Anastasio y a Mateo, al que llamaban Pinocho por su nariz, les habían dado el paseo en marzo. José Bueno estaba en el hospital, con sospechas de tuberculosis, y a José Puertas lo habían trasladado al penal de Ocaña. De los de la vieja guardia, los presos que Jorge había conocido la primera noche, oscurísima, ya apenas quedaban unos pocos en pie. Los habían ido aniquilando poco a poco, de manera directa o indirecta, y los que permanecían se examinaban las toses y las llagas cada mañana en busca de indicios de una enfermedad.

Solo Rafael el Vasco mantenía alta la moral y era feliz a la manera en que son aquellos que guardan dentro de sí un secreto irreprochable.

—Qué invierno más frío nos está cayendo encima, camaradas —dijo—. Claro que más frío pasamos en el treinta y ocho. ¿Os acordáis...?

Marcelino se dio la vuelta en el catre para mirarlo.

—Cierra el buche, Vasco, que ahí nos empezaron a ir las cosas mal. Maldito frío de Teruel, maldito Stalin y malditos brigadistas. Hala, a casita antes de ver el final de la película. Si es que...

Jorge, que se había tapado la cabeza con la manta para ahogar el sonido de sus palabras, resopló.

—Cállate tú también, que no hace falta que nos des el parte de una guerra ya perdida. Y a ver si me dejáis dormir, que la cabeza no me para.

—Venga, Vasco, ya lo has oído, no des más la chapa. Que, como se nos enferme el único matasanos del que me fío..., vamos los dos detrás, como dos patitos siguiendo a la mamá pata.

Jorge apretó los párpados. El frío de 1938 no le hacía pensar en su padre, sino en su última conversación con el inglés, en aquella mano tendida que por orgullo no quiso tomar. En ese momento aquellas posibilidades quemadas se habían convertido en la soga que se le abrazaba al cuello. Por esa negativa le habían caído veinte años y, con ellos, había condenado a su familia también, de lunes a lunes y de angustia a angustia.

En vano trató de ahogar el llanto al hundir la cara en la almohada. El Vasco, que dormía debajo de él, lo oyó y se puso en pie sobre el catre para mirarlo.

—Ten ánimo, hombre. Ten ánimo, que las cosas nos van a empezar a ir bien.

—Qué pocas luces tienes, para ser profesor. A nosotros las cosas siempre nos van a ir de la misma manera: mal. —Se mordió el labio inferior—. No me tenía que haber casado. Tenía que haber aceptado mi destino en vez de arrastrar a mi familia conmigo.

Rafael el Vasco, que todavía no se había vuelto a acostar, le pasó una mano por la espalda, trémula.

—Justo lo que menos necesita España es más plomo en las tapias de los cementerios. Mantén la cabeza alta, Marquesito, que eso no podemos consentir que nos lo quiten.

Saber cómo termina la historia y no poder hacer nada para cambiarlo, así había definido el inglés la tragedia. Así se atragantaban con cada día, sin descanso.

Aquel invierno helado que llevaba consigo el tintineo de los vasos del Embassy y las toses de Torrijos, España no entró en la guerra. Hungría, sumida en un baile similar, firmó el Pacto Tripartito que sellaba su alianza con las potencias del Eje.

Al leer la noticia en la habitación de su marido, que apenas había cambiado desde que se había instalado en ella hacía casi un año, Ana solo veía aquella carta sobre la bandeja de café. Su contenido, que jamás conocería, parecía tener manos y la fuerza suficiente para apretarle las entrañas con ellas.

VI

1941 empezó con hielo. Aquel frío intenso, que tantos recuerdos dolorosos traía consigo, amargaba aún más las noticias de los diarios, una hilera casi ininterrumpida de victorias alemanas que se clavaban en Ana como estacas. En vano había tratado de desestimar la prensa franquista y aguzar el oído en sus tardes en el Embassy con Manolo, o en la embajada británica. Todos los puntos de vista, incluso los más esperanzadores, apuntaban a lo mismo: el Eje, casi invicto, ocupaba cada vez más territorio en Europa, y ni el señorío de los aviadores británicos en los cielos podía hacerles frente.

Echando la vista atrás, en un año de casada había visto a su marido un total de diecisiete veces; es decir, diecisiete horas enteras, la mayoría de las cuales a través del filtro de las rejas, el pasillo que los separaba y los funcionarios de prisiones que caminaban a lo largo del mismo. Estaban casados ante Dios y ante la ley, y en ese año en el que la guerra de Europa llamaba a sus puertas no habían pasado juntos ni lo equivalente a una jornada completa.

Por el aniversario de bodas les concedieron un vis a vis exactamente igual que los anteriores, con los mismos roces fugaces y furtivos, las mismas preguntas y preocupaciones e idénticos acompañantes: los guardias que los vigilaban, la tartera con pastas del Embassy, la ropa de abrigo que Inés y Pepita habían tejido (Ana había desistido tras los primeros mitones fallidos) y el paquete de cigarrillos.

Al entrar en la sala, Jorge, en deferencia a la fecha en la que se encontraban, había pedido permiso para abrazar a su mujer. Aunque los había unido un dios en el que no creían, no era Su consentimiento el que debía conseguir, sino el de los funcionarios que lo custodiaban. Estos, cuyo calendario no marcaba un día distinto a los demás, insistieron en registrarlos antes de acceder. Querían comprobar, asegurarse de que no escondiesen notas ni artículos prohibidos entre las capas de ropa; que esa petición era genuina, fruto del deseo o de la soledad y no de la subversión.

Tras el corto asentimiento de los funcionarios, Jorge le pasó los brazos a Ana por detrás de la espalda y la atrajo más hacia sí. El puño aferrado a su chaqueta, como si temiese que ella fuese a desaparecer en la bruma del invierno, la cabeza apoyada en el hueco entre la mandíbula y el hombro. En la punta de la nariz fría, y en la respiración que se sosegaba, Ana notó el hambre de contacto humano que su marido rezumaba y que ella, por mucho que se engañase, también sentía. El calor de otro cuerpo vivo. El reconocimiento de una carne ajena que te pertenece tanto como la tuya propia. Aunque de los dos ella era la que estaba en libertad, aquella cuya presencia debía suponer un bálsamo para aquel hombre cuya existencia podía contenerse en las cuatro paredes de la celda, se sorprendió ansiando alargar ese abrazo. En vano. La caricia, efímera, se rompió cuando los guardias los apartaron a la fuerza.

—Basta ya, que esto no es una merienda.

La sacudió un escalofrío, que trató de ocultar al tomar asiento en la silla que le pertenecía, frente a frente con el marido que asentía y se resignaba a la vida que le había tocado.

Jorge seguía tosiendo, pero eso ya era lo habitual. Las visitas a Torrijos estaban marcadas por esa comparsa, ese preludio de una enfermedad que acariciaba a todos los presos pero solo llamaba por su nombre a algunos. Quería saber cómo estaban todos, qué se contaba por el barrio, cómo estaba Madrid en ese momento en que él no podía verlo, porque Torrijos no era Madrid, sino un mundo aparte, y la última vez que él había pisado el asfalto de su ciudad había sido de camino al juicio.

—¿Y mi hermana?

—Muy bien. Este año ya acaba las clases. Me va a dejar más sola que la una, el curso que viene.

—¡Anda, anda, que seguro que has hecho muchas amistades! Si te veía yo siempre con mi hermana y cuatro o cinco más.

—Pues como tú con Félix, no te fastidia. Si una vez la pobre Estefanía se pasó un día entero limpiando ventanas porque cada vez que os reuníais los amigotes fumabais tanto que acabasteis tintando todos los vidrios con el humo. —Rio, para eso incluso allí todavía tenían permiso—. Y cada semana con una gachí distinta, que invariablemente se pasaba la semana siguiente llorando por las esquinas por ti. Así hasta que acabaste con todas las chicas del barrio. Menos conmigo, claro.

Una carcajada seca. Con el movimiento repentino, las manos de Jorge, cerradas sobre la mesa, rozaron las de Ana. Dos pieles que se buscaban, como queriendo reanudar aquel abrazo roto.

—A ver si te vas a poner celosa después de tanto tiempo. Si es que tu hermano te ataba muy corto.

—Ya, ya.

Jorge alzó una ceja.

—¿No eras tú quien me decía siempre que tenías novio y que yo era un fresco?

Ana desvió la mirada. Todavía sentía el calorcito que emanaba de los dedos de Jorge, y aunque cerró el puño no se animó a separarlo de los de él.

—Es que soy muy sincera.

—No te me mosquees, guapa, que eres la única a la que le he pedido que se case conmigo. —Se puso serio—. Oye, ¿y Félix? ¿Cuándo piensa hacer lo propio con mi hermana?

—Supongo que estará al caer. —Se volvió hacia él—. Entre lo absorto que está por el trabajo y lo perfeccionista que es..., le estará dando muchas vueltas.

—Pues a ver si le das tú un empujoncito. Que Inés tenga una boda muy bonita, ¿vale? Que no escatimen en gastos, que sea todo como ella quiera. Y... —Tomó aire, el labio inferior le temblaba—. Y a ver si tu padre la acompaña al altar, que ni el mío ni yo podemos.

Ana le tomó la mano. Por una vez, a ese movimiento desafiante, anunciado por el golpeteo de la pulsera en la mesa, no le siguió una amonestación.

—Pues mira que quería ser yo el padrino de bodas. —Sonrió—. Con lo bien que me quedan los trajes, y Manolo tiene algunos de fábula, seguro que me quedan bien, con lo canijo que es.

—Como un guante. Me acuerdo de las navidades del treinta y cuatro.

Aquellos recuerdos, que ella había olvidado y sepultado, volvieron de golpe. Su primera borrachera, sin contar la noche en el balneario en la que entre Imre y Félix tuvieron que llevarla a la habitación; a su hermano, que estaba bastante peor, se le había ocurrido la idea de escandalizar a las madres con una suerte de disfraces improvisados. De modo que ellos, que todavía parecían gemelos, se habían sentado a la mesa con sus nuevas identidades: Ana con el traje nuevo de Félix y Félix con un vestido de su madre, un tocado de plumas, de los que ya no se llevaban, y un collar de perlas.

—Todavía tengo una foto en mi habitación —agregó Jorge—. Si sabes dónde buscarla.

Aquel año de 1941, la situación de Manolo en casa de sus tíos comenzó a cambiar. Hundido hasta las rodillas en una batalla por ganarse la confianza de don Ricardo, el tan ansiado objetivo llegó con unos contratos milagrosos con una cervecera de Portugal que lo obligaba a hacer varios viajes de negocios al mes al país luso. Podrían, por supuesto, haber contratado a alguien para llevar a cabo tal cometido, pero Manolo disfrutaba de la libertad concedida y de las oportunidades que le brindaba de visitar a los suyos en Cedeira. De Portugal regresaba siempre con las manos llenas, más algún detalle extra (chocolate o dulces) que llevaba al internado religioso donde estaba su hijo y que había localizado tras muchos esfuerzos.

Había conseguido camelar a las monjas de la manera habitual, mediante un entretejido magistral de verdades y mentiras. Tras varias semanas tanteando el terreno les había pedido que lo disculpasen, que a su hijo y a su mujer se los habían matado en la guerra («En Chamberí vivíamos, figúrese») y que Camilo le recordaba mucho a su pequeño, que tendría entonces la misma edad y los mismos ojos negros. En momentos de necesidad, más vale el oro que las preguntas, y las mujeres accedieron a que se convirtiese en el benefactor del muchacho siempre y cuando, por caridad cristiana, donase ciertas sumas al centro «para no favorecer a nadie».

Desde entonces, no con la frecuencia suficiente para que Susana sospechase, terminaba sus visitas al Embassy en el internado y ya ni siquiera le importaba que aquel niño, que ignoraba su nombre verdadero y los lazos que los unían, se cuadrase ante él y se presentase al son de «Camilo Expósito, para servirle a Dios y a usted».

De Susana las monjas decían de modo confidencial que era «una perdida» que pese a todo tenía buen corazón, que no visitaba a su hijo para que no se avergonzase de ella pero que pagaba religiosamente las tasas, preguntaba semana a semana por él y cada principio de curso le compraba un abrigo y unos zapatos nuevos del número indicado por las hermanas.

Puesto que seguía enamorado hasta las trancas, a Susana Rubín, Manolo la seguía visitando en el tablao, como un cliente más, y cuando ella hizo mención del falangista que había empezado a llevarle regalos a su hijo la abrazó más fuerte.

—No sé por qué me miras, que, aunque humillado, yo soy de la CNT y el dinero…, pues ya ves en qué me lo gasto. —Le dio un beso en el hombro—. Tiene bemoles, abrir la cartera para acostarte con tu mujer.

—Que no soy tu mujer, ya te lo he dicho. Ante Dios no lo he sido nunca y ante la ley, pues ahora ya tampoco. Y tan ricamente.

—Eres peor que la Dalila de la Biblia, morena.

—Y tú mientes más que hablas. —Le apartó el pelo de la frente—. Sé perfectamente que te van las cosas muy bien.

—Ya, pero sabes para qué necesito yo el dinero. —Le acercó los labios al oído—. Esta guerra sí que la vamos a ganar, morena, y os voy a coger a ti y al niño y os voy a llevar conmigo a Estados Unidos.

Susana sonrió y lo apartó con un movimiento rápido del pie.
—Y yo me chupo el dedo y me lo creo.
—Te lo juro. —Hizo una cruz con los dedos y la besó—. Te imaginarás lo que hago en Portugal.
—Menos vender cerveza, cualquier cosa.
La besó en los labios, un tanto por la respuesta correcta.
—Ya te lo explicaré más adelante, morena, pero para que veas que yo por ti haría cualquier cosa. Hasta casarme contigo otra vez, si quieres.
Susana bajó los párpados.
—No apuntes tan alto, Manolillo, que mira qué bodas tenéis en la familia. Menudo follón le has montado a tu prima. ¿Ahora qué? Veinte años esperando por el Marquesito.
—Me lo creas o no, yo no tuve nada que ver con eso. Fue todo cosa de ella y de su hermano.
Con la sorpresa, Susana se recostó sobre el catre.
—¿El falangista?
—Ya ves, no tiene otro. A mí lo de la boda ya se me había ocurrido, y estaba a ver si convencía a mi hermana Chelito, que está que se muere por venir a Madrid y no habría dicho que no a casarse con un médico, aunque estuviese preso, pero en fin, me adelantaron por la derecha.
Las cejas de Susana temblaron.
—¿Y está muy enamorada, tu prima?
—Sí, pero no del Marquesito. Supongo que por eso, entre otras cosas, aceptó. Pero dan el pego y eso es lo que importa.
Susana asintió. Al cambiar de postura, pasó los brazos por la espalda de Manolo y la acarició con las uñas.
—Tú sabes que hay funcionarios muy cabrones en Torrijos, ¿verdad? Y si sueltas las suficientes perras, que vosotros podéis, permiten una visita un poco más íntima.
—Sí, un vis a vis.
—No, un poco más…, como su noche de bodas, no sé si me entiendes.
Manolo rio sobre su clavícula.
—Pero qué puta eres, Susanita. Y qué loco me vuelves.

VII

Para haber nacido en una familia tan buena, Inés Márquez había tenido muy mala suerte. Carecía de la vitalidad y del arrojo de su hermano, y tampoco había heredado aquel afán por disfrutar de la existencia y beberla hasta dejarla seca que tanto había caracterizado a sus padres en su juventud, porque, a su madre, desde que empezó la guerra ya no la reconocía: había envejecido, las visitas de los lunes le costaban cada vez más y a la calle solo la conseguía sacar doña Basilisa, y a veces. La mayor parte de los días se los pasaba en casa, atendiendo a sus labores o leyendo unos libros que ya se sabía de memoria, porque los de su marido y su hijo no quería ni tocarlos. Con la pena, doña Consuelo se había convertido en un pálido recuerdo de la mujer que fue, siempre de un lado a otro, sin perderse una sola tendencia de la moda; la señora elegante y deportista que le traía muñecas de porcelana a Inés de sus vacaciones en Bilbao.

La pobre Inés no había tenido suerte ninguna. Su padre la llamaba, cariñosamente, su flor de estufa. Tuvo tanta prisa por llegar al mundo que su madre la alumbró dos meses antes de lo planeado; debido a su débil constitución se había pasado casi toda la infancia encamada, encadenando enfermedad tras enfermedad y cultivando una timidez casi terminal de la que solo Jorge podía sacarla a la fuerza, por lo general, cuando se sentaba en su cama y le contaba todo lo que había hecho y las películas que había visto. Las favoritas de Inés eran las de Fantômas, y este era el papel que a él mejor le salía. Con semejante cine en casa, y todas las novelas que su padre le traía cada fin de semana, el mundo exterior guardaba pocos misterios para Inés. Ni siquiera al abandonar las enfermedades infantiles, durante la adolescencia, logró disfrutar de las fiestas. Por lo general se quedaba en un rincón, escuchando las conversaciones, y era tan menuda y poco llamativa que nadie se había fijado en ella hasta el día en que Félix de la Torre, cansado de que Jorge le quitase todas las conquistas, recordó que tenía una vecina dos años menor que él.

Pero no tuvo suerte. La guerra estalló justo cuando estaba empezando a abrirse al mundo. No le había dado tiempo a preguntarse si la vergüenza que sentía en presencia de Félix estaba impulsada por el amor o la timidez, ya que él enseguida la cambió por el frente. Y luego llegaron las bombas, y el hambre, y el frío, y la muerte de su padre, y la victoria, y el uniforme de Félix, y los guardias civiles que se llevaron a su hermano, y la cárcel, y el encierro voluntario de su madre, y aquella sentencia de veinte años y un día por la que tenía que dar las gracias, porque la alternativa traía consigo el olor a incienso de los funerales.

En 1941 ya solo le quedaban las visitas de los lunes y muy pocos sueños que cumplir, porque de su madre, al menos, sí había heredado la sensatez. Las únicas conversaciones de las que aún disfrutaba eran las que mantenía con Ana por la noche, bajo las mantas, como dos niñas de escuela; el resto, no toleraba ni escucharlas, moteadas de malas noticias. Ni siquiera conseguía contagiarse de la alegría de Félix cuando llegaba a su casa con una revista *Signal* y un ramo de flores bajo el brazo.

Entre la guerra y la condena de Jorge no había tenido tiempo de descifrar si estaba enamorada de Félix. Sí sabía que lo quería muchísimo, que le profesaba un cariño inmenso y que ya ni le importaba el uniforme que llevaba, porque era buena persona y con ellos se había portado mejor que nadie.

Por eso, cuando aquel lunes en que salió llorosa de Torrijos lo vio tomando algo con los camaradas en la terraza de la plaza y rezó para que él no reparase en ella, fue en vano. Félix parecía tener un sentido especial para detectar su presencia, como si algo despertase dentro de él y pudiese reconocer su olor o el sonido característico de sus zapatos contra el asfalto, así que dio la espalda a la conversación y a las risas, dejó el chato de vino sobre la mesa y la saludó con la mano.

—¡Hombre, morenita! ¿Tú por aquí a estas horas?

No le dio tiempo a inventarse una excusa o a esconder la cara con la rejilla de la boina que llevaba. Félix se fijó en ella y no pudo obviar aquellos ojos enrojecidos que contrastaban con la palidez de la piel. Tras despedirse de los amigos con un gesto, se levantó y corrió hacia ella para abrazarla.

—¿Qué te pasa?

Inés forzó una sonrisa.

—¿A mí? Nada.

Félix le acarició la mejilla. El contacto de aquella palma, tan cálida, con su piel helada la estremeció.

—¿Cómo que nada? —Le secó una lágrima con el pulgar—. Si estás llorando como una Magdalena.

—No, es que hace mucho frío.

—¿Y tanto daño te hace el frío, bonita?

—De verdad que no es nada. —Le apretó la mano para apartarla—. Anda, ve con tus amigos, que no te quiero comprometer.

Félix le sonrió.

—¿Pero cómo me vas a comprometer, si precisamente lo que me gusta a mí es presumir de la novia tan guapa y tan buena que tengo? —Ese gesto dulce murió en sus labios, acababa de recordar en qué día de la semana estaban—. ¿Le ha pasado algo a Jorge?

Una arruga creció en la frente de Inés.

—No lo sé.

—¿Pero cómo que no lo sabes?

—Es que no me han dejado pasar. Les he dicho que iba a visitar a Jorge y me han respondido que no podía ser, que está en el hospital.

Las pupilas de Félix se agitaron en sus iris cada vez más brillantes.

—¿Pero no te han dicho qué le pasa?

—No, no me han dicho nada. Solo que se ha puesto enfermo y que está en el hospital. No sé cómo se lo voy a decir a mi madre.

Félix le dio un beso en la frente. Acto seguido se quitó también el abrigo de doble botonadura de la Falange y lo puso sobre los hombros de Inés.

—Esto es lo que vamos a hacer —dijo sin separarse de ella—. Primero te voy a llevar a San Ginés y nos tomaremos un chocolate, que tienes que entrar en calor y calmarte. Después te acompaño a casa, hablo con tu madre y me voy a Torrijos, a mí van a tener que decirme qué es lo que pasa.

—Tú ya has hecho mucho...

—No me importa. Jorge..., pese a todo, atesoro con cariño la amistad que nos unió durante tantos años, y ahora además es el marido de mi hermana. —Se acercó las manos de Inés a la cara y echó vaho sobre ellas para calentarlas—. Y yo a ti te quiero mucho, Inés.

Félix llegó a Torrijos a la caída de la noche, pese a haberse prometido a sí mismo, y al propio enfermo, que no volvería a desvelarse por él. Necesitó el uniforme y la mención de los contactos para que le franquearan el paso. Le habrían permitido acceder al sanatorio, también, de haberlo requerido, pero no toleraba la perspectiva de sentarse y mirar a Jorge a los ojos. Aquel al que un día había llamado su mejor amigo había escogido, varias veces y sin pestañear, el bando de la historia al que quería pertenecer, y Félix ya no tenía responsabilidad alguna sobre él. Estaba pagando el crimen cometido y aquel orgullo cegador que le impedía admitir que, sí, se había equivocado, había perdido la guerra, y tenía que aceptar y abrazar la nueva España o vivir al margen de ella.

Pese a todo, las partes más blandas, inequívocamente humanas, de Félix habían experimentado una reacción física inmediata al oír la confesión de Inés. El pulso acelerado, la respiración huidiza, el sudor frío que se le pegaba al uniforme. No podía ocultárselo a sí mismo: a Jorge todavía lo quería como a un hermano y, pese al enfado que sentía, ese amor no hacía más que crecer. Al igual que quemaba todas las cartas de Imre pero aguardaba la noticia de la entrada oficial de Hungría en la guerra, esperaba a oír de boca de Inés o de su hermana el nombre de Jorge.

Lo observó desde el umbral de la puerta. Esa posición estratégica le permitía estudiar la sala alargada del sanatorio en cuyas camillas, al principio, le costó reconocer a Jorge. La piel brillante, húmeda, cerosa; los ojos febriles, más verdes que negros bajo la luz; el pelo oscuro pegado a la frente. Si trataba de recordarlo antes de la guerra, o tras la victoria, durante el desfile, apenas daba crédito a lo que veían sus ojos.

—Puede pasar, si quiere —le indicó la enfermera—. No es contagioso.

—No quiero. Dígame, ¿es muy grave?

—Una infección del estómago. —La mujer lo miró de arriba abajo, deteniéndose en los detalles del uniforme; en los botones que, bajo la bombilla, parecían refulgir—. ¿Es un familiar suyo?

Félix se pasó la lengua por los dientes.

—Es la única mancha de una familia estupenda.

Le dio la impresión de que, en la agitación de entresueños, Jorge fijaba los ojos en él. Félix apenas logró sostener un par de segundos aquella mirada de reproche y orgullo que quemaba.

—Hasta a las mejores familias les salpica la villanía de los rojos —repuso la enfermera en voz más baja—. Mire que tener que venir usted aquí a preocuparse por él, teniendo como estoy segura que tiene tanto trabajo y tan importante..., menuda España nos dejaron los muy sanguinarios.

Félix no le respondió. En su lugar, introdujo la mano en el bolsillo interno del abrigo, sacó de él un paquetito y se lo entregó en mano a la enfermera.

—¿Sería tan amable de entregarle esto al paciente? Es un libro que le quiere dar su hermana. Ya lo he registrado y no tiene nada comprometedor, pero si no se fía de mi palabra puede comprobarlo usted misma.

La mujer ladeó la cabeza.

—¿Cómo no me voy a fiar? Lo haré, por usted, ¿eh? —Apartó el papel, con dos dedos, y sonrió al leer el título de la novela—. Ay, *Fantômas*, con lo que le gustaba a mi padre. —Tomó aire—.

Los rojos me lo mataron al principio de la guerra, en una de aquellas checas. Y mire ahora cómo tenemos nosotros a los presos, entre algodones. Si desde luego...

Imre de Hevesy iba cada mañana a la oficina por puro aburrimiento, por tener la oportunidad de realizar el trayecto de un lado al otro del río, del que disfrutaba tanto, pese a las nevadas que lo obligaban a sacudirse el abrigo, o al asfixiante calor húngaro que manchaba de sudor sus camisas y lo despojaba de toda elegancia. Sus contribuciones al negocio, más allá de la firma de contratos y albaranes, se reducían a unas reuniones interminables en las que aguardaba al sí o al no de su suegro, antes de tomar él una idéntica postura.

En el despacho no hacía nada, excepto escuchar música y leer con un ansia casi obsesiva los periódicos. De manera instintiva sabía que ni la conversión ni el matrimonio ni el embarazo de su mujer iban a salvarlo de la sangre que le corría por las venas, y aguardaba con resignación al momento en el que el lobo llegase para darle caza.

Aunque podía ir en tren hasta la frontera, su padre no le permitía que lo visitara; guardaba la esperanza terca de que, con el tiempo, los lazos de parentesco que lo unían a su hijo se disipasen y ya no pudiesen dañarlo. Recibía las noticias directamente de su madre, y a través de ella Ödön de Hevesy supo de aquello que Imre solo veía como una fantasía más: Rezeda había quedado encinta de nuevo y, si todo iba bien, daría a luz a un niño en junio.

LA VISITA DE FRANCO A MUSSOLINI

El general Franco viajó a Italia con la inesperada decisión de negociar con Mussolini. El jefe de Estado español viajó en coche a Italia a través de Francia. Según informa detalladamente el ministro de Asuntos Exteriores, Serrano Suñer, partió el lunes por la mañana. La recepción ceremonial ha requerido una cuidadosa preparación para proteger la seguridad de Franco. Un guardia en bicicleta lo escoltó por la carretera, de la que quedaron excluidos los vehículos privados. Los acontecimientos de los últimos años en España, las pasiones de la Guerra Civil, todavía se recuerdan vívidamente. En vista de aquellos tormentosos acontecimientos, se extremó la vigilancia para garantizar la tranquilidad del viaje de Franco.

Se encontró con Mussolini en Bordighera, cerca de la frontera entre Francia e Italia.

La reunión entre Franco y Mussolini tuvo lugar entre las seis y las ocho en villa Grimaldi, junto al mar. Una vez finalizada se publicó un informe oficial que reza así: «En las conversaciones entre Franco y Mussolini, así como con el ministro de Asuntos Exteriores español, Serrano Suñer, en la mañana y tarde del 12 de febrero, se estableció que ambos gobiernos comparten el mismo punto de vista con respecto a las cuestiones europeas, así como a todas las que afectan a ambos pueblos en estos momentos históricos».

Todavía no había terminado el artículo del *Népszava** en el que se relataban los encuentros históricos de Franco con Mussolini y con Pétain, cuando la secretaria llamó a su puerta para indicarle que tenía correo de España.

—En el momento oportuno —dijo, mientras apartaba el periódico con el dorso de la mano—. Pase, Ildikó, pero ya sabe que los asuntos de Ricardo de la Torre los lleva el señor Futó.

—Sí, lo sé, pero la carta no es del señor Ricardo, sino de su hijo Félix. No sabía que trabajaba en la empresa.

—Yo mismo no la habría creído hace unos años si me hubiese dicho que ocuparía este despacho. —Extendió la mano hacia ella—. Deme la carta, por favor, y ya puede retirarse.

—Claro, señor De Hevesy.

No esperó a oír la puerta cerrarse ni se molestó en buscar el abrecartas. Rompió el sobre con el dedo, sin consideración alguna por lo que había en su interior. Desde la citación que había recibido su padre, le había escrito varias misivas a Félix solicitando su

* Periódico socialdemócrata de Hungría, y uno de los más antiguos del país.

ayuda. No le habían devuelto ninguna, pero hasta ese momento no había recibido contestación.

Madrid, 4 de febrero de 1941

Imre:

Acuso recibo de las cartas que me has hecho llegar y te ruego encarecidamente que ceses toda comunicación. Como ya acordamos en su momento, la amistad que una vez nos unió hace tiempo que está muerta y no tengo interés alguno en retomar el contacto.

Por si no te había llegado la noticia, mi hermana es una mujer casada y espero que no hayas perturbado también su paz con unas cartas que no son bienvenidas. En todo caso, y en consideración a tu esposa, tu relación con mi familia no debería traspasar el estricto territorio de lo profesional.

Ana está levantando cabeza después de todo el daño que le has hecho y lo último que deseo es que vuelva a sufrir por culpa tuya. Mi carrera también está en un momento crucial y carezco de tiempo y de energías para lidiar con tus problemas. De hecho, hace unos meses, en el contexto de la visita de herr Himmler a Madrid, tuve ocasión de asistir a una reunión del Partido Nazi, que me ha dado esperanzas de una resolución del problema en Europa, que atañe a tu familia, no a la mía.

Te felicito por adelantado por el previsto nacimiento de tu hijo y te ruego, de nuevo, que no vuelvas a ponerte en contacto con nosotros por temas que queden fuera del ámbito de la empresa. Con mi hermana, por supuesto, no he compartido el contenido de ninguna de tus cartas. En honor al amor que una vez sentiste por ella, te pido de rodillas que no trates de escribirle.

¡Arriba España!

Saludos,

Félix de la Torre

Le dio la vuelta al papel, casi buscando unas palabras nuevas, más amables, que no se dibujaron en aquella cara desnuda.

Tiró la carta sobre el periódico abandonado. Con un dedo se desanudó la corbata, pero el aire lo rehuía y el sudor, cada vez más espeso pese a la nieve que se acumulaba al otro lado de la ventana, le ensombrecía la mirada.

Todas sus salidas se quemaban y no le quedaba otro consuelo que aferrarse a aquel clavo cada vez más ardiente que también mantenía a su padre con vida.

VIII

La semana siguiente, siguiendo las instrucciones de Manolo, Ana se presentó en Torrijos, se acercó al funcionario que más se correspondía con las señas que le habían dado y le entregó el paquetito con la suma requerida, ridícula, que le concedería un vis a vis íntimo con Jorge. Delgado y bastante alto, de nariz aguileña y ojos tan claros que parecían carecer de iris, contó y revisó los billetes. Tras guardarlos, le hizo señas a su compañero, quien le indicó a Ana que pasase.

El chequeo humillante, inhumano, un par de manos reptando entre las capas del traje más nuevo que tenía hasta dar con la carne blanda que buscaban. Para ignorar aquel tacto nauseabundo, hacía listas en su cabeza. Los días que quedaban hasta el fin de las clases, las semanas hasta que se acabase la estación fría, los verbos irregulares del inglés, las lunas de Júpiter, los cigarrillos en sus bolsillos.

Tras el registro, más largo y exhaustivo que nunca, la condujeron a una habitación húmeda y poco ventilada, idéntica a la del día de la boda. Mientras esperaba, con la espalda contra la pared y las sábanas dobladas en las manos, supo por qué hubo tantas parejas entonces, y por qué las había también en ese momento. Aquellas mujeres anuladas, a las que les habían robado la vida y la ilusión, se quitaban la comida de la boca para reunir el dinero suficiente y pasar un ratito a solas con sus maridos.

Reconoció a Jorge por la cadencia de sus pasos. No se había dado cuenta de que la había memorizado hasta que aquel sonido rítmico le arañó el oído y alzó la barbilla para mirarlo. Durante el trayecto desde Chamberí se había imaginado lo peor y, al verlo frente a ella, algo pálido pero con buen aspecto, el alivio que la poseyó la empujó a sus brazos. Lo besó en la mejilla, en la mandíbula, en los pómulos, en todo aquel territorio sin conquistar, hasta llegar a los labios. Quería comprobar que estaba bien, que estaba entero, que no le habían arrebatado nada más, que al tacto era igual que trece meses atrás.

Él la tomó en brazos, la recostó. Mientras los tapaba con las sábanas, se inclinó para pasarle los labios por la piel y susurró:

—Para ser un hombre de los que no se casan, lo he hecho dos veces y con la misma mujer.

—Que yo sepa, solo nos hemos casado una vez.

Las manos de Jorge, que se iban templando con los sudores, se introdujeron bajo su falda.

—No sé qué excusa has dado tú, pero a mí me han venido a buscar diciéndome que me estaba esperando la novia para la boda.

—Manolo me ha dado la idea. —Le desabrochó los botones de la camisa. Los sonidos de las otras parejas, una cacofonía que caía sobre ellos, ya no le molestaban—. No sabía que se podía hacer.

Las palmas de Jorge se detuvieron en las rodillas de Ana, y las acarició.

—Yo sí. Así es como el Vasco se ve con la mujer, cuando está en Madrid. —Le dio un beso en el cuello y luego descendió a la clavícula—. No ha pasado nada, ¿verdad?

—No, es que estábamos muy preocupados. La última semana no dejaron pasar a Inés. Le dijeron que estabas enfermo.

—Félix me vino a visitar. ¿No os dijo...? —Se detuvo al ver que Ana se apartaba y bajaba las cejas—. ¿No os dijo que no era grave?

Ana tragó saliva.

—Nos dijo que tenías una infección, pero no que te había ido a ver.

—Fue una visita muy breve. —Le pasó el índice por la mejilla—. No me digas que tenías miedo de quedarte viuda.

Ana arqueó una ceja.

—No te metas conmigo.

—Nunca. —La atrajo más hacia sí. Con el mismo dedo con el que le había acariciado la mejilla, le recorrió el tabique de la nariz—. Es que tú siempre piensas muy mal de mí, guapa.

—Tú, que me lo pones muy fácil... ¿Ya estás bien?

—Sí, ¿no me ves? —Rio contra su piel—. No te vayas a enfadar, guapa, pero menudo atracón me di con las pastas que me trajiste, y menuda guerra me dieron.

Ana se separó con cuidado, como si buscase el vestigio de una broma en aquellos rasgos que ya conocía tan bien. Al no encontrarlo, levantó el brazo y le dio a Jorge un toquecito en la mejilla con la palma.

—Mira que te avisé.

—Ya. —Le tomó la misma mano con la que lo había golpeado, aún no la había separado, y se la llevó a los labios—. Ahora que sabes que no vas a quedarte viuda, imagino que querrás hablar de la nulidad.

Ana se apartó.

—No.

—¿No?

—No.

Se acercó de nuevo, despacio, hasta notar el roce cálido de los dos cuerpos y el vello de las piernas de Jorge contra su piel. Estaba hambrienta y sedienta de algo, no sabía de qué. Ansiaba quitarse aquella espina que tenía clavada, aquel recuerdo que no podía exorcizar y que se había llevado consigo su juventud, su felicidad y sus ilusiones. Habría ayunado y rezado hasta que las rodillas le sangrasen para sacarse a Imre de dentro y nada habría tenido resultado. Quería perderse, tener algo que fuese suyo y que le hiciese olvidar la España en la que vivía, aunque eso fuese a condenarla.

Jorge le apartó un mechón de la cara. Sin dejar de mirarla, susurró:

—Ana, esto va a destrozarte.

—No me importa. Quiero que me destroce entera, que no quede nada de mí.

Jorge posó de nuevo la mano ya ardiente en su mejilla y sonrió.

—Qué ciega estás, Anita. —La besó y luego dejó que el labio superior descendiese hasta llegar al pecho de Ana—. Pero qué ciega estás.

Ella no dijo nada. Le recorrió la columna con los dedos a medida que él bajaba besando aquella carne que ante Dios y ante la ley le pertenecía y que no había tocado en un año. Estaban solos y les habían robado todo, hasta el tiempo. ¿Qué importancia podría tener un pecado tan pequeño en la enormidad de la historia?

IX

La madrugada del 3 de abril, el primer ministro Pál Teleki se suicidó en su apartamento en el palacio Sándor. A medianoche, una llamada telefónica le había informado de que el ejército alemán se aproximaba a la frontera húngara en dirección a Yugoslavia, la iban a ocupar y eso marcaría la entrada oficial del Reino de Hungría en la guerra.

Horas más tarde, con el cuerpo ya frío y rígido y la sangre causada por el arma de fuego seca, se leería en la nota de suicidio:

> *Por cobardía hemos mancillado el honor de Hungría. Nos hemos aliado con sabandijas y nos convertiremos en verdugos. Una nación tirada a la basura. No pude evitarlo. Soy culpable.**

A Imre no le dio tiempo a leer la noticia del fallecimiento en el despacho. Desde la colina en la que se erigía la residencia presidencial, a apenas veinte minutos andando desde la plaza donde vivía, bajaban los vecinos abrumados y llorosos que habían presenciado el levantamiento del cadáver. Con la tinta aún fresca en los diarios, las voces de los viandantes eran frágiles y todas contaban la misma historia, siempre lo mismo.

* Extracto de una nota más amplia.

El Reich, que iba a durar mil años, tenía que cruzar Hungría para llegar a Yugoslavia y ocuparla. Atormentado por la decisión imposible entre negarse a prestar ayuda a Alemania y permitirle el paso a riesgo de que esta los ocupase, lo que conllevaría que los aliados les declarasen la guerra, Pál Teleki se había colocado una pistola entre los dientes y había apretado el gatillo. Aquella mañana, Hungría había entrado en el conflicto armado.

Imre llegó a la oficina entre sudores, como loco, a punto había estado de causar un accidente de tráfico. No tuvo la cortesía de saludar a la secretaria ni de preguntarle si su suegro había llegado. Le exigió que le pidiese una conferencia con el despacho en España, de inmediato, pues debía hablar con el señor De la Torre enseguida.

—Va a tardar, señor —tanteó la muchacha, al devolverle el aparato—. Me han dicho que, con las noticias de esta mañana...

—Ya. Atienda a sus obligaciones, Ildikó, y páseme esa conferencia solo a mí, ¿entendido?

—Sí, señor.

Consumió el paquete entero de cigarrillos, uno tras otro, mientras escuchaba las noticias de la radio con una voracidad animal. Pero todas eran la misma, aunque con distintas palabras, y no logró respirar hondo hasta que oyó el timbre del teléfono al otro lado de la pared.

A Ildikó no le dio tiempo a tenderle el receptor, él se lo arrancó de la mano.

—¿Señor Futó? Le agradezco su llamada. Imagino que será con referencia a la situación política de su país.

Imre cerró los ojos al oír aquella voz que, aun distorsionada por la distancia y la tecnología, conocía tan bien.

—Sí, por eso mismo. Pero soy Imre, me temo.

Se produjo un silencio sostenido. El joven temió que el señor De la Torre fuese a colgar, pero tras un instante de duda irrumpió en una única sílaba, cortante y afilada.

—Ah —resopló. Imre pudo oírlo desde el otro lado de la línea—. ¿Qué repercusión tendrá esta situación en el negocio, según su opinión?

Imre tragó saliva.

—Vigilaremos de cerca los avances de la situación y le suministraremos un balance de los riesgos una vez se nombre al nuevo primer ministro. —Con un gesto le indicó a Ildikó que abandonase la habitación. Luego agregó—: Señor De la Torre, el motivo de mi llamada..., el motivo de mi llamada es de extrema urgencia. Valorados los últimos acontecimientos, creo que yo le resultaría más útil a la empresa si trabajara desde España, para eso necesitaría que usted presentase su aval en la embajada, a fin de que yo pudiese solicitar los visados pertinentes.

—Gracias por el ofrecimiento, señor De Hevesy, pero yo no lo considero necesario.

—Señor De la Torre, escúcheme. —Silencio—. ¿Señor?

El tono al otro lado de la línea le indicó que la conferencia se había cortado. Colgó el teléfono y se secó el sudor de la frente con la manga de la camisa. Volvió a levantar el receptor y solicitó una nueva conferencia, en esta ocasión directamente a la residencia de los De la Torre. No le importaba tener que esperar.

—¡Ildikó!

La mujer se asomó a la puerta.

—¿Sí, señor De Hevesy?

—Espero una llamada urgente de España y no quiero que me molesten para nada. ¿Podría ir a buscarme un paquete de cigarrillos? Vaya después a mi casa con cualquier excusa y hágale compañía a mi mujer hasta que yo llegue.

—¿A su mujer?

—Eso he dicho. No quiero que se quede sola en casa leyendo las noticias. En su estado, no le conviene angustiarse.

—Claro, señor. La señora De Hevesy ha tenido mucha suerte con usted.

Imre evitó mirarla.

—No se entretenga, por favor —la apremió.

A una hora de la pedida de mano en casa de los Márquez, el ajetreo en la casa de enfrente llegaba a su máximo apogeo. Félix llevaba horas acaparando el baño, don Ricardo no llegaba de la oficina y doña Basilisa crispaba tanto los nervios de su hija con conversaciones absurdas que esta había optado por encerrarse en el despacho de su hermano para fumar. Había tenido otro vis a vis con Jorge, pero la fugaz felicidad de aquellos sesenta minutos se había disipado con las noticias de la mañana. Tras tantos meses esperando la noticia, Hungría había entrado en la guerra y la herida que ella tenía en el pecho, que apenas había empezado a cicatrizar, se abría de nuevo, tiernísima y escocía al contacto con el mundo.

No se inmutó al oír el teléfono, consciente de que Félix no le consentiría que se inmiscuyese en sus asuntos ni siquiera el día de su pedida de mano. Aguardó, pues, a que Asunción respondiese a la llamada, que perdió interés para ella hasta que la criada se le acercó, tapando el receptor con la mano, y le dijo:

—Ay, señora, hay un extranjero al aparato y no entiendo lo que dice, solo que pregunta por su hermano. Creo que es alemán.

Ana se secó el pómulo con el dorso de la mano.

—No sé por qué me miras, yo tampoco hablo una palabra de alemán.

—Pero..., ay, señora, está llorando. Claro, pobrecita, en un día como hoy, y con su marido..., bueno, en fin, no crea que la juzgo, si mi propio hermano, con lo buena persona que es...

—No insistas. Los únicos que hablan alemán en esta casa son Félix, mi padre y Manolo, pero ya sabes cómo se pone mi hermano cuando la gente mete las narices en sus asuntos.

La muchacha se mordió el labio inferior.

—Ay, señora, es que este hombre está muy nervioso. Creo que está borracho. Pero si es importante y no le paso el recado al señorito...

Ana resopló, mientras se encendía otro cigarrillo, y puso los ojos en blanco.

—Las amistades de mi hermano... —rezongó, más para sí que para Asunción, y le indicó que esperase mientras iba a buscarlo.

Llamó a la puerta del baño con fuerza, dos veces, y le dijo a Félix a gritos que tenía una llamada en el despacho.

—¿De la Falange?

—No, Asunción dice que es un alemán.

Salió tal y como estaba, con las mejillas brillantes de loción y la toalla húmeda colgada del hombro. Entró en el despacho, hizo caso omiso del rubor que se extendía por las mejillas de la criada y tomó el teléfono que le tendía.

—¿Sí? Félix de la Torre al aparato.

El hombre al otro lado se atropelló con las palabras antes de lograr organizarlas en una frase.

—Félix... Félix, soy Imre de Hevesy. Escúchame, por favor...

—Has debido de perder el honor hace mucho, si te atreves a llamar a esta casa.

—Sé que os he causado un sufrimiento terrible, pero... no sé si estás al tanto de los últimos avances de la guerra...

Félix se apretó el tabique de la nariz con dos dedos.

—Estoy al tanto y los celebro. Tu país ha entrado en las páginas doradas de la historia.

—Félix... Félix, tú sabes lo que soy y lo que esto podría suponer para mí. Por la amistad que nos unió durante tantos años...

—Esa amistad ya no existe. —Apretó los labios—. No llames más a esta casa. Olvídate de que existimos. Te deseo lo mejor.

Colgó.

X

Poco después del compromiso de Félix e Inés, Manolo sorprendió a su tío con la noticia que llevaba meses esperando y que, con el ajetreo de los nuevos contactos portugueses, había olvidado: habiendo recuperado al fin el acceso a sus cuentas americanas, quería mudarse a un piso para él solo, donde tuviese más intimidad. Del sobre con el dinero por la que había sido su manutención desde 1939, doña Basilisa no quiso saber nada y, de hecho, no estuvo convencida de dejar marchar a su sobrino hasta que este le aseguró que el piso estaba a apenas un par de calles, que seguiría siendo un comensal en las comidas de los domingos y que, a fin de cuentas, era un hombre soltero y quería evitar situaciones embarazosas.

Fue a visitar enseguida a Susana Rubín, antes de que abriese el tablao. Ante el escepticismo de la mujer, que alegó que vivir con él no era garantía de nada, que no estaban casados ni iban a estarlo nunca más y que ese cambio en su situación iba a arruinarle el negocio, Manolo le respondió:

—Tengo un trabajo para ti menos humillante y mejor pagado, pero, si no te fías, estoy dispuesto a seguir abriendo la cartera cada vez que te metas en mi cama, aunque ahora vayamos a compartirla.

La afilada réplica de Susana Rubín llegó acompañada de su habitual bajada de párpados y su sonrisa felina.

—Aquí el único que se humilla es el que paga por lo que antes tenía gratis, y todavía no me has dicho qué garantías tengo. Te conozco bien, Manolillo, y lo siguiente que sabré de ti es que me has dejado sola en el piso, a cargo de los gastos y sin un negocio con qué pagarlos.

—Podemos casarnos como Dios manda, para empezar.

—¿Qué Dios? Porque ya sabes que nosotros no le rezamos al mismo, y que yo no voy a renunciar a lo mío para casarme contigo.

—Pero cómo me gusta ese orgullo que tienes. Y por ese mismo orgullo, no por mí, sé que vas a aceptar este trabajo. —Hundió la cara en su pelo, hasta que los labios le acariciaron las orejas—. ¿Tú has ido alguna vez al café Embassy, morena?

Rayano el mes de mayo, un par de semanas después de la invasión de Yugoslavia y Grecia por Alemania, Italia y Hungría, Ana visitó por primera vez la residencia de la dueña del Embassy, Margarita Taylor, en el número 12 de la avenida del Generalísimo, justo encima del salón de té que llevaba dos años frecuentando. La proposición le llegó a través de su primo, que fue a buscarla a la salida del trabajo en la embajada. Su presencia no resultaba una novedad, ya que llevaba días arrastrándola a todo tipo de tiendas y anticuarios para que lo ayudase a amueblar el pisito al que se había mudado.

En esa ocasión, la invitó a su casa directamente, y en aquel salón repleto de cajas, entre el humo espeso de los cigarrillos de estraperlo y el sonido estridente de las copas de ginebra contra la mesita metálica, le preguntó:

—Tú el húngaro no lo hablabas nada, ¿verdad?

Los labios de Ana se tensaron. Para que Manolo no reparase en ellos, se acercó la bebida a la boca.

—No, ya te lo dije.

—¿Pero nada de nada?

—A ver, alguna palabra chapurreo. ¿Por qué?

Manolo podía haber salido de Galicia, pero Galicia no había salido de él. Le respondió con otra pregunta.

—¿Tú sabes por qué quiero yo tanto a tu marido?

—Supongo que tenéis el mismo sentido del humor.

Aunque estaban solos, con las ventanas y las puertas cerradas, Manolo se acercó más a ella, hasta que las rodillas de ambos chocaron. Se inclinó para susurrarle:

—No soy falangista y no estuve escondido en Lavapiés durante la guerra. Pasé aquellos años a medio camino entre el hotel Florida y tu casa gracias a la ayuda de tu marido. Y gracias a su ayuda me escondieron cuando los nacionales entraron en Madrid, hasta que pude cobijarme bajo una buena tapadera.

No había estado afiliado a ningún partido político ni a ningún sindicato, y su nombre no figuraba en las listas del Socorro Rojo Internacional ni de ninguna otra organización. Aquellos con quienes había colaborado en el Florida eran periodistas extranjeros que no se habían quedado a escribir desde la primera línea de fuego cómo la capital de la República fue tomada por los sublevados. Eso, unido al apellido y a la tapadera que Jorge había podido conseguir para él pero no para sí mismo, le había salvado la vida.

—Y yo las deudas de sangre me las tomo muy en serio, Anita. ¿Puedo confiar en ti?

Ana tragó saliva.

—Creo que acabas de hacerlo.

—El conde de Albiz me ha hablado muy bien de ti.

Al pisar los suelos alfombrados de la residencia de Margarita Taylor, las piezas sueltas en las que Ana no había reparado encajaron: las solicitudes de visados que transcribía día a día en la embajada; aquellos sujetos, rara vez uniformados, que acudían a la embajada a primera hora y permanecían allí cuando Ana se iba a casa, pero nunca volvían a hacer acto de aparición; los extranjeros del Embassy que rara vez intercambiaban más de dos o tres palabras con el resto de los comensales; los mozos de mono azul que caminaban entre las mesas en cualquier momento del día y desaparecían en la confusión de la trastienda para no volver a ser vistos.

En Margarita Taylor el origen irlandés se revelaba en la piel rosada, sin una arruga a pesar de la edad que la nebulosa de rizos blancos, casi plateados, delataba. Los ojos sesgados, de un azul limpísimo, se posaron en Ana un instante antes de buscar una respuesta en Manolo.

—La prima que quería que conocieses, Ana de la Torre, señora de Márquez. Claro que, después de tanto tiempo acompañándome, apuesto a que el rostro te resulta familiar.

Los labios finos de Margarita Taylor, delineados de carmín, se curvaron.

—Conozco bien a mi clientela.

Cuando se acercó a ella para darle dos besos, Ana sintió que la envolvía la nube de lavanda de su perfume Yardley.

—Así que esta es la secretaria de la que tan bien me ha hablado el señor Hoare.

Las cejas de Ana se alzaron, no pudo evitarlo. En los meses que llevaba trabajando, el embajador y ella apenas habían intercambiado un par de palabras de cortesía.

—El señor Hoare es muy amable.

—Y tengo entendido que habla húngaro, ¿me equivoco?

Ana le sonrió.

—Apenas.

—Apenas es mejor que nada.

Los condujo a la sala principal, un tanto sofocante y decorada al estilo pequeñoburgués, con mobiliario típico de la década anterior: muebles de caoba de gran tamaño, manteles de ganchillo, mesa de comedor redonda, vitrina con figuras de porcelana y el característico reloj que daba los cuartos al son del Big Ben…

Un gran sillón de color burdeos dominaba la estancia. Sentado en él, un hombre delgado, no muy alto, de aspecto levantino y oleosos ojos negros.

Ana lo comprendió enseguida.

—*Jó estét** —le dijo, y le asombró la facilidad con la que su lengua se amoldaba de nuevo a ese idioma que hablaba poco, casi nada, y mal.

* «Buenas tardes» o «buenas noches». En húngaro tiene el mismo uso que el *good evening* inglés o el *bon soir* francés.

Cada palabra, como un insecto en ámbar, traía consigo la cadencia exacta de Imre, el tono característico y juvenil de su voz. Se preguntó si, con los años, habría cambiado.

Tras dirigirle una mirada nerviosa, que luego posó, por orden, en Manolo y en la dueña de la casa, el hombre asintió.

—*Jó estét.*

El saludo precedió a una larga retahíla de frases que, por su rapidez y su temor, Ana no habría podido comprender ni aunque Imre hubiese accedido a enseñarle el idioma como ella deseaba.

—No le entiendo, lo siento... *nem tudom... elnézést.**

El hombre, de mediana edad, la apaciguó con unos movimientos rítmicos de la mano que le recordaron a los de su padre cuando Félix y ella eran niños y trataba de separarlos tras una pelea. Continuó hablando, esta vez con más lentitud, deteniéndose en cada sílaba, y el nerviosismo que lo había poseído desapareció. No parecía importarle que Ana no pudiese contestarle o que nada en su postura o expresión indicase que lo comprendía.

En ese momento fue consciente de que la comunicación no era lo importante. Lo que sanaba a aquel hombre, todo él una colección de temores, era el convencimiento de que existía otra persona en aquel país lejano al que había ido a parar que conocía su idioma, aunque fuese de pasada. En esa tenue familiaridad, el miedo, aunque de manera efímera, perdía su poder.

En el ambiente algo más íntimo de la cocina, entre tazas de un té que poco tenía que envidiar al de la cafetería bajo sus pies, Manolo le explicó a Ana la gravedad de la situación. Desde el comienzo de la guerra, la embajada en la que ella trabajaba se había ocupado de ayudar a personas que cruzaban la frontera escapando de los alemanes: soldados aliados y familias judías, algunas de ellas sin medios para salir a flote por sí mismas.

De acuerdo con la ley franquista, a los hombres de uniforme los recluían en el campo de concentración de Miranda de Ebro, en Burgos, la capital de la zona nacional durante la guerra. Todos

* «No sé..., lo siento».

los fines de semana, el médico de la embajada y el agregado militar británico viajaban desde Madrid a aquel centro con provisiones. A aquellos hombres Ana los conocía sin saberlo: ella transcribía sus solicitudes de visado. A los que liberaban los recibían en la propia embajada británica; eran aquellos visitantes inesperados que por sus andares esquivos tanto le habían llamado la atención.

En la embajada se les proporcionaba ropa limpia y documentación nueva. Luego se les conducía a Gibraltar, parada imprescindible antes de su regreso a los hogares que habían abandonado hacía meses o años.

Más adelante, con el aluvión de judíos que buscaban escapar al genocidio nazi, Manolo entró en escena. El negocio familiar había sido la tapadera perfecta. Con los fondos que recibía de su red de contactos fue capaz de falsificar las facturas pagadas por unos clientes portugueses que no existían. El vehículo y las excusas para ausentarse de Madrid habían hecho el resto. Durante semanas, y acompañado de un amigo de la embajada, recorrió en coche los Pirineos en busca de posadas y monasterios en cuyos dueños y monjes pudiesen confiar. Ellos darían el aviso cuando los refugiados llegasen. Gracias al salvoconducto proporcionado por la empresa podía hacer el trayecto de ida y vuelta.

Ya en Madrid, el ambiente ajetreado y ligeramente caótico del Embassy era idóneo para realizar una incursión. Disfrazados de *dandies* o ataviados con el mono azul de los mozos, los refugiados se confundían con la clientela y, en un momento de despiste, accedían al apartamento de Margarita Taylor por la trastienda. Allí descansaban, se recuperaban y esperaban a que Manolo los transportase a A Portela, en la frontera entre Galicia y Portugal, donde los contactos lusos se encargaban del resto de su viaje.

—Con la escalada del conflicto armado —prosiguió Manolo, que se había empezado a liar un cigarrillo por el simple placer de hacerlo, sin ansia alguna—, depender del salvoconducto de la empresa está empezando a resultar peligroso. Un automóvil con matrícula diplomática evitaría muchos problemas en los controles de la Guardia Civil. Para eso necesito tu ayuda.

Cuando su primo le tendió el pitillo que acababa de liar, lo observó con las cejas bajas, sin comprender bien qué pretendía.

—¿Por qué yo?

Él agitó el cigarrillo hasta que ella lo aceptó.

—Porque de ti no va a sospechar nadie. Mañana por la mañana, montaré al señor Sebők en mi automóvil particular e iremos al observatorio de la Ciudad Universitaria. Allí, a las ocho en punto, tú nos estarás esperando en el coche del conde de Albiz, que está al tanto de todo. Te bajarás y me saludarás con un abrazo durante el cual haremos el intercambio de llaves. Después tú irás a clase y el señor Sebők y yo nos marcharemos en el vehículo del conde. Fácil. —Le encendió el cigarrillo que acababa de entregarle—. ¿Fácil?

Ana asintió.

—Fácil.

La sonrisa de Manolo, todo hoyuelos y paletas prominentes, era espléndida. El primo extendió la mano para acariciarle la mejilla.

—Sabía que podía confiar en ti. ¿Tienes alguna pregunta más?

—Sí. —Tomó aire—. ¿Habéis rescatado a más judíos húngaros, además de al señor Sebők?

Manolo torció la sonrisa.

—No demasiados. Imagino que habrá más, ahora que su país ha entrado en guerra.

—¿Y...? —Alzó una ceja, tenía los ojos fijos en las manos, extendidas sobre la mesa, y no en su primo—. ¿Y sabes cuál es la situación de los judíos en Hungría?

—Según tengo entendido, hace un par de años que se está reclutando a los varones en edad militar a hacer trabajos forzados en el ejército.

Otro asentimiento, este más fatigado y más corto que el anterior. Ana cerró los puños.

—Muy bien. Puedes contar conmigo, para lo que sea.

XI

Según lo acordado, la mañana siguiente se arregló, cogió el maletín e hizo a pie el trayecto de un cuarto de hora hasta la embajada, con la excusa de entregarle al conde de Albiz unos documentos que había estado pasando a máquina hasta tarde. Después tomó el coche con la matrícula diplomática y condujo hasta el observatorio de la Ciudad Universitaria. A las ocho en punto bajó y sacó la pitillera del bolso. Apenas le había dado tiempo a colocarse el cigarrillo entre los dientes cuando el encendedor de Manolo emergió frente a ella y se lo prendió.

—¿Pero no eres tú muy guapa para estudiar tanto?

Sonrió. Detrás de él, con el pelo engominado y las manos hundidas en una gabardina de su talla, aguardaba el señor Sebők. A fin de no comprometerlo, Ana apenas fijó los ojos en él; en cambio, saludó a su primo con dos besos y un abrazo durante el cual las llaves pasaron del bolsillo del uno al del otro.

Un encuentro corto, fortuito, en el que nadie se fijó. Cuando se fue en dirección a la facultad, oyó los pasos de los dos hombres tras ella y después el rugido de un motor que despertaba. No miró atrás.

Félix estaba en casa cuando regresó a Chamberí. Tras tantos años de convivencia, sabía reconocer los signos: la manera en que apartaba el felpudo tras limpiarse las suelas en él y la música tenue pero perceptible que atravesaba la puerta si uno se acercaba lo suficiente. Cuando Asunción le abrió la puerta y la anunció, Félix salió inmediatamente del despacho con una sonrisa en los labios.

—¿A qué debo el honor de una visita de mi hermanita?

—¿Podemos hablar?

—Media hora. Quiero pasarme por la oficina para entregar unos documentos antes de la cena. —Le hizo un gesto a la criada—. ¿Nos preparas café?

Ana ladeó la cabeza. No le convenía que la muchacha los interrumpiese en mitad de la conversación, debido a la naturaleza de esta.

—No me apetece tomar nada, y no te quiero entretener.

Félix asintió.

—Olvídate del café. Puedes retirarte, Asunción.

Acto seguido tomó a su hermana del brazo y la condujo a su despacho. Le ofreció una copa, que ella tampoco aceptó, y mientras se servía una para él con una mano bajó el volumen de la radio con la otra.

—Tú dirás.

Ana bajó los párpados.

—El otro día dijiste que harías cualquier cosa que te pidiese...

Félix alzó una ceja mientras bebía.

—¿Es sobre la nulidad? Puedo hacerle una visita a mi amigo el abogado, a la salida de la oficina.

—No, es sobre Imre.

El sonido que la copa emitió al depositarse de nuevo sobre la mesa fue estridente, monstruoso.

—Sé que a los judíos húngaros los están llevando a trabajos forzados —prosiguió—, y quiero que lo ayudes.

Las aletas de la nariz de Félix temblaron.

—¿Dónde has oído esos disparates? ¿En la embajada?

—No. —Tragó saliva. La música de Beethoven, que le llegaba ahogada y baja, la asfixiaba—. Me lo contó él en una carta.

—¿Te escribe? Creí que no sabía que vivías con los Márquez.

—No, la mandó aquí. —Desvió la mirada—. Asunción me la dio.

Al oír esa revelación, Félix se puso en pie como una marioneta manejada por hilos invisibles.

—¿Qué? Le pedí expresamente que destruyese cualquier carta de Hungría que no fuese dirigida a padre.

—Por favor, no la riñas ni le digas nada. Fue culpa mía, yo le insistí mucho. Ella quería hacerte caso, pero...

—Es inútil. No sabe ni planchar bien una camisa y ahora esto.

—Félix. —Le tiró del brazo para conseguir que se volviese a sentar—. No ha sido culpa suya. No la molestes por eso. —Estiró los labios—. ¿Y a Imre? ¿Lo ayudarás? Sé que se portó mal conmigo, pero fuiste su amigo durante muchos años. Y yo, que soy la perjudicada, te lo pido por favor.

Félix la observó. Sus ojos, del mismo color que el coñac que había apurado de un trago, eran más líquidos que nunca, ríos de lava. Ana no supo descifrar lo que pretendían comunicarle.

—¿Todavía lo quieres?

—Es un buen hombre, pese a todo. No podré olvidarlo si sigo preocupada...

—No tienes que preocuparte. —Juntó las palmas y se las llevó a los labios; evitaba mirarla a los ojos, y ella, en su turbación, no se dio cuenta—. No quería contarte nada, pero la llamada que recibí el día de la pedida de mano era suya. Y ya lo he dispuesto todo para que reciba un visado y salga de Hungría con su mujer.

Ana asintió en silencio. Una única imagen la consumía como una vela: Asunción sosteniendo el teléfono, que ella había rechazado al pensar que al otro lado de la línea se encontraba uno de los amigos alemanes de Félix. Aquella proximidad a la voz de Imre, que habría vuelto a escuchar con tan solo extender el brazo y tomar el aparato, quemaba.

Le habría podido pedir explicaciones, entonces. Le habría obligado a decirle en voz alta, y sin que le fallase la voz, que ya no la quería como antes, y que el único amor que lo poseía era el que sentía hacia su esposa. Habría demandado cada sílaba, cada sonido, y aún le habría pedido que se lo repitiese en húngaro, aunque ella no lo entendiese, para que su lengua materna quedase impregnada también de esa confesión.

No, no lo había olvidado. ¿Cómo podría hacerlo?

XII

El 22 de junio de 1941, roto el pacto de no agresión entre los gigantes europeos, Alemania emprendió la invasión de la Unión Soviética. Durante dos días, la juventud falangista de Madrid tomó las calles de la ciudad para manifestarse en contra del bolchevismo. Demandaban la entrada de España en la contienda, reclamaban el derecho, por no decir el deber, de combatir de nuevo contra los enemigos a los que ya les habían visto las negras fauces y a causa de los cuales habían sangrado sobre su propia tierra.

El 24 se aprobó la creación de la División Azul, un grupo de élite formado por voluntarios que combatirían única y exclusivamente contra los soviéticos en el Frente del Este. Tres días después, agotado ya el champán de aquellos que celebraban la nueva llamada de la guerra, comenzó el reclutamiento entre los miembros de las Fuerzas Armadas y la militancia de la Falange. Algunos, los más jóvenes, jamás habían sostenido un fusil; la mayoría, sin embargo, eran veteranos de la guerra de España sin olvido ni perdón.

Inés fue la primera persona a la que Félix le comunicó el nuevo rumbo que tomaba su vida. Lo hizo después de la proyección de la película *Raza*, en la coctelería que había delante del cine Bilbao, puesto que quería que tuviera lugar en un lugar neutral. Ella lo empapó con sus lágrimas y a él lo invadió una sensación cálida, reconfortante. Aquella prueba inequívoca de su amor, pensaba, casi justificaba el sufrimiento que pudiese causarle.

—Sé que esto nos ha pillado en una etapa muy bonita de nuestras vidas —dijo tomando la mano de Inés, que estaba fría—, y me duele, pero es mi deber terminar el trabajo que empecé en nuestra guerra. ¿Lo comprendes?

Inés asintió rápido, casi con avidez, mientras se secaba la cara con el pañuelo que Félix le había tendido.

—Entiendo —prosiguió él— que esto desbarajusta nuestros planes y tendremos que posponer la boda. Tengo una fe inquebrantable en la superioridad germana, pero es preciso ver al enemigo con los ojos de la sensatez y dudo que la victoria sobre el bolchevismo sea fácil y rápida. —Se humedeció el labio superior. Inés todavía lloraba—. Si, teniendo esto en cuenta, quieres romper el compromiso..., no te lo reprocharé. Te excusaré ante mis padres, que también lo entenderán, y serás libre de rehacer tu vida o de esperarme sin sentirte atada a mí y a mi destino.

Los dedos de Inés temblaron. Todavía no le había dado tiempo a llevar al joyero el anillo de pedida, que había pertenecido a la abuela paterna de Félix y le quedaba grande, por lo que el rubí viró hacia la palma.

—No —musitó, mientras se lo volvía a colocar bien—. Quiero poder decir que soy tu esposa antes de que te vayas.

Embriagado de nuevo por aquella felicidad tan cálida, Félix se aferró a ella y la besó en los labios, descontrolado, con la confianza de que el uniforme que llevaba le evitaría recibir una amonestación por aquel deseo carnal.

—Hablaré con el cura —le dijo sin apartarse—. En deferencia a mis circunstancias, no tendrá problema alguno en adelantar la fecha de la boda. —La abrazó más fuerte y, hundiendo la cara en su pelo, le prometió—: No te vas a quedar sola, porque yo volveré. Volveré y seremos muy felices.

Inés asintió, llorosa. Más que triste por la violencia de la despedida, sentía alivio. Había cumplido. Con Félix lejos, quizá la alianza protegería a Jorge como lo había hecho el hombre que se la pondría en el dedo.

A la familia Félix les comunicó su decisión durante la comida del domingo, a la que Ana estaba invitada y que coincidía con uno de los viajes de Manolo a Portugal. Lo dijo sobre el humillo gris de las tazas de café, a fin de no quitarle el apetito a nadie; el sonido metálico de las cucharitas que caían sobre los platillos acompañó su voz.

—Ayer fui a hablar con el padre Bernabé —dijo—, ya que Inés y yo nos hemos visto obligados a adelantar la boda a la semana que viene.

Doña Basilisa alzó la barbilla y lo miró con los ojos como platos.

—¿Cómo te has atrevido? A una chica decente como es Inés... ¡Qué vergüenza! ¿Cómo voy a mirar ahora a doña Consuelo a la cara?

Félix tenía el índice apoyado contra el mentón y apretó los labios.

—No nos insulte. A Inés la respeto mucho. Por supuesto que no la he dejado preñada, si es lo que piensa. —Cogió aire. La mano, que sostenía un cigarrillo apagado, pasó del mentón a la sien—. El motivo por el que hemos decidido adelantar la boda es que queremos casarnos antes de mi partida. Me he alistado en la División Azul.

Ana se llevó el puño al pecho.

—¿Pero te has vuelto loco? —le reprochó. La última sílaba quedó oscurecida cuando su madre, pálida como la leche, se desplomó sobre su hombro.

—Otra vez no —repetía, con la voz sofocada al presionar los labios contra la manga de su hija, sin miedo a mancharla de carmín—. Otra vez ese sufrimiento, ese sinvivir. ¿Es que tú quieres matarme a disgustos?

Su marido, que había guardado silencio durante unos segundos, como si estuviese midiendo la magnitud del golpe que acababan de recibir, tiró la servilleta sobre la mesa.

—Hijo, ¿has perdido el juicio?

—Me figuré que estaría usted orgulloso de mí, padre.

—¿Orgulloso? ¡¿Orgulloso?! ¿De qué? ¿De que pienses que la guerra es...?

Los ojos de Félix refulgieron, rojos.

—He chupado bastante trinchera para que usted, que se fue a Cuba para librarse del servicio militar, me dé lecciones de lo que es la guerra.

—Eres un niñato. ¿Crees que Rusia va a ser otra España? Allí están muriendo decenas de miles de soldados, ¿me oyes? ¡Decenas de miles! Cuando llegue el invierno serán millones. ¿Eso es lo que quieres tú a esa pobre chica? El padre en el cementerio, el hermano en la cárcel y ahora viuda.

—Deje a Inés al margen de esto.

Don Ricardo se volvió hacia su mujer, que aún lloraba y repetía lo mismo, incesantemente, un «no» que no tenía fin contra el cuerpo de su hija.

—No sé en qué me he equivocado con vosotros, pero sois la mayor de todas mis decepciones. Entre la que se casa con un preso y el que se va a Rusia a que le peguen un tiro… ¡Hasta Manolo, que no es de mi sangre, ha sido más motivo de orgullo para mí que vosotros!

Félix se levantó.

—¡Padre, no tiene ningún derecho a atacar a Ana porque no quiera aceptar mi decisión!

—Alguien ha de decirte las verdades. Esto no es la Falange para que nos calles a todos con cuatro gritos. —Se mordió las mejillas, todo rabia y pavor—. Esto va a ser la ruina de tu madre. ¿No te das cuenta de que a Rusia no se la puede invadir? Napoleón ya lo intentó y fracasó como fracasaréis también vosotros. De cada mil hombres que envíe el Reich, a Stalin no le importará sacrificar a dos mil o tres mil, porque en el Ejército Rojo hay millones de soldados, ¡millones! Y luchando por su propio territorio.

—Por eso es necesario que España despliegue tropas en la Unión Soviética y les devuelva todos los golpes a los bolcheviques, que dejaron este país hecho unos zorros. Y no se engañe, padre, a mí no me asusta dar la vida por mi patria.

—Para ser carne de cañón vas a dar la vida, no por España. ¡No por España! ¿O te crees que los alemanes no prefieren sacrificar a un español antes que a un compatriota?

Félix, aún de pie, lo señaló:

—¡Esos discursos subversivos sí que no se los consiento, padre!

—¿Y qué vas a hacer? ¿Denunciarme? —repuso don Ricardo, que se alzaba también, mostrándole el pecho—. ¡Pues denúnciame, Iscariote, denúnciame!

Desarmado ante el bramido de su padre, Félix permaneció quieto, con los puños cerrados junto a las caderas.

—Pues que sepas que no te voy a ir a despedir a ninguna estación de tren —le dijo mientras se marchaba—. Y a tu boda asistiré para acompañar a esa pobre niña al altar, en vista de que todos los hombres de su vida insisten en abandonarla.

XIII

Jorge Márquez cada día llevaba peor el transcurrir de las jornadas: el temprano despertar carcelario, los huesos doloridos por el catre y los pulmones entumecidos por la humedad que persistía hasta en verano; la tos que lo seguía a todas partes y que le impedía conciliar el sueño hasta bien entrada la madrugada; el proceso humillante de salir al patio con el brazo en alto para cantar el «Cara al sol»; los compañeros exterminados, a los que iban a buscar en la noche; la cuenta penosa del envejecimiento prematuro de su madre visita a visita.

Cuando golpearon los barrotes de su celda desde fuera para llamar su atención se imaginó que Ana se las habría ingeniado de nuevo para conseguirles un vis a vis, pero incluso aquel recorrido por unos pasillos cada vez más largos y angostos, antes de poder recibir el calor reconfortante del abrazo con otro cuerpo humano, era penoso para él. Al volverse, sin embargo, se encontró con la figura enjuta y blanquecina del director de Torrijos, que abría la puerta para acercarse a él.

La pregunta de Jorge llegó rápida, atragantada.

—¿Les ha pasado algo a mi madre o a mi hermana?

—No estoy aquí por ellas, sino por ti.

—¿Por mí?

—Muy pronto se celebrará el quinto aniversario del Alzamiento Nacional. El Caudillo, en su magnanimidad, ha querido conmemorarlo aprobando el indulto de un grupo de presos, entre los cuales, debido a tu buen comportamiento y a la intervención de tu benefactor, te encuentras. Acompáñame a mi despacho para firmar los documentos pertinentes y después podrás irte a tu casa.

Regresó más o menos en la misma época del año en la que se había marchado. Atravesó aquellas calles que no había pisado en dos años con extrañeza, casi dudando de sus propios pasos. Las cicatrices que habían dejado atrás las bombas las guardaba en la memoria, pero lo que lo hirió fue el luto de los vecinos, el silencio, las líneas afiladas de los cuerpos, las miradas duras, la moda y los peinados que tanto habían cambiado en su ausencia. Y los guardias, los carteles con el rostro del Caudillo, las pancartas que deseaban a los hombres de la División Azul una buena cacería en la Europa del Este.

El trayecto, que duraba una media hora, le tomó casi el doble, ya que debía parar a recuperar el aliento tras un esfuerzo al que no estaba acostumbrado. A su paso, la gente se apartaba. Observaban de reojo la ropa que en su día le quedaba como un guante y en la que ahora flotaba; la barba de varios días, puesto que el acto mismo de levantar la navaja requería ya de una fuerza hercúlea; la piel amarillenta, cerosa y perlada por el sudor.

Al llegar al fin a la plaza donde estaba su casa, se dio de bruces con una imagen de su infancia: Pepita santiguándose al salir del portal con la cesta de mimbre de la compra colgando del brazo. Le sonrió, pero no le dio tiempo a decirle nada. Ella, tras escudriñarlo con cara de susto, le tiró de la gabardina y lo metió en el interior del edificio.

—¿Pero tú estás loco? ¿Te has *fugao*?

Con los nervios, se le había olvidado pasar al tratamiento de usted en el que ella persistía y que a Jorge tan poco le gustaba.

—No, Pepita —le dijo mientras con la palma le acariciaba la mejilla arrugada, cuyo tacto suave pertenecía también a sus años de la infancia—. Me han dado el indulto.

—¡Que te han dado el indulto! ¿Pero es para siempre?

—Sí, para siempre.

Ante esa afirmación, la mujer lo abrazó con fuerza, como si quisiese contarle las costillas y las vértebras con los dedos. Atrás había quedado todo decoro; ya no era el señor de la casa, sino el niño que había criado y al que quería casi tanto como al que había parido y amamantado.

—¡Qué cara de lápiz se te ha quedado! Bueno, tú no te preocupes que te voy a hacer unos cocidos y unas lentejas y unas croquetas de esas que tanto te gustan, y enseguida ganas todo el peso que has perdido. —Lo apretó más contra sí—. ¡Ay, qué contenta se va a poner tu madre, la sorpresa que se va a llevar cuando llegue de su paseo! Es que doña Basilisa se porta muy bien con ella, ¿sabes? La saca de casa todos los días, que, si no, la pobre no encuentra ánimos para nada. Pero eso ya se acabó porque estás tú aquí otra vez. ¡Y tu mujer! No veas lo contenta que estoy de que hayas sentado cabeza con una chica tan guapa y tan lista y tan trabajadora, que, bueno, es que va al trabajo como quien va a una rifa sabiendo que le va a tocar. ¡Y lo rápido que escribe a máquina! Con decirte que le ha enseñado a tu hermana y que también quería enseñarle a una servidora, pero yo ya no tengo la vista para esas cosas.

A medida que hablaba, tiraba de él para que subiera las escaleras. Él se detenía para recobrar el aliento, pero ella, en su felicidad, ni siquiera lo notaba.

—¡Y tu hermana, pobrecita, la pena que se va a llevar por que no hayas podido ir a su boda! Lo guapa que iba, si es que las fotos no le hacen justicia, ni tu madre estaba tan guapa el día de su boda. ¡Y el novio, que yo nunca había visto a un novio tan enamorado! Y qué pena, que si hubiese sido en agosto, como planeábamos, te habría dado tiempo, ¿pero cómo íbamos a saberlo? Y, claro, la tuvimos que adelantar porque..., bueno, a ti no te han dicho nada, que no te queríamos preocupar.

—¿Ha pasado algo? —preguntó. Se había parado de nuevo y apoyaba la espalda y la cabeza en la pared—. Me extraña que Félix haya metido a mi hermana en problemas.

—¡Oye! Que tu hermana es muy buena chica y no hace esas cosas. Es que Félix se ha alistado a la División Azul y como sois tan amigos...

Se interrumpió a sí misma cuando los dedos de Jorge, cada vez más húmedos, se deslizaron por el pasamanos sin llegar a agarrarlo. Pepita tuvo que sujetarlo, y cargar con su peso, para evitar que cayera.

—¡Ay! ¡Ay, Dios mío! ¡Jorge! ¡Ayuda!

Los gritos captaron la atención de Félix, que bajó los cuatro escalones que había entre el principal y el rellano intermedio para tomar a Jorge en brazos.

—Vaya usted abriendo la puerta, Pepita, por favor.

Lo depositó en el sofá del salón, cuyos cojines la mujer ya había apartado. Con sus ojos, oscuros y oleosos, fijos en Félix, apenas atinó a dirigirle una suave sonrisa.

—Muchas gracias, señor Félix.

—No tiene que dármelas. Ha debido de bajarle la tensión con el calor.

—No solo por ayudarme —tanteó, mientras secaba la frente del enfermo con un pañuelo—. No me ha preguntado qué hacía Jorge aquí, así que me imagino que ya sabía que venía.

Félix, que se había sentado en el reposabrazos, de modo que pudiese sentir el calorcito que emanaba el cuerpo de su amigo, sacudió la cabeza.

—Yo no he tenido nada que ver. Me enteré de que se iban a conceder indultos para conmemorar el quinto aniversario del alzamiento y di buenas referencias de él, pero si su comportamiento no hubiese sido excelente ahora seguiría en la cárcel.

Mientras hablaba, le iba pasando el dorso de la mano por el cuello. Pepita, acuclillada frente a los dos, supo leer la expresión de Jorge.

—Parece que tiene fiebre, ¿verdad? Es que llevaba muchos meses con una tos muy fea y en esa cárcel… Inés dice que en esa cárcel hay muchas enfermedades.

Félix no hizo ningún comentario. La boca se tensó y gesticuló con dos dedos en dirección al descansillo.

—Llame al médico. Yo lo trasladaré a la habitación y luego salgo a por mi mujer y por mi hermana. Tienen que saber que Jorge está aquí. ¿Y su señora…?

—De compras con su madre de usted. La pobre mía no levanta cabeza. ¿Cómo voy a decirle yo que le han devuelto a su hijo pero que está muy enfermo? Que hay mucha tisis en la cárcel, señor Félix, y Jorge estuvo en el dispensario hace poco...

El hombre torció la boca. Sin dirigirse a ella, ni al enfermo directamente, ordenó:

—No sabremos lo que tiene hasta que venga el médico. Haga el favor de no perder más el tiempo, Pepita.

Esperó hasta que Jorge recobró el conocimiento. Una y otra vez se prometía que había acabado con aquella amistad, que pertenecía al pasado y a la infancia y que las ideas derivadas de sus ideologías opuestas los habían separado de manera irremediable, y una y otra vez volvía a él. No lo podía dejar escapar, porque hacerlo era traicionar también las tardes de verano en que jugaban en la azotea burlando las regañinas de Pepita, o en aquel solar del barrio que los muchachos llamaban «El ojo del lagarto». Renunciar a Jorge habría sido renunciar a aquellos olores que creía perdidos, a los sabores exactos de las meriendas, a aquel pan con chocolate que ya no volvería nunca, a las tardes de estudio de la adolescencia que transcurrían más entre risas y discos que entre libros y tinteros.

Cuando reparó en que Jorge abría los ojos, lo invadieron dos sentimientos opuestos: el dolor por su enfermedad y el convencimiento de que, pese a todo, era el justo castigo por el crimen cometido.

—El médico está al llegar —le dijo mientras lo ayudaba a recostarse—. Subirte en brazos por las escaleras ha sido como volver a los años de la universidad.

Jorge le dirigió una sonrisa pálida, anémica.

—Pero si el que no sabe beber eres tú. ¿Te acuerdas de cuando...?

Félix se tapó la cara con la palma.

—Sé lo que me vas a decir y no quiero que me lo recuerdes.

—Tu madre te llevó al médico porque pensaba que tenías una úlcera.

Dos carcajadas, una enérgica y la otra sofocada, como de acordeón, llenaron la habitación con su eco.

—Y tú, el que sacaba sobresalientes en la facultad de Medicina, le dijiste que sí, que tenía toda la pinta y que ibas a ir a la Almudena a pedir una oración por mi alma. ¡Por una borrachera!

—No, por una úlcera de estómago que se curó de manera milagrosa. Es que las oraciones de los ateos son las primeras que se escuchan, por si nos pillan desprevenidos.

Paró un instante para descansar, entre toses, y rechazó el vaso de agua que Félix le tendía.

—Míranos ahora —logró articular con la cabeza apoyada en la cabecera de la cama—. ¿Llegará alguno de los dos a cumplir los treinta años?

Félix se puso serio.

—Por supuesto que sí. —Tras apartar la bata de seda de su hermana, que arrastró para acercarse a su amigo, se sentó en la butaca—. Me imagino que estás al tanto...

—Sí, y me duele. Tus ideas me resultan grotescas y eso no va a cambiar, pero eres mi amigo de siempre y te quiero como a un hermano. —Tomó aire con dificultad—. Tuviste mucha suerte en nuestra guerra, pero no sé si la historia se volverá a repetir.

—No me importa —repuso Félix. Para no tener que mirarlo, se levantó y se asomó a la ventana—. Solo me angustia tu hermana, que se va a quedar muy sola si me pasa algo. Por eso, en cuanto llegó a mis oídos que se aprobarían ciertos indultos, pedí que se revisase tu caso. Y, mira, parece que ahí los dos hemos sido afortunados.

Jorge emitió un ruidito explosivo por la nariz.

—Sigues siendo un crío. ¿Tú crees que te han hecho un favor y no que se han ahorrado el tener que explicarle a un falangista que al preso por el que tanto se preocupaba lo mató una enfermedad que debería estar erradicada en un país desarrollado? —Inspiró, cada esfuerzo acompañado de un silbido—. Eres tan ateo como yo. ¿También crees que esto es un castigo de Dios por haber perdido la guerra?

Félix se volvió hacia él con los ojos en llamas.

—Yo siempre he intentado ayudarte y tú siempre has rechazado las manos que te he tendido. Espero no haber llegado demasiado tarde, ahora. —Se apretó el tabique con dos dedos—. Voy a buscar a tu hermana a la facultad para decirle que te han dado el indulto y que estás aquí.

XIV

Inés y Ana entraban en el portal cuando Félix salía. Su esposa, tras besarlo, le preguntó:

—Acabamos de cruzarnos con el doctor Andrés en la plaza, pero iba tan apurado que ni nos ha visto. No habrá ido a casa de la señora Concha, ¿no? La pobrecita, con la diabetes..., ya casi ni ve.

Félix negó con la cabeza. La tomó de las manos y se las acarició antes de decirle:

—Lo he llamado yo. Va a casa de tu madre.

Las acompañó escaleras arriba mientras hablaba, al tiempo que sujetaba a Inés con firmeza con un brazo y tenía los ojos fijos en su hermana.

—¿Le ha pasado algo a mi madre? O no me digas que Pepita se ha puesto enferma. Con el trabajo que le damos a la pobre...

Se le tensó la espalda al oír la tos que llegaba desde la casa, el cuerpo entero se le crispó, como si físicamente reconociese aquello que la sensatez le impedía creer.

—Escucha, Inés —le dijo Félix, con extrema delicadeza, mientras le rodeaba los brazos con las manos—. Es tu hermano.

La mujer se apartó. Ana, a su lado, se aferró a ella, sus nudillos eran del color de la leche agria.

—¿Mi hermano? ¿Cómo que mi hermano?

—Ha habido una amnistía parcial, por el quinto aniversario del alzamiento, y le han concedido el indulto, pero...

—Lo han puesto en libertad porque está enfermo, ¿no? —siseó Ana—, y que sea nuestro problema, no el suyo.

—No, Ana... —comenzó a decir Félix, con el índice en alto.

Ya no importaba. Inés, que se había librado del abrazo de su amiga también, subía los escalones que la conducían a la que había sido su casa hasta las últimas semanas. Alertada por el ruido, Pepita le abrió la puerta antes de que a ella le diese tiempo de llamar al timbre o golpear la madera con el puño.

—Ay, bonita.

La criada intentó ir hacia ella, pero Inés no se lo permitió.

—¿Dónde está mi hermano?

—En su habitación, con el doctor Andrés.

Inés Márquez no se había enfadado nunca. Ni cuando las bombas la arrancaban de la cama noche tras noche y debía huir al refugio sin más que una bata para cubrirse, ni cuando el cansancio y la anemia le impidieron seguir ejerciendo como enfermera en el hospital, ni cuando mataron a su padre, tampoco cuando dos guardias civiles llamaron a su puerta y se llevaron a su hermano. A la sentencia de veinte años y un día, gigantesca, reaccionó con la sencilla alegría de saber que la alternativa podía haber sido mucho peor. Se resignaba al hambre pensando que aunque no vivían como antaño, todavía podían comprar cierto género de estraperlo para acallar el estómago. La miseria que veía en las calles la entristecía, y no le importaba pasarse las tardes en la parroquia si pensaba que con ello ayudaba a aquellos a quienes la vida no les había sonreído tanto como a ella.

Pero aquella tarde, después de los dos años de lunes de visita que arrastraba, de las tarteras que cada vez costaba más llenar; después de ver la figura cada vez más consumida de Jorge tras las rejas pese a todo, de las humillaciones y los insultos de los funcionarios, de los rosarios que rezó mientras se celebraba el juicio; después de aquella vida que no era vida, sino espera, se enfadó. La poseyó una ira febril que latía en su interior, un sentimiento fuerte que fue incapaz de reconocer y no sabía a quién dirigir.

La azotó, por primera vez, la constancia de que en los últimos años no había tenido suerte. Habían matado a su padre, no había disfrutado de su boda al pensar que era la antesala de que un frente de guerra los separase, se habían llevado preso a su hermano por ejercer de médico en un bando de perdedores y ahora se lo devolvían, pero enfermo.

Ante la respuesta de Pepita asintió, como quien acepta con humildad otro golpe más. Trató de entrar en la habitación, pero la anciana la detuvo.

—No lo hagas hasta que nos digan qué tiene, puede ser contagioso y tú nunca has tenido salud.

—Me da igual, quiero verlo.

No fue Pepita sino Félix, que había cerrado la puerta tras ellos, quien le colocó ambas manos sobre los hombros.

—Hazle caso. Si te contagias, Jorge no se lo podrá perdonar nunca. No dejes que eso pese sobre su conciencia.

Inés abrió la boca para rebatírselo, pero en el último momento cedió y dejó que su marido la ayudase a sentarse en el sofá. Se llevó las manos a los labios para evitar que temblasen, y aunque le dolían los ojos no se permitió derramar ni una sola lágrima. Solo un pensamiento hacía mella en su interior: no volvería a enterrar a nadie.

Cuando el doctor Andrés salió de la habitación de Jorge, doña Consuelo ya había llegado y hecho una única aportación atragantada.

—¿Para eso le han concedido el indulto? ¿Para que una madre no pueda decir que le han matado a su niño en la cárcel?

A Inés la atravesó un escalofrío, pero aun así se mantuvo serena. Nadie, ni siquiera Félix, se atrevió a rebatir a doña Consuelo. Doña Basilisa le acariciaba la espalda, consciente de que su tacto era la confirmación de la amistad de muchos años, pero no tenía poderes analgésicos, porque el dolor de aquella mujer solo tenía un remedio, que ninguno de ellos podía proporcionarle.

El doctor salió serio, con la espalda recta. Cuando las personas que esperaban hicieron el amago de levantarse, les indicó con gestos que no se molestasen.

—Dentro de lo malo, nada parece indicar que se trate de tifus, que es una de las dos grandes epidemias que están arrasando Madrid.

Había dicho Madrid, pero podía haber precisado y hablar de Torrijos, o Porlier, o Ventas. Los puntos en el mapa de las torturas de la capital respondían a muchos nombres. Los ojos del doctor estaban fijos en Félix. Aunque callaban, todos conocían las ideas del vecino, y Ana se preguntó cómo podía el médico reconciliar las suyas con la imagen de un compañero de profesión que había abandonado su casa sano dos años atrás y había vuelto de la cárcel con la mitad de peso y el doble de penurias.

Doña Basilisa, que apretaba la mano inerte de la madre, fue la primera en alzar la voz.

—¿Qué tiene? ¿Tuberculosis?

—Es posible, o tuberculosis o neumonía. Los síntomas (las dificultades para respirar, los sudores, la pérdida de peso) son similares, así como su tratamiento. Tal y como están los hospitales, descartaría realizarle una radiografía para confirmar el diagnóstico. Si es neumonía y responde al tratamiento, debería recuperarse en un par de semanas. Si es tuberculosis, la recuperación será más lenta.

Ana tragó saliva. Sentía a su madre cerca, con la mano que tenía libre la atraía más hacia sí, pero ella no lo notaba. Le daba la impresión de que el vestido veraniego que llevaba se había convertido en una pieza de tela muy gruesa que ningún tipo de piel humana podía atravesar.

—¿Qué podemos hacer? —preguntó.

—Lo esencial es controlarle la fiebre. El tratamiento para cualquier tipo de infección son las inyecciones de sulfamida, y morfina en caso de que el dolor no le deje descansar. Les enseñaré cómo preparar las inyecciones…

—Yo puedo hacerlo —lo interrumpió Inés. Había apoyado la cabeza en el hombro de su marido, pero al escuchar la palabra «dolor» se irguió—. Sé cómo se hace.

El doctor Andrés sacudió la cabeza.

—Me temo que no puedo permitírselo. Tanto la tuberculosis como la neumonía son enfermedades contagiosas, la primera más que la segunda, y a usted la conozco desde niña. Con su constitución, una infección de este calibre podría ser mortal. —Se volvió hacia Ana—. Señora de Márquez, usted posee una fortaleza de la que su cuñada carece. Siendo usted la esposa del paciente...

—Lo haré, claro. Pero va a tener que enseñarme cómo.

El hombre asintió.

—Entonces queda todo dispuesto. Si me acompaña a la habitación, le mostraré cómo se hace y puede suministrarle la primera dosis.

Jorge ya estaba dormido cuando Ana entró en aquella habitación en la que llevaba acostándose un año y medio. Apenas la había tocado, aun cuando a su dueño no se lo esperaba en mucho tiempo. En ese momento, las pruebas de su vida (la bata sobre la silla, los frascos de colonia en la cómoda, la máquina de escribir sobre la mesa) le parecían nimias, infantiles.

El doctor Andrés le enseñó cómo preparar las inyecciones de sulfamida, cómo pesar el polvillo blanco y lo importante que era poner la cantidad justa; cómo, al calor de la bombilla, se convertía en el líquido sanador que introducir en la jeringuilla. Observó cada movimiento del doctor, incluso cómo desinfectaba el brazo del paciente con alcohol.

Cuando aproximó la aguja, pensó que aquella piel, que normalmente quedaba oculta bajo las camisas, solo la había tocado la noche de bodas y en los vis a vis íntimos después, y que en ese momento en que volvía a hacerlo en un ambiente más amable, sin tener que tumbarse en el suelo ni escuchar los gemidos de los demás, no era para abrazar o hacer el amor al hombre que a fin de cuentas era su marido, sino para tratarle la enfermedad que había contraído en el único lugar en el que habían consumado su matrimonio.

Al separar la jeringuilla tras inyectar la sulfamida, el enfermo abrió un ojo y sonrió.

—Tienes el toque mágico —le dijo—. Tus inyecciones no duelen.

—Creí que dormías.

—Así, así.

La voz sonaba lejana, asfixiada. Mientras sostenía la aguja, que debían hervir para desinfectarla antes del próximo uso, el deseo y la rabia la sorprendieron. Ansiaba tocar aquella carne que le pertenecía ante el Dios y la ley de quienes le habían devuelto a su marido, pero enfermo. Quería abrazarlo, besarlo, convencerse de que no iban a quitárselo, que no podían tener tan mala suerte, que en aquella casa no iban a quedarse las mujeres tan solas, con las manos siempre vacías.

Ante la imposibilidad de hacerlo sin arriesgarse a un contagio, y el esfuerzo del doctor para apartarla del enfermo, agregó:

—Pues no te acostumbres a las inyecciones, que tienes que ponerte bueno.

Jorge, que parecía hundirse más y más en aquella almohada del mismo color que su piel, asintió.

—¿Cuándo se marcha tu hermano?

—Pasado mañana. Pasará a despedirse de ti.

—Que no se arriesgue. Ya nos hemos dicho todo lo que teníamos que decirnos. —Se pasó la lengua por los dientes—. Sí que me tengo que poner bueno, ¿eh?

—Sí. Pepita está preparando caldo limpio, que dice que es mano de santo...

Al pronunciar estas palabras, miró también al doctor, que asintió.

Las comisuras de Jorge se arquearon.

—¿Cuándo le he dicho yo que no a la comida de Pepita? —Tomó aire. Cuando le pareció que su mujer y el médico se marchaban, los detuvo con un gesto—. ¿Y mi hermana? ¿Está muy asustada?

Ana forzó una sonrisa.

—Cuando le diga que te has metido conmigo y con mis inyecciones dejará de estarlo.

—Qué mal piensas siempre de mí, guapa...

XV

El hijo de Imre y Rezeda nació con la entrada de los alemanes en la Unión Soviética. Cuando la madre del niño le preguntó al padre si quería que se llamase como él, le contestó que no, que eso le traería mala suerte, que a los bebés solo podían otorgarles los nombres que hubiesen pertenecido a los familiares muertos, no a los vivos.

Se había despojado de su fe, a la que nunca se había sentido ligado, pero algunos vestigios de ella sobrevivían incluso al olvido. Aquel niño, sangre de su sangre, había llegado al mundo el mismo día en que Imre se dio cuenta de que el cazador que lo acechaba se aproximaba.

Tres semanas más tarde, una carta entregada en mano le comunicaba que, según las últimas leyes, y en un momento de emergencia nacional, eran requeridos sus servicios para con la patria. Los Juegos de Berlín y las medallas que había ganado en ellos ya no importaban a nadie, perdidos en la infinidad de la historia. Imre de Hevesy, que había huido de su destino durante dos años, hijo, nieto y bisnieto de judíos, en una cadena ininterrumpida que bien podría haber llegado al rey Salomón o a Moisés, era un indeseable. Sin derecho a portar armas ni los colores nacionales, sería enviado al Frente del Este para unirse a un batallón auxiliar.

Le otorgaron una banda blanca, signo de que su fe era la cristiana a pesar de que su sangre pertenecía a la estirpe de David. En todos sus documentos oficiales escribieron una Z y una S en tinta roja que lo identificaban, después de tantas estratagemas, como *zsidó*, judío.

Con su suicidio, Pál Teleki, promulgador de las primeras leyes antijudías de Hungría, no solo había vendido a sus compatriotas al Reich, sino que además había clavado la estaca definitiva a la comunidad hebraica a la que él había asestado el primer golpe. Bajo la mirada progermánica de su sucesor, los jóvenes varones judíos partieron rumbo a Rusia sin nada más que la ropa que tenían, inadecuada para el frío, una pala y los colores que los separaban de todos los demás.

La noche antes de partir, Imre abrazó a su hijo y le olió la cabeza, que todavía conservaba el característico aroma dulzón de los recién nacidos, consciente de que podría ser la última vez. Le pidió a su mujer que no le escribiese, que toda comunicación se realizase a través de su madre, para no comprometerlos ni a ella ni a aquel niño cuya sangre mixta suponía una aberración pero todavía no una condena. Que fuese a las autoridades, si hacía falta, y les mintiese diciendo que no había tenido constancia de la fe anterior de su marido hasta el momento en que recibió la notificación; que la había engañado, porque la verdadera naturaleza del judío siempre acababa asomando la cabeza, y que tanto ella como el retoño que habían engendrado eran víctimas de sus mentiras.

Si aquella noche de desvelos hubiese sido capaz de recordar aquellos términos hebreos que no comprendía, Imre habría rezado un *kaddish** por sí mismo, que habría contenido el pesar de diez hombres.

Como había prometido, don Ricardo no fue a despedir a Félix a la estación. Permaneció en la oficina, como si aquel no fuese un

* Oración que los judíos dirigen a los muertos, tradicionalmente lo reza un *minyan* o grupo de diez varones judíos. En el judaísmo reformista se contempla la adhesión de mujeres al *minyan*, siempre formando un número total de diez personas.

día distinto a cualquier otro, y al terminar sus reuniones encendió la radio para escuchar cómo multitudes fervorosas colmaban a los voluntarios de la División Azul de vítores y muestras de cariño. La alegre juventud española, que no conocía el miedo, abandonaba el cálido sol del Mediterráneo en pos del dragón soviético al que debían herir de muerte.

Bajó el volumen de la radio, hasta que ya no podía oír la voz de falsete del presentador. Su corazón, atravesado por aquella lanza que lo había rozado por vez primera cinco años atrás, no toleraba la propaganda franquista en la que su hijo había trabajado y que ahora hablaba de él mismo.

Aturdido por ese luto prematuro, e incapaz de centrar su atención de nuevo en los balances y en los números, tomó su gabardina y su pañuelo y salió a andar sin rumbo.

Jorge seguía despierto cuando las mujeres llegaron de la estación. En ausencia de su marido, Inés había insistido en regresar a la casa de su madre. Era tan tímida que, sin Félix, no sabía cómo hablar con sus suegros ni de qué. Además, en lo más hondo de su corazón apreciaba estar cerca de su hermano, aunque no le permitiesen entrar en su habitación ni tocar nada que él hubiese tocado primero. En aquella casa en la que constantemente se estaba hirviendo agua, para desinfectar jeringuillas o sábanas, se conformaba con sentarse en el pasillo, con la espalda apoyada en la puerta cerrada del dormitorio de Jorge, para hablar con él a través de la gruesa pieza de madera que contenía la enfermedad.

No le hablaba de su marido, la herida aún estaba abierta, sino de todo lo que se había perdido en aquellos dos años de encierro. Cuando se quedó sin cosas buenas que contar, y Jorge sin energías para contestarle, le leyó los avances de la guerra en el periódico, y no permitió que le flaquease la voz. Para combatir su impotencia, Ana le había enseñado a preparar las inyecciones de sulfamida, de las que a partir de entonces comenzó a ocuparse ella. En la cocina, calentaba la bombilla hasta que el polvillo se convertía en líquido, tomaba la jeringuilla desinfectada que Pepita le tendía, la rellenaba con la dosis precisa y se la entregaba a Ana para que esta entrara en la habitación y le pusiera la inyección.

—Esta te la ha preparado tu hermana —le dijo la primera vez, mientras se inclinaba ante él.

Con los escalofríos de la fiebre, debía agarrarle el brazo, ya amoratado por los pinchazos, y sujetarlo con firmeza antes de aproximar la aguja. Jorge seguía con los ojos sus movimientos, como un profesor que observa con diligencia el trabajo del alumno.

—Mira qué suerte tengo, dos enfermeras para mí solo.

—Tres —precisó Ana—. Pepita se encarga de desinfectarlo todo.

Jorge forzó una sonrisa.

—En lo peor de la guerra, tres enfermeras se ocupaban de un hospital entero.

—Entonces te vas a poner bueno.

—¿Cómo no? Con lo bien que me cuidáis...

Cerró los ojos. Sus movimientos eran lentos, calculados, iban precedidos y acompañados por los temblores y el silbido de la respiración. Se humedeció los labios.

—Oye, guapa, ¿tenéis más jeringuillas desinfectadas?

—Sí, muchas. La olla está siempre en el fuego.

—¿Te enseñó el doctor Andrés a preparar las inyecciones de morfina?

Ana asintió.

—¿Cuánta cantidad te ha dicho que pongas? —insistió.

Se lo dijo.

—Haz la mitad —le pidió—. ¿Podrás? La adicción al *morphinum hydrochloricum* es terrible.

Ana llevó todo lo necesario a la habitación, de modo que él pudiese estudiar cómo procedía y determinar si la dosis era la correcta.

—¿No es verdad que los médicos somos los peores pacientes?

—No sé, tú eres el primer médico que cuido.

Al tomarle la mano y subirle la manga del pijama, escudriñó con lástima las marcas violáceas en aquella piel que había acariciado y besado en Torrijos, que aún le pertenecía, con la que no podía compartir la cama hasta que la infección remitiese.

—Me estoy quedando sin sitio.

—No te preocupes por eso, guapa. Tus inyecciones nunca me hacen daño.

Como acostumbraba, atendió curioso al contacto entre el acero y la carne y siguió con los ojos la figura de Ana mientras esta envolvía la aguja contaminada en un pañuelo limpio. Al reparar en las iniciales bordadas (A T G), esbozó una sonrisa.

—Eres muy buena. —Tragó saliva—. ¿Me dijiste que tu primo estaba de viaje?

—Sí, de negocios, en Portugal.

Las cejas de Jorge temblaron.

—De negocios —repitió. Una afirmación y no una pregunta.

Ana, que en la cárcel había deseado poder contarle todo (los refugiados, el cambiazo de coches, las solicitudes de visado, las idas y venidas del médico de la embajada al apartamento de Margarita Taylor sobre el Embassy), se limitó a mover la cabeza afirmativamente.

—Es que ahora trabaja con mi padre en la empresa.

Jorge bajó los párpados.

—Que no se confíe. Ahora depende de los soviéticos. Tu hermano ya no está, y si los alemanes empiezan a perder la guerra...

La voz, ya debilitada por la enfermedad, fue disminuyendo de volumen e intensidad hasta desaparecer. El analgésico le había hecho efecto y se había quedado, al fin, dormido.

Aunque Ana sabía que por precaución debía abandonar la habitación en cuanto su presencia no fuese necesaria, se quedó un ratito más. Quería seguir mirando aquel rostro que ya conocía tan bien, que, con la relajación del sueño, mutaba y se suavizaba ante ella. Se permitió incluso la temeridad de sostenerle la mano. No le habría importado, pensó, sumergir las suyas en el agua hirviendo, junto a la jeringuilla y al pañuelo, con tal de poder experimentar aquel instante de ternura.

XVI

28 de julio, Grafenwöhr, Baviera

Querida Inés:

Te dirijo a ti esta carta, aunque os imagino a todas leyéndola en torno a una mesa, quizá mientras degustáis una de las exquisiteces de Pepita, y esta imagen me llena de alegría. No creo que haya un hombre en toda Europa tan afortunado como yo, que tenga tantas mujeres buenas y hermosas a las que mandar sus misivas.

Aunque nada puede compararse con Madrid y su alegría y sus mujeres (siendo tú la más guapa de todas, Inés) y sus parques y sus calores veraniegos, Grafenwöhr es un lugar bellísimo. Con sus bosques, de un verdor imposible, y sus castillos y sus casitas de cuento de hadas, me gustaría ser escritor o artista para que pudieseis ver con vuestros propios ojos lo que yo veo con los míos. Es un lugar tan plácido, una Alemania tan grande, que casi parece imposible pensar que el motivo por el que estamos aquí es entrenarnos para la gran gesta que nos espera en la Europa del Este.

No os preocupéis por nosotros, que estamos todos muy bien, con el ánimo alto y con muchas ganas de ver batalla. Sabemos que somos nosotros, los defensores de Occidente, los que debemos salvaguardar los valores de nuestras patrias y asegurar la protección de las mujeres que viven en ellas.

Aunque muchos de nosotros somos ya veteranos de nuestra guerra, la instrucción es esencial, puesto que el ejército alemán, al que ahora pertenecemos, tiene su propia manera de actuar, su propio código de conducta, que a veces choca con nuestro desparpajo español (atrás quedaron los días en los que nos cuadrábamos con los botones desabrochados o descansábamos hundiendo las manos en los bolsillos), y disponen de armas nuevas que no vieron combate en nuestros frentes.

Pienso en vosotras constantemente. En padre también, a regañadientes, quizá sonreiría al saber la de peleas de bar que tenemos entre compatriotas y alemanes. No os alertéis, son solo chiquillerías propias de cualquier soldado y en las que además yo no me meto, ya que su germen, las mujeres, a mí no me afecta, teniendo como tengo la mejor de todas en casa.

Inés, guardo tu foto en una lata de tabaco, para que no se me moje ni se me estropee. La miro siempre por las noches, como los beatos que se sacan las estampitas para rezar ante ellas, y durante el día la guardo cerca del pecho, para sentirte muy cerca de mí.

Siempre vuestro, y con cariño infinito,

FÉLIX

P. D.: Mantenedme al corriente de la salud de Jorge. Su enfermedad es el único desvelo que tengo.

Tres días después de recibir la carta de Félix, a Jorge le subió la fiebre. Se despertó sin apetito, cosa habitual, y apenas pudo tomar un par de cucharadas del arroz con leche de Pepita. Tras la dosis de la mañana no remontó; al mediodía fue incapaz de mantener nada en el estómago y al decaer la tarde ya no era coherente lo que decía. Sudaba y tiritaba entre sueños; en los momentos en los que estaba despierto, los ojos vidriosos miraban sin dar señales de procesar ni entender cuanto lo rodeaba. Llamaba a su padre y a Félix, sobre todo, y, puesto que habría sido un acto de crueldad replicarle que no iban a acudir, nadie dijo nada.

De vez en cuando pronunciaba un par de frases en inglés, inconexas, y Ana tuvo que acercarse para comprender que hablaba con uno de sus amigos ingleses del hospital. Pero explicárselo a Pepita y a doña Consuelo le habría tomado demasiado tiempo y unas energías de las que carecía, y les dijo que eran palabras sin sentido, producto de los delirios de la fiebre.

Los paños húmedos sobre aquella frente perlada enseguida se calentaban, parecían rehuir el frío, incapaces de soportar la enfermedad, de ganarle la batalla. Los empapaban de nuevo, incluso pidieron hielo en el bar de la plaza, pero parecía que el día temido había llegado, aunque, por terquedad, no lo aceptaban. Por terquedad, muchas personas habían vivido años y meses, ¿por qué no iba a ser así también en esa ocasión?

Rayando las ocho, aún incapaces de lograr que la fiebre bajase, Ana se levantó.

—Voy a llamar al doctor Andrés.

—Comunica —le informó su padre, que se había presentado a las tres para ayudar a las mujeres de la casa—. Tu madre está intentándolo desde hace media hora.

Ana lo ignoró.

—A mí va a tener que escucharme —dijo, y cuando le pareció que don Ricardo iba a agregar algo alzó la mano para insistir—. Mucho cuidado si va a decir algo que me pueda ofender, padre. No sé si Jorge puede oírle y estoy demasiado cansada para contestarle con palabras o con los puños.

—No seas injusta, hija. A mí este matrimonio nunca me gustó, pero de ahí a...

Ana lo fulminó con la mirada.

—Se lo he advertido. No me moleste con esas cosas. Si he comprado la carne, ahora tengo que morder el hueso.

Levantó el teléfono, que aún conservaba el calorcito de las manos de su madre. La espera, agravada por la incertidumbre y la falta de sueño, la exacerbaba. Cuando oyó, al fin, la voz suave de la secretaria del médico, se desplomó sobre una silla, aliviada.

—Soy la señora de Márquez. Necesito hablar con el doctor Andrés de inmediato.

—Lo lamento, señora, pero el doctor no se encuentra disponible en estos momentos.

Ana se apretó el tabique de la nariz con dos dedos.

—No me importa. Dígale que es una urgencia y que debe venir de inmediato.

—Lo comprendo, señora, pero...

Ana resopló. En su agotamiento, no le importó perder las maneras ni dejar que la rabia la poseyese.

—No tengo tiempo que perder con usted. Me da igual si tiene que sacar al doctor de quirófano, pero tengo que hablar con él enseguida y no me diga que no lo encuentra o que no puede atender al teléfono.

Se oyó un tumulto al otro lado de la línea, una serie de pasos. Finalmente, la voz grave y algo raspada del médico.

Ana no le permitió hablar.

—¡Doctor Andrés! Menos mal. Tiene que venir enseguida. A Jorge le ha subido mucho la fiebre y no logramos bajársela.

Un instante de duda. La respiración del hombre, tan pesada que, a pesar de las interferencias, pudo oírla con total claridad.

—Me temo que no podré atenderlo hasta mañana por la mañana, Ana.

«Ana». Como cuando era niña e iba a hacer una visita domiciliaria para tratarle el sarampión.

—¡Mañana por la mañana! Pero... pero entonces... —No se atrevió a decirlo—. Doctor Andrés, lo necesitamos ahora.

—Ustedes y media ciudad. Hay una epidemia de tuberculosis, los hospitales están saturados.

Las pupilas de Ana se sacudieron. Notaba las miradas de los demás, que atendían con terror a la llamada, pero fue incapaz de identificar aquellos ojos como parte de un cuerpo humano. Podrían haber sido muebles, o velas, algo ajeno a ella y a su miedo.

—Pero tiene que venir.

—No hay nada que yo pueda hacer que no puedan hacerlo ustedes. ¿Les queda todavía sulfamida?

—Sí, por lo menos para dos o tres días más.

—Es el único tratamiento del que dispongo.

Continuó hablando, pero ella ya no toleró escucharlo. El enfado que bullía en su interior podría haberla impulsado a gritarle que si no sabía quién era su hermano, que cómo podía él ser tan desalmado, que sabía que estaba dando prioridad a otros pacientes porque Jorge había estado preso, que quizá incluso pensase que se lo merecía, que era un justo castigo por aquel pecado que parecía tan irredimible, aquella mancha que no le iban a dejar limpiar jamás. Guardó silencio. Hablar habría sido irracional, no habría hecho más que traerle problemas y ante todo habría disgustado a Inés y a doña Consuelo.

Colgó el teléfono sin despedirse.

—El médico no va a venir —les dijo a los presentes, que respondieron con mil interrogantes en la mirada. Para no tener que contestar, se volvió hacia Pepita—. Dame las compresas y ese barreño, y empieza a hervir agua. La siguiente dosis se la pondremos dentro de media hora.

Ana entró en el dormitorio y cerró la puerta tras ella. La respiración de Jorge era rápida, entrecortada, como había sido en las últimas horas. La luz ya crepuscular que entraba por la ventana lo iluminaba y formaba una línea delgada que le acariciaba la frente y la nariz, y bajaba hasta el mentón.

Estaba dormido, y aunque Ana temía despertarlo no pudo evitar caer de bruces en la cama, presa del llanto. Estaba tan cansada, imperialmente cansada. Sí, reyes y generales podrían haberse levantado y caído por aquella extenuación que le roía el hueso, por el enfado que no hacía más que crecer y demandaba un espacio cada vez más grande. No sabía qué hacer. Manolo no estaba, el doctor Andrés no podría visitarlo hasta la mañana siguiente y ni su padre ni su madre tenían más medios que ella para hacer frente a la situación.

Estaba tan herida por la traición de Imre, tan ciega por aquel amor, que no se había dado cuenta de cuándo había empezado a querer a Jorge. No le mintió cuando le dijo que los lunes eran su día favorito de la semana. Si no se saltaba una visita, si accedía al proceso humillante previo a un vis a vis, no era solo por dignidad, sino por el deseo, por el hambre que sentía de ese otro cuerpo, por la anticipación de las conversaciones que tendrían y el roce fortuito de sus manos. Ahora que quizá era demasiado tarde, no quería que nadie que no fuese él la reconfortase, y la perspectiva del tacto de otra piel la estremecía.

Un temblor la recorrió. Como una llama que se prende en la noche, en la hora más oscura, se dio cuenta de que no necesitaba a Manolo ni al doctor Andrés. Reuniendo una fuerza imposible, se irguió y comprobó que Jorge aún dormía.

Guiada por la desesperación y la locura, abrió los cajones hasta dar con lo que buscaba: la mantilla que se había puesto el día de su boda y que desde entonces no había sido rescatada de su cajita. Tras secarse el rostro con las manos se la colocó porque necesitaba estar segura de lo que iba a hacer. Antes de marcharse cogió la botella de agua del Carmen, que debían mantener lejos de doña Consuelo, y le dio un trago.

Cuando Inés, que la conocía íntimamente, la vio con la mantilla puesta y la Biblia y el rosario en las manos, se levantó del sofá en el que descansaba junto a su madre y doña Basilisa.

—¿Mi hermano…?

—Está igual, durmiendo. —Se volvió a los demás—. Me voy a la iglesia.

Doña Basilisa asintió.

—Buena idea —dijo, y acarició el brazo de doña Consuelo, a quien abrazaba—. ¿Por qué no la acompañamos? Mi marido y Pepita pueden cuidar de Jorge en nuestra ausencia.

Doña Consuelo levantó la cabeza que apoyaba en el pecho de doña Basilisa; tenía la piel roja, las lágrimas ya secas y los ojos oscurísimos, que no lograban fijarse en ningún punto en particular.

—¿A qué Dios le voy a rezar yo, si me ha quitado mi marido y ahora va a quitarme también a mi hijo?

—Quiero ir sola —agregó Ana, antes de que nadie más pudiese unirse a la conversación—. Tengo que pensar.

Doña Basilisa extendió el brazo. Trataba de cogerle la mano, pero su hija fue más rápida. Don Ricardo, de pie junto al teléfono, casi esperando una llamada que no se realizaría, asintió como si alguien le hubiese susurrado al oído un segundo significado.

—Ana, ya está oscureciendo —tanteó doña Basilisa—. Deja al menos que te acompañe Pepita.

—Soy una mujer adulta y casada, madre. Además, la iglesia está aquí al lado.

Salió antes de que nadie más pudiese tratar de impedírselo. Se encaminó en dirección a la iglesia de Santa Teresa y San Isabel, pero, en cuanto tuvo la constancia de que ningún miembro de la familia podía verla desde la ventana, dio media vuelta y tomó el automóvil de Félix, cuyas llaves guardaba en la gabardina que se había puesto antes de cerrar la puerta tras de sí.

Miró el reloj antes de arrancar. Todavía le daba tiempo, si apuraba.

Al llegar al Embassy, los camareros recogían las mesas y las sillas. En el corto trayecto en coche le había dado tiempo a serenarse, de modo que llamó a la puerta con el puño y cuando le abrieron les dirigió la mejor de sus sonrisas, aquella que desde hacía años no había sentido necesidad de utilizar.

—Ay, disculpen, ¿me podrían dejar entrar? Margarita Taylor es amiga mía. —Antes de recibir una negativa, les enseñó la mano—. Es que llevo toda la tarde loca porque he perdido mi anillo de pedida y estoy yendo de un lado a otro por todos los lugares que he frecuentado... ¿Me dejarán pasar?

No supo si fue debido al nerviosismo que se le reflejaba en la cara, a los ojos en los que aún podían leerse las lágrimas o a la figura de la dueña del local, que emergió detrás de la barra y les hizo un gesto, pero la dejaron pasar.

—¡Ana! —la saludó la mujer, yendo hacia ella—. ¿Pero qué es eso de que has perdido el anillo?

Margarita Taylor sabía por Manolo todo lo concerniente a la boda en la cárcel, que no había habido pedida de mano, que la ceremonia había sido corta y rápida y las alianzas, las más sencillas que pudieron conseguir en un par de semanas, pero nada en su rostro o su postura lo dejó entrever.

—Sí, llevo un disgusto encima..., ya sabes que mi marido no está muy bien de salud y... —Se mordió el labio inferior—. A ver si va a ser mal fario.

La mujer la estudió. Tras un corto asentimiento, casi imperceptible, chascó los dedos.

—Ay, calla, una clienta me entregó una sortija que se encontró en el suelo. La tengo en mi apartamento, claro, porque aquí, entre el ajetreo y esta cabeza que tengo, se podía a volver a perder. —Le puso la palma detrás de la espalda—. Ven, a ver si es la tuya, y no estés tan triste, mujer, que la única suerte que hay es la que uno se crea...

Una vez dentro del apartamento de Margarita Taylor, cuando ya tenía constancia de que nadie ajeno podía escucharlas, masculló:

—No se me habría ocurrido venir aquí si no fuese por una urgencia.

—Eso espero, porque podrías comprometerte a ti, a mí, a tu primo y a todos los que colaboran con nosotros. Menos mal que desde la ventana vi que venías y bajé a ver qué pasaba.

Ana bajó la cabeza.

—Ya lo sé, pero es muy importante. ¿Está el médico?

El rostro de Margarita Taylor se dulcificó. Cuando los músculos caían y se relajaban de aquella manera, en su nívea piel se dibujaban las primeras arrugas que se abrazaban a los labios finos.

—Sí, atendiendo a unos refugiados. Me imagino entonces que esa parte de la historia, al menos, es verdad. ¿Está enfermo el Marquesito?

Ana dio un respingo al escuchar aquel sobrenombre ya olvidado y relegado, que rara vez oía en sus círculos y que la transportaba de golpe, y de manera algo accidentada, a unos años que ya no volverían.

—¿Lo conoces?

—Fue cliente mío antes de la guerra. —Suspiró—. Espera aquí, le pediré al doctor que venga enseguida.

Tras ver cómo la mujer desaparecía por el largo y estrecho pasillo, de paredes empapeladas de color rosa y alfombras granates, se apoyó en el reposabrazos del sillón. No quería sentarse, sabía que, en cuanto lo hiciese, su cuerpo, atravesado por tantas fatigas, se abandonaría al sueño sin pedir permiso.

Al médico de la embajada Ana solo lo conocía un poco y de vista. En la embajada británica, cada vez más bulliciosa, trabajaba un sinfín de personas, y ella, cuyas horas de trabajo eran limitadas, solo trataba en profundidad con un par de empleados. Sabía por Manolo que aquel hombre, español como ellos, formaba parte del grupo de rescate del Embassy: él era quien trataba a los prisioneros de guerra que llegaban de Miranda de Ebro, una sombra de lo que habían sido. A medida que más judíos volcaban los ojos en España en busca de un escape a su situación, se había encargado también de su bienestar, de que no cayesen víctimas de una de tantas epidemias, y de que estuviesen lo suficientemente fuertes para emprender el tortuoso viaje a la libertad.

Cuando entró en el salón y se acercó a Ana, a esta le sorprendió su juventud. En la embajada, donde lo veía siempre de lejos, el porte aristocrático del hombre y los trajes impecables que siempre vestía la habían inducido a pensar que le llevaba al menos diez años. Frente a ella, con el pelo negro peinado hacia atrás y la piel bronceada, que le daban cierto aire a Tyrone Power, el famoso actor de Hollywood, habría podido ser uno de los amigos de Félix o de su primo.

—La señora de Márquez, ¿verdad? —le dijo, tras besarle la mano.

Ana asintió.

—Sé que mi presencia aquí es poco ortodoxa, pero estoy desesperada.

—Me hago cargo. Conozco un poco a su marido, de los años de la facultad, aunque nos habíamos perdido la pista. ¿Qué le ocurre?

—Una infección pulmonar, tuberculosis o neumonía. Nuestro doctor no creyó conveniente trasladarlo al hospital para hacerle una radiografía del pecho.

El médico estiró los labios.

—Yo habría actuado igual. Los hospitales están saturados y el tratamiento del que disponemos es el mismo.

Ana tragó saliva.

—Por eso estoy aquí. Esta mañana le ha subido la fiebre, no somos capaces de bajársela y nuestro doctor no puede venir hasta pasada la noche. Las sulfamidas no le están haciendo efecto y, sinceramente, no sé si aguantará así la noche.

El doctor volvió a estirar los labios. Cuando lo hacía, se le formaban unos hoyuelos en las mejillas que, Ana no pudo evitarlo, le recordaban a los de Jorge.

—Comprendo. Yo... entiéndame, no tengo capacidad para... y arriesgarme a un contagio sería una temeridad.

La mujer separó los labios. Las palabras ya estaban formándose en ellos, aunque no tuviese claro aún qué pretendía decir, cuando el doctor agregó:

—Espéreme aquí.

No le dio tiempo a consentir o a negarse. Desapareció por el mismo angosto pasillo por el que lo había hecho Margarita Taylor minutos atrás. Al regresar, cuando a Ana ya no le quedaban uñas que morderse ni padrastros de los que tirar, sostenía en la mano un frasco pequeño que, por su tamaño y su forma, recordaba a las medicinas que ya tenían en casa. Se lo entregó a ella en mano.

—¿Qué es?

—Puede ayudar. Es un tratamiento nuevo que, aunque todavía no ha sido comercializado, lo estamos empezando a utilizar para tratar las infecciones graves de los soldados británicos. Si no me equivoco, lo que tiene usted en sus manos podría ser uno de los milagros de la medicina moderna. —Se inclinó, de modo que la frente quedase a la altura de Ana—. ¿Sabe cómo preparar las inyecciones, señora de Márquez?

—Sí, el doctor Andrés me enseñó.

—Muy bien. ¿Cuál es la dosis de sulfamida que le administra a su marido?

Se lo dijo.

—Su marido rondará el metro ochenta, ¿no es así?

—Más o menos.

—¿Sabe cuánto pesa?

Ana se mordió el labio inferior.

—No estoy segura. Ha perdido mucho peso. No sé, setenta kilos, puede que algo menos.

Mientras hablaba, el doctor se había sacado un bloc de notas del bolsillo del traje y anotó en él la dosis exacta, que ella debía medir al llegar a casa, las horas que debían transcurrir entre toma y toma y la duración del tratamiento.

Aquella noche, la esperanza estaba escrita en letra cursiva y apretada.

XVII

Aquella noche de noches, en la que los segundos y los minutos transcurrían a cuentagotas, Inés se sentó en el suelo, con la espalda apoyada en la puerta de la habitación de Jorge, de modo que pudiese escuchar su respiración con tan solo pegar el oído a la madera.

El desasosiego de su madre la alteraba y ya no le quedaban más oraciones que rezar. Aprovechando que todos aguardaban a Ana en el salón, y que doña Basilisa le había suministrado ya la dosis a Jorge, abrió la puerta despacio y entró.

El aire de aquella habitación que conocía tan bien, que había ventilado semanalmente hasta que su amiga la ocupó, la azotó con el olor agrio de la enfermedad y el sudor. Se quedó en una esquina, alejada de la cama, y observó el rostro de su hermano. Desde el indulto, solo lo había visto a ratitos, en aquellos momentos en los que Ana entraba para inyectarle la sulfamida o llevarle la bandeja con la comida, y ella se asomaba para saludarlo. Por primera vez desde las visitas en Torrijos, podía permitirse observarlo, recorrer aquellos rasgos similares a los que le devolvía el espejo cada mañana, pero más fuertes, más oscuros. Aunque se había prometido a sí misma que no iba a enterrar a nadie más, se descubrió tratando de grabar a fuego en su mente cada línea que configuraba la expresión de Jorge, la posición precisa de los lunares, el modo en el que introducía el pulgar entre el índice y el corazón de su puño cerrado.

Ese pensamiento la asustó. Para sacudírselo, se quitó las zapatillas y dio un par de pasos mudos, descalza, hasta quedar junto a él. Agitado, Jorge tragaba aire con la voracidad de quien no logra, por mucho esfuerzo haga, llenar los pulmones de oxígeno. Musitaba algo, pero en el delirio de la fiebre ya ni siquiera Inés, que lo conocía tan bien, podía entenderlo.

Se inclinó ante él sin miedo alguno y le besó la húmeda frente. Pensaba en su padre, en aquel beso que le había dado al final, cuando les permitieron verlo antes del funeral. Su frente, al contrario que la de Jorge, era fría, marmórea, como si en lugar de arrodillarse ante un ser humano lo hubiese hecho ante la talla de un santo.

Inés Márquez, que tan mala suerte había tenido, que no quería enterrar a nadie más, deseaba guardar el recuerdo del tacto de su hermano mientras este aún fuese cálido y blando.

Antes de irse, se sacó la estampita de santo Tomás que guardaba en el Evangelio que había estado leyendo y la depositó en el bolsillo del pijama de Jorge. Si no intercedía por él, quizá aquel intruso, con su descaro, podría despertarlo el tiempo suficiente para increparla por su superstición.

Las campanas de la iglesia, en la que no entró ni para guardar las apariencias, doblaban cuando Ana subía las escaleras que conducían a su casa. Como quienes estaban dentro la esperaban, abrieron antes de que pudiese sacarse las llaves del bolsillo.

Al enfrentarse al rostro de su madre, mortalmente pálido, sintió que le daba un vuelco el corazón y acarició con dedos sudorosos el frasco del medicamento preguntándose si no sería demasiado tarde.

—¿Jorge...?

—Mal. Hace un rato estaba delirando. Ahora al menos se ha calmado un poco, pero la fiebre no le baja.

Ana asintió y se alejó, incapaz de tolerar ninguna de aquellas palabras ni el significado que guardaban. Le dio la impresión de que su madre seguía hablando, pero ya no la escuchaba. Se dirigió a la cocina, donde Pepita seguía hirviendo agua, más por mantener las manos ocupadas que por necesidad, y cerró la puerta tras de sí.

—¿Hay jeringuillas desinfectadas?

La mujer le acarició el brazo y forzó una sonrisa.

—No hace falta, bonita. Tu madre le ha puesto la última dosis y ahora está tranquilo y no se queja.

—Dame una jeringuilla, Pepita, por favor.

Para que no protestase, abrió la mano en la que guardaba el medicamento.

Las cejas de la anciana se alzaron.

—¿Pero eso...? ¿De dónde has sacado eso, Ana?

—No me hagas preguntas y no tendré que mentirte —dijo, y volvió a cerrar el puño—. Solo sé que quizá es lo único que pueda ayudar a Jorge. ¿Hay jeringuillas limpias?

Pepita, que en sus sesenta y cinco años había aprendido a ver, oír y callar, le tendió una en silencio.

—De esto ni una palabra a nadie, por favor.

—A nadie, señora. —Le colocó una mano en la espalda para conducirla al pasillo—. Qué suerte ha tenido mi niño contigo. A ver si el Señor deja de mandaros desgracias para que podáis disfrutar el uno del otro.

Como le habían indicado, Jorge estaba tranquilo. La respiración, aquella lucha queda entre los pulmones y el oxígeno, seguía siendo rápida, irregular, pero él se había quedado quieto y ya no hablaba. Por un instante, Ana pensó en sacudirlo para despertarlo, con la esperanza de que tuviera un momento de lucidez en el que pudiese observarla mientras preparaba la nueva medicación y confirmar que lo había hecho bien. Al mirar aquel rostro ojeroso, delgado, en el que solo la arruga en el entrecejo permanecía como testigo de su esfuerzo, cambió de idea. Debía hacerlo ella misma, y sola.

Preparó la dosis siguiendo las instrucciones del médico de la embajada. En su nerviosismo, las palabras bailaban sobre el papel; tuvo que colocarlo sobre la mesa y clavar un codo en él para poder fijar la vista. Cuando todo estuvo dispuesto se inclinó ante Jorge. Su piel desnuda, marcada por las cicatrices de las dosis anteriores, cual puntos en un mapa de tormentos, la hizo flaquear de nuevo.

Para recobrar fuerzas, le dio otro sorbo al agua del Carmen, esta vez con más voracidad que la anterior, y se arrodilló ante su marido. Le tomó la mano, como tantas veces había hecho ya, identificó un pedacito de piel que todavía conservaba su color y le inyectó la medicación.

Eran las diez de la noche, las campanas de la iglesia volvían a doblar y a la baraja le quedaba una sola carta, gastada e incierta.

Tenía miedo de haberse equivocado y no quería dejar a Jorge solo, de modo que se acuclilló sobre el diván, se tapó con la bata y le dio otro trago largo a la botella, con la perspectiva de que la modorra del alcohol, al que no estaba acostumbrada, la relajase.

XVIII

Se despertó con los huesos entumecidos por la postura y la cabeza embotada por el alcohol. Tardó un par de segundos en procesar y analizar dónde estaba, qué había pasado y averiguar cuál era el elemento faltante que la había confundido: no oía la respiración dolorosa y entrecortada de Jorge. Alzó la cabeza, como arrancada de cuajo del sueño.

Los ojos oscuros de su marido estaban volcados sobre ella; los labios, cicatrizados por la fiebre, se arqueaban en una suave sonrisa.

—Te dije que tenías el toque mágico.

La voz aún era débil, pero carecía de la brusquedad asfixiada de los últimos días. Ana, incapaz de sentir alivio debido al miedo que había pasado durante la noche, al cansancio que arrastraba quizá desde la primera visita en Torrijos, cuando no la dejaron ni pasar, guardó silencio. La piel de Jorge aún era cerosa, cetrina, y sus ojeras, del color de los posos del café, pero ya no lo perlaba el sudor. Los escalofríos también habían desaparecido, como si no hubiesen llamado jamás a su puerta, junto con los silbidos del pulmón.

Como ella no decía nada, con un pequeño esfuerzo, Jorge alcanzó el frasco de medicina que ella había dejado en la mesilla.

—¿De dónde ha salido esto?

—De la embajada —repuso ella, pensando que tenían mucho tiempo, que podía explicárselo todo con calma cuando se hubiese recuperado por completo—. ¿Hace mucho que estás despierto?

—Un ratito. —Señaló con la cabeza la botella de agua del Carmen, casi vacía—. Pensé que sería mejor dejarte dormir la mona.

Ana se levantó apoyando las manos en el diván para no caer presa del mareo. Iba a darles las buenas noticias a doña Consuelo y a Inés, a pedirle a Pepita que le calentase un poco de leche, quería preparar la próxima dosis..., pero Jorge estaba frente a ella, golpeado pero aún al pie del cañón, las esquirlas verdes del iris negro refulgiendo como nunca con los últimos coletazos de la fiebre.

Lo abrazó con el ansia insaciable y animal de las despedidas en la cárcel, aunque él trató de impedírselo.

—No, no, no. Todavía puedes contagiarte.

—No me importa —repuso ella, y hundió la cabeza en su cuello.

A pesar de la enfermedad, de las medicinas, de los sudores del día anterior, todavía olía a él, quizá por contagio de la habitación en la que se encontraba. Los nervios, que cristalizaban en Ana, se llevaron todo vestigio de racionalidad. Si bien durante días habían luchado contra aquel enemigo invisible, si habían hervido cualquier cosa que Jorge hubiese podido rozar para desinfectarla y ella misma había llegado a espetarle a Inés, su amiga del alma, que dejase de intentar entrar en la alcoba de su hermano porque lo último que necesitaban era a otro enfermo en la casa, en ese momento solo existía el hambre de aquella piel. Quería tocarlo, contar cada hueso, recorrer con las manos los estragos de la infección sabiendo que a partir de entonces las cosas iban a mejorar, que lo recuperaría entero.

—Tenía tanto miedo —repetía, como una oración infantil—. Tanto miedo...

Jorge le sonrió.

—¿Qué? ¿Pensabas que te quedabas viuda? El negro te habría sentado bien.

Ana apoyó la cabeza en su pecho de modo que pudiese escuchar de cerca los latidos del corazón y la cadencia de esa respiración que empezaba a sanar.

—No te rías de mí.

—No se me ocurriría. Ni en la guerra ni en la cárcel he conocido a alguien tan valiente como tú, guapa.

Tras detenerse a recobrar fuerzas, la agarró de la cintura y la apartó.

En la calle, que también despertaba, el chico de los periódicos anunciaba que los primeros hombres de la División Azul, finalizadas las cinco semanas de instrucción, se dirigían ya rumbo al frente.

Contienda

Mayo de 1942 - septiembre de 1943

Y matarás al carnero, y con su sangre
rociarás el altar.

Éxodo 29,12

I

ATENTADO CONTRA HEYDRICH, EL *REICHSPROTEKTOR* ADJUNTO DE BOHEMIA Y MORAVIA

Con referencia al atentado cometido contra Reinhard Heydrich, el *Reichsprotektor* adjunto de Bohemia y Moravia, dice la radio alemana que la agresión se perpetró en la carretera principal Berlín-Praga, a las afueras de esta última población. Oficialmente se anuncia que no peligra la vida de Heydrich.

Radio Praga anunció anoche que Heydrich había recibido al Gobierno del Protectorado para comunicarle que dentro de pocas semanas se procederá a la modificación completa de la administración de Bohemia y Moravia de acuerdo con lo dicho por Hitler el 7 de mayo.

Heydrich dijo también a los ministros checos que la juventud del país quedará sometida muy pronto al servicio militar obligatorio.

Manolo arrojó la pitillera de plata sobre el periódico abierto en la mesita del Embassy que compartía con Ana y con Jorge, y que este último todavía estaba leyendo. A los cigarrillos, portugueses, bastante buenos, acompañó la pregunta susurrada de Manolo.

—¿Nos lo creemos?

Una única cuestión que sin duda se repetía en el resto de las mesas del local, amargando o dulcificando los tés y los sándwiches, dependiendo del bando en el que se encontrase el consumidor. Con la resistencia soviética en Leningrado y la entrada de Estados Unidos en la guerra, tras el ataque del Imperio japonés a Pearl Harbor el diciembre anterior, los nervios en el salón de té estaban a flor de piel. La embajada británica, por la que cada vez merodeaban más falangistas y miembros de la Gestapo, ya no era el lugar seguro que un día fue. Con cada vez más frecuencia, las fugas de los refugiados se efectuaban desde el apartamento de Margarita Taylor o desde los domicilios de los miembros del grupo, como el pisito de Manolo en Trafalgar. Una cosa estaba clara: Madrid se había convertido en un nido de espías, y aquella boca de todos los lobos seguía siendo el lugar idóneo para mantener una conversación y tantear el terreno.

Ana se inclinó ante su primo para que le encendiese el cigarrillo.

—¿Piensas que lo de Heydrich ha sido más grave de lo que cuentan? —siseó tras una calada larga.

—Pienso que ni la prensa franquista ni la alemana van a dar noticias que les hagan quedar mal hasta que el cadáver esté frío y tieso. —Acercó el encendedor prendido al pitillo de Jorge—. ¿A ti qué te parece?

—A mí no me parece nada. —Aproximó el cenicero con dos dedos, aunque todavía no le hacía falta—. Los alemanes no van a tener piedad con los autores del atentado, eso es lo que me parece. Espera a ver si no toman represalias contra todos los checos, como hicieron con los judíos después de que aquel chaval matase a un oficial alemán.

—Un secretario de la embajada —precisó Ana.

—Eso da igual. Me parece una recompensa muy pequeña para un riesgo tan grande.

—Eres un tibio.

—No soy tibio, guapa, soy realista, y no me asusta llamar a las cosas por su nombre.

—¿Es que no crees en nada?

—Creo en el tabaco. —Le dio dos toquecitos al cigarrillo para desprender la ceniza, que crecía—. Estos son buenísimos. ¿Vas a traer más, Manolo?

El hombre sonrió.

—Sí, pronto. —Lo señaló con la pitillera—. Tu mujer tiene razón y yo, como ella, celebro el ataque a Heydrich. Alguien tenía que plantarle cara el *Tausendjähriges Reich*.*

—Y alguien pagará por ello, te lo aseguro.

Manolo se dio una palmada en el muslo.

—¡Venga, hombre! Imagínate que aquí alguien le hubiese pegado un tiro a Serrano Suñer.

Jorge, que le daba un sorbo al café, ya templado, arqueó una ceja.

—No te acalores, Manolito, que ya he chupado yo bastante cárcel para tener que volver a ir para visitarte a ti. —Tamborileó con los dedos en la mesa—. ¿Alguien quiere beber algo más?

Ana, que ya se levantaba, negó con un gesto.

—Yo no. Tengo que volver al trabajo.

—¿Quieres que te acompañemos?

Ana le dirigió una sonrisa.

—Pero si está a dos pasos. Además, sería cruel arrancaros de cuajo del café y de los cigarrillos. Nos vemos a la noche.

Aprovechando que estaban en el Embassy y no en la calle, lejos de las miradas de los guardias, Jorge la despidió con un beso largo.

Cuando ella ya se alejaba entre el frufrú de las faldas de las señoras y el clicar de las tacitas contra los platillos, Manolo apagó su pitillo en el cenicero e inquirió:

—¿Cómo va el trabajo?

—Va. Todavía hay algunas personas a las que no les importa que les trate un médico rojo —respondió Jorge.

—Pero no muchas.

—Suficientes. Entre lo mío, lo de Ana y las rentas de los pisos de mi madre nos arreglamos muy bien.

Manolo lo oía pero no parecía escucharlo. Se había puesto a ordenar los cigarrillos en la pitillera, uno junto al otro como sol-

* «Reich de los mil años», fórmula con la que se referían al Tercer Reich.

dados de un gran ejército bien adiestrado. Cuando terminó, se acercó más a Jorge y musitó:

—Pero las cosas siempre pueden ir mejor. Sé de una vacante que te podría interesar, y mucho.

—¿Dónde? ¿En el negocio familiar? Porque dudo que, después de casarme con su hija en la cárcel, don Ricardo fuera a darme empleo aunque se lo pidiera de rodillas.

—No, la empresa es cosa mía. —Arqueó las comisuras de los labios. El tono de su voz descendió más, hasta convertirse en un susurro quedo—. En la embajada británica.

Las cejas de Jorge descendieron.

—¿En la embajada?

—Eso he dicho. El médico ha tenido que cruzar la frontera.

—¿Por qué? —masculló, cortante.

—Tenía a la Gestapo detrás.

Jorge le dirigió una sonrisa sardónica.

—Oye, pues qué bien os vendría yo, que a los rojos peligrosos ya sabes que no nos dejan salir de España. Y a mí todo esto, ¿qué bien me hace?

—La satisfacción de devolverles todos los golpes a los fascistas que nos quitaron el país.

—No, gracias.

Trató de apartar la mirada, pero los ojos de Manolo, que refulgían bajo la luz del mediodía, eran ineludibles.

—Esta guerra sí que la vamos a ganar, Marquesito.

—Gánala tú y luego me lo cuentas. Y deja de meter a Ana en tus historias, que el idealismo será vuestra ruina, en tu familia.

Manolo lo miró de reojo.

—Si Ana no estuviese metida en mis historias tú ahora estarías criando malvas.

—No te lo voy a repetir, Manolo, que a mí el vino de la victoria ya me lo agriaron bastante en la cárcel y no tengo ganas de volver.

II

Nóvgorod, 3 de junio de 1942

Queridísima Inés, querida familia:

Os escribo unas líneas para que sepáis que estoy bien, y a punto. La primavera le va ganando terreno al invierno que parecía eterno; el clima, apacible, casi indica que el verano existe también aquí, pese a todo. Incluso, ciertos días afortunados, hemos hecho gala de nuestra galantería mediterránea al desabrocharnos el uniforme, para disgusto de los alemanes, que admiran nuestra bravura en el combate aunque no comprendan nuestra alegría en la retaguardia.

Os ruego que me hagáis llegar ropa de abrigo, mitones sobre todo, porque los españoles no nos rendimos y permaneceremos al pie del cañón tanto tiempo como sea necesario, y sin miedo. Los bolcheviques nos están haciendo ganar terreno con el sudor de nuestras frentes, el barro de nuestras botas y la sangre de nuestras heridas, pero no os angustiéis, les vencimos una vez y volveremos a hacerlo ahora. El honor de la cultura y los valores occidentales están a salvo en nuestras manos.

Mandad un ramo a la madre de mi amigo Luis, que ha caído. No hay consuelo que apacigüe la pérdida de un amigo, pero me alivia saber que ningún soviético puede colgarse en el pecho la medalla de su muerte. La explosión prematura de un proyectil en una pieza de la 11 Batería inutilizó el tubo y causó tres bajas, entre ellas la de este camarada valiente y orgulloso al que yo quería tanto. Sin él y sin la ayuda que nos prestó en el 36, solo Dios sabe qué habría sido de vosotros. El pensamiento me consume y la pena no cesa.

Sin embargo, excepto por este duelo más que amargo, estoy bien de ánimos.

Inés, sigo mirando tu fotografía cada noche y me da las fuerzas que necesito para efectuar esta monumental gesta. Al observar a las gentes sencillas que viven en estas tierras castigadas, me he convencido aún más de la maldad del bolchevismo. Rezo y rezo para que no vuelva a llamar a las puertas de España. Nosotros, los que aquí luchamos, con las ropas ya harapientas y barba de varios días, nos aseguraremos de que vuestras vidas sean largas y dichosas.

He de parar aquí. Os quiero lo indecible y os añoro sin consuelo.

Siempre vuestro,

FÉLIX

Firmó la carta, que había escrito robándole horas al sueño, sin necesidad de detenerse. No había más que escribir, ni palabras que contuviesen la realidad del Frente del Este. Se habían pasado el invierno luchando contra el clima y no contra los soviéticos, o contra el clima primero y contra los soviéticos después, cuando los cuerpos mediterráneos, que no conocían el frío, ya estaban castigados y cansados. Ni siquiera el frente de Teruel podría haberlo preparado para Leningrado. La ciudad en la que incluso el fuego era frío resistía. Leningrado, sus días y sus noches, el nombre grotesco del revolucionario, la terminación rusa, la lápida abierta de la que los voluntarios se salvaban por su suerte, por su veteranía de la Guerra Civil y por su terquedad. Ante todo, su terquedad.

Con la llegada del verano, el desdén que sentían los alemanes hacia los españoles quemaba, y ni siquiera aquella tenue admiración, fruto de su bravura en la batalla, lograba compensar las faltas fruto de su carácter. Los alemanes no los tenían en mayor consideración que a los húngaros, ataviados en uniformes poco apropiados para las heladas y combatiendo con armas anticuadas. La diferencia, según algunos camaradas, radicaba en que los húngaros por lo menos contaban con judíos entre sus filas que hacían el trabajo duro: construían los búnkeres y los fortines, instalaban las trampas para tanques o desactivaban minas. Los españoles solo se tenían a sí mismos. Entre risas, porque el humor era lo único que no escaseaba, los camaradas bromeaban diciendo que, quizá, la expulsión de los judíos de España había sido un error. Aquellos hombres eran los mismos contra los que se había desatado la ira alemana cuando confraternizaban con las muchachas del pueblo, algunas de las cuales pertenecían al pueblo hebraico. Ellos, que creían en la conspiración judeomasónica como en el catecismo, jamás habían visto a un judío ni hablado con él. Esa figura grotesca, origen no solo del bolchevismo contra el que luchaban sino también del capitalismo que amenazaba a España, difícilmente podían equipararla a aquellas jóvenes sencillas que los miraban con miedo y curiosidad.

—No os confiéis —les decía Félix, conocedor de un detalle importantísimo y ajeno a ellos—. Esa es la maldad del judío: hacerte creer que él es la excepción. Una vez cometí el error de confiar en uno y le arruinó la vida a mi hermana.

El clima apremiaba aunque el invierno ya hubiese pasado, puesto que nada auguraba que Leningrado cayese antes de que las nevadas volviesen a hacer mella en ellos. Cada jornada se afianzaba más en Félix una única convicción: Jorge siempre había sido más sensato que él; quizá tenía razón y él no vería jamás los treinta años.

El 5 de junio, con las noticias de la muerte de Heydrich en Praga, fruto de las heridas que sufrió en el atentado, Imre comprendió que el resto de los muchachos del batallón disciplinario y él no tardarían en pagar por ello. Aquel sería solo un episodio más en la ristra de mala suerte que lo acompañaba desde principios de año.

Durante unos meses dorados tras el reclutamiento le pareció que su miedo era injustificado. Enviado a la frontera con Rumanía, donde debía efectuar trabajos de reparación de las vías del tren, se había tomado ese nuevo destino con la expectación de un chico de escuela en una excursión. Él, que nunca había tenido un pico y una pala en las manos, pudo hacer uso de lo aprendido en su vida anterior, muerta y enterrada, sin que el cuerpo se desgastase por el esfuerzo.

Su sargento, que lo había reconocido de haberlo visto en los periódicos, lo trataba bastante bien. De hecho, solo se ensañaba con los indeseables que habían ido a parar al batallón disciplinario no por su sangre o su nacionalidad, sino por su ideología: los sindicalistas, los comunistas y los activistas socialdemócratas. Él, como todos los altos cargos del ejército, creía fervientemente que aquellos hombres debían formar parte del «sacrificio de sangre de la patria».

Más adelante, cuando enviaron a todo el batallón al Frente del Este, Imre comprendió al fin el significado oculto tras aquellas palabras. A los judíos, a las minorías étnicas y a los opositores políticos los estaban purgando, querían que pagasen con sus vidas el crimen de no compartir su ideal.

En el frente, bajo las órdenes de un nuevo sargento que detestaba a los judíos por convicción y al que los conversos como Imre despertaban una ira especial, su suerte dio un vuelco. En aquella tierra marchita, cuyos frutos ya solo eran de sangre y enfermedades, los soldados del Segundo Ejército del Reino de Hungría se dieron cuenta de que la patria también los había escupido. Con antiguallas que habían usado sus padres y sus abuelos en la anterior guerra, uniformes que pronto dejarían de ser efectivos contra el invierno ruso y raciones escasas, su odio hacia los hombres del batallón disciplinario creció. No concebían que recibiesen alimento, aunque fuesen raciones menores que las suyas, cuando el hambre los consumía hasta la locura. Si bien sus camaradas caían por decenas, ellos se alegraban cuando a un judío le explotaba una mina en las manos, a pesar de los problemas que eso pudiese causarles a todos. Veían algo de justicia en ello. Eran una generación perdida, masacrada, traicionada por su propio país, que ya no sabía por qué luchaba. Se habían convertido en carne de cañón para los alemanes, y cuando se enteraron de que había tropas de voluntarios españoles combatiendo en Leningrado se rieron a mandíbula batiente.

A ellos la patria los había arrojado al fuego por cobardía. Los españoles, en cambio, habían aclamado al dios de la guerra hasta que este los había escuchado.

—Creo que tengo un amigo combatiendo en Leningrado —dijo Imre entonces, simplemente, con la naturalidad de quien comenta el tiempo que hace o los resultados de su equipo en la liga de fútbol.

Su camarada Péter Zoltán, con el que se había reencontrado el año anterior y en cuyo destacamento había ido a parar gracias al primer sargento, sacudió la cabeza.

—A no ser que en España lleven también a sus indeseables a morir a Rusia, ese nunca fue amigo tuyo.

—Pues tuvimos una amistad de muchos años cuando no importaba lo que era cada uno.

Péter le sonrió dulcemente, como un padre o un profesor al escuchar las creencias infantiles de un niño.

—Siempre ha importado —dijo—, pero fuimos inocentes y pensamos que si vestíamos como ellos, si hablábamos su idioma, seguíamos sus costumbres, veíamos sus películas y escuchábamos su música, nos tratarían como a iguales. Y míranos ahora. Ni el matrimonio ni la conversión te han salvado.

—Ese matrimonio ya no existe —repuso Imre, y tomó de las manos de Péter el cigarrillo que compartían—. ¿No te has enterado? Los matrimonios entre judíos y cristianos son ilegales, y los que ya existían, nulos.

—¿Y el niño?

—Mejor para él. Su madre podrá decirle que su padre murió en Rusia y él pensará que lo hizo con un fusil en la mano, y no con una pala.

Tenía una foto del retoño en la lata de tabaco, la última que le había mandado su madre, tras el primer corte de aquellos rizos a medio camino entre el rubio y el rojo, como los suyos. Ya tenía algún diente, caminaba con soltura, y en las cartas de casa le decían que sería un atleta como él, pero que, hablar, todavía no hablaba casi nada. Y qué mal comía, pero qué goloso era; consentido como todos los hijos únicos, rechazaba las papillas pero siempre tenía apetito para los dulces.

Előd de Hevesy, un buen nombre cristiano, magiar, que no le daría problemas. Lo habían escogido por el santoral de aquel 9 de junio. Entre los dos nombres masculinos, Félix y Előd, Imre había escogido el segundo. «¿No es apropiado? —le había dicho a Rezeda—. Significa primogénito».

Ella, que sonrió y besó al niño en la frente, jamás conocería el motivo verdadero de aquel nombre tan cristiano, tan bueno, que nunca le daría problemas. Dentro de muchos años, quizá, la historia olvidaría aquella guerra y Előd de Hevesy podría caminar por las calles con la cabeza muy alta y sin saber quién había sido su padre.

Heydrich, esgrimista como él, experto en el sable como él, estaba muerto. ¿Quién iba a recordar su medalla en la inmensidad de los años?

III

A finales de junio, los españoles progermánicos desayunaron con las noticias que llegaban de Leningrado y las de la ejecución de los perpetradores del atentado a Heydrich. Refugiados en las catacumbas de la iglesia de los Santos Cirilo y Metodio, los sargentos Jan Kubiš y Jozef Gabčík resistieron durante horas junto a sus colaboradores. De madrugada, después de que estos agotasen las reservas de munición, las SS inundaron la cripta con los hombres dentro.

Los antifranquistas tragaron la píldora agridulce en la que se habían convertido las novedades de Chequia. Para algunos, la muerte era la única salvación ante aquella cárcel de espinas que cada vez asolaba más a Europa; para otros, la vida debía buscar una salida, sin importar el precio que debiesen pagar por ella. En el Embassy y en los apartamentos privados, repetían entre susurros las últimas frases de los perpetradores: *Jsme Češi! Nikdy se nevzdáme, slyšíte? Nikdy!**

Sin querer, Jorge, que no dijo nada, pensó en los brigadistas internacionales, en los checos de la compañía de ametralladoras Žižka, en los húngaros del Batallón Rákosi, en el doctor Kiszely, en la mitad de Robert Capa que él vio morir y la mitad que tuvo que recoger sus propios pedazos del suelo. Jorge Márquez, que

* «¡Somos checos! Jamás nos rendiremos, ¿entiendes? ¡Jamás!».

solo creía en las causas perdidas cuando realmente lo estaban, no habría apretado el gatillo, pero sí habría permanecido en las catacumbas hasta tener el agua al cuello, y en Torrijos podían haberle agriado el vino de la victoria, pero resistía.

Al llegar a casa se abrazó a su mujer. Tras el coito le apartó el pelo sudoroso de la cara y la besó allí mismo, en la frente salada y húmeda.

—¿Ahora qué hacemos, guapa?

—¿Con qué?

—Con nosotros. Me han concedido el indulto y hace meses que estoy recuperado de la neumonía. Cuanto más tardemos, más difícil será creer que llevamos todo este tiempo sin consumar el matrimonio.

Ana puso los ojos en blanco y suspiró.

—Solo tú podías pedirle la nulidad matrimonial a una mujer después de hacer el amor.

—Ya te lo dije en su momento: no soy un hombre de los que se casan. —Arqueó las comisuras de los labios—. Pero contigo podría hacer una excepción. Nos entendemos, cada uno conoce los defectos y los vicios del otro, y nos lo pasamos muy bien juntos. ¿Qué más podemos querer?

Con el índice le recorrió la clavícula derecha y luego bajó hasta el esternón. Al llegar al punto central entre ambos pechos, se detuvo y la miró.

—¿Pero qué quieres tú?

—Yo... —Ana bajó los párpados y sonrió—. Yo estoy muy a gusto contigo. ¿No te he dicho ya que eres muy buen partido? Además, todavía no me he cansado de ti, y eso que ya no me veo obligada a verte solo de lunes en lunes.

Jorge rio. La mano, que descendía de nuevo, se paró en el hueso de la cadera, en la línea que bajaba a la ingle.

Ana arqueó una ceja.

—¿Qué quieres? ¿Que te diga que estoy enamorada de ti?

Él, que no cambió de postura, acercó más el rostro a ella, de modo que la punta de la nariz le pudiese acariciar el pómulo sin llegar a besarla.

—Eso es lo que quiero.

Ana bajó los párpados. Notaba el aliento cálido de Jorge en la cara y el contacto de su piel con aquella carne que ya conocía tan bien que hubiera podido leer en braille, de haber querido.

—Vas a tener que ganártelo.

—¿Todavía amas a Imre de Hevesy?

Ana se puso seria. La luz de la lamparita se reflejaba en sus ojos como una llama.

—A Imre nunca voy a olvidarlo, pero ahora él tiene su vida y yo la mía.

La noche era larga. El verano se despertaba con ecos de muerte, pero no allí.

El deseo era una granada abierta en sus manos.

IV

En el otoño de 1942, el Ejército Real Húngaro, debilitado y mermado en contingentes y material, se encontraba a orillas del Don, frente a un adversario superior en todos los aspectos. Los refuerzos se retrasaban y las provisiones escaseaban. Los alemanes, con la atención fija en Stalingrado, la gran joya de la corona soviética, los utilizaban como carne de cañón en su avance. En casa, la actitud ante aquella retahíla de derrotas era cada vez más de escepticismo, y ni siquiera la propaganda del régimen podía borrar la vergüenza de aquella patria que parecía haberlos abandonado. El otoño llamaba a sus puertas, anunciaba nieve y heladas, pero los soldados del Segundo Ejército seguían aguardando una ayuda que jamás llegaría.

Los hombres del batallón disciplinario, que habían sido reclutados en la primavera con instrucciones de llevar consigo únicamente ropa de verano, vestían cuantas camisas tenían para mantener el frío a raya. En las cartas a casa que les permitían enviar una vez al mes siempre reclamaban jerséis, guantes, bufandas y calcetines de lana que sabían que no llegarían, excepto gracias a un milagro. ¿Y quién podía creer aún en semejantes cosas? Los más tercos, los que llevaban la cuenta de los días en los calendarios de bolsillo, insistían en rezar cada viernes, al caer el sol. Semejantes actos de desafío, sin embargo, se descubrían muy pronto, y el sargento Jámbor, que estaba al mando de aquellos hombres, no tardaba en darles su merecido.

Los castigos de János Jámbor eran crueles e imaginativos. Por eso su pelotón pasó a ser llamado el «pelotón de los ahorcados». Por experiencia, Imre sabía que el castigo por fumar un cigarrillo era efectuar saltos mortales sobre la hoguera del campamento, sabiendo que al menos uno de aquellos hombres, cansado por la jornada y con los músculos agarrotados por el frío, acabaría tropezándose y cayendo de cara sobre las llamas. Con frecuencia, sin embargo, el sargento Jámbor no precisaba de motivo alguno para reprender a los judíos y al resto de los indeseables, con desearlo le bastaba. Les privaba de comida o los colgaba por las manos de un árbol durante horas, hasta que se desmayaban o se orinaban encima a causa del frío y la extenuación.

Durante el trabajo, a aquellos que no seguían el ritmo frenético que les demandaba los golpeaba con el látigo o con la culata de su fusil; a aquellos que, como Imre, aún estaban fuertes y podían cumplir, no les deparaba mejor suerte. Irritado por lo que él identificaba como «chulería», durante los diez minutos que tenían para comer, les ordenaba que llenasen los barreños de agua de toda la compañía, «en vista de que no tenían nada que hacer», pese a que era inevitable que les robasen sus raciones y sus estómagos rugieran, en consecuencia.

Bajo la tutela despiadada del sargento Jámbor, Péter Zoltán escribió unos versos que habría mandado a casa si hubiese habido una manera de hacerlo sin pasar antes por el censor:

Batallón disciplinario
cuartel de la chulería
la comida que nos dan
es una porquería.
Las patatas van contadas
los garbanzos en guerrilla
y el unto se lo lleva
el maestro de cocina.

A medida que el frío se intensificaba y que la situación de los soldados se volvía más penosa, la ira de János Jámbor aumentaba.

Era un animal: devoraba, crecía, demandaba más y más espacio. El suyo era un enfado conquistador; como el ejército al que pertenecía permanecía varado y olvidado, él ganaba nuevo territorio a dentelladas.

A finales de octubre, la suerte de Imre de Hevesy cambió de nuevo. Al terminar la jornada, el sargento Jámbor los había obligado a cuadrarse para que él pudiese inspeccionar la debida limpieza de sus palas. El motivo de aquella obsesión, según se supo más tarde, era la visita a la retaguardia de una persona importante en el ejército, un capitán, hijo de una familia aristocrática que simpatizaba con el Reich y tenía un interés personal en ver cómo trabajaban los judíos del destacamento.

«En definitiva, que hoy nos castigan dos veces», resumió Péter Zoltán. Estuviesen de acuerdo con él o no, el resto prefirió no contestarle. Formaron bajo la luz purpúrea, ya crepuscular, y apenas se atrevieron a soltar un par de susurros quedos que el oído fino del sargento no pudo oír. Con sus ojos, pequeños y sesgados, escudriñaba cada pala, que tomaba entre dos dedos, como si temiese contagiarse de alguna enfermedad terminal. A los dueños de las que presentaban alguna mancha, por pequeña que fuese, los obligaba a limpiarla con la lengua.

Frente a él, el joven capitán asistía a la escena en silencio. No muy alto, pero de músculos imponentes y durísimos, incluso de lejos se percibía que su sobretodo era más lustroso que el de sus camaradas, los detalles rojos del cuello más rabiosos y los botones más brillantes; parecía, incluso, abrigar más, resguardar mejor del frío soviético que había llegado como una emboscada. Por lo demás, tenía el pelo negrísimo, casi como un turco, y la nariz recta y afilada. Por la postura, los movimientos y la fiereza de la mirada se asemejaba a las ilustraciones de los libros de texto de los soldados de Atila o de los antiguos húsares.

Cuando se acercó más a él, Imre comprobó, no supo si con gusto o con horror, que aquellos rasgos que había admirado en la distancia se reorganizaban hasta formar un rostro familiar: aquel capitán que bien podría haber descendido de Atila era el condesito que vivía en su plaza y a cuyos hermanos Imre había instruido en la esgrima. Por cómo arqueaba las comisuras tuvo la sensación de que él también lo reconocía, pero no le dio tiempo a comprobarlo. El sargento Jámbor se había detenido a examinar la pala de Péter Zoltán, a su derecha, y lo que había visto no era de su agrado.

—Sucio perro judío, ¿no te da vergüenza? ¡Limpia tu instrumento de trabajo ahora mismo!

Péter tragó saliva. Mantenía la espalda recta y los ojos, del más pálido de los verdes, fijos en Jámbor.

—Me niego respetuosamente —dijo sin tartamudear.

El capitán, que tenía las comisuras aún elevadas, no cambió de expresión. No le ocurrió lo mismo al sargento, cuya tez morena se enrojeció, como devorada por las llamas, y las aletas de la nariz corva le temblaron al replicar:

—¿Cómo dices, rata inmunda? ¿Te parece motivo de orgullo llevar sobre los huesos esos trapos harapientos y en la mano esa pala nauseabunda? ¿Qué opinión va a merecer de ti el capitán Farkas, asqueroso judío?

El hombre no reaccionó. Tras aguardar unas palabras que no llegaron, Péter repitió:

—Me niego respetuosamente, señor. Esta pala es la misma que he utilizado para desactivar minas hoy y la que utilizaré para desactivar minas mañana. Si nos hubiese dado tiempo suficiente para limpiarlas antes de la inspección...

Jámbor no le permitió continuar.

—¡Judío desagradecido! Mañana desactivarás minas igual que hoy, sí, pero no con la pala, sino directamente con las manos sobre la nieve.

Mientras hablaba separó a Péter de la fila y le ató las manos con un cordel para proceder a su castigo favorito. Lo colgó de un árbol, a la vista de todos. El capitán Farkas dio un paso hacia ellos y observó la escena con la sencillez curiosa de un niño que acude por vez primera al circo. Otro paso más y alzó la vista para mirar a Péter directamente a los ojos. Después, le hizo un gesto al sargento.

—¿De este modo castiga a los hombres del batallón?

—Sí, señor. De este modo se castiga aquí la insubordinación.

Farkas asintió.

—Muy bien, bájelo.

Las cejas de Jámbor temblaron.

—¿Disculpe?

—¿Le ha explotado un mortero cerca y ha perdido audición? Baje a ese judío del árbol. ¡Enseguida!

Con movimientos nerviosos, apresurados, obedeció, y ninguno de los hombres del batallón disciplinario se atrevió a reírse en alto. Cuando trataba de devolver a Péter a la fila, el capitán se lo impidió. Había tomado las manos del castigado, que lo observaba con el mismo fuego en los ojos que Imre había percibido con anterioridad.

—¿Y estas manos?

Estudiaba las uñas abultadas, ennegrecidas. No eran pocos los que las tenían así, Imre sin ir más lejos.

—Se me gangrenaron de frío el año pasado.

—¿Desactivando minas con las manos desnudas?

Péter bajó la cabeza.

—Entre otras cosas.

—¿Carece de guantes?

El sargento Jámbor contestó antes de que nadie pudiese adelantársele.

—¿Qué culpa tengo yo de que la madre del judío no le haya enviado unos guantes?

Farkas le dirigió una sonrisa sardónica.

—Hace cosa de mes y medio que, adelantándome a las heladas, le pedí a mi madre unos calcetines de lana y todavía no los he recibido. Si mi madre, que es prima de los condes de Batthyány, quienes tienen a altos cargos alemanes a la mesa noche sí y noche también, es incapaz de conseguir que el correo llegue bien al fin del mundo, ¿va a poder la madre de este judío?

Una ligera sacudida recorrió el cuerpo enjuto de Jámbor. Por la manera en que apretaba los labios, Imre supo que estaba inmerso en una lucha interior por no responder a un superior. Ante su silencio, el capitán le dirigió una mueca no menos desagradable e inquirió:

—¿Habla usted alemán, sargento?

—No, señor.

—Yo sí, perfectamente. Mi familia, como el propio Führer, procede de Austria. ¿Sabe usted lo que dicen los alemanes?

—Me temo que no, señor.

El capitán Farkas ya caminaba a su alrededor, cual ave de rapiña que observa al moribundo antes de que se convierta en alimento.

—Están asombrados de los avances de los españoles en Leningrado, lo cual, para nosotros, es motivo de deshonra. ¿Cómo es posible que una panda de duermesiestas a los que tuvieron que sacarles las castañas del fuego en su propia guerra sean mayor motivo de orgullo para los alemanes que nosotros, que somos los descendientes de los hunos de Atila, cuyas flechas asolaron Europa entera en el Medievo? Ha oído hablar usted de Atila, me imagino.

—Sí, señor, en la escuela.

—En la escuela —asintió—. Pensará usted que esos españoles desarrapados son voluntarios, no soldados de un ejército nacional, y que por lo tanto combaten dentro de la Wehrmacht y tienen a su disposición armas alemanas. Y no se equivocaría, pero hay algo de lo que carecen. —Con el dorso de la mano señaló la hilera de hombres que aguardaban—. ¡Judíos! El Ejército Real Húngaro, en su magnanimidad, ha puesto a nuestra disposición a decenas de miles de judíos, minorías étnicas, comunistas y otros indeseables para que hagan el trabajo duro. La madre patria ha dispuesto que ningún húngaro decente muera desactivando minas o instalando trampas para tanques. —Se detuvo, frente a frente con Jámbor—. ¿Por qué, entonces, permite usted que estos hombres, que podrían salvar la vida a cientos de soldados en las trincheras, acaben lisiados y deformes?

A falta de una buena respuesta, el sargento no respondió. La mueca canina del capitán Farkas creció hasta convertirse en una sonrisa despiadada.

—¿Está tan cómodo en la retaguardia que se permite poner en peligro a mis hombres para su propia diversión? Pues escúcheme bien, sargento, o se acaban los castigos o me encargaré yo personalmente de que usted se una a mis filas a tiempo para catar lo más crudo del invierno y lo más fiero de los bolches. El Führer está llamando a las puertas de Stalingrado. El Ejército Rojo nos va a hacer tragar mierda por un tubo por cada milímetro de esta tierra miserable e infecta que conquistemos, y está en mi mano, no lo olvide, que usted forme parte de la picadora de carne. —Chascó los dedos, que luego utilizó para señalar de nuevo al batallón disciplinario—. ¿Sabía usted que tiene a su cargo a un campeón olímpico?

Jámbor tragó saliva.

—Me temo que no entiendo mucho de deportes, señor.

Farkas estrechó los ojos.

—Por no entender, no entiende usted de la misa la mitad. Necesito que alguien llene mi barreño de agua y quiero que ese alguien sea el campeón olímpico.

V

Frente de Leningrado, 21 de octubre de 1942

Queridísima Inés, queridísima familia:

Os escribo en lo más oscuro de la noche, en uno de esos raros instantes de sosiego, para que tengáis constancia de que estoy bien y pienso en vosotros cada segundo. Las embestidas rusas, de violencia excepcional a medida que se acerca el invierno, son contrarrestadas con la bravura y el heroísmo de nuestras propias tropas.

Situación crítica. Resistencia bolchevique de primerísima categoría durante toda la jornada de ayer, con las pérdidas humanas de seis de los mejores hombres de nuestra generación y cerca de treinta bolcheviques.

He recibido vuestro paquete. La bufanda y los guantes que me tejiste, Inés, aún huelen a ti. Al ponérmelos me parece estar más cerca de casa, de todos vosotros. Volveremos a vernos pronto, el tiempo pasará rápido. ¿Veis? Nosotros todavía mantenemos el ánimo alto. Nos reconfortamos pensando que más frío pasamos en Teruel, aunque solo fuese por la sorpresa. ¿Recordáis las luces en el cielo? Aquí el firmamento es limpísimo, parece que haya más estrellas que en Madrid. Quizá sean esos santos a los que vosotros rezáis y que velan por nosotros.

Disculpad que termine la correspondencia de manera un tanto abrupta. El frío, que agarrota las manos a pesar de esos guantes que venero, dificulta la escritura. Ante todo, no os preocupéis por mí. Estoy en el lugar que debo, junto a mis camaradas que darían la vida por mí.

Siempre vuestro, y queriéndoos más que nunca,

FÉLIX

Ese fue el otoño en el que Inés perdió el apetito. 1942, menos frío que los dos años anteriores, pero, hijo también del hambre y la miseria, hizo mella en ella. Cada vez le costaba más salir de casa para dar clase a las dos alumnas del barrio a las que instruía, y cuando estas cayeron víctimas del caballo pálido que asolaba España, la tuberculosis, ya no hubo nadie que la separase de la estufa, los libros y las cartas.

A pesar de los esfuerzos de Pepita por recordar mejores momentos mediante arroces con leche, natillas y compotas de manzana, Inés era incapaz de tolerar más que un par de bocados. Cuando el rostro adoptó cierto cariz lechoso y llegaron las primeras toses, ya no se pudo ocultar la verdad. El ángel del Señor, que parecía rondar siempre su casa, había tocado a la puerta de nuevo. Hicieron llamar al doctor Andrés para que confirmase lo que Jorge ya sabía y no quería verbalizar: las alumnas, debilitadas por aquella hambruna que no soltaba a España, habían caído enfermas e Inés, de salud tan débil, se había contagiado.

Con un par de palabras regresaron al desquicio del verano anterior: el ejército de jeringuillas sobre el mantel, las toallas limpias, el agua que siempre burbujeaba en la olla. Inés, a quien no le había subido la fiebre, mantenía el ánimo alto y se enfadaba si Ana o Jorge regalaban unas entradas para el teatro o cancelaban una cita en Chicote para quedarse haciéndole compañía.

—Con las ganas que tenía de saber qué pasaba en la obra —les decía.

Cuando escucharon en la radio la representación de *Madame Butterfly* no se lo tuvo menos en cuenta, arguyendo que habrían podido disfrutarla incluso más en directo que desde su habitación.

—¿Con tu hermano? —replicó Ana mientras peinaba aquellos cabellos que en la ausencia de Félix no habían dejado de crecer—. Imposible. No aguanta ni las óperas ni las zarzuelas. Sale a fumar en el intermedio y luego me deja más sola que la una, como si me hubiese dado plantón el novio. —Arqueó los labios—. Tiene suerte de que yo no sea una mujer celosa...

Inés sonrió. Con la pérdida de peso, ese gesto parecía contenerlo todo, alumbrarlo todo. Junto con los ojos, negrísimos y brillantes, constituía el principal reclamo de aquel rostro en forma de corazón.

—No le conviene portarse mal contigo. Sabe que te defendería a ti antes que a él.

Y Jorge, sentado a los pies de su cama, se llevaba las manos a la cabeza.

—Está claro que no puedo pelear contra las dos. La próxima vez sí que iremos al teatro, pero porque tú ya estarás buena y vendrás con nosotros. Alguien va a tener que acompañar a Ana mientras yo me fumo el cigarrillo.

Por la noche, sin embargo, era incapaz de conciliar el sueño. Permanecía despierto, en busca de algún indicio, por nimio que fuere, de que el estado de su hermana había empeorado. Escribía incesantemente, en su mayoría cartas que quemaba enseguida en la lumbre, puesto que Inés no permitía que nadie informase a Félix de su enfermedad, y ni las caricias ni las palabras de Ana podían apaciguarlo.

—Esto no tiene nada que ver contigo —le repetía, como un padrenuestro—. Hace meses que estás curado.

La lógica lo traspasaba sin rozarlo. Él, que nunca había creído en los santos ni en las supersticiones, se hundía cada vez más hondo en una única obsesión: había traído, de algún modo, la desgracia a su casa.

VI

El capitán Farkas le indicó a Imre que introdujese el barreño de agua en su cabaña. La nieve, que ya cubría la mitad de las ventanas y habría inhabilitado el acceso a ella si sus compañeros no hubiesen creado un pasadizo, la convertía en un espacio insonorizado casi suspendido en el tiempo.

—Cierra la puerta, por favor —le pidió Farkas, quien, sentado ante la mesa baja, se prendía un cigarrillo.

Imre trató de imaginarse el castigo que le esperaba. Se figuró que, en cierto modo, a su vecino le resultaría gratificante saberse responsable de su vida. Ensañarse con alguien conocido, a quien los años hasta entonces habían favorecido, quizá aliviase por momentos la tortura de estar tan lejos de casa, abandonado por la patria pese a su cuna y sus dotes en el campo de batalla.

Todo esto pensaba al acercarse al hombre, cuando este le daba órdenes y al sentarse frente a él. Nada, sin embargo, podría haberlo preparado para el pitillo que puso entre sus dedos, tan ennegrecidos y abultados como los de Péter Zoltán, ni para el calorcito agradable de la cerilla con la que lo encendió.

—¿Qué hace un hombre como tú en el Don? —le preguntó, y al reparar en los temblores que recorrían los dedos de Imre, sirvió dos vasos idénticos de vodka.

—Soy judío.

Farkas le señaló el brazal blanco con la barbilla. Era cinco años más joven que Imre, pero debido a las condiciones de vida en el campo de batalla y la dureza de sus rasgos parecía mayor.

—Según eso, no.

—Nací judío y eso es lo que importa.

—Eso explica por qué estás en el batallón disciplinario, pero no por qué te encuentras aquí. Esto es el fin del mundo y de la humanidad. Un hombre de tu categoría podría estar realizando el servicio obligatorio en Hungría o en la frontera.

Imre estudió sus rasgos a la luz de la vela, que alumbraba sin llegar a desafiar al invierno infinito en el que se hallaban sumidos. La piel, bronceada incluso allí, parecía de cobre en la penumbra. Aguardó un movimiento, un gesto que confirmase que un nuevo golpe estaba a las puertas, pero no tuvo lugar. Farkas continuó fumando y bebiendo, y se tomó el silencio de su interlocutor como una señal de apatía.

—Veré qué puedo hacer por ti —repuso—. Si no se hubiesen cancelado los Juegos de Helsinki, mi hermano te habría arrebatado la medalla de oro. —Bajó la vista hasta sus manos enfermas—. Puesto que el deporte ya no está en tus cartas, espero al menos que tu legado no muera en las orillas infértiles del Don. —Estiró los labios. Su mirada era oscura, húmeda y terrible—. Yo soy hombre muerto, De Hevesy. Los oficiales sabemos lo que los soldados solo suponen: la patria nos ha masticado y escupido. Los refuerzos no llegarán hasta comienzos del año que viene y hemos tenido que quemar los suministros antes de que los bolches los tomasen. Las almas a mi cargo solo volverán a casa de la única manera verdadera, con los pies por delante. Pero a ti, que eres un judío sin derecho a portar armas, quizá pueda devolverte al remitente.

Imre tragó saliva. Al ver que Farkas también lo hacía, se llevó el vaso de vodka a los labios, y la sorpresa por aquel calorcito que le invadía el pecho le hizo lagrimear.

—Uno puede acostumbrarse a cualquier cosa —prosiguió el joven capitán—, pero mataría por un buen trago de *pálinka*.*

* Bebida alcohólica típica de Transilvania. La hay de diversos sabores, siendo los más comunes la cereza, la pera, el albaricoque y el melocotón.

Imre, no pudo evitarlo, sonrió.

—O un vasito de Unicum.*

—Eso, camarada, podría levantar a los muertos de las tumbas. Si el ejército nos proveyese de Unicum, en lugar de balas el mismo Stalin se arrodillaría ante los iconos de los santos y pediría clemencia a los invictos magiares. —Dio un sorbo más, el último—. Por desgracia, aquí estamos, derrotados y humillados, y sin guardar siquiera las apariencias. Esto es una picadora de carne, De Hevesy, una masacre sin sentido. ¿Qué van a pensar nuestros padres cuando se enteren de que nos sacrificaron a cambio de nada?

Imre no respondió a su pregunta. Hacía semanas que no recibía noticias de su propio padre y el miedo le impedía pedirle explicaciones a su madre. Las cartas, de cualquier manera, rara vez llegaban a tiempo.

—¿Por qué quieres ayudarme?

De nuevo aquella sonrisa críptica, apenas perceptible, que dibujaba dos arrugas como paréntesis en aquellas mejillas que ya se ensombrecían con el fantasma de una barba caprichosa.

—No te confundas, De Hevesy, no siento un interés o una simpatía particular por tu pueblo. Te habría tendido una mano de igual manera si hubieses sido serbio, eslovaco, socialista o, Dios me libre, socialdemócrata. La razón es muy sencilla: siento un gran respeto por el deporte, el tuyo más que ninguno, y lamentaría que Hungría perdiese a uno de sus mejores atletas de un modo tan miserable.

LOS SOVIÉTICOS MATAN O CAPTURAN A 43.000 ALEMANES

Hoy, las tropas del Ejército Rojo avanzaron en una maniobra de doble envergadura que buscaba cortar las comunicaciones con la retaguardia de las fuerzas alemanas en Stalingrado y en el Cáucaso.

* Licor de hierbas muy popular en la cocina húngara. De sabor similar al Jägermeister, aunque más terroso, tradicionalmente fue utilizado como medicamento contra el resfriado.

La ofensiva rusa azotó con vigor. Según se ha informado a Londres, fue una operación de grandes proporciones que muy pronto podría poner a Adolf Hitler en una situación estratégica deleznable en el Frente del Este.

El Ejército Rojo ha matado o capturado a más de 43.000 alemanes en un espacio de tiempo de cuatro días en su avance a Stalingrado.

Las tropas alemanas, un total de 375.000 hombres que no han cumplido la palabra de su Führer de tomar la ciudad en menos de seis semanas, quedaron prácticamente incomunicadas. Si la avanzadilla soviética continúa hasta el Don, todos los alemanes que se encuentren en el Cáucaso quedarán igualmente cercados.

Los periódicos soviéticos claman por la destrucción total de los ofensores germanos. Estos primeros cuatro días del contraataque han demostrado que, en efecto, es posible. En palabras de Radio Moscú: «Ha llegado la hora de la venganza».

En un comunicado del pasado día 7, Stalin afirmó que se aproximaba el día en el que las hordas de Hitler sufrirían los golpes del Ejército Rojo. Este día, parece, al fin ha llegado.

El suboficial alemán Erich Müller, caído en combate al noroeste de la ciudad, escribió en su diario: «La carretera a Stalingrado bien podría llamarse la Carretera de los Muertos».

Aquel 23 de noviembre que había amanecido desapacible, en el pisito de Manolo del barrio de Trafalgar, se brindó con champán sobre los periódicos británicos que Ana había tomado de la embajada. El día anterior, las fuerzas soviéticas habían efectuado con éxito un contraataque que había rodeado al 6.º Ejército alemán. La situación del Eje en el Frente del Este parecía desesperada.

Al besar las gotitas doradas que brillaban en el labio inferior de Jorge, Ana no pensó en el frente de Leningrado ni en las cartas cada vez más escasas que recibían, sino en 1936. Aquel año, cuyo olor a incienso y a muerte todavía persistía en su interior, no la abandonaba jamás. En las noches más oscuras, cuando se desvelaba junto a su marido para escuchar las toses de Inés, recordaba aquellas horas también lentísimas en la cama con Chelito. La vida que había amado y que le arrebataron, que aún tenía clavada en el pecho como una espada cuyo filo le cortaba la respiración.

Aquella nueva oleada de esperanza, tras tres años de soberanía germana, suponía una pequeña victoria en mitad de la derrota infinita que guiaba su existencia. Ellos, rechazados por la patria, humillados hasta que el gran crimen cometido se les atragantase, veían Europa como la luz tenue de un faro cuyo puerto los llamaba, aunque fuese en susurros. Por primera vez en mucho tiempo, Ana se permitió creer que quizá los aliados se redimirían y salvarían España de la cárcel de silencio en la que llevaba sumida desde el 39. Volvió a escuchar los partes de guerra de Manolo, que auguraban que aquel era el comienzo del fin de los fascismos en el viejo continente. Uno tras otro, como piezas de dominó, los líderes de aquella derecha que supuraba caerían: Hitler, Mussolini y, ¿por qué no?, también Franco.

Aquel otoño con sabor a invierno soviético, volvieron a soñar, invadidos por un sentimiento extraño, lacerante, que ya creían olvidado: la alegría. Sumida en ese estupor, a Ana casi le costó percibir la melancolía en los ojos negros de su marido, fijos en el número del *Telegraph* que yacía sobre la mesa. La autoría del artículo que acababan de leer era de Alistair Dale, corresponsal en Europa.

—¿Tu amigo?

Jorge sonrió.

—Me alegro de que se haya olvidado de España. Es un reportero de primera y aquí todas las historias son viejas.

Cuando llegaron a casa, Inés aún estaba despierta, leyendo la misma noticia en el *ABC*. En la columna, que Ana leyó de reojo al ponerle a su amiga la capita de lana sobre los hombros, no se hacía mención de las pérdidas alemanas. Al contraataque soviético, al contrario que la prensa inglesa, lo tildaba de «fracaso» por no haber logrado alcanzar la orilla occidental del Volga.

—No deberías quedarte despierta hasta tan tarde, y menos aún leyendo el periódico, después de lo que tuvo que buscar Jorge para encontrarte ese libro de *Fantômas*. Y, total, las noticias de Rusia ya podemos conocerlas directamente por las cartas de Félix.

Inés sonrió. El cariz cetrino a causa de la enfermedad que le robaba juventud aportaba también cierta serenidad a su expresión, como si después de tanto pelear ya nada pudiese traspasarla.

—Eres tan buena, sé que no quieres preocuparme. Precisamente al leer las cartas de Félix pienso que no nos lo está contando todo. Dime, ¿qué dicen los periódicos ingleses? En la embajada debéis de recibirlos.

Ana se mordió el labio inferior. Con un pañuelo secó la frente de Inés, perlada por el sudor de la febrícula. Con la penicilina, que obtenía gracias a sus amigos de la embajada, la temperatura apenas le subía unos grados. Aquella medicina, milagrosa para Jorge, apenas parecía retrasar el avance de la enfermedad de Inés.

—Pues... lo que dicen..., te vas a reír, pero lo que dicen es que a los voluntarios de la División Azul tuvieron que reclutarlos entre los criminales de la cárcel. Imagínate la cara que va a poner Félix cuando se entere..., con lo poco que le gustan los ingleses.

—Qué mal mientes, Anita, y cómo te honra intentarlo pese a todo. La situación en Rusia es más desesperada de lo que nos cuentan, ¿no es así?

El *ABC* aseguraba que «numerosos soldados bolcheviques» se habían pasado a las filas alemanas, habiendo perdido el cincuenta por ciento de los efectivos con que contaba. Una mentira, si creía la versión que narraba el *Telegraph* de Londres, pero ¿cómo discernir la verdad? Jorge, santo patrón de la sensatez, habría optado por crear una nueva versión, como un monstruo de Frankenstein, a partir de las dos que tenían. Pero ella no estaba dispuesta a abandonar la alegría que la invadía por primera vez en años. Habría leído gustosa la prensa soviética, el *Krásnaya Zvezdá* o el *Pravda,* con tal de poder abandonarse a la felicidad, aunque fuese de manera efímera.

—No lo sé.

Quería decirle que ella era la mejor amiga que tenía en el mundo y que la quería mucho, como a una hermana. Más. Seis años atrás, cuando Félix les anunció que se marchaban a la zona nacional, su primera reacción fue quedarse con ella, no abandonarla, hacer cualquier cosa antes que vivir en la incertidumbre de aquella separación que se había alargado hasta la primavera de 1939. Y cuando su padre le comunicó que debía vivir en casa de su marido, el golpe se amortiguó con la promesa de que aquello significaba también habitar bajo el mismo techo que Inés. Y aquellos lunes más que grises, esperando en las colas infinitas de Torrijos y oyendo los insultos y las bromas de los funcionarios, en un principio los había soportado con gusto no por Jorge, sino por ella.

Habría caminado descalza sobre el fuego por ella. Habría rezado y ayunado, aun siendo atea. Habría rechazado todo y sacrificado todo, y la impotencia de saber que sus ideas se habían acabado y que nada más surtía efecto la estaba volviendo loca.

En sus horas más oscuras pensaba que quizá había pedido demasiado. Tal vez, si Jorge no se hubiese salvado, ese dios en el que no creía permitiría que Inés se curase de aquella enfermedad, como lo había hecho de todas las infantiles.

—Quiero que tu hermano esté bien —le dijo Inés. Debido al esfuerzo, su voz sonaba aguda, casi juvenil—. Pero a veces..., cuando pienso en todas aquellas noches en el refugio y en lo preocupada que estaba por Jorge... o en mi padre..., a veces pienso que no me importaría que los alemanes perdiesen la guerra.

—Yo sí espero que la pierdan —susurró Ana—. ¿Te acuerdas de lo felices que éramos antes del alzamiento? Teníamos tantos sueños..., y ahora todo el país es una cárcel.

En ese momento se dio cuenta de que hacía tiempo que se había olvidado de las promesas de Manolo de ir a Boston. A él, como a tantos otros, la lucha lo había absorbido. La obsesión era devolver todos los golpes, pero estos jamás se acababan; siempre había una humillación más, otro momento en el que los tiraban al suelo y los hacían masticar aquella tierra que ya no era suya, aquella derrota cada vez más larga. No conocían la paz, solo la victoria de sus enemigos, y quien no conoce la paz no puede buscarla. Hasta la tranquilidad les habían robado.

—No mires atrás, Ana, es inútil. —Cogió aire—. ¿Sabes? A veces sueño con que me llegue una carta notificándome que han herido a tu hermano, solo para que vuelva conmigo.

—Yo también. Y que sea en la cabeza y se le quiten todas esas ideas absurdas que tiene. Mi padre tiene razón, es un insensato, y ni siquiera nuestra guerra ha podido cambiarlo. ¿Por qué no nos dejas que le digamos que estás encamada?

Inés le sonrió con dulzura.

—Ya sufre bastante en Rusia. ¿Para qué darle más motivos?

En el frente de Leningrado, Félix de la Torre añadía un par de líneas más a la carta que había comenzado el mes anterior y que jamás enviaría. La guardaba en el bolsillo del uniforme, en la misma lata de tabaco metálica en la que atesoraba el retrato de Inés y la tira de fotomatón que se había sacado en 1935 con su hermana y con Imre. Si finalmente caía, un destino que cada día le resultaba más certero, aquella misiva fruto de sus madrugadas más impías sería su despedida.

Ya no pensaba que volvería a casa. Y, si lo hacía, no sería un hombre, sino la carcasa que queda cuando se despoja a un humano de todo lo demás. No podría volver a llevar un reloj de cuero sin recordar el hedor de los cuerpos quemados. Al cerrar los ojos, siempre vería los iris cristalinos de los camaradas que habían fallecido hacía días o semanas, cuyos rostros, debido al frío, permanecían intactos.

Una pérdida sin fin, un dolor inconmensurable. En la Unión Soviética, tras más de un año sin pisar Madrid, Félix solo tenía dos convicciones: que los muertos tenían suerte de no estar vivos y que al menos los voluntarios españoles no las estaban pasando tan putas como las tropas húngaras en el Don.

Por ese motivo regresaba a la tira de fotomatón cada noche. A aquel hombre que había sido su amigo, estuviese aún con vida o no, le depararía una suerte todavía peor que la suya. La historia los olvidaría a los dos, pero solo uno de ellos habría sido rechazado y humillado por una patria rechazada y humillada.

Este era su consuelo, y el único fogonazo de luz que le impedía rendirse y abandonar Rusia de la única manera posible, con los pies por delante y una bandera cubriendo sus restos mortales.

VII

Mientras los alemanes combatían en Stalingrado, los húngaros permanecían en el flanco norte, entre Novaya Pokrovka y Rossosh, auxiliando a los italianos. A medida que avanzaba el gigante ciego del invierno, los alimentos, la ropa, la calefacción y las herramientas de construcción escaseaban. Sin ropa apropiada y con unas raciones de comida cada vez más ínfimas, a veces los soldados caían antes a causa de la gangrena y la congelación que abatidos por los soviéticos. Una masacre, la nieve de Rusia tintada del rojo por la sangre magiar.

El capitán Farkas abandonó la retaguardia a principios de noviembre. Dos días después, a sabiendas de que este denunciaría su comportamiento ante sus superiores, el sargento Jámbor colgó a Péter Zoltán de un árbol, donde permaneció toda la noche, y amenazó a sus compañeros con dispararles si se atrevían a auxiliarlo, ya que semejantes crímenes se excusaban con facilidad aduciendo intentos de fuga.

A la mañana siguiente ordenó a Imre y a otro camarada que bajaran el cuerpo blanco, frío y rígido de Péter. Aquella misma tarde, una notificación informaba a su madre y a sus hermanos de que Péter Zoltán, trabajador forzado de veintisiete años de edad, oriundo de Budapest, había fallecido debido a un accidente acaecido mientras cumplía con su deber en el Don.

A mediados de enero de 1943, las temperaturas descendieron hasta los treinta grados bajo cero e Imre dejó de esperar al capitán Farkas. Habiendo resistido heroicamente, y pese al frío, los contraataques soviéticos, el 4.º Regimiento de Infantería sufrió grandes bajas y acabó retirándose. Los hombres de la retaguardia se pasaron la lista de caídos, que parecía no tener fin; podría haberse extendido hasta Hungría de haber estado formada por un único rollo de papel alargado. Ni siquiera las pérdidas del enemigo podían apaciguarlos.

El nuevo sargento al mando de los trabajadores forzados, que en otra vida había sido un muchacho burgués de la capital, obligó a aquellos hombres cuya fe repudiaba a rezar una oración por el capitán Farkas, que a los veintidós años había sido evacuado de urgencia a un hospital de campaña tras recibir un impacto de bala en el cráneo.

A falta de su amigo Péter, Imre se imaginó lo que este le habría dicho: al capitán Farkas, hijo de una mujer de familia aristocrática y de un hombre condecorado en la Gran Guerra, querían mandarlo a morir a casa con honores para no tener que explicar que uno de los jóvenes más brillantes de su generación había perecido sin gloria ni belleza en aquel frente que la propia patria había olvidado. Quizá, incluso, había muerto en el acto y lo que pretendían era tener un cuerpo que devolver, en lugar de la fotografía de una cruz improvisada en la nieve.

Requiem aeternam dona eis, Domine. *
Yitgaddal veyitqaddash shmeh rabba. **

EL SACRIFICIO DEL VI EJÉRCITO ALEMÁN
SALVÓ EL FRENTE DEL ESTE

BERLÍN – GRAN CUARTEL GENERAL DEL FÜHRER – Comunicado especial:

«La lucha en Stalingrado ha terminado. El sexto ejército, mandado por el mariscal Paulus, ha sucumbido ante la superioridad

* «Concédeles el descanso eterno, Señor» (*Réquiem*).

** «Exaltado y santificado sea Su nombre» (primer verso del *kaddish*, la oración que los judíos rezan a los muertos).

numérica del enemigo y en circunstancias desfavorables. Han compartido su suerte una división de la aviación alemana, dos divisiones rumanas y un regimiento croata, que, como ejemplo de lealtad y camaradería, cumplieron con su deber hasta el último instante, luchando al lado de los alemanes. No es ahora el momento de explicar cómo se han desarrollado las operaciones, ni sabemos cuál será el resultado de esta operación, pero una cosa puede afirmarse hoy, y es que el sacrificio de este ejército no ha sido en vano.

Como reducto de la misión histórica europea, resistió y quebrantó durante muchas semanas el asalto de seis cuerpos del ejército soviético. Enteramente cercado por el enemigo bolchevique, continuó resistiendo, durante semanas y semanas, en combates encarnizados y sufriendo toda clase de privaciones. Con esta heroica actuación dio al mando alemán el tiempo y la posibilidad de adoptar contramedidas cuya realización ha sido decisiva para la suerte de todo el Frente del Este.

El último combate se ha registrado bajo la bandera de la cruz gamada que ondeaba en las ruinas de Stalingrado, visible para todos.

Generales, oficiales, suboficiales y soldados han combatido hasta apurar el último cartucho. Han muerto para que Alemania viva».

Después de dar a la publicación el comunicado extraordinario del Alto Mando de las fuerzas armadas alemanas, relativo a la lucha heroica del sexto ejército alemán en el Volga, el ministro de Propaganda ha ordenado el cierre de todos los teatros, cinematógrafos, espectáculos de variedades y establecimientos de recreo a partir del día de hoy, 3 de febrero de 1943, hasta el sábado inclusive.

Pese a ello, los círculos militares del Reich no experimentan pesadumbre por la caída de Stalingrado, sino, por el contrario, una mezcla de sangre fría y de orgullo, de dura decisión y fe en la victoria, que se interpreta como supremo sacrificio. Stalingrado, afirman los centros berlineses, ha permitido al mando alemán tomar decisiones importantísimas cuya ejecución está muy adelantada y que, llegado el momento, asombrará al mundo por sus efectos.

Recordemos, pues, el último radiograma de los combatientes: «En la más ruda lucha, hasta el último hombre ha cumplido con su deber. ¡Viva el Führer! ¡Viva Alemania!».

Un ruido similar al frufrú de una falda arrancó a Jorge Márquez de la lectura, y tardó un par de segundos en procesar y digerir la distracción que lo había empujado a dejar el *ABC* a un lado. Ni siquiera aquel diario, el de sus enemigos (aunque, ¿qué importaba ya?, si todos los que se publicaban en España contaban la misma versión de la historia, y mejor el *ABC* que el *Arriba*), podía enmascarar una verdad que Alemania llevaba días eludiendo. Stalingrado estaba perdida. El principio del fin del Reich se había consolidado e incluso tras aquellas promesas vacías, como lo son todos los dogmas, tras aquella fe irracional en que Hitler guardaba un as más en la manga, se palpaba el miedo. Un paso en falso, la maldición de Napoleón. La derrota en la ciudad de Stalin no le haría perder la guerra al Reich de los mil años, pero le había cortado una de las tres cabezas a aquel cancerbero que asolaba Europa.

Hacía años había escuchado en la radio cómo había terminado la guerra en España y el sonido de los libros comprometedores al arder había ahogado la voz metálica del locutor. Aquella purga consciente, aquellos rostros de amigos que habían cruzado la frontera y que él debía fingir no conocer, había retrasado su cautiverio pero no pudo evitarlo. En ese momento en que leía la derrota de quienes los habían bombardeado durante meses, de quienes con su alianza habían permitido la entrada de los nacionales a su ciudad, era incapaz de sentir alegría o alivio.

Ya no creía que una futura victoria de las democracias europeas fuese a salvar España. Quizá la herida era demasiado grande, la infección se había extendido demasiado, la sangre de la patria estaba ya enferma y para su mal no existía cura alguna. La cárcel en la que vivía era eterna y no tenía a nadie a quien decírselo, pues hacerlo habría supuesto un acto de crueldad imperdonable.

Un nuevo frufrú, esta vez seguido de una pregunta asfixiada:

—¿No duermes?

Jorge se volvió hacia su hermana, acostada en la cama, y le sonrió. En las últimas semanas se había acostumbrado a hacer turnos con su mujer para cabecear en el diván situado al fondo de la habitación, esperando un cambio que no les sería favorable. Él mismo había auscultado los ruidos que emitían los pulmones de Inés y sabía cuál sería la conclusión, aunque no quisiese verbalizarlo.

Su hermana era educada y amable incluso en la enfermedad. La tuberculosis, que se resistía al tratamiento, iba ganando terreno poco a poco, semana y semana y mes a mes, hasta que ya no había carne blanda sobre los huesos, sino una piel que de pálida parecía translúcida.

—¿Y tú? ¿Te he despertado?

—No. —Inés gesticuló en dirección al diario—. ¿Tienes algún periódico inglés?

Jorge alzó las cejas.

—¿Inglés?

—Sé que Ana los recibe en la embajada.

—Ah. —Se sentó junto a ella, en la cama, no temía el posible contagio—. Bueno, no puedo ir con algo así por la calle. Si me para un guardia y me pide que abra el maletín me busco la ruina.

Inés sonrió.

—Ya lo sé, tonto. Pero sé que lo has leído, o que al menos Ana te ha contado lo que dice. No me mintáis. A nosotros nos cuentan la verdad a medias, ¿no es así?

—Cada país cuenta la verdad que menos le cueste digerir, ni más ni menos.

—¿Qué dicen los periódicos ingleses, entonces?

Jorge tragó saliva. Estaba demasiado cansado y demasiado asustado para mentirle.

—Al llegar a las últimas posiciones alemanas, los soviéticos encontraron a tres mil soldados muertos o moribundos en un hospital. Al parecer, los oficiales de la Wehrmacht dispararon a sus propios hombres por si se rendían.

—¿Crees que Alemania va a perder la guerra?

—No lo sé. De verdad que no lo sé. Es demasiado pronto para que los aliados se confíen o para que el Eje se desmoralice.

Inés bajó los párpados. Sus manos reposaban sobre la manta; el anillo de pedida, que volvía a quedarle grande debido a la pérdida de peso, yacía en la mesita, junto a ella.

—Cuando pienso en lo que pasamos nosotros, espero que pierdan la guerra. No se lo digas a Félix.

—No lo haré.

—Él cree de verdad...

—Ya lo sé, tranquila. —Le besó la frente para notarle la fiebre y para sentirla cerca mientras aún la tenía con él—. ¿Quieres que te traiga un vaso de miel con leche?

—Que me lo traiga Ana. Así tú también descansas...

—Como tú quieras. Ya sabes que no puedo pelear contra ti.

Al levantarse hundió la mano en el bolsillo del pantalón para sacar su cartera. De ella tomó la estampita de santo Tomás, que guardaba desde que la había encontrado en el pijama tras su recaída. Trató de devolvérsela a su dueña, que le cerró el puño para rechazarla.

—Quédatela tú. Te ha dado suerte todo este tiempo.

Jorge sacudió la cabeza.

—Haces conmigo lo que te viene en gana, bonita —dijo.

VIII

Entró en el dormitorio de Inés con la congoja silenciosa de los creyentes que pisan por primera vez un santuario. En las manos portaba dos vasos de leche caliente con miel. Pese al dolor por aquella despedida que se prolongaba, ni la primera taza de té en el Embassy le había parecido tan lujosa, tan dulce en los labios.

Se sentó en la butaca del tocador, que había arrastrado hasta quedar a la altura de su amiga, tan cerca de ella que podía tomarle la mano. Tras meses de cuidar a la convaleciente, la enfermedad no la asustaba. Sobre aquella cama habían jugado a cartas juntas y se habían tumbado para escuchar los conciertos de música clásica radiados o para leer las novelas a las que se habían enganchado. ¿Qué poder podía tener la muerte sobre ellas, si su vínculo era más que humano?

Inés extendió la mano hacia Ana. En aquel gesto, la piel cerosa que no dejaba intuir su juventud, vio, una tras otra, todas las cosas que aún querían decirse en el tiempo cada vez más corto que les quedaba. Habían sido niñas juntas, después adolescentes; solo la guerra las había separado momentáneamente, para luego tomarse en la edad adulta de la mano. En la bifurcación que les aguardaba, no se contarían las canas en el cabello, y tampoco llevarían la cuenta de las nuevas arrugas que les surcasen el rostro.

—Jorge me ha dicho que me has llamado —susurró, toda ella temblando de miedo.

—Quería escuchar una de tus historias. Cuéntame las aventuras que vives en la embajada.

—¿En la embajada? —Se mordió el labio inferior. Para que Inés no la viese llorar, hundió las mejillas en el cuello de la bata—. No tengo nada demasiado interesante que contarte. Casi todo lo que hago es transcribir notas.

Inés arqueó las comisuras. Incluso en ese momento, la suya era la sonrisa más bonita, más luminosa, que Ana había visto. Con ella, los ojos brillaban como faros en la noche.

Ana siempre había querido ser tan buena y tan paciente como Inés, que buscaba lo mejor de los demás y nunca se abandonaba al egoísmo. En Torrijos, no había visto diferencia alguna entre las demás mujeres y ella. No le importaban las ropas que llevasen o los crímenes de los que acusasen a sus maridos, sus hermanos o sus hijos. Eran almas en pena en el mismo edificio, e incluso después de que a Jorge le hubiesen dado el indulto, Inés mantenía el contacto con aquellas viejas compañeras de fatigas. Si se lo hubiesen permitido, pensaba Ana, habría continuado las visitas de los lunes para no privar a aquellos hombres de su presencia.

Aquel mundo resquebrajado quizá no estaba hecho para semejante pureza.

—Ana.

—¿Qué?

—Sé que en la embajada haces más cosas que transcribir notas. A mí no puedes engañarme. Cuéntamelo y te guardaré el secreto, me lo llevaré conmigo a donde vaya.

Ana desvió la mirada.

—Pero si no vas a irte a ningún lado, boba. Para empezar, a Jorge le romperías el corazón. Y a mí…, a mí todavía me haces mucha falta. Nunca más voy a tener una amiga como tú.

Los dedos de Inés, cálidos por primera vez, se entrelazaron con los suyos. La enfermedad no iba a robarles aquello.

—Ni yo tampoco. ¿Quién se habría portado tan bien conmigo como tú? Cuando pienso en todos los sacrificios que hiciste…

—No fueron sacrificios —aseguró con voracidad animal.

No le habría importado cuidar de ella para siempre, ni pasarse los días peinándole la melena para luego trenzársela, sus manos enredadas en aquellos mechones que bajo el sol destellaban cobrizos.

—¿Eres feliz, Ana?

—Sí, mucho.

—Sé que tu boda...

—No cambiaría a tu hermano por nada del mundo. —Forzó una sonrisa. Las palabras se le atragantaban con su significado—. Acuérdate de cómo empecé a esperar los lunes, y cómo se convirtieron en mi día favorito de la semana. Y el miedo que pasé cuando enfermó.

—Tú lo salvaste.

Le habría gustado poder hacer lo mismo por ella. Hundir las manos en la tierra si hiciera falta, llamar a todas las puertas, robar y estafar si fuera necesario. Todo habría sido inútil frente a la crueldad arbitraria de la naturaleza. Inés, sencillamente, jamás había tenido la fortaleza de su hermano.

—Sé buena con él —insistió, mientras le acariciaba los nudillos—. Él te quiere tanto...

Las lágrimas se agolparon en los ojos de Ana.

—Y yo a él. Inés, lo quiero mucho, y a ti también. Y todavía hay tantas cosas que tenemos que hacer, y tanto que quiero decirte...

Se había levantado como un resorte, impulsada por el miedo que anidaba dentro de ella. Era un depredador y por la noche se abría paso a dentelladas.

—No tengas miedo, Ana. Siempre has sido la más valiente de las dos.

—No quiero ser valiente.

Sus deseos eran muy infantiles. Pese a los años que se amontonaban, pese a los golpes recibidos y a la rueda de aquella guerra que no dejaba de girar, en sus vísceras habitaba aún la Ana de 1936, que habría soportado gustosa los bombardeos con tal de quedarse un poquito más con su amiga.

No era resistencia, lo que tiraba de ella, sino fidelidad. Con Inés se irían los últimos vestigios del Madrid de sus amores.

—Tienes que ser siempre valiente por nosotros, ¿verdad? ¿Puedo ser egoísta una última vez?

—Tú nunca has sido egoísta.

—Solo una vez. —Se pasó la lengua por los dientes—. Cuida de tu hermano y no le escribas hasta que sea necesario. Ya sé las ideas que tiene, pero en el fondo es una buena persona. Acuérdate de que sacó a Jorge de la cárcel, y está tan enamorado...

—Sí, como tú digas, haré lo que tú me pidas.

Acarició aquellas manos que adoraba. Le besó la mejilla y el pómulo, cada reducto de aquel rostro que podría haber dibujado de memoria, en todas las estaciones de sus veinticinco años de vida.

Los visados de la embajada, los refugiados del Embassy, los viajes de Manolo a Portugal. Habló hasta quedarse sin aire, sin fuerzas. Habló como si sus palabras fuesen divinas, lo primero que alumbró la oscuridad del universo antes de que el mundo existiese. Habló hasta que se quedaron dormidas, las dos en la misma cama, los mechones enredándose hasta formar una sola melena castaña.

IX

Don Ricardo de la Torre se levantó al rayar el alba, como acostumbraba. Él, que había emigrado a Cuba en su juventud para eludir el servicio militar obligatorio, llevaba, sin embargo, la vida estricta y austera de los soldados de infantería. Hubiese nieve o hiciese frío, no perdonaba el paseo por el barrio, bordeando los cafés literarios de la glorieta de Bilbao, aún cerrados. De la misma manera que en Cedeira araba los campos para cultivar la comida que su hija se llevaría a la boca, en Madrid realizaba ese ejercicio que mantenía su vientre rígido, seco, a pesar de la edad.

Los paseos matutinos, que duraban dos horas, en las que revisaba mentalmente el rumbo que tomaba su negocio, terminaban de forma invariable con la compra del periódico. A aquellas promesas del *ABC* que auguraban que la derrota en Stalingrado había sido estratégica, fruto del gran plan del Reich, respondió con una mueca y el ruidito metálico de las monedas al caer sobre el quiosco. Aquella «gesta», como la denominaba su hijo, a él le parecía el delirio de un loco, la historia que hacía eco y no se detenía. Él, que había anhelado la victoria nacional en su guerra, observaba con cautela aquel imperio que juraba iba a durar mil años.

—Tanto cambio nunca ha sido bueno —le decía a su mujer, en la intimidad—. La única salvación de España es que se siente don Juan en el trono y nos dejemos de tantos militares y tanto lamerle el culo a los alemanes, que van a ser nuestra ruina.

Compraba el *ABC* y el *Arriba* para comparar noticias. Si el orgullo no se le atragantase, y si no temiese comprometerla, le habría pedido a su hija que le trajese diarios ingleses de la embajada para conocer también la otra versión, que él debía leer entre líneas.

Desde los titulares de las portadas, el ministro germano Goebbels clamaba por una «guerra total» contra los aliados. Esta era, de momento, la confirmación que necesitaba. Uno y otro bando bailaban al filo de la navaja y solo el dios de la guerra tenía la potestad de añadir más peso a uno de los platos de la balanza.

«Él hace proezas con su brazo: dispersa a los soberbios de corazón, derriba del trono a los poderosos y enaltece a los humildes, a los hambrientos los colma de bienes y a los ricos los despide vacíos».*

Al llegar a casa, sobre la bandeja del desayuno con el café (un lujo que se permitía) y las tostadas ya templadas, encontró una carta de Hungría. La abrió con los dedos, para no entretenerse buscando el abrecartas, y tan ensimismado estaba con la empresa, con los negocios que anestesiaban su angustia por su hijo, que tardó un par de segundos en reconocer el papel que caía en sus palmas extendidas como una nota necrológica.

Su esposa, tras echarse un azucarillo en el café, posó la cucharita en el platillo al inquirir:

—¿Marcha mal la sucursal húngara?

—No, es... —Una arruga como una lágrima se formó en el entrecejo de don Ricardo—. Es una notificación de defunción. Ödön de Hevesy ha caído en el frente.

Doña Basilisa, que ya alzaba la tacita, se detuvo. En el café, que siempre tomaba solo, veía no solo su reflejo sino también los veranos cántabros en el balneario de Ontaneda, las fiestas cuando los niños aún eran pequeños, las modas que Jolán de Hevesy y ella comparaban, los trajes de Balenciaga que ella mandaba hacer para su amiga en Madrid, las pieles y las piezas de anticuario que esta

* Evangelio según san Lucas.

le traía de Budapest. Aquella amistad, amargada por el desamor de sus hijos, que volvía a despertar con la tragedia.

—¿Y el hijo? —preguntó.

Por primera vez en meses no pensaba en él como el golfillo embaucador que había convertido a su Ana en una mujer engañada, sino como aquel niño rubito y gracioso que pedía todo «Por favor, *kérem*» y alargaba los «Gracias, *köszönöm*» con su espeso acento magiar.

—Lo último que sé de él es que tuvo un niño el verano pasado y que poco después lo llamaron a filas.

Mientras hablaba, abrió el *Arriba* en el centro de la mesa hasta dar con lo que buscaba: un mapa a doble página del Frente del Este. Siguió las líneas con los dedos, como un padre que repasa con sus hijos la lección de geografía, y clavó el índice sobre el río Don.

—Según tengo entendido, estas son las últimas posiciones del Segundo Ejército.

—¿Ana está al tanto?

Don Ricardo cerró el periódico.

—No, ni de lo del niño ni de que Imre está en el frente, y no quiero que se entere. Parece que Jorge está rehaciendo su vida, la mancha de la condena la va a llevar siempre, pero le han concedido el indulto y desde entonces no se ha vuelto a meter en problemas. Trabaja, es formal y está cuidando muy bien de nuestra hija. Jamás aprobaré ese absurdo de la boda en la cárcel, pero quizá Jorge sea la única oportunidad que tiene nuestra hija de ser feliz.

El padre Bernabé salía del portal cuando Ana llegó de trabajar. Primero lo olió, una mezcla de incienso de iglesia y algo distinto, mucho más ligero, que no supo identificar; para ella, aquellos aromas deletreaban la muerte. Subió las escaleras sin saludarlo, haciendo caso omiso de aquella mano venosa que le sujetaba la puerta, de la voz grave que había retronado en la capilla de Torrijos cuando leyó los votos en su boda.

Los dedos temblorosos buscaron en vano las llaves en el interior desordenado de su bolso. La puerta estaba entornada, y al entrar se dio cuenta del porqué. Su madre, que acababa de llegar, se abrazaba a una doña Consuelo a la que hacía años que se le habían secado las lágrimas.

Jorge permanecía de pie apoyado contra la pared que daba al pasillo, como atravesado por un rayo. Estaba pálido como la luna y sus ojos, vidriosos, no miraban a ningún punto en particular, sino que parecían traspasarlo todo.

—He visto salir al cura —musitó Ana.

Todavía llevaba la boina y las botas de tacón puestas. En la antesala del luto, necesitaba la confirmación verbal, que los sonidos y los fonemas le rodeasen el cuello y la asfixiasen. Ansiaba meter el dedo en la llaga, como santo Tomás, hasta percibir la sangre cálida en sus yemas; echar sal a la herida tiernísima, hasta que escociese y el dolor fuese, al fin, más grande que la pena.

—¿Inés? —insistió con la voz quebrada.

Trató de abrirse paso, de acceder a aquella habitación en la que habían compartido juegos primero, confidencias después y miedo solo al final. Pepita se lo impidió, la rodeó con los brazos, fuertes y delgados a pesar de la edad, pero Ana fue incapaz de sentir sus caricias. La suya era una piel que repelía las demás y su pesar no tenía consuelo.

—Ya se ha ido, Ana. Era una gran señora y no le habría gustado verte tan rota.

Ana quiso decirle que era inútil, que ni los dioses del cielo ni los generales de los ejércitos habrían tenido la potestad de recomponerla, que allá donde fuese siempre le faltaría algo, siempre habría una parte de ella que se postraría ante aquella pérdida inconmensurable.

Le dio la impresión de que decía algo, que emitía sonidos, quizá en otro idioma, aunque resultasen ininteligibles a los demás; de que, entre sacudidas, intentaba golpear a la criada con los puños, como si aquel acto de violencia inmerecido pudiese cambiar el rumbo de la historia, y de que esta los esquivaba; o quizá se mantenía muy quieta y callada, como Jorge, con la mente anestesiada y el cuerpo, extasiado por la pena, esperando a que llegase el instante en que el calorcito de otro ser humano lograse traspasarla.

Con una lucidez repentina, gracias a la cual fue muy consciente de los gritos guturales, como de animal herido, de doña Consuelo, y de la respiración pesada de su marido, le dijo a Pepita que le gustaría preparar a Inés.

La mano de la criada le subió, como un murciélago muerto, hasta la mejilla.

—No te preocupes, bonita, que ya me encargo yo.

—Lo hacemos juntas. Quiero despedirme de Inés.

Ella sabía cuál era su vestido favorito, el de flores azules, estilo nomeolvides, que podría ponerle sin temer el frío del invierno madrileño. Sabía cómo trenzarle el pelo, en una corona que le rodeara la cabeza; un peinado que le habían visto a la actriz americana Veronica Lake y que a ambas les había gustado, aunque el pelo de Ana era demasiado corto y demasiado fino. La perfumaría con la colonia de lilas que racionaba para no malgastarla y le colgaría la sortija de pedida de la cadenita de la que pendía también la cruz de Caravaca.

Al entrar en la habitación de Inés, la rigidez de la muerte ya le había mutado los rasgos. La nariz era más afilada, las mejillas más descarnadas, pero los labios seguían siendo suyos, con el arco de Cupido bien definido y las comisuras que se elevaban como si su dueña fuese conocedora de un gran secreto, oculto a todos los demás.

En las manos, entrelazadas a la altura del pecho, sostenía el rosario de azabache que Ana le había traído de Galicia y una estampita de santo Tomás.

Cuando terminaron, su madre ya había conseguido calmar y acostar a doña Consuelo. Jorge, sentado en el sofá, fumaba sin disfrutar, sin ser consciente de lo que hacía, como si el cigarrillo fuese una extensión de su cuerpo y la acción de consumirlo un acto reflejo.

En el momento en que Ana se desplomó a su lado, todo él se estremeció, como sorprendido por la compañía de otro cuerpo.

—No pude salvarla —musitó sin mirarla—. Era mi ángel, la única persona enteramente buena que he conocido.

Ana lo tocaba, como en Torrijos, como en los vis a vis. Quería que aquella carne helada se despertase, que volviese a una vida que ambos tenían aunque ya no la quisieran.

—Si el amor hubiese podido, jamás se habría puesto enferma.

Jorge se mordió el labio inferior. Al fin, como exhausto por las semanas durmiendo en el diván de la habitación, los meses de cuidados, su propia convalecencia y los dos años de cárcel, cayó sobre el pecho de Ana. Aturdido por el tacto de otra piel, rompió a llorar. El suyo era un llanto tembloroso, asfixiado y gutural, el llanto de los niños y los condenados.

—Es culpa mía, es culpa mía —repetía.

A los sonidos entrecortados por las lágrimas, Ana tardó unos instantes en unirles las palabras.

—No, no tiene nada que ver contigo. Hay una epidemia en toda España y tú hace tiempo que estás bueno.

Le acariciaba la frente, el cuello, el pecho, que vibraba con cada sacudida. La piel se templaba con cada roce.

—Cuando murió mi padre, el inglés quiso ayudarnos a salir de España y yo no le hice caso. Esto es culpa mía.

—No, no, no..., no podemos tener la culpa de la guerra ni de la miseria ni de las enfermedades. No...

La negativa se convirtió en un murmullo y este en un arrullo quedo. Las palabras, vacías de significado, eran incapaces de paliar el dolor de aquella espada que los atravesaba. En la derrota que los unía se habían encontrado hacía años, y en ese momento era el luto lo que los aproximaba de nuevo, como si sus almas estuviesen hechas de la misma materia prima.

Encogido por la angustia, el cuerpo de Jorge, que lloraba como Ana jamás había visto a un hombre hacerlo, parecía tener la forma y el tamaño precisos para amoldarse al de ella. Se quedó dormido de repente, como desmayado por la extenuación. Como ella no tenía fuerzas para llevarlo a la cama, lo tapó con el abrigo, que había tirado de cualquier manera sobre el sillón, y se acurrucó a su lado.

X

Susana Rubín era una mujer que valoraba mucho su independencia y planeaba pasar así el resto de sus días. No había dejado el tablao, tanto por el beneficio económico que suponía como por interés, ya que entre aquellas sábanas sudorosas se escuchaban tantos secretos como en el Embassy, o más. A su Liberto (Liberto solo en el pensamiento, en la foto que guardaba en la cartera y miraba cada noche) seguía comprándole zapatos y abrigos nuevos cada invierno, y sobre la identidad de su benefactor, no decía nada, porque a ella le convenía. Visitaba el pisito de Manolo cuando le venía en gana, por deseo y cierto afecto que aún le guardaba y no por dinero, puesto que con los falangistas ya tenía más que suficiente.

Con la escalada de la guerra y la presencia del cuartel de la Gestapo en la ciudad, apreciaba también el negocio que podía hacer con los alemanes. Aquellos hombres, que celebraban de la misma manera las victorias y las derrotas, no veían diferencia alguna entre sus rasgos sefardíes y los andaluces y madrileños de sus compañeras; no había nada en los rizos prietos, los ojos sesgados y negrísimos o el puente recto de la nariz que les hiciera sospechar de su origen, y ella tan contenta de albergar ese secreto en su interior. Cuando terminaban y le pagaban (y cómo pagaban) ella soñaba que les cerraba la puerta en la cara y les gritaba que acababan de acostarse con una judía; que había sido ella la que los había follado a ellos, y no a la inversa. Que los había humillado, que con las demás se reía de sus vientres flácidos, de aquellas mejillas que permanecían siempre rojas, de aquellas pieles que rehuían al sol, de las papadas que temblaban al hablar. Que con su dinero financiaba la fuga de los judíos que entraban en España, porque sus billetes eran los únicos que no destinaba a la manutención de Liberto.

El día del entierro de Inés Márquez, a la que conocía un poco de verla por Torrijos y mucho mejor de oídas gracias a su hermano, se arregló como una señora. Le pidió prestada la mantilla a una compañera gaditana y con ella se cubrió los rizos, peinados en un moño bajo; se puso el traje negro, muy recatado, que no se pegaba a las curvas de su cuerpo, y ni se perfiló los ojos ni se aplicó carmín.

Al llegar al cementerio de San Martín se dio cuenta de que, pese a todo, no llamaba la atención en aquel sepelio de la alta sociedad madrileña. A Inés, que no había perdonado ni un solo lunes de visita, habían querido ir a despedirla todas las mujeres con las que había compartido colas, esperas y vejaciones, incluso aquellas a cuyos maridos habían fusilado al poco de llegar y que podrían haber perdido el contacto. Susana vio también a muchos amigos de los de antes, de los de la guerra, que en ese momento escondían la cabeza para que no se supiese que habían pertenecido al bando perdedor; incluso estos, que solo conocían a Inés de oídas, a través de Jorge, no podían evitar quererla y sentir el hueco tan vacío que había dejado.

Al Marquesito no tardó en encontrarlo. Al abrazarlo para darle el pésame, le dio la sensación de que lo que rodeaba era una estatua. La piel, fría por el invierno madrileño, permanecía muy blanca; no lloraba, aunque los párpados inferiores, cercados por unas ojeras violáceas, estaban enrojecidos.

—Muchas gracias, Susana —dijo, con voz lejanísima—. Sé que mi hermana te estaba muy agradecida por la ayuda que nos prestaste cuando yo estaba en la cárcel.

—Es que amor con amor se paga, Marquesito.

Al volverse hacia su esposa, que se hallaba de pie a su lado, le dio la impresión de que estaba más delgada que la última vez que la había visto, en la cárcel; su cara, que entonces conservaba ciertos rasgos infantiles en las mejillas redondeadas, se había afilado con el paso de los años y el peso de las tragedias.

—No sé si te acuerdas de mí —le dijo. Con la familiaridad del lazo común que las unía no se le ocurrió tratarla de usted.

Ana asintió.

—Sí, claro que me acuerdo. Y también quería darte las gracias, porque si no hubiese sido por el regalo de bodas que nos hiciste...

—No tienes nada que agradecerme, bonita.

Al acercarse para abrazarla (también fría, también pálida, como si la vida la atravesase), le susurró al oído:

—Niña, vas a tener que cuidar mucho del Marquesito, que de esta no sé cómo va a levantar cabeza. Tú que tanto lo animabas en la cárcel..., ahora os tenéis el uno al otro para apoyaros.

Jorge aprovechó ese instante de intimidad entre su mujer y Susana Rubín para ir adonde estaba Manolo. Fumaba algo apartado de los demás y, al percibir la presencia de otra persona, se estremeció, como dañado por esa compañía. Cuando se había enterado, le había confesado a Jorge que guardaba una fotografía de Inés en la cartera.

—Jamás he conocido a una persona más desinteresada —le había dicho—, y no creo que vuelva a hacerlo.

En ese momento apenas quería mirar a la lápida, aquel nombre y aquella fecha que se habían unido al nombre y a las fechas de don Tomás.

—¿Sabéis algo más de Félix? —preguntó, al reconocer correctamente la sombra de Jorge.

—No, todavía no. Ana le escribió una carta notificándole la muerte de Inés, pero nos la han devuelto.

Manolo sacudió la cabeza. En tiempos de guerra, aquello solo podía significar un par de cosas, ninguna de ellas esperanzadora. Las listas de caídos y de heridos tardaban en actualizarse, más aún en un frente tan amplio y hostil como el del Este, y mientras tanto las cartas de la familia se extraviaban.

—Mantén la cabeza alta, Jorge. Como a Ana y a ti os haya alcanzado la misma flecha...

—Casi. Ana quería a Inés como si fuese su hermana, y yo por Félix, a pesar de nuestras diferencias, siento lo mismo.

—Los malos tiempos no van a durar siempre…

—De momento parece que se quedan con nosotros para rato. —Se humedeció los labios—. Mira, Manolo, quería preguntarte… ¿Todavía les hace falta un médico en la embajada?

El hombre lo observó, primero de pasada y después con más detenimiento.

—No pienses ahora en eso.

—¿Hace falta o no? Tengo que hacer algo útil con mis días o me volveré loco.

La segunda mirada de Manolo fue más reveladora. Los ojos, oscuros y cansados, examinaron los de Jorge en busca de un significado. Él, firme defensor de que el fin justifica siempre los medios, que no creía en otra fortuna que en la de Manolo Pena Giao, por deferencia a Inés quiso cerciorarse de que lo que el Marquesito pretendía era regresar a la resistencia y no arriesgar la vida sin sentido.

Manolo le ofreció uno de sus cigarrillos y dijo:

—Pásate por la casa de Margarita Taylor cuando puedas, que allí siempre vas a hacer falta. Del contrato y de todo lo demás ya me encargaré yo.

XI

Con sus antecedentes, Jorge Márquez no esperaba que le asignasen ninguna misión, pero tras apenas tres semanas atendiendo a los refugiados que buscaban asilo en el apartamento de Margarita Taylor, Manolo le comunicó la noticia. Incluso a él, creía, lo tenían vigilado y le convenía mantenerse alejado de la acción «hasta que las cosas se calmasen».

Para una operación exitosa, decía, resultaba esencial mantener la naturalidad. Por ese motivo todos los viajes a Galicia se realizaban a la luz del día, ya que la oscuridad de la noche era propicia para levantar sospechas.

—Que tu red de contactos sea amplia —le aconsejó—, pero cuenta a tus amigos con los dedos de una mano.

El plan era sencillo. Ana y él viajarían a Galicia de luna de miel, con la excusa de que la familia de ella de Cedeira conociese al marido. El coche, con matrícula de la embajada, debido al empleo de ambos, debería limitar, cuando no evitar por completo, el alto de la Guardia Civil.

—Pararéis en A Portela. Allí, el contacto os ayudará a pasar la frontera. Luego vosotros seguís hasta la casa de mis padres para mantener la fachada y pasados un par de días volvéis a Madrid.

La historia no debía tener fisura alguna. Por eso Ana escribió una carta a sus tíos adjuntando también una fotografía reciente de Jorge y de ella en una de las veladas de Chicote, cuando Inés todavía no había perdido la salud. En la parte trasera del automóvil pusieron el equipaje, y en el maletero guardaron el baúl en el que viajaría el refugiado, un judío holandés que, por suerte, comprendía y hablaba el inglés, lo que facilitaba la comunicación.

—No es muy humano... —tanteó Ana, al explicárselo.

El muchacho, más joven que ellos y peor alimentado, se encogió de hombros. Desde que el año anterior recibió una citación de la Gestapo para presentarse a trabajos forzados, había ido de escondite en escondite hasta que la Resistencia había logrado que escapara a España. De los golpes de la vida lo sabía todo y ya nada podía perturbarlo.

—De aquí a la libertad —le prometió Jorge.

Partieron temprano, por la mañana. Doña Consuelo, que no remontaba desde la muerte de Inés, no salió a despedirlos, pero los observó desde la ventana. A Ana, aquella imagen, que tanto le recordaba a la última que había visto de su amiga el día que abandonaron la capital rumbo a la zona nacional, la atravesó. Pasaron las primeras horas de trayecto en silencio, tensos, aguardando un traspiés, un fallo en aquel plan meticuloso que pudiese condenarlos para siempre. Luego canalizaron los nervios con caricias fugaces mientras Jorge conducía, similares a las de Torrijos pero mucho más íntimas, y con conversaciones banales.

—Tú nunca has estado en Galicia, ¿verdad?

—Qué va. Mis padres veraneaban en Bilbao, pero a Inés y a mí nos dejaban siempre en Madrid con Pepita.

—Pues menudo bautizo de fuego... —dijo Ana, en susurros, a pesar de que en el automóvil solo estaban el refugiado y ellos dos—. Ya verás qué comida. Con lo goloso que eres te vas a poner *morao*.

—¡Anda, la gachí! Como si tú no te pusieses las botas con los cocidos que prepara Pepita. Si es que... con lo que comemos tú y yo, como tengamos hijos van a pasar un hambre negra. En fin, guapa, ¿de la tierra de tu madre qué me recomiendas?

Ana se detuvo un momento a pensar la respuesta. Su dolor era el mismo, hijo de una herida que no tenía cura, que siempre estaría abierta junto al pecho; si no lo tapaban con palabras, con bromas que ninguno sentía pero cuyos efectos analgésicos buscaban, ese pesar los paralizaría. La muerte de Inés los había afectado a todos. y ellos dos jamás volverían a ser los mismos que al comenzar aquel año de 1943.

—El queso de tetilla.

Jorge sonrió. La luz del mediodía que se aproximaba era amable con él, reflejaba los destellos verduscos de sus ojos y le iluminaba el puente de la nariz.

—No te metas conmigo, guapa, que como pida eso en un bar me busco una ruina.

—Que no, que se llama así de verdad, y está de bueno…

—¿Y Franco lo sabe?

Ana sacudió la cabeza.

—Anda, calla, que como repitas algo parecido sí que te buscas una ruina.

Las manos se perseguían, huérfanas, hambrientas de otra piel que pudiese comprender la magnitud de la pérdida sufrida. Cuando a la entrada de Galicia los pararon dos guardias civiles, las escondieron, temiendo que los temblores que las recorrían fuesen a delatarlos.

Les pidieron los papeles, que Jorge entregó de inmediato y tras dar los buenos días. No dio explicaciones hasta que se las solicitaron, y a las risas secas de los hombres les siguió una única apreciación:

—¿Qué pasa, que en la embajada británica contratan a cualquiera?

Ana tensó la espalda pero no dijo nada. Seguía las miradas, aceitosas y nauseabundas, de los oficiales y no podía evitar sentir en la carne el fantasma del tacto de aquellos funcionarios que la registraban en los minutos previos a un vis a vis, las manos, venosas y peludas, que le subían por las piernas, despacio, para que la humillación de violar su intimidad fuese mayor, el castigo requerido por mostrar cariño a un rojo.

Y aquellos iris más que negros se pararon en los asientos de atrás, en las maletas a reventar de ropa para guardar las apariencias, y bajaron para inspeccionar el maletero. Sus dedos, que se aferraban a la documentación, apenas se relajaron al tirarle a Jorge de cualquier manera aquellos papeles, de modo que este tuvo que recuperarlos del suelo donde habían caído.

—Circulen —les dijeron a continuación, casi masticando las palabras—. Y ¡Arriba España!

Jorge los estudió un instante.

—Arriba.

Cuando arrancaron de nuevo, con las ventanillas bien subidas y las rodillas temblorosas por el miedo, Ana masculló:

—Malditas bestias.

Todos los días de su vida les recordarían que aquella España que atravesaban no era suya, no les pertenecía, los rechazaba como una gata al hijo enfermo. Habían pasado cuatro años y todavía no les dejaban catar la paz, solo la derrota.

Al llegar a A Portela aparcaron en el lugar que Manolo les había indicado, algo apartado, de modo que el refugiado pudiese salir de su escondite. Siguiendo también las órdenes recibidas, se dirigieron al bar regentado por el matrimonio que los ayudaría. Allí se identificaron de la manera acordada:

—Tres pinchos de tortilla y tres chatos de vino, que don Manuel, el de las cervezas, nos ha dicho que aquí los ponen muy buenos.

La tabernera, una muchacha morenilla de penetrantes ojos negros, les preguntó al servirles la consumición:

—¿Y qué son los señores, amigos o parientes de don Manuel?

—Yo amigo desde hace años, y mi esposa es pariente.

Ana le sonrió.

—Soy su prima.

—Ah, de Madrid vienen entonces, ¿no?

—Sí, y con el mister de la embajada, que nunca había estado en Galicia y como es muy dado al senderismo...

Aunque el judío no comprendía lo que se decía, asintió al ver que el dorso de la mano de Jorge lo señalaba. Al bajar le había dado tiempo a estirar las arrugas del traje que el conde de Albiz le había proporcionado y que le quedaba con un guante. Con él, y con la seguridad en la mirada, proporcionada por la libertad que ya le hormigueaba en los dedos, daba el pego como secretario de una embajada.

La tabernera, que también seguía un papel ensayado y memorizado, puntualizó:

—Ah, pues si al mister le gusta el senderismo va a tener suerte, porque mi marido ha organizado una excursión esta tarde. Para un marzo que nos viene seco..., si apuran la tortilla les da tiempo a unirse al grupo. Eso sí, el mister ropa de deporte no lleva.

Jorge rio.

—Tranquila, que ha venido más que preparado. Si le deja ir al servicio, verá.

Se lo repitió al muchacho en inglés. Este, temiendo que alguien reconociese un deje extraño, poco británico, en el acento, se limitó a asentir con un gesto.

La incursión tuvo lugar bajo las luces purpúreas del ocaso. La vegetación gallega, salvaje, de un verde casi imposible, lo envolvía todo. Ataviados con ropa de deporte, a fin de no levantar sospechas, hablaban enteramente en inglés, idioma que el contacto apenas chapurreaba, para dar la impresión requerida: unos trabajadores de la embajada británica en Madrid que llevaban de excursión a un colega inglés, apasionado de la naturaleza y extasiado por la diversidad geográfica de la península.

Las conversaciones casuales, de amigos, guiaban las pisadas. El contacto veía mapas en los caminos, en los árboles; conocía los lugares precisos en los cuales la frontera entre un país y otro, inidentificable a ojos no avezados, era más delgada. Aquellas fugas, de las que Manolo ya era experto, requerían la colaboración de varias personas; la pérdida de un solo eslabón resultaría fatal.

El par de horas que duró el trayecto a Ana se le hizo eterno. A cada paso que daba emitía un ruido monstruoso, brutal. El sol, que se achataba naranja en el horizonte, la cegaba. Cada vez que alguien los paraba, atraído por el idioma y curioso al cruzarse con aquellas personas de aspecto foráneo, veía de nuevo los pasillos de Torrijos, las bocas de lobo de los funcionarios. Pensaba en los antecedentes de su marido y en cómo ningún juez sería amable con él si cometía un nuevo crimen y se culpaba a sí misma por haberle permitido ser partícipe de aquella temeridad.

No se dio cuenta de que habían llegado a la frontera hasta que el enlace portugués tomó al refugiado, como quien ve a un amigo de la infancia por primera vez en años, se lo llevó con él y ambos desaparecieron entre los árboles. Con aquella ruptura, tan repentina como las de la cárcel, Ana sintió que toda ella se desinflaba. Se apoyó en el cuerpo de Jorge descansando la cabeza en su pecho y respiró hondo.

Él, siguiendo aquella gran farsa que les salvaría la vida, estalló en una carcajada.

—¿Qué pasa, guapa? ¿Media excursión y ya estás exhausta? Si es que las mujeres sois una calamidad. —Le dio un beso en la frente—. Pero una calamidad preciosa, guapa, más que guapa. Anda, ven, que te llevo a hombros.

XII

Chelito Giao amaba Cedeira aunque soñase con abandonarla. Aquella era su maldición, su tragedia y su carga. A su familia la posguerra la había azotado dos veces; teniendo tierras no conocían el hambre, pero la escasez de todo lo demás hacía mella en ella, más que en su hermana Isabel, que era demasiado pequeña para recordar los días en los que habían sido casi tan ricos como sus tíos de Madrid.

Su padre tenía demasiado corazón para que los negocios le fuesen bien, y Manolo había disfrutado de unas oportunidades que ella, como segunda hija, creía que también le correspondían. Cuando su prima llegó en su viaje de luna de miel, con una maleta llena de ropa nueva para Isabel y para ella, a la alegría inicial la siguió un segundo sentimiento, lacerante y mucho más puntiagudo: saber que, más allá de la vanidad que la caracterizaba, jamás tendría una buena oportunidad para vestir aquellas prendas tan elegantes.

En cuanto a Ana, tan igual a ella, a la que quería tanto, sentía cierto resentimiento hacia ella por su nuevo aspecto, por sus aires de señora, por aquel empleo que no necesitaba pero le aportaba independencia y por el marido médico del que Manolo le había hablado tanto en sus cartas y con el cual no le habría importado a ella casarse, aunque estuviera en la cárcel, con tal de poder ir a la capital y empezar una nueva vida.

Quizá por eso, cuando Ana lo presentó y su madre le preguntó si era médico y él le dijo que sí, que trabajaba en la embajada británica, Chelito no pudo evitar agregar que era «el que había estado en la cárcel». Ella, que tan mala suerte había tenido, ni siquiera fue capaz de disfrutar de las pequeñas victorias, pues en su interior albergaba, pese a todo, un resquicio del carácter de su padre. Ana la fulminó con la mirada y apenas le dirigió la palabra el resto de la tarde, y su prima casi agradeció el sentimiento de culpa que la invadía.

—¿Y tu hermano? —insistía la madre—. ¿Sabéis algo más de él?

—Volverá a casa una vez lo estabilicen en el hospital militar.

La mujer asintió. Desde la caída de Stalingrado, apenas se hablaba del paso de la División Azul por el frente, que meses atrás había ocupado las columnas de todos los periódicos. La actitud de Franco respecto a la guerra en Europa parecía haberse templado con aquella derrota que los diarios solo mentaban de forma velada, y los voluntarios habían pasado de ser el orgullo de la nación a una nota al pie de página en los libros de historia.

—¿Son muy graves sus heridas?

—No estamos seguros.

—En sus cartas dice que la bala no le seccionó la columna —agregó Jorge—, y eso es buena señal.

—¿Y cómo está llevando el fallecimiento de su esposa?

Ana se humedeció los labios. Por debajo de la mesa, tomó la mano de su marido.

—No lo menciona —musitó—, pero sabemos que tiene constancia de ello.

—Pobrecito mío. Vais a tener que cuidarlo mucho cuando vuelva.

Por la noche, en la habitación de invitados en la que descansarían antes de emprender el viaje de vuelta a Madrid, Ana pensó en lo afortunada que era por tener a su marido. Se abrazó a aquel cuerpo que adoraba y que ya no tenía secretos para ella, pues lo había explorado entero, y apoyó la cabeza en su pecho para escuchar los latidos de su corazón. Jorge sonrió y le dio un beso en la frente, y ella se acurrucó más junto a él.

Aquella casa, que no había cambiado en lo más mínimo desde que la había abandonado cuatro años atrás, siempre conservaría los olores y los colores de la guerra, las manos sucias de escarbar la tierra, la ventana a la que no se asomaban para no ver a los presos asturianos en la playa, la radio que solo daba malas noticias, los vecinos a los que se llevaban en mitad de la noche y cuyos nombres no volvían a repetirse, el invierno helado de 1938.

Ella había pasado el conflicto en Galicia, y él, de hospital en hospital. Inés había sobrevivido a aquellos años oscuros en la familiaridad de su propio hogar y Ana no comprendía cómo había podido volver a dormir allí sin escuchar de nuevo los estallidos de las bombas, sin que la invadiese de nuevo el pavor a las ametralladoras y a aquel mañana que no estaba garantizado.

A Inés, que en su serenidad había sido mucho más valiente que ellos dos, la echaba de menos más que nunca. Por primera vez, al pensar en ella no la consumía la tristeza, sino el enfado. Su amiga había tenido muy mala suerte y había soportado todos los golpes sin protestar; jamás se había quejado, cuando tenía todo el derecho de hacerlo, cuando le robaban algo más, cuando ni siquiera la salud la acompañaba, cuando su juventud se marchitaba ante ella en el momento en el que más debía haberla disfrutado.

Félix regresó a casa con los primeros resquicios del verano madrileño. Su bienvenida, en la misma estación que lo vio marchar, careció de la pompa y boato del comité que los había ido a despedir, a él y a sus compañeros, dos años atrás. De la Falange no acudió casi nadie, solo un par de camaradas que habían trabajado mano a mano con él en Propaganda y Prensa, quienes le aseguraron que su puesto lo esperaba una vez se hubiese recuperado por completo, y la acogida de la familia fue agridulce. Teñida del luto por Inés, la alegría de su llegada estaba ensombrecida también por la angustia que habían sentido tras la guerra.

Fue a Chamberí de inmediato, sin pasarse antes por la oficina ni por el bar en el que solía brindar con los compañeros. No quiso que ni su padre ni Jorge lo ayudasen a subir; lo hizo él solo, apoyado en el bastón y en el pasamanos.

Rechazó la copa que le tendía su madre, y también el café que le había preparado Asunción y las galletas que Manolo había traído de Portugal. Lo observaba todo de la manera en que lo hacen los borrachos o los enfermos infecciosos: aquel apartamento, en el que había vivido toda su vida, con las dos guerras que lo habían llamado como única interrupción, le resultaba extraño, ostentoso, un chiste malo que se había cruzado en su camino para humillarlo.

Ante la presencia asfixiante de su madre, que intentaba abrazarlo de nuevo, masculló:

—Quiero echarme un rato. El trayecto en tren me ha mareado.

—Hay que ponerte la inyección para el dolor —tanteó doña Basilisa.

Félix la ignoró.

—Que lo haga Jorge. —Entornó la mirada—. Es el médico de la familia, ¿no?

El dormitorio lo dañó con su descaro. Las persianas, de tela granate, filtraban la luz de la tarde de modo que esta caía como una lengua de lava sobre la cama de matrimonio, en la que Jorge lo ayudó a sentarse. Sobre la coqueta y en su mesilla, la de la izquierda, todavía había cosas de Inés, y habría tirado todos sus libros de la estantería, si hubiese tenido fuerzas, para no tener que verlos cada mañana. Con el olor, sin embargo, no había nada que hacer. Lo impregnaba todo, aquellas notas florales que él tantas veces había aspirado en su pelo o su piel, y que en ese momento ni el aroma químico de las cremas y los medicamentos lograba aniquilar.

—Deberías haber llamado a tu hermana —le dijo Jorge, tras desinfectarle la zona con alcohol—. Según dicen, los médicos no somos buenos enfermeros.

Félix levantó la barbilla para dirigirse a él. Su mirada caía pesada, el cariz rojizo del iris carecía de la calidez característica de los tonos castaños; la pena y la guerra lo habían ensombrecido.

—¿Crees que el dolor de las inyecciones puede molestarme?

Jorge no le contestó. Al dejar la jeringuilla usada sobre una toalla limpia, tomó de nuevo la radiografía de la espalda de su amigo y la estudió contra la luz del sol. Con el índice seguía la línea de columna, intacta y blanca; si la bala hubiese impactado un par de milímetros más a la derecha, los daños le habrían causado una parálisis total de cintura para abajo.

—Dentro de lo malo, has tenido suerte —opinó—. Con terapia física y paciencia lograrás recuperar la movilidad al cien por cien. Controlando los dolores, hasta podrás jugar al tenis como antes.

Félix arqueó una ceja. Las comisuras de los labios, elevadas, no mostraban complicidad ni diversión, sino un sentimiento mucho más oscuro, que le oprimía el pecho.

—¿Piensas de verdad que he sido afortunado? —Las aletas de la nariz le temblaron—. ¿Dónde está mi mujer? ¿Crees que puedo mirarte a los ojos y hablar contigo como si no fuese culpa tuya que hubiese caído enferma? Deberías haber muerto tú en su lugar.

Jorge dio un paso atrás, como sorprendido por el golpe recibido. Los ojos, oscuros y acuosos, no se separaban de Félix.

—Eso no voy a discutírtelo.

—Ella era el único sueño que aún conservaba. La Falange ha perdido el rumbo y ya no tengo energías para intentar encontrar en ella los preceptos de José Antonio. La guerra..., los alemanes nos han vendido, nos han usado como carne de cañón y ahora tanto ellos como Franco nos abandonan. —Estiró los labios—. Inés está muerta por mi mano también; no debí haber intercedido nunca para que te diesen el indulto ni para que tu condena fuese lo más leve posible. Al final, mataste a mi mujer con la enfermedad que contrajiste en la cárcel, por unos pecados de los que no has sido absuelto porque ni te arrepientes de ellos. No habrá expiación posible para ti, y para mí tampoco, pero el tiempo nos pondrá a los dos en nuestro lugar. ¡Tráeme a mi hermana!

Jorge estudió su expresión un par de segundos más. La sensación cálida que le subía al pecho hasta dañarlo no tenía su origen en el enfado o en la pena, sino en el alivio de saber que alguien más había llegado a la misma conclusión horrenda que él: aquella culpa que le arañaba los huesos y le impedía dormir por las noches, por muy fuerte que se abrazase a su mujer, estaba justificada.

Ellos, que habían crecido como hermanos y a los que la guerra y la política habían colocado en bandos distintos, estaban igualmente condenados y no conocerían el perdón.

Salió del dormitorio aún pálido, agitado, y con la turbación se le olvidó llevarse consigo la jeringuilla usada. Apenas tomó a Ana del brazo para atraerla hacia sí, le susurró al oído que su hermano quería verla.

Ana había estado muchas veces en la habitación de Félix, antes incluso de que él contrajese matrimonio con Inés, y no sentía pudor alguno. Debido a la escasa diferencia de edad, apenas dos años, don Ricardo y sobre todo doña Basilisa habían insistido en educarlos de la misma manera. Habían sido compañeros de juegos primero y pareja de tenis después; si Ana hubiese tenido la paciencia necesaria para el ajedrez, lo habría acompañado en eso también.

Cuando Félix estaba soltero, Ana se había tumbado en su cama infinidad de ocasiones para oírlo hablar de Inés, y aquellas peroratas con frecuencia culminaban en una única petición: que ella le echase un cable con la chica que no lograba quitarse de la cabeza.

En ese momento Ana lo observaba, tumbado en la cama, con mal color, unas ojeras oscuras como posos de café y un resplandor grotesco en los ojos cuyo significado era incapaz de discernir. Solo el pelo, tan engominado y peinado como siempre, le recordaba al hermano que se había ido a Rusia.

—Jorge me ha dicho que llamabas —susurró.

El impacto le impedía acercarse más a la cama. Se había quedado en pie, con las manos a la espalda, y solo se sentó en la silla cuando el enfermo se lo indicó con un gesto.

—Veo que todavía llevas el anillo de casada.

Ana fingió ruborizarse.

—No lo digas tan alto. Si alguien me hubiese dicho hace diez años que sería tan feliz con Jorge Márquez, probablemente le hubiese pegado un tiro. A él o a mí.

Félix no le siguió la broma. Mortalmente serio, se limitó a alzar una ceja.

—¿Lo amas?

—Sí —respondió ella, casi sin pensar.

—Pero no estabas enamorada de él cuando te casaste.

Ana le sostuvo la mirada. Trataba de comprender, de leer un significado más en aquel fulgor rojizo que antes conocía tan bien, pero fue incapaz.

—Ya sabes que no me gusta hacer las cosas a derechas —repuso arrastrando las palabras. Intentaba ganar tiempo para bucear más en aquella expresión inabarcable—. La gente suele enamorarse primero y casarse después. Yo le he dado la vuelta.

Félix ladeó la cabeza.

—¿Todavía quieres a Imre de Hevesy?

—No creo que nunca pueda olvidarme de él.

Él asintió. Con la caída de la tarde, una sombra se cernía sobre su rostro afilando unos rasgos que la pérdida de peso causada por el luto y la convalecencia ya habían mutado. Ana tampoco pudo descifrar aquella mueca terrible, aquel cambio, mientras reflexionaba sobre su siguiente aseveración.

—Somos iguales, tú y yo, y nos hiere la misma flecha. Mi mujer ha fallecido. —Un temblor lo recorrió—. En el Frente del Este, el Ejército Real Húngaro utilizaba a los judíos como carne de cañón, para que hiciesen el trabajo sucio en aquel lugar inhóspito y hostil. Sé de buena tinta que cuando se retiraron fusilaron a muchos para no tener que hacerse cargo de su traslado, y que prendieron fuego a un hospital judío por los mismos motivos.

Ana, que se había puesto en pie, como azotada por esta revelación, dio un paso atrás. Algo frío y con garras se removía en su estómago.

—¿Qué tiene que ver eso con Imre? —Félix no le respondió, se conocían a la perfección y no hacía falta—. Me dijiste que le habías ayudado a cruzar la frontera.

—Es cierto que fue él quien pidió una conferencia el día de la pedida de mano, pero colgué el teléfono en cuanto le reconocí la voz.

Ana tomó aire. Atacada por fuertes sacudidas, incluso la respiración era entrecortada, enferma, débil.

—No te creo. La pérdida de Inés te ha vuelto loco y solo quieres hacerme daño.

No fue preciso que Félix pronunciase palabra alguna para que ella, al fin, descifrase el significado que ocultaba su expresión. En las partidas de ajedrez, siempre llegaba el momento de no retorno en el que anticipaba el jaque mate de su hermano, inevitable, y en ese momento tenía una sensación parecida.

Las manos, que habrían podido alcanzar el teléfono que Asunción le había tendido de haberlo sabido, le cosquilleaban. Dentro de ella bullía un sentimiento fuerte, molesto y asfixiante, que ardía. Habría sido capaz de golpear a Félix con sus propios puños si al alzarlos la fuerza hercúlea que el ataque requeriría no la apabullase, y si no temiese alertar a los demás con el ruido. En su lugar, tomó una de las dos almohadas y se la arrojó a la cara.

—¿Cómo has podido? ¿Cómo has podido?

La suya era una ira que debía contenerse en aquellas paredes que habían sido tan familiares y en ese momento la oprimían con su corporeidad; no quería que ni Jorge ni sus padres oyesen la discusión. Las lágrimas, que se aguantaba para no darle a Félix la satisfacción de una victoria, le impedían respirar con normalidad.

—Por ti, hermanita.

Su lealtad, Ana comprendió, no era la de los perros, sino la de los lobos: violenta, primaria, animal. Como un veneno, dañaba y aniquilaba a aquel que amenazase la felicidad del ser querido sin horrorizarse por los medios porque el fin siempre los justificaba.

—Eres una bestia —masculló, y se aferró al respaldo de la silla para evitar la tentación de usar las manos para tirarle del pelo, arañarlo o atacar a su hermano de cualquier manera.

Incluso entonces, convaleciente, él era más fuerte que ella y podría haber sorteado todos los golpes.

—Ahora sabes cómo me siento —repuso él.

—Eres una bestia —repitió mientras se levantaba—. Menos mal que Inés no está aquí para ver en lo que te has convertido, porque ni siquiera ella sería capaz de intentar comprenderlo.

Al salir sintió que desfallecía, pero logró fingir un mareo, causado por la preocupación que sentía por su hermano, ante sus padres. Jorge, por suerte, ya se había ido al apartamento de Margarita Taylor, donde siempre lo requerían. A él habría sido más difícil convencerlo.

XIII

Llegó a casa con las rodillas temblorosas y empapada en sudores fríos. Se encerró en el dormitorio, de inmediato, y rompió a llorar sobre la almohada. Todavía conservaba una foto de carnet de Imre en un medallón que nunca se ponía; al abrirlo para observarla, se dio cuenta de que los rasgos de aquel hombre al que no había visto en ocho años seguían frescos en su memoria. La nariz, de tabique tan recto que recordaba a las estatuas de la Grecia clásica; los ojos, del más imposible de los grises, que en las instantáneas parecían refulgir con luz propia; los labios carnosos que siempre se abrían para dar paso a unos dientes frontales prominentes y blanquísimos. Aún podía recordar el fantasma de sus caricias en el cuerpo, si se esforzaba, y esa sensación era tan nítida que incluso podía enumerar las diferencias con Jorge.

Jamás podría olvidarlo y a partir de entonces, tras aquella muerte violenta, la herida permanecería siempre abierta. Ni siquiera el dolor de Félix podía consolarla, ya que ella también lo sentía, e Inés tampoco volvería para abrazarla y consolarla.

Al oír que Pepita llamaba a la puerta, cerró el medallón, lo escondió bajo la almohada y le indicó que entrase. La mujer, que traía consigo la bandeja del desayuno con una taza de valeriana, apenas la observó un instante antes de preguntar:

—¿Está muy mal el señor Félix?

Ana sacudió la cabeza y se secó las lágrimas con el dorso de la mano.

—No, está bien, no es eso.

Pepita estiró los labios. Mientras apartaba las fotografías de la mesilla de noche y colocaba la bandeja con la valeriana, repuso con delicadeza, casi con cariño:

—Ya. Ya sé qué es lo que tienes, bonita.

Una arruga creció en el cejo pálido de Ana.

—¿Sí?

La mujer afirmó con un gesto.

—Es que me he dado cuenta de que has vuelto a sangrar después de dos faltas. —La abrazó—. ¡Ay, pobrecita mía! La de veces que me pasó a mí lo mismo y mira ahora el hijo tan hermoso que tengo. Los dos sois jóvenes y estáis fuertes..., ya verás cómo enseguida te vuelves a quedar.

Ana notó las manos de Pepita sobre ella sin llegar a sentirlas. El luto por Inés y la preocupación por las misiones a Galicia la habían absorbido tanto que ni siquiera se había dado cuenta de esa interrupción en su periodo; aquella nueva pérdida, unida a las otras dos, la adormeció.

—¿Lo sabía tu marido?

—No. No me había dado tiempo a decírselo.

—¿Quieres que se lo cuente yo cuando vuelva? Estos secretos es mejor no guardárselos, porque luego te ve triste y no sabe por qué.

Ana se humedeció los labios.

—Sí, por favor. Yo... no me veo capaz.

—Claro, pobrecita. Anda, tómate la valeriana que yo voy a prepararte ese arroz con leche que te gusta tanto.

Ana no oyó a Jorge la primera vez que entró en casa; el llanto la había agotado hasta envolverla en un sueño profundo, agitado, en el que los recuerdos del verano de 1935 volvían a ella y la azotaban con su descaro. La segunda vez fue consciente del ruido metálico de las llaves, de los saludos a Pepita y a doña Consuelo, de los pasos que se aproximaban y, finalmente, de los nudillos que llamaban con cuidado a la puerta.

—Estoy despierta, pasa.

Llevaba un paquete de confitería en las manos y lo depositó sobre la cama al sentarse a su lado, junto al *ABC* del día que sujetaba bajo el brazo. Cuando la besó en la frente, se detuvo un par de segundos más de lo habitual; la mano que la acariciaba estaba tan cálida que parecía irreal.

—Te traigo pasteles, guapa —le dijo, y a continuación señaló el periódico con un movimiento de las cejas—. Y buenas noticias.

—¿En el *ABC* las hay? ¿Para nosotros?

Jorge la besó otra vez.

—Anda, ábrelo.

Obedeció. Tras descartar la portada, comprobó que el resto de las páginas no se correspondían al diario nacional por excelencia, sino a uno de tantos periódicos ingleses que la embajada custodiaba. Ana se volvió hacia él.

—¿Estás loco? ¿Y si te hubiese pillado un guardia con esto? Con tus antecedentes...

Él le dio un tercer beso, más lento y más dulce que los dos anteriores.

—No te angusties por algo que no ha pasado. Mira, algo de lo que el NO-DO no va a informar abiertamente: los aliados acaban de desembarcar en Sicilia. Si esto sale bien, Mussolini podría tener los días contados.

Ana contempló esa posibilidad durante unos instantes. Pensaba en la carta que le había escrito Imre, en los camisas negras que había visto en Trieste, en Guernica, y en los bombardeos que habían asolado Madrid. Sabía que, para Jorge, aquello significaba incluso más que para ella. No solo el fascismo, que parecía invencible, acababa de recibir un ataque de muerte, también los italianos, aquellos cuyos ataques aéreos habían aterrorizado la ciudad, sangraban con el filo de aquella espada.

Consiguió sonreír.

—Sí que son buenas noticias.

—¿Ves? Todavía las hay, incluso para un escéptico como yo.

Retiró el papel de la confitería y, antes de que ella pudiese decir nada, le tendió uno de los pastelitos de fresa.

Ana arqueó las comisuras.

—¿Cómo sabías que eran mis favoritos?

—Porque me he fijado en que los agotabas enseguida en todas las fiestas de cumpleaños.

—Y tú los de crema y los de chocolate.

—Ya te he dicho que soy muy goloso —terció mientras mordía uno.

—E Inés los de nata.

—De Chantilly.

Con un dedo le manchó la nariz con aquel dulce blanco. La otra mano le acariciaba el vientre, vacío, que había albergado algo que les pertenecía a los dos y que ya no existía.

XIV

El capitán Farkas había cumplido con su palabra, pese a todo. Con la retirada del Segundo Ejército, y la reestructuración del batallón disciplinario, Imre de Hevesy no fue enviado a Ucrania ni a Serbia, junto con el resto de sus compañeros, sino a Budapest, como de vuelta al remitente.

Incorporado a un grupo de trabajadores forzados privilegiados, la mayoría de ellos, como él, célebres por las hazañas de su vida anterior, o amigos cercanos de algún mandamás del ejército, debía restaurar las carreteras y las vías de la ciudad.

Para no comprometerlos, y porque su matrimonio había sido declarado nulo, no visitaba ni a su mujer ni a su hijo en el único día libre al mes que le correspondía. Si trabajaba en el barrio, en el lado Buda de la ciudad, se conformaba con ver a lo lejos a aquel niño que cada vez se parecía más a su madre y menos a él, caminando de la mano de la criada. Se consolaba pensando que madre e hijo no tenían nada que ver con él y que su destino no podía herir al pequeño. Los kilos ganados durante el embarazo habían otorgado cierta belleza a Rezeda, y este cambio físico reflejaba la madurez causada por las pérdidas y las tragedias. Siendo ella aún joven y rica, quizá no le costaría casarse de nuevo y entonces él sería solo una mancha en la historia de una familia cristiana y decente.

Con la renovada proximidad, su madre lo veía cada domingo que él tenía libre y le prodigaba todas las atenciones de las que había carecido cuando se encontraba en el frente. Se había llevado un disgusto mayúsculo al enterarse de que la ropa de abrigo que las familias mandaban a los miembros del ejército no se entregaba a quienes realizaban trabajos forzados; en consecuencia, y a pesar del asfixiante verano magiar, le tejía jerséis y bufandas para el invierno, que llegaría sin pedir permiso. Imre aún guardaba la primera carta que había recibido de ella, cuando estaba destinado en la frontera y Vorónezh y el Don eran solo puntos en un mapa. Durante meses le había dado las fuerzas necesarias para continuar, y en ese momento eran las manos de la madre las que apretaban las suyas como si aún pudiesen curarlas de la congelación de Rusia.

> Cuídate de no coger un resfriado. Si las botas te están grandes, pon un gorro dentro de ellas; el que te mandé es grueso y calentito. Me estás pidiendo muchas cosas que te llevaste contigo, ¿a lo mejor las has perdido?

A veces veía a la hermana del capitán Farkas, ataviada no con el uniforme de esgrima de las clases, sino con la capa de enfermera. Ella lo observaba como se hace con los condenados o los enfermos graves contagiosos; jamás cometía la insensatez de saludarlo y dejar entrever que conocía a un trabajador forzado, pero con aquella mirada bastaba, y él esperaba poder comunicarle también su agradecimiento.

El 26 de julio, los españoles antifranquistas se despertaron con la noticia de que Benito Mussolini, el Duce, el gran padre del fascismo italiano, había sido arrestado. Incluso los conservadores y moderados como don Ricardo y doña Basilisa veían en esa destitución, que culminaba con el retorno del rey Víctor Manuel III, un rayito de esperanza para los españoles; quizá, si tenían paciencia, lo mismo les ocurriría a ellos.

Para Ana, sumida en el pozo negrísimo del luto, aquel arresto simbolizaba la alegría. Besó a Jorge en el pisito de Manolo, sin pudor alguno por hacerlo en presencia de sus compañeros, y no se detuvo hasta que notó el sabor de la saliva de él en la lengua y la nube de su perfume la envolvió.

Manolo descorchó una botella de vino y le dio un trago a morro antes de que se la fueran pasando de camarada en camarada. Eran un grupo pequeño, formado por ellos dos, Susana Rubín y el conde de Albiz, todos flotaban en una felicidad tan líquida que casi podían beberla.

—¡Le vamos a dar *pal* pelo! —exclamaba Manolo, con voz ahogada por la música del gramófono—. ¡*Pal* pelo al fascista!

En medio de aquella excitación, ni Ana ni Jorge pensaban en el carácter vengativo de Félix, que los culpaba de la muerte de Inés. Por las noches, cuando dormía, los recuerdos de Rusia le roían los huesos y sus gritos podían oírse sin problemas desde el apartamento de los Márquez; de día, sobre todo durante la terapia y cuando Jorge le inyectaba la morfina, era un déspota, sus comentarios, hirientes, no conocían el descanso, y a Ana cada vez le costaba más encontrar al hermano que había sido su confidente, al que adoraba, en aquel hombre cansado y derrotado.

Una pérdida tras otra. Junto a ellas, ceñía aquella pequeña victoria como una corona, como un anillo a su medida.

Mussolini, cuyos camisas negras habían marchado orgullosos bajo el balcón de Imre en Trieste, culpable del derramamiento de sangre de tantos españoles inocentes, había sido arrestado. *Fiat voluntas tua, sicut in caelo et in terra.**

Dos semanas y media después, Ana y Jorge fueron al cementerio con la noticia esplendorosa de que Sicilia, tras la evacuación de los contingentes alemanes e italianos de la isla, se encontraba enteramente bajo control aliado. Querían contárselo a Inés, que tantas veces había temblado ante el rugido de la aviación fascista y rezado por la seguridad de su hermano en el hospital. Ni siquiera las flores, que Félix le cambiaba cada lunes, les molestaron.

Con aquella felicidad que ella no podía experimentar, el aguijón de la muerte escocía más que nunca. Ansiaban poder celebrar-

* «Hágase tu voluntad en la tierra como en el cielo» (padrenuestro).

lo con ella, abrazarla y susurrarle al oído las palabras que Manolo repetía siempre, como una oración o la canción de nunca acabar: «Esta guerra sí la vamos a ganar». Nunca se preguntaban a qué «nosotros» pretendían pertenecer, ni qué ocurriría con ellos tras aquella victoria, puesto que jamás habían catado nada parecido. Hartos de morder el polvo, la gloria se les atragantaba. Quizá Dios, como a Adán y Eva del paraíso, los había desterrado.

El 8 de septiembre, Ana le hizo el amor a su marido con el anuncio de la capitulación de Italia de fondo. Exploró aquella piel, que ya podía leer en braille, con una curiosidad escondida bajo la timidez y el miedo de la primera vez en Torrijos. Le acarició el vientre con el dedo corazón, y al inclinarse a besar el sexo y notar el roce del vello en los labios pensó que quizá había un futuro para ellos, pese a todo. Quizá las personas que habían sido durante la República despertarían de aquel largo sueño y volverían a habitar sus cuerpos, endurecidos por las enseñanzas de los años pero aún lo suficientemente tiernos.

Aunque jamás se habría publicado en los medios del régimen, el pánico inundó la Falange tras la caída del Duce. Félix, aún convaleciente, supo leerlo en la expresión angustiada de los rostros de los camaradas que lo visitaban, en sus movimientos temblorosos y poco certeros. De noche, en el despacho, hasta el que se desplazaba solo desde su habitación como parte de la rehabilitación, se distraía descargando, limpiando y volviendo a cargar su revólver.

No le quedaba nada. No reconocía en la Falange el movimiento al que se había apuntado cuando este aún era clandestino; poco quedaba en el partido de los veintisiete puntos de José Antonio que él había memorizado como un credo y que enumeraba mentalmente en Rusia para desensibilizarse ante los horrores que lo rodeaban. Con la destitución de Mussolini, el sector monárquico se había enardecido. En la calle se habían repartido octavillas ensalzando la figura de don Juan, e incluso personas cercanas al régimen veían en Italia una advertencia atroz.

Nada permanecía, tampoco, de los únicos tres amigos que había considerado íntimos. Luis había caído sin gloria, víctima de un accidente casual, y no de la destreza del enemigo en el campo de batalla, como habría preferido; de Imre tenía también constancia de que había muerto o lo haría pronto, pues eso le habían dado a entender los húngaros que había conocido en el hospital, que hablaban bastante bien el alemán; de Jorge, la espina que siempre tendría clavada, solo podía esperar que pronto pagase de nuevo por sus crímenes, pues el último pecado cometido no admitía posibilidad de redención alguna.

Tiro de gracia

Marzo de 1944 - mayo de 1945

Alrededor de tu piel
ato y desato la mía.
Un mediodía de miel
rezumas: un mediodía.

¿Quién en esta casa entró
y la apartó del desierto?
Para que me acuerde yo,
alguien que soy yo y ha muerto.

Miguel Hernández

I

El 19 de marzo de 1944, los alemanes desfilaron por Budapest. Era una mañana gris y oscura, el frío de finales del invierno todavía calaba hasta los huesos, y las tropas del Reich, a pie o sobre sus motocicletas, marchaban frente al castillo de Buda y al bastión de los pescadores. Al término de tantos debates políticos y de tanta exasperación, Alemania había ocupado Hungría.

Tras meses y años bailando en el filo más delgado de una navaja traicionera, la Cruz Flechada, el partido fascista húngaro, había pasado de la clandestinidad al más poderoso y desolador de los auges.

Al observar aquella marcha fúnebre gloriosa, Imre pensó en Péter Zoltán y en los camaradas del batallón disciplinario del Don. En el infierno blanco, todos coincidían en que habrían preferido mil veces estar bajo el mando de un alemán que de un compatriota; los germanos los odiaban por su sangre, sí, pero la repulsa de los magiares era mucho más profunda, personal y rabiosa. Solo un húngaro como ellos, pensaba Imre, podía disfrutar observando las horas que tardaba un cuerpo colgado a un árbol en congelarse, o los hombros en dislocarse, porque la patria también los había castigado. Es la ley del perdedor: cebarse en alguien más débil, más pequeño, y catar cierta victoria al roer sus huesecillos.

Un solo miedo lo invadía, y era la Cruz Flechada. El sargento Jámbor (héroe de Hungría caído en el Don, según había oído, no sin cierta alegría) simpatizaba con sus ideas, así como lo hacían aquellos que administraban los castigos más ejemplares. Con la permisividad de las fuerzas de ocupación tendrían carta blanca para hacer lo que quisieran con los judíos del país: a Imre, entonces, ni el brazal blanco ni la medalla olímpica iban a salvarlo.

Félix tenía a su disposición, en todo momento, al menos tres dosis de morfina que Jorge le había preparado la noche anterior. Habría sido capaz de aprender a inyectárselas él mismo, pero disfrutaba de cierta sensación de control, del poder de reconocer la cadencia de sus pasos en la escalera y llamarlo a gritos, consciente de que él aparecería como un perro ante su dueño. Desde abril de 1939, su destino le pertenecía, pero no había disfrutado de ello hasta que regresó de Rusia.

En el despacho de la Falange tenía más trabajo que nunca. Tras el reconocimiento *de facto* del Gobierno títere que el Imperio de Japón había implantado en Filipinas, el país se encontraba en una de sus crisis diplomáticas más graves. Los aliados demandaban que España disminuyese las exportaciones de wolframio a Alemania hasta detenerlas por completo, para que el Eje no dispusiese de tan codiciado elemento, indispensable para la industria de la guerra. Puesto que la respuesta de España no había sido la esperada, el Gobierno de Estados Unidos había acabado por decretar el embargo de los suministros de petróleo.

Para garantizar la supervivencia del régimen en su día más crítico, con la espada de Damocles monárquica aún sobre él, era indispensable que la población no fuese consciente de los motivos que había detrás del embargo. Félix y los camaradas de Prensa, bajo la influencia del jefe de propaganda nazi Josef Hans Lazar, trenzaron las fibras del lienzo de la verdad hasta dar con una mentira favorable: el embargo no era más que una estratagema, resultado de las maquinaciones de los rojos en el exilio, para que España abandonase la neutralidad a favor de los aliados. La propaganda a favor del Eje se incrementó, tanto en la prensa como en la radio, el medio predilecto de Goebbels, pero todos los intentos fueron fútiles.

Bajo las presiones, las exportaciones de wolframio se redujeron hasta convertirse en un chiste y los últimos soldados de la antigua División Azul fueron repatriados.

Tras la ocupación alemana de Hungría, el número de refugiados magiares que llegaban a España en busca de asilo aumentó. Al contrario que al principio, la mayoría no eran hombres jóvenes, sino mujeres, adolescentes y personas de avanzada edad.

—A los varones en edad militar los utilizaban como mano de obra forzada en el Frente del Este —le explicó Manolo a Jorge.

Debido a la singular situación política del país, los judíos húngaros estaban mejor alimentados que la mayoría de los refugiados que llegaban de otros países de Europa. En consecuencia, obviando las enfermedades infecciosas que hubiesen podido contraer en el camino, los cuidados de Jorge se limitaban al mero campo psicológico, a la sensación analgésica de saber que otro ser humano les tendía la mano. Puesto que la mayoría apenas chapurreaba el inglés o el francés, Manolo, con sus nociones de alemán, hacía las veces de traductor.

Ese era el trabajo más duro de todos. Aquellas personas, que vomitaban palabras más que hablar, como si quisiesen desprenderse de ellas enseguida, contaban relatos propios del Infierno de Dante. Cuando llegaron los primeros, Jorge dudó de la destreza de su amigo con la lengua germana. A los demás los escuchó con la respiración entrecortada y todas sus energías fijas en no permitir que su expresión reflejase sus pensamientos verdaderos.

Algunos de los refugiados, que pertenecían a grupos de resistencia política, habían logrado introducir en el país información relativa al genocidio a gran escala que se estaba cometiendo en aquel continente que sangraba. Los informes, escondidos en papel de India, en viejos folletos de los Juegos Olímpicos de Berlín o en cajas de semillas de tomate, mostraban mapas de los campos de exterminio de Alemania y Polonia.

—Gas —le dijo a su mujer por la noche, al abrazarla en la cama—. Están matando a los judíos europeos con gas.

Como parásitos, como ratas, como alimañas que toman control de una casa.

Se aferró con más fuerza al cuerpo tembloroso de Ana, hasta sentir en la cara la fragancia que desprendía su cabello y le acarició el vientre, ya redondeado, cuyas formas se escondían bajo la ropa pero quedaban a la vista en la desnudez del lecho marital. ¿A qué mundo iban a traer a su niño? ¿Podría él perdonarles su egoísmo?

El siguiente día que se vio a solas con Manolo, en la intimidad del pisito de Trafalgar, lo abordó directamente, entre cigarrillo y cigarrillo.

—¿Planeas salir de España?

En esa familiaridad, no era Manolillo ni Lolo ni don Manuel, sino su camarada, con el que había congeniado durante la guerra, al que había ayudado a ocultar en el sótano de la farmacia de la calle Rafael Calvo hasta el día del desfile de la victoria. Eran tan jóvenes..., en ese momento de aquellos planes ya no quedaba nada.

Manolo lo estudió en la penumbra. Alumbrado por la luz naranja del cigarrillo, Jorge se parecía más al Marquesito de veintitrés años del que se había hecho amigo en el hospital, que al hombre de treinta que tenía delante.

—Sí, en cuanto tenga la oportunidad. —Dio una calada—. Mal que me pese, los escépticos teníais razón: Franco está jugando con dos barajas distintas para asegurarse su lugar en El Pardo, gane quien gane la guerra.

Podría haber seguido, abandonándose al ejercicio catártico de lamerse las heridas, pero Jorge no se lo permitió. Tras una breve pausa, en la cual golpeó la mesa con los nudillos, más para llenar el silencio mientras ordenaba sus ideas que por hastío, musitó:

—Cuando nazca, ¿te llevarías a Ana y al niño contigo? A mí, con mis antecedentes, no me dejarán cruzar la frontera, y no quiero poneros a todos en riesgo si intento hacerlo bajo una identidad falsa. Yo puedo ir después, una vez estéis a salvo.

Manolo ya no lo miraba. Sacaba los cigarrillos de la pitillera de plata de manera automática, casi obsesiva, para luego ordenarlos de nuevo. Tomó aire, la quietud pesaba.

—¿Estás seguro de lo que me estás pidiendo?

—Muy seguro. Me pondré de rodillas, si es necesario.

Manolo sacudió la cabeza.

—No lo es. No te preocupes, no será más difícil de lo necesario, teniendo en cuenta que Ana y el hijo que vais a tener están emparentados conmigo.

Jorge notó que el aire se condensaba en sus pulmones. Con los ojos cerrados y el cigarrillo cada vez más consumida, asintió.

—Gracias. ¿Vas a llevarte a Susana y a tu hijo?

—Ella se niega a casarse conmigo. Por lo legal será imposible sin ese papel, y de otra manera demasiado arriesgado, tal como están las cosas. Y sin su madre no puedo sacar al niño de España, es un expósito y no lleva mis apellidos. —Forzó una sonrisa—. Ni tú ni yo somos hombres de los que se casan y tienen hijos, viejo. Nos lo hemos pasado bien fingiendo, pero la vida es tan puñetera que siempre pone a cada uno en el lugar que le corresponde.

II

El 3 de abril comenzaron las oleadas de bombardeos masivos en Budapest. La aviación norteamericana asolaba la capital húngara noche sí y noche también. Las icónicas luces de neón que alumbraban Pest con sus anuncios se apagaron, las ventanas se tintaron, el aspecto de la ciudad empezó a mutar y el trabajo de Imre se triplicó.

Los sargentos a cargo del batallón disciplinario, humillados por las derrotas y conscientes de que la ocupación no cambiaría el final de la historia, castigaban a los hombres a placer. Los acusaban de colaborar con los aliados haciendo señas con espejos a los bombarderos que sobrevolaban Budapest cada noche.

Una mañana de mediados de mes, mientras reparaba los daños causados por la aviación en el puente Erzsébet, que conectaba ambos lados de la ciudad, Imre se fijó en una figura extraña que caminaba hacia él. Ataviada con un uniforme del Ejército Real Húngaro bastante gastado ya, símbolo de cierto estatus, se movía penosamente con la ayuda de un bastón de aspecto más señorial que terapéutico. Su piel era morena, y el pelo, negrísimo. Como estaba algo más delgado de lo que recordaba, Imre no lo reconoció hasta que el hombre se quitó las gafas de sol, al estilo aviador.

De no haber temido una represalia, habría tirado las herramientas de trabajo al suelo para recibir con cariño al recién llegado.

—¿Capitán Farkas?

—Lo que queda de él.

Su voz pastosa arrastraba las palabras, por lo que Imre necesitó repetirse mentalmente la frase para comprenderla. En ese instante de silencio, el joven capitán le hizo un gesto al sargento, y este asintió. Incluso allí, con el cuerpo maltratado y enfermo, tenía aún la potestad de arrancar a un trabajador forzado de su obligación.

Con otro movimiento tembloroso de la mano que tenía libre le indicó a Imre que lo acompañase. Lo llevó al pie del puente, a la diminuta tienda de campaña que los soldados habían dispuesto para descansar mientras los hombres del batallón disciplinario trabajaban. Tras sentarse con un esfuerzo hercúleo, le tendió a Imre un cigarrillo.

—Espero que no seas muy nacionalista con el tabaco —le indicó. Tenía el lado izquierdo de la cara paralizado y no se movía cuando hablaba—. Son eslovacos.

Imre ladeó la cabeza.

—Ya conoces el refrán, «A caballo regalado, no le mires el dentado». —Dio una calada—. Me alegro de verte, creía que habías caído en el Don.

—Casi. Tengo la cabeza muy dura, en el infierno ya he estado y en el cielo entiendo que no me han querido recibir. —Inspiró—. Yo también me alegro de verte.

—Todo gracias a ti.

Farkas hizo una mueca.

—No guardo muchos recuerdos del frente, así que me fiaré de tu palabra y me anotaré ese tanto. —Se pasó la lengua por los dientes—. Sabes que ahora ni tú ni nadie que tenga tu sangre está a salvo en Hungría, ¿no?

Había bajado la voz, por lo que Imre tuvo que inclinarse un poco para oírlo. En la tienda de campaña estaban solo ellos dos, y con el calor de la primavera el olor a sudor era asfixiante. Imre se avergonzó de aquel líquido negruzco que se le pegaba a la frente, de sus manos deformadas por el frío, de sus ropas harapientas.

—Sí.

—¿Tenías un hijo pequeño?

—Sí, era un bebé de meses cuando me reclutaron. Su madre es cristiana.

—Entonces no nos preocuparemos por él. Tú —dijo señalándolo con el pitillo encendido— tienes que abandonar el país cuanto antes.

—¿Cómo?

—Todavía me quedan algunos amigos de antes de la guerra, eso es todo lo que debes saber por el momento. ¿Confías en mí?

Imre bajó la cabeza. Hasta su encuentro en el Frente del Este, apenas había cruzado un par de frases con el condesito Batthyány. Al contrario que sus hermanos, no practicaba la esgrima, sus visitas al gimnasio eran contadas, y en ellas rara vez se había dirigido a Imre.

—¿Por qué quieres ayudarme?

—Porque aprecio y respeto el trabajo que desempeñabas antes de la guerra y la medalla que ganaste. Sería una humillación para Hungría aniquilar a uno de sus talentos más brillantes.

—Será arriesgado, incluso para ti.

—No me importa. —Forzó una sonrisa—. Soy hombre muerto, De Hevesy. Los médicos me lo han dejado claro: en cualquier momento puedo sufrir una hemorragia o un ataque convulsivo fatal. —Bajó los párpados—. Los que os quedasteis en la retaguardia fuisteis afortunados, pese a todo. Yo jamás podré volver a mirar a un alemán a los ojos sin sentir odio, y ¿para qué? La batalla se perdió y se perderá también la guerra.

Ana oyó los bombardeos de Budapest en la radio del comedor, mientras bebía la leche caliente que Pepita le había preparado. Aunque ya no tenía que preocuparse por Imre, sintió una punzada, como una descarga eléctrica que la desarmaba. Pensaba en la señora De Hevesy, con su imponente altura, sus atuendos siempre a la moda, su corte de pelo al estilo bob y sus conocimientos de arte. Sin su marido y sin su hijo, la sangre que corría por sus venas le ceñía el cuello como una soga más.

Tras tantas pequeñas victorias que infundían ánimos en los amigos del Embassy, el Reich se había anotado un tanto, quizá simbólico pero absolutamente suyo, con la ocupación de Hungría. El castigo de los aliados a la población magiar no era más que otro cordero sacrificial en pos de los mil años de hegemonía prometidos.

Sin pensarlo, Ana se acarició la barriga. Estaba de cinco meses y el doctor Andrés le había aconsejado que guardara reposo. Ella, que nunca había sido vanidosa, se alegró al principio de su estado, y en cuanto percibió que el cuerpo le empezaba a cambiar retomó los paseos por el Retiro y los entrenamientos de tenis (ya nunca jugaba en parejas) hasta que le prohibieron el ejercicio físico.

La inactividad la angustiaba. Con el paso de las semanas veía más y más el embarazo como una discapacidad pasajera que la anclaba a casa, la mareaba y le impedía moverse con la misma agilidad que antes. Ansiaba el momento en que la librasen de aquello, y estaba convencida de que, si la gestación durase más de los nueve meses, acabaría aborreciendo a aquel niño que crecía en su seno, ajeno a los tiempos revueltos en los que había sido concebido.

Entretanto, su hastío hacia Félix aumentaba a medida que mejoraba la salud de él y el embarazo de ella progresaba. Él había vuelto a la Falange como el perro vagabundo regresa a la que un día fue su casa, pero ya nada lo ligaba al partido que un día había sido su razón de ser. Sin ilusión por el futuro y rechazado por los antiguos camaradas, a los que apenas comprendía (los verdaderos falangistas, decía, habían caído en el frente de Leningrado, una batalla perdida), su actitud hacia Ana y Jorge era tiránica. Sabía que una sola palabra suya podía hundirle la vida a su cuñado, que siempre cargaría con la cruz de los perdedores; en consecuencia, demandaba inyecciones de morfina incluso cuando no las necesitaba, únicamente para caer rendido ante aquel efecto analgésico. Entre los cuidados de Félix y las visitas de don Ricardo y doña Basilisa a su hija, la distancia entre el apartamento de los De la Torre y el de los Márquez nunca había sido tan corta.

—No escuches tantas noticias, que no es bueno para el niño.

La voz pertenecía a doña Consuelo, aunque la recomendación bien pudiera proceder de los labios de Pepita. Ana se volvió hacia ella y tomó la naranja que acababa de mondarle.

—¿Y qué quiere que escuche, entonces?

—No sé, ¿música? Cosas más alegres.

—¿Qué música escuchaba usted cuando estaba embarazada de Jorge?

Los labios pálidos de doña Consuelo se arquearon formando una sonrisa.

—Clásica: Bartók, Sibelius, Mahler..., pero sobre todo *ragtime*. Mi hermano me trajo de Estados Unidos unos discos de Scott Joplin que eran una maravilla. Espera, quizá Pepita sepa dónde los guardo...

En el Embassy se decía, en voz baja, tanto para no ser oídos como para no tentar a la suerte, que la victoria aliada ya no era un «si» sino un «cuándo». Mientras tanto, los alemanes, nerviosos, con la derrota en los talones, rondaban más que nunca la embajada británica. Las incursiones en Portugal se habían vuelto cada vez más raras, y las estratagemas para trasladar a los refugiados a Madrid, más complicadas. Con la amenaza de una detención pendiendo sobre sus cabezas, cada movimiento tenía que estar muy meditado.

Tras dejar la labor a un lado, doña Consuelo se levantó. Se encaminaba a la cocina, para buscar a Pepita, pero se detuvo en el umbral, con los ojos fijos en su nuera.

—Ana —dijo con suavidad—. Ana, estás sangrando.

III

Jorge llegó cuando el doctor Andrés salía de la habitación. Félix había ido a buscarlo a la embajada; su figura, entre tantos falangistas y espías alemanes que rondaban la zona, no llamó la atención. Al intentar aproximarse a la embajada, sin embargo, le denegaron la entrada, y hasta que corroboró su identidad y explicó cuál era la situación, los miembros de seguridad no accedieron a comunicarle la noticia a Jorge. Aun así, a Félix no le permitieron entrar en el edificio. Mientras aguardaba, el secretario salió por la puerta trasera rumbo al apartamento de Margarita Taylor, del que arrancó al joven doctor.

Con las idas y venidas, habían transcurrido casi dos horas. En el trayecto en automóvil desde la embajada a Chamberí, cubierto de un sudor frío que le pegaba la camisa a la piel, Jorge había perdido la poca paciencia que le quedaba y, al llegar a su casa, no trató de leer la expresión del médico. Este, sin embargo, tras tantos años de ejercicio, era capaz de adelantarse a las preguntas que aún no habían sido formuladas.

—Me temo que su esposa ha perdido al niño que ustedes esperaban. —Le puso una mano en el hombro, pero Jorge apenas la sintió—. Comprendo que como familia están pasando por un momento difícil y el estado anímico de su mujer podría explicar la pérdida, pero al tratarse del segundo aborto espontáneo que sufre, podría derivarla a consulta para descartar cualquier otro problema que impida que la gestación llegue a término.

Jorge se humedeció el labio superior. Por hacer algo, se pasó una mano por el pelo engominado.

—¿Cómo está Ana? —preguntó al mismo tiempo que Félix.

—¿Cómo está mi hermana?

El doctor los apaciguó con un movimiento de la mano.

—Bien, dadas las circunstancias, descansando. Necesitará guardar reposo, teniendo en cuenta las semanas de gestación y la sangre que ha perdido, pero, por lo demás, es joven y goza de buena salud, de modo que nada indica que la recuperación no vaya a ser total.

Aún dijo algo más, pero Jorge ya no lo escuchaba. Con aquella confirmación, que pudo completar con sus propias nociones de medicina, abrió la puerta para estar con ella y dejó al médico hablando con Félix.

Ana, al contrario que Inés, jamás había soñado con ser madre. Carecía, estaba segura, de ese instinto primario, y solo había deseado el embarazo para que existiese en el mundo algo que les perteneciese a Jorge y a ella, después de tantas pérdidas, algo que fuese una mezcla de los dos, que los sobreviviese, que preservase, como en ámbar, la alegría que habían sentido con la caída del fascismo en Italia.

Al sentir la mano de su marido en su vientre, aquel espacio cada vez más vacío en el que había albergado vida, se estremeció. Él la abrazaba, la apretaba más contra sí, y sus dedos se enroscaban en el pelo de Ana, aún húmedo y sudoroso por el esfuerzo.

—Hola, guapa. —La besaba en cada hueco, en cada centímetro de piel, como si con la ternura quisiese despertar aquella carne fría que temblaba. Ana, que ansiaba el calor que él desprendía, notaba la culpa en cada hueso—. Ya, ya… ya estoy aquí, estoy aquí contigo.

Ana hundió aún más la cara en su pecho, sin miedo a mojarle la camisa con las lágrimas. El suyo era un dolor que se astillaba, que crecía, como un tumor, que se pegaba a sus entrañas. No había tenido cuidado. Había hecho deporte y había trabajado en la embajada y en el apartamento de Margarita Taylor hasta que el doctor Andrés se lo prohibió terminantemente. Durante aquellos cinco meses recién cumplidos, solo había deseado el momento en que el embarazo se acabase, en el que el parto llegase y tuviese a su niño o a su niña en brazos. Ahora aquellos mismos brazos estaban vacíos. Había considerado la experiencia del embarazo humillante y aquella era su recompensa.

No se dio cuenta de que lo había dicho todo en voz alta, a trompicones, medio ahogada, hasta que percibió los besos de Jorge en la frente.

—Que no, guapa —le repetía—. Que no vamos a tener tan mala suerte. Que si empezamos a pensar así acabaremos creyendo en su dios que nos está castigando... ¿Y qué pecado hemos cometido nosotros? No vamos a tener tan mala suerte siempre, guapa.

Ana le apretó la mano. Buscaba el consuelo en aquel cuerpo que conocía tan bien, en aquellas rodillas que le rozaban los muslos, en el aliento que le acariciaba el cuello y la hacía entrar en calor.

—Quería algo que fuese solo nuestro —musitó.

Jorge la acunó. La había llamado en Torrijos, la primera vez, porque era la más fuerte de cuantas mujeres conocía. Ahora se mostraba verdaderamente vulnerable y no la rechazaba, al contrario, la acercaba más a él, piel con piel.

—Y yo, pero no te preocupes, guapa. Con lo que hemos pasado, y lo mucho que te quiero... —La besó otra vez, en la sien—. ¿Quieres que llame a tu madre?

Ana sacudió la cabeza.

—No, no te vayas. Te quiero a ti.

Jorge asintió. Con una mano la acurrucaba y los dedos de la otra recorrían con cuidado las líneas de su cuerpo, como si quisiese cerciorarse de que todo estaba ahí, como lo había dejado, que no habían sufrido otra pérdida más.

—«Alrededor de tu piel ato y desato la mía» —recitó de memoria, cada frase coronada con un beso—. ¿Sabías que Miguel Hernández estuvo en Torrijos conmigo?

Ana negó con la cabeza.

—No, no me lo habías dicho.

—Sí, el pobre, un par de meses, antes de que lo trasladasen. En el treinta y seis me diste uno de sus poemarios que no te podías llevar contigo a Galicia, y yo lo quemé cuando entraron los nacionales en Madrid. —Arqueó los labios en una sonrisa triste—. Qué inocentes éramos, guapa. Como si el fuego pudiese aniquilar el pasado... —Un beso más, en el hombro, que se sacudía—. «Arde la casa encendida de besos y sombra amante...».

Mientras arrullaba a su esposa, a Jorge lo invadió un sentimiento de congoja. En medio de su tristeza infinita, casi se alegraba de que la vida no hubiese querido que naciese aquel niño que esperaban. No había nada en aquella España yerma que desease para su hijo. Ningún futuro, ningún sueño; solo existía aquella cárcel de silencio en la que habitaban.

El 29 de abril, tras semanas de presiones y un desfile de la victoria raquítico que no podía ocultar las estrecheces de la economía, los representantes de España, Estados Unidos y Gran Bretaña firmaron un acuerdo por el que el Gobierno de Franco se comprometía a reducir aún más las ventas de wolframio al Reich, a clausurar el consulado alemán en Tánger, a retirar a los voluntarios que luchaban en el Frente del Este y a expulsar a los espías y saboteadores alemanes.

Para Félix, aquello era la humillación de las humillaciones. El Reich de los mil años resistiría hasta el último hombre y la última bala, pero todos los esfuerzos serían en vano; la victoria aliada podía retrasarse, pero no detenerse.

Para garantizar la supervivencia del régimen, el departamento de Prensa y Propaganda tejió aquellas verdades en un nuevo tapiz en el que el acuerdo, lejos de significar una derrota, venía a demostrar las buenas relaciones que el Caudillo mantenía con los aliados y que «ninguna contingencia» podía arruinar.

Con esta claudicación de Franco ante los aliados en el bolsillo, Félix fue a ver a su hermana, que continuaba encamada, siguiendo las indicaciones del doctor Andrés. Entró en la habitación tras llamar a la puerta con los nudillos, pero, antes de recibir contestación, sintió un resquicio de la antigua amistad que los había unido y que ya no significaba nada.

Ana, que estaba leyendo, dejó a un lado el periódico al verlo en el umbral.

—He conseguido cordero para que Pepita te prepare un buen plato —le comunicó, a modo de saludo, mientras arrastraba la silla del tocador para estar junto a ella.

Ana desvió la mirada.

—Mal tienen que estar las cosas para que te rebajes a comprar de estraperlo por mí.

—Soy tu hermano y me preocupo por ti.

—Claro, por eso has tardado semanas en venir, ¿no?

—Jorge me ha mantenido informado. —Tomó la mano de su hermana, estaba helada—. Durante muchos años fuiste una de mis personas favoritas en el mundo. Siempre nos lo hemos contado todo. ¿No podemos volver a hacerlo?

Las cejas de Ana temblaron.

—No eres la misma persona de antes.

Félix tragó saliva. Sus ojos, fríos, atravesaban más que miraban.

—El hermano que conocías murió en Rusia. Y no puedo dirigirme ni a tu marido ni a ti sin pensar que, durante meses, mi mujer agonizaba sin que me lo hicieseis saber.

—Entonces estamos igual. Ni tú puedes perdonarme a mí por ocultarte la enfermedad de Inés ni yo puedo perdonarte a ti por negarte a ayudar a Imre cuando tuviste la oportunidad. —Suspiró—. ¿Sabías que Jorge quería que fueses el padrino de nuestro hijo? Por él habría podido fingir que nuestras diferencias no son irreconciliables.

A Ana le pareció percibir un temblor en el rostro de Félix; un cambio, nimio, invisible para quienes no lo conociesen tan bien como ella, que podría preceder a una frase que reconstruyese todo lo que había muerto entre ellos. Él apretó los dientes y la mano se alejó soltando la de su hermana.

—Hace tiempo que cada uno eligió su bando. Ya es hora de que seamos consecuentes con nuestras decisiones. —Bajó los párpados—. Los tres. Me imagino que Jorge no sabe nada de Imre, ¿me equivoco?

—No sabe que ha muerto porque te negaste a ayudarlo.

—¿Quisiste quedarte embarazada para sobreponerte a la pérdida?

Ana apretó los labios. De haber tenido fuerzas suficientes, le habría tirado algo encima, cualquier cosa, solo para dañarlo, para castigarlo por el insulto; sin embargo, se limitó a aclararse la garganta.

Jorge, al que había besado aquella misma mañana antes de que él se fuese a la embajada, tenía el mismo aspecto que aquel agosto ardiente de 1936, como si los años, la cárcel y la enfermedad jamás hubiesen catado su carne. Ana lo conocía íntimamente, podía identificar su olor, la nota personalísima que estuvo ahí cuando le pidió matrimonio por primera vez, y también en Torrijos y en el Embassy y en el coche camino de Galicia y en la intimidad del matrimonio. Desde el primer lunes de visita que había aguardado con impaciencia, hasta esa primavera de 1944, él había supuesto un refugio, una vuelta al hogar que creía perdido. No tenía palabras para hablar de él.

—Me quedé embarazada porque a Jorge lo quiero muchísimo —siseó—. Deberías comprenderlo: fue tu mejor amigo antes de que yo me fijase en él. Es mejor persona que nosotros dos.

Félix se levantó, como empujado por la acusación de su hermana.

—Entonces no nos queda más que decir, solo ser consecuentes con nuestras decisiones —dijo, e inclinó la cabeza—. Te quiero, pese a todo, y me duele ver tu sufrimiento, pero mentiría si dijese que no me alegro de que el embarazo no haya llegado a término. Nunca debí haber aprobado vuestra boda en la cárcel. Si además hubieseis tenido un hijo, no habría podido perdonármelo jamás.

La respiración de Ana se entrecortó. Era incapaz de enlazar aquellas palabras, perfectamente audibles, en una frase que tuviese sentido; Félix podría haberle hablado en arameo o en griego antiguo o en una lengua ya muerta y sería lo mismo. El cuerpo, que reaccionó antes que el espíritu, se encogió para tomar la lamparita de noche y se la arrojó a la cabeza. Félix la sorteó.

—Atragántate con tu veneno —mascculló ella entre dientes—. Nunca había estado en paz con la muerte de Inés hasta ahora, porque al menos no tiene que ser testigo de la clase de persona que eres en realidad. ¡Fuera de mi casa!

Ana se había levantado, impulsada por su propia rabia, y lo había arrinconado contra la estantería. Con los puños lo golpeaba, en cualquier parte del cuerpo que pudiese alcanzar y sin importarle hacerse daño ella también. Habría continuado, usando los dientes, las rodillas, si Pepita, alertada por el ruido, no hubiese entrado en la habitación.

—¡Señora! Pero…

Aprovechando la interrupción, Félix se zafó de las manos de su hermana. Tomó el bastón, que había quedado a un lado, apoyado en el baúl, y se dirigió al pasillo.

—Yo me iba. Ya he tratado con mi hermana todo lo que debía.

Sus pasos como punto final. Con el ruido de fondo estridente, monstruoso, del portazo que dio al salir, Pepita rodeó a Ana con los brazos.

—¿Pero qué ha pasado? Tu hermano…

Ana tomó aire.

—No ha pasado nada, Pepita, ¿vale? Y como no ha pasado nada no quiero que Jorge se entere.

La mujer la observó un instante más. Sus ojos, agitados, se detuvieron en el rostro pálido de Ana, perlado de sudor. Tras un corto asentimiento, la ayudó a volver a la cama.

—Me hago cargo, niña, me hago cargo. Te voy a preparar una valeriana, ¿quieres? Y no te preocupes, que tu marido y tú sois muy buenos, y pronto os van a ir las cosas bien.

IV

En mayo, los primeros comboyes de judíos abandonaron Hungría rumbo a la metrópolis de la muerte. Ese mismo mes, según los documentos oficiales del ejército, el trabajador forzado Imre de Hevesy, de veintinueve años, oriundo de Budapest, era herido de gravedad mientras cumplía con su obligación y requirió el traslado al hospital San Juan, al que jamás llegó.

Tras dos meses y medio escondido en la bodega de un bar del distrito VI, Imre de Hevesy se alimentaba, sobre todo, de rumores y de las escasas visitas del capitán Farkas. Confiaba en su palabra, en su plan para sacarlo del país, con la fe de quien no puede encomendarse a ningún dios.

A finales de julio, cuando los ojos de Europa estaban volcados en Francia y en todos los sueños de Imre figuraban ventanas abiertas que le permitiesen escapar del recalmón agonizante de la capital, el capitán Farkas le comunicó que su nueva vida estaba cerca.

Hungría era insalvable. Con la ocupación, las leyes antijudías se habían multiplicado. A los hijos de David, marcados con estrellas amarillas, ya no se les permitía salir de sus casas más de dos horas al día, y únicamente para ir a la compra; en los tranvías, debían viajar en el segundo vagón, con independencia de lo lleno que estuviese; en los refugios antiaéreos se reservaba a los cristianos la zona más segura que a sus vecinos hebreos. Se les habían requisado las joyas, los aparatos de radio, las bicicletas y el material deportivo. El capitán sospechaba, además, que pronto se desahuciaría a los judíos para confinarlos en guetos como los de Polonia o Chequia.

—El embajador español ha conseguido salvoconductos para doscientos judíos sefardíes —le susurró el capitán Farkas. A la luz de la vela, sus rasgos se marcaban más y la parálisis facial se evidenciaba—. Confidencialmente, está previsto hacer copias de esos salvoconductos para sacar del país al mayor número posible de judíos, sefardíes o no. Solo nos queda esperar.

Ana regresó a la embajada en junio, con las noticias de que los aliados habían entrado en Roma aún frescas en la sonrisa que le arqueaba los labios. Aquel día no hubo trabajo, solo una espera sostenida, la más larga de lo que llevaban de guerra.

Nada más entrar, y antes incluso de preguntarle cómo se encontraba, el conde de Albiz le susurró al oído que, según informes que la prensa nacional aún no había dado a conocer, los aliados habían desembarcado en las costas de Normandía a las seis y media de aquella misma mañana. El plan, estrictamente confidencial, se había mantenido en secreto incluso dentro de aquellas paredes. Entre el número reducido de personas que estaban al tanto no se encontraba el aristócrata que con su abrazo había contagiado a Ana la alegría terminal que lo consumía.

—¡Los aliados han desembarcado en Francia!

La mayor armada de la Historia con mayúscula, digna de los grandes tomos de la literatura y de los mitos que entretejían la humanidad, lo hizo. El país galo, la joya de la corona del Reich, era una fortaleza impenetrable. La hazaña, aquel ataque anfibio que había sepultado las esperanzas del Eje, solo había sido posible gracias al mayor engaño bélico desde el caballo de Troya.

Aquel 6 de junio, la embajada se sumió en un enjambre de voces, susurros, informaciones que llegaban a cuentagotas y que la prensa española jamás publicaría en su integridad. Los alemanes, que habían esperado una incursión por Calais, habían sido tomados por sorpresa. Aunque nadie se atrevió a descorchar el vino ni el champán, todos se abrazaban con una misma idea en la mente: acababan de atacar la yugular del *Tausendjährriges Reich*.

Entre aquel jolgorio, ni siquiera las promesas que traía consigo el desembarco exitoso lograban apaciguar a Jorge. Un par de semanas antes, el primer ministro británico, Winston Churchill, había afirmado en un discurso que esperaba que España constituyera «una fuerte influencia a favor de la paz en el Mediterráneo después de la guerra»; asimismo, aseveraba: «Los problemas políticos internos de España son asuntos de los españoles».

Estaban solos. Los aliados ganarían la guerra y ellos ni siquiera catarían una gota del vino de la victoria. Volvía 1938, una y otra vez. Los brigadistas internacionales regresaban a sus casas, España era un sueño romántico que se había esfumado al despertar.

V

El 24 de agosto de 1944, cuando las agujas del reloj rondaban las ocho de la tarde, los tanques de La Nueve entraron en París a través de la porte d'Italie. De aquellos ciento sesenta hombres, los primeros en liberar la capital gala, ciento cuarenta y seis eran republicanos españoles, muchos de ellos reclutados en los mismos campos de prisioneros en los que los habían hacinado tras su huida del país.

En los carros de combate, que portaban nombres de ciudades y batallas ya olvidadas en Europa (Brunete, Guadalajara, Guernica, Ebro) ondeaba la tricolor. Ellos, que no tenían patria, ni rey, ni dios, habían llegado para entregar una libertad que habían ganado con el sudor de su frente, el barro de sus botas y la sangre de su uniforme. Aquella libertad por la que tantos camaradas habían sacrificado lo más sagrado, esperaban, llegaría después a España.

—Primero Mussolini —se decían—, después Hitler y finalmente Franco.

Aquella era su razón de ser, la luz que los había guiado en el frente de África primero y luego en el de Europa. Al contrario que la inmensa mayoría de los soldados aliados, ellos ya se habían enfrentado al fascismo con anterioridad y no tenían miedo.

Los vecinos de los suburbios, tras dos meses escuchando en Radio París que la Wehrmacht había salido victoriosa en la batalla de Normandía, tomaron las calles enardecidos. Hacía cinco días que la Resistencia se había alzado en armas contra las fuerzas de ocupación, se habían levantado barricadas y una hemorragia casi terminal había recorrido la ciudad. Los parisinos, que esperaban la entrada de tropas norteamericanas, chillaron de júbilo y orgullo al reconocer los tanques del general Leclerc.

—¡Son franceses! —bramaban—. ¡Son los franceses de Leclerc!

Para Blas Olivares, que hacía seis años que no pisaba su calle, las avenidas de París, meros esqueletos tras los bombardeos y la batalla, podrían haber sido las de Madrid (Chamberí, ¡su Chamberí!).

—¡Somos españoles! —les gritó a los civiles que se subían al tanque y ondeaban la otra tricolor humillada, la francesa—. ¡Somos republicanos españoles!

Pensó en su mujer y en su hijo, de los que no tenía noticias, y pensó en su madre, a la que por miedo no le había escrito ni una carta, y pensó también en Jorge Márquez. Repitió en susurros el nombre de su camarada, junto al de todos los demás que había dejado en España: los que habían caído, los que se habían quedado, los que se habían exiliado como él y aquellos a los que les había perdido la pista. Todos ellos conformaban un extraño rosario, invisible, creado a base de murmullos en el interior de un carro blindado.

—Hemos pasado —les dijo, como si su voz tuviese también el poder de conjurarlos en la penumbra—. Nosotros también hemos pasado.

Entre los «vivas» y los aplausos, los besos y las flores, vio el final de otra historia que los europeos, hartos de triunfo, habían relegado. Ellos también habían soñado, y su recompensa había sido el silencio, el encierro, la muerte o el exilio.

Al avanzar, de forma tortuosa, los parisinos los rociaban de buen vino francés, guardado para las fiestas y las celebraciones. Una suerte de bautismo pagano, de renacer, de nombramiento.

—Esta guerra sí que la vamos a ganar.

Sonaba «La marsellesa», interrumpida tan solo por el repicar de las campanas de las iglesias, y la bandera de la Segunda República, una corona de laureles y no de espinas, coloreaba la capital liberada.

En la embajada británica de Madrid, los trabajadores españoles descorcharon el champán caro, un bien escaso que en las islas ya había desaparecido con las primeras noticias de la liberación. La voz del general Charles de Gaulle, jefe del Gobierno provisional de la República francesa, les llegaba atragantada, pero triunfal.

«¡París ultrajada! ¡París destrozada! ¡París martirizada! Pero París ha sido liberada, liberada por ella misma, liberada por su pueblo, con la colaboración de los ejércitos de Francia, con el apoyo y la colaboración de toda Francia, de una Francia que lucha, de la única Francia, de la verdadera Francia, de la Francia eterna».

Al día siguiente, Ana y Jorge llegaron a casa con la constancia de que aquella Francia eterna era también española. Durante el desfile de la victoria, encabezado por La Nueve, la bandera tricolor de la Segunda República atravesó los Campos Elíseos.

A Pepita la abordaron de inmediato, en la cocina, y después cerraron la puerta, un acto reflejo del que no lograban desprenderse, como tampoco de los susurros.

—En París está ondeando la bandera republicana —le dijo Jorge, tras besarla en la mejilla.

En un principio, la mujer lo rechazó con un movimiento rápido de muñeca.

—No bebas, mi niño, que tienes muy mal beber.

Ana, incapaz de sofocar la risa, se abrazó a ella.

—Que no, que es verdad. París ha sido liberada, y los primeros en entrar en ella han sido los españoles exiliados tras nuestra guerra, que se habían unido al ejército de la Francia Libre. ¡Tu hijo estará bien, Pepita!

La mujer precisó de unos instantes más para procesar la magnitud de la noticia. Se tambaleó y apoyó la espalda en la encimera para evitar caer. Hacía seis años que no veía a su hijo, pero todavía tenía el tacto de su piel enroscado en las yemas, y el olor de su pelo castaño, tan corto, le impregnaba aún la nariz. Podría haberlo creado de la nada, como Dios a Adán del barro, si con el amor le hubiese bastado.

—¡Mi Blas!

Ante la imposibilidad de extender las manos y abrazarlo, se aferró a Jorge. Ella lo había visto nacer, con sus pechos, que aún conservaban la leche de la que su hijo se desprendía, lo había amamantado. A aquellos dos muchachos (ya hombres, pero para ella siempre muchachos) a los que amaba los unía algo más fuerte que la mera amistad, y la convicción de que ambos estaban bien y a salvo la colmaba de felicidad.

Aquella noche, a Jorge le pareció beber la alegría del cuerpo desnudo de su mujer. Él, que solo había creído en las causas perdidas, por una vez se contagió de la alegría que Ana emanaba. Solo los españoles iban a salvar a los españoles. La noticia de la liberación de París, que lo había traspasado como todas las demás, lo encendía con ese detalle crucial.

Los españoles exiliados, quizá los camaradas de los que se había despedido en el hospital, no se habían olvidado de su país machacado. Sus tanques llevaban los nombres de sus batallas, las ganadas y las perdidas, y las banderas que ondeaban eran las de aquella República que les habían robado. En la radio, cuando el locutor presentó a aquellos hombres sin miedo como «franceses de pura cepa», uno de ellos lo interrumpió para corregir, en castellano:

—Señor, soy español.

De los aliados solo podía esperar el olvido, el sacrificio de su país por la paz que todos ansiaban. Los viejos compañeros, sin embargo, no iban a detenerse en París. Cruzarían los Pirineos y entrarían en Madrid, su Madrid.

A la madrugada, que llegaba sin que él hubiese conciliado el sueño, se abrazó más fuerte a su esposa.

—Esta guerra sí que la vamos a ganar, guapa —le dijo.

Ana sonrió. La promesa sonaba mucho más dulce en sus labios, como una fruta que se abría al madurar.

En Chicote, con el movimiento de dos dedos, Félix le indicó al camarero que le sirviese otra copa de coñac. El suyo era el alcohol amargo de los desesperados y los condenados, que secaba la garganta y no calmaba la sed. Los camaradas del partido lo imitaron con idéntico gesto.

—Es un ultraje —aseveró uno de ellos, tras acercarse el vaso a la boca—. Una vergüenza. Esa bandera ilegítima ondeando por las calles de París.

—La pasearon por delante de nuestra propia embajada —confirmó Félix, con los ojos entornados—. A pesar de las protestas, los franceses permitieron esa ofensa. Esos son los aliados a los que Franco está apaciguando. ¿Es que va a vender también la España por la que nosotros peleamos?

El compañero, que devolvía la copa a la mesa, agrió la expresión.

—No empieces, Félix, que te pierdes.

El tercer camarada, un camisa vieja al que conocía desde los años de la clandestinidad, se pasó la lengua por los dientes.

—Es esencial que no se difunda esta información. No podemos permitir que enardezca a los enemigos internos de España. Con la perra que están montando los maquis…, esto es lo último que necesitan esos bolcheviques.

—Debimos haber acabado con todos en el treinta y nueve —concedió Félix—. Quizá nuestro pecado fue creer que su maldad podía redimirse, cuando es un cáncer que pudre desde dentro.

VI

Aquel septiembre fue el más feliz de la vida de Ana. Con cada noticia que llegaba de Europa, más se afianzaba en su interior la convicción de que, sí, aquella guerra la iban a ganar y el vino de la victoria los salpicaría a ellos también. Atrás quedaban los días en los que el sentimiento antibritánico era tan fuerte que Ana evitaba decir dónde trabajaba, pues grupos de estudiantes se congregaban ante la embajada y arrojaban palos y piedras. Ella había estado presente cuando el embajador, Samuel Hoare, había telefoneado a Serrano Suñer tras un ataque particularmente sañudo. Ante la propuesta del entonces ministro de enviar más patrullas policiales, Hoare había respondido: «No me envíe más policías, señor. Me conformo con que me mande menos estudiantes».

Tres años más tarde, y con la derrota mordiendo los talones del Eje, la situación era distinta. Aunque las noticias de la prensa nacional seguían siendo benévolas con el Reich, la actitud del pueblo había mutado. A Alemania, cada vez más atrincherada, le aguardaba la derrota.

A Ana, cada avance, cada territorio robado y conquistado, la llenaba de alegría.

Volvieron los paseos en bicicleta por la Dehesa de la Villa, como antes de la guerra, y las largas caminatas por el Retiro al salir de la embajada, para aprovechar los últimos rayos de un sol que aún era veraniego en la capital. A su marido lo tomaba con hambre, con la curiosidad de explorar aquella carne ya memorizada, que podría haber proclamado también suya, y sin el miedo a quedarse embarazada y sufrir otro aborto. Aquella guerra iban a ganarla y en la victoria existiría un futuro para ellos.

El 11 de octubre de 1944, con los soviéticos en las fronteras magiares, una delegación húngara firmó el armisticio en Moscú, según el cual le declararían la guerra a la Alemania nazi. En una rápida escalada, el regente Miklós Horthy anunció la rendición del país en un discurso radiofónico. El mismo día, la Gestapo secuestró a su hijo, Miklós Horthy Jr., con quien chantajeó al regente hasta que dimitió. Tras el golpe de Estado, la Cruz Flechada, el partido fascista húngaro, se hizo con el poder.

La mañana del 17 de octubre, cuando el nuevo Gobierno se reunía por primera vez, Imre, oculto en una posada rural de España, tuvo la sensación de que acababa de librarse por poco de las fauces negras del lobo. Puesto que su sangre era askenazi,* y no sefardí, debió aguardar hasta que, gracias a los tejemanejes de los colaboradores del capitán Farkas, le concedieron un pasaporte provisional que no le permitía residir en España pero sí utilizar el país neutral como punto de partida para buscar asilo en otro Estado.

A su madre, cuya frágil salud le habría impedido soportar el viaje, le habían conseguido una carta de protección que garantizaba su seguridad en el interior de una casa propiedad de la legación española.

A él, tras cruzar la frontera, el destino le había deparado otra espera. Su traslado a Madrid, donde una red de contactos se ocuparía de su huida a través de Portugal, se pospuso debido a las tensiones que estaban bullendo en los Pirineos tras la liberación de París. Se temía que los maquis y el clandestino Partido Comunista actuasen enardecidos por la cadena casi inquebrantable de victorias aliadas.

* Descendiente de los judíos del este de Europa.

Por hacer algo, para no pensar (en Rezeda, en su hijo, en los camaradas que aún seguían soportando el yugo de su propia sangre), leía la prensa falangista, la única a su disposición.

> Nos sentimos orgullosos de ser la primera nación que ha sabido encontrar la solución exacta a la angustia presente, y aunque sabemos que el mundo tardará en comprendernos porque siempre tarda en comprender lo que es nuevo y revolucionario, día llegará en que se copiará nuestra doctrina con el mismo fervor que en el siglo XIX se copiaba de una de las fórmulas surgidas de la Revolución francesa.

El texto de engrandecimiento fascista, firmado por un tal Raimundo Fernández-Cuesta, no le llamó la atención por su contenido, sino por la columna que lo seguía. El nombre de aquel autor, que ya le resultaba tan familiar como el suyo propio, se le clavó como una espina: Félix de la Torre Giao.

Casi había escogido el nombre de su primogénito en su honor. La tentación, pasajera, lo habría convencido de vivir en un mundo en el que pudiese recordar las múltiples exaltaciones políticas de su amigo, producto de la borrachera, con cariño. Lo que los separaba no era producto de la clase ni de la lengua ni de la raza, sino algo mucho más profundo: una idea que se había implantado en la mente de su antiguo compañero hasta tomar plena posesión de él. O, tal vez, el Félix que Imre había creído conocer no era más que el espejismo que ocultaba la magnitud monstruosa de sus ideales. Aun así, aquellas letras impresas, emborronadas por el sudor de su dedo, lo conmovieron. Eran la confirmación de que su viejo confidente seguía con vida, que no había sido uno de tantos voluntarios muertos en la nieve de Leningrado.

Tras tanto tiempo tratando de olvidarlos, porque dolía, incluso tras haber pisado por primera vez en nueve años suelo español, se permitió recrearse en el recuerdo del último verano. Al abrir la lata metálica de tabaco, que conservaba desde el Don, vio en la instantánea de fotomatón aquellos rostros cuyos rasgos conocía tan bien que habría podido dibujarlos de memoria, de haber tenido los materiales y el talento necesarios.

Los separaba casi una década. Ana estaba casada, como él, a los ojos de un dios en el que no creía, aunque no ya ante la ley. Quizá ella tuviese un hijo, como él; quizá ambos tenían la misma edad pícara del comienzo de la infancia, de las primeras palabras con vocecita aguda, de los juegos y las carreras. Apenas abandonaban la adolescencia la última vez que se habían visto. Ahora pertenecían al mundo por pleno derecho, y esa tierra que clamaba por ellos era infértil, terrible.

Un ruido. Pasos en la escalera. La clandestinidad había aguzado el oído de Imre; se adelantaba y respondía a los nuevos sonidos de la misma manera que se había adelantado y respondido a los movimientos de su contrincante en los combates de esgrima. Guardó la página del periódico en la lata de tabaco, junto a la tira de fotomatón, y se irguió para recibir a la posadera.

Corta de estatura, y ancha de hombros, llevaba el cabello ralo, ya gris, cubierto por un pañuelo negro. De su cara redonda, algo flácida aunque sin una arruga, llamaban poderosamente la atención los ojos, redondos como canicas y de un verde tan claro que parecía capturar la luz.

—Ve preparando el petate —le indicó, en castellano, pues no conocía otra lengua.

Como acostumbraba, se ayudó de gestos para comunicarse con Imre, que asintió en señal de entendimiento.

Al quedarse solo y no percibir más mensajes en la serie de sonidos a la que se había acostumbrado, tomó papel y tinta y le escribió una carta a Rezeda. Planeaba mandársela una vez estuviese a salvo fuera de España, pero temía no volver a encontrar las palabras si demoraba más su redacción.

17 de octubre de 1944

Querida Rezeda:

Te escribo esta carta para que sepas que estoy bien y que no me olvido de vosotros. Si las circunstancias fuesen otras, no habríamos tenido que separarnos. Quiero que mi hijo sepa que su padre lo ama muchísimo y que, si los tiempos hubiesen sido otros, jamás me habría ido de su lado. Me gustaría que practique deporte, pero bien entrenado, y que toque el piano como tú.

Rezeda, lamento de corazón cualquier daño que, por egoísmo, haya podido causarte. Admiro tu fortaleza y tu temple, y te guardo un gran aprecio, aunque nuestro matrimonio no haya sido feliz.

Que seáis muy felices, que no os falte de nada, que tengáis mejor suerte de la que yo os he contagiado.

Espero que, en un futuro más benévolo, nos volvamos a ver y yo pueda formar parte de la vida de nuestro hijo de la manera que tú creas más conveniente para él.

Siempre vuestro,

IMRE

Al atardecer del día siguiente, un coche con matrícula de la embajada aparcó frente a la posada. Desde la ventana, agazapado en un rincón para que no pudieran verlo, Imre percibió las banderas británicas y la figura menuda, elegante y noble del hombre que salía y saludaba a los posaderos en perfecto castellano.

Una nueva serie de ruidos: pasos, las escaleras que crujían, retazos de una conversación que Imre trató de diseccionar con el concurso de las palabras de español que había aprendido. Cuando vio que el pomo giraba, se irguió preparándose para una presentación.

Al abrirse la puerta franqueó el paso a la posadera, quien, con un dedo, le indicó que guardase silencio, mientras con la mano que tenía libre hacía pasar al agente de la embajada británica.

—Esta es su habitación, señor —le dijo, Imre fue capaz de comprenderlo—. Le dejo solo para que se ponga cómodo.

La segunda frase, que el húngaro no entendió, fue seguida del ruido de la puerta que se cerraba dejándolo a solas con el recién llegado. El crujir de los escalones, uno de los ruidos con el que se había familiarizado, le confirmó que estaba a salvo.

El hombre de la embajada era algo mayor que él, atractivo a pesar de su corta estatura; la tez, pálida, contrastaba con los penetrantes ojos pardos, y el bigote, oscuro y muy fino, era como el de un artista de cine. Se aproximó más a Imre. En sus labios, carnosos, se dibujaba una sonrisa ilegible.

—¡Coño, eres Imre de Hevesy!

Su alemán era correcto, apenas espolvoreado con un acento suave que al refugiado le sonó más a español o a portugués que a británico. Imre asintió, trataba de buscar las palabras adecuadas en aquel idioma, el de sus enemigos, que había estudiado en el internado.

—Eso me temo, un placer. —Le tendió la mano, que el otro le estrechó con energía—. ¿Es… a usted le interesa la esgrima?

—En absoluto. Si le soy sincero, la considero aburrida. —Ladeó la cabeza para observarlo mejor a la luz—. Pero sé muy bien quién es usted. —Se sentó en la cama—. Espero que no dude de mis inclinaciones, pero para guardar las apariencias es preciso que duerma hoy aquí. Además, prefiero no levantar sospechas viajando de noche, y llevarlo a usted a Madrid no solo es arriesgado. —La sonrisa creció al hacer énfasis en cada palabra—. Es altamente sospechoso.

Imre asintió, aturdido por la perorata, por la información, por el paso de un idioma a otro. Incapaz de obtener de sus pensamientos una aportación más sesuda, se limitó a murmurar:

—Le agradezco todo lo que está haciendo por mí, señor…

—Lolo —lo interrumpió—. Si voy a arriesgar el pellejo por usted, no es preciso que me trate ni de don ni de señor.

VII

El 19 de octubre no había suficientes cigarrillos en el apartamento de Margarita Taylor para apaciguar el ansia canina de Jorge. Esperaba la llegada de un nuevo refugiado, por este motivo se encontraba allí, y no en la embajada, pero no era eso lo que lo inquietaba. Había llegado a oídos de los diplomáticos una información procedente de fuentes confidenciales aún no confirmada, que aseguraba que al amanecer un grupo de maquis había cruzado la frontera e invadido el Valle de Arán, en la vertiente septentrional de los Pirineos centrales, en la provincia de Lérida. Según los escasos datos de los que Jorge disponía, iban armados y habían tomado prisioneros a varios guardias civiles.

Desconocer la veracidad de esa información, dudosa en aquellos tiempos convulsos, le arañaba la piel. Al oír la noticia en la embajada, mientras esperaba la hora de apertura del salón de té, Jorge se había abrazado a Ana y todavía sentía su tacto en la piel, como una quemadura o una cicatriz que no terminaba de curarse. Era la felicidad que quería sentir sin atreverse a hacerlo porque la vida ya solo le debía satisfacciones.

Solo los españoles podían salvar a los españoles…

En la radio clandestina de Margarita Taylor, que sintonizaba la BBC, no se había comunicado aún nada parecido. De ser cierto, la importancia de aquella invasión de un país oficialmente neutral, en la inmensidad de una guerra cuyo clímax se aproximaba, era tan pequeña…

De nuevo aquel sentimiento molesto, opresivo, de aislamiento. Para no recrearse en él, se dispuso a organizar su material de trabajo en la mesa, que ya había desinfectado, aunque no se figuraba que tuviese que utilizarlo. El poco tabaco que le quedaba, como siempre, a la derecha, para poder disponer de él con facilidad. Mientras lo colocaba, oyó que el portal se cerraba y una serie de pasos que subían hasta el piso, seguido de la voz de Margarita Taylor dando instrucciones en inglés al refugiado húngaro al que debía tratar.

Antes de que ellos dos irrumpiesen en la habitación, lo hizo Manolo. En su rostro se dibujaba una expresión entre agitada y curiosa, que Jorge no tuvo la paciencia de descifrar.

—Vas a tener que sentarte para escuchar lo que voy a decirte —comenzó Manolo.

El médico, que tenía los ojos fijos en el instrumental y no en él, lo detuvo con un gesto de la mano.

—Ya lo sé.

—¿Lo sabes?

—¿Lo de los maquis en el Valle de Arán? Se comentaba esta mañana en la embajada. Me imagino que la Guardia Civil estará bastante nerviosa.

Manolo dio un paso atrás. En su rostro, carente de líneas marcadas aunque ya se encontraba en la mitad de la treintena, nacieron unas nuevas arrugas.

—Sí, pero… ¿Qué?

—Unos maquis —repitió Jorge, con lentitud—. Han cruzado la frontera y han invadido el Valle de Arán, en Lérida. Ese era el rumor, al menos. ¿No era lo que venías a decirme?

Su amigo no le contestó. Por la sonrisa, que trataba de reprimir, Jorge supo que se encontraba en la misma tesitura que él: la lucha interna por no perderse en una felicidad que desaparecería enseguida si la información resultaba falsa o si, de ser cierta, la operación resultaba fallida.

—Voy a pasarme por los sitios de siempre, a ver si oigo algo más. En la prensa española no dirán nada, por supuesto.

—Nos conviene que no lo hagan, eso solo significaría una

cosa: que los rumores son verídicos, que los maquis han fallado y que los incursores ya tienen el cuerpo lleno de plomo fascista.

Manolo ya se iba, tras hacer un movimiento vago.

Jorge estaba de espaldas cuando el refugiado entró en la habitación. Percibió su presencia debido a la sombra que su cuerpo proyectaba, y no al sonido de sus pasos, pues estos, como los de todos los que han vivido en la clandestinidad, eran ligeros. Cuanto Jorge sabía de él es que era varón y húngaro, y mientras terminaba de liarse el cigarrillo pronunció una de las pocas palabras en su idioma que había aprendido en los últimos meses.

—*Szia.**

Oír su lengua materna le pilló por sorpresa y animó al hombre. Le contestó con una larga frase, casi atropellada, en ese idioma sibilante, impenetrable y cantarín del que era imposible descifrar nada ni siquiera por el contexto. Jorge se volvió, y al hacerlo le dio la impresión de que la mano que sujetaba el pitillo perdía la fuerza.

Jamás se había imaginado que tendría a Imre de Hevesy frente a frente. Lo reconoció instintivamente y se asustó, aún más y de manera más consciente tras un par de segundos. Su aspecto no distaba demasiado de las fotografías que había visto guardadas en los libros que Ana le entregó en 1936 y, antes, en los retratos que conservaba en su habitación de la infancia.

Imre dijo algo más, también en húngaro. Sus ojos eran claros, de un gris tempestuoso. El cabello, algo que no se percibía en las fotografías, de un tono que se aproximaba al rojo sin llegar a serlo, que Jorge no había visto nunca en ningún ser humano.

Sacudió la cabeza.

—Lo siento, pero no hablo su idioma.

Imre precisó un par de instantes más para comprender, ayudado por los gestos, aquella negativa. Asintió. Por el cansancio y el alivio de encontrarse en Madrid, sus labios se abrían en una sonrisa.

—*Deutsch?***

Jorge emitió un ruidito seco por la nariz.

* «Hola».

** «¿Alemán?».

—*Nein. English?*

Imre ladeó la mano.

—*Little bit. Français?*

—*Un petit peu.*

Siguió una carcajada que, por lo ridículo de la situación, Jorge compartió. Con un gesto le indicó que tomase asiento frente a él. En una mezcla de inglés y francés, le explicó que debía tomarle la temperatura, para descartar que tuviera alguna enfermedad infecciosa antes de continuar el viaje.

—Muy bien, sí. Haga lo que tenga que hacer. Por cierto, me llamo Imre…

—De Hevesy, lo sé.

El húngaro parpadeó.

—¿Le gusta a usted la esgrima?

—No especialmente. Soy más de fútbol y boxeo. Pero conozco… —Chascó la lengua—. Conocí a un amigo suyo en nuestra guerra, la de España, el doctor Kiszely.

Una sonrisa. Leve, pero estaba ahí.

—¡János! Le perdí la pista hace años. ¿Está bien?

—Me imagino. Huyó a Inglaterra cuando aún tenía la oportunidad.

—Dios… ¿Y cómo me ha reconocido usted, entonces?

Jorge se acercó a él, pero no le respondió. Le bajó el cuello del jersey, viejo y raído, e introdujo el termómetro en el pliegue de la axila. Era consciente de que tenía ante él a la única persona responsable de su felicidad, aunque su poder fuese el de quitársela, no el de otorgársela.

Para no pensar en ello, y mientras observaba cómo subía, lentamente, el mercurio, agregó:

—Le proporcionaremos ropa limpia, y nueva.

Imre de Hevesy estalló en una risotada sardónica.

—¿No voy a la moda en España?

—Con esos harapos no desentonaría en algunos barrios de Madrid —masculló Jorge en castellano, y le retiró el termómetro—. Disculpe. No tiene usted fiebre. ¿Se encuentra bien, por lo demás? ¿Siente algún dolor, algún achaque?

Imre, que se volvía a colocar bien el jersey, negó.

—Estoy un poco cansado, pero supongo que es normal.

—Pronto le traerán algo caliente y le prepararán una habitación para que pueda dormir.

Mientras hablaba, Jorge reparó en los dedos, abultados y con mal color. En los nudillos, las heridas se abrían y supuraban un líquido pegajoso.

—¿Y estas manos? —le preguntó al tiempo que se las tomó sin pedir permiso.

Imre tragó saliva.

—Gangrena. Serví unos meses en Rusia, en Vorónezh y en el Don. Los inviernos eran letales.

—Las heridas se le están infectando.

—Se me volvieron a abrir en Budapest, cuando reparaba las vías del tren.

Lo dijo en voz baja, mientras agachaba la cabeza con aparente vergüenza, como si estuviera confesando un crimen terrible.

Jorge, que ya había tomado el agua oxigenada y las vendas, inquirió:

—¿Me permite que le haga las curas?

—Por supuesto. Gracias, doctor..., lo lamento, me temo que he cometido la grosería de no preguntarle su nombre.

—Márquez. Jorge Márquez.

Las cejas de Imre descendieron. Las pupilas se agitaban en el centro de aquellos iris tan claros.

Jorge, que ya había empezado a desinfectarle las heridas y no supo leer su expresión, dijo:

—Disculpe, ¿le hago daño?

—No... ¿Jorge Márquez Pérez?

El médico apenas lo miró. Saliendo de sus labios, con aquel acento espeso como la miel, las sílabas conocidas de su propio nombre sonaban foráneas, como si en realidad perteneciesen a otra persona.

—Ajá.

—¿De Chamberí?

—Eso me temo.

Una nueva sonrisa, melancólica y añeja.

—Conozco a su mujer, doctor Márquez, a Ana. A Ana y a su hermano Félix.

Jorge contrajo el gesto.

—¿Ana le escribió sobre mí?

—Solo me hizo saber que contrajo matrimonio con usted.

Jorge estiró los labios. Recordaba cada visita de los lunes, con tanta intensidad que habría podido escribir sobre el papel cuantas palabras habían pronunciado: en Torrijos, aquellos cincuenta o sesenta minutos eran todo cuanto tenía de valor. Podía ver, con claridad, el día en el que Ana le había dicho que su novio había roto con ella y él, para guardar las apariencias, tuvo que fingir que hablaba de él mismo.

Después vino la boda sin enamoramiento (eso llegó luego), a la que cada uno accedió por desesperación y por sus propios motivos. Tener uno de ellos delante quemaba.

—Entonces sabrá que Ana se casó conmigo en la cárcel, y para salvarme la vida, lo cual fue muy noble por su parte.

La mano de Imre se encogió, Jorge no supo si debido al escozor del agua oxigenada o a sus palabras.

—No, no lo sabía.

—Pues ahora ya lo sabe.

—¿Y ella, está bien Ana?

Jorge, que para no observarlo fijaba la vista en aquella piel enrojecida e hinchada, asintió.

—Sí, muy bien. Si aguarda, podrá verla. Suele venir con suministros al cierre del local que tenemos abajo.

Se concentró en las heridas, en el trabajo rutinario y mecánico, más propio de enfermería que de su campo de especialización. De ese modo, se ahorraba ser testigo de la reacción que sus palabras pudiesen tener en Imre.

—¿Y... y Félix?

—Se trajo una cojera de Rusia, cosa que, usted lo sabrá mejor que yo, casi es tener buena suerte.

—Casi.

Incapaz de continuar una conversación con aquel hombre al que conocía de oídas, Jorge estiró la mano que tenía libre para subir el volumen de la radio inglesa. Sobre los maquis en Lérida, hasta el momento, no se había vuelto a decir nada. Aquellas imágenes gloriosas, aquella casi felicidad que no se había permitido sentir, se superponían a las cartas de Imre que él había leído no por curiosidad, sino en busca de algo que pudiese comprometerlos a todos. Un mes más tarde, con aquellas misivas ya convertidas en cenizas, a él lo detuvieron. Lamentablemente todos los esfuerzos en vano.

La tragedia, como había dicho el inglés, era conocer el final de la historia y no poder cambiarlo.

Descubrió las fotografías dedicadas, guardadas con cariño entre las páginas de los libros favoritos de Ana. A Jorge, que había conocido a tantas mujeres sin llegar a comprender a ninguna, aquella infinita ternura lo había dañado con su belleza. Quizá, después de todo, en los últimos años se había estado aferrando a algo que no le pertenecía.

La voz les llegó desde el pasillo mientras Jorge terminaba de vendarle las manos al refugiado. Por el estremecimiento, supo que Imre también la había reconocido. Entre jadeos, Ana informaba a Margarita Taylor que los maquis habían tomado y ocupado una serie de caseríos a lo largo y ancho del Valle de Arán.

—¿Está mi marido?

—Sí, en la sala.

Jorge oyó sus pasos y luego vio su figura a través del cristal opaco de la puerta, antes de que Ana la abriese.

—¡Era cierto…!

Las palabras murieron en sus labios. Sus ojos, desorbitados, pasaban de Imre a Jorge sin comprender. Dio un paso atrás y chocó contra la estantería, a la que se sujetó para no perder el equilibrio.

—Dios mío —susurró—. Imre. Creí… creí que estabas muerto. —Se humedeció el labio superior y pasó al francés—. Mi hermano me dijo que habías muerto.

Se acercó a él, tambaleante. Lo estudió a la luz un par de segundos, como si quisiese cerciorarse de que los ojos y la excitación por los avances en Lérida no la estaban engañando, antes de abrazarlo.

Jorge abandonó la sala. Era un caballero y sabía cuándo había llegado el momento de retirarse.

VIII

Tras casi diez años, y dos frentes de guerra que los separaban, el tacto de Imre era el mismo. Con las manos, Ana le tocaba el rostro, que, a excepción de las quemaduras del sol y las marcas propias del fin de la veintena, no había mutado lo más mínimo. Con aquellos roces, lentos y vagos como los primeros pasos de un niño, le parecía crear, devolver a la vida, todo cuanto había perdido: el balneario de Ontaneda, al que no habían regresado; el olor a lilas y salitre que aún le acariciaba la nariz, cuando se despistaba; las fiestas; aquel cielo atravesado por constelaciones lechosas de unas estrellas que no podían verse en Madrid; la música de la que no había vuelto a disfrutar como entonces; el verano de sus dieciocho años; las cartas que había quemado pero cuyo contenido aún podía reproducir de memoria.

La puerta que se cerraba la estremeció. Se volvió, las yemas aún posadas sobre la cálida mejilla de Imre.

—¿Jorge?

Se había ido.

—Parece un buen hombre —terció Imre. Con la mano apretaba la de Ana, incluso a través de las vendas la caricia era la misma que nueve años atrás—. ¿Te trata bien?

—Sí, muy bien.

—Me ha contado por qué os casasteis. Siempre te he admirado, Ana, pero…

Ella no le permitió continuar. No podía pensar en su boda, en la mantilla negra, en las manos de los funcionarios en la entrepierna, en el saquito de café, en las lágrimas y los temblores de Jorge, en los abrazos y en la intimidad sobre el suelo de Torrijos, que pese al miedo y la timidez le resultaron un bálsamo tras tantas humillaciones. Jorge había dudado antes de introducirle el anillo en el dedo, y en sus ojos acuosos ella había visto que él temía condenarla. Ella solo deseaba entonces que él la destrozara entera, hasta reducir su pasado a cenizas.

En ese momento, aquella Ana que creía muerta, que ya no comprendía, poseía de nuevo su cuerpo con cada centímetro de Imre que conquistaba.

—¿Tu mujer?

—Ya no estamos casados. Los matrimonios entre judíos y cristianos se han declarado nulos en Hungría. —Forzó una sonrisa—. Quizá es mejor así. Hice daño a dos personas para salvar mi vida y, aun así, no pude escapar a mi destino. Nunca te olvidé, y me arrepiento tanto de cualquier sufrimiento que te haya podido causar...

Los labios de Ana temblaron. A medida que el abrazo se debilitaba fueron descendiendo hasta sentarse en el suelo, como dos niños, como hacían en su habitación del balneario para escuchar los discos que él traía de Hungría. El cuerpo de Imre, tan cerca de ella que le calentaba la piel y sentía su aliento en el cuello, no había cambiado. Era tal como lo recordaba, podría haberlo dibujado a ciegas, y el retrato habría sido veraz.

—Félix me dijo que a los judíos húngaros los habían fusilado tras la retirada del ejército en el Frente del Este.

—O deportado o torturado —confirmó él. Bajo la luz de la lámpara, los iris eran plateados, casi líquidos—. De ese destino sí me libré. Un viejo conocido de Budapest me reconoció y me quiso salvar la vida. Fue él quien se las ingenió para conseguirme un pasaporte provisional.

Las pupilas de Ana se agitaron.

—A ese hombre le estoy agradecida sin conocerlo.

La proximidad dolía. Aquella Ana que tomaba posesión de ella no quería otra cosa que tocarlo, contar cada hueso y cada articulación de Imre, acariciar sus lunares y sus pecas con el dedo para comprobar que era real, físico, que estaba allí y que nada se había perdido con los años y la distancia.

De haber sabido que estaba vivo y que no se había casado por amor, lo habría esperado aquellos nueve años. Más, veinte, como Penélope a Odiseo. Su juventud se habría marchitado y no le habría importado. Aquella bifurcación entre las dos vidas, la vivida y la robada, la atormentaba.

Félix se habría casado con Inés en 1939, y con ese matrimonio prematuro, que habría socavado su felicidad, habrían salvado a Jorge del pelotón de fusilamiento. Ella jamás habría descubierto que las visitas de los lunes anestesiaban la soledad. Con el indulto, Jorge habría vuelto a casa y para ella no habría sido más que el vecino de enfrente, el hermano de su mejor amiga, y no habría sido capaz de desgajar los significados de cada una de sus risas, ni habría conocido el tacto característico de sus manos ni las formas de aquel cuerpo del que estaba siempre hambrienta, ni se habría quedado despierta hasta la madrugada solo para seguir conversando con él.

Las dos Anas que habitaban dentro de ella deseaban demasiado y nada podía saciarlas pues les habían robado tanto…

—¿He cambiado mucho? —le preguntó él.

Con las yemas de los dedos, la única zona desnuda de sus manos, le recorría el rostro, perfilando la línea de la mandíbula, deteniéndose en los labios entreabiertos, que lo mancharon de carmín. También él quería asegurarse de que todo estaba ahí, donde lo había dejado, de que la mujer a la que había amado era real y corpórea.

—No, estás igual, como si el tiempo no hubiese pasado. ¿Y yo?

Imre sonrió. Tomó un rizo entre sus dedos.

—Llevas el pelo más largo, y pareces toda una señora.

—¿Eso es malo?

—En absoluto. Estás más guapa aún de lo que recordaba.

Plus jolie que dans mes souvenirs. El filtro del idioma compartido le impedía pensar en Jorge, en ese «guapa» del primer vis a vis que acabó convirtiéndose en un segundo nombre, en una piel que vestía hasta volverla suya.

Imre estaba tan cerca que sus rasgos se difuminaban. Identificó de inmediato el olor que desprendía su piel, más allá del jabón de la ropa y el humo de los cigarrillos.

—Te he echado muchísimo de menos —susurró, y los dedos de Imre parecían atrapar las palabras al vuelo.

—Yo también a ti —dijo él—. Es como si me hubiesen arrancado una parte de mí mismo.

Una última aproximación. La punta de la nariz de Imre, helada, consumía el calor de su mejilla al respirar contra ella. Sus labios cayeron sobre los de ella como una pluma. Ana no supo cuál de los dos efectuó el acercamiento final, si él o ella, extasiada por los recuerdos, por el deseo que no cesaba, por aquel salto al vacío que la conducía al pasado, lleno de promesas.

Puso la mano sobre su pecho (también era igual, igual) y sentía el eco de los latidos de su corazón, como si pudiese atravesar la carne y palpar el órgano. Era suyo, enteramente, y el sabor que bebía la transportaba a todos sus veranos, a la mujer que podría haber sido y cuyo futuro aniquilaron, a la desesperación de los años de la guerra, cuando sus cartas eran lo único que la adormecía ante tanto sufrimiento.

Notó el peso de su cuerpo sobre ella, los dedos que le acariciaban las caderas, la boca deslizándose por el cuello. Con aquella opresión que le cortaba el aliento, que le comprimía las costillas, regresó a la biblioteca cerrada con llave del balneario, a la primera vez tras una férrea resistencia que ella había ansiado que él derribase.

Las manos sobre los pechos, los nudillos vendados acariciándole el esternón. Ana no podía huir de la delicadeza de aquel vendaje, tan limpio y tan nuevo que solo podía haberlo aplicado Jorge. La cárcel, el suelo frío, húmedo incluso a través de la sábana; el cuerpo de su marido que, desnudo, le ganaba territorio al invierno; las lágrimas que bailaban en los destellos verdes de los ojos, en la capilla; las veces que ella lo había buscado en Torrijos y después en casa. Todo lo que la vida les había quitado.

Se detuvo.

IX

Jorge, que creía haber vivido mil vidas desde que había salido de casa, volvió únicamente para darse una ducha. Anhelaba el agua caliente en la piel, que emulaba el tacto de otro ser humano, y el ruido que emitía al caer y ahogaba la voz de Félix, que lo llamaba a gritos. Él, que lo sabía todo de derrotas y muy poco de victorias, solo ansiaba la paz.

Cuando el cuerpo ya enrojecía y los vapores empezaban a marearlo, salió, se vistió, se guardó el pasaporte de su mujer en el bolsillo interno de la gabardina y entró en la casa de sus suegros. Desde la lesión de Félix, nunca echaban la llave, hasta el punto de que aquel piso, en el que tantas horas había pasado en su adolescencia, se había convertido en un apéndice del suyo propio.

Félix, descamisado y descalzo, con el pelo revuelto de haberse pasado la mano sudorosa por él, lo abordó en el pasillo, antes de que Asunción pudiese recibirlo.

—A buenas horas —masculló entre dientes—. La cabeza no me para y la espalda me está matando. Necesito que me prepares otra dosis.

Mientras hablaba, lo conducía al despachito. Ni los dolores ni la convalecencia habían despojado a Félix de la Torre de las manías que cultivaba desde la infancia. La estancia permanecía meticulosamente ordenada, tan limpia que Jorge habría podido operar en ella, de ser necesario. La única diferencia radicaba en la luz, entornada debido a las jaquecas, y en las jeringuillas usadas sobre la mesa, junto a los frascos de tinta y al abrecartas.

Jorge ladeó la cabeza.

—Me lo pides demasiado a menudo —sentenció mientras se frotaba los ojos—. Te administré una dosis al mediodía.

Un temblor sacudió a Félix.

—Pues ya se me ha pasado el efecto. Tengo mucho trabajo por delante y con este dolor es imposible...

—Vas a tener que aguantarte —lo interrumpió el médico, categórico—. Cuantas más dosis te suministre, y cuanto menos tiempo pase entre ellas, menos efecto te harán. —Se apretó el tabique de la nariz—. Si lo que quieres es matarte, vas a tener que hacerlo con tu propia mano, porque yo no voy a ayudarte.

La expresión de Félix se contrajo. Las grotescas sombras que creaba la luz de la lamparita le deformaban la cara y parecía más flaco, más consumido y delirante.

—Esto sí que es el colmo. ¿Estás insinuando que soy un adicto o un suicida?

Jorge tragó saliva.

—Creo que te estás convirtiendo en las dos cosas.

La pesada respiración de Félix se cortó con aquella confesión.

—¡Y me lo dices *tú*, que con tus crímenes has condenado no solo a tu familia, sino también a la mía! *¡Tú!*

—¡Sí, yo! —bramó Jorge—. ¡Yo!

Se alejó. Félix trató de detenerlo, de agarrarlo del puño de la camisa, pero los movimientos, poco certeros, y el agobio del bastón se lo impidieron.

—¡Jorge! ¡Jorge, ven aquí! ¡Jorge!

Jorge cerró la puerta y lo dejó solo.

Jorge Márquez se fumó dos cigarrillos en el corto trayecto de Chamberí a Trafalgar. Tras preguntarle a Manolo si se sabía algo más de la situación en Lérida, le entregó el pasaporte de Ana.

—Nunca vamos a tener una ocasión mejor. Todos los efectivos de seguridad estarán centrados en detener el levantamiento en los Pirineos, la frontera con Portugal no volverá a estar tan poco vigilada como ahora.

—¿Y tú? —le preguntó Manolo, que ya se guardaba los documentos de su prima.

—¿Yo qué? Con mis antecedentes no me dejarán cruzar la frontera. Si intento fugarme y me detienen son capaces de cargarme el muerto de lo que está pasando en el Valle de Arán o de acusarme de conspirar para organizar algo semejante.

Manolo estiró los labios. La soledad de aquel piso, decorado al estilo pequeñoburgués para guardar las apariencias, bebía de los ecos del hospital en 1938, cuando la guerra ya estaba perdida y los brigadistas regresaban a sus lugares de origen con la promesa de una derrota como recuerdo.

—¿Has hablado de esto con tu mujer o pretendes que le dé la sorpresa mañana?

Jorge desvió la mirada.

—No me asusta llamar las cosas por su nombre ni admitir cuándo algo ha llegado a su final. En España no hay futuro, Manolillo, y esperar a ver si la invasión tiene éxito es demasiado arriesgado. Ana ya se sacrificó por mí una vez, me salvó la vida, nos quisimos mucho mientras nos tuvimos el uno al otro y estamos en paz. —Forzó una sonrisa—. Las deudas de sangre hay que saldarlas.

Manolo asintió. En sus ojos, acuosos, Jorge vio los iris verduscos de Blas Olivares y los destellos azules del inglés. ¿Qué daño podían hacerle las despedidas, si él siempre quedaba en pie?

—Marquesito, tú que creías en las causas perdidas...

—Esto no es una causa perdida, camarada, es una derrota, una más. Cuida de Ana y que sea muy feliz, que se lo ha ganado.

Cuando Ana llegó a casa todavía estaba encendida la luz del pasillo. Sin saludar ni quitarse los zapatos, con un ansia incontenible, abrió la puerta del dormitorio y no se dio cuenta de que estaba sumido en la oscuridad hasta que se adentró en él. Prendió la lámpara y comprobó que todo estaba tal como lo habían dejado por la mañana: la cama hecha, las batas y las zapatillas recogidas. Lo único que daba testimonio de que Jorge había pasado por allí era la reminiscencia de su perfume y la cajetilla de tabaco que no estaba en la mesa.

Salió. Pepita estaba acabando de fregar la vajilla en la cocina.

—¿Jorge no ha llegado aún? —le preguntó Ana.

La mujer sonrió.

—Sí, bonita, y fue a ponerle la inyección a tu hermano hace un rato. No sé si seguirá con él, yo oí la puerta de abajo... Mira, os he dejado un poco de sopa en la tartera, que como últimamente llegáis del trabajo tan tarde..., a él no le ha apetecido, ¿tú quieres que te la caliente y que te fría un poco de pan?

Ana, que ya se alejaba, rechazó su oferta.

—No, gracias, Pepita, no tengo mucha hambre. Voy a ver a Félix.

Asunción debió de oír el repiqueteo de sus tacones en el rellano y abrió la puerta antes de que Ana pudiese agarrar el pomo.

—Ah, es usted, señora.

—¿Esperabas a alguien más?

—No, señora, es que... —Bajó la voz—. Su hermano está de muy mal humor, lleva toda la tarde dándome órdenes. Y como su padre llega tan tarde de la fábrica y a mí no me da tiempo a terminar lo que me pide su hermano y mis tareas...

Ana no la dejó seguir. Le temblaban las manos y no sabía dónde colocarlas para ocultarlo.

—¿Sabes si mi marido está con mi hermano?

—No, señora, discutieron y se fue hará cosa de media hora. Y no vea qué gritos..., yo no quiero meterme donde no me llaman, pero a su hermano no lo veo nada bien.

Ana ya no la escuchaba. Con paso firme, se dirigió al despacho de su hermano. Al cerrar la puerta, él, que permanecía sentado al escritorio, tapó con un brazo los informes que estaba leyendo y con la mano del otro se apretó los párpados.

—¿Tienes que dar esos portazos? La cabeza me va a estallar.

Ana no se le acercó. Por miedo o por orgullo, se quedó muy quieta, con la espalda apoyada en la estantería. Desde el encontronazo que habían tenido en abril, cuando ella guardaba reposo, apenas le había dirigido la palabra, a él, que en su adolescencia había sido casi una extensión de sí misma.

En otra vida le habría gritado que Imre estaba vivo, a salvo;

hacerlo en 1944 habría supuesto anudarse una soga al cuello. Jamás volverían a aquellos veranos, ni a aquella amistad.

—Asunción me ha dicho que Jorge y tú habéis discutido.

—Asunción es una exagerada. Intercambiamos un par de palabras, nada más. —La estudió pausadamente. Su expresión, entre cansada y hastiada, mudó para albergar una sonrisa fría—. ¿A qué has venido? ¿A defender su honor?

Ana negó con la cabeza.

—Pensé que seguiría contigo, todavía no ha vuelto a casa.

Félix irrumpió en una risotada asmática.

—¿Y por qué iba yo a saber dónde está tu marido? ¿Qué soy, su ángel de la guarda?

Ana lo escudriñó un momento más. En los ojos, casi granates en la penumbra, como dos rubíes sin brillo, no podía leer nada más que odio y derrota. Aún lo quería muchísimo, como a una parte de ella misma, y aquel amor añejo, del que no podía desprenderse aunque quisiera, se mezclaba con un sentimiento más fuerte y pegajoso, cercano a la repulsa.

—Eres un miserable —susurró.

Cuando se fue, Félix no la siguió ni tampoco la llamó por su nombre. Regresó a los informes, que ya se sabía de memoria. Los había utilizado en su momento para perdonar al mismo hombre al que en ese momento quería castigar por sus crímenes. Él, a fin de cuentas, sabía mejor que nadie que la verdad radica en los detalles, los que se quieren resaltar y los que se opta por obviar.

Él, que se sabía de memoria cada puntada y cada remiendo, cada hilo suelto y cada quemadura de sus camisas, había reconocido la que Manolo llevaba puesta el día del desfile de la victoria. La que había perdido en la azotea, a la que Jorge había subido temprano. La complicidad entre su primo y él no le había pasado desapercibida, pero la había ignorado, como todo lo demás, por una amistad que ya estaba marchita.

Él, que había ganado la guerra, como un dios, tenía la potestad de perdonar los pecados y castigar a los pecadores. Con su dedo, podía marcar la fecha del juicio. ¿Quién podría reprochárselo?

X

De no haber sido de noche, Jorge se habría dirigido al cementerio para visitar a Inés. No albergaba fe alguna ni en los dioses ni en sus promesas ni en la supervivencia del ser humano más allá de la muerte, pero disfrutaba del poder curativo de las conversaciones con su hermana, aunque ella no pudiese escucharlo. Le consolaba saber que existía un lugar para ellos dos en el que hablar, como había hecho a los pies de su cama cuando era niña, y entre tazas de café primero y de achicoria después, en la edad adulta, para regresar a los pies de la cama durante su enfermedad.

Como el camposanto estaba cerrado y aún no quería volver a casa, se encaminó hacia el tablao. Se sentó a la mesa de siempre, la de antes de la guerra, en una esquina, y pidió un whisky doble con hielo.

Susana Rubín llevaba muchos años sacándose a sí misma las castañas del fuego. Ella, que apenas gastaba y lo ahorraba casi todo, como todas las personas con un buen motivo para ganar dinero, no habría dejado tirados a sus clientes habituales por nada del mundo, especialmente tras la retirada oficial de los alemanes de España. Al Marquesito no se lo veía nunca en su antigua mesa, y por lealtad y curiosidad se sentó con él tras la actuación, consciente de que hacerlo significaría una cartera más vacía de lo habitual al volver por la noche a casa.

—Flaco, qué lugar más malo para un hombre casado.

Jorge le sonrió.

—Pues te has arrimado a mala mesa, no tengo ganas de juerga.

—Ni yo iba a dártela. ¿Qué estás haciendo aquí?

—Necesitaba un lugar donde fumar, beber y pensar. Y es difícil encontrar amigos de los de antes. —Dejó a un lado el encendedor de plata, con el que jugueteaba, para mirarla a los ojos—. ¿Has visto hoy a Manolo?

Susana, que no estaba acostumbrada a los interrogatorios concernientes al que había sido su marido, arrugó la nariz.

—Pasó por casa hace unas horas, ¿por qué?

—¿Te ha comentado algo...?

Ella no le permitió seguir.

—Loco, ¿no ves que lo que Manolo y yo hablamos no te lo puedo repetir aquí? —Le apartó la copa, medio vacía, con el dorso de la mano—. No bebas más, que no te veo bien.

Jorge sacudió la cabeza.

—Es la primera, no te preocupes. —Se sacó la cartera del bolsillo—. ¿Podemos guardar las apariencias?

Susana tomó el billete que él le tendía y resopló.

—Tienes suerte de que no esté aquí tu cuñado, porque es asiduo. Anda, ven.

Al llegar a la habitación y tumbarse en la cama, Susana le devolvió el dinero a Jorge.

—Me han pagado por muchas cosas, entre ellas por volverme a acostar con mi marido de la República, pero, de momento, por charlar con los amigos no cobro. —Le propinó una patada en el tobillo para que se quitase los zapatos—. Habla bajo, que aquí las paredes son muy finas, aunque con la marimorena que están teniendo los de al lado difícilmente nos iban a oír.

La sonrisa en los labios de Jorge (débil, cansada, anémica) creció.

—Si es que eres de buena, Susanita... —Se puso serio—. ¿Qué te ha contado Manolo, entonces?

Susana se pasó la lengua por los labios, aún enrojecidos de carmín. Cuando dejó salir la voz, era aún más débil que la de Jorge.

—Lo de Lérida, ya sabes. En el partido tampoco se habla de otra cosa; es un secreto a voces. Ah, ¿y para qué? ¿Qué hemos aprendido en estos cinco años? ¿Te acuerdas al principio de la guerra, cuando se podía ir en metro al frente y las mujeres les llevaban la tartera con el almuerzo a sus maridos? Así seguimos, soñando, que no nos cansamos de soñar, y de perder. —Suspiró—. Tú no venías a hablarme de esto, Marquesito, que nos conocemos.

—No. Además de lo de Lérida, ¿te ha dicho algo Manolo del refugiado que ha llegado hoy?

La mujer bajó la cabeza.

—Sí, algo. Por eso estás aquí, me imagino.

A la mirada de Susana, melosa, casi lastimera, Jorge no quiso responder. Con los ojos fijos en sus propias manos, y en el cigarrillo encendido que sostenía entre ellas, dijo:

—Si fuese creyente, diría que es providencial. Nunca habrá una ocasión tan buena como esta para salir del país, con todos los ojos puestos en los Pirineos. Le he pedido a Manolo que saque a Ana de España cuando ayude a Imre de Hevesy a cruzar la frontera. Tú te quedas, supongo.

Susana le sonrió.

—Sí, a mí de España no me sacan, que también es mía, aunque mira cómo me la han dejado. Y mi hijo tiene más futuro aquí que fuera, aunque sea convirtiéndose en mi enemigo. Los dos conocemos bien a Manolo y sabemos que no se le puede atar, es peor que un gato callejero. ¿Vamos a estar el niño y yo mejor en el extranjero, cuando él se vaya a buscar otra aventura y nos deje con una mano delante y otra detrás?

Jorge la observó. No había cambiado nada desde que cantaba el «Ay, Carmela» y las «Coplas de la defensa de Madrid» vestida de miliciana. Entre sus rizos aparecían algunos cabellos grises, que ocultaba magistralmente con moños y tocados de flores, pero eso era todo. Seguía siendo la mujer más hermosa, más resuelta y más sincera que él había conocido.

—Ya sabes que conmigo puedes contar para lo que sea.

—Sí, para que dejes que mi miseria me la administre yo, que en peores plazas he toreado y, mírame, con la espalda tan erguida como siempre. —Le tomó de la mano, estaba fría—. Oye, flaco, ¿qué dice tu mujer de todo esto?

—No sabe nada. No voy a darle la oportunidad de que se sacrifique una segunda vez por mí. Nos lo hemos pasado muy bien mientras ha durado, pero lo único que la ata a mí es un dios en el que no creo y las leyes de un Estado que siempre me parecerá ilegítimo. Ya sabes que no soy un hombre de los que se casan.

Susana, cuya sonrisa carecía de la calidez propia de este rictus, movió la cabeza con mucha pena.

—Me lo decías con veintidós años y me hacía gracia, pero ahora que tienes treinta... y que he visto cómo la miras y cómo te mira ella a ti. Eres el único hombre que conozco que se llevó algo bueno de la cárcel.

—No sigas. Yo he visto cómo lo mira ella a él, y eso es suficiente. —Le apartó la mano tras besársela—. Tú lo has dicho, Susanita, no nos cansamos ni de soñar ni de perder, y ambas cosas hay que hacerlas bien.

Ana se pasó toda la noche en vela. La habitación, aún preñada del aroma del perfume de Jorge, se le venía encima. Sentía que estaba dividida en dos a causa de la sed que sentía, que no podía saciar, de querer demasiado, de la vida que no había vivido y que se abría ante ella como fruta muy madura a punto de pudrirse.

Caminaba de un lado a otro del dormitorio, descalza, sumida en unas lágrimas que no le permitían pensar, y a cada rato se asomaba a la ventana, que mantenía abierta para percibir cualquier ruido de la calle, pero Jorge no volvía. Si lo tuviese enfrente, estaba segura, los tormentos que le cortaban la respiración y le agarrotaban los músculos se disiparían.

Había esperado a Imre nueve años; incluso cuando creía que ya no existía, algo dentro de ella se estremecía al oír noticias de Hungría o al escuchar las canciones que habían bailado. Era una parte cada vez más pequeña de ella, pero ineludible, que había quedado oculta bajo los abrazos y las caricias de Jorge, bajo las bromas nocturnas y los sueños en común, bajo los hijos que había deseado tener, no por ser madre sino por él, para tener algo más que fuese suyo.

Ahora, que aún sentía las manos y los labios de Imre en la piel como heridas que no cicatrizaban, no sabía cuál de las dos Anas la poseería. Hiciese lo que hiciese, traicionaría a una de ellas, pues ambas amaban hasta el tuétano, hasta perder la cordura, y las vidas que llevarían serían muy distintas.

Agotó todos los cigarrillos y se quedó sin ceniceros en los que echar las cenizas. El agua del Carmen también se acabó, aunque el sabor, herbáceo, le recordaba a la enfermedad y le producía arcadas. Temía cerrar los ojos y quedarse dormida, por si Jorge volvía y no la despertaba, de modo que siguió paseando y escuchando una radio cuyas noticias no le interesaban.

De haber sido creyente habría rezado, y a punto estuvo de tomar el rosario de Inés, solo por tener algo con lo que ocupar las manos. La ausencia de su amiga, que siempre quemaba, jamás la había dañado con semejante furia.

XI

Cuando el sol empezaba a alumbrar y la radio repetía las mismas noticias del frente en Europa y el efecto del alcohol se le había pasado, percibió una sombra conocida en la calle, que se fue perfilando hasta dibujar las formas de aquel cuerpo que tan bien conocía.

Se secó las lágrimas con el dorso de la mano y se puso los zapatos para salir en su busca. Bajó las escaleras al galope y, al chocarse con él, recordó que aquella misma imagen, pero a la inversa, había sucedido a su regreso de Cedeira, cinco años atrás.

—¡Jorge!

Trató de abrazarlo, pero él se zafó de ella y continuó subiendo.

—Asunción me ha dicho que Félix y tú discutisteis, y me he pasado toda la noche esperándote —dijo mientras lo seguía—. ¿Dónde has estado?

—Con Susana Rubín, y con tu primo. —Abrió la puerta y aguardó a que ella entrase antes de cerrarla—. Necesita que lleves a Trafalgar el coche de la embajada con el paquete que los dos conocemos, a las ocho y media.

Mientras hablaba entró en el dormitorio y cuando ella estuvo dentro también echó el pestillo. Se sentó en la cama. Por las ojeras y las venas rojizas que le rodeaban el iris, Ana supo que él tampoco había dormido.

—Voy a darme una ducha —dijo Jorge, en voz tan baja que tuvo que acercarse más a él para escucharlo—. Mientras tanto, tú vas a llenar una mochila con tus cosas, solo lo indispensable, porque Manolo va a pedirte que cruces la frontera junto a Imre de Hevesy.

Ana dio un paso atrás de forma instintiva. Le parecía que el suelo ardía, como toda ella.

—¿Y tú?

—Yo no puedo salir del país, ya lo sabes.

Temblaba. Los ojos, inundados por las lágrimas, le emborronaban la vista, pero no los separó de Jorge.

—Entonces yo me quedo aquí contigo.

—¿Por qué? La única persona que puede denunciarte por abandono del hogar soy yo, y no voy a hacerlo.

Jorge se puso en pie, fue hacia ella, que aún lloraba, y se inclinó para besarla. Un beso corto, húmedo y cálido, para no traicionarse a sí mismo.

—Yo te quiero mucho, guapa, pero en España no tienes futuro y no seré yo quien te impida ser feliz. —Forzó una sonrisa—. Te han devuelto la vida que te habían robado, muy pocas personas pueden decir lo mismo.

Ana negó con la cabeza. Intentó rodearlo con los brazos una segunda vez, pero él ya se apartaba.

—No, Jorge...

Él no la dejó seguir. Introdujo una mano en el bolsillo del traje, del que sacó un pañuelo, le secó las lágrimas, una a una, y luego se lo tendió.

—Eres demasiado orgullosa para permitir que los demás sepan que has llorado y no voy a echártelo en cara, guapa. —Le apretó la mano antes de soltársela—. Cuando salga de la ducha, tú ya te habrás ido. Si sigues aquí, te llevaré al Embassy yo mismo, aunque eso solo retrasaría la operación y nos pondría a los cuatro en peligro.

Antes de salir le dio un último beso, en la mejilla, que ella trató de alargar tomándolo de la barbilla. El reloj marcaba las ocho menos veinte de la mañana.

Jorge tenía razón, Ana era demasiado orgullosa para dejar que otras personas fuesen testigo de su sufrimiento. Estaba acostumbrada a cuidar de los demás y el único ser humano con el que se había mostrado vulnerable acababa de rechazarla. Puesto que le sobraban cinco minutos, se volvió a secar las lágrimas con el pañuelo, que llevaba las iniciales de Jorge bordadas, y se retocó el maquillaje antes de salir.

En el Embassy, que acababa de abrir las puertas, pidió un té y un sándwich de pepino, el desayuno que precedía cada misión. Abrió el periódico, en cuyas páginas no se decía nada de la invasión del Valle de Arán, y aguardó a que, entre el bullicio de primera hora de la mañana, Imre bajase y tomase asiento frente a ella.

—*Jó reggelt.* *

Ana dio un respingo. Entre el ajetreo y su turbación, no había oído la cadencia de sus pasos, que conocía de memoria, ni percibido la sombra que se cernía sobre ella.

—*Jó reggelt.* —Sonrió—. No he aprendido más húngaro, lo siento.

—No esperaba que lo hicieses. —Colocó las manos sobre la mesa. Los nudillos, aún vendados, casi le rozaban la muñeca y ella podía sentir el calorcito que emanaban—. ¿Has dormido mal?

—Más bien no he dormido nada. ¿Y tú?

—Nada. —Rio—. Ya estamos viejos para esto. ¿Te acuerdas cuando encadenábamos dos o tres noches en vela seguidas?

—Me acuerdo de los gritos de tu padre.

—Porque tu hermano se desmayó durante el desayuno. —Se mordió el labio inferior. Con dos dedos tomó la mitad del sándwich que Ana había partido con el cuchillo de la mantequilla—. Pero qué críos éramos, y qué poco sabíamos. Nuestros viejos tenían razón.

Ana negó con la cabeza. Notaba aquellas manos fuertes, morenas, tan cerca de ella que podía intuir el fantasma de las caricias, y pensaba en Torrijos, en aquellos roces robados, en los abrazos casi

* «Buenos días».

sacrílegos antes de las despedidas. Y en los adioses de la estación de tren en Cantabria, y en los sobres a los que se aferraba como si en ellos pudiese palpar aún las yemas de Imre, y en las cartas que de tanto doblarlas y desdoblarlas se habían vuelto ilegibles.

Cerró los ojos.

—Ellos tampoco se imaginaban la que nos venía encima.

—Mejor. Habrían sufrido dos veces. —Le rodeó el índice con el pulgar, y ella se estremeció—. ¿Cuánto tiempo nos queda?

—Cinco minutos.

Félix, que había dormido poco y mal, incapaz de doblegar los dolores y los pensamientos, llegó a la oficina de la Falange temprano, tras tomarse un café en el bar de enfrente, pues de las miradas de reproche y preocupación de sus padres no quería saber nada.

Las noticias que le llegaban de Lérida, y que todavía no habían pasado a la prensa nacional para no instigar a la resistencia interna al régimen, eran propicias. La respuesta de la Guardia Civil en el Bajo y el Alto Arán, a pesar de la sorpresa, había sido efectiva y se había preparado un gran despliegue militar que superaría en número y armamento a los maquis.

Aquella victoria franquista, que iba a producirse, sí podría publicarse. Él, que tantas veces había clamado por san Miguel, sabía que la terquedad, el orgullo y la valentía podían retrasar una derrota, pero nunca detenerla.

Sabiendo que ese asunto estaba en vías de solución se sintió más en paz. Al volver a casa tras la jornada de trabajo se ocuparía de lo demás.

XII

En cuanto Manolo arrancó el coche, Ana sintió que una parte de ella se fragmentaba, se rompía, sangraba. Algo se perdía entre la neblina de finales de octubre y no lograba recuperarlo por más que lo buscase.

Imre contaba con un pasaporte, aunque fuese temporal, de modo que no se vieron obligados a esconderlo dentro del vehículo. Podía sentarse a su lado, como si hubiesen vuelto a aquel 1935 al que ella, en sueños, regresaba siempre.

Ana estaba dividida en dos. Una parte de ella solo quería escuchar cuanto Imre tenía que decirle; llenar con palabras, a falta de vivencias compartidas, aquellos nueve años que habían pasado separados y sanar la herida de un amor que no había seguido su curso, que lo habían cortado de raíz con violencia. Quería saberlo todo, hasta los más mínimos detalles, ni siquiera los tormentos de Vorónezh y el Don la asustaban; si él quería hablar de ello en la intimidad del coche y ella podía escucharlo, quizá los fantasmas del destino que no pudo sortear perdiesen su poder.

A la otra Ana, cuyas rodillas aún temblaban, cuya mano buscaba el pañuelo de Jorge, que guardaba en el bolsillo, quería postrarla. Si no hablaba, si no henchía los silencios con su voz, el llanto y la desesperación la consumirían.

Cuando el cansancio hizo mella en ella y los ojos se le cerraban, Imre la atrajo más hacia sí. Le colocó la cabeza sobre el pecho, de modo que pudiese descansar sobre él, y con el brazo le rodeó la espalda, para que pudiese acariciarle el muslo con los dedos.

Un gesto tiernísimo, una caricia cada vez más lenta, a medida que él también se iba quedando dormido por la extenuación y el movimiento del coche. A Ana le dio la impresión de que se fundía en ese abrazo; que la carne, la mente y el espíritu volvían a ser uno solo. Al quedarse dormida, soñó con Cantabria. Todo lo que le habían robado, todo lo que había ido dejando atrás con los años, y que en su sueño volvía a ella como pétalos llevados por el viento.

Los veranos, uno detrás de otro, la República, el día que se cortó el pelo y cómo Félix se había reído de ella toda la tarde para luego defenderla ante su padre, los trajes de la señora De Hevesy que ella codiciaba, la primera borrachera con gin-tonics en el balneario, que había tratado de beber con la elegancia de las mujeres más mayores y que había acabado vomitando antes de que Imre y su hermano la arrastrasen de vuelta a la habitación.

Y los chiribíes, los ateneos libertarios, la victoria del Frente Popular, los paseos en bici por la Dehesa de la Villa, las verbenas en la plaza, los discos que Imre le traía de Budapest y que ella escuchaba con Inés, las dos encerradas en su habitación, entre risas y pasos de baile que luego nunca replicaban ante los muchachos del barrio.

«Sé buena con él. Él te quiere tanto...».

En ese sueño, era una niña otra vez, y ni las pérdidas ni la guerra podían dañarla.

Cuando se despertó, ya atardecía.

Al llegar a casa, Félix se encerró con llave en su despacho y le indicó a Asunción que no permitiría que lo molestase por nada, pues aún tenía mucho trabajo por delante. Rumió las buenas noticias de Lérida un instante más, con la convicción de que la rebelión se reprimiría por completo pronto. Las notas de prensa, que ya había aprobado y que se publicarían una vez estuviese confirmado el fracaso de la invasión, colmarían de gloria al régimen y hundirían más en la desesperanza a sus enemigos.

Mientras se ponía el sol preparó todas las dosis de morfina que le quedaban, siguiendo de memoria el ejemplo de Jorge. Dispuso cada jeringa a su derecha, sin desinfectarlas, porque no le haría falta. Tras inyectarse la primera, se puso «La cabalgata de las valquirias» de Wagner en el gramófono y aguardó a sentir los efectos analgésicos antes de descolgar el teléfono e informar a los camaradas de la Falange de que al día siguiente dejaría en su escritorio pruebas que atestiguaban que Jorge Márquez Pérez, sentenciado por adhesión a la rebelión en 1940 e indultado un año después, llevaba meses ayudando a cruzar la frontera a elementos subversivos.

XIII

Llegaron a A Portela antes de la hora de cenar. El cielo era de color púrpura, y las nubes, violetas. En el bar, que Ana recordaba hasta en los más mínimos detalles, como si la luna de miel improvisada volviese a ella, la gente iba y venía con tranquilidad; sus miradas, dulcísimas, se amoldaban también a aquella calma.

Se había despertado con la voz de Inés haciéndole cosquillas en el oído y el espectro de las caricias de Jorge en la piel. En la confusión de entresueños, la mano de Imre le había parecido la de su marido. Recordaba su tacto como si hubiesen vuelto al último verano; la manera de agarrar, sin embargo, era distinta, con una firmeza que antes no existía para luego dejarla ir, como si temiese que el embrujo se rompiese.

A Manolo seguían sin gustarle los desplazamientos al caer la noche, mucho menos cuando la libertad que se jugaban era también la suya. El bar de los contactos conectaba con una pensión de carretera bastante humilde, en la que les permitieron hospedarse sin pasar antes por la situación embarazosa de cuestionar los lazos de parentesco que los unían. Una habitación pequeña para él, con una ventana con vistas a la carretera, y otra de matrimonio para Ana e Imre. A ella, esa palabra se le agarrotó en la garganta como una enfermedad; tenía las garras de las bodas de Torrijos, la verdadera y las falsas que vinieron después, de aquella intimidad entretejida entre pieles y caricias, a falta de un lugar sagrado que les perteneciese.

Cuando Imre cerró la puerta tras ellos, el ruido le crispó la espalda. Llevaba nueve años esperando ese momento primero, y luego, cuando parecía una causa perdida, soñando con él aunque se odiase por aquel acto de debilidad. Él la rodeó con sus brazos, a los que la había arrojado su propio marido. Con las yemas de una mano, le acariciaba las costillas como si quisiese insuflar vida en ellas, o llenarle de un soplo los pulmones de algo que no fuese aquella tierra infértil en la que se habían reencontrado; con los dedos de la otra volvía a palpar la joroba de la nariz y la línea suave de los labios, tratando aún de convencerse de que la mujer que tenía ante él, después de tanto tiempo, era real.

—Te he echado de menos lo indecible —mascculló contra su mejilla, contra su pelo.

—Y yo a ti. Pensar en ti fue la única felicidad que tuve durante la guerra.

Una aproximación más, piel con piel, hasta que ambas carnes se convirtieron en una sola. Los cuerpos se tambalearon, como la primera vez en la biblioteca, hasta caer sobre la cama. Nunca habían compartido una. La estantería contra la que Imre la había sostenido tras haber atravesado los fortines de su resistencia se había convertido en un rincón escondido del bosquecillo cercano al balneario, que solo ellos conocían.

Al besarlo y sentir en la boca el sabor de aquella saliva, al que también despertaba como si no hubiese tenido que esperarlo, pensó en el lecho matrimonial. Tras el suelo frío de Torrijos, que la desnudez, y no las sábanas, templaban, y la separación a causa de la enfermedad, aquella noche el colchón se le había antojado estrecho, demasiado pequeño para contener el deseo y la nulidad matrimonial que pendía sobre sus cabezas.

Aquel enlace, santificado por la desesperación de salvar una vida y el ansia de olvidar el pasado, se le clavaba como dientes en el corazón. A Jorge lo tenía enredado a su piel, aunque la hubiese obligado a apartarse de él. Los había unido la derrota primero y las incontables pérdidas después. En el olor de su sudor tras el coito siempre quedaría la nota amarga de la tristeza, cada acto de ternura traía consigo una pequeña tragedia. Quizá habían sido, como España, una causa perdida por la que no se habían cansado de luchar ni de soñar.

El tacto de Imre, atravesado por las cicatrices de la guerra, la devolvía a los años pasados. A la felicidad, que aparecía como una trampa, a la ilusión de un nuevo comienzo que quizá se habían ganado tras mucho hundir las rodillas en el suelo. Despojado de la ropa, aquel cuerpo que un día le había pertenecido mostraba nuevas sorpresas, territorios aún por conquistar, mapas que daban testimonio de aquellos nueve años de distancia. Besó cada marca, cada herida, los huesos algo más abultados, las zonas blandas que antes habían sido músculo duro. Al sentir su calor dentro de ella cerró los ojos.

Se abandonó a él, al hambre, a aquella larga espera que cristalizaba, a la felicidad que habían ido marcando en hojas de calendario durante casi una década. Felicidad ilógica, febril, atormentada. Lo había buscado con ansia, se había partido la carne blanda al aguardarlo, y ahora estaba sobre ella.

Para Jorge Márquez, refugiado en el teatro a falta de ganas de volver a casa o de molestar otra vez a Susana Rubín con su melancolía, aquella noche blanquísima tenía mucho de las más luminosas de 1939, cuando Madrid ya había perdido la guerra pero se mantenía en pie para salvaguardar el orgullo. La vencían, no se entregaba; la vencían porque se había quedado sin ayuda, sin salidas, porque las calles olían a pólvora y a hambre, los niños ya no temían las bombas, las mujeres habían cambiado el carmín por el hollín y a los hombres les habían traicionado sus propios sueños.

Aquella última velada de 1939, antes de dejar el Palace y regresar a casa, incapaz de seguir creyendo ya en la causa más perdida de todas, fue a ver a Rámper en el teatro. Un año atrás, el payaso madrileño, que en otra vida había sido albañil del mismo hotel que habían transformado en hospital, se había paseado entre las filas de butacas hasta que los espectadores le preguntaron qué buscaba.

—La paz.

En 1939, con la derrota como el ángel del Señor que llamaba a cada puerta, tomó un cubo de serrín, que esparció sobre el escenario al son de:

—¡Serrín de Madrid! ¡Serrín de Madrid! Se-rinde-Madrid.

«Se rinde Madrid». Aquella frase que todos habían repetido entre susurros trémulos, un llamamiento a la paz y un grito de miedo ante la victoria que se les venía encima. Jorge y el resto de sus camaradas, machacados y cansados, estallaron en unas carcajadas que les cortaban la respiración. La risa de los condenados, de los locos, de los enfermos terminales.

La mañana siguiente, se sacó el serrín que se había guardado en los bolsillos y entró en casa, con la llave que llevaba tanto tiempo sin usar, al grito de «¡Se rinde Madrid!». Y se había abrazado a su hermana, que corrió hacia él.

Un lustro más tarde, todavía sentía aquel tacto que le cosquilleaba las yemas. Si se esforzaba, aún podía habitar aquel segundo concreto, el momento en que la victoria nacional aún no había sido anunciada pero ellos ya se ponían el brazal de luto de los vencidos. Tanta resistencia, aquella hemorragia que ya se enfriaba, seca, no había servido para nada. Habían conocido el final de la historia desde el principio, incluso en 1937, cuando, por un instante bellísimo, creían que iban a ganar.

Ahora reía de nuevo, a mandíbula batiente, y no sabía si por la representación que tenía ante él o por los recuerdos de Rámper esparciendo serrín por los escenarios del Madrid más derrotado. La risa de los condenados, de los locos, de los enfermos terminales.

Al salir, la madrugada aún lo dañaba con su silencio. Incapaz de enfrentarse a la cama vacía, a aquella vida que le llevaba dando caza desde el primero de abril de 1939, subió directamente a la azotea. Las sábanas blancas lo rodeaban como fantasmas; al prender el cigarrillo, creyó que el fogonazo naranja que iluminó la penumbra le había tendido la mayor de todas las trampas. Frente a él, también fumando, con una pierna en el suelo y la otra colgando a la inmensidad de la noche madrileña, había un cuerpo que conocía muy bien.

Félix se volvió enseguida, alertado por el clic del encendedor. Los ojos fríos y la expresión terrible que caracterizaba la vida que desdeñaba se suavizaron con una sonrisa lenta, débil, que no sabía de dónde nacía.

—Veo que ya abrazamos la treintena y seguimos teniendo los mismos escondites.

—El enfado de Pepita, cuando se dé cuenta de que la colada limpia huele a tabaco, también será como lo recuerdas.

A falta de otro lugar, y tentado por el abrazo invisible de las sábanas que oscilaban con el viento, Jorge se sentó junto a él. Habían sido niños juntos; de adolescentes, habían compartido muchos pitillos como aquellos, la única reminiscencia de una amistad que la ideología, la guerra y las pérdidas habían sepultado.

Félix arqueó una ceja.

—¿Te ha echado mi hermana de la cama? Llevas en la cara la sombra de una tristeza que solo puede causar una mujer.

Jorge meneó la cabeza. Sacudió con dos dedos la ceniza hasta que cayó en aquella negrura que se abría ante ellos.

—No lograba conciliar el sueño.

Félix se puso serio.

—Ayer vino a buscarte a mi casa. Si te has cansado de ella y te atreves a arruinar la poca reputación que le queda después de casarse contigo…

Jorge se volvió hacia él con la mirada febril.

—No he respetado y admirado a una persona en toda mi vida como respeto y admiro a Ana.

—Pues no la humilles.

—No se me ocurriría. —Dio una calada—. ¿Y tú? Es tan tarde para ti como para mí.

—A mí nadie me espera. Y ya te lo dije: ni la espalda ni la cabeza me dejan tranquilo.

Adelantándose a una petición que no había sido formulada, Jorge desvió la vista.

—No puedo darte más morfina. Aunque quisiera, la embajada está empezando a sospechar y en la farmacia ya no me suministran más. —Se humedeció los labios—. No creas que no me duele ser testigo de tu situación. Hemos sido hermanos, Félix, y una parte de mí siempre va a quererte, aunque odie tus ideas y todo lo que representan.

Félix, que también observaba la sombra blanquecina de los edificios de Chamberí, y no al que había sido su amigo, apretó los dientes a causa de frío y la resignación.

—Yo ya estoy condenado. Y tú también.

Un asentimiento quedo. En los labios de Jorge también se esbozaba el espectro de una sonrisa.

—La tragedia es conocer el final de la historia y saber que no puedes hacer nada para detenerlo —repitió de memoria—. Me lo dijo un amigo inglés del hospital en el treinta y ocho, cuando el final de la guerra ya estaba claro aunque no quisiésemos creerlo.

Félix torció el gesto.

—Uno de esos bolcheviques que vinieron a destrozar nuestro país porque no podían clavar los dientes en el suyo.

—No creas. Para ser un reportero extranjero, era bastante tibio.

—¿Han tenido otra naturaleza los ingleses, en su historia?

Jorge rio, como en el teatro, ante Rámper. Una cicatriz abierta en la oscuridad.

—Echo de menos las personas que éramos —le confesó a Félix, con los iris acuosos sobre él—. Aunque, como tú dices, estábamos condenados incluso entonces.

Cualquier paso los habría conducido hasta aquel momento concreto. Ninguna victoria en ninguna batalla habría cambiado el final de la guerra; ninguna decisión, ningún acierto ni ningún error habría tenido la potestad de sanar aquello que estaba enfermo desde el principio.

La tragedia bailaba ante ellos y les cerraba los ojos.

Sin decir nada, Félix se sacó del bolsillo del abrigo el ajedrez portátil que siempre llevaba consigo como un amuleto o un recuerdo engorroso de un pasado que no iba a volver. Dispuso las piezas sobre el tablero, iluminado por los rótulos de neón que alumbraban la madrugada madrileña. Abrió la partida, tras asignarse las blancas.

Jorge, que apagaba el cigarrillo contra el suelo, tardó un par de segundos en reaccionar. Sus movimientos eran certeros, sin apenas concederse aquellos momentos de reflexión que lo habían caracterizado en el pasado. Finalmente, la defensa siciliana.

Félix puso los ojos en blanco.

—¿Para qué me respondes con una jugada que podía prever?

Jorge no lo miró.

—Hace tiempo que no juego. Si voy a perder, prefiero que sea de una manera elegante.

—¿Qué más da? Mañana esto no nos importará…

Movió la pieza. Ambos estaban condenados desde el principio.

XIV

Caía la madrugada en A Portela sin que ni Imre ni Ana pudiesen dormir. El triunfo de aquel reencuentro, tras los tormentos y la espera, se les agriaba en el paladar con el peso de todo lo que habían vivido. Durante nueve años habían tenido que ocupar sus vidas con alguna cosa, que al principio transpiraba en las cartas que escribían con la voracidad de los famélicos. Tras el cese de aquella comunicación, se abrían ante ellos cinco años de silencio que aquel dormitorio cedido por una única noche no podía contener: la guerra y el juego del gato y el ratón entre Alemania y España; la colaboración primero y la posterior ocupación de Hungría; la cárcel de miedo en la que se había convertido Madrid; Vorónezh y el Don, el luto por todos sus muertos, los matrimonios, los hijos.

—Tengo un niño pequeño, de dos años —le había dicho Imre. Con un brazo le rodeaba la espalda desnuda y con la mano del otro tomó la lata de tabaco que había dejado sobre la mesilla para sacar de ella una fotografía—. Előd. —Esbozó una leve sonrisa, que habría resultado imperceptible de no ser por la proximidad física entre ambos—. A punto estuve de llamarlo Félix, en honor a tu hermano.

—¿Por qué?

—Nació el día de su santo. Y por un momento pensé también en lo amigos que habíamos sido y en lo unidos que estuvimos durante aquellos años.

Ana negó contra su pecho.

—No mires atrás. Ya no queda nada de aquellos veranos, excepto nosotros dos, y por mi hermano ya no puedo llorar más.

—Fuimos tan felices...

Ana quería decir que eran eso, felicidad. Felicidad y no alegría, no la alegría por la caída de Italia o el desembarco de Normandía. Eran un futuro lejos de España, que ya no tenía salvación, que sangraba por no haber permitido que la herida se cerrara, una tragedia inabarcable.

En el niño de la foto vio un pálido reflejo del chiquillo de Ontaneda del que Félix se había hecho amigo y al que ella, a regañadientes y por miedo a que su hermano la dejase sola, había accedido a incluir en sus juegos y sus aventuras. La imposibilidad de comunicarse entonces, debido a la carencia de un idioma común, no les había estorbado; el suyo era el sencillo lenguaje infantil, físico más que verbal.

En ese momento, el francés de sus cartas y sus susurros enamorados se les atragantaba, salía a trompicones por el desuso, ya que en ausencia del otro no habían tenido la oportunidad de practicarlo. Las palabras furtivas en castellano o en húngaro, a falta de un buen equivalente, como puntos y coma en la conversación.

—Előd —repitió ella—. Es muy guapo. ¿Dónde...?

—En Budapest, con su madre. Temo lo que les pueda pasar, a la ciudad y a ellos, con el avance de la guerra..., quizá, cuando termine, pueda volver y reunirme con él. Mi matrimonio fue un error terrible, pero el niño no tiene culpa de que fuera concebido en aquellos años. Me gustaría ser partícipe de su vida, en la medida en la que su madre crea conveniente. Előd apenas tenía unos meses cuando me fui; no recuerda nada de mí, ni las caricias. ¿Y tú? ¿Tienes...?

Ana no le permitió verbalizar la pregunta. Escucharla habría sido demasiado doloroso.

—No. Mi marido y yo lo intentamos, pero no llegó. —Un temblor la recorrió—. Quizá habría sido un acto de crueldad traer a un hijo al mundo. En España nunca nos dejarán olvidar que somos los vencidos, sobre todo a Jorge, que siempre cargará con el estigma de la cárcel.

Imre asintió. Con los dedos aún sobre ella, sus movimientos se volvieron más lentos, menos rítmicos.

—¿De verdad que te ha tratado bien?

Las manos que sostenían la sábana para que nadie más pudiese verla, la noche de bodas en Torrijos. Las lágrimas que danzaban en el párpado inferior ante el temor de robar algo más, algo íntimo, por el precio de su propia vida.

—Sí, muy bien. Mejor que nadie.

—Te casaste con él para salvarle la vida, aunque el divorcio en España es ilegal.

—Es el hermano de Inés, mi amiga del alma, y Félix también lo quería tanto..., y yo pensaba que no volvería a amar a nadie después de ti.

Las yemas de Imre se detuvieron sobre la línea de la espalda de Ana. La piel, erizada, tembló.

—¿Alguna vez llegaste a...?

—Primero creí que me habías olvidado; después, que habías muerto. —Sus cejas se contrajeron—. Sí, lo quiero. Igual que he estado enamorada de ti todo este tiempo, lo quiero a él.

Los muslos de Imre contra los de ella. El cuello de él, con aquel aroma de verano, apoyado en el hombro de Ana.

—Y estás aquí.

—Estoy aquí. Todavía siento tantas cosas por ti, y hay tanta tristeza entre Jorge y yo... Él quiere que me vaya de España.

Los labios de Imre se posaban sobre la nuca de Ana.

—¿Y qué quieres tú?

—¿Qué me queda en España, si me rechaza? No es el mismo país que tú conociste y no sé si algún día volverá a serlo. Falta demasiada gente y la que queda calla por miedo. A nosotros no nos ocupó nadie, fue nuestra propia mano la que nos dividió.

—*A magyar felől igazán mondhatni, hogy sírva tánczol* —musitó, en aquel idioma cantarín cuyos tonos se resistían a la sequedad del castellano—. «En cuanto a los húngaros, puedes decir que bailan mientras lloran». Somos un pueblo melancólico, un pueblo desgraciado. —Forzó una sonrisa—. ¿Sabes qué decía una y otra vez mi amigo Péter Zoltán?

—No.

—Que solo fuimos felices durante la República Popular, bajo el líder Mihály Károlyi. —Suspiró—. Un líder al que no conoció y un Gobierno del que no se acordaba, porque cayó cuando teníamos cuatro años. Era un inocente. Lo mataron en el Don por plantarle cara a un sargento. A otros camaradas, por insubordinación, les rompieron la nariz y los dientes de un puñetazo. ¿De qué ha servido toda esa lucha, toda esa resistencia?

Ana pensó en los compañeros de celda de Jorge, en aquella comparsa de hombres que dejaban de hacer acto de aparición en los locutorios y en las mujeres a las que, días después, veía de luto por las calles. A Rafael el Vasco, al que habían fusilado en la primavera de 1942 y por el cual Jorge perdió el apetito durante semanas. A Marcelino, a quien todavía escribía en el penal de Guadalajara, adonde lo habían trasladado. Aquello por lo que habían luchado tenía que significar algo; no podía quedar reducido al plomo, a las tapias del cementerio, al olvido, a la vergüenza, a las cabezas que bajaban para no mirar la verdad a la cara, porque era grotesca.

Más que nunca, fue consciente de la magnitud de aquellos nueve años, de los días que los separaban y que no podían llenar con nada. Habían avanzado, habían cambiado, la vida los había maltratado y ellos se habían levantado. Ella jamás comprendería el frío de Vorónezh ni tampoco la traición de su país que Imre había sufrido, no por su ideología sino por su sangre, sobre la cual no hay elección. Él tampoco podría llevar la cuenta de las colas en la cárcel, de cómo las toses de los hombres tenían distintos carices, de aquella opresión en el pecho que aumentaba con cada injusticia, ni ser testigo patético del cambio de la ciudad a manos de vecinos abnegados, ni de cómo no solo cambiaron los nombres de las calles, sino que el propio idioma cambió también: el «Año de la Victoria», el «Glorioso Alzamiento Nacional», el «Generalísimo», los «Buenos días» que se introdujeron allá donde antes solo se saludaba con un «Salud», los «don» y los «doña» que habían regresado antepuestos al mero nombre de pila, los Libertos y los Ideales a los que les habían dado un nuevo nombre, cristiano, para borrar el pasado rojo de sus padres.

En la cama, y también cuando estaban solos en la embajada, o a susurros en el Embassy, hablaban en aquel idioma perdido, aquel castellano al que tenían que desenterrar desde tal profundidad que se manchaban las manos de tierra. Ella jamás podría reírse de los chistes húngaros, aunque aprendiese la lengua, ni sería capaz tampoco de recitar de memoria los poemas de la infancia de Imre. Entre ellos existiría siempre una distancia que en sus veranos no importaba pero resultaba crucial tras aquellos nueve años.

—Mi país es mi calvario —dijo Ana mientras acariciaba a Imre—. Y siento lástima por él.

El Madrid de sus amores se lo habían arrancado de raíz, como su noviazgo con Imre. Su matrimonio con Jorge siempre estaría marcado por su inicio, por el miedo a los funcionarios de la cárcel, por la pena. Allá donde fuera siempre le faltaría algo.

XV

Félix de la Torre se despertó temprano. Cuatro horas de descanso, ¿para qué necesitaba más? Aquel madrugón le permitía obviar la presencia de sus padres en la casa, y rechazar el café y las tostadas quemadas de Asunción. Tenía un ojo sobre los informes de la mesa, que guardó en el maletín para no olvidárselos, y otro sobre el mapa del Valle de Arán en el que marcaba los avances de los maquis y de los soldados franquistas. Las dosis de morfina seguían ordenadas, a la espera. Porque iba a ser un día largo, y porque después de tantos años sabía falsificar la firma de Jorge, iría a probar suerte a la farmacia.

Antes de prepararse para salir, se detuvo ante el mapa de Europa. Con acritud en el pecho, movió los alfileres hasta que estos reflejaron las últimas noticias del frente. Se olía el final de la historia y no deseaba estar allí para verlo.

Al abrir los ojos, en esa tierra de nadie entre el sueño y el despertar, Ana se estremeció. Esperaba, por la costumbre, amanecer junto a su marido (el pelo oscuro, alborotado, el «Buenos días, guapa» cuando estaba de humor, y la mano para subir la sábana y taparse la cara cuando no lo estaba). Observó a Imre, que también se desperezaba. Bajo aquella luz tan clara que atravesaba las cortinas, se percató de que, sin el bronceado, la constelación de pecas sobre los pómulos palidecía hasta desaparecer. Solo había conocido sus veranos, aquel era el único invierno que compartían.

—¿Qué vas a hacer? —le preguntó él con voz aún grave tras el sueño.

Le acariciaba con dos dedos la mejilla fría. Aquel contacto humano, la venda que aún le abrazaba los nudillos, dañaron a Ana con su descaro.

—No lo sé.

Se había pasado la guerra soñando con aquello. Imre a su lado, tan cerca que podía olerlo y bañarse con el calorcito que emanaba de su cuerpo; una nueva vida en un lugar donde pudiese estudiar lo que quería y lograr sus ambiciones por méritos propios. Tras la victoria, y hasta la carta de despedida, aquella ilusión la había mantenido erguida.

En ese momento, sin embargo, la embargaba una sensación de ruptura por dejar atrás sus calles, que era casi física, que quería postrarla. El vacío que sentía dentro era similar al que la había invadido tras los abortos, y echaba en falta la mano de Jorge sobre su vientre.

Imre le sonrió. Un gesto leve, que casi se perdía en aquel instante de congoja.

—Yo sí. Solo has sido feliz fuera de Madrid cuando sabías que ibas a volver en septiembre. —La acarició una vez más—. A las despedidas ya deberíamos estar acostumbrados, ¿eh, Annakém? —La besó en el labio inferior, como un último recuerdo—. Hemos sido un sueño muy bonito.

No conocía realmente al hombre que le hablaba. Al adolescente, al chico de veinte años, de su último verano, Ana podía conjurarlo, moldearlo con las manos como si fuese arcilla, y no se parecería al varón de veintinueve, atravesado por los años y la guerra, que se desperezaba junto a ella. Durante nueve años había amado algo que no existía, que había muerto junto con su niñez.

—Sí, del que no quise despertarme nunca.

A Manolo, ya vestido de excursionista, lo abordó al salir y antes de que él pudiese decir nada sobre la ropa que ella se había puesto, la misma del día anterior.

—Me llevo el coche de vuelta a Madrid mientras Imre y tú os reunís con el contacto —le dijo al oído.

El primo, con el pelo engominado casi en llamas bajo la luz del ocaso, sacudió la cabeza.

—No hace falta, no me voy a arriesgar a que cruces la frontera sola. Es hoy o nunca. No habrá más misiones, al menos para mí. He roto con todo lo de Madrid, y tú deberías hacer lo mismo.

Ana dio un paso atrás. Volvieron a ella los pies fríos de Chelito en la cama de Cedeira, los riesgos que había afrontado, la primera mañana de trabajo en la embajada.

—¿Sabes que tu hermana dice que eres un incauto? —Le sonrió—. No perteneces a nadie y nadie te pertenece a ti, pero yo me vuelvo a Madrid.

—Ana, si no lo haces ahora, después no voy a poder...

—No me importa.

No consintió que le dijese más. El tiempo era, de todos modos, el más astuto de los cazadores, y él no habría permitido arriesgar su propia suerte, ni siquiera por ella.

Imre se volvió hacia Ana para tomar su mochila y la abrazó.

—Al final los años nos han traicionado.

—Y cómo. Una parte de mí te va a querer siempre.

—Te quedas en todos mis veranos. Cuídate mucho, ¿eh?

Imre le acarició la mejilla con el pulgar.

—Como se cuidan las vidas que creías perdidas y las recuperas. Cuida tú también la tuya, que vale lo que el oro.

Ana se aferró más a él, de modo que pudiese sentir su ropa contra la piel y el olor de la colonia en la nariz. Quería recordar cada centímetro de carne, la disposición de cada hueso, el calor exacto que emitía. Quedarse a vivir un ratito más en aquel abrazo antes de separarse de nuevo y dejar de ser una niña.

Condujo al amanecer primero y en lo más luminoso del día después, con la ansiedad hambrienta y desnuda de quien busca algo que ha perdido y no puede encontrar. Las manos, que sudaban entre temblores, y los ojos bañados en lágrimas no le servían de gran ayuda; avanzaba como guiada por una voz queda, por los propios recuerdos de los viajes pasados, pero ante todo por terquedad y miedo.

En el control de la Guardia Civil acompañó el rostro lloroso con una historia sencilla que no costaba mucho creer: se había perdido con el automóvil de su jefe y no lograba encontrar las indicaciones para entrar a Madrid. Los hombres, cansados, más pendientes de las noticias que esperaban de Lérida que del coche de una embajada que les traía sin cuidado, la dejaron pasar.

Atardecía. Atravesó la plaza de Chamberí corriendo, a trompicones, y así subió también las escaleras. A causa de los espasmos no atinaba a agarrar las llaves del bolso, por lo que Pepita, alertada por el ruido, le abrió la puerta.

—¡Pero, niña, esa cara! ¿Qué ha pasado? ¿No habrás tenido un accidente con el coche? Que Jorge me dijo que tu prima Chelito se había puesto muy enferma y Manolo y tú os fuisteis corriendo a Galicia.

Intentó tomarle el rostro, pero Ana, que ya miraba detrás de la anciana, como buscando la sombra de su marido, no le dejó.

—No, no, todo está bien. ¿Jorge está?

—Sí, hará cosa de media hora que ha llegado del trabajo... ¡Niña! ¿Qué pasa?

Echó a correr hacia el dormitorio. Su esposo, avisado por la luz o por las voces del pasillo, ya caminaba hacia la puerta.

—¿Qué estás haciendo aquí? —susurró, mientras la volvía a cerrar.

Ana, que se sentía desfallecer, se abrazó a él con la desesperación de las despedidas de Torrijos, como si fuese un bien frágil, escaso, que temiese perder de nuevo al despertarse.

—Quedarme contigo.

—Guapa, ¿para qué? Aquí nunca nos van a dejar en paz. Ellos siempre van a ser los vencedores y nosotros los vencidos.

Sacudió la cabeza contra su pecho. Él era suyo y ella de él, se pertenecían el uno al otro. Los años, las pérdidas y la lucha los habían convertido en una sola cosa. Bailaban, con lágrimas en los ojos, pero bailaban. ¿Quién iba a comprenderlos más que el uno al otro? Eran de un Madrid que ya no existía y que renacía en sus abrazos.

—No me importa. Te quiero y no quiero irme de tu lado.

Los labios de Jorge temblaron. Por la sorpresa, y la mezcla de pena y alivio del reencuentro, no había respondido al contacto de inmediato. Pausadamente, le pasó la mano por la espalda, que se crispaba con la respiración.

—¿Y cuándo te has dado cuenta de eso?

—Las dos veces que casi te pierdo.

Jorge le sonrió. Con los pulgares le secaba las lágrimas de los pómulos.

—Mira que eres loca, guapa. ¿Y ahora qué hacemos?

—Después de lo que hemos pasado, ¿qué más da? Soportaremos lo que venga. Manolo e Imre hace horas que han cruzado la frontera. Quizá los maquis del Valle de Arán tengan éxito, y los camaradas que liberaron París no se olvidarán de nosotros.

Los pulgares de Jorge descendieron hasta rodearle la mandíbula. Las manos le cubrían las mejillas, húmedas, para que entrasen en calor.

—Qué ciega estás, guapa.

—Es que no crees en nada.

—En ti sí. —Una sonrisa débil—. Ahora podrías estar al otro lado y conseguir todo lo que siempre te propusiste. Todos los sueños que nos contaste a todos aquel día que viniste con el pelo por aquí —le acarició el lóbulo de la oreja— y unos pantalones que ni la Katharine Hepburn.

—Sueños, sueños, era todo sueños... —Se apretó más contra él. Quería sentirlo, que no la volviese a apartar—. ¿Y de qué me han servido? No soportaba estar lejos de ti, no vuelvas a apartarme de tu lado.

—No. —La besó en la frente—. Si ya até mi piel a la tuya.

Ana lo llevó a la cama. Quería a su marido cerca, piel con piel, enredarse a él como hacían cuando no tenían más que dos sábanas, cincuenta minutos, un mes de conversaciones pendientes y unas alianzas de boda que valían lo que una vida humana.

Apoyó la cabeza sobre la clavícula de Jorge, en el hueco entre la barbilla y el hombro. Las rodillas de él, alzadas, cubrían también el espacio preciso de la cintura que se hundía. Con las yemas de los dedos se contaban mutuamente las vértebras una a una. Hablaban de la invasión del Valle de Arán como de un suceso mitológico, tan lejano en el tiempo como la guerra de Troya o la caída del muro de Jericó. En la embajada se comentaba que la respuesta del régimen había sido mayúscula. David contra Goliat.

—El final de esta historia ya me lo sé yo —susurró Jorge.

—Pero aún no ha llegado.

—Pero no se puede detener.

Le besó el pelo, la frente, los pómulos, hasta culminar en los labios que se abrían para él. Sin separarse de ella, y sin querer dormirse, recitó de memoria aquellos versos que podía ver impresos si cerraba los ojos.

—«Alrededor de tu piel ato y desato la mía. Un mediodía de miel rezumas: un mediodía. ¿Quién en esta casa entra y la aparta del desierto? Para que me acuerde yo, alguien que soy yo y ha muerto». —Con la boca le acarició el pecho, la línea del ombligo, todo aquello que por la deuda contraída había dejado ir y le había sido devuelto—. «Viene la luz más redonda a los almendros más blancos. La vida, la luz se ahonda entre muertos y barrancos».

Ana le tomó la cabeza, pasó los dedos por el cabello oscuro, lacio, para atraer a su marido más hacia sí.

—«Venturoso es el futuro —siguió ella por él—, como aquellos horizontes de pórfido y mármol puro donde respiran los montes. Arde la casa encendida de besos y sombra amante. No puede pasar la vida más honda y emocionante. Desbordadamente sorda la leche alumbra tus huesos. Y la casa se desborda…».

XVI

La primera luz del amanecer cayó como un rayo sobre los cuerpos desnudos, aún dormidos. Jorge despertó primero con el golpe de los nudillos en la puerta. La cara de Pepita, que entraba antes de recibir contestación, algo inaudito en ella, lo espabiló.

—¿Qué pasa? —le preguntó, mientras tanteaba la mesilla para dar con las gafas.

La mujer, pálida, clavó los ojos en Ana, que se estremecía con el despertar.

—Es tu suegro, que está en la puerta y tiene una cosa que decirte.

Con aquella frase, Ana terminó de desperezarse. Aún abrazada a su marido, y con los ojos cerrados por la molestia de la claridad, inquirió:

—¿Mi padre? ¿Tan temprano?

Jorge, que ya se había puesto las gafas, percibió la negativa, casi imperceptible, que Pepita hacía con un gesto. Tragó saliva.

—Es... la crema de la espalda de tu hermano, que ayer llegué a las tantas de la embajada y no se la llevé. —Se volvió hacia Pepita, que se sacudía en el umbral—. Un minuto, ¿vale? Dile a don Ricardo que me visto y voy.

En el pasillo ya se escuchaban los llantos de doña Basilisa y los gritos de Asunción. De manera instintiva, y para que Ana no se alertase con el ruido, Jorge cerró tras de sí. Su suegro, aún en batín, con el pelo revuelto y los ojos encendidos, no lograba reaccionar a la enormidad de la situación. La mano, débil, le empujó la espalda para conducirlo al despacho de Félix. La puerta, que habían abierto a la fuerza, estaba entornada y, en el angosto espacio que quedaba a la vista, Jorge apenas alcanzó a identificar la alfombra granate.

—No sabía... —comenzó a decir don Ricardo, y se humedeció los labios, como si quisiese concederse aquellos segundos para poner en orden sus pensamientos—. No sabía a quién llamar. Asunción se dio cuenta de que no se había acostado y... lo descubrimos los dos. —Frunció el cejo, las lágrimas se agolpaban en sus ojos—. Creo que estaba esperando a que ocurriese desde que se fue a Rusia.

Jorge asintió. A aquel hombre tenía muchas cosas que decirle, pero todas se le atragantaban, no querían brotar. Sabía que, en el momento en el que las pronunciase, la verdad cobraría vida.

Cogió aire antes de entrar. A primera vista, el despachito estaba tal y como él lo había dejado dos días atrás, suspendido en las manías de su dueño, tan pulcro que solo en los detalles se percibía la personalidad perdida. Las novelas de aventuras en las estanterías, junto a los tomos de historia y economía de la universidad, recuerdo de aquella niñez que no quería relegar a la intimidad del dormitorio. El mapa de la pared, que seguía meticulosamente, y sin filtro alguno, los avances de la guerra en Europa; por la posición de los alfileres, Jorge supo que los más recientes se habían colocado el día anterior. Las fotografías sobre el escritorio, que daban testimonio de los años pasados que no volverían y en las que Jorge no quiso detenerse.

Félix, ya rígido y frío, estaba apoyado sobre la mesa, los brazos extendidos sobre el papeleo en el que había estado trabajando. De no haber sido por los ojos, abiertos y cristalinos, y por la expresión inerte, casi habría pensado que dormía. A su lado, colocadas con el mismo cuidado que todo lo demás, yacían las jeringuillas usadas. Si hubiese sido el primero en verlo, y por respeto a la privacidad que sabía que Félix salvaguardaba con tanto esmero, las habría ocultado, pero ya no importaba.

Apretó los labios para contener el llanto por aquella amistad, más bien cercana a los lazos fraternales, que se había roto, pero que le dolía igual. El talento y la juventud desperdiciados. Una vida humana irrecuperable, cortada de raíz demasiado pronto.

Tuvo que abrir la ventana para recobrar el aliento y evitar el vómito. Al volverse, más calmado, le cerró los ojos. Por humildad y respeto, le terminó de abrochar la camisa y le anudó bien la corbata, como a él le gustaba.

Al salir a los gritos de doña Basilisa y de Asunción, Ana ya estaba en el pasillo. Quería pasar, y su padre, que la abrazaba, se lo impedía.

—Quiero verlo, por favor, quiero verlo.

Pasó de un hombre al otro. Jorge le colocó una mano en la cabeza y la atrajo hacia su pecho.

La besó donde pudo, entre los temblores.

—No entres —le susurró—. Él no querría que lo recordases así.

Quería decirle, no supo si le había salido la voz, que, después de tantos tormentos, la suya había sido una muerte dulce, casi agradable. Un abrazo del sueño y la no existencia. Con la depresión respiratoria causada por la sobredosis de opiáceos, la inconsciencia llegaba como una caricia. Sin atención médica, los órganos se apagaban y dejaban de funcionar, uno tras otro, en una cadena ordenada, como le habría gustado a él, hasta que cesaba la vida.

La besó, la acarició y la acunó; el peso de todos los años compartidos le arqueaban la espalda. Cuando le pareció que se calmaba y respiraba más despacio, se la devolvió a su padre.

—Voy a avisar a la policía.

Los dedos le cosquilleaban con cada movimiento. Lo que dijo no lo comprendió; soltó las palabras sin creerlas, como si perteneciesen a otra boca y a otra persona. Al asomarse a la ventana, vio a dos camaradas de Félix cruzando la plaza. Con el susto y la confusión no se preguntó cómo habían podido enterarse tan pronto.

Regresó a la sala, donde don Ricardo había logrado sentar a su hija. La tomó entre los brazos, consciente de que él había estado en el mismo lugar el año anterior y no había bálsamo ni cura posible para su pena. La arrulló, los pasos de los camaradas en la escalera le marcaban el compás.

Silencio. Los dos golpes a la puerta llegaron ahogados. Ana, que levantó la cabeza del pecho de Jorge, fue la primera en darse cuenta de que no les estaban llamando a ellos, sino a la puerta de enfrente. Su padre, que se paseaba, aún sin creer lo que acababa de ocurrir, abrió de todos modos.

—Es aquí.

Desde su posición, Ana vio a los dos hombres, bien erguidos, con uniformes idénticos a todos los que Félix aún guardaba en su armario, perfectamente planchados y a la espera de que se los pusiera de nuevo. Estudiaron a don Ricardo con detenimiento y, sin permitir que su expresión lo delatase, uno de ellos afirmó:

—Estamos buscando a Jorge Márquez Pérez.

Ana contuvo la respiración. Su marido, que se había detenido en mitad de una caricia, alzó la vista. No se puso en pie.

—Soy yo.

Los dos hombres entraron. Rompieron la intimidad de aquel luto prematuro, ignoraron, por honor o por deber, a las mujeres que lloraban y las manos de Ana, cada vez más blancas al aferrarse a la carne amada.

—Levántese —ordenaron. Ana clavó las uñas, incluso—. Queda usted detenido.

—No se lleven a mi marido.

—¡Apártese!

—¡No! ¡No se lleven a mi marido! —gritó, aunque no supo de dónde sacó la voz.

En Torrijos la norma que todas seguían era no permitir que aquellos canallas se recreasen en su dolor, pero a ella no le quedaba otra cosa. A cada intento, casi tierno, de Jorge por separarla de él, ella se aferraba con más fuerza. Habría hecho uso de los dientes, de haber sido preciso.

—¡Por favor!

Habría chillado más, más alto, si su madre, a la que el miedo había despejado, no le hubiese tapado la boca. La aferró contra ella y la resistencia de Ana se volvió física: forcejeó con los ojos anegados en lágrimas mientras los dos hombres sacaban a Jorge de la habitación.

Sus manos, que no dejaban de temblar, estaban vacías de nuevo.

Epílogo

Madrid, 8 de mayo de 1945

La radio retransmitía la noticia del fin de la guerra mientras Ana de la Torre se vestía para ir a visitar a su marido a la cárcel. Las emisoras españolas se hacían eco de aquella victoria aliada con la misma tibieza con la que, semanas atrás, se había dado a conocer la muerte del Führer en Alemania sin mencionar la causa que lo había conducido a su fin: reducido y arrinconado en su búnker, se había suicidado junto a Eva Braun, con la que había contraído matrimonio.

En la embajada, de la que Samuel Hoare se había despedido el diciembre anterior, cuando la neutralidad de España ya no se cuestionaba, la verdad había tenido uñas y dientes. Allí, como en el resto de Europa, la paz (no victoria, paz) se había recibido con champán, bailes, abrazos y besos espontáneos; una alegría loca, casi líquida, que no empapaba a los españoles que habían celebrado en secreto la liberación de París a manos de sus camaradas, de quienes se habían despedido años atrás.

La invasión del Valle de Arán, aquella esperanza tan pequeña y valiosa en mitad de la condena, había resultado un fracaso tras una férrea resistencia que no logró superar lo inevitable. Más allá de los mitos y los libros sagrados, Goliat siempre vence a David.

Los aliados, embriagados por la derrota de sus enemigos, y temiendo la fragilidad de aquella paz por la que se habían sacrificado y sangrado tanto, se habían olvidado de España. Para los republicanos que llevaban casi una década combatiendo el fascismo, aquella había sido la traición última, cuya daga Ana ya no sentía.

Las visitas de los lunes se habían convertido en las visitas de los martes, acompañada de Susana Rubín, de doña Consuelo o de su madre, pues el suyo era un yugo en femenino, una cruz que solo sus espaldas podían cargar. Al resto se acostumbró fácil, pues era un traje (de novia los mejores días, mortaja los peores) que ya había vestido antes. Veinte años y un día, con la posibilidad de reducir la pena mediante trabajos forzados, pues en la paz de Europa a España le convenía fingir no haber abrazado nunca las aspiraciones del Eje (en el despacho de Franco, le dijo Hoare antes de partir, ya no se mostraban los retratos de Hitler ni de Mussolini, sino tan solo el de Su Santidad). Volvieron las tarteras de Pepita, rebosantes de tortilla o croquetas o chicharrones, con el soborno de postre, por si acaso; las conversaciones a gritos a través del locutorio; los vis a vis de caricias robadas, de abrazos que se rompían con un adiós que siempre llegaba demasiado pronto.

Pero era martes de nuevo y estaban en mayo, cuando el calor en Madrid ya empezaba a apretar, incluso en las paredes frías de la cárcel. Llevaba los labios pintados y estrenaba traje por orgullo, para dirigirse a los funcionarios de frente y decirles con la expresión de su rostro que aquella guerra la habían ganado ellos, aquellos a los que les habían pasado por encima, que a ella las rodillas no se las iban a doblar, que huesos más duros había roído y ahí estaba, en pie.

En aquel encierro de silencio, en aquellos años que pasaban y aquella Historia con mayúscula que los relegaba, los martes eran su día favorito de la semana. Deseaba ver a su marido, tocarlo aunque no se lo permitiesen, escuchar su voz en la cacofonía de tantas otras, recordar lo que le había dicho, repetirlo como una oración que no cesaba. Anhelaba mirarlo a los ojos y decirle: «La guerra ha terminado».

Nota de la autora

A veces pienso que llevaba toda la vida esperando a escribir esta historia. Me preguntaron muchas veces cuándo escribiría una novela ambientada en la Guerra Civil y el franquismo; aunque el hálito de vida estaba ahí, dentro de mí, y yo sentía el reclamo cada vez más fuerte de una historia por contar, pasé años sin atreverme. Es solo ahora, tras haber escrito el punto final, tras haber corregido la narración, que me doy cuenta del porqué de esta espera. Simple y llanamente, era preciso que llegase el momento de tomar el relevo.

Como todos los niños que crecieron en un núcleo familiar multigeneracional, pasé gran parte de la infancia rodeada de personas ancianas y escuchando sus historias. De pequeña, nada atesoraba más que las noches de los viernes, pues estas le pertenecían a mi tía abuela Carmen, a quien idolatraba por una razón muy sencilla: me hablaba de tú a tú, como si no nos separasen décadas. Al preparar el papeleo para emigrar a Brasil, en los cincuenta, el policía a cargo vio que había nacido el 2 de mayo y comentó, no sin cierta sorna:

—Ah, es usted revolucionaria.

—Y republicana —apostilló ella, e inmediatamente señaló el año de 1931 en su documentación antes de que aquel oficial del entonces Ferrol del Caudillo respondiese con algo que no fuese una carcajada.

Esta es una de las muchas historias que me contó. Historias de su infancia en Cedeira, de la emigración interna a Cádiz (ciudad donde nació su hermana, mi abuela Elena), del estallido de la guerra y de cómo su padre instaba a sus hijos a guarecerse de las bombas bajo las camas de la habitación más alejada de las ventanas. Algunas de sus «batallitas» no las comprendí hasta el momento de escribir esta novela: sus recuerdos del campo de concentración para presos políticos asturianos en Cedeira.

La parte gallega de esta novela bebe mucho de sus historias, así como de las historias de mi abuela, que quizá esperó a que yo fuese más mayor para compartir conmigo las vivencias de aquellos años oscuros: la amiga que recibió el ostracismo de su sociedad por cometer el pecado capital de subirse al coche con un hombre que no era de su familia, la represión política en Ferrol y la violencia con la que los grises cargaron contra los obreros de Bazán que estaban de huelga; fue el 10 de marzo de 1972, hubo dos víctimas mortales y tanto mi abuelo Jesús como sus cuñados tuvieron suerte de salir y poder contarlo.

Historias, fantasmas. ¿Veis por qué aguardé? Debía tomar el relevo. Tras emigrar a Londres, nada me gustaba más que volver a España por las vacaciones, sentarme junto a mi abuela en el salón y esperar paciente a que, con el silencio, ella me contase una anécdota que con toda seguridad yo ya había escuchado con anterioridad pero no por ello disfrutaba menos.

El nacimiento mismo de esta novela responde a esta concepción de tomar el relevo. La idea inicial, nacida tras una conversación con mi editor Toni Hill durante la Feria del Libro de Madrid, surgió cuando mi abuela estaba ya gravemente enferma. Al llegar la hora de escribir la primera palabra, ella ya no estaba en este mundo y a mí ya no me quedaban personas que me contasen historias. Era, pues, mi momento de hacer lo propio.

No estuve sola en el camino. Mientras escribía, pude bucear en los documentos y las fotografías que mis abuelos dejaron atrás. Entre ellos, varios poemas que mi abuelo escribió durante su servicio militar. Uno de ellos, ligeramente alterado para encajar mejor en la trama, se lo adjudico a Péter Zoltán en la novela. Los muertos, que siguen hablándonos desde sus tumbas.

Toda la resistencia contra el régimen de este libro se la debo a mi abuelo, de hecho. Él, sindicalista, trabajó como astillero en

Ferrol. Cuando a él y a sus compañeros les encomendaron la creación de una estatua del Caudillo, él sacó la vena revolucionaria y sardónica y le puso una soga del cuello al terminarla. Ante los inevitables reproches, la sorna gallega:

—¿Y por dónde quieres que lo cuelgue? *Polo pescozo!*

Más adelante, cuando se sospechó de él por aparecer en listas sindicales, sus compañeros le salvaron el pellejo argumentando que Tomé no tenía inclinaciones políticas; simplemente, lo habían elegido como representante de los trabajadores debido a su inteligencia.

Gran parte de la trama española de este libro es heredera de esas batallitas. A mi abuela, como a Isabel, por ser la pequeña, le prohibían unirse al rezo del rosario para que no equivocase a los demás. Su padre cerraba puertas y ventanas para poder cantar en gallego; uno de sus vecinos, al que fueron a buscar en la noche para darle el paseo, fue traicionado por el acto físico de estornudar, que delató su escondite a los falangistas que habían ido en su busca. Manolo le debe el nombre, y la picaresca, al hermano mayor de mi abuela, que falleció cuando yo era una niña. En la realidad, Manolo había abandonado España a los dieciocho años al subirse como polizón en un barco estadounidense. Estuvo embarcado en la marina mercante de Estados Unidos; de su servicio, de varios años, se llevó condecoraciones y el haber sobrevivido a un ataque a su barco.

En lo histórico, he tratado de ser todo lo fiel posible a la realidad, salvo algunas excepciones.

Aunque las circunstancias del fallecimiento de Gerda Taro son las mismas que en la novela, me concedí el acto compasivo de permitir que Endre Friedmann estuviese allí para despedirla.

Las experiencias de Imre de Hevesy y de Péter Zoltán en el Frente del Este son verídicas y beben de los testimonios de los supervivientes de los trabajos forzados. La única licencia, por motivos de trama, es la siguiente: los judíos convertidos al cristianismo como Imre realizaban el servicio en compañías compuestas únicamente por otros conversos, recibiendo un trato comparativamente mejor al de los judíos no conversos, que no es decir mucho. Como en el caso de Gerda, me concedí el acto compasivo de permitir que su amistad se reanudase, aunque de manera breve.

Algunos personajes de la novela existieron realmente. Obviando figuras históricas, como Heinrich Himmler o Pál Teleki, el doctor János Kiszely existió y sus datos biográficos concuerdan con los del libro (exceptuando, evidentemente, su amistad con Imre de Hevesy). János Jámbor también fue un sargento brutal y sádico que combatió en el Frente del Este, donde torturó a los judíos a su cargo. Al contrario que en la novela, sin embargo, no falleció en Vorónezh; sobrevivió a la guerra y fue posteriormente juzgado por sus crímenes. Margarita Taylor también fue una figura real de esos tumultuosos años madrileños; el papel del Embassy en la red de salvación de refugiados ha sido recogido en diversos libros y películas. Entre los salvadores del Embassy se encuentran el conde de Albiz y el médico de la embajada, Eduardo Martínez Alonso, que también en la realidad abandonó España en 1942 después de que la Gestapo empezase a sospechar de sus actividades (al libro que escribió posteriormente su hija, *La clave Embassy*, le debo muchos detalles de las operaciones clandestinas).

Esta novela, por tanto, ha sido un esfuerzo monumental en muchos sentidos. Formada de pequeñas historias y con España y Hungría como núcleo central. Estos dos países, en apariencia tan distintos, siguieron pasos similares en la primera mitad del siglo XX, aunque sus caminos nunca fueron paralelos. El auge de la ultraderecha en Hungría se remonta a los años veinte, tras el fin de la breve República Popular de Béla Kun y Mihály Károlyi; de la misma manera, el golpe de Estado fascista surgió tras la victoria del Frente Popular en las urnas de las últimas elecciones generales de la Segunda República española. En ambos casos, la ultraderecha utilizaría la patria y la religión como pilares esenciales; tanto en Hungría como en España se extendería la teoría antisemita de una conspiración judeo-bolchevique mundial, con consecuencias terribles en el caso de la primera. Durante la Segunda Guerra Mundial, ambas favorecieron al Eje; España bailó en el filo de la navaja entre la neutralidad y la no beligerancia, mientras que Hungría acabaría entrando en la guerra junto al Reich y, tras intentar firmar la paz con los aliados en 1944, sería ocupada. De estas afinidades ideológicas entre dos países tan lejanos surge también un suceso que se refleja en la novela mediante el personaje de Imre de Hevesy: los miles de judíos que salvó el encargado de negocios de la embajada española en Budapest, Ángel Sanz Briz.

Este zaragozano, siguiendo los pasos de su antecesor Miguel Ángel de Muguiro (cuyas actividades en Hungría cesaron tras sus constantes quejas sobre el trato que recibía la comunidad hebraica), y actuando por cuenta propia (según sus palabras, sin el consentimiento de Madrid), se amparó en una antigua ley de la dictadura de Primo de Rivera mediante la cual los judíos sefardíes tenían derecho a solicitar la nacionalidad española. Interpretando esta ley libremente, creó miles de pasaportes para los judíos de Budapest, fuesen sefardíes o no. Aunque otras embajadas de países neutrales, estas con más empleados y mayores fondos monetarios, proporcionaban papeles a judíos con el objetivo de salvar sus vidas, Ángel Sanz Briz poseía una importante carta en su baraja: la Cruz Flechada (el partido nazi húngaro) respetaba al que consideraba un país hermano y fascista; es más, ansiaba que su Gobierno, obtenido tras un golpe de Estado en octubre de 1944, fuese oficialmente reconocido por España, motivo por el cual fueron más permisivos con la embajada española.

Reconocido como Justo entre las Naciones, Sanz Briz no pudo aceptar tal honor en vida debido a las malas relaciones diplomáticas de la España de Franco y el Estado de Israel.

Miles de historias que convergen en una sola. Miles de voces, algunas silenciadas por el paso de los años, a las que espero haber hecho justicia.

2 de marzo de 2025
Magvető Café, VII Budapest

Agradecimientos

En una novela como esta, la justa lista de personas a las que extender mi gratitud sería tan larga como el propio libro en sí. Trataré de ser breve.

A mi familia: los que no están y me dejaron sus historias como legado (mis abuelos, mi tía Carmen) y a los que me han acompañado en el camino (mi madre, con su apoyo infinito y su interés en la «novela de Manolo»; mis tíos y primos).

Al equipo de Penguin Random House (Toni, Marta, Anna) y a mi agente Isabel. Gracias por confiar en mí una vez más.

Al personal de los archivos y museos que consulté para la documentación histórica de esta novela: el Holokauszt Emlékközpont de Budapest, el Imperial War Museum de Londres, los Archivos Arolsen de la guerra, los Archivos de la ciudad de Budapest, la Hemeroteca Galiciana, la Hemeroteca Arcanum, el archivo PARES, la Biblioteca Wiener de Londres, el Archivo Kunst (un agradecimiento especial a Katalin, que puso a mi disposición materiales sobre los trabajadores forzados).

A András de la Üvegház de Budapest. Tu cariño y tu ayuda han sido inestimables; muchas gracias por explicarme tan bien la situación de la Hungría de la guerra y por darme una información valiosísima (y un material de lectura magnífico) sobre los embajadores de países neutrales que auxiliaron a los judíos húngaros en un momento de máxima urgencia.

A Marianna, por compartir conmigo la historia de su familia.

A mis maravillosos lectores, los nuevos y los reincidentes: sin vosotros nada de esto sería posible.